# पंखहीन

# पंखहीन

कमला मिश्र

प्रतिभा प्रतिष्ठान, नई दिल्ली

प्रकाशक : प्रतिभा प्रतिष्ठान,
1661 दखनीराय स्ट्रीट, नेताजी सुभाष मार्ग, नई दिल्ली-110002
 / संस्करण : प्रथम, 2018 / मूल्य : पाँच सौ रुपए
मुद्रक : आर-टेक ऑफसेट प्रिंटर्स, दिल्ली ISBN 978-93-86001-91-7

**PANKHHEEN** *novel* by Smt. Kamla Mishra ₹ 500.00
Published by Pratibha Pratishthan, 1661 Dakhni Rai Street,
Netaji Subhash Marg, New Delhi-110002

# हमारी जिया...

वो 'जिया' थीं... मेरी प्रिय दादी। या कहें तो हम सब बच्चों की प्रिय दादी। जिनका स्नेह, ममत्व सब बच्चों पर एक समान उमड़ता था। अब वे हमारे साथ नहीं हैं, लेकिन दादी स्वर्गीय श्रीमती कमला मिश्र न होकर भी हमारे साथ हैं। वस्तुतः जिया, यानी अपनी दादी के मैं बहुत करीब थी या कहूँ तो 'जिया' मेरे बहुत करीब रही हैं। हम उनको कभी दादी नहीं कहते, क्योंकि वे हम सबकी जिया थीं। जिया, यानी ममता का वह आँचल, जिसकी छाँव में मुझे अपनत्व मिलता था। जिनकी छाँव में मुझको संस्कृति, सभ्यता की और भारतीय समाज की बहुतेरी जानकारियाँ मिलती थीं। जिनकी छाँव में मैं और मेरे भाई उनके ममत्व आशीष की छाँव प्राप्त करते थे।

पर हमारा दुर्भाग्य था कि हमारी जिया बहुत जल्द हम सबसे विदा हो गईं। वे इस सांसारिक समाज से विदा होकर भी क्षिति, जल, पावक, गगन, समीर के रूप में हम सब में समाहित रहीं। उनके जाने के कुछ समय बाद ही हमारे माता-पिता की भी मृत्यु हुई। उनकी मृत्यु के बाद हमारे घर में मौजूद सामानों की साफ-सफाई, खोजबीन आरंभ हुई। घर के स्टोर-रूम में इस खोजबीन के दौरान हमारी जिया के पुराने बॉक्स से एक पुरानी हस्तलिखित पांडुलिपि प्राप्त हुई, जिसके पहले पन्ने पर दादी की खूबसूरत अंगुलियों से लिखा गया पंखहीन शब्द चमक रहा था। हम सब विस्मृत थे। लगभग तीन सौ पृष्ठों का आलेख दादी ने फाउंटेन इंक से लिखा था। पांडुलिपि एक उपन्यास के रूप में मिली। मैं चमत्कृत थी कि मेरी दादी बहुत पढ़ी-लिखी नहीं थीं, लेकिन उनके हाथों से बुनी गई अक्षरों की लिखावट इतनी साफ और सुंदर थी कि हम उनके सामने स्वयं को बौना समझने लगे। 'पंखहीन' भारतीय समाज में महिलाओं के सपनों को सँजोनेवाली रूपरेखा के रूप में हमारे सामने थी। मैंने अपनी दादी के हाथों लिखे गए हस्तलिखित उपन्यास को सँजोकर रख लिया। कई साल ऊहापोह में गुजर गए। हर साल सोचती, इसको कैसे प्रकाशित करूँ। ऐसा लगता है कि मेरी दादी ने इस उपन्यास को 1936 के आस-पास लिखा था, क्योंकि इस उपन्यास में अछूत कन्या फिल्म का दादी ने जिक्र किया है, जो

कि उसी दौरान आई थी। इसके अलावा दादी ने जिस कविता की पंक्तियों से उपन्यास को आरंभ किया है, वह भी उसी दौरान लिखी गई थी।

ऊहापोह के कुछ समय बाद अपनी प्रतिदिन की झंझावात वाली स्थितियों से उबरने पर मैंने इस उपन्यास को प्रकाशित करने का मन बनाया। मेरी यह सोच 2011 में विकसित हुई। इस प्रयास में अपने कॉलेज, जहाँ पर मैं एक निदेशक के रूप में कार्यरत हूँ, में अपनी व्यस्ततम स्थितियों से बाहर नहीं निकल सकी। 2016 तक व्यस्तता की चरम अनुभूति के बीच ही मेरी प्रिय डॉ. रेखा त्रिपाठी मुझसे मिलने आईं। उस दिन मैं अपनी किताबों की आलमारियों को व्यवस्थित कर रही थी। तब रेखा की दृष्टि उस पैकेट पर गई, जिसमें मेरी दादी का हस्तलिखित उपन्यास अपने छपने की राह तक रहा था। तब डॉ. रेखा त्रिपाठी ने उपन्यास का प्रथम पृष्ठ पढ़ने के बाद कहा, लाओ मैं लेकर जा रही हूँ। इसको मुद्रित कराने का भार इस तरह से डॉ. रेखा त्रिपाठी ने अपने कंधों पर ले लिया।

आज मेरी उस प्रिय के सतत प्रयत्नों के बाद 61 साल के उपरांत यह उपन्यास मुद्रित होकर सामने आया है। 61 साल पहले लिखा गया उपन्यास आज वर्तमान में उतना ही सटीक है। मैं अपनी जिया को महिला उन्नयन के लिए साठ साल पहले ऐसी सोच रखने के लिए नमन करती हूँ।

मेरी दादी बहुत विदुषी महिला थीं। वैसे तो उनके पास कोई डिग्री नहीं थी। परंतु उनकी लेखन-शैली बताती है कि उनके जीवन में समाज का सारा यथार्थ भरा था। मुझे आज ऐसा लगता है कि जो कुछ वे अपने सांसारिक जीवन में देखती थीं, उसी को वे अपने कागज के कोरे पृष्ठों में भरती रहती थीं। सही मायनों में मेरा उनका साथ केवल दस वर्षों का ही रहा। पर इतने कम दिनों में भी उनका असीम स्नेह मिला। माँ जब हम सबको डाँटती तो उनकी ममत्व भरी आँचल की छाँव हमारा सहारा बनती। घर-परिवार को अपने आँचल तले बाँधकर चलानेवाली, अपना असीम स्नेह उँड़ेलनेवाली महिला थीं। वे एक संपन्न परिवार से थीं, लेकिन मन के भीतर घमंड लेशमात्र भी नहीं था। वे सबसे अगाध स्नेह रखती थीं।

उनके सामने रहते घर से बिना खाए कोई प्राणी बाहर नहीं जा सकता था। सबके लिए सुरुचिपूर्ण भोज्य पदार्थ तैयार करना उनका प्रिय कार्य था। जहाँ तक मुझको याद आता है, मैंने जिया को कभी चिल्लाते और गुस्सा करते नहीं देखा। वे हमेशा मेरे बाबा स्वर्गीय श्री मणिशंकर प्रसाद मिश्र की संपूर्ण पतिव्रता नारी की तरह देखभाल करती थीं। मेरी जिया बहुत असाधारण रूप से साधारण महिला थीं। वैभव संपन्न होने के बाद भी वे कभी रबड़ की चप्पल नहीं पहनती थीं, बल्कि हमेशा उनके पाँवों में खड़ाऊ रहती थी। जिसकी आवाज आज भी मेरे कानों में गूँजती है। जिया कभी भौतिक सुखों के प्रति लालायित नहीं रहीं। उनकी इकलौती पोती होने के कारण मेरा उनसे असीम अनुराग रहा।

मैं हमेशा उनके पास ही सोती थी। ऐसे में मेरा यह एक छोटा सा प्रयास है कि उनके उपन्यास को आम लोगों तक पहुँचा सकूँ। मेरी इस अभिलाषा को साकार करने में डॉ. रेखा त्रिपाठी ने जो साथ निभाया है, उसके प्रति मेरे पास शब्द नहीं है, परंतु मैं उनको आभार नहीं, बल्कि अपना स्नेह एवं आशीर्वाद देती हूँ।

**पुनश्च**

इस उपन्यास के प्रकाशन के लिए प्रभात प्रकाशन के श्री प्रभातजी को मेरा धन्यवाद, जिनके कारण पंखहीन अपने स्वयंसिद्ध रूप में आकार ले सकी।

**—डॉ. उपमा मिश्र**
डायरेक्टर जनरल
एस.वी.एन. ग्रुप ऑफ इंस्टीट्यूशन,
फैजाबाद रोड, लखनऊ

# पंखहीन

अबला जीवन, हाय! तुम्हारी यही कहानी।
आँचल में है दूध और आँखों में पानी।।

स्वामी के बाहर चले जाने के बाद प्रमिला थोड़ी देर तक नि:स्तब्ध खड़ी रही, पति के दारूण अपवाद से भरे शब्द कलेजे में चुभ गए थे और उसकी जलन से वह छटपटाने लगी, आँखों में आँसू भी नहीं आ रहे थे। केवल उसके गोरे मुँह पर लाल-लाल होंठ काँप रहे थे। मालती और उसके बीच जो स्नेह का बंधन है उसे न पाकर पति ने उसे जो मिथ्या लांछन लगाया था, उसे वह सह पाएगी? नहीं! उसका कलेजा फटा जा रहा था और सहनशक्ति गायब हो रही थी। दुनिया से बेखबर प्रमिला को प्रेम तथा मैत्री के बीच में लौकिक बंधन तथा अपने कटु संबंध का ध्यान भी नहीं था। आज उसने समझा कि उसकी तरफ से उसी के स्वामी की कैसी धारणा है। सोचते ही लज्जा और अपमान से वह पागल हो उठी। किवाड़ खोलकर देखा, कोई कहीं सुन तो नहीं रहा था, तब तो वह मर ही मिटेगी। कुशल है कि वहाँ किसी का अता-पता न था, सब अपनी-अपनी जगह पर दोपहरी की मीठी नींद ले रहे थे। प्रमिला काँपते हुए हृदय को शांत करके किसी तरह ऊपर चली गई।

कमरे में जाने का रास्ता रोककर उसकी विधवा फुफेरी बुआ छज्जे पर सो रही थीं। लेकिन उमस के मारे नींद उचट गई और पंखा झलने लगीं। प्रमिला के पैरों की आहट पाते ही आँखें खोलकर उठीं, "कौन है बहू? भइया किस पर बिगड़ रहे थे, क्या चार बज गया?"

बुढ़ापे की नींद कितनी सतर्क होती है। प्रमिला का जी धक से हो गया। धीरे से बोली, "मालती के ऊपर नाराज हो रहे थे।"

बुआ, "क्यों? उसने क्या बिगाड़ा है?"

प्रमिला, "ठाकुर साहब के घर गई है, इसी से।"

अब बुआ उठकर बैठ गई और बोलीं, "तब तो नाराजगी की बात ही है। भरी दोपहरी में सयानी लड़की चली है हवा खाने, न किसी से पूछना न…"

प्रमिला (धीरे से), "मुझसे तो कहकर गई थी।"

इस बार बुआ ने तेज आवाज में कहा, "तब फिर उस बेचारी के ऊपर क्यों बिगड़ रहे थे। जब तुम्हीं ने जाने का हुकुम दिया था, तब शिकायत करने की क्या जरूरत थी? तुम बहू! चाहे नाराज हो जाओ पर मैं बात बेलाग कहती हूँ। तुम्हें चाहिए था कि सयानी लड़की के शादी–ब्याह की फिकर करती और इसके लिए मर्द की नाक में दमकर देती, सो तो नहीं। बस घुमाने–फिराने का ही लाड़ है। दुनिया किसे थूकेगी? आज उसकी माँ होती तो क्या वह अब तक कुँवारी बैठी रहती?"

प्रमिला ऊपर का होंठ दाँत से दबाकर धीरे से बोली, "वह होती तो क्या होता यह तो मैं नहीं कह सकती, पर इतना जानती हूँ कि उन्हें इस तरह का कोई लांछन भी नहीं लग सकता था।"

प्रमिला की रूलाई से भरी आवाज सुनकर बुआजी ने उन तीखे–तीखे वाक्यों को समेट लिया, जिनका वे प्रयोग करनेवाली थीं सिर्फ इतना कहा, "रोने–धोने की तो मैंने तुम्हें कुछ बात ही नहीं कही है। दुनिया के चलन की कह रही हूँ। तुम बुरा मानती हो तो मैं चुप रहूँगी पर गैरों का मुँह कौन बंद कर सकता है?"

प्रमिला ने रूद्धकंठ से कहा, "मैं बुरा क्यों मानूँगी, मेरा भाग्य ही ऐसा है, क्योंकि सौतेलेपन का कलंक तो मैं प्राण देकर भी नहीं मिटा सकती।"

विस्मित बुआजी को कुछ कहने का अवसर न देकर प्रमिला उठकर नीचे चली गई। बुआ निष्फल क्रोध से केवल बड़-बड़ाकर चुप हो गईं। प्रमिला ने रसोई में जाकर चूल्हा सुलगा दिया और धुएँ में बैठकर पेट भर रोने लगी।

उसी समय मालती लौटकर आ गई और रसोई में आकर बोली, "यह क्या हो रहा है? इतना धुआँ क्यों कर रखा है? फिर फूँक मारकर उसने चूल्हा बुझा दिया और प्रमिला की तरफ देखा। प्रमिला ने आँखें पोंछकर हँसने की कोशिश करके कहा, "चूल्हा फूँकते ही मुझे खाँसी आने लगी इसलिए बैठकर उसके जलने का इंतजार कर रही थी।"

मालती, "तो पंखी झल देती। तुम बिल्कुल पागल हो। अच्छा! बना क्या रही थी? अभी तो तीन ही बजे हैं?"

प्रमिला, "जलपान के लिए हलवा बनाने जा रही थी।"

मालती, "क्या पापा आ गए? मुझे कुछ कह तो नहीं रहे थे?"

प्रमिला, हाँ वे तो आज दो ही बजे आ गए थे। डॉ. साहब आगरे से लौटे या नहीं।"

मालती, "आ गए।"

प्रमिला, "विमला की शादी तय हो गई या नहीं?"

मालती, "तय हो गई, डॉ. साहब तुम्हारे लिए आगरे से एक बड़ी सुंदर सीप की डिबिया लाए हैं, शाम को लेकर आएँगे।"

प्रमिला (मुसकराकर), "और तुम्हारे लिए क्या लाए हैं?"

मालती ने प्रमिला के ऊपर कोयला फेंककर कहा, "मेरे लिए क्यों लाएँगे? तुम उनकी बहिन साहिबा हो, इसलिए तुम्हारे लिए लाए होंगे। मैं उनकी कौन हूँ?"

होठों तक आए हुए परिहास को रोककर प्रमिला ने कहा, "जल्दी करो मालती कड़ाही जल रही है।"

मालती ने सूजी भूजते हुए कहा, "कुछ सुना है, विमला कहती है कि मैं ब्याह ही नहीं करूँगी, कुमारी रहकर देश सेवा करूँगी।"

अलमारी से शक्कर का डिब्बा निकालते हुए उसी के पल्ले की आड़ से प्रमिला ने कहा, "क्या करेगी ब्याह करके? कौन बड़ा सुख रखा है।" एक अतिशय ठंडी और गहरी साँस लेकर प्रमिला चुप हो गई।

मालती ने गहरी नजर से प्रमिला के मुँह की तरफ देखा, जो बहुत ही उदास और मलिन था। मालती ने व्यग्र होकर कहा, "क्या तुम्हारा मन कुछ खराब है? चेहरा बड़ा सुस्त है। कैसी तबीयत है?"

बनावटी हँसी-हँसकर प्रमिला बोली, "तबीयत को क्या हुआ! अच्छा तुम बनाओ, मैं जरा ऊपर जाती हूँ।"

मालती, "कहाँ जाती हो, हलवा बन गया, लेती जाओ।"

जीने पर पहुँचकर प्रमिला ने कहा, "मैं जाती हूँ जरा लेटने, तुम्हीं दे आओ।" ऊपर अत्यंत गंभीर मुँह बनाए बुआजी पूजा के लिए बत्ती बना रही थीं, संकुचित होकर प्रमिला वहीं बैठ गई और रूई लेकर बत्ती बनाने लगी। अब बुआ जरा खुश हो गईं और बोलीं, "मालती आ गई? क्या कर रही है वह?"

प्रमिला, "हलवा बना रही है।"

बुआजी जरा सलाह करने के ढंग से बोलीं, "बहू! भइया के मन में क्या है, मालती के ब्याह का इरादा नहीं है क्या? अभी तक तो पढ़ाने का बहाना था, अब तो बी.ए. पास कर चुकी अब करें विवाह की फिकिर।"

एम.ए. को बी.ए. सुनकर प्रमिला को हँसी आ गई और वह उठकर अंदर चली गई। बुआजी बत्ती बटती हुई अपने आप ही बकने लगीं।

एक हाथ में हलवा की तस्तरी और दूसरे में पानी का गिलास लेकर मालती ने पैर के धक्के से किवाड़ खोलकर देखा, उसके पिता आरामकुरसी पर आँखें बंद किए पड़े हैं, उसने रकाबी कुरसी के पावे पर रखकर धीरे से कहा, "पापा।"

वकील साहब ने आँखें खोलकर देखा और कहा, "आज कहाँ गई थी मालती?"

जाने क्यों इस प्रश्न से मालती संकुचित हो उठी, उसने नीचे देखते हुए कहा, "विमला ने बुलाया था, वहीं गई थी।"

गरम हलवा चम्मच में भरकर वकील साहब जरा धीरे से बोले, "उसके घर जाने को तुम्हारी नई माँ तुम्हें बहुत भड़काया करती है, क्यों मालती?"

बड़ी-बड़ी आँखें पिता के मुँह पर गड़ाकर मालती ताज्जुब से बोली, "क्यों! वे क्यों भड़काया करती हैं? उन्हें क्या जरूरत है?"

वकील साहब ने गिलास उठाकर कहा, "डॉक्टर उनके मायके का आदमी है न इसलिए," पिता की इस भद्दी बात का कुछ जवाब न देकर मालती बाहर चली आई। प्रमिला के कमरे में झाँककर देखा और शांति की श्वास ली। प्रमिला वहाँ न थी, आह यह लांछन सुनकर वह लज्जा और अपमान से मर न मिटेगी। एक ठंडी साँस लेकर वह तख्त पर लेट गई, आज उसे याद आने लगा कि माँ की मृत्यु होने के बाद उसके पिता ने अपनी युवावस्था के दीर्घ आठ बरस बिताकर, पिछले वर्ष न जाने किसकी प्रेरणा से डॉक्टर प्रियव्रत के रिश्ते की बहन प्रमिला से शादी कर ली। एक अठारह बरस की युवती के अपरिपक्व हाथों में घर-गृहस्थी और अपने को सौंप दिया और मालती ने जिस अव्यक्त ईर्ष्या और अवज्ञा का भाव हृदय में लेकर विमाता का स्वागत किया था, उसी सौतेली माँ के साथ किस तरह अवस्था के प्रभाव से धीरे-धीरे प्रेम और मैत्री का बंधन सुदृढ हो उठा! आज प्रमिला के नाम पर अपने पिता का दिया हुआ अपवाद सुनकर उसे बड़ा कष्ट होने लगा, आँखों से आँसू निकलने लगे। सारी बातों का मतलब वह नहीं समझ सकी, पर इतना जान गई कि डॉक्टर के यहाँ जाना पिता को पसंद नहीं है। जाने क्यों किसी अव्यक्त लज्जा की ललाई उसके गोरे गालों पर दौड़ गई और वह सोच में पड़ गई। घड़ी में शाम के पाँच बज रहे थे।

*

मालती के पिता रमाकांत पढ़े-लिखे नए विचारों के आदमी थे। मालती को उन्होंने एफ.ए. तक पढ़ाया था, आगे भी पढ़ाने का विचार था, इसी से उन्होंने उसके ब्याह की अभी तक कुछ चेष्टा न की थी, किंतु उनकी बुआ जिन्होंने, उन्हें तथा मालती को भी छोटे पर से पाला-पोसा था, अब रात-दिन पीछे पड़ी रहती थीं कि इसकी शादी जल्दी कर डालो। जब देखती तभी टोकतीं। रमाकांतजी उन्हें दु:खी नहीं करते थे और किसी-न-किसी बहाने से उन्हें समझा देते थे। इस साल भी मालती का ब्याह करने का उनका इरादा न था, न कहीं बात ही की थी।

वकालत का पेशा करते थे, काफी रुपए कमा लेते थे, कोई अभाव नहीं, छोटा सा सुंदर मकान बनवा लिया था। एक मोटर खरीद ली थी, थोड़ा-बहुत शौकीनी का

सामान भी इकट्ठा कर लिया था। अभी चालिस के भी पूरे न थे। देखने में पैंतिस तीस के मालूम पड़ते थे। प्रमिला को ब्याह कर लाए उन्हें पूरा साल हो चुका था। पर आज तक वे उसकी प्रकृति का पूरा परिचय न पा सके थे। युवती और सुंदर स्त्री के साथ उनका वैसा ही संबंध था, जैसा कि महाजन से कर्जा लेनेवाले किसान का अपनी लहलहाती फसल पर होता है।

प्रमिला पर उन्हें बड़ा क्रोध आता, पर वह इतनी नम्र, इतनी चतुर और सुशीला थी कि वे कभी उसे प्रकट करने का अवसर ही न दे पाते थे। परिणामत: असीम अतृप्ति से सूखा हृदय लिये झल्लाया करते थे। उन्हें अपने में कोई ऐसी बात न दिखती थी कि जिससे वे अपने को प्रमिला के अयोग्य समझें वे नवयुवक नहीं, तथापि अभी युवा थे, सुख और संतोष के सभी साधन मौजूद थे। फिर पत्नी की उदासीनता का कौन सा कारण है, यह उनकी समझ में ही न आता था। सीधे आदमी थे, रमणी हृदय का रहस्य पढ़ने का उन्हें अपने विगत जीवन में कभी अवसर ही न मिला था। पहला विवाह हुआ तो वे बालक ही थे। पत्नी केवल लज्जा, विनोद और आसक्ति का साधन थी। किसी वस्तु के लिए उन्हें कभी हाथ फैलाना ही न पड़ा था। पहली स्त्री के लिए वे स्वामी और भर्ता थे। पर इस नारी के निकट वे स्वामी होकर भी भिक्षुक थे। इसकी तेजो दीप्ति के निकट वे परास्त थे, कोई उपाय न था, जिससे इस नारी का आत्म समर्पण पाकर वे धन्य होते। प्रमिला को डाँटना चाहते, कठोर शब्दों से बेधना चाहते, इस तरह जी और हृदय जलन और पराभव की लज्जा मिटाना चाहते, पर कभी अवसर न पाते। आज दोपहर को कचहरी से दो बजे ही वे लौट आए। नौकर-चाकर सब सो रहे थे। धीरे-धीरे दबे पाँव कमरे में प्रवेश करके उन्होंने देखा कि प्रमिला जमीन में दरी बिछाकर लेटी है, इन्हें देखते ही उसका मुँह विवर्ण सा हो उठा। वकील साहब को जान पड़ा कि मेरा आना प्रमिला को बुरा लग गया। उनके कलेजे में चोट लगी। साथ ही असह्य क्रोध से उनका खून खौलने लगा, कोट उतार कर टाँग दिया। प्रमिला ने उठकर बिजली का बटन दबा दिया, पंखा चलने लगा। वकील साहब चारपाई पर बैठ गए, तब प्रमिला बाहर जाने लगी। वकील साहब ने तेज आवाज में कहा, "कहाँ जाती हो?"

दरवाजे पर खड़ी होकर प्रमिला ने कहा, "नौकरों को जगा दूँ, हाथ-मुँह धोने को पानी लेती आऊँ।"

वकील, "नहीं! पानी की जरूरत नहीं है तुम बैठो!"

अत्यंत अनिच्छा से प्रमिला वहीं दरी पर बैठ गई। वकील साहब ने व्यंग्य भरे स्वर में कहा, "आराम से लेटी थी। सोचती होगी कि कहाँ से पहुँच गया। प्रमिला ने किसी बात का रोष न प्रकट करके शांतभाव से जवाब दिया, "आराम से तो अब भी बैठी हूँ। अब कोई बात न सूझी, थोड़ी देर तक प्रमिला के शांत और सुंदर मुँह की

तरफ देखकर वे बोले, "मालती क्या कर रही है?"

प्रमिला ने दबी जबान से कहा, "डॉक्टर के यहाँ गई है।"

वकील साहब सुनते ही जल उठे और कठोर होकर बोले, "क्यों? वहाँ क्या काम था? क्यों गई? और किसने भेजा? किससे पूछ कर गई?" प्रमिला ने कहना चाहा कि पूछती किससे, अपने आप गई पर तुरंत सँभलकर बोली, "विमला ने बुलाया था, मैंने भेज दिया।"

वकील साहब और भी तेज होकर बोले, "क्यों भेज दिया? मैं जब कचहरी चला जाता हूँ, तब शायद रोज तुम उसे इसी तरह इधर-उधर घुमाया करती हो।"

इसके बाद क्रुध होकर प्रमिला बोली, "घुमाया करती हूँ, इसका क्या मतलब?" वकील साहब ने खड़े होकर उसका हाथ पकड़ लिया और उसके रोष से भरे सुंदर मुँह को एकटक देखने लगे। थोड़ी देर के लिए उनकी भाषा मूक हो गई।

प्रमिला ने सारी ताकत लगाकर अपना हाथ खींच लिया और अलग हटकर खड़ी हो गई, अपमान से जलकर अत्यंत कठोर स्वर में वकील साहब बोले, "क्यों घुमाया करती हो इसका मतलब मुझसे क्यों पूछती हो, क्या तुम नहीं जानती? जरा अपने दिल से पूछो और शरमाओ। लेकिन आज साफ कहे देता हूँ कि मालती मेरी लड़की है, उसके बनने-बिगड़ने की जिम्मेदारी मैं जिसे-तिसे नहीं दे सकता। डॉक्टर तुम्हारा अपना आदमी है तुम उससे बोलो, बात करो, पर मालती के लिए! तुमसे कहे देता हूँ कि उसे तुम डॉक्टर से बोलने-चालने को मत उसकाया करो।"

प्रमिला के कातर मुँह की तरफ दयाशून्य कठोर निगाह से देखते हुए और बगैर उसका कुछ उज्र सुने वे क्रोध से काँपते हुए बाहर चले गए।

*

संध्या की लालिमा व्योम के वृक्षस्थल पर नववधू की सिंदूर भरी माँग की तरह सुंदर दिखाई पड़ रही थी, और चंद्रदेवता किसी नव विवाहित तरुण युवक की तरह अपने सुख और आनंद को होंठों के अंदर छिपा-छिपाकर मुसकरा रहे थे।

उसी वक्त वकील साहब के आँगन में आकर प्रियव्रत ने कहा, "वकील साहब कहाँ है जगुआ।"

जगुआ जो बालटी में पानी लेकर आँगन धो रहा था, अपनी स्वाभाविक विकसित दंत पक्तियों को और भी निखारकर बोला, "ऊपर हैं साहेब!"

जीने का रास्ता बरामदे से था। वहीं पर ऊनी आसन बिछाकर बुआजी माला जप रही थीं, जूते की आवाज पाते ही झट से माला सिर से लगाकर रख दी और बोलीं, "कौन है, डॉक्टर!"

बैठा जाता था। इस बार डॉक्टर ने करुणा और स्नेह से भरे कोमल स्वर में कहा, "तब रोती क्यों हो, जब तक तुम बता न दोगी मैं न जाऊँगा।"

इस बार कमरे के दरवाजे पर जाकर प्रमिला ने कहा, "तुम नहीं सुनते हो तो लो, मैं ही चली जाऊँगी।"

प्रमिला के इस व्यवहार से वे जितने ही विस्मित हुए, उतने ही मर्माहत अपमान से चेहरा तमतमा उठा। छाती पर एक बोझ सा लद गया। बाहर आकर उन्होंने छड़ी और टोपी उठाई और जीने पर पहुँचकर कहा, "गुडनाइट वकील साहब।" चौंककर वकील साहब ने वहीं से कहा, "क्यों इतनी जल्दी? उन्हें देखा कैसी हैं?" नीचे उतरते हुए डॉक्टर साहब बोले, "मैंने नहीं देखा, रात हो रही है, माफ कीजिए, फिर देख लूँगा।"

मालती के कमरे में रोशनी देखकर डॉक्टर साहब के पैर आप ही रुक गए पहले तो भीतर जाने का इरादा किया फिर जाने क्या सोचकर वे बाहर से ही बोले, "क्या कर रही हो मालती! इतनी गरमी में क्या अगला कोर्स पढ़ रही हो?"

रोज की भाँति निःसंकोच होकर आज मालती बोल न सकी, उसने मुग्धस्वर से बहुत धीरे से कहा, "नहीं कोर्स क्या पढ़ूँगी। जाने अब पापा पढ़ने देंगे या नहीं। आप क्या खड़े ही रहेंगे?" इतना कहकर वह लज्जा से लाल हो उठी। जी धक-धक करने लगा कि कहीं ये अंदर आकर बैठ न जाएँ। मन-ही-मन में अपनी दशा पर खीझ भी उठी कि आज उसे क्या हो गया है, आज दोपहर तक तो उसे किसी तरह का संकोच न था, यह हुआ क्या है।

डॉक्टर ने वहीं खड़े होकर कहा, "नहीं बैठूँगा नहीं अब जाता हूँ। मैं तुमसे एक बात पूछने आया था, आज प्रमिला को क्या हो गया है? अभी मैं देखकर आ रहा हूँ कि वे रो रही हैं, क्या बात है, अगर तुम्हें कुछ मालूम हो तो बताओ।"

मालती ने अपनी विस्मय से भरी बड़ी-बड़ी आँखें डॉक्टर के मुँह पर गड़ाकर ताज्जुब से कहा, "नई माँ रो रही हैं, कहाँ? मुझे तो कुछ भी नहीं मालूम!"

डॉक्टर ने गहरी साँस लेकर कहा, "हाँ रो रही हैं, मैंने तो बहुत पूछा, पर उन्होंने कुछ जवाब ही न दिया और दूसरी तरफ से बगैर कुछ बताए कमरे के बाहर चली गईं। मुझे उनकी इस बात से बड़ा दुःख पहुँचा, शायद मुझसे कोई गलती हो गई हो।"

मालती ने मीठी आवाज में कहा, "जी नहीं! आप से क्या गलती होगी, आज ही तो···शायद पापा ने उन्हें कुछ कहा हो।"

इस बार डॉक्टर ने कुछ प्रसन्न होकर कहा, "अच्छा तो अब मैं जाता हूँ तुम भी ऊपर इतनी गरमी में कर क्या रही थी, यह तो तुमने बताया ही नहीं मालती!"

यहाँ क्यों बैठी थी यह प्रश्न सुनते ही मालती को दोपहर की सब बातें फिर से याद आईं। उन्हीं सब बातों की दुःसह लज्जा के कारण आज वह नित्य की भाँति स्वाभाविक

पिता और डॉक्टर के सामने न जा सकी और इस गरमी में पढ़ने का बहाना करके नीचे बैठी थी पर डॉक्टर से क्या कहती, उसने एक बार अपनी दृष्टि डॉक्टर के मुँह की तरफ डालकर आँखें नीची कर लीं, उस निगाह में अपूर्व भाव भरे थे। युवती कुमारी की इस दृष्टि के सामने डॉक्टर विमुग्ध से होकर खड़े रह गए। मालती की बड़ी-बड़ी सुंदर आँखों में जैसे कुछ रहस्य सा भरा था, जिससे उनका शांत चित्त चंचल हो उठा।

कुछ काँपते हुए स्वर में उन्होंने कहा, "जाता हूँ अब बड़ी रात हो गई मालती!"

डॉक्टर ने सड़क पर पहुँचकर मोटर स्टार्ट की, तब मालती ने कमरे की बत्ती बुझा दी और दबे पाँव ऊपर चली गई। वह नहीं चाहती थी कि बुआजी के सामने से निकलना पड़े। अपनी कायरता पर लज्जित भी हो रही थी, कि आज उसे हो क्या गया है, डॉक्टर से तो वह रोज ही बोलती-चालती है, एकाएक एक विचित्र विचार ने उसके हृदय में लज्जा, भय और विस्मय तथा सुख की बिजली सी दौड़ा दी, अँधेरे जीने पर वह निस्तब्ध खड़ी रह गई।

*

विमला डॉक्टर की छोटी बहन थी, किंतु बुद्धि और कर्तव्यपालन में उनसे बड़ी, उसका स्वभाव इतना तेजस्वी था कि उससे माँ-बाप तथा घर के सभी व्यक्ति दबते थे। अवस्था 18 साल की हो चुकी थी। उसकी माँ कई साल से शादी के लिए उद्योग कर रही थी पर किसी तरह उनकी मनोकामना पूरी न हो पाती थी। गत वर्ष इंटर पास करके विमला बी.ए. में पढ़ रही थी, उसकी हार्दिक इच्छा थी डॉक्टरी पढ़ने की। इस विषय से उसे इतना अनुराग था कि तमाम बातें डॉक्टर से पूछा करती, छोटी-मोटी दवाओं के बारे में रोगों के विषय में जानकारी रखती। धात्री शिक्षा की कई किताबें मँगाकर घर पर पढ़ चुकी थी, पर 2 साल लगातार मेडिकल कॉलेज की परीक्षा देकर भी पास न हो सकी। इस साल विमला की माँ किसी तरह नहीं मान रही थीं, ब्याह के लिए उन्होंने पति तथा पुत्र की नाक में दमकर रखा था। जब देखतीं तभी दोनों को टोका करती थीं।

विमला के पिता पेंशन प्राप्त जज थे। शहर में उनका काफी सम्मान था, धन और यश दोनों प्राप्त थे। सरकार के बड़े खैरख्वाह और बड़े नमक हलाल थे। रायबहादुरी का खिताब पा चुके थे। पर कुछ और भी टाइटिल पाने की अभिलाषा उनको पागल किए रहती थी। साल भर वे दिन-रात सरकार की खुशामद में प्राणपात उड़ेला करते, किंतु जून के महीने में जब बादशाह के जन्मदिवस के उपलक्ष्य में उपाधि वितरण होती और उनकी तत्परता का कोई फल न निकलता तो राय बहादुर साहब निराशा से विक्षिप्त हो उठते। उनकी दशा महीनों एक पागल व्यक्ति की तरह रही। कोई बोलता तो काटने को दौड़ते। किसी मित्र से न मिलते। दिनभर किटकिटाया करते, बात-बात पर

झल्लाते। नौकर-चाकर थर-थर काँपते रहते थे। वे गरीब क्या जान सकते थे। समझते कि मालिक का गरमी के मारे दिमाग फिर गया है।

आज जून की चार तारीख है। परसों जॉर्ज का 'बर्थडे' था, उनकी असफलता का समाचार उन्हें आज ही मिला था। उन्हीं के एक मुसलमान मित्र मिस्टर अहमद हुसैन ने मैदान मार लिया, रायबहादुर साहब का सारा समय उम्मीद और उद्योग में बीता था। आज उसका निराशापूर्ण फैसला हो गया। सदैव की भाँति अबकी भी उनकी हार रही, अहमद हुसैन का 'सर' की गौरवमयी उपाधि पाने से उन्हें और भी दारूण क्लेश हो रहा था, उन्होंने सरकार को खुश करने में कोई कसर उठा न रखी थी पर वे मुँह ही देखते रह गए, मियाँ पर उन्हें इतना क्रोध आ रहा था कि गोली मार दें। कहाँ से साला रास्ते में रोड़े की तरह अटक गया, उन्हें किसी तरह तस्कीन नहीं हो रही थी, न उनके मन में यह खयाल आता था कि अहमद हुसैन न भी पाते उपाधि तब भी क्या जरूरी कि उन्हें ही मिल जाती, और लोग भी तो हैं। अभी शोक बिल्कुल ताजा था, बेचैनी की हालत में कमरे भर में टहल रहे थे।

उसी समय जनानखाने का रेशमी परदा हटाकर उनकी धर्मपत्नी सुशीला ने प्रवेश किया और एक सोफे पर बैठकर बोलीं, "आज खाना कब खाओगे, बारह तो कब का बज चुका है।"

रायबहादुर साहब ने मानो रोते हुए कहा, "मैं आज खाना नहीं खाऊँगा, तुम लोग खा-पी लो।"

पत्नी ने आग्रह से पूछा, "क्यों? खाओगे क्यों नहीं? क्या हुआ है? तबीयत कैसी है?"

रायबहादुर झल्लाकर, "तबीयत को क्या हुआ है, नहीं मन है नहीं खाऊँगा, कोई जबरदस्ती है।"

"लल्ला कहाँ है! दुकान से आया।"

पत्नी ने उदास होकर कहा, "वे तो कब के आ गए हैं, तुम्हारा ही इंतजार कर रहे हैं, उठो थोड़ा सा ही खा लो।"

राय, "भाई, सिर न खाओ। मुझे जरा भी भूख नहीं है। तुमने अहमद हुसैन की करतूत सुनी। मेरी बदौलत डिप्टी कलेक्टर हुआ था और मेरी ही सिफारिश से वह कोर्ट ऑफ वाड्र्स में मैनेजर हो गया। पर आज जब 'सर' का खिताब मिला तो बात भी न पूछी, उसे कुछ आता-जाता भी है, सरकार बेवकूफ है, जो ऐसे लोगों की खातिर करती है।"

सुशीला ने सब बातें ठीक-ठीक समझीं भी नहीं, केवल इतना समझ गईं कि सदैव की भाँति अबकी भी इन्हें विजय प्राप्त नहीं हुई, इसी से इनका मिजाज खराब हो रहा

है। वह भी पति की ही तरह नाम और ओहदे पर जान देती थी। जज तथा रायबहादुर की पत्नी होना बड़ी शान की बात समझती थीं। उनके चेहरे और बातचीत से वह गौरव टपक पड़ता था। सारे शहर की महिलाओं पर रौब गाँठती रहती थी। सहानुभूति से भरे स्वर में बोलीं, "क्या इस साल भी तुम्हें कोई खिताब नहीं मिला। तुम्हारी तो सारी मेहनत और तमाम खर्चा बेकार गया", कुछ रुककर फिर कहने लगीं, यह साल तो इसी तरह कट गया। इधर विमला की शादी करनी है, आगरे वाला लड़का बहुत अच्छा है, इसे हाथ से न जाने देना, जैसे बने इस साल हो जाए ब्याह।" चिढ़कर रायबहादुर साहब बोले, "तुम भी बेवक्त की शहनाई बजाने लगी, विवाह हो जाएगा, कौन जल्दी है।"

ताज्जुब से सुशीला ने कहा, "जल्दी नहीं है! अठ्ठारह साल की हो चुकी अब कब जल्दी होगी, क्या बीस-बाइस बरस में शादी करोगे?"

राय, "तंग मत करो, अंदर जाओ, मैं इस वक्त तुम्हारी बकवास नहीं सुन सकता।" सुशीला कुछ कहना चाहती थीं कि कमरे में उनके पुत्र प्रियव्रत ने आकर कहा, "अम्मा! आज खाना नहीं मिलेगा क्या? एक बज रहा है।"

सुशीला ने उदासीन होकर कहा, "अभी तो इन्होंने भी नहीं खाया है।" प्रियव्रत ने पिता की तरफ देखकर नम्रता से कहा, "चलिए, आज आपने इतनी देर क्यों कर दी?"

राय, "मैं नहीं खाऊँगा, तबीयत नहीं ठीक है, पेट में दर्द है।"

दर्द कहाँ है यह डॉक्टर को खूब मालूम था, वे हँसी रोककर बोले, "कोई दवा दूँ।"

रायबहादुर साहब ने कुरसी पर बैठकर कहा, "नहीं, कोई खास बात नहीं है, तुम लोग जाओ।"

तुमने भी सुना होगा कि अहमद हुसैन को सर का खिताब मिला है। तुम तो उसके बीमार लड़के को देखने गए होगे, कुछ कह रहा था क्या?"

दूसरी तरफ देखकर डॉक्टर ने कहा, "गया तो था पर वे मुझे मिले नहीं" गुस्से से भर कर रायबहादुर साहब बोले, "अच्छा अब यह शान है। मै सारी हेकड़ी ही भुला दूँगा, मियाँ हैं किस भरोसे, महीनों से दौड़ रहे हो। रात-रात भर जागकर दवा करते रहे, यह सब भूल गया, मारे शेखी के तुमसे मिले तक नहीं, 'सर' क्या हो गए गोया मुल्क के बादशाह हो गए।"

जरा हँसकर डॉक्टर ने कहा, "नहीं, उनका कुछ कसूर नहीं है। वे थे ही नहीं कलेक्टर से मिलने गए थे।"

व्यंग्यपूर्वक रायबहादुर साहब बोले, "कलेक्टर से मिलने के लायक बनाया किसने, मैंने ही तो, इस बात का कुछ जवाब न देकर डॉक्टर ने माता से कहा, "अम्मा चलो! खाना खाने जा रहा हूँ।"

पराजय जनित अपमान के कारण सुशीला देवी बहुत क्रुद्ध हो उठी थीं और

आकर बोलीं, "विमला कहाँ है, उसे बुलाकर खाने जाओ। मैं आज न खाऊँगी, मेरा भी जी खराब है।"

डॉक्टर (हँसकर), "क्यों तुम्हें क्या हुआ है, बाबूजी को तो सर का खिताब न पाने का दर्द है, तुम्हें क्या है।"

बिगड़कर माँ बोलीं, "जाओ बको नहीं! इतनी सयानी लड़की छाती पर रात-दिन बोझ ऐसी बैठी है, खाना-पीना जिसे सुहाता हो वह करे, मुझे कुछ अच्छा नहीं लगता।"

इस बार जरा गुस्से में डॉक्टर ने कहा, "कैसी बातें करती हो अम्मा!

"विमला अब इतनी बड़ी हो गई कि तुम्हें बोझ लगने लगी और तुम खाना-पीना भी नहीं कर सकतीं, जरा बाहर निकलकर देखो, कितनी बड़ी-बड़ी लड़कियाँ पढ़ती लिखती और काम करती हैं।"

क्रोध से काँपकर सुशीला ने कहा, "तुम ईसाइयों की बातें मेरे सामने मत किया करो लल्ला! कौन से भले घर में इतनी बड़ी-बड़ी लड़कियाँ पढ़ती-लिखती हैं और कौन सा काम करती हैं, तुम्हारे सबके मन में जाने क्या है। भगवान् जाने लेकिन तुम यह न समझना कि मैं कुछ कर ही नहीं सकती, तुम दोनों बाप, बेटों को एक किनारे बैठा कर देखना विमला का ब्याह इस साल करती हूँ कि नहीं। तुने समझा क्या है?"

विमला रसोई के द्वार पर चुपचाप खड़ी दोनों का वाद-विवाद सुन रही थी इस बार बोली, "भइया थाली परसी रखी है।"

डॉक्टर ने कमीज उठाकर पहनते हुए कहा, "मुझे भी भूख नहीं है, न खाऊँगा।"

यह धमकी भी आज व्यर्थ हुई सुशीला देवी ने उठकर अपने किवाड़ बंद कर लिये। तब विमला ने मुसकराकर कहा, "अब तो आओ। चौके में जाकर डॉक्टर ने भी जरा हँसकर कहा, "अच्छा लाओ थोड़ा सा खा ही लूँ, अम्मा को भी खिला देना समझा-बुझाकर।"

विमला ने कमीज हाथ में लेकर कहा, "अच्छा तुम तो खाओ।" डॉक्टर स्नेह पूर्ण स्वर में बोले, "तुमने खाया विमला!"

विमला, "मैं तो अभी आई हूँ, गई थी सुमित्रा जीजी के यहाँ, भइया! वे तो बीमार हैं, हम लोगों को मालूम भी नहीं हुआ! आज तुम अगर एक बार उन्हें देख लेते तो अच्छा होता, चलोगे भइया?"

डॉक्टर, (हँसकर), "चला चलूँगा, तुम शायद अभी तक वहीं पर नर्स का काम करती रही होगी, बीमारी क्या है, जरा बचती रहना।" तिरस्कार से आँखें भर कर विमला कहने लगी, तो क्या बीमारी मुझसे चिपट जाएगी, किसी वैद्य का इलाज हो रहा है, शायद निमोनिया हो गया है। छाती में दर्द, बुखार और खाँसी भी आती है।"

डॉक्टर (मुसकराकर), "वैद्यराज क्या बताते हैं।"

विमला, "वैद्यों को तो दो ही मर्ज मालूम हैं, दाईं और संग्रहणी, शायद थाइसिस ही हो, तुम देखो तो जान पड़े।"

डॉक्टर, "अभी तो तुम कहती थीं निमोनिया है।"

विमला, "तो यह भी मैं कब कहती हूँ कि उन्हें थाइसिस ही है, शायद कमजोरी से हो जाए, अभी कौन जानता है।"

डॉक्टर (मुसकराकर), "खैर अब आपका हुकुम है कि मैं अभी उन्हें देखूँ क्यों!"

विमला, "नहीं! अभी क्यों! शाम को देख लेना, इतनी धूप में मैं तुम्हें जाने को कहूँगी।"

डॉक्टर, "इसी बिरते पर डॉक्टरी पढ़ रही हो, भला डॉक्टरों को कभी अपने आराम का खयाल करना होता है।"

विमला, सप्रशंस नेत्रों से डॉक्टर की तरफ देखकर बोली, "भइया, वहाँ मुट्ठी तो गरम होगी नहीं।"

डॉक्टर, "मुट्ठी गरम होने की तो मैंने बात ही नहीं कही, मैं तो केवल डॉक्टरी रोजगार के धर्म की बात कह रहा हूँ, देर करने से रोग बढ़ भी तो सकता है।"

विमला, "तो मैं भी चलूँगी।"

डॉक्टर, "अच्छा तैयार हो जाओ, मैं ऊपर ही बैठा हूँ।"

जल्दी-जल्दी थोड़ा बहुत खा-पीकर विमला कपड़े बदलकर तैयार हो गई, इस समय उसे याद भी नहीं आई, आँगन में आकर उसने कहा, "भइया! मैं तैयार हूँ।" सुशीला देवी अपने कमरे में चारपाई पर पड़ी थीं, दुःख और क्रोध के मारे उन्हें नींद भी नहीं आती थी, उसी समय उन्हें विमला के ये शब्द सुन पड़े कि मैं तैयार हूँ, वह एकदम उठ पड़ीं और बाहर आकर बोली, "अब कहाँ को सवारी चली, कहाँ जाती हो विमला ने शांत भाव से कहा, "सुमित्रा जीजी बहुत बीमार हैं, भइया की लेकर उन्हें देखने जा रही हूँ।"

तड़पकर माँ ने कहा, "किसके हुक्म से! किससे पूछकर जा रही है, तुम्हें कुछ शर्म भी है, यह भी सोचा है कि तुम किसकी लड़की हो। इतने छोटे लोगों से रस्म-रिवाज करना तुम्हें शोभा भी देता है?"

चप्पल पहनते हुए बिमला ने उपेक्षा से कहा, "इसमें कौन शर्म की बात है, आखिर वे भी तो तुम्हारे ही खानदान की लड़की हैं, वे गरीब हैं और ईश्वर की दया से हम लोग बड़े आदमी हो गए हैं, तो क्या इसीलिए उनसे मिलना-जुलना बुरा है, अगर किसी की मुसीबत में सहायता करने से भी तुम्हारा अपमान होता है, तब मैं क्या कहूँ।"

सीमातीत क्रोध से सुशीला का सर्वांग काँप उठा। उन्होंने कंपित स्वर में कहा, "तुम लोगों ने मुझे मरा समझ लिया है क्या? कि जैसा जी चाहेगा करोगे, लड़का वह

अपने मन का और इतनी बड़ी लड़की उसका यह हाल है, घर में आग लगा दो, फिर जैसा मन में आए करो।"

इस बार कुछ क्रुद्ध होकर विमला ने कहा, "तुम तो जाने क्या-क्या, बक रही हो अम्मा।"

"मुझे तुम्हारी बातें सुनने की इस वक्त जरा भी फुरसत नहीं है!"

उसी समय डॉक्टर ने आँगन में आकर कहा, "विमला तुम भी चल रही हो पर मोटर तो है नहीं। शोफर घर गया है। मैं तो पैदल ही चला जाऊँगा। तुम्हें ले जाने में इस वक्त बुरा मालूम पड़ता है।"

विमला, (तिनककर), "क्यों मेरे साथ क्या शर्म लगती है।"

विमला के कुपित मुँह की तरफ कौतुहल से देखकर डॉक्टर ने कहा, "शर्म की बात ही है, इतनी धूप है, लू चल रही है, औरतों को लेकर जाने का वक्त है? देखनेवाले क्या कहेंगे?"

"तो यह तुमने पहले ही क्यों न सोच लिया था, जाओ बड़ी शर्म है तो ताँगा मँगा लो, क्यों न हो आखिर अम्मा ही के लड़के हो, शान आ गई होगी।"

'पागल' कहकर डॉक्टर ताँगा मँगाने चले गए। सुशीला देवी भरी बैठी गुस्से के मारे गले से आवाज न निकलती थी। इतनी देर बाद अपने को सँभालकर बोली, "माँ-बाप की तो फिकिर नहीं, किसी ने खाया-पिया या नहीं, गैरों की सेवा करने चली है, बड़ी धर्मात्मा की पूँछ बनी है। खुद वही काम करेगी और लड़के से भी करावेगी। अभी वह दुकान से आ रहा है, अब इनका हुकम हुआ है कि मेरे साथ चलो। ऐसी धूप और लू में।"

तीक्ष्ण स्वर में विमला ने कहा, "हाँ! वहाँ फीस जो नहीं मिलेगी, इसी से दोपहर है, धूप है, लू है, सबकुछ है। डॉक्टरों को कहीं इन बातों की परवाह करनी चाहिए। तुम तो जहाँ रुपया मिले वहीं जाने दोगी। उपकार सेवा के लिए जरा धूप लग ही जाएगी तो क्या हो जाएगा।"

उत्तेजना से विमला का चेहरा लाल हो उठा। सुशीला देवी सिटपिटाकर चुप हो गई, उसी वक्त नौकर ने आकर कहा, "बिटियाजी ताँगा आ गया।"

*

सुमित्रा विमला की रिश्ते की चचेरी बहन लगती थी। एक साधारण घर में ब्याही गई। उसके पति श्यामा चरण किसी ऑफिस में क्लर्क थे, किसी तरह निर्वाह होता था, परंतु इधर कई महीने से सुमित्रा बीमार रहने लगी थी, गरीबी की नाव बेपतवार धारा में जा पड़ी थी। पत्नी की सेवा-सुश्रुषा में श्याम ने कुछ कसर उठा न रखा पर कोरी से

ही क्या होता, जहाँ जरूरत थी किसी अच्छे डॉक्टर की, पौष्टिक भोजनों की, वहाँ बस मिलती थी वैद्यों की सस्ते दामों वाली गोलियाँ और पथ्य में केवल मुनक्के, धीरे-धीरे सूखती जा रही थी। वैद्य ने तो स्पष्ट कह दिया था कि जीर्णज्वर के लक्षण हैं, पर श्याम किसी डॉक्टर को दिखाना चाहता था, कई दिन से सुमित्रा की छाती में भी दर्द होने लगा था। ज्वर भी तेज था, उसके रोग से पीले मुँह की तरफ देखकर श्याम ने कहा, "आज मैं किसी डॉक्टर को लाता हूँ, वैद्य की दवा पर मुझे भरोसा नहीं रहा।"

सुमित्रा ने धीरे से कहा, "गरीबों का काम वैद्य की दवा से ही चलता है, चार-चार, पाँच-पाँच रुपए फीस देकर कहाँ से डॉक्टर लाओगे।"

रोदन से भी करुण हँसी-हँसकर श्याम ने कहा, "तुमसे मतलब, मैं चाहे जहाँ से लाऊँ।"

कातर कंठ से सुमित्रा बोली, "नहीं, नहीं! तुम कहीं से उधार न लेना। उम्मी के मुंडन में जो रुपए शारदा से लिये थे वह अभी तक न दे सकी। अब मैं कर्जा न लेने दूँगी।"

श्याम ने प्रतिबद्ध करने की कोशिश नहीं की, वे पीड़ित सुमित्रा के माथे पर हाथ रखकर चुपचाप बैठे रहे।

सुमित्रा ने कहा, "आज विमला आई थी।"

कुछ चौंककर श्याम ने कहा, "क्यों?"

सुमित्रा, "उसकी तो हमेशा की आदत रही है कि वह किसी की तकलीफ नहीं देख सकती मुझे तो वह बहुत चाहती है, किसी से सुना कि मैं बीमार हूँ, तुरंत आई, खबर न देने के लिए मुझे बड़ा उलाहना देने लगी, देखा नहीं तुमने कमरा और सब चीजें, साफकर सँभालकर रख गई है। उम्मी को नहलाया, कपड़े बदलाए, वह तो इतना पहचान गया कि जाते वक्त छोड़ता ही न था। मिठाई लाने का बहाना करके गई है, शाम को फिर आने के लिए कह गई है।"

श्याम की आँखें कृतज्ञता से भर आईं। वे बोले, "तुम बहुत बातें मत करो सुमित्रा! मैं जाता हूँ किसी डॉक्टर के पास, विमला सचमुच में एक रत्न है, सुनता हूँ आगरे में शादी तय हो गई है।"

खाँसते हुए सुमित्रा ने कहा, "विमला को ब्याह देना सहज नहीं है, तुम देख लेना वह राजी ही न होगी।"

उसी वक्त ताँगा रुकने की आवाज हुई। श्यामाचरण ने खिड़की से झाँककर देखा और कहा, "कोई आया है।" छोटे से आँगन में पहुँचकर विमला ने पैरों से चप्पल उतारकर और कमरे में आकर बोली, "भइया आओ।"

श्यामाचरण तो विस्मय और कृतज्ञता से अवाक् खड़े थे। सुमित्रा ही धीरे से बोली कि कौन है विमला! क्या भइया को भी तकलीफ देने के लिए ले आई हो तुम बड़ी

वह हो, भला इतनी दोपहरी में कोई बाहर निकलता है।

डॉक्टर, "जरूरत पड़ने पर निकल क्यों नहीं सकता, कहो क्या हाल है?"

इस बार श्याम ने कुरसी खिसकाकर कहा, "बैठिए डॉक्टर साहब।"

डॉक्टर, "इलाज किसका हो रहा है?"

सकुचाते हुए श्याम ने कहा, "एक वैद्य की दवा देता था, बुखार कोई पंद्रह-बीस दिन से आ रहा है, बीच में जुकाम भी हो गया था।"

डॉक्टर ने अच्छी तरह से सुमित्रा को देखकर कहा, "थोड़ा सा कागज दीजिए।"

एक कॉपी से फाड़कर श्याम ने कागज दिया, डॉक्टर ने कहा, "यह प्रिस्क्रिपशन है। मेरी दुकान से दवा मँगा लीजिएगा। मैं आदमी भेज देता हूँ, यह मालिश की दवा है यह पीने की लिये मिक्स्चर है और ये पुड़िया है, पाउडर की दूध के साथ दी जाएगी।" श्याम ने आशंका से भरे स्वर में पूछा, "क्या हाल है डॉक्टर साहब!"

बरामदे में खड़े होकर डॉक्टर धीरे से बोले, "निमोनिया है घबराइएगा नहीं, जरा खयाल रखिएगा, मैं फिर देख जाऊँगा।"

विमला ने बाहर निकलकर कहा, "तुम जाओ भइया, शाम को मोटर भेज देना चली आऊँगी।" डॉक्टर (जरा धीरे से), "चली चलो अम्मा वैसे ही आज बिगड़ी हुई हैं।"

विमला, "कोई बात नहीं मैं मना लूँगी, तुम जाओ मैं शाम के पहले नहीं आऊँगी कह दिया।"

मजबूर होकर डॉक्टर साहब चले गए, श्यामा चरण की समझ में नहीं आता था कि क्या करे। संकोच से उसका बुरा हाल था। आज शनिवार की वजह से दफ्तर जल्दी बंद हो गया था, इसीलिए वह सुमित्रा के पास इस समय बैठ सका था, वैसे तो साढ़े चार बजे तक वह अकेली पड़ी रहती, ढ़ाई साल का बालक उमेश, सारे दिन अकेले रहता, कभी खेलता, कभी रोता, कभी सो जाता, कपड़े मैले, बदन मैला, फूल सा शिशु मुरझाया पड़ा रहता। रोग से अशक्त सुमित्रा यह दुर्दशा देखती और पेट भर कर रोती, अब तो उसमें उठने की भी ताकत शेष न रही।

विमला ने इस वक्त उमेश को न देखकर सुमित्रा से कहा, "उम्मी कहाँ गया जीजी!" श्याम वहाँ नहीं थे सुमित्रा ने कहा, "मुझे तो नहीं मालूम, खेलता होगा कहीं।" विमला ने कमरे से निकलकर पुकारा—"उम्मी!"

सामने रसोई बनाने की छत छोटी सी दालान थी, उमेश वहीं बैठा था। विमला ने देखा वह कल के रखे हुए बासी पराँठे खा रहा है, जो सूख गए हैं। उसके हाथों से टूटते भी नहीं थे, विमला ने बड़े आश्चर्य से कहा, "जीजी! यह बीमार पड़ेगा सूखे और बासी पराँठे खा रहा है।"

सलज्ज वेदना से भरे कंठ से सुमित्रा ने कहा, "रोज ही खाता है बहन! ये तो

शाम ही को खाना बनाते हैं। दिन में फुरसत ही कहाँ मिलती है, उम्मी के लिए रात को ही पराँठे बनाकर रख देते हैं।"

सुख और ऐश्वर्य में पली हुई विमला के लिए यह दृश्य बिल्कुल नया था, वह थोड़ी देर तक स्तब्ध खड़ी रही, फिर ठंडी साँस लेकर उसने कहा, "उम्मी, तुम पराँठे मत खाओ, मैं तुम्हारे लिये अभी दाल-भात बनाए देती हूँ, क्या खाओगे बेटे!" उम्मी को गोद में लेकर विमला ने अपनी सजल आँखें पोंछ डालीं और कहा, "जाओ अपने बाबूजी को बुला लाओ और दोनों जने माँ के पास बैठो। जीजी! सामान कहाँ है? मैं आज खाना बनाकर जाऊँगी, जीजा क्या खाएँगे—दाल-चावल या रोटी-दाल।"

सुमित्रा ने स्नेहभरी आँखों से विमला की तरफ देखकर कहा, "तुम क्या पागल हो गई हो विमला! इतनी गरमी में तुम आँच के पास बैठोगी, तबीयत न खराब हो जाएगी। मेरे पास बैठो, तुमने जो कुछ किया वही क्या कम है बहन!"

विमला, "बको मत! जल्दी बताओ सब सामान है या नहीं!"

सुमित्रा आपत्ति दिखाती हुई बोली, "नहीं मैं तुम्हें इतनी गरमी में खाना न बनाने दूँगी, कोई देखेगा तो क्या कहेगा।"

विमला ने हँसकर कहा, "कहने के डर से ही तुम मुझे रसोई नहीं बनाने देती। जीजा तो रोज ही बनाते होंगे। एक दिन मैं बना दूँगी तो क्या हो जाएगा। डरो मत जीजी! मैं मोम नहीं हूँ, जो आग के पास जाते ही पिघल जाऊँगी।"

सुमित्रा को कुछ जवाब न सूझा, वह चुपचाप पड़ी रही। कहारिन चौका-बरतन कर चुकी थी। उसने आकर कहा, "बाजार से कुछ लाना तो न होगा बहू!"

विमला ने बीच ही में कहा, "हाँ! लाना होगा पहले तुम हमें सब सामान दिखा दो, तब जो चीज न होगी मँगा लूँगी।"

विमला ने भंडारे की छोटी सी कोठरी में जाकर देखा, सब चीजें करीने से सजी रखी थीं, छोटे-बड़े कनस्तर और पीपे, बहुत बड़ी संख्या में जार थे—किसी में दाल, किसी में चावल और किसी में आटा रखा था। छोटे जार में हल्दी-मसाला, नमक और शक्कर वगैरह थी, मतलब यह कि किसी चीज की कमी नहीं थी, जैसे आज ही रखा गया है। विमला ने एक डब्बे से गरम मसाला निकालकर कहा, "सभी चीजें तो हैं महरी! तुम खाली तरकारी लेती आओ।"

रुपए हाथ में लेकर कहारिन ने लंबी साँस लेकर कहा, "यह बहू के हाथ की रखी चीजें हैं। बाबूजी तो इसमें से कुछ छूते भी नहीं हैं। जैसा कुछ बना बाजार से मँगाकर कच्चा-पक्का बनाकर खा लेते हैं।" विमला ने अपनी सारी पाकशिक्षा का उपयोग करके उस दिन भोजन बनाया, कहारिन ने तरकारी काट दी। चूल्हा भी जला दिया था, बेचारे श्यामा चरण संकोच के मारे पसीने-पसीने हो रहे थे। वे नहीं समझ सकते थे

कि विमला के इस अकारण उत्साह में क्या बाधा डालें। सुमित्रा को पंखा हाँकते हुए बोले, "यह तो बड़ी बुरी बात है, विमला की माँ सुन लेंगी तो बहुत ही नाराज होंगी। गरीबों से उन्हें उतनी ही चिढ़ है, जितनी विमला को सहानुभूति है।

उसी समय उमेश ने आकर कहा, "बाबूजी खाने चलो! मौछी यहाँ बैथने आती हैं, आज मौछी ने लोती बनाई है, मुजे भूथ लगी है जल्दी चलो। बाहर से आवाज आई कि मोटर खड़ी है। विमला ने अंदर आकर कहा, "जाती हूँ। जीजी! सुबह आऊँगी। मैंने तुम्हारा तो कुछ काम किया ही नहीं। खैर कल सब ठीक हो जाएगा, जीजाजी से कहो, खाना खाने जाएँ।"

सुमित्रा की आँखों से कृतज्ञता के आँसू बहने लगे। वे रोकर बोलीं, "विमला मैं तुम्हें क्या आशीर्वाद दूँ, ईश्वर तुम्हें 'रानी' बनाएँ।"

विमला की आँखें भी सजल हो उठीं पर वह हँसकर बोली, "रानी बनने का शाप मत दो जीजी! अमीरी की जिंदगी से घबरा उठी हूँ।" सुमित्रा को नमस्ते करके वह चली गई।

श्याम सोच रहा था, 'विमला के ये शब्द, रानी बनने का शाप मत दो जीजी। आह यह लड़की क्या जाने कि गरीब की पत्नी इससे बड़ा आशीर्वाद नहीं दे सकती। दरिद्रता से बढ़कर दूसरा दुःख दुनिया में नहीं है।'

*

मालती ने जिद के साथ कहा, "मुझे अभी पढ़ने दीजिए पापा! आप तो कहा करते थे कि मुझे एम.ए. तक पढ़ाएँगे, अब क्या हो गया कम-से-कम बी.ए. तो पास ही कर लेने दीजिए, विमला भी तो पढ़ रही है।"

बुआजी पास ही बैठी हुई बत्तियाँ बना रही थीं, कटु कंठ से बोल उठीं, "हाँ पढ़ेगी, अब पढ़कर वकालत करेगी क्या? विमला की क्या बात वह पढ़े जल मरे उसे कुछ ब्याह बर करना है, भले घर की लड़की के लिए इतनी पढ़ाई ही क्या कम है, ऊपर से कहती है और पढ़ूँगी। जाने अंग्रेजी पढ़-पढ़कर क्या होगा!"

वकील साहब (मुसकराकर), "मालती दो बरस और पढ़े तो कहीं स्कूल में मास्टरी मिल जाए, तुमारी क्या राय है बुआजी।"

बुआजी ने असहय क्रोध से जलकर कहा, "तो पढ़े क्यों न, मना कौन करता है, दो बरस, चार बरस जब तक मन हो पढ़े।"

मालती चुपचाप हँस रही। वह बोली, "तुम्हें चिढ़ा रहे हैं बुआजी!"

"मैं अब पढ़कर क्या करूँगी, तुमसे घर का काम-धंधा सीखूँगी।"

इस बार बुआजी का आनन प्रफुल्लित हो उठा। मुसकराती हुई बोलीं, "मैं क्या कोई बच्चा हूँ, जो तुम लोग मुझे चिढ़ाया करते हो।"

मालती, "तुम चिढ़ती क्यों हो, इसी से तो और भी सब लोग बनाते हैं।" बुआ कुछ कहने जा रही थीं कि विमला के घर की महरी ने आकर मालती के हाथ में एक पत्र रख दिया और बोली, "बिटिया ने दिया है।"

चिट्ठी लेकर मालती ने कहा, "विमला आजकल क्या किया करती हैं, कभी आती नहीं।"

महरी, "करती का हैं उन्हीं सुमित्रा के घर जावा करति हैं दिन भर रहत हैं रतियम कहूँ घरै आवत हैं।"

बुआजी, "का है सुमित्रा के यहाँ क्या काम है।"

महरी, "आप सुनेव नाहीं का सुमित्रा कर तो हालै बिगड़ गवा रहै। यह कहो कि हमरे भइयाजी और बिटिया अस रहैं, जो उठाए के ठाढ़ कर दिहिन, नाहीं तो कउनिउ कसर तो रहिन गई रहै, मालकिन तो बड़ा बिगड़त और बक्कत रहैं, पर कउनउ बस नहीं चला।"

नाक सिकोड़कर बुआजी ने कहा, "आजकल के लड़कों का यही हाल है, अपने माँ-बाप की तो बात ही न सुनेंगे, गैरों की सेवा करने जाएँगे।"

महरी ने बुआ की बात का समर्थन नहीं किया, क्योंकि वह विमला के उपकारों से स्वयं दबी थी। उसने मालती से कहा, "जवाब मिली बिटिया मालती।" कमरे में जाकर बोली, "इस वक्त नहीं दूँगी, तुम जाओ।"

प्रमिला मशीन चलाकर एक ब्लाउज सिल रही थी, मालती ने उसके पास बैठकर कहा, "विमला ने अपनी शिक्षा सार्थक कर दी नई माँ! एक मैं हूँ कि पढ़ने को भी तरसती हूँ, कुछ करने की कौन कहे। विमला देहांत में जा रही है, वहीं थोड़े दिन रहकर गाँव में शिक्षा का प्रचार करेगी।"

मालती के निराशा के करुण मुँह की तरफ देख मशीन रोककर प्रमिला बोली, "क्या है मालती आज इतने भावावेश में क्यों हो, क्या हुआ!"

मालती ने मुँह फुलाकर कहा, "तुम कुछ देखती-सुनती हो, तुम्हें क्या मालूम पढ़ने के लिए रोककर पापा मुझे बड़ा कष्ट दे रहे हैं। मेरी बहुत दिन की अभिलाषा इस तरह मिट्टी में मिल रही है क्या करूँ।"

साआश्चर्य शब्दों में प्रमिला ने कहा, "क्या ये राजी नहीं हुए, अभी तक तो कहा करते थे कि एम.ए. तक पढ़ाएँगे। अब क्या हो गया।"

"हाँ अब तो किसी तरह राजी ही नहीं होते, जाने क्यों मत बदल गया। आखिर बैठे-बैठे मैं करूँगी क्या? जितना कहती हूँ उतनी ही पापा की जिद भी बढ़ती जाती है। विमला को बड़ी आराम है, जो चाहती है वह करती है, कोई रोकता भी नहीं।"

प्रमिला, "रोकता क्यों नहीं है पर रोक नहीं पाता है, चाचीजी क्या बकने-झकने

और शासन करने में कुछ कम हैं पर विमला के सामने उनकी कुछ चलती नहीं है।"

मालती ने अनुरोधपूर्वक कहा, "तुम मेरी सिफारिश कर दोगी नई माँ।"

"या तो मुझे भी विमला के साथ भेजने का इंतजाम करा दो या कॉलेज में पढ़ने का, कह दोगी पापा से? तुम्हें बड़ी पुण्य होगी।"

प्रमिला, "पागल हुई हो मालती! भला मेरे कहने से वे राजी हो जाएँगे?"

"नहीं? मेरे कहने से तो उन्हें और भी जिद बढ़ जाएगी।"

मालती, "तुम पहले कहो तो फिर देखा जाएगा कि राजी होते हैं या नहीं!"

प्रमिला ने कुछ व्यथित स्वर से कहा, "मैं तुम्हें कैसे समझाऊँ मालती, चाहे देख लेना मेरे कहने से वे कभी कोई काम न करेंगे, पढ़ने के लिए चाहे मैं कह भी दूँ पर विमला के साथ जाने के बाबत मैं कुछ न कह सकूँगी।"

मालती, "क्यों?"

प्रमिला ने मशीन में डोरा डालने के बहाने अपना सिर बहुत झुका लिया और धीरे से बोली, "विमला के साथ कौन जाएगा? डॉक्टर ही तो जाएँगे?"

मालती, "हाँ! और कौन जाएगा क्यों? उनके साथ जाने में कुछ हर्ज है?"

प्रमिला, "हर्ज कुछ नहीं है पर मैं कह नहीं सकूँगी।"

इस बार जरा नाराज होकर मालती ने कहा, "यह तो तुम बेकार की बात करती हो, उनसे कह देने में तुम्हें ऐसा एतराज क्यों है? जरा बताओ तो?"

"नहीं कोई खास एतराज नहीं है, पर इस बारे में तुम्हें मुझे क्षमा करना होगा। मैं कह न सकूँगी।"

प्रमिला की दृढ आपत्ति देखकर मालती गुस्सा हो गई और उठ कर अपने कमरे में चली गई। प्रमिला ने तेजी से मशीन चलानी शुरू कर दी, जिससे उसकी आवाज से उसकी रूलाई कोई सुन न सके। प्रमिला ने मशीन पर से ब्लाउज हटा दिया था और एक पुरानी चिट पर सिलाई कर रही थी। आँसुओं की धार से उसका मुँह भीगा था। उसी समय वकील साहब वहाँ आकर खड़े हो गए और मशीन चलाने में प्रमिला की यह तत्परता देखकर बोले, "इस टुकड़े का क्या बन रहा है।"

प्रमिला चौंक पड़ी, उसने मशीन रोक दी और ढक्कन उठाकर नीचे के पुरजों की एकाग्रभाव से परीक्षा करती हुई बोली, "मशीन ठीक कर रही हूँ।"

थोड़ी देर तक वकील साहब चुपचाप खड़े रहे। प्रमिला ने न उन्हें बैठने के लिए कहा न उनकी तरफ मुखातिब ही हुई, केवल मनोयोगपूर्वक नीचे के पुरजे बेकार ही खोल-खोलकर रखने लगी। थोड़ी देर तो वकील साहब प्रतीक्षा करते रहे कि प्रमिला बोलेगी पर जब वह लगातार मशीन ही सुधारती रही तो वे जल उठे और कठोर होकर बोले, "मशीन का सुधारना क्या इतना जरूरी है कि तुम एक मिनट भी बरबाद नहीं कर सकती, एक शिक्षित परिवार में रहकर भी तुम्हें सभ्यता न आई, बड़े शर्म की बात है

कि मैं घंटे भर से खड़ा हूँ पर तुमसे यह भी कहते न बना कि बैठ जाओ।"

प्रमिला ने कोई जवाब न देकर पुरजे समेटकर मशीन के अंदर भर दिए।

वकील साहब कमरे में इस सिरे से उस सिरे तक टहलने लगे। बीच-बीच में ज्वलंत दृष्टि से प्रमिला की ओर देखते रहते थे। इस बीच प्रमिला ने चुपचाप अपनी आँखें पोंछकर सुखा डाली थीं। लाल-लाल आँखों से पति की तरफ एक बार देखकर वह मृदु स्वर में बोली, "कचहरी का वक्त हुआ होगा, क्या खाने का इंतजाम करूँ?" बात बिल्कुल असंगत थी उसमें जरा भी जोर न था।

वकील साहब देर तक उसके चेहरे की तरफ देखकर बोले, "रो क्यों रही थी?"

प्रमिला एकदम सिटपिटा गई, आँखें चुराकर बोली, "रो कहाँ रही थी।"

वकील, "झूठ भी बोलती हो! तुम्हारा चेहरा कह रहा है कि रो रही थीं, इस बार सिर झुकाकर प्रमिला ने कहा, "मुझे आज घर की याद आ गई थी।" कुछ मुसकराकर वकील साहब ने कहा, "अच्छा तो मालूम पड़ता है अब तुम्हें भेजना पड़ेगा, क्योंकि अब तुमने रोना-धोना शुरू कर दिया है।"

प्रमिला अपनी इस कपट लीला पर अपने को धिक्कार रही थी। स्वामी के पैरों पर गिरी हुई दृष्टि मानो क्षमा याचना करती थी, उसने मधुर स्वर में कहा, "एक बात कहनी है, अगर मान जाओ तो कहूँ।"

वकील साहब ने मानो आकाश का चाँद हाथ में पाया, प्रमिला और उनसे किसी वस्तु के लिए याचना करें, यह उनके लिए स्वप्नातीत था, बेचारों ने नित्य नए-नए उपहार लाकर भी कभी प्रेम और कृतज्ञता के शब्द न सुने थे तथा वे उसका मुँह ही देखा करते थे कि प्रमिला कुछ माँगे, कुछ कहे, इस समय अत्यंत प्रसन्न होकर बोले, "क्या बात है किसी चीज की जरूरत है क्या?" बड़े संकोच के साथ दबी जवान में प्रमिला बोली, "मालती को कॉलेज में पढ़ने क्यों नहीं देते, उनकी बड़ी इच्छा है।"

आखिर जब इतना पढ़ा है तब दो बरस और सही। इस साल शादी भी तो नहीं करनी है।

प्रमिला की प्रार्थना से वकील साहब को जितनी निराशा हुई उतना ही क्रोध हुआ, बोले, "अच्छा तो तुम उसकी तरफ से वकालत करने आई हो। मैं एक बार जो बात कह चुका, बदल नहीं सकता। मालती के पढ़ने की अब कोई जरूरत नहीं है। तुमसे यह किसने कहा कि इस साल शादी नहीं होगी, मैं बहुत जल्द उसका ब्याह करनेवाला हूँ।"

शादी की बात बिल्कुल झूठ भी। जेठ का महीना बीत रहा था इतनी जल्दी कहाँ ब्याह हो सकता है। यह प्रमिला जानती थी, पर उसने कोई प्रतिवाद न किया, प्रमिला को चुप देखकर वकील साहब ने फिर कहा, "तुम्हारे और मालती दोनों के सामने उसी डॉक्टर की बहन का आदर्श रखा गया है।

"तुम समझती हो कि उसकी ऐसी दूसरी लड़की नहीं है, वह जो कुछ भी करती है अच्छा करती है पर उसके पैरों पर पैर रखकर चलने की कोशिश मालती को न करनी चाहिए, न तुम इसके लिए उसे शिक्षा ही दिया करो समझी।"

प्रमिला ने सिर हिलाकर बता दिया कि वह खूब समझ गई है पर उसकी नीर व स्वीकारोक्ति ने वकील साहब को और भी उत्तेजित कर दिया वे गरम होकर बोले, "मैं सब चालें समझता हूँ, मुझसे कुछ छिप नहीं सकता है।"

"यही विमला लिख-लिखकर मालती को भड़काया करती है अभी भी उसकी चिट्ठी आई है, देखो अब डॉक्टर आएँ तो कह देना मैं अपने घर को कांग्रेस का दफ्तर नहीं बना सकता।"

उसी समय मजुआ कहार ने आकर कहा, "हजूर राय साहब आए हैं," और मजबूर होकर वकील साहब को बाहर चले जाना पड़ा, तब प्रमिला उठकर गुसलखाने में चली गई।

थोड़ी देर में जब मालती का क्रोध कम हो गया, तब वह फिर चली प्रमिला के पास। उसने आकर देखा मजुआ कमरे में झाड़ू लगा रहा था, प्रमिला वहाँ नहीं थी, मालती ने पूँछा, "मजुआ, तुम्हारी बहूजी कहाँ गईं।"

मजुआ, "हमरे जान तो गुसलखाना की ओरी गई हैं।"

स्नानघर के सामने जाकर मालती ने किवाड़ खटखटाकर कहाँ, "वहाँ क्या कर रही है?" प्रमिला ने दरवाजा खोलकर तौलिए से मुँह पोंछते हुए कहा, "मशीन के तेल की बदबू आ रही थी, मुँह धोया तो साबुन आँख में चला गया। बहुत दर्द कर रही है।"

मालती ने उसका हाथ पकड़कर खींचते हुए कहा, "अच्छा, यहाँ आओ, क्या तुमने उस बात के लिए पापा से कहा था?"

प्रमिला चारपाई पर लेट गई और बोली, "कहाँ कहने पाई, वे तो तुम्हारे विवाह की सलाह करने लगे थे।" मालती ने प्रमिला को चुटकी काटकर कहा, "चिढ़ाओ मत, सच बताओ, क्या बात हुई?"

प्रमिला ने जरा हँसकर कहा, "सच ही कहती हूँ मालती! मैंने जैसे ही तुम्हारे पढ़ने की बात छेड़ी वैसे ही वे बोले कि मैं इसी साल उसकी शादी करने जा रहा हूँ।" मालती के चेहरे का रंग उड़ गया। उसने सचिंतस्वर में कहा, "क्या सच! क्या अब तुम लोगों ने मेरे बलिदान की तैयारी कर ही दी नई माँ! पर बलि किसके भेंट होगी यह भी तय हो गया या नहीं।"

जरा हँसकर प्रमिला ने कहा, "अरे, इतना मत घबराओ। तुम नहीं जानती क्या कि ये सब बहाने हैं, इतनी जल्दी शादी कहाँ तय हो जाएगी?"

इस पर मालती ने कहा, "तो पापा ने मुझे न पढ़ाने का तय कर लिया है। मेरी

पढ़ाई खतम हो गई। मेरे साथ की सब लड़कियाँ पढ़ेंगी, एक मैं ही ऐसी हूँ, जो बेकार में रही जाती हूँ, घर में बैठकर करूँगी क्या?"

प्रमिला ने कोमल स्वर से कहा, "मेरा कुछ बस नहीं है भाई, नहीं तो मैं जरूर कोशिश करती, न जाने क्या बात है आजकल तुम्हारे बारे में कुछ कहते ही ये मेरे ऊपर बिगड़ने लगते हैं। इसी से मैं ज्यादा जोर नहीं दे सकती।" इतना कहकर प्रमिला अपनी आँखें पोछने लगी।

मालती थोड़ी देर तक चुप बैठी रही, फिर बोली, "आजकल डॉक्टर साहब भी नहीं आते, उनसे कहती तो शायद उनके समझाने से पापा मान जाते।"

प्रमिला, "सुना था कि आजकल सुमित्रा बीमार हैं, वे उन्हीं के यहाँ ज्यादातर रहते हैं, इसलिए न आ पाए होंगे। मुझे तो विश्वास नहीं है कि अब ये डॉक्टर साहब के समझाने से अपनी राय बदलेंगे।"

मालती ने हताश होकर कहा, "पापा की जाने क्या आदत है कि जिस बात के लिए जिद करेंगे, उसे जरूर पूरा करेंगे, जो कुछ भी हो जाए।"

ठंडी साँस लेकर प्रमिला ने कहा, "मैने सिफारिश कर दी इससे और भी जिद बढ़ गई, वैसे तो शायद मान भी जाते।"

मालती ने स्नेह भरे स्वर में कहा, "वाह तुम्हारे कहने से क्यों जिद बढ़ गई। वे तो पहले ही से कह रहे थे कि नहीं पढ़ाएँगे। खैर जाने दो देखा जाएगा।"

मालती उठकर अपने कमरे में चली गई। वैसे ही वकील साहब कचहरी के कपड़े पहनकर पान लेने आए, यह उनका नित्य का नियम था। प्रमिला जल्दी-जल्दी पान लगाने लगी, दो बीड़े खाकर वकील साहब ने कहा, "शाम की गाड़ी से कानपुर जाऊँगा, मेरे छोटे वाले सूटकेस को ठीक करके रखना।" प्रमिला ने सिर हिलाकर कहा, "अच्छा।"

थोड़ी देर खड़े रहकर हठात वकील साहब उत्तेजित स्वर में बोल उठे, "तुम्हें यहाँ आए दो साल से ऊपर हो गया, आज तक मैंने तुम्हें किसी लायक न पाया। तुम स्त्री और गृहिणी किसी भी पद को पूरा न कर सकी। बताओ मैं तुमसे किस सुख की आशा कर सकता हूँ।"

यह सुनकर प्रमिला ने एक बार आश्चर्य से भरकर स्वामी की तरफ देखा और निगाह नीची कर ली। गृहिणी न होने का अपवाद उसे कोई कैसे दे सकता है यह उसकी समझ में नहीं आया, क्योंकि आने के दिन से ही उसने गृहस्थी का सुचारू रूप से संचालन किया है। उसके जीवन की यही एक सार्थकता थी। वह सारे दिन घर की सफाई में लगी रहती, कमरे की चीजें झाड़ने, पोंछने और सजा-सजाकर रखने का उसे खब्त सा हो गया था, कहीं जाती दो-चार चीजें गृहस्थी के लिए जरूर खरीद लाती, कभी खाली

न बैठती, कुछ-न-कुछ काम किया ही करती थी। रोज एक बार भंडारघर की सफाई करती, अचार, मुरब्बे, बड़ी मुंगौरी तैयार करती और उनमें धूप दिखाया करती, सारा घर सजा और स्वच्छ रहता, तमाम समय घर के कामों में खर्च करती।

सब कपड़े सीती, एक पैसा व्यर्थ न जाने पाता। कौड़ी-कौड़ी का हिसाब लिखती और ठीक रखती। सारांश यह कि इतनी थोड़ी उम्र में वह आशातीत योग्यता से गृहिणी का पद पूरा कर रही थी। आज स्वामी के मुँह से उपरोक्त बात सुनकर उसे बड़ा क्षोभ हुआ, क्योंकि कई बार खुद वकील साहब उसकी बड़ाई कर चुके थे। उसने अश्रुरूद्ध कंठ से कहा, "क्या हुआ! क्या गलती की है मैंने, बताते भी तो नहीं।"

वकील साहब ने होंठ चबाकर कहा, "तुमने पूछा कि कहाँ जा रहे हो और लौटोगे कब।"

प्रमिला, "तो पूछने की क्या जरूरत थी, कानपुर जाओगे यह तो मैं सुन ही चुकी थी और कल सुबह लौटोगे यह भी अंदाज कर चुकी थी।" इतना कहकर प्रमिला सिर झुकाकर मन-ही-मन अपनी गलती स्वीकार करने लगी।

असह्य क्रोध से लाल होकर वकील साहब बोले, "यह तो नहीं अंदाज कर लिया था कि शायद कभी न लौटूँ, गंगाजी तो वहाँ हैं ही, वहीं मेरी समाधि बने और तुम भी शांति पा जाओ।" इतना कहकर वे पैर पटकते हुए बाहर चले गए।

मर्मांतिक व्यथा से प्रमिला का मुँह विवर्ण हो उठा, उसका मन हुआ कि पैर पकड़ कर पति को रोक ले, पर जब मोटर का हॉर्न उसे सुनाई पड़ा, तब उसको जान पड़ा कि उसका हृदय फटा जाता है। जी होता था कि चिल्लाकर रोए, उसने कमरे का द्वार बंदकर लिया और वकील साहब की चमड़े की चप्पलों को छाती में दबाकर फूट-फूटकर रोने लगी। उसका अंतर किसी अलक्ष्य भय से पीड़ित हो उठा था।

*

विमला ने अपनी हठ पूरी की। पिता की अनिच्छा, माता का कठिन विरोध, शहर के सुख और सखी सहेलियाँ सबकी उपेक्षा करके वह गरमी की छुट्टी देहात में बिताने के लिए तैयार हो गई। जगदीशपुर में रायबहादुर साहब का इलाका था विमला ने वहीं रहकर देहात की हालत देखने और सुधारने का निश्चय कर लिया। दोपहर का वक्त था।

अपना थोड़ा सा सामान ठीक-ठाक करके किताबें और कुछ कपड़े सूटकेस में रखकर विमला घड़ी देखने लगी। वह कई दिन से बंद पड़ी थी, उसमें चाबी देने लगी, वैसे ही डॉक्टर ने आकर कहा, "विमला क्या तुम सचमुच जगदीशपुर जा रही हो? मैं तो समझ रहा था कि हँसी कर रही हो। अम्मा, बाबूजी कैसे राजी हो गए।"

विमला, "वे लोग राजी कहाँ है? पर मैं उनकी नाराजी में भी जाऊँगी भइया!"

डॉक्टर, "पागल हुई हो विमला! इतनी गरमी में तुम देहात जाओगी। जरा ठंड पड़ने दो, दशहरा में घूम-फिर आना। आजकल कितनी लू चल रही है। घर के अंदर खस की टट्टियों और बिजली के पंखों में तो आग बरस रही है। वहाँ जाकर कहीं बीमार पड़ जाओगी, तब आफत होगी।"

विमला अपनी तकिया पर खद्दर का गिलाफ जिस पर उसने रेशम की बेल काढ़ी थी चढ़ाती हुई बोली, "तुमसे यह किसने कहा है कि मैं घूमने के लिए देहात जा रही हूँ।"

डॉक्टर जरा व्यंग्य से, "और क्या बात है, क्या कुछ तंदुरूस्ती खराब है, आखिर क्यों जा रही हो?"

विमला ने सजल आँखों से डॉक्टर की तरफ देखकर कहा, "क्या! तुम मुझे नहीं जानते भइया! मैं देहात क्यों जा रही हूँ, यह तुमसे छिपा नहीं है फिर भी मेरा मजाक उड़ाते हो।"

जरा अप्रतिम होकर डॉक्टर ने कहा, "नहीं मजाक नहीं उड़ाता, मुझे डर लगता है कि कहीं तुम्हें लू न लग जाए और तुम बीमार न हो जाओ।"

हँसकर विमला बोली, "डरो मत मुझे कुछ न होगा। खाली मुझे जाने दो और आशीर्वाद दो।"

इस बार स्नेह स्वर में डॉक्टर ने कहा, "विमला तुम्हें शायद मैंने ही शिक्षा दी थी और बहुत सी बातें सिखाई थीं। आज तुम्हारा यह विचार मेरे लिए खुशी और गर्व करने की बात है, पर अफसोस यही है कि गुरु गुड़ ही रहे चेला चीनी बने जा रहे हैं।"

विमला हँस पड़ी और बोली, "धन्य हो भइया! बस इसी जलन के मारे तुम मुझे रोक रहे थे।"

डॉक्टर हँसने लगे, फिर जरा गंभीर होकर बोले, "नहीं विमला सच कहता हूँ, जलन तो नहीं पर मुझे बड़ा संतोष होता है कि मैं तो कुछ न कर सका पर तुम अगर कुछ काम कर सको तो मेरा उद्देश्य किसी हद तक पूरा भी हो जाए।"

विमला कुछ लज्जित होकर बोली, "क्या कह रहे हो भइया! बगैर तुम्हारी शिक्षा और उत्साह के मैं कभी कुछ न कर पाऊँगी।"

डॉक्टर, "तो क्या अकेले जा रही हो, वहाँ तबीयत लगेगी?"

विमला, "मैं क्या खाली बैठने जा रही हूँ, शायद कुछ काम ही मिल जाए। किताबें भी लिये जाती हूँ, पढ़ा करूँगी। दादी तो वहाँ हैं ही।"

डॉक्टर (हँसकर), "पर वह भी तुम्हें बकेंगी खूब, इसके लिए तैयार रहना। गांधी बाबा की चेली ही समझ लेंगी, जरा तैयार होकर जाना।"

विमला खिलखिला कर हँस पड़ी और बोली, "उनके बकने की मुझे उतनी चिंता नहीं है, रामायण पढ़कर सुना दूँगी बस सारा गुस्सा गायब हो जाएगा।"

डॉक्टर, "तो किस रोज जाओगी?"

विमला, "किस रोज कि आज ही शाम को जा रही हूँ!"

डॉक्टर, "साथ कौन जाएगा? मैं ही चला चलूँगा?"

विमल, "नहीं! नहीं!, तुम मत चलो भइया! अम्मा तुम्हारे ऊपर भी शक कर रहीं कि तुम्ही मुझे भड़का रहे हो और भी बिगड़ उठेंगी।"

डॉक्टर हँसकर, "अच्छा यह बात है, तब तो मैं जरूर चलूँगा, चलो तैयार हो जाओ, सुमित्रा की कुछ खबर ली है?"

विमला, "हाँ! आज सुबह ही गई थी, सुमित्रा जीजी पहले से तो कुछ अच्छी हैं पर शाम को टेंपरेचर अब भी बढ़ जाता है, जाने क्या बात है।"

डॉक्टर, "बात क्या है, कमजोरी बहुत है और गरमी बढ़ रही है सख्त। कहीं पहाड़-वहाड़ पर रहने को मिलता तो जल्दी अच्छी हो जातीं, अब पानी बरसेगा तब ठीक हो जाएँगी।"

ठंडी साँस लेकर विमला ने कहा, "पहाड़ पर जाना तो उनके लिए स्वप्न ही है, यहाँ उन लोगों के ऊपर मुझे तो बड़ी दया आती है, वैसे तो उन्हें कोई दुःख नहीं, थोड़ा ही कमाते थे पर सुखी थे, सुमित्रा के मुँह से मैंने कभी किसी तरह की शिकायत नहीं सुनी थी।"

डॉक्टर गंभीर स्वर से, "सब सुख धन ही से तो नहीं मिलते। दोनों के विचार दिल और धर्म एक हों, आपस में भेद-भाव न हो, यही गृहस्थ सुख का चिह्न माना जाता है, श्यामा चरण और सुमित्रा में खूब मेल है। इसी से उन्हें कोई दुःख भी नहीं है।"

विमला जरा सोचकर, "पर इस वक्त उन्हें सबसे ज्यादा निर्धनता खल रही होगी, अपने हृदय का सारा प्रेम लेकर भी श्यामा चरण स्त्री को अच्छा नहीं कर सकते। दुनिया में बगैर थोड़ी रकम के आदमी कुछ कर नहीं सकता।"

डॉक्टर, "यह बिल्कुल ठीक है कि कोरे प्रेम से ही पेट नहीं भरता। विमला! बिना रुपए के किसी भले आदमी का निर्वाह नहीं हो सकता।"

विमला थोड़ी देर चुप रही फिर बोली, "आज मैंने मालती को लिखा है, साथ चलने के लिए, देखूँ क्या जवाब देती है।"

डॉक्टर, "तुम भी पागल हुई हो, भला वकील साहब उसे भेजेंगे। तुम्हारे साथ, वैसे ही वे तुम्हें कांग्रेसवादी समझते हैं, तुम्हें मालूम नहीं विमला कि वे अब मालती का पढ़ना भी बंद कर रहे हैं, कहते थे कि बहुत पढ़ चुकी।"

विमला, "पर उस बिचारी ने तो पढ़ने की सब तैयारी कर ली है, आगे कोर्स भी

मुझसे पूछा था, शायद किताबें भी मँगा ली हो।"

जरा देर चुप रहकर डॉक्टर ने कहा, "अच्छा तुम तैयार रहना मैं एक मरीज को देखने जाता हूँ, घंटे भर में लौट आऊँगा।"

भाई के चले जाने के बाद विमला ने शीघ्रता से अपना सामान बंदकर लिया और आँगन में आकर देखा कि उसकी माँ पड़ोस की एक स्त्री से बातें कर रही है। "विमला को इतना रोकती हूँ पर मानती नहीं, जिद पकड़े हैं कि देहात ही में रहूँगी।"

पड़ोसिन, "क्यों बिटिया! क्या बात है, माँ का कहना क्यों नहीं मानती।"

विमला, "मैं कोई खराब काम तो कर नहीं रही हूँ, देहात जाना कोई बुरी बात तो है नहीं, वहीं तो हमारा असली घर है, बाप-दादा की जन्मभूमि है। दादी अब भी वहीं पर हैं, महीना भर रह ही आऊँगी तो क्या हो जाएगा।"

माता ने क्रुद्ध होकर कहा, "बहस करने में तो वकीलों के भी कान काट ले, कौन इससे जीत सकता है, जो मन में आए करो मुझे क्या करना है? दो ही दिन में देहात का मजा मालूम पड़ जाएगा।"

विमला ने कुछ जवाब नहीं दिया। वह चुपचाप पहाड़ी तोता को सींक से छेड़ने लगी।

पड़ोसिन ने ठोढ़ी को उँगली से छूकर कहा, "धन्य है कलजुग, जरा-जरा से लड़के-लड़की अपने मन के हो जाते हैं पर जीजी! बड़े घर की बात है, कोई कुछ कह नहीं सकता, हम लोगों के यहाँ बिटिया बिटारू की इतनी जिद कौन सह सकै।"

इस बार सुशीला देवी कुछ खुश हो उठीं, क्योंकि पड़ोसिन की बात में उन्होंने यह तथ्य निकाल लिया कि वे लोग बड़े आदमी हैं और उनकी लड़की का जिद्दी होना बड़पन में शामिल है, मुसकराकर बोली, "जाने को जाए पर मैं यही घबराती हूँ कि वह वहाँ रहेगी कैसे? यहाँ इतने नौकर-चाकर हैं। खस की टट्टियाँ, पंखे सबकुछ आराम है, वहाँ गरमी और लू में कैसे रहेगी।"

पड़ेसिन, "सो नहीं जीजी! वहाँ देहात में ऐसी गरमी नहीं होती, पक्के महल तपते हैं, कच्चे घरों में बड़ी ठंढक रहती हैं।"

सुशीला देवी कुछ कहनेवाली थीं उसी समय रायबहादुर साहब ने वहाँ आकर कहा, "विमला कहाँ गई, क्या सचमुच जा रही है?"

सुशीला, "सचमुच नहीं तो क्या झूठमूठ जा रही है। तुम लोगों ने सिर पर चढ़ा कर लड़की का दिमाग खराब कर दिया। इतना मना किया कि बहुत मत पढ़ाओ। दाब में रखो। पर मेरी कौन सुनता है। अब भी रात-दिन कहती हूँ कि शादी की फिकिर करो, पर उसके लिए भी कान में उँगली डाले बैठे हो, जैसा करते हो वैसा आप भुगतोगे।"

रायबहादुर, "अरे तो थोड़े दिन के लिए जगदीशपुर चली ही जाएगी, तो कौन बड़ा

गजब हो जाएगा। तुम तो जरा सी बात पर बिगड़ जाती हो तो घंटों मुँह ही बंद नहीं होता। चाची वहाँ हैं ही, विमला को कौन तकलीफ होगी।"

सुशीला, "देखना है कि कितनी आराम मिलती है, जब बीमार पड़कर लौटेगी तब पता लगेगा, मेरा जी नहीं मानता इससे कहती हूँ, नहीं तो मुझे क्या करना है जैसा जो करेगा आप भुगतेगा।"

इस बार राय बहादुर साहब ने कोई जवाब न दिया, वे विमला के कमरे की तरफ चले गए। पड़ोसिन ने घूँघट खोलकर बाप और लड़की दोनों के बारे में तीव्र समालोचना शुरू कर दी।

## आठवाँ परिच्छेद

विमला को जगदीशपुर आए एक हफ्ता हो चुका था। डॉक्टर उसे पहुँचाकर दूसरे रोज ही लौट गए थे। उनकी कई चिट्ठियाँ आ चुकी थीं। आज मालती का भी पत्र आया था, साथ ही डॉक्टर ने एक आदमी के हाथ झाबा भर के खरबूजे और थोड़े संतरे भेजे थे। विमला फलों के साथ आई हुई चिट्ठी पढ़ रही थी। डॉक्टर ने लिखा था कि वह इतने दिन से क्या कर रही है? कैसे रहती है?

काम! यहाँ कामों की कमी नहीं थी पर विमला के लिए वे सब महान् कठिन प्रतीत होते थे। मस्तिष्क से वह काम ले रही थी पर कार्यरूप में प्रकट करना उसे सभी कुछ मुश्किल जान पड़ता था। वह डॉक्टर का पत्र पढ़कर लज्जित हो उठी, सच ही तो वह यहाँ आकर क्या कर रही है, क्या वह स्वास्थ्य लाभ करने आई है अथवा सैर-सपाटे के लिए, उसने इतना झंझट किया था। विमला ने ग्राम्यसुधार जितना आसान समझा था उतनी ही कठिनता का उसे अनुभव हो रहा था, देहात की स्त्रियों के निकट वह एक तमाशे की चीज थी, वह चाहती थी कि इन लोगों से मेल-जोल करें, पर जब वह इसकी चेष्टा करती तो वे सभ्य स्त्रियाँ उसे तरह-तरह से बनाना शुरू कर देतीं। यह विमला का पहला अनुभव था कि देहाती स्त्रियाँ भी इस कला में इतनी निपुण होती हैं। बेचारी अकेली पड़ी रहती, एक ही हफ्ते में ऊब गई। लेकिन वह हिम्मत छोड़नेवाली लड़की नहीं थी, तरह-तरह के प्रोग्राम सोचा करती। लखनऊ वाले नौकर को वापस करके उसने जगदीशपुर का जो बहुत पुराना नौकर था उसे पुकारकर कहा कि द्वारिका बाबा जरा यहाँ आओ। द्वारिका अब बिल्कुल वृद्ध हो गया था। विमला के बाप को उसने गोद खिलाया था उसकी जिंदगी के तमाम दिन इन्हीं लोगों की सेवा में बीत गए थे। कुछ दिन शहर में भी रहा था, पर नई मालकिन, जिन्हें इसने बहू के रूप में उतारा था

और शासन किया था, अब वहाँ वे जज की पत्नी थीं। सरकार कहलाती थीं, द्वारिका का दुलहिन कहना उन्हें बुरा लगता था, देहात के उजड्ड और बेअदब नौकर के साथ उनकी किसी तरह नहीं पटी। तब जज साहब ने उसे जगदीशपुर भेज दिया। तब से यहीं रहता। घर-द्वार देखता और वृद्धा चाची की पुत्रवत सेवा करता और वृद्धा भी इस अर्ध भग्न गृह को अपार ममता से हृदय से लगाए थीं। यहीं उनके पति-पुत्र और देवर-जेठ सबने विश्राम किया था। इसी मिट्टी में मिटने की आकांक्षा उन्हें भी इस घर से बाहर न जाने देती थी। रायबहादुर साहब ने उन्हें लखनऊ ले जाने की कई बार जिद की, पर वे राजी नहीं हुईं। ससुर की देहरी छोड़कर कहीं जाना उनके लिए असंभव था।

विमला को पाकर उनके आनंदहीन जीवन में सुख की धारा बहने लगी। उसके आदर यत्न में हर समय व्यस्त रहतीं। विमला कहती थी कि दादी, मैं क्या कोई मेहमान हूँ, जो तुम इतनी परेशान होती हो? दादी के दृष्टिहीन नेत्रों में स्नेह के आँसू उमड़ने लगते, वह चुप हो जाती।

विमला की आवाज सुनकर द्वारिका आया और बोला, "का है बिटिया रानी? पुकारा था का?"

विमला ने कुछ संकोच के साथ कहा, "भइया ने एक झावा भर के फल, खरबूजे भेजे हैं। मैं इतने क्या करूँगी? अपने लिए थोड़े निकालकर गाँव में बाँट दो। इन लोगों को लखनऊ के खरबूजे रोज-रोज कहाँ मिलते होंगे।"

द्वारिका, "इधर भी ऐसे खरबूजा मिलते हैं बिटिया! लखनऊ तो पास ही है।"

विमला, "अच्छा, तब भी क्या हरज है, तुम जाकर बाँट दो।"

द्वारिका, "बहुत अच्छा! तो अपने लिये संतरा निकालि लेओ, उहां रोजै फल खाती थी, इहाँ जब से आई तब से कुछ मिला नहीं, हमैं तो बड़ी चिंता है कहीं दुबराय जाओगी तो तुम्हारी अम्मा हम सबका दोस दै हैं बिटिया!"

विमला (जरा हँसकर), "नहीं-नहीं दुबली क्यों हो जाऊँगी। भैंस का दूध और बढ़िया घी खिला-खिलाकर तो तुमने मुझे आलसी बना डाला है। थोड़े दिन में चलना-फिरना भी अच्छा न लगेगा। मोटी होती जा रही हूँ।"

द्वारिका ने स्नेहपूर्ण तिरस्कार से कहा, "हाँ! बड़ी मोटी हो गई हौ! खबरदार अब ऐसा न कहेव! दुश्मनों की नजर लाग जाएगी। लाओ का देती हैं बाँट देई-केहका-केहका देयक होई।"

विमला ने थोड़े खरबूजे और संतरे निकाल लिये और कहा, "जो लोग बहुत गरीब हैं उन्हीं को देना द्वारिका बाबा।"

द्वारिका ने कुछ सोचकर कहा, "अच्छा तुम ये चीजें यहीं रखें, अबै हम यहीं

सबका बुलाए देत हैं, तुम अपने हाथैं से सबका बांटि देव।"

विमला (व्यस्त होकर), "नहीं! नहीं!, मुझे बड़ी शर्म लगेगी।"

पर द्वारिका ने विमला का उश्र नहीं सुना, जाकर सबसे कह आया चलो प्रसाद बँट रहा है। प्रसाद के नाम पर जितनी श्रद्धा अशिक्षित लोगों को होती है उतनी पढ़े लिखे धर्म ध्वजा धारियों को नहीं होती। एक-एक बूँद चरणामृत और एक-एक बताशे के लिए लोग कोसों दौड़ जाते हैं, पर शहर के धनियों के यहाँ थाल भर-भर के मोहनभोग पहुँचता है पर वे लोग सिर्फ मस्तक भर झुका देते हैं।

प्रसाद का नाम सुनकर बहुत से लड़के-लड़कियाँ और स्त्री-पुरुष इकट्ठे हो गए। विमला को बड़ा संकोच मालूम पड़ता था, वह सोच रही थी कि इतने कम खरबूजे व फल कैसे बाँटे जाएँगे, पर द्वारिका ने उसकी चिंता का समाधान कर दिया। उसने जल्दी से चाकू लेकर खरबूजे काट डाले और बराबर सबको बाँट दिए। प्रसाद का नया रूप और दीर्घ परिणाम देखकर बालकों को बड़ा आनंद हुआ। वे लोग खुशी के मारे उछलने लगे। द्वारिका ने उनको भगा दिया। कई चले गए, पर कई स्त्रियाँ अब भी वृद्धा चाची के पास बैठी थीं। विमला ने बातचीत करने के मतलब से कहा, "तुम लोगों के घर कहाँ पर हैं।"

एक स्त्री ने कहा, "सामनेवाला घर हमारा है, उधर के घर में ये दोनों जनी रहती हैं। पच्छू (पश्चिम) की ओर जौ खपरैल है वउ इनके है।"

दादी ने कहा, "जसोदा तुम्हरी बहुरिया का अब का हाल है?"

जसोदा, "वही हाल है चाची! बड़ी आफत में फँसी हैं, पीर बंद नहीं होती न कुछु होत ही है। हमार मरन है। घर का काम-धंधा सबकुछ करना पड़ता है। हम कहाँ तक करें, बहुरिया के पास कौन जाए। सवेरे नहाने के बखत चली जाती हैं।"

विमला ने पूछा, "क्या हुआ, क्या कोई बीमार है?"

वह स्त्री, "नहीं बीमार कोई नहीं है। इनकी पतोहू के बाल-बच्चा होनेवाला है। तीन दिन से दरद है पर अभी कुछ हुआ नहीं।"

विमला ने विस्मित हो कर पूछा, "तीन दिन से दर्द हो रहा है और अभी बच्चा हुआ नहीं, किसी को दिखाया भी नहीं।"

जसोदा ठंडी साँस लेकर, "किसे दिखावें बिटिया! कल्लो चमारिन को काल दिखावा पसेरीभर अनाज ले गई। रमुआ ओझा की बुलाया, सवा पाँच आना दिए पर कुछ न हुआ। न जाने कैसी कड़ी नजर है, रमुआ भी हार बैठा। विमला का अर्द्धशिक्षित छात्री ज्ञान चंचल हो उठा, "यद्यपि सूतिकागार का दायित्व और पूरा भार लेने में उसे बड़ा भय हो रहा था।" तथापि उसका पर दुःख कातर हृदय और सेवा परायण चित्र

विकल हो उठा। वह धीरे से बोली, "अगर कोई हरज न होतो मैं चल कर देख लूँ?"

विमला के मुँह से अभूतपूर्व बात सुनकर उपस्थित पाँचों स्त्रियाँ स्तंभित हो उठी। दादी का मुँह लज्जा से लाल हो उठा, कुँवारी लड़की का सौर में जाना कितनी बड़ी बेहयाई है। उन्होंने रूष्ट होकर कहा, "तू वहाँ क्या करेगी? क्या डॉक्टरी जानती है, जो वहाँ जाएगी।"

विमला, "हाँ! दादी, डॉक्टरी तो पढ़ ही रही हूँ। अभी जानती नहीं पर सीख रही हूँ, थोड़ा बहुत तो जानती ही हूँ, जबकि यहाँ कोई डॉक्टर या अच्छी दाई नहीं है।"

दादी गुमसुम होकर बैठी रहीं, विमला का यह आचरण उन्हें पीड़ा दे रहा था। तीनों स्त्रियों को बड़ा कौतुहल हो रहा था। केवल जसोदा खुश होकर बोल उठी, "हाँ! हाँ! चलो तुम्ही देख लो, का जाने तुम्हरे हाथ का जस ही लग जाए।" विमला ने एक छोटे से चमड़े के बॉक्स में कुछ चीजें रख लीं, फिर चप्पल पहनकर बोली, "चलो।" साथ ही अन्य स्त्रियाँ धीरे-धीरे कानाफूसी करने लगीं। एक ने धीरे से कहा, "जानों मेम है (डॉक्टरिन)।"

दूसरी ने प्रतिवाद किया, "मेम क्या होगी, मेम की तरह न कपड़े-लत्ते हैं, न जूता-मोजा।"

विमला कुछ समझती तो नहीं थी पर यह जान गई कि ये सब मेरे विषय में ही आलोचना कर रही हैं। एक दायित्व पूर्ण कार्यभार को लेते हुए, जो स्वाभाविक बेचैनी होती है। उसी से वह न अन्मयस्क हो रही थी। उस जसोदा ने द्वार खोल कर कहा, "आओ बिटिया!" तो वह चौंक पड़ी और तुरंत ही उसने अपने को सँभाल लिया। दृढता और उत्सुकता से भरकर उसने भीतर प्रवेश किया। विमला को देखकर, कौतुहल से भरी स्त्रियाँ इधर-उधर से झाँकने लगी। विमला ने देखा कि बेचारी बहू मैले टाट के टुकड़े पर जमीन में पड़ी दर्द से छटपटा रही थी। उसका असहनीय कष्ट देखकर विमला ने समझ लिया कि प्रसव काल नजदीक है, चारों तरफ देहाती स्त्रियाँ अपनी ग्राम्य बोली में तरह-तरह की व्यर्थ बकवाद कर रही थीं, पर उस अभागिनी के पास कोई नहीं जा रहा था। विमला का मुँह लाल हो उठा, यथपि उसने छात्री शिक्षा पर कई किताबें पढ़ी थीं, डॉक्टर भी उसे बहुत सी बातें सिखाया करते थे, तथापि इस मूर्ख मंडली के बीच में घुसकर स्वत: प्रवृत्त होकर सोचती रही। इस कठिन काम को पूरा करने में यदि असफलता मिली तो उसका परिणाम क्या होगा। यह चिंता उसे उद्धिग्न कर रही थी। कुछ कुमारी जीवन की स्वाभाविक लज्जा भी उसे विमुख करने लगी। उसी समय भीतर से करुण कंठ से दर्द भरी आवाज आई, "हाय राम मरी।" विमला का चित्त चंचल हो उठा, पर बहू की सास ने देहरी के बाहर से कहा, "चिल्लाने से क्या होगा, धीरज धरो, भगवान् का नाम लो।" एक महिला ने व्यंग्य भरी आवाज में कहा, "हमारे तो

सात लड़के हो गए किसी के कान में भनक तक नहीं पड़ी। अबकी बहुये तो लाज-शर्म धोकर पी गई हैं, न जेठ-ससुर की लाज है, न किसी बाहर के आए-गए की।"

विमला का हृदय असीम घृणा और क्रोध से भर गया। नारी होकर नारी की इस चरम संकट की अवस्था में मजाक उड़ाना, उसके लिए असहनीय बात थी। उसने कंपित होकर कहा, "आप लोगों में से एक जनी अंदर क्यों नहीं चली जाती।" एक स्त्री जो जरा अमीर जान पड़ती थीं, क्योंकि चाँदी के गरूवे जेवर तो पहने ही थी, कान में सोने की मोटी-मोटी बाली और गले में बड़े-बड़े दानों का कंठा भी पहने थी, बोली, "तो हम लोग अंदर क्या करेंगी, दाई हैं क्या? अब तुम तो आ ही गई हो, हमारा सबका कौन काम है?" इतना कहकर कंठे वाली महिला ने प्रशंसा की आशा से गर्वभरी नजर से संगिने की तरफ देखा।

उद्यत क्रोध और अपमान से लाल होकर विमला ने कहा, "तो मैं क्या कोई दाई हूँ? हाँ अंदर जा सकती हूँ अगर एक जनी मेरे साथ चले तो।"

जसोदा ने कहा, "भीतर जाकर कपड़े-लत्ते कौन बिगाड़े अभी उसके कुछ होय-होवाएगा नहीं। सौर से मर्मभेदी चीत्कार आ रही थी। विमला एकदम व्याकुल हो उठी, उसकी दुविधा दूर हो गई। उसने आदेश के स्वर में जसोदा से कहा, "झटपट पानी गरम करो।"

जसोदा ने अपनी लड़की केतकी से कहा, "जा पानी चढ़ा दे।"

फिर किसी तरह पानी गरम हुआ। विमला ने अपने बैग से साफ कपड़ा और रूई निकाला, तागा कैंची गरम पानी में धोकर रखे। साबुन, पाउडर, लाइसोल और सेफटीपिने सब ठीक करके वह अंदर पहुँची। आसन्नप्रसूवधू ने उसे लेडी डॉक्टर समझकर परिपूर्ण निर्भरता से उसका हाथ पकड़ लिया। विमला मन-ही-मन में ईश्वर से प्रार्थना करने लगी, फिर बोली, "भाई एक जनी अंदर आओ, बच्चा अब होने ही वाला है।" जसोदा जल्दी से अंदर आ गई, किसी तरह बच्चा पैदा हुआ। विमला भय लज्जा और उत्तेजना से थर-थर काँप रही थी। उसने मन-ही-मन में ईश्वर को प्रणाम किया। बाहर की सब औरतें दरवाजे पर भीड़ करके चिल्लाने लगीं, "क्या हुआ? क्या हुआ? लड़का है या बिटिया।"

खपरैल का घर वह भी बंदरों के उपद्रव से झिंझरा हो रहा था, धूप छन-छन कर आ रही थी, भीतर आग बरस रही थी। विमला ने कहा, "भीड़ मत करो बच्चा रो नहीं रहा है।"

एक स्त्री, "पहले बताओ क्या है?"

जसोदा, "अरे लड़का है, लड़का! तनिक ढोलक उतारकर चार सोहर तो गा लेओ।"

विमला सोच रही थी, यह औरत पागल तो नहीं हैं। वह बोली, "सोहर फिर गालेना, बच्चा रोया नहीं, पानी लाओ उसे नहलाऊँ तो।"

जसोदा, "क्या नार काट दिया? गजब कर दिया, हमारे यहाँ तो चमारिन नार काटती है।" किसी ने बाहर से कहा, "और ईसाइन में घुसेरे रहो अच्छा हुआ।"

विमला ने बलपूर्वक अपने को संयत किय, साबुन, बेसन और गरम पानी से बच्चे को नहलाया। बालक अभी तक नहीं रोया था, बाहर से एक औरत बोली, "लड़का रोया नहीं।"

विमला ने क्रुद्धकंठ से कहा, "तुम लोग गीत गावोगी तो आप ही रोवेगा।" इतना कहकर उसने बालक को उलटा करके खूब थपथपाया। जोर से हिलाया, मुँह पर ठंडे और गरम पानी के छींटे मारे, बड़ी मुश्किल से आध घंटे में वह रोया। इतनी देर में सबको बच्चे के जीवन से निराशा हो गई थी, ढोल बंद हो चुकी थी। इतने समय में विमला के ऊपर भी उन लोगों की थोड़ी-थोड़ी श्रद्धा होने लगी थी।

बच्चे को साफ कपड़े में लपेटकर जसोदा की गोद में देकर विमला ने जच्चा की तरफ देखा, यद्यपि तीन दिन की निरंतर वेदना और उपवास से वह बिल्कुल क्षीण हो गई थी। पुत्ररत्न को पाकर उस नवीन माता का पीला मुँह आनंद से उज्ज्वल हो उठा था, विमला ने उसे भी गरम पानी से साफ करके जसोदा से कहा, "इनके लिए एक साफ धोती लाओ।" साफ धोती वहाँ कहाँ, सौर के लिए तो यहाँ मैले-चिथड़े जमा किए जाते हैं। जिस व्यक्ति की स्त्री के बच्चा हुआ था, वह जरा पढ़ा-लिखा शौकीन आदमी था! विमला के ऊपर उसे श्रद्धा हो रही थी, उसने अपनी पुरानी धुली हुई धोती निकालकर बहन को दी। केतकी को उस धोती का उजलापन देखकर लालच आ रहा था, क्या करे मजबूर थी। धोती सौर में देनी ही पड़ी, वरना उस पर गुलाबी रंग खूब खिलता।

विमला ने बहू को कपड़े बदलवाकर पेट में कसकर पट्टी बाँध दी, फिर बोली, "इनके लिए एक गिलास गरम दूध लाओ।" केतकी एक मिट्टी के बरतन में दूध ले आई। अब तो जसोदा बड़ी खुश थी, बच्चे को विमला की गोद में देकर बाहर निकल गई। नहाने-धोने लगीं। विमला बच्चे को लिये बैठी थी, पसीने से उसका बदन तर हो रहा था। प्यास के मारे गला सूख रहा था, पर उसकी किसी ने खबर नहीं ली। दिन ढल रहा था। इसी वक्त द्वारिका ने द्वार पर आकर कहा, "बिटिया सवेर की आई है उन्हें भेज देवे।" विमला ने जसोदा से कहा, "तुम अंदर जाओ।"

जसोदा ने जरा सचिंत स्वर में कहा, "मैं अभी नहाकर आई हूँ, कैसे आऊँ, उदसिया चमारिन को आ जाने दो, तब चली जाना।"

जसोदा के इस स्वार्थभाव को देखकर विमला भौचक रह गई, लेकिन द्वारिका जो

बाहर खड़ा था, कर्कश कंठ से बोला, "हाँ और का! सवेरे से आई हैं, न खाना न पीना, तिस पर कहती हो फिर चली जाना बिटिया जल्दी आओ! दादी नाराज हो रही हैं।"

विमला बच्चे को चारपाई पर सुलाकर बाहर निकल आई। जसोदा एकदम चींख पड़ी, "हाय रे। गजब हो गया। केतकिया जल्दी जा भीतर सौर सूनी पड़ी है।" विमला हकबकाकर खड़ी हो गई, फिर जरा मुसकराकर चल पड़ी। बाहर आकर देखा द्वारिका मुँह फुलाए खड़ा है, साथ-साथ चलने लगा, तब विमला ने जरा हँसकर कहा, "क्या नाराज हो द्वारिका बाबा?"

द्वारिका, "नहीं बहुत खुश हूँ, मैं पूछता हूँ कि खाया-पिया का है, का होत रहा दिन भर।"

विमला, "प्रफुल्लित होकर बोली, "बच्चा हुआ है। बेचारे गरीब आदमी की थोड़ी मदद करनी चाहिए कि नहीं।"

द्वारिका, "कौन कहत है कि गरीब आदमी है, पक्का महाजन तो है, आज तीन दिन से पतोहू मर रही थी पर एक पैसा न खरच किया। तुम पहुँच गई तो वह बेचारी जी गई, नहीं तो पड़ी मरा करती।"

विमला, "मैं समझती थी ये लोग सबसे गरीब आदमी हैं।"

द्वारिका, "हिंया का यही हाल है, अमीर आदमी और भी फटेहाल रहत हैं। जेहके लड़का भवा है वह खुद ही जमींदार का करिंदा है, खासी रकम काटत है।"

विमला सोचती हुई घर पहुँची और सीधे नहाने की जगह पर जाकर बोली, "मेरी धोती भेज दो दादी! मैं नहाऊँगी।"

*

लखनऊ से गए विमला को दो हफ्ते हो गए थे। मालती दिन-रात पड़े-पड़े सोचा करती कि वकील साहब ने साफ ही कह दिया था कि अब वे उसे पढ़ा नहीं सकते। मालती अंतरुद्ध अभिमान की वेदना से बेचैन थी, पिता से छिपी-छिपी रहती थी, बोलती भी बहुत कम थी, दिन भर अकेली पड़ी रहती। गुमसुम, कहाँ तो एक घड़ी भी चुप बैठना उसके लिए कठिन हो जाता था।

प्रमीला से भी आजकल वह खिंची सी रहती थी। अब वह अपनी स्वर्गीय माता को याद कर करके घंटों आसू बहाया करती। अगर आज माँ बनी होतीं तो उसकी छोटी सी इच्छा का यों खून होता। यह कहावत शायद ठीक ही है कि माँ हुई दूसरी तो बाप हुआ तीसरा। पहले तो पापा उसके पढ़ाने-लिखाने के बड़े ऊँचे-ऊँचे विचार प्रकट किया करते थे, आज उसकी शिक्षा की तरफ से कैसे लापरवाह हो गए हैं। दिन भर वह पिता के स्नेह की पुरानी बातें सोंचती और तरह-तरह के तर्कों से उनका समाधान

करती। कभी-कभी उसका हृदय विद्रोही हो उठता और वह पिता से तर्क करने के लिए तैयार हो जाती, पर उसका अभिमानाहत हृदय स्नेह के अधिकार का अपमान न करा सकता था।

कॉलेज में पढ़कर उच्च शिक्षा प्राप्त करने की उसे चिरकाल से एकाग्र आकांक्षा थी। उसे विश्वास था कि वह योग्यतापूर्वक विश्वविद्यालय की परीक्षा में उत्तीर्ण हो सकेगी, पर अब उसकी सारी आशाओं और महत्त्वकांक्षाओं पर पानी पड़ गया था।

विमला के साथ उसके बंधुत्व की जो जड़ स्कूल में पड़ी थी वह आज फूल और फल से लद गई थी। दोनों में अपार प्रेम और अर्पूव मैत्री थी। दोनों की प्रकृति भिन्न-भिन्न थी पर विचार एक ही थे और आज तक तो मालती मानों विमला के स्वर में ही बोलती रही थी, वह उसकी सखी भी थी और पथ प्रदर्शिका भी। विमला के पीछे-पीछे चलने में उसे कभी संकोच नहीं किया था। वह जो कुछ करती, जैसा कहती मालती के लिए वंदे वाक्य हो जाते।

आज उसकी निश्चित मैत्री के बीच असमानता की जो कठोर दीवार आ खड़ी हुई थी उससे वह चंचल और भीत हो उठी, विमला के आदर्श से अलग उसका कोई आदर्श न था। समझ नहीं पाती थी कि अब वह करे क्या?

तेजस्वी और क्रोधी स्वभाव की विमला का उस पर पूरा प्रभुत्व रहता था। स्नेह और प्रणय के साथ-साथ वह विमला का आदर भी करती थी।

आज विमला का कार्य क्षेत्र और भी विस्तृत हो रहा है। उसके विचार सफल हो रहे हैं। वह अपने आदर्श पर मजबूती से खड़ी रहेगी पर मालती?

उसका जीवन अत्यंत साधारण तरह से घर परिवार की चिंता में बीत जाएगा, यह विचार ही उसे पागल कर देता था। डॉक्टर साहब भी अब बहुत कम आते थे, इधर तो वह महीने भर से बिल्कुल नहीं आए। आज मालती ने यह भी महसूस किया, तब उसके कलेजे से एक ठंडी साँस निकली और किसी अव्यक्त वेदना से दोनों आँखें भर आईं। वह चुपचाप खिड़की के सामनेवाले जामुन के पेड़ की तरफ देखती हुई सोचने लगी। उसी समय हाथ में ऊन का बंडल और सलाइयाँ लेकर प्रमिला वहाँ आई। मालती ने एक बार उदास दृष्टि से उसकी तरफ देखा पर कुछ कहा नहीं। प्रमिला चटाई पर बैठकर बोली, "देखो बुआजी के लिए इतना बड़ा स्वेटर ठीक होगा मालती।"

मालती, "इतनी गरमी में ऊन बीनते तुम्हें आलस नहीं लगता।"

प्रमिला, "लगता क्यों नहीं! पर क्या करूँ बुआजी कई बार कह चुकी हैं, न बिनूँ तो नाराज हो जाएँगी।"

मालती ने स्वेटर उठाकर देखा ओर कहा, "ठीक क्यों नहीं होगा, ठीक ऐसी तो वह हैं ही।"

प्रमिला जरा हँस दी, फिर बोली, "विमला की कोई चिट्ठी आई। कब आएँगी? कॉलेज तो अब खुलने ही वाला होगा।"

मालती, "परसों एक चिट्ठी आई थी, लिखा था देहातों के लिए मुझे ज्यादा वक्त दे देना चाहिए, लगातार कई महीने यहाँ रहने से शायद कुछ फायदा भी हो।"

प्रमिला, "तब क्या वे अभी नहीं आएँगी, फिर पढ़ेंगी कैसे? मैंने तो सुना, उनकी शादी हो रही है, तिलक भेजने की तैयारी हो रही है।"

मालती, "तिलक भेजने से क्या होगा?"

प्रगिला, "होगा क्या? ब्याह की बात पक्की हो जाएगी, जाने विगला से पूछा भी है या वैसे ही शादी तय हो गई। यह भी तो नहीं मालूम।"

मालती अपनी नकली नम्रता को भूलकर तीक्ष्ण स्वर में बोल उठी।

"विमला की इच्छा के खिलाफ कोई कर ही क्या सकता है, चाहे जहाँ ये लोग शादी तय करें इससे होता ही क्या है, वह हम लोगों की तरह नहीं है कि जिस खूँटे में चाहा गाय की तरह बाँध दिया।"

प्रमिला ने कुछ जवाब नहीं दिया, एक ठंडी साँस उसके कलेजे को चीरती हुई हवा में मिल गई।

मालती उसी स्वर में कहती गई, "माँ-बाप जिसे चाहे उसे भेंड़-बकरी की तरह लड़की सौंप दें और वह बेचारी चूँ भी न करे। यही तुम्हारे धर्म शास्त्रों की आज्ञा है, भावरे जिससे पड़ रही हैं वह कैसा है चोर है या जुवारी, इसका कुछ खयाल न करके लड़की जीवन भर उसे परमेश्वर की तरह पूजा करे, यही तुम्हारा शास्त्र है। यह ज्यागती है या कुछ और?"

मालती को इतना उत्तेजित देखकर प्रमिला आश्चर्य से उसका मुँह देखने लगी। मालती फिर बोली, "मर्दों ने हम लोगों को जितना दबाया हम उतना ही दबती गईं, इस तरह उनके हौसले बढ़ते गए। बात यह है कि मर्द लोग कमाते हैं। पैसों के जोर से, स्त्रियों के ऊपर राज्य करते हैं, वे उनकी आश्रित होकर वैसा ही व्यवहार पाती हैं।"

प्रमिला इस बार कुछ सोचकर बोली, "तुम चाहे जो कहो मालती! मैं तो समझती हूँ, स्त्रियों की इस परवशता में उनको सम्मान मिला है, अंधे, लूले और अपाहिज स्वामी की सेवा में शास्त्र की आज्ञा ही नहीं उनका अपना प्रेम भी शामिल रहता है। जबरदस्ती से हाथ काम करते हैं पर हृदय नहीं। हिंदू स्त्री का अपने पति पर एक ऐसा भाव होता है, जिससे वह कैसा भी पति हो उसे आदर देती है। इसी से भारतीय नारियों का अब भी मान है।"

मालती अत्यंत उग्र स्वर में बोल उठी, "बस करो नई माँ! कौन कहता है कि भारतीय नारियों का मान है, जरा-जरा सी बात में लात-घूँसे खाना और अपमान सहकर

भी मौन रहना, यही बड़प्पन है न? पति को वे प्रेम करती हैं या सिर्फ कर्तव्यपालन, यह भी कौन कह सकता है।"

प्रमिला इस बात से मर्माहत सी होकर बोली, "मालती यह तुम्हारे मन की बातें नहीं हैं तुम किसी के ऊपर जी का उबाल उगल रही हो।" मालती चिढ़कर बोली, "किसके ऊपर उबल रही हूँ। मैं तुमसे पूछती हूँ कि क्या तुम स्त्रियों की हालत बहुत अच्छी समझ रही हो। उन्हें आँख मींचकर इस रास्ते पर युग युगांतर तक चले जाना चाहिए, पर अब ऐसा हो नहीं सकता, यह जबरदस्त ओर आरामतलब पुरुष जाति स्त्रियों को अब ज्यादा दिन दबाकर नहीं रख सकती, भला-बुरा समझने की समझ अब उनमें आ रही है। तुम्हें नहीं जान पड़ता कि तुम्हारी क्या दशा है?"

प्रमिला शांत स्वर में बोली, "मुझे सब जान पड़ता है, पर यह प्रकृति ही के बनाए नियम हैं, उनमें पुरुषों की उतनी जबरदस्ती नहीं जितनी समझती हो। हालाँकि हमारे ऊपर कुछ अत्याचार होते हैं, उसका असली कारण हैं हममें बुद्धि के विकास का अभाव, पर मालती हम स्त्रियों को विद्रोह और उदंडता की शिक्षा तो न मिलनी चाहिए, नारी का महत्त्व सुशीलता और संयम में हैं उसकी बड़ाई पतिव्रत में हैं।"

मालती ने व्यंग्यपूर्वक कहा, "पतिव्रत कैसे निभ सकता है, तभी तो जब पति इच्छा के अनुकूल हो। नहीं तो क्या? पति चाहे रावण बना रहे और स्त्री सीता बन जाएगी? अगर राम आदर्श पति न होते तो सीता का नाम आज सतियों की लिस्ट में शायद ही दिखाई पड़ता।"

प्रमिला, "क्यों नहीं दिखाई पड़ता, उनके प्रति प्रेम का महत्त्व स्वामी के त्याग करने की हृदय हीनता पर कितना बढ़ जाता है, उनका प्रेम, उनकी सहन शक्ति और आत्मबल, किसी दशा में कम हुआ है? पत्नी को बेकसूर त्याग करके राम आदर्श पति रहे कहाँ?"

मालती जरा देर चुर रही फिर बोली, "पर यह बीसवी सदी है, तुम त्रेतायुग की बातें मत करो, स्त्री के ऊपर मनमानी करने का जमाना बीत रहा है, खुशी से कोई स्त्री अनमेल ब्याह से सुखी नहीं होगी, न पतीव्रत का पालन करेगी, यह तुम अपने हृदय पर हाथ रखकर देख सकती हो।"

प्रमिला आहत होकर बोली, "मैं अपने हृदय पर हाथ रखकर क्या देखूँ मालती! तुम समझ नहीं सकती और न मैं बता सकती हूँ कि मैं अपने सिद्धांतों और धार्मिक भावों का पोषण हृदय के खून से कर रही हूँ।"

मालती ने उसकी बातों पर ध्यान न देकर कहा, "तुम जब वैसी परिस्थिति में पड़ती, जो तुम्हारी प्रकृति के प्रतिकूल होती और तब भी ऐसी बातें करती तब मैं देखती।"

प्रमिला ने व्यथित होकर कहा, "जाने दो मालती! मैं तुमसे बहस नहीं करती,

इससे बात बढ़ जाएगी, जिसे मैं बहुत बुरा समझती हूँ।"

मालती थोड़ी देर चुप रहकर बोली, "बात पड़ने पर कहना पड़ता है कि मुझे ही लो, मेरी पढ़ने की सबसे बड़ी आकांक्षा थी, पर उसका खून हो रहा है। यह मेरी दीनता और तुम लोगों की जबरदस्ती है या नहीं, मैं विवश हूँ। मैं सिर्फ आँसू बहाती हूँ और कुछ कर नहीं सकती।"

प्रमिला ने मालती की बात सुनकर धीरे से कहा, "मुझे शामिल क्यों करती हो मालती, भला मेरे वश की बात होती तो तुम्हारी यह छोटी सी इच्छा अपूर्ण रह जाती। मैं तुम्हारे बारे में कभी कुछ कहती हूँ वह किसी को पसंद नहीं आता। यह मेरा दुभार्ग्य है और क्या कहूँ। उस दिन मैंने तुम्हें बताया नहीं था, क्योंकि तुम्हें रंज होता, जब मैंने इनसे तुम्हारे पढ़ाने के लिए कहा था तो वे बेहद गुस्सा हो उठे और कहने लगे कि तुम्हीं उसे भड़काया करती हो।" वेदना और ग्लानि से प्रमिला का गला भर आया और वह मनोयोगपूर्वक स्वेटर बुनने लगी।

मालती अवाक् होकर प्रमिला की बातें सुन रही थी, उसका हृदय उसे धिक्कार रहा था, जी की जलन से उसने इस स्नेहमयी नारी के साथ कितना अन्याय किया तबसे इसके ऊपर जी के फफोले फोड़ रही थी, अपराधी की भाँति उसने कहा, "माफ करो नई माँ! मैं नहीं जानती थी कि इस बात के पीछे तुम्हारा इतना अपमान हुआ है, मैं तो कुछ और ही सोच रही थी।"

प्रमिला ने कुछ जवाब नहीं दिया, उसे रूलाई आ रही थी। मालती ने फिर कहा, "आजकल डॉक्टर साहब क्यों नहीं आते नई माँ?" इतना कहकर वह कुछ लज्जित सी हो उठी।

प्रमिला, "जाने क्यों नहीं आते, आगरे से लौटे थे उसी दिन आए थे, महीना भर से ज्यादा हुआ होगा। किसी ने बुलाया भी नहीं। बीमारी में ही उनकी खोज की जाती है, वैसे कौन पूछता है।"

मालती, "और कौन पूछनेवाला है तुम्हीं नहीं पूछती। सच तो यह है कि वे अपने मन में जरूर कहते होंगे कि मतलब के वक्त तो मेरी याद की जाती है वैसे कोई खबर भी नहीं लेता।"

मालती की व्याकुलता प्रमिला के निकट स्पष्ट हो उठी। उसने स्नेह भरे कोमल कंठ से कहा, "अच्छा आज बुलाऊँगी, दोनों के हृदय का मालिन्य दूर हो चुका था।"

*

विमला एक महीना देहात में रहकर लखनऊ लौट आई। उसकी माता ने उसे देखकर मौन धारण कर लिया। कुशल-प्रेम का प्रश्न तक नहीं किया। हाँ! उसके

स्वास्थ्य पूर्ण मुँह का निरीक्षण वह अलक्षित रूप से कई बार कर चुकी थीं, दुकान से लौटकर डॉक्टर ने विमला को देखा, देखते ही बालकों की तरह उल्लसित होकर बोल उठे, "अरे! तुम कब आ गई। किसके साथ आईं?"

विमला, "अभी तो आई हूँ। कल इतवार को तुम्हारा रास्ता देखा, जब नहीं गए तब मैं द्वारिका बाबा के साथ चली आई।"

डॉक्टर, "कल मुझे जरा भी फुरसत नहीं मिली, कई जगह गया, बस शाम हो गई। कल जाने को तय कर चुका था, खैर कुछ खाया-पिया या अभी नहीं।" विमला कमरे से जाती हुई बोली, "अभी तो आई हूँ, तुम कपड़े उतारो मैं तुम्हारी थाली ले आऊँ।"

डॉक्टर ने कपड़े उतारकर हाथ-मुँह धोया और खाना खाने बैठे। विमला सामने पट्टे पर बैठी थी, उसकी तरफ देखकर वे बोले, "अम्मा से बातचीत हुई?"

विमला, "कहाँ वे तो मुझसे बोलीं तक नहीं।"

डॉक्टर, "तुम भी न बोली होगी।"

विमला, "मैं क्यों नहीं बोली, पर उन्होंनें मेरी बात का जवाब तक नहीं दिया।"

डॉक्टर, "खैर सब ठीक हो जाएगा, यह तो बताओ तुम्हारा क्या हाल है, कैसी रही। तबीयत तो अच्छी मालूम पड़ती है।

विमला जरा सा हँसकर बोली, "तबीयत कहाँ खराब थी? मोटी हो गई हूँ। वहाँ बढ़िया दूध-घी खाने को मिलता था, ताजा हवा थी।"

डॉक्टर, "जी लगता था?"

विमला, "खाली रहने से जरूर जी ऊबता था, बार-बार मालती की याद आती थी। वह होती तो बड़ी चैन रहती।"

डॉक्टर, "तुमने किया क्या?"

विमला, "करती क्या! गाँव की औरतें तो मुझे तमाशा समझती थीं। हाँ! कुछ दिन से दो-चार स्त्रियों से जान-पहचान होने लगी थी।"

डॉक्टर, "द्वारिका बाबा तो कहते थे, तुमने वहाँ कई बीमारों की सेवा की, दवा दी, एक बार जच्चा खाने में गई थी। क्या सच है? विमला! तुमने वहाँ सहयोग बैंक भी बनाया है, इतनी जल्दी तुमने बहुत सारे काम कर डाले, पर मुझे डर लगता है कि बच्चा पैदा होने का वक्त बड़ा नाजुक होता है उसमें तुम कहीं कुछ गलती न कर बैठो इसलिए ऐसी जिम्मेदारी का काम तुम्हें नहीं करना चाहिए।"

विमला संकुचित और लज्जित हो उठी। डॉक्टर ने कहा, "तुमने थोड़ी बहुत बातें जान ली हैं यह मानता हूँ पर इसके लिए ज्यादा ज्ञान की जरूरत है। कल से तुम एक घंटा मेरे पास धात्री विद्या पढ़ा करो। खैर मुझे बड़ी खुशी हुई और बड़ा संतोष हुआ कि तुम्हारे भीतर इतनी शक्ति ईश्वर ने प्रदान की है।" डॉक्टर का स्वर स्नेह गर्व से भर

उठा। विमला का मुँह लज्जा तथा आनंद से लाल हो उठा, उसने बात बदलने के ढंग से कहा, "मालती का क्या हाल है, पढ़ने का क्या हुआ?"

डॉक्टर, "मालूम नहीं! उधर बहुत दिन से गया नहीं।"

विमला की आँखों में आश्चर्य था, उसने विस्मय से पूछा, "गए क्यों नहीं?

तुम तो रोज ही वहाँ जाया करते थे?"

डॉक्टर ने कहा, "फुरसत नहीं मिली।"

विमला को संतोष नहीं हुआ, उसे जान पड़ा कि भइया जैसे किसी बात को छिपाने की कोशिश कर रहे हैं। वह सोचती हुई उठ गई, बाहर आते ही प्रमिला की नौकरानी ने उसे चिट्ठी देकर कहा, "बहूजी दिहिन हैं।"

डॉक्टर साहेब का,

विमला भीतर लौट गई और पत्र डॉक्टर के हाथ में देकर कहा कि भइया चिट्ठी है, पत्र में प्रमिला ने लिखा था।

"आप कब से नहीं आए। शहर में तो कोई नई बीमारी नहीं चल रही है, जो फुरसत न मिलती हो। आज आना तुम्हारे लिए मैं लौकी के बड़े बना रही हूँ, विमला कब लौटेंगी?

शेष बातें यहाँ आकर सुनना। बुआजी का जी शाम को बातें करने के लिए बहुत व्याकुल होने लगता है तब तुम्हें याद करने लगती हैं।

कृपाकांक्षिनी, प्रमिला"

वहीं परम आत्मीयता से भरा स्नेह पूर्ण आह्वान है, वही भाषा है।

डॉक्टर के हृदय में जो अभिमान का बादल उठा था वह फट गया और मन प्रसन्न हो उठा। बाहर आकर महरी से बोले, "कह देना शाम को आऊँगा।"

*

प्रमिला बड़े उत्साह के साथ रसोई में गई महराजिन को हटा दिया और लौकी के बड़े बनाने लगी। सूजी का दानेदार हलवा बनाया। आलू के समोसे बनाए, पापड़ भूने। शाम होनेवाली थी। मालती नहा-धोकर कपड़े बदलकर आई और प्रशंसा भरी आँखों से सब चीजों की तरफ देखकर बोली, "बड़ी जल्दी इतनी चीजें बन गई, अन्नपूर्णा का आसन ग्रहण किया है, तब तो जरूर कुछ मिलेगा।"

प्रमिला मुसकराकर बोली, "अच्छा तो चखो तुम्हीं पहले। बताओ कौन सी चीज कैसी बनी है।"

"मालती और तुम तो अभी कुछ खा नहीं सकती बगैर भोग लगे।" प्रमिला हँसने लगी और तश्तरी में सब चीजें सजाकर बोली, "लो खाओ, तब बक-बक करना।"

मालती पापड़ खाती हुई बोली, "वाह बड़े बढ़िया बने हैं, तुमने अपना सारा पाक ज्ञान खर्च कर दिया होगा।"

प्रमिला कुछ कहने जा रही थी, उसी समय बुआजी अपनी किसी सहेली के यहाँ से घूमकर लौट आई, चादर उतारी और चौके में भीड़-भाड़ देखकर कौतुहल से भरकर बोलीं, "आज क्या है? क्या बन रहा है?"

महराजिन एक किनारे बैठी तरोई छील रही थी। अपने बहिष्कार से वह अत्यंत अपमानित हो उठी थी व्यंग्य भरे स्वर से बोल उठी, "है क्या! तुम्हें नहीं मालूम कि आज डॉक्टर साहब की दावत है, और का है। तबैतौ बहूजी गरमी में आग के किनारे आई हैं।"

प्रमिला का मुँह लाल हो उठा, पर उसने अपना क्रोध दबाकर काम करना जारी रखा। अब बुआजी की बारी थी, उन्होंने अपनी वाणी का समस्त विश एकत्रित करके कहा, "मुझे क्या मालूम कि क्या है? कौन आया है? मैं कहती हूँ डाकदर की तौ खातिर का ठिकाना नहीं जैसे समधी दमाद होय, उस दिन मेरे शीतल को तो किसी ने पानी-शरबत तक को न पूछा। आए-गए की खातिर का जिसे ध्यान न रहे वह भी चले गृहस्थी चलाने।"

बुआजी को नववधू प्रमिला का गृहिणीपना आए दिन से अखरा था। वे मौका ही ढूँढ़ा करती थीं कि कही उसके काम में त्रुटि पकड़ पाएँ पर करे क्या। प्रमिला की असाधारण कार्यपटुता, निरालस्यता और सुव्यवस्था में कहीं कुछ त्रुटि निकलती ही नहीं थी, फिर भी वे पुराने नौकरों से हमेशा यही कहा करती थीं कि हमारे बखत में भी ऐसा था जगेसर, मैंने कैसे-कैसे इंतजाम किए थे याद है सुखिया! बड़ी दुलहिन कभी मेरे बीच में चूँ नहीं करती थी, क्यों न महराजिन! नौकरों को भी नई बहू प्रमिला का प्रभुत्व नहीं पसंद था, बात यह भी थी कि इसके सामने उन लोगों की दाल न गलने पाती, वक्त पर काम करना पड़ता और पूरी सफाई और सुश्रृंखला के साथ, एक पैसे का सौदा लाते, तब भी प्रमिला हिसाब लेती। पहले जैसी धांधली थी, जैसा चैन था उसके सामने आज का प्रबंध उन लोगों को कैसे रुचता। मन-ही-मन वे भी प्रमिला पर चिढ़े रहते पर यह भी जानते थे कि प्रौढ़ व्यक्ति की युवती भार्या का कितना अधिकार होता है। बुआजी भी यह बात समझती थीं, इसी से मौका पाते ही उसका उपयोग करती थीं। शीतल बुआजी के देवर का पुत्र था, जो कि आजकल कई बार पूजनीय चाची की भक्ति से विह्वल होकर आ चुका था, क्योंकि बुआजी की कृपा से वकील साहब के जरिए कहीं नौकरी-चाकरी का ठिकाना लग सकता था। प्रमिला उसके सामने निकलती नहीं थी इसी से उसने उसके खिलाने दिलाने पर भी ध्यान न दिया था, बुआजी थी ही। महराजिन खाना बनाती थी। इस तरह के मेहमान अकसर आया-जाया करते हैं, क्या सबको वही जलपान देने जाती है, असह्य क्रोध को भी मन में दबाकर प्रमिला सहज

स्वर में बोली, "मैंने अगर गलती की थी तो आपने उन्हें शरबत-पानी क्यों नहीं पिला दिया। क्या हर वक्त मैं हीं देखा करती हूँ कि कब कौन आया गया।"

बुआजी इस बार कर्कश कंठ में व्यंग्य भरकर बोली, "हाँ। तुम काहे को देखोगी कि कौन आया कौन गया। कुरसी मेज और शीशा कंघी से छुट्टी मिले तब तो। यह तो होटल है, जिसका जी चाहे वह खा जाए, चला जाए सिर पर कुँवारी लड़की बैठी है, मैं तो जाने कौन आगम सोचती हूँ। जाने किस मतलब से लड़के को बुलाती और खातिर बात करती हूँ, दूसरे को कौन चिंता है, दुनिया भर के गुंडे, मुसंडे, न नाता, न रिश्ता, बुला-बुलाकर खातिर तवाजा किया जाता है। खुद बोली हँसी सयानी लड़की को भी सामिल किया। यह भी कोई बड़े भले घरों का कायदा है। मेरी बात सुनता है। कौन है, जैसे-जैसे नए-नए आदमी मालिक बने हैं तैसे-तैसे घर का कारखाना भी चलता है। शीतल हमारा भगवान् रखै देखने-सुनने में हजारों में एक पढ़ने-लिखने में तेज कुल की तो बात ही क्या पूछना है। रुपए-पैसा भी है, मैं तो इसी फिकिर में हूँ कि किसी तरह काम हो जाए। यहाँ तो सब दुनियादारी है, खून का असर ही दूसरा होता है।"

अब तक प्रमिला क्रोध से काँपती हुई सारे वाक् बाण सहन कर रही थी, अब उससे रहा न गया। उसने कड़ा ही उतारकर जमीन पर पटक दी और रसोई से निकलकर कंपित स्वर में बोली, "देखिए बुआजी मुझे जो खुशी हो वह कहिए, पर डॉक्टर का अपमान क्यों कर रही हैं। आपको पसंद नहीं है तो मैं अभी रोके देती हूँ वे कभी आएँगे ही नहीं। मैं तो छोटे पर से उनके सामने निकलती रही परदा नहीं किया न अब कर सकती हूँ पर जब मालती बीमार हुई थी, तब क्यों ये बातें न सोच ली गई थीं, तब किसने कहा था कि इन्हें ही बुलाया जाए। क्या दूसरा डॉक्टर लखनऊ में नहीं था। बेचारे दिन को दिन नहीं समझे न रात को रात। यह उसी नेकी का फल है। अब वक्त बीत गया है इससे चाहें उन्हें आवारा कहिए या गुंडा बनाइए। मालती को मोत के मुँह से निकालने का कुछ इनाम भी तो मिलना चाहिए।"

आंतरिक उत्तेजना और दुःख तथा क्रोध से प्रमिला का गला काँपने लगा, वह आँसू छिपाती हुई जल्दी से अपने कमरे में चली गई। उसका बड़े आदर और परिश्रम से बनाया हुआ पकवान वहीं पड़ा रहा। उसने उधर देखा भी नहीं।

रणस्थल शून्य देखकर बुआजी ने अपने आप ही बकना शुरू किया, महराजिन ओर सुखिया उनकी प्रत्येक बात का समर्थन करती जाती थीं।

मालती इतनी देर तक निर्वाक खड़ी थी। बुआजी ने उसके विषय में जी शुभेच्छा प्रकट की थी उसे सुनते ही वह विक्षिप्त हो उठी। बुआजी पर तो उसे असीम क्रोध आ ही रहा था, साथ ही प्रमिला पर भी वह खीझ उठी। उन्हें क्या मालती का ध्यान ही नहीं आया, अपने अपमान के मारे ही वे व्याकुल हो उठीं। एक बार भी तो नहीं कहा कि

शीतल पर तो उसे ऐसा गुस्सा आ रहा था कि पाती तो सैकड़ों बातें सुना देती, हालाँकि उस बेचारे का कुछ अपराध नहीं था। मालती ने यह तक नहीं सोचा कि प्रमिला को अपमानित कराने का कारण मैं ही हूँ ऊपर से वह उस पर रूष्ट होकर चुपचाप अपने कमरे में जाकर पड़ गई।

उधर प्रमिला किवाड़े बंद करके पहले तो पेट भर कर रोई, फिर सोचकर उठी और लेटर पेपर निकालकर डॉक्टर को पत्र लिखने लगी। उसने लिखा—मुझे बड़ी शर्म लग रही है कि आपको बुलाने के बाद ही पं. राधेश्यामजी के यहाँ से बुलावा आ गया और हम लोगों को वहाँ जाना पड़ रहा है, आप कृपया किसी दूसरे दिन आएँ, आज आने का कष्ट न उठाइएगा।

—विनीता/प्रमिला

यह मिथ्या जाल उसे बड़ा अखर रहा था, पर क्या करे बुआ ने आज उसका जैसा अपमान किया है उसे वह भूल नहीं सकती, डॉक्टर को अब अपने आप हरगिज नहीं बुलाएगी। अभी तक उन वाक्य बाणों की जलन उसके कलेजे में हो रही थी। आँखों से आग सी निकल रही थी। उसने जगेसर के लड़के कलुआ की बुलाकर कहा, "कल्लू यह खत डॉक्टर साहब को दे आओ, दुकान पर होंगे। दौड़ता हुआ जाएगा तो पैसा दूँगी, समझे।"

कलुआ ने बहूजी के रोदनक्त मुँह की तरफ देखकर कहा, "समझ गया।" लड़का चला गया, प्रमिला ने फिर किवाड़े बंद कर लिये, उसके दिल में जो दर्द था, वह किसे दिखा सकती थी। नारी का हृदय जिस चिकित्सक की दवा पाकर अपने को आरोग्य कर लेता है, अभागिनी प्रमिला के पास वह भी उपाय नहीं है। मुर्मुव पुत्र को हृदय से लगाकर जैसे दरिद्र माता व्याकुल होती है, वैसे ही अपने दुःख को छाती में दबाकर प्रमिला चुपचाप आँसू गिरा रही थी।

धीरे-धीरे शाम हो गई, सामने महावीरजी के मंदिर में आरती का घंटा बजने लगा। प्रमिला आँखें पोंछकर उठी। वकील साहब दौरे पर गए थे और उनके लौटने का वक्त हो गया था। जल्दी से प्रमिला ने गुसलखाने में जाकर स्नान किया। साफ धोती पहनकर बाहर आई, तब तक वकील साहब आ गए थे और कमरे में खड़े कपड़े उतार रहे थे। उसी वक्त प्रमिला वहाँ आकर खड़ी हो गई। उसके आँसू से भरे और पानी से धोए मुँह पर विश्व की सुंदरता क्रीड़ा कर रही थी। दोनों बड़ी-बड़ी भावभरी आँखों पर सूजन आ गई थी। वकील साहब ने प्यासे पथिक की भाँति लालयित नेत्रों से उस सुधा के भंडार को देखा, थोड़ी देर तक निर्निमेष होकर देखते रहे फिर बोले, "कहाँ थी! क्या नहा रही थीं। इतनी शाम को नहाती हो तभी तो तबीयत खराब हो जाती है।"

प्रमिला ने कपड़े टाँगते हुए कहा, "हाँ! आज देर हो गई, जाऊँ आपके लिए शरबत बना लाऊँ।"

वकील साहब प्रमिला के बाहर जाने का बहाना समझकर शुष्क स्वर में बोले, "शरबत मैंने अभी स्टेशन पर पिया है, मुझे किसी चीज की जरूरत नहीं है, तुम बैठो।"

प्रमिला अब क्या करे, चुपचाप बैठा भी नहीं जाता। वह स्वामी को खुश करने के लिए बोली, "बड़ी देर लग गई। मैं समझती थी कि 6 बजे गाड़ी आती है। वक्त निकल गया तो मैंने सोचा शायद काम नहीं खतम हुआ।"

वकील ने "व्यंग्यपूर्वक कहा, "तुमने सोचा होगा कि चलो आफत टली आज न लौटूँगा।"

व्यथित होकर प्रमिला ने कहा, "ये कैसी बातें आप हमेशा किया करते हैं? मैं ऐसा ही हरदम सोचा करती हूँ यह आपको कैसे विश्वास हो गया।"

वकील, "विश्वास कैसे हुआ, यह कैसे बताऊँ, तुम्हारा मेरे साथ कैसा बरताव है, क्या यह भी मैं तुम्हें बताऊँ तब समझोगी। खुद जरा सोचा करो।" प्रमिला नाखून को दाँत से खुटक रही थी, उसके गले से आवाज नहीं निकल रही थी। वकील साहब एकटक उसी की ओर देख रहे थे, इससे वह और भी संकोच में डूबी जा रही थीं। उसी वक्त सुखिया ने आकर उसे बचा लिया। वह दरवाजे पर से बोली, "महराजिन पूछत हईं सरकार कैथारी लगाई।"

वकील, "अभी नहीं! मालती कहाँ है?"

प्रमिला, "अपने कमरे में होगी।"

वकील, "कमरे में क्या करती है? गरमी में?"

सुखिया ने फिर आकर कहा, "सरकार का बुआजी बलावत हैं!"

वकील साहब ठंडी साँस लेकर उठे और बुआजी के कमरे में जाकर उनके मेघाच्छन्न मुँह की तरफ देखकर बोले, "क्या है बुआजी?"

बुआजी, "है क्या? मैं पूछती हूँ तुम्हें कुछ घर-द्वार की भी फिकिर है या नहीं। लड़की इतनी सयानी हो गई उसका ब्याह बर करोगे या नहीं, घर का क्या हाल है? क्या बना, क्या बिगड़ा उसकी तुम्हें कुछ परवाह नहीं, मैं जब तक जीती हूँ मुझसे देखा नहीं जाता। ममता नहीं मानती पीछे को चाहे जो कुछ होय देखने तो न आऊँगी।"

वकील, "क्या बात है? बुआजी नाराज क्यों हो? मालती के ब्याह की मुझे भी बहुत फिक्र है। लड़के की तलाश में हूँ, अबकी जाड़े तक कहीं ठीक हो जाएगा।"

बात काटकर बुआजी ने कहा, "तो लड़का यह क्या खराब है? देखने-सुनने में सहूर सलीका में, कुल में, सभी बातों में अच्छा है। मालती के लायक है जोड़ी, का है।"

विस्मित होकर वकील साहब ने कहा, "किस लड़के की बात कर रही हो?"

बुआ गर्व से आँखें नचाकर बोलीं, "अरे यही शीतला चरन गंगा चरन का लड़का। परसों भी तो आया था। इनटरेंस का इम्तिहान दे गया था, पास भी हो गया। नतीज़ा देखने आया था। कहो तो बातचीत करूँ, सस्ते में काम हो जाएगा।"

दारूण अवज्ञा से मुँह बिचकाकर वकील साहब ने कहा, "अरे राम कहो। यही लड़का तुमने ठीक किया है। मालती तो खुद ही एफ.ए. पास कर चुकी है।"

बुआ क्रुद्ध होकर, "तो फिर तुम्हीं कहीं वकालत पास लड़का ढूँढ़ों। मैं नहीं देखती कि ऐसे कुल का लड़का जल्दी मिल जाए। जाना बूझा घर था, मेरे बीच में पड़ने से करार भी न होती।"

वकील साहब चिढ़कर बोले, "रुपए के पीछे क्या मालती का ब्याह जहाँ भी चाहोगी वहीं करोगी। तुम्हें क्या दो-चार लड़कियों की शादी करनी है, जो रुपए का मुँह देखोगी।"

बुआजी खिसियाकर चुप हो गईं और चारों तरफ देखने लगीं कि कहीं किसी ने सुना तो नहीं, वकील साहब बाहर चले गए।

मालती कौतुहल से भरकर कमरे में छिपी खड़ी थी, वकील साहब की बातें सुनकर उसके हृदय का सारा संचित अभिमान बह गया और उसकी आँखों में आँसू भर आए। अपने स्नेहमय पिता के साथ उसने कैसा अन्याय किया, उनके प्रति कैसे-कैसे अनुदार भावों को वह पोस रही थी, बुआ के चक्र से छूटकर उसका हृदय हर्ष से भी भर उठा।

*

डॉक्टर साहब मोटर पर बैठकर वकील साहब के यहाँ चलने के लिए शोफर को हुकम देनेवाले थे कि प्रमिला का पत्र लेकर कलुआ सामने खड़ा हो गया और बोला, "हजूर चिट्ठी लाया हूँ।"

चिट्ठी पढ़कर डॉक्टर सोच में पड़कर बोले, "कल्लू बहूजी कहाँ जा रही हैं?"

कलुआ, "जा तो कहीं नहीं रही हैं, शायद तबीयत खराब है, उदास थीं।"

कलुआ को इकन्नी देकर, डॉक्टर उतरकर खड़े हो गए। चित्त बड़ा खिन्न हो उठा।

अपने मन की चंचलता पर उन्हें आप ही आश्चर्य होने लगा। शोफर ने पूछा, "क्या कहीं दूसरी जगह जाना होगा।" डॉक्टर कुछ कहनेवाले थे कि उसी समय श्यामाचरण ने जल्दी-जल्दी आकर घबराए हुए स्वर में कहा, "डॉक्टर साहब हैं।"

डॉक्टर पीछे घूमकर बोले, "कौन, आप हैं?" कहिए क्या बात है? सुमित्रा कैसी है?"

श्याम नमस्कार करके बोले, "आज तो बुखार बहुत तेज हो गया है, तकलीफ भी बढ़ गई है।"

डॉक्टर ने मोटर पर बैठकर कहा कि चलिए मैं चलता हूँ। दोनों व्यक्ति कार में बैठकर श्याम के घर पहुँचे। डॉक्टर को देखकर सुमित्रा रोने लगी। वह सूखकर पीली हो गई थी और महीना भर में ही ऐसी हो गई थी कि पहचानी न जा सके। डॉक्टर ने सांत्वना देते हुए कहा, "घबराओ मत!, क्या बुखार तब से छूटा ही नहीं।" निराशा भरी आँखें डॉक्टर के मुँह पर गड़ाकर सुमित्रा बोली, "कहाँ! टेंपरेचर रोज बढ़ जाता था, कई दिन से तो एक सौ से ऊपर रहने लगा था। आज बहुत तेज है।"

अनुतप्त होकर डॉक्टर ने कहा, "मैं खुद न आ सका, तो तुमने मुझे खबर भी न दी!"

सुमित्रा ने कृतज्ञकंठ से कहा, "भइया मैं आप की इतनी ही कृपा बहुत समझती हूँ, रोज-रोज तकलीफ देते मुझे बड़ी शर्म लगती है। पर करूँ क्या, कोई उपाय नहीं है। मैं तो ईश्वर से मनाती हूँ कि मुझे मौत ही दे देवें, मेरे चलते सबको कितनी तकलीफ होती है।" इतना कहकर उसने वेदना से भरी आँखें पति पर डालीं। फिर निद्रित पुत्र की तरफ सूनी निगाह से देखकर एक मर्म भेती श्वास ली, डॉक्टर होकर भी प्रियव्रत यह दृश्य सह न सके, फट से खड़े होकर जेब से थर्मामीटर निकालकर झाड़ने लगे।

श्याम की आँखों से निराशा का समुद्र उमड़ा पड़ा था, वह चुपचाप दूसरी तरफ मुँह किए खड़ा रहा। डॉक्टर ने थर्मामीटर सुमित्रा के हाथ में देकर कहा, "विमला भी यहाँ नहीं थी जगदीशपुर गई थी, कल ही आई है। खबर पाते ही आएगी। क्या बताऊँ मुझे बड़ा अफसोस है कि मुझे आज तक खबर न मिली, खैर कोई हरज नहीं, मैं अभी जाकर दवा भेज देता हूँ, घबराना मत, कल फिर आऊँगा।"

कृतज्ञ दंपती के मुँह से कुछ शब्द न निकल सके। डॉक्टर चले गए, तब श्याम ने सुमित्रा के पीले और सूखे मुँह पर अपना ठंडा हाथ फेरकर स्नेहपूर्वक कहा, "तुम घबराओ मत, सुमित्रा! ये डॉक्टर साहब तुम्हें बहुत जल्द अच्छा कर देंगे।"

स्वामी का हाथ अपनी छाती में दबाकर सुमित्रा बोली, "अच्छी हो जाऊँगी। पर कब?"

"कितने दिन लगेंगे? दो महीने में तो घर-द्वार और बच्चे की इतनी दुर्दशा हो गई है, तुम्हें भी पेट भरकर किसी दिन खाने को नहीं मिलता।"

स्नेह भरे स्वर में श्याम ने कहा, "अच्छा अब फिक्र करके तबीयत न बिगाड़ो, पंद्रह दिन में चंगी हो जाओगी। तब सँभाल लेना, घर-द्वार और अपना बच्चा। मेरी भी कई दिन बराबर दावत कर देना। बस छुट्टी हो जाएगी।"

सुमित्रा का ज्वरतप्त लाल मुँह हर्ष और आशा से प्रदीप्त हो उठा। उसने शांत होकर आँखें बंदकर लीं। पर श्याम के हृदय में निराशा की आँधी उठ रही थी। वे खूब समझते थे कि इस सांत्वना में सत्य का कितना अंश है।

भविष्य का भयंकर चित्र उसके आशंकापूर्ण चित्त को अपना भयावह रूप दिखा रहा था, उसके निरानंद जीवन की एकमात्र आनंदमयी प्रतिमा थी सुमित्रा! उसका मधुर स्वभाव, प्रेमपूर्ण व्यवहार और सबसे बढ़कर उसका अपूर्व सौंदर्य श्याम के जीवन को आनंदमय बनाए था। सुमित्रा की बीमारी में मानसिक क्लेश के साथ ही उनका शारीरिक श्रम भी बढ़ गया था।

बीमारी की सेवा, बच्चे की देख-रेख, घर का प्रबंध, इसके बाद दफ्तर में दस बजे से पाँच बजे तक कठिन परिश्रम।

श्यामाचरण ने जब मैट्रिक पास किया था, तब उसके साथ सुमित्रा का ब्याह हुआ, वह समय सुख और नवीन आशाओं के आलोक से उज्ज्वल था।

लेकिन कितनी जल्दी वे स्वंप्रभय सुंदर दिन बीत गए और दुर्भाग्य ने उनका पीछा करना शुरू किया। बी.ए. करके बैठते ही पिता का देहांत हो गया। उन्होंने मृत्यु के समय पुत्र के लिए थोड़े ऋण के अलावा और कुछ नहीं छोड़ा था। अपरिणामदर्शी नवयुवक को कॉलेज छोड़कर नौकरी के लिए भटकना पड़ा। प्रेम और यौवन के मधुर स्वप्न नष्ट करके उच्चाभिलाषाएँ भी मिट्टी में मिल गईं। ऑफिस में क्लर्की मिल गई। पैतृक मकान बेचकर कर्जा चुकाना पड़ा और किराए के घर में रहना पड़ा।

डिप्टीगिरी की आशा नष्ट हो चुकी थी। संसार कल्पना नहीं वरन् कठोर सत्य हो उठा, तथापि दोनों स्त्री-पुरुष एक प्रकार से सुखी थे। परस्पर के प्रेम और त्याग ने सुख की असलियत कुछ-कुछ समझने के लायक बना दिया था पर अब सुमित्रा की बीमारी ने तो दुःख और विपत्ति का पहाड़ ही उनपर रख दिया। उस बीमारी से अबूक युवक को श्वास लेना कठिन था। अमावस की रात को यात्रा करनेवाले पथिक की भाँति श्याम अँधेरे में भटक रहे थे।

*

सुमित्रा के घर से लौटकर डॉक्टर का चित्त और भी उदास हो गया। घर पहुँचकर उन्होंने कपड़े तक न उतारे और एक कुरसी पर आँखें बंद करके पड़े रहे विमला ने डॉक्टर को इतनी जल्दी लौटते देखकर आश्चर्य के साथ सोचा कि क्या बात है, जो भइया वहाँ से आते ही कमरे में जाकर लेट गए। उसने बत्ती जला दी और पंखा खोलकर बोली, "भइया?"

डॉक्टर ने आँखें खोलकर कहा, "क्या है?"

विमला, "कुछ नहीं पर तुम इतनी जल्दी कैसे लौट आए?"

डॉक्टर, "मैं वहाँ गया ही नहीं था।"

विमला, "क्यों?"

डॉक्टर, "श्यामा चरण आए थे, सुमित्रा तो बहुत बीमार है विमला!"

विमला (व्यग्र होकर), "क्यों! क्यों! क्या हुआ?"

डॉक्टर (ठंडी साँस लेकर), "मुझे आज ले गए थे, बुखार तो तब से छूटा ही नहीं था। उन्हें तो थाइसिस है, कमजोरी अब काफी बढ़ चुकी है, मालूम होता है कि जैसे सालों से बीमार हैं। तबीयत मेरी भी उन्हें देखकर उदास हो गई, क्या बताऊँ।"

विमला (करुण स्वर से), "अब क्या होगा? क्या पहाड़ पर रहने से भी फायदा न होगा।"

डॉक्टर, "मुमकिन है फायदा हो जाए, पर पहाड़ पर जाना क्या सहज है?

जो यहीं दवा नहीं कर सकता वह हवा बदलने कैसे ले जा सकता है। न जाने कितने आदमी यही भुगत-भुगतकर मर जाते हैं विमला!

पहाड़ पर ले जाना क्या आसान है?"

विमला संकुचित होकर बोली, "हम लोग क्या उसका इंतजाम नहीं कर सकते हैं?"

आश्चर्य से विमला के मुँह की तरफ देखकर डॉक्टर ने कहा, "हम लोग क्या कर सकते हैं?"

विमला (धीरे से), "क्यों रुपए देकर?"

डॉक्टर, "विमला तुम पागल तो नहीं हो गई हो? कहाँ से रुपए दिया जाएगा। फिर चार-पाँच सौ रुपए देना भी तो सहज नहीं है, कौन देगा।" विमला का संकोच गायब हो गया और वह तीव्र स्वर में बोल उठी, " तुम दोगे और कौन देगा।"

डॉक्टर (ताज्जुब से) "मैं क्यों दूँगा? और कहाँ से दूँगा?"

विमला, "कैसी बातें करते हो भइया! रुपए तुम्हें देना पड़ेगा चाहे जहाँ से दो।"

डॉक्टर, "मेरे पास रुपए कहाँ है? तुम तो जानती हो कि मैं अपने पास एक पैसा भी नहीं रखता, रखता भी तो इतना रुपए मेरे पास कहाँ से आ सकता है।"

विमला कुछ शांत होकर बोली, "चाहो तो कहीं से प्रबंध कर सकते हो। तुम्हारे लिए मुश्किल काम नहीं है भइया!"

डॉक्टर, "पागल हो गई हो। मैं यही बहुत करता हूँ कि बगैर फीस के दवा-दारू करता हूँ। दवाइयों के दाम नहीं लेता, अब तो रोज ही देखता हूँ।"

विमला "तिरस्कार के भाव से "तो तुम्हारे देख लेने से ही तो वे अच्छी न हो जाएँगी, जरूरत तो बताते हो हवा बदलने की।"

डॉक्टर, "वाह मेरे देखने की कुछ कीमत ही नहीं है? पहाड़ पर जाने से ही कोई अमर नहीं हो जाता।"

विमला, "पर लोग जाते तो हैं।"

डॉक्टर, "अमीर लोग जाते हैं, जिसके खाने का ठिकाना न हो वह कैसे जाएगा। श्यामाचरण तो डॉक्टर भी नहीं बुला सकते।"

विमला, "अगर रुपए नहीं दे सकते तो न दो, मैं तुमसे जबरदस्ती तो करती नहीं। अगर मेरे पास रुपए होता तो मैं सुमित्रा जीजी को जरूर पहाड़ पर भेजती।" विमला का गला निरूपाय निराशा से भर उठा।

डॉक्टर, "इतने लोगों के रहते हुए भी तुम्हें सुमित्रा पर ही दया आ रही है। दुनिया में तो से एक बढ़कर गरीब और दु:खी हैं।"

विमला कंपित स्वर से, "तुम नहीं समझ सकते भइया! पर जरा ध्यान दो तो देखो सुमित्रा जीजी के बगैर श्यामाचरणजी जीवित नहीं रह सकते। मैंने तो ऐसा आदमी ही नहीं देखा, बिल्कुल बच्चों के ऐसा स्वभाव है, देखते ही दया आती है।" डॉक्टर जरा हँसकर, "तुम अभी बिल्कुल पागल हो विमला, सुमित्रा के बगैर श्यामाचरण जीते नहीं रहेंगे! यह तुमने कैसे समझ लिया। थोड़े दिनों में आप ही मालूम हो जाएगा। तुमने अभी दुनिया में क्या देखा है? मैं तो रोज ही ऐसी-ऐसी मौतें देखता हूँ कि थोड़ी देर के लिए सचमुच चित्त में वैराग्य भर जाता है, सुमित्रा तो स्त्री है और श्यामाचरण पुरुष हैं, फिर ब्याह करेंगे गृहस्थी बसा लेंगे। तुम्हें उनमें ऐसी खास बात क्या नजर आती है। हाँ! इस वक्त दु:ख जरूर है, इससे बढ़कर आज उन्हें दूसरी कौन तकलीफ होगी पर तुम उन्हें बहुत ऊँचे लिये जा रही हो, यह गलती है। शोक संताप सबको अखरता है और सब लोग पागल हो उठते हैं, पर सब तरह के शोक भूल जाते हैं और दुनिया का काम चलता है।"

इस बार विमला बहुत क्रुद्ध होकर बोली, "रहने दो भइया! मैं तुम्हारी फिलॉसफी नहीं सुन सकती। जरा से रुपए के लिए मुँह चुराते हो, मुझे तो तुम्हारे ऊपर बड़ा भारी भरोसा था।"

डॉक्टर ने जरा लज्जित होकर कहा, "खैर तुम्हारी इच्छा है तो मैं थोड़े रुपयों के लिए बाबूजी से कह सकता हूँ, जाओ सो जाओ, सुबह देखा जाएगा।"

विमला ने अभिमान से भरे स्वर में कहा, "बाबूजी से कहने की जरूरत नहीं है। वे एक पैसा भी तो देंगे नहीं।"

डॉक्टर ने कपड़े उतारकर कहा, "अच्छा तो तुम्हीं बताओ मैं क्या करूँ। मेरे पास रुपए होता तो क्या मैं तुम्हारे कहने पर भी न देता विमला।"

उसी वक्त सुशीला देवी ने आकर कहा, "आज क्या खाना-पीना नहीं होगा, सारी रात लेक्चर ही सुना करोगे।"

डॉक्टर, "अम्मा! विमला इतने दिन में आई है और तुम उससे बोलती तक नहीं। नाराज ही बनी हो।"

सुशीला, "मेरे नाराज होने से क्या कुछ बनता बिगड़ता है या किसे मेरी नाराजगी की परवाह है।"

डॉक्टर, "तुम्हारी नाराजगी कुछ नहीं तो हम लोगों का अकल्याण तो कर ही सकती है।" कुछ कंटकित होकर सुशीला देवी व्यस्त स्वर में बोलीं, "अच्छा-अच्छा चुप रहो चलो खाने चलो। दस बज रहा है। कहाँ गए थे?"

डॉक्टर, "कहीं नहीं! बड़ी देर से तो यहीं बैठा हूँ।"

इस बार विमला ने माता के मुँह की तरफ देखकर कहा, "बाबूजी खा चुके अम्मा।"

सुशीला, "हाँ खा चुके। अब तुम लोग खाना-पीना। मैं जाती हूँ लेटने।"

विमला, "तुम खाओगी नहीं क्या?"

सुशीला, "मुझे भूख नहीं है, दोपहर में देर से खाया था।"

माता से सुलह हो जाने से विमला को बड़ी प्रसन्नता हुई। जी से बोझ उतर गया। वह उठकर रसोई की तरफ चली गई।

*

प्रमिला को कई दिन से बुखार आ रहा है, उस दिन उसने डॉक्टर को निमंत्रित करके फिर स्वयं रोक दिया था। दूसरे दिन समस्त क्षण उसने प्रतीक्षा में बिताएँ, परंतु जब शाम हो गई और वे नहीं आए, तब उसे विस्यमपूर्ण कष्ट होने लगा, यों तो अब डॉक्टर ने आना-जाना कम कर ही दिया था। पर बुलाने पर भी न आए ऐसा तो कभी नहीं हुआ। प्रमिला के अभिमान पूर्ण हृदय में यह बात न आती थी कि उसी ने तो आने के लिए मनाकर दिया था। वह सोचती आज तो आ सकते थे। आज के लिए तो उसने नहीं रोका था। लेकिन बुआ की बातें याद आतीं तब वह सोचती अच्छा हुआ नहीं आए, न आएँ कभी तो अच्छा हो। बार-बार वह अपने उच्छसित रोदन को रोक लेती थी, एक गूढ़ और अव्यक्त व्यथा से उसका हृदय पीड़ित हो रहा था। रात में खुली छत में पड़ी रही पर नींद नहीं आई, सवेरे उठी तो बदन टूट रहा था। सिर दर्द से फट रहा था, टेंपरेचर लिया तो 100 था पर उसने रोज की तरह कुएँ से ठंडा पानी मँगाकर नहाया, कपड़े बदलकर जब बाहर आई तो थर-थर काँप रही थी। मालती सामने बैठी शरबत बना रही थी, उसकी तरफ देखकर ताज्जुब से बोली, "क्या तुम्हें जूड़ी आ गई। इतना काँप क्यों रही हो?" दो दिन से मालती उससे बोली नहीं थी। बेचारी प्रमिला अपने अपराध का कारण ढूँढ़ न पाकर रोती थी, इस वक्त भी आँखें भर आईं उसने कष्ट से कहा कि हाँ जान तो पड़ता है और चारपाई पर जाकर पड़ रही मालती व्यस्त हो उठी। कंबल लाकर ओढ़ाया, फिर तिरस्कार भरे स्वर में बोली, "तो तुमसे नहाने

के लिए किसने कहा था, फिर कुएँ के ठंडे पानी से।" प्रमिला ज्वर की तेजी और दर्द से बेचैन होकर रोने लगी। मालती ने स्नेह पूवर्क उसके सिर को दाबते हुए कहा, "इतना क्यों घबराती हो, बुखार तो तुमने खुद ही बुलाया है, दो दिन में आप ही अच्छा हो जाएगा।" प्रमिला ने वेदना विर्दीण स्वर में केवल इतना कहा, "अच्छा क्यों न हो जाएगा, अच्छा तो जरूर हो जाएगा।"

वकील साहब किसी पेशी में इलाहाबाद गए थे। लगातार तीन दिन तक जब प्रमिला का ज्वर कम न हुआ, तब तो मालती बड़ी घबराई। जाने क्यों डॉक्टर को बुलाते उसे संकोच हो रहा था, किसी दूसरे डॉक्टर को भी बुला न सकी। दोपहर को जब बुखार तेज हो गया तो मालती ने आइसकैप सुखिया के हाथ में देकर कहा, "तुम इसे रखे रहो मैं अभी आती हूँ" और बाहर आकर देखा कि बुआजी उदसिया नाइन से रसालाप कर रही हैं। थोड़ी देर तक चुपचाप खड़ी रहकर मालती ने कहा, "बुआजी नई माँ का बुखार तो उतरता ही नहीं, आज और भी बढ़ गया है? क्या किया जाए पापा भी नहीं हैं। ऐसा न हो कि आएँ तो नाराज हों कि किसी डॉक्टर को क्यों नहीं बुलाया।" इतना कहकर मालती दूसरी तरफ देखने लगी। उसका जी धक-धक करने लगा। नाइन बोल उठी, क्या बहूजी बीमार हैं। बुआ, "हाँ तीन दिन से बुखार हैं। तो हम लोग औरत जात किसे बुलाती फिरेंगी। आने दो अपने बाप को, वही ही किसी को दिखावें सुनावेंगे। आजकल में आते ही होंगे।"

मालती, "क्या जाने कब आएँगे, क्यों न ड्राइवर को भेजकर डॉक्टर को बुला लिया जाए, फीस जो कुछ होगी वह दे दी जाएगी।" फीस का नाम सुनते ही बुआजी की आँखें फैल गईं, बोली, "फीस देकर किसी डॉक्टर को दिखावेगी, प्रियव्रत कहाँ गया?" देखाना हो तो उसे ही क्यों नहीं बुला लेती। कुछ लेता भी नहीं।" दारूण घृणा से मालती का मुँह तमतमा आया, मन में आया कि वह कह दे कि प्रियव्रत गुंडा, जो है, पर मुँह से कुछ न कहा गया। दूसरी तरफ मुँह करके उसने कहा, "उन्हें मैं क्यों बुलवाऊँ।" जाती हूँ डॉक्टर बोस को बुलाने। फीस देना आठ रुपए।" इस बार बुआजी जल उठीं और बोलीं, "तुझे बड़ी अमीरी सूझी है मालती, जरा सा बुखार आ गया तो आठ रुपए फीसवाला डॉक्टर आवेगा, प्रियव्रत कहीं गवा है का? वह फीस भी नहीं लेता।"

विरक्त होकर मालती ने कहा, "रहने दो किसी को बुलाने की जरूरत नहीं है। पापा आकर जैसा ठीक समझेंगे करेंगे।"

बुआ, खुश होकर, "हाँ, और क्या वह खुद ही अपना जैसा जान पड़ेगा करेंगे। तु क्यों सिर खपाती है।" नाउन ने बुआजी की हाँ में हाँ मिलाते हुए कहा कि ठीक है बुआजी। मरदों का काम मरद जानें फिर अभी तीन ही दिन तो हुए हैं, आज और देख लो चाहे उतर ही जाए।

मालती खिन्न होकर प्रमिला की चारपाई पर बैठ गई, उसका कोमल हृदय कष्ट से फटा जा रहा था। प्रमिला की पीड़ा उससे देखी नहीं जा रही थी। इस वक्त वह सारी शिकायतें भूल गईं थी। प्रमिला के प्रति बीच के 2 महीनों में उसने, जो मलिनता पैदा कर ली थी उसे याद करके वह अनुतप्त होने लगी।

मालती प्रमिला को आँखें खोलते देखकर कहने लगी, "पापा तो आए नहीं, क्या किसी डॉक्टर को बुला लूँ नई माँ!" प्रमिला ने अपने जलते हाथ से मालती का हाथ पकड़कर कहा, "किसे बुलाओगी। डॉक्टर साहब मन में बुरा न मानेंगे?"

मालती, "तो उन्हें ही बुला लूँ?"

इस बार तेजी से प्रमिला ने कहा, "नहीं! नहीं! मैं अपने लिए उन्हें नहीं बुलाने दूँगी, चाहे जो हो!"

मालती ने हताश होकर कहा, "फिर क्या करूँ?"

इस बार स्नेहपूर्ण ग्लान हँसी के साथ प्रमिला बोली, "तो ऐसी जरूरत ही क्या है मालती, तुम तो बिल्कुल बच्चा बनी जाती हो! क्या बुखार किसी को नहीं आता।" मालती ने आँखें पोंछकर कहा, "तुम हँसती हो और मुझे अपनी बेबसी पर रोना आ रहा है। एक विमला है गैरों का भी काम कर आती है। एक मैं हूँ अपने घर में ही कुछ इंतजाम करने के लिए स्वतंत्र नहीं हूँ।"

उसी समय कलुआ ने दौड़ते हुए आकर कहा, "सरकार आ गए।" मालती ने संतोष की साँस ली और आइसकैप प्रमिला के सिर पर फेरने लगी। वकील साहब के आने की खबर पाकर बुआजी उनसे भी पहले प्रमिला के कमरे में जाकर पूछने लगी, "क्या हाल है? क्या सिर में भी दर्द है?"

मालती, "हाँ!"

बुआजी, "अच्छा मैं जाती हूँ सुखिया को भेज देती हूँ, जरा मत्था दाब देगी।"

वकील साहब ने कमरे में आकर प्रमिला को पड़े देखकर घबराहट के साथ पूछा, "क्या हुआ? पड़ी क्यों हो?"

मालती, "बुखार है।"

वकील, "कब से?"

मालती ने कुछ संकुचित होकर कहा, "तीन दिन हो गए।"

वकील, "दवा तो प्रियव्रत ने दी होगी?"

मालती ने चादर ठीक करते हुए कहा, "दवा किसी ने नहीं दी।"

वकील साहब ने ताज्जुब से कहा, "क्यों प्रियव्रत को बुलाया नहीं था क्या?"

मालती, "नहीं।"

"क्यों?"

मालती, "इन्हीं ने नहीं बुलाने दिया।"

वकील साहब तेज नजर से प्रमिला की तरफ देखकर कमरे में टहलने लगे।

मालती उठकर बाहर चली गई।

शाम को मनुआ कहार ने प्रियव्रत के यहाँ से वापस आकर कहा, "डॉक्टर साहब अब्बै आवत हैं।"

प्रमिला की मलिन मुखाकृति उज्ज्वल हो उठी और मालती के स्वस्थ कपोल अरूण हो गए। वह जल्दी-जल्दी प्रमिला का बिस्तरा ठीक करने लगी।

फिर सुखिया को पुकारकर बोली, "छोटी बालटी में पानी और साबुन केस बाहर बरामदे में रख जाओ," और अलमारी से साफ धुली हुई तौलिया निकालकर कुरसी पर रखकर मालती मेज ठीक करने लगी, शीशी और चीनी के प्याले, चम्मच सब सजाकर रख दिए। प्रमिला का बुखार आज कम नहीं हुआ था और वह बड़ी बेचैन थी, तथापि मालती का अतिरिक्त उत्साह उसकी नजर से छिपा न रहा। मालती मानो समस्त मन लगाकर डॉक्टर का अभिनंदन करने जा रही है। प्रमिला ने कौतुक और आशंका से भरी एक लंबी साँस लेकर मुँह फेर लिया, मालती स्नान करने जा रही थी, पीछे घूमकर बोली, "क्या कुछ कहती हो नई माँ!"

प्रमिला, "कुछ नहीं, जल्दी नहाकर आना अकेले जी ऊबता है।"

मालती ने परदा उठाते हुए कहा, "अभी आती हूँ।"

जितनी जल्दी हो सका मालती स्नान समाप्त करके कपड़े बदल शीशे के सामने खड़ी होकर बाल बाँधने लगी। रगड़कर धोने से उसका मुँह सुख रहा था, बिजली की रोशनी में अपने उज्ज्वल प्रतिबिंब को देखकर मालती परिपूर्ण आनंद से मुसकरा दी। अपनी स्वच्छ साड़ी की गहरी लाल किनारी चुनती हुई वह प्रमिला के पास जाकर बोली, "सो गईं, क्या हाल है?"

प्रमिला ने मालती को नीचे से ऊपर तक देखकर कुछ मुसकराते हुए कहा, "वही हाल है, दर्द के मारे सर फटा जा रहा है। आज तो तुम बड़ी अच्छी लग रही हो मालती! यह कौन सी धोती है? नुमायश वाली?"

मालती मन-ही-मन बेहद लज्जित हो उठी, सच ही तो आज उसने नित्य के प्रसाधन के अतिरिक्त श्रृंगार किया है। क्यों किया है? संकोच से वह लाल हो उठी, आइसकैप में बर्फ भरने के बहाने घूमकर खड़ी हो गई और बोली, "हाँ! नुमायश वाली धोती है, जल्दी में यहीं सामने पड़ गई। क्या करती तुमने कहा था कि जल्दी आना।"

मुसकराकर प्रमिला ने करवट ले ली, उसी समय वकील साहब और डॉक्टर प्रियव्रत ने कमरे में प्रवेश किया, प्रमिला के कलेजे की धड़कन दूने वेग से बढ़ गई और मालती पीछे मुँह किए हुए आइसकैप का पानी गिराने लगी।

कुरसी पर बैठकर डॉक्टर ने कहा, "कहो क्या हाल है? कहीं दर्द भी है?"

प्रमिला ने मुँह घुमाकर कहा, "सर में बहुत दर्द है।"

नब्ज पकड़कर, डॉक्टर ने कहा, "इतने दिन से तबीयत खराब थी, मुझे खबर तक न दी, सचमुच तुम लोग...।"

प्रमिला, "तीन ही दिन तो हुए, बुखार आए है।"

वकील साहब थोड़ी देर तक खड़े रहे, फिर बोले, "बैठो प्रियव्रत! मैं अभी आता हूँ, एक आदमी आया है उसे विदा कर आऊँ।"

पिता के चले जाने पर मालती ने इधर मुँह फेरा। उसकी दृष्टि लज्जा से झुकी थी और मुँह लाल था। एक बार उसकी तरफ विस्मय और मुग्धता भरी दृष्टि से देखकर डॉक्टर प्रेस्क्रेप्शन लिखने लगे और बोले, "मालती तुम्हारे पढ़ने-लिखने का क्या हुआ, कॉलेज में पढ़ने का इरादा था, पढ़ रही हो न। उसका क्या हुआ?"

मालती ने मधुर स्वर में कहा, "पापा कहते हैं अब मत पढ़ो।"

डॉक्टर, "क्यों! वे तो कई महीने पहले तक कहते थे कि तुम्हें पढ़ाते रहेंगे अब राय क्यों बदल दी। क्यों प्रमिला?"

प्रमिला ने धीरे से कहा, "क्या मालूम पहले तो कहा करते थे कि मालती कम-से-कम एम.ए. तो पास ही करेगी, अब जाने क्या हो गया, शादी की तैयारी में हैं।" इतना कहकर प्रमिला ने गहरी नजर से डॉक्टर के मुँह की तरफ देखा।

मालती क्रुद्ध कंठ से बोल उठी, "मैं दूध लिये खड़ी हूँ।"

प्रमिला, "मैंने तो कहा था कि अभी भूख नहीं है, दूध क्यों ले आई?"

मालती, "मैं क्या करूँ, पापा ने भेजा है कि गरम दूध अभी पी लें।"

डॉक्टर कुछ अन्मनस्क से हो उठे थे, उनकी तरफ देखकर प्रमिला ने कहा, "क्या सोचते हो?"

चौककर डॉक्टर ने कहा, "कुछ तो नहीं! दूध पी लो, बातें मत करो।"

प्रमिला ने उलाहना भरे स्वर में कहा, "महीनों बाद तो आए हो, फिर भी कहते हो बात मत करो।"

डॉक्टर, "मैं आता कैसे! मुझे बुलाकर तुम तो खुद नेवता खाने चली गईं थी।" उस दिन की घटना याद आते ही प्रमिला उदास हो गई और प्याला लेकर दूध पीने लगी।

मालती ने इस बीच दो-तीन बाद डॉक्टर की तरफ देखा पर वह दूसरी तरफ देख रहे थे। प्रमिला को उसकी चंचलता पर आश्चर्य हो रहा था, क्या वह अंत में इस परिणाम पर पहुँची है। क्या वह प्रेम में पड़ गई डॉक्टर के? जिनसे विवाह होना एकदम असंभव है। स्वामी के स्वभाव की याद आते ही प्रमिला के चित्त की शांति दूर हो उठी भविष्य की कल्पना करके वह काँप उठी, उसने सोचा इस प्रणयाभिलाशा

को यहीं रोक देना चाहिए, अन्यथा दोनों को असीम हताशा के सिवाय कुछ हाथ न लगेगा। उसने देखा मालती एकटक डॉक्टर के मुँह की तरफ निहार रही है जैसे पहले कभी देखा न हो, मानो वह उनके रूप की आलोचना कर रही हो। प्रमिला को यह बात बहुत बुरी लगी, वह बोल उठी, "मालती कुछ जलपान के लिए भेज दो जाकर।" मालती चौक पड़ी और बोली, "अभी जाती हूँ।" प्रमिला के निकट वह कुछ संकुचित और अप्रतिभ हो उठी।

डॉक्टर ने खड़े होकर कहा, "नहीं! जलपान करने की मेरी इस वक्त इच्छा नहीं है। अब चलता हूँ।"

इस बार मालती ने व्यग्र स्वर में कहा, "पापा ने आपको ठहरने के लिए कहा था।"

कहने को तो वह बात कह गई पर जाने क्यों उसे मन-ही-मन बड़ी शर्म लगी। प्रमिला की तरफ तो उससे देखा ही न गया, उसे मालूम पड़ रहा था कि प्रमिला की ज्वर से जलती हुई दोनों आँखें आज उसके हृदय का समस्त इतिहास पढ़ लेने में समर्थ हो उठी हैं।

प्रमिला ने कहा, "काम हो तो जाओ ये बाहर ही मिल जाएँगे। कल अगर बुखार कम हो गया तो मैं कहला भेजूँगी। तुम क्यों तकलीफ करोगे आने की।"

इस बार कुछ क्षुब्ध होकर डॉक्टर ने कहा, "प्रमिला आजकल बड़ी दुनियादारी सीख रही हो, जरा सा आकर देख लूँगा तो क्या हो जाएगा। मैं कल इसी वक्त आऊँगा। बुखार बढ़े तो इसी तरह आइसकैप रखना अच्छा मालती?"

मालती ने नम्रस्वर में कहा, "अच्छा! दवा कितनी देर में देनी होगी?"

डॉक्टर ने खड़े होकर कहा, "एक खुराक तो अभी पिला देना फिर तीन-तीन घंटे पर।"

दरवाजे के बाहर आकर उन्होंने फिर कहा, "मेरी टोपी मेज पर रह गई उठाकर देना।"

मालती ने जल्दी से हैट उठाकर उनके हाथ में देते हुए कहा, "लीजिए।" वहाँ पर उसकी नीची निगाह स्वयं ही ऊपर उठ गई।" डॉक्टर उसी की तरफ देख रहे थे, मालती लज्जा गई।

डॉक्टर टोपी लेकर चले गए पर वह वहीं खड़ी रह गई। उसके सहज गुलाबी रंग के कपोल अव्यक्त आवेष से विचित्र वर्ण धारण कर रहे थे। लज्जा-भय और संकोच के साथ वह अपने हृदय की भर्त्सना करने जा रही थी। पर वहाँ शायद काबू नहीं था।

प्रमिला ने अंदर से कहा, "मालती डॉक्टर साहब चले गए क्या?"

मालती, "वे तो चले गए, क्या कुछ काम है?"

प्रमिला, "नहीं कुछ काम नहीं है, तुम अँधेरे में वहाँ क्या कर रही हो, यहाँ आओ।"

समवयस्क का प्रभुत्व असहनीय होता है। वह चाहे जिस पद का प्राणी हो। आज प्रमिला के स्वर में मालती कई बार आदेश की गंध पा चुकी थी। इस बार चिढ़कर बोली, "तुम्हारे कमरे में बड़ी गरमी है, मैं यहीं बैठूँगी थोड़ी देर।"

इस पर प्रमिला ने कुछ नहीं कहा, एक ठंडी साँस लेकर चुप हो गई। दूसरे ही क्षण मालती को अपनी बात पर बड़ा खेद होने लगा, वह अनुतप्त होकर जल्दी से अंदर जाकर बोली, "क्या काम है नई माँ?"

प्रमिला ने मलिन स्वर में कहा, "काम कुछ नहीं है, अब मुझे नींद आने लगी है। सो जाऊँगी।"

प्रमिला ने सिरहाने बैठकर पंखा करते हुए मालती से कहा कि अच्छी बात है सो जाओ।

प्रमिला, "पंखा मत करो, मुझे सर्दी मालूम पड़ती है। तुम गरमी में मत बैठो।

मालती मैं जरा देर में सो जाऊँगी।"

मालती थोड़ी देर खड़ी रही, फिर बाहर चली गईं, तब प्रमिला ने चुपचाप पड़े पड़े रोना शुरू किया। वह क्यों रो रही थी, यह उसकी समझ में खुद नहीं आ रहा था। यथापि उसको रोना आ रहा था और वह पेट भरकर रो रही थी और मालती प्रमिला के पास से आकर खुली छत पर चारपाई पर लेट गई। शाम की प्रत्येक बातों की वह मन-ही-मन आलोचना करने लगी। आज उसने नूतन अनुभूति पाई थी। डॉक्टर का सैकड़ों बार देखा हुआ चेहरा आज उसके निकट जैसे नया रूप रखकर प्रकट हुआ है, और उनकी वह मूर्ति अपूर्व रूप की खान बनकर मालती के हृदय में विप्लव मचा रही थी। वह बड़ी बेचैनी से सोच रही थी यह क्या हुआ? उसके शांत और संतोषमय जीवन में यह कैसा तूफान आ गया है। यह कैसा अलक्ष्य बीज था, जिसका वपन किसी ने नहीं जाना। इसकी जड़ कब और कहाँ शुरू हुई? वह जैसे प्रारंभ से ही डॉक्टर को प्यार करती रही है। मानो अनादि काल से उनकी कामना करती आ रही है। सिर्फ आज उसने समझ पाया है कि उसके हृदय में दबे हुए मनोभाव थे। उनके प्रति मालती का प्रबल और प्रगाढ़ अनुराग।

एकाएक उसे यह भी ध्यान आ गया कि क्या वे भी उसे चाहते हैं। नहीं! नहीं! हरगिज नहीं! कहीं उन्हें उसके विचारों की खबर लग गई तो क्या होगा? तब तो वह शर्म से ही मर जाएगी। वे उसे किस नजर से देखेंगे। मालती ने मन-ही-मन प्रतिज्ञा की कि वह अपने प्रणय को हृदय में छिपाकर रखेगी। डॉक्टर भी बिल्कुल दूसरे व्यक्ति की तरह उसके मनोभावों से हमेशा अनभिज्ञ रहेंगे। फिर भी उनके साथ विवाह की बिल्कुल असंभव कल्पना करने में भी उसे आनंद आ रहा था, साथ ही वह अपने मन की मूढ़ता पर उसे भर्तसित भी कर रही थी।

बेचारी मालती को यह नहीं मालूम था कि वह खिलाड़ी देवता अपना पुष्प धंवा ताने हुए दो हृदयों को साथ ही विद्ध करके मजा देखता है। अपने घर पहुँचकर डॉक्टर ने विमला से कहा, "मैं सोने जा रहा हूँ। जगाना मत, भूख नहीं है।"

विमला व्यग्र होकर बोली, "क्यों भूख क्यों नहीं है। कहाँ गए थे?"

डॉक्टर, "गया था मरीज देखने।"

विमला, "मरीज के यहाँ क्या खा लिया जो खाने का मन नहीं है।"

"क्या मालती के यहाँ गए थे आज?"

डॉक्टर ने कुरसी पर बैठकर कहा, "हाँ, वहीं गया था।"

विमला, "वहाँ कौन मरीज है, जिसे देखने गए थे?"

डॉक्टर, "प्रमिला को कई दिन से बुखार आ रहा था। आज गया था।"

विमला, "तो क्या अब तक तुमने उन्हें नहीं देखा था?"

डॉक्टर ने दूसरी तरफ देखकर कहा, "बुलाया ही न था तो कैसे देखता।"

विमला (ताज्जुब से), "क्या तुम अब उधर नहीं जाते?"

"क्यों बात क्या है भइया?" विमला की उत्सुकता देखकर डॉक्टर ने कुछ संकोच के साथ कहा, "इधर काम बहुत है, इसी से नहीं जा पाता।"

विमला, "काम ज्यादा है, तब तो बड़ी खुशी की बात है जल्दी हो मुझे रुपए दे सकोगे, क्यों भइया?"

अब असमंजस में पड़कर डॉक्टर ने कहा, "अरे! रुपए कहाँ दे सकूँगा? कोई नकद दे तब न, सब लोग तो उधार कर देते हैं।"

इस बार विमला खिल-खिलाकर हँस पड़ी और बोली, "अहा! अब कैसे बहाने करने लगे, लेकिन मैं अब मान नहीं सकती, तुम्हारा रोजगार आजकल खूब चल रहा है भइया!"

विमला की प्राणमयी स्वच्छ हँसी के साथ अपनी मलिन हँसी मिलाते हुए डॉक्टर ने कहा, "पर रुपए का होगा क्या? सुमित्रा को पहाड़ पर भेजने की सनक अभी गई नहीं? या कुछ दूसरा खब्त सवार हुआ है।"

विमला (हँसकर), "इससे तुमसे मतलब! तुम्हे रुपए देने से काम है वह चुपचाप बाँए हाथ से निकालकर दे दो बस।"

डॉक्टर, "नहीं! हँसी नहीं! सच बताओ क्या करोगी रुपए का?"

निसंकोच दृढता के साथ विमला बोली, "सुमित्रा को पहाड़ पर भेजूँगी। अब तो दोगे?"

डॉक्टर, "जब होगा तब दस-पाँच रुपए दे दूँगा।"

विमला ने विस्मित होकर कहा, "क्या दे दोगे दस-पाँच रुपए? रहने दीजिए आप

रखिए अपना रुपए अपने पास। मैं नहीं लेती!"

डॉक्टर, "फिर क्या लोगी?"

विमला, "जितने में मेरा काम चल जाए, उससे ज्यादा एक कौड़ी भी नहीं।"

डॉक्टर, (हँसकर), "तुम्हें अगर चंदा माँगने का काम दिया जाए तो तुम खूब रकम वसूल कर सकती हो विमला!"

विमला भी हँसती हुई बोली, "हाँ! पर दाता तुम्हारी तरह कंजूस न हो तब!"

डॉक्टर, "मैं कंजूस हूँ क्या?"

विमला, "और कौन हो, तुम तो पर ले सिरे के महाजन हो जाओगे। जरा शादी के बाद देखना।"

डॉक्टर, "कैसी पागल है, क्या यह सद्‌गुण शादी के बाद ही रंग लाता है।"

विमला, "हाँ और क्या! मालती को देखो वह तो ब्याह के नाम से ही कितनी बदल गई है।"

इस बार डॉक्टर का चेहरा फीका पड़ गया, उत्सुकता छिपाते हुए बोले, "कहाँ हो रहा है ब्याह? कब होगा?"

विमला, "बनारस में तो कहीं हो रहा है, जाड़ों तक हो ही जाएगा। मुझे तो यही दुःख है कि मालती इतनी जल्दी बिना चूँ-चपड़ किए झट से शादी के लिए तैयार हो गई। ऊपर से खुश इतनी है मानो चतुरवर्ग फल मिला जा रहा है। जैसे जीवन का चरम उद्‌देश्य विवाह ही है।"

डॉक्टर, "क्या करे वह, वकील साहब की सनक है, पढ़ाना भी बंद कर दिया, और शादी भी किए देते हैं। उस बेचारी का क्या दोष है?"

इस पर विमला बिगड़कर बोली, "बड़ी बेचारी बनी है, मुझे तो उस पर बेहद गुस्सा आ रहा है। पढ़ने को मुझे ही कौन नहीं रोकता, आदमी को अपनी बात पर कायम रहना चाहिए फिर कोई कुछ कर नहीं सकता।"

डॉक्टर, "तुम्हारी बात दूसरी है विमला?"

विमला, "क्यों मेरी दूसरी बात क्या है?"

डॉक्टर, "मालती की अपनी माँ नहीं है विमला। अम्मा तुम्हें चाहे जितना रोकती हैं पर तुम्हारा जोर और जबरदस्ती चल तो जाती है। बात यही है कि वे अपनी माँ हैं, हम लोगों की वे हठें जिन्हें वे गैर वाजिब समझती हैं, फिर भी उन्हें पूरी करती हैं। मालती किसके ऊपर वह जोर कर सकती है। उसे तो जो कुछ अयाचित रूप से मिल जाएगा वही वह ग्रहण कर सकती है।"

थोड़ी देर तक चुप रहकर विमला ने कहा, "यह बात तो ठीक है, पर मालती के बारे में यह बात लागू नहीं हो सकती, प्रमिला का उसके साथ कैसा बरताव है यह तुम

अच्छी तरह जानती हो। नहीं, मैं मालती को किसी तरह माफ नहीं कर सकती। कल प्रियंबदा आई थी कह रही थी कि मालती ने ब्याह के लिए राय दे दी और बड़ी खुश है।" इतना कहकर विमला ने उपेक्षा से मुँह बिचकाया, फिर बोली, "मैं अब ऊपर जा रही हूँ। तुम कपड़े उतारकर खाने जाओ, भइया।"

कोट टाँगकर डॉक्टर पलंग पर लेट गए। भोजन की रुचि नहीं थी, न भूख रह गई थी, विमला के ये शब्द कि मालती का दूसरी जगह कहीं ब्याह हो रहा है और वह बहुत खुश भी है। डॉक्टर के कलेजे में सुई की तरह चुभ गए थे। हाथ-पैरों को मानो लकवा मार गया हो और जैसे सारी संपदा लुट गई हो।

आज मालती उनके मन से उतर ही नहीं रही थी। संध्याकाल की उसकी अनुपम मूर्ति उसका गोरा लाल रंग, निर्दोष चेहरा, उसकी बातचीत, चलने-फिरने की मनोहर गति, यहाँ तक कि मालती की धोती की गहरी लाल किनारी, उनकी आँखों में बस गई थी।

जब तक उन्हें मालती के विषय में कोई कौतूहल नहीं था, तब तक उन्हें उसकी तरफ ध्यान देने की जरूरत भी न मालूम पड़ी। कभी उन्होंने यह सोचा भी नहीं था कि यही मालती उनके लिए वेदना और व्यथा का कारण बन जाएगी। अब वे पछता रहे थे कि क्यों भावुकता में पड़े रहकर उन्होंने वे सुयोग खो दिए, जबकि उन्हें यह रंत प्राप्त हो सकता था। अपनी मूर्खता पर स्वयं ही अफसोस हो रहा था। रात के बारह बजे तक उन्हें नींद नहीं आई। सुबह उठने का मन नहीं कर रहा था कि विमला ने शीघ्रता से उन्हें जगाकर कहा, "भइया! भइया! उठो देखो श्यामा चरण जी बुलाने आए हैं।"

डॉक्टर तुरंत उठ गए और बोले, "कहाँ हैं? क्या बात है?

विमला, "मालूम नहीं, महरा कह रहा है कि तुम्हें जल्दी चलने के लिए कह रहे हैं।"

डॉक्टर ने गुसलखाने के अंदर जाकर कहा, "कह दो कि मैं अभी आता हूँ, क्या तुम भी जाओगी?"

विमला ने कुछ सोचकर कहा, "हाँ! मेरा जाना बहुत जरूरी है।"

मोटर तैयार नहीं थी, इसलिए झुटपुटे सवेरे में दोनों भाई-बहन पैदल ही चल दिए। श्यामाचरण इन लोगों से बहुत आगे जा रहे थे। मानों कोई शक्ति उन्हें उड़ाए लिये जाती हो।

सबसे पहले पहुँचकर श्यामाचरण ने धड़कते हुए कलेजे को सँभालकर सुमित्रा के मुँह पर झुककर कहा, "सुमित्रा, सुमित्रा!"

सुमित्रा की आँखें कमजोरी के मारे मुंदी जा रही थीं। उसने अनिच्छापूर्वक उन्हें खोलकर पति की तरफ देखा।

श्याम ने हलकी श्वास ली, मृत्यु का तत्क्षण सामना नहीं हुआ, इस वक्त यही बात उनके लिए बहुत बड़ी हो उठी।

थोड़ी देर बाद डॉक्टर और विमला ने भी व्यस्त भाव से कमरे में प्रवेश किया। कई जोड़ी पैरों की आहट पाकर सुमित्रा ने फिर आँखें खोल दीं। विमला ने अपने माथे का पसीना पोंछते हुए कहा, "कैसी तबीयत है जीजी।" सुमित्राजी बीमारी से ऊब गई थीं, जरा झल्लाए हुए स्वर में बोलीं, "तबीयत कैसी है, यह बता नहीं सकती। मेरी तकलीफ तो अब कभी मिटेगी नहीं, फिर तुम सबको बेकार क्यों परेशान किया जाता है। ऐसी कौन बात थी, जो रात के पिछले पहर में तुम लोगों को बुलाने चल दिए।"

यह आक्षेप सुनकर श्याम ने अप्रतिम होकर कहा, "बहुत बोलो मत।" इस बार फिर पति की तरफ देखकर सुमित्रा ने कहा, "बोले बगैर काम चलता है। आप जाने कब के चल दिए हैं। मुश्किल से जरा आँख लगी थी कि उम्मी ने रो-रोकर आसमान सिर पर उठा लिया," पर मुखापेक्षी होने की वेदना और विरक्ति से सुमित्रा का मुख विकृत हो गया।

इस बार श्याम ने संकुचित होकर डॉक्टर से कहा, "रात में इनकी तबीयत बहुत खराब हो गई थी। बुखार और बेचैनी की वजह से रात भर नींद नहीं आई। आज मेरा ऑफिस भी आठ बजे से होगा। फिर वक्त न मिलता इसलिए इतने सवेरे आपको तकलीफ दी।" इतना कहकर श्याम ने सोचा, सच ही तो उसने कैसी बेवकूफी की। रात में वह इतना डर गया था कि सुबह होते ही डॉक्टर के यहाँ दौड़ा गया। उस समय उसके चिंताग्रस्त मस्तिष्क में यह बात आई ही नहीं कि डॉक्टर को इतने सवेरे जगाकर लाना उस व्यक्ति के लिए बिल्कुल अन्याय है, जिसे फीस न देनी हो।

विमला बात समझ गई। सुमित्रा के सिरहाने बैठकर पंखा हिलाते हुए बोली, "हम लोगों का तो खुद ही इरादा इधर आने का था, सोचा था आपको देखते हुए गोमती की तरफ निकल जाएँगे।"

विमला के मुँह से यह निर्मल झूठ सुनकर डॉक्टर उसके मुँह की तरफ देखने लगे। थाइसिस के मरीज के पास उसी के बिस्तर पर उसे बैठा देखकर उनका शरीर कलंकित हो उठा और बार-बार वे आँख के इशारे से विमला को उठ जाने का इशारा करने लगे।

किंतु विमला जान-बूझकर भाई के इशारा का मजा ले रही थी और अनजान बनकर बिल्कुल सुमित्रा के सर पर बैठ गई।

थोड़ी देर में डॉक्टर ने सुमित्रा को अच्छी तरह से देखाकर कहा, "चलो विमला धूप बढ़ रही है।"

विमला, "मैं शाम को जाऊँगी।"

डॉक्टर ने कुढ़कर कहा, "नहा-धोकर फिर आ जाना।"

विमला ने कुछ सोचकर कहा, "अच्छा तुम जाओ आठ बजे दुकान पर पहुँच कर मोटर इधर भेज देना।"

विवश होकर डॉक्टर चले गए। सुमित्रा इस बीच में सो गई थी। विमला थोड़ी देर अन्यमनस्क होकर बैठी रही। कुछ देर में उसने कुछ चौंककर सिर उठाकर देखा। श्यामाचरण स्नान करके आग जला रहे थे। आधी डिब्बी मिट्टी का तेल डालकर उन्होंने चूल्हा जला पाया। एक पतीली में दाल, चावल और हल्दी-नमक एक साथ भरकर श्याम ने चूल्हे पर चढ़ा दिए, फिर आँगन में नल के पास बैठकर आठ-दस कपड़ों में साबुन लगाकर धोने लगे। सनलाइट साबुन की बट्टी पानी की धार में बही जा रही थी। विमला को हँसी आ गई कि ये कैसे बेवकूफ हैं, नहाने के बाद कपड़े धोने बैठे हैं। उनकी सूखी धोती बिल्कुल भीग गई थी, साथ ही विमला का स्वाभाविक कोमल हृदय करुणा से भर उठा, उसका सहज सुशृंखला पसंद चित्त उस अस्त-व्यस्त गृह का संस्कार कर डालने को आतुर हो उठा। वह उठकर द्वार तक आई, पर आगे न बढ़ सकी। श्यामाचरण से वह कभी बोलती नहीं थी, आज कैसे वह स्वयं जाकर उनके काम में सहायता करे यह उसकी समझ में नहीं आ रहा था। तब तक श्यामाचरण ने कपड़े धोकर टाँग दिए और एक चादर में साबुन लगाने लगे। अब विमला से रहा न गया, उसने खड़े होकर धीरे से खाँसा। श्याम ने चौंकर पीछे विमला को देखा, उनका मुँह लज्जा और संकोच से लाल हो उठा। कपड़े समेट दिए और खड़े होकर धीरे से कहा, "क्या पानी चाहिए?"

विमला ने झुककर पैर की चप्पल ठीक हुए कहा, "जी नहीं! आप रसोई में जाएँ। खिचड़ी शायद जल रही है।"

श्याम ने जल्दी से हाथ धो डाले और लपक कर रसोई में चले गए। विमला सुमित्रा के पास बैठकर उसे हवा करने लगी। सुमित्रा आँखें खोलकर बोली, "तुम अभी तक बैठी हो विमला!"

विमला, "हाँ, तुम्हारी तबीयत अब कैसी है! नींद आ गई तो अच्छा हुआ, जरा आराम मिला। सुमित्रा का जागना श्याम को मालूम हो गया। थाली में खिचड़ी रखी ही थी कि याद आया अरे, अभी सुमित्रा के लिए दूध तक गरम नहीं हुआ अब उसे क्या दिया जाए। श्याम चिंता से व्याकुल हो उठे, उधर ऑफिस जाना था, समय हो गया था। दूसरी थाली से अपना भोजन ढककर उसी चूल्हे पर वे दूध गरम करने लगे।

विमला का ध्यान उधर ही लगा था। उसने देखा श्यामाचरण दूध लेकर आ रहे हैं। वह उठकर खड़ी हो गई। जलता हुआ दूध जल्दी से तिपाई पर रखकर हाथ फूँकते हुए श्यामाचरण ने कहा, "उठो दूध लाया हूँ।"

सुमित्रा, "मैंने अभी न मुँह धोया है न कुल्ला ही किया है।"

श्याम ने व्यग्र होकर कहा, "अरे भूल ही गया, ठहरो पानी लाता हूँ।" लोटे में पानी और तसला लाकर श्याम ने सुमित्रा का मुँह धुलवाया। ढाका शक्ति औषद्यालय का बना हुआ दस पैसे डब्बी का मंजन देकर दाँत साफ करवाया। तौलिया से मुँह पोंछवाकर कहा, "दूध पियो।"

सुमित्रा को हाथ के सहारे उठाने में श्याम लज्जा से लाल हो गए यह देखते ही विमला समझ गई और मुँह फेरकर खड़ी हो गई। श्याम ने काँपते हाथों से सुमित्रा को दूध पिलाकर लिटा दिया। साढ़े आठ बज रहे थे, बेचारे बगैर भोजन किए जल्दी-जल्दी कपड़े पहनने लगे। विमला ने सुमित्रा से कहा, "जीजा बगैर खाए ही जा रहे हैं।"

सुमित्रा के रोग से पीले मुख पर अनंत वेदना दौड़ गई। उसने आँसू भरकर विमला की तरफ देखा और कहा, "मुझसे यही नहीं सहा जाता, विमला! पर नहीं जानती मेरे भाग्य में अभी और क्या-क्या बदा है। जैसी दुर्दशा घर-द्वार और इन दोनों की हो रही है वह कह नहीं सकती। भगवान् को दया नहीं है। मैं तो रोते-रोते थक जाती हूँ।"

विमला की आँखें भी भर आईं। उसने सुमित्रा के आँसू पोंछकर कहा, "जीजा से कहना कि खाना खाकर जाएँ।"

सुमित्रा ने क्षीण स्वर से कहा, "क्या बगैर खाए ही जा रहे हो?"

श्यामाचरण बरामदे में पान लगा रहे थे, वहीं से बोले, "हाँ! देर हो गई है।"

उम्मी जगे तो खाने के लिए कह देना। श्याम एक बार सुमित्रा की तरफ देखकर चले गए। सुमित्रा ने न कुछ प्रतिवाद किया न कोई अनुरोध, वह व्यथा से फूट-फूटकर रोने लगी।

विमला चुपचाप बैठी थी, उसके दिल में दूसरे ही विचार आ रहे थे। वह सोच रही थी कि मैंने तो दया और सेवा की प्रेरणा लेकर ही यहाँ प्रवेश किया था, पर अभी तक उसने क्या किया है। क्या वह सुमित्रा के कपड़े न बदलवा सकती थी या उसका पीकदान न साफ कर सकती थी। वह चाहती तो है कि इस कमरे की सफाई हो जाए, फर्श धुला दी जाए, पर यह सब करने के वक्त उसे हिचकिचाहट क्यों होती है। क्या यही सेवा-व्रत है। उसने तो अपना आदर्श और भी ऊँचा बनाया था।

ठंडी साँस लेकर उसने मन में कहा कि वह अपने को सिर्फ धोखा दे रही है और कुछ काम नहीं कर सकती है।

फिर उसे यह भी खयाल हुआ कि सुमित्रा के ऊपर उसे इतनी दया क्यों आ रही है। संसार में तो बहुत से प्राणी ऐसे पड़े हैं, जिनकी दशा पर करुणा को भी करुणा आती है। श्याम और सुमित्रा पर ही उसकी सारी दया क्यों केंद्रीभूत हो रही है। जिस दया, शक्ति और सेवा को, विशाल रूप प्रत्येक स्थान पर वितरित होना था वह एक ही जगह पर क्यों अवरुद्ध होती जा रही है। यद्यपि इन लोगों को भी कुछ फायदा न

पहुँचा सकी, फिर भी मन दूसरी तरफ क्यों नहीं जाता।

उसने मन-ही-मन में प्रतिज्ञा की कि मैं अपने को गलत रास्ते पर न जाने दूँगी। कल से सुखिया को यहाँ रखकर देहात चली जाऊँगी। विमला के चित्त की उस समय ऐसी दशा थी जैसे कोई प्रतिभाशाली पर आलसी विद्यार्थी परीक्षा में फेल होकर मन को प्रबोध देता है कि अगले साल मैं खूब मेहनत करके अच्छे नंबरों से पास हो जाऊँगा।

मोटर घंटे भर से बाहर खड़ी थी। ड्राइवर ने कई बार हॉर्न बजाकर अपने आने की सूचना दी, पर वह वैसी ही बैठी रही, अब उसका चित्त जरा शांत हुआ तो उठकर खड़ी हो गई, सुमित्रा ने धीमी आवाज में कहा, "जा रही हो बहिन! अब कब आओगी?"

विमला ने उमेश को प्यार करते हुए कहा, "कल आऊँगी, जरूरत हो तो मुझे या भइया को बुलाने में वक्त बेवक्त का खयाल मत किया करो।"

बाहर आकर विमला चुपचाप मोटर में बैठ गई। आषाढ़ की वर्षा विद्यौत धूप शीशे से छन-छन कर उसके मुँह पर पड़ रही थी। मन में वह दृढता और बल का संचय कर रही थी, परंतु हृदय में अब भी श्याम का अमुक्त कातर मुँह विचित्र वेदना पैदा का रहा था। मन-ही-मन खीझकर विमला बोल उठी, "इतने धीरे क्यों चला रहे हो राम सिंह?"

ड्राइवर राम सिंह ने सभ्रम पूर्वक कहा, "धीरे तो नहीं चला रहा हूँ हजूर!" दूसरे दिन श्याम के घर का सब प्रबंध ठीक करा कर विमला जगदीशपुर चली गई। कॉलेज खुला था पर उसने परवाह नहीं की।

*

उस दिन प्रमिला का बुखार उतरते देखकर डॉक्टर प्रियव्रत ने कहा था कि अब मेरे आने की जरूरत नहीं मालूम पड़ती और इसके बाद तीन हफ्ते बीत गए वे कभी इधर नहीं आए। मालती और प्रमिला दोनों मन-ही-मन में उत्सुक हो रही थीं पर इस बारे में दोनों ही कुछ आलोचना नहीं करती थीं। मालती आजकल कुछ उदास, अन्यमनस्क और चिंतित रहा करती थी। प्राइवेट इम्तिहान देने के इरादे से उसने बी.ए. की सब किताबें मँगाकर रख ली थी पर उन्हें छुआ तक नहीं। किताब पढ़ने का मन ही नहीं होता था। दिन भर कमरे में पड़ी-पड़ी सोचा करती।

प्रमिला मालती के रंग-ढंग देखकर समझने की चेष्टा करने लगी थी और उसका कोमल हृदय उसके प्रति करुणा और सहानुभूति से भर उठता था। मालती से कुछ पूछने का उसे साहस नहीं होता था फिर कोई बात हो तो पूछे भी। वह आशा करती थी कि मालती स्वयं ही उससे कुछ कहे पर वह इधर ध्यान भी नहीं देती थी, जैसे प्रमिला से उसका कोई संबंध रही नहीं है। प्रमिला को मालती अपने से बहुत दूर होते जान पड़ने लगी, यह कल्पना प्रमिला को व्याकुल किए डालती थी, अपने दोनों जनों के अविछिन्न

प्रणय में जो शिकन पड़ गई थी उसे जल्दी-से-जल्दी मिटा डालने के लिए उसका चित्त कातर हो उठता, पर वह समझ न पाती कि क्या करे।

इस घर में विवाह होकर आने के प्रथम दिवस से ही उसने मालती को बंधुभाव से देखा था। उसे याद ही नहीं रहा कि यह सौत की लड़की है और वह सौतेली माँ है। बहुधा, जब लोग इस कटु संबंध का तकाजा करके उसे वेदना देते तो वह आश्चर्य से यही सोचती कि क्या इन लोगों की निगाह में मित्रता का कोई मूल्य नहीं है। सब उसके मर्मस्थान को क्यों बार-बार पीड़ित करते हैं। यद्यपि वह मालती के पिता की सहधर्मिणी है, पर उसकी तो वह अभिन्न हृदया सखी ही है। मालती का अटूट प्रेम, अटल विश्वास और मनोरंजक स्वभाव प्रमिला के निरानंद जीवन में आनंद की धारा बहा चुका था। मालती की प्रेमयात्री बनकर वह धन्य हो गई थी और वह उसे सर्वान्त:करण से प्यार करती थी। आजकल मालती ने उसके साथ जैसा बरताव प्रारंभ किया है वह उसे व्यथित ही नहीं विस्मित भी कर रहा था। अपना अपराध वह ढूँढ़ भी नहीं पाती थी। मालती का उदास चेहरा उसके हृदय में काँटे की तरह चुभ रहा था पर कुछ प्रतिकार न कर सकने की असमर्थता से वह रो पड़ती थी। कैसे मालती को वह पहले की तरह स्वस्थ, प्रसन्न और आनंदमयी बना सकती है, यह उसकी समझ में नहीं आता था। उसे रह-रहकर गुस्सा आता डॉक्टर पर वकील, साहब पर और सबसे ज्यादा वह बुआजी के ऊपर क्रुद्ध थी, सारी आग उन्हीं ने लगाई थी।

दोपहर का सन्नाटा घर भर में फैला था, छोटे बच्चे जहाँ होते हैं वहाँ दिन क्या रात में भी निस्तब्धता का स्थायी राज्य नहीं होने पाता, पर यहाँ तो सब बड़े-बड़े समझदार प्राणी थी। जिनका नियम होता है कि दोपहरी मनाएँ और किवाड़े बंद कर सोएँ।

पहले मालती और प्रमिला एक ही जगह रहतीं, जेठ की लंबी और आलस दोपहरी भी दोनों हँस-बोलकर बिता देती थीं, पर अब इधर महीने भर से ऐसा नहीं हो रहा था। मालती पढ़ने के बहाने अपने कमरे से निकलती ही नहीं थी। प्रमिला कुछ सीती या कभी कुछ काम करती फिर पढ़कर सो जाती। कई बार मालती के कमरे में जाकर उसका ध्यान अपनी तरफ आकर्षित करने की व्यर्थ चेष्टा करके वह रोती थी और रोते-रोते ही उसे नींद आ जाती, बेचारी के दिन मुश्किल से बीत रहे थे।

आज भी वह कपड़े सी रही थी, परंतु जी नहीं लगा तब उठकर मालती के पास गई। हमेशा की तरह आज भी उसने चाहा कि मालती की आँखें पीछे से मूँद ले, पर ऐसा कर न सकी। धीरे से ठंडी साँस लेकर वह कुरसी के पीछे खड़ी हो गई। मालती चौंक पड़ी और मुँह फिराकर प्रमिला को देख वह सामने जाकर बैठ गई और जरा हँसी, फिर बोली, "क्यों चौक पड़ी मालती।"

मालती, "तुम इतने धीरे-धीरे बिल्ली की तरह पैर रखकर आई थी मैंने जाना ही

नहीं। बुआजी की तरह 'पसीफूट' बनने की तुम भी कोशिश कर रही हो?" इस बार प्रमिला जोर से हँस पड़ी। मालती ने जमीन से किताब उठाते हुए कहा कि आज सोई नहीं?

प्रमिला के गले में सैकड़ों उत्तर आ-आकर टकराने लगे, पर उसने उन्हें रोक कर कहा, "नीद कहाँ आती है। पेटीकोट सी रही थी, पूरा करके अभी आई हूँ। क्या तुम नहीं सोई?"

मालती, "नहीं।"

अब क्या बात करें, दोनों चुपचाप बैठी रहीं, थोड़ी देर में प्रमिला ही फिर बोली, "आज सिनेमा देखने चलोगी? 'अछूत कन्या', सुना है बहुत बढ़िया है।"

मालती, "किसके साथ जाओगी, पापा जाने देंगे?"

प्रमिला कुछ देर सोचकर बोली, "ठीक कह रही हो, साथ जानेवाला कौन है। अब तक जितने खेल देखे सब डॉक्टर भइया की बदौलत।" उसका स्वर स्वयं काँप उठा पर मालती का चेहरा नजर गड़ाकर देखना भी उसने नहीं भूला।

मालती, "तो तुम्हारे डॉक्टर भइया न हों तो क्या दुनिया का काम ही बंद हो जाएगा। सिनेमा देखने का बड़ा मन है तो चलो न टिकट शोफर से मँगा लिये जाएँगे।"

प्रमिला, "और बुआजी जीता भी छोड़ेंगी, बगैर किसी घर के आदमी के।"

मालती भौंवे सिकोड़कर बोली, "तो डॉक्टर भी कौन घर के आदमी हैं, जो उनके साथ जाने देंगी।"

प्रमिला ने विस्मय और वेदना भरे स्वर में कहा, "क्या कह रही हो मालती? तुम भी उन्हें गैर कहने लगी।"

मालती ने किताब के पेज उलटते हुए कहा, "गैर कैसे होते हैं। महीने हो गए कहीं आए? जहाँ फीस मिलेगी वहाँ जाएँगे। हैं तो डॉक्टर ही।" "यह अभिमान पूर्ण अभियोग है।" कहकर प्रमिला हँस पड़ी। फिर रहस्यमयी दृष्टि से मालती की तरफ देखकर बोली, "तो कोई बीमार भी तो नहीं है।"

भर्त्सना भरी आँखों से प्रमिला की तरफ देखकर मालती ने कहा, "क्या बक रही हो? क्या तुम चाहती हो कि घर में काई बीमार पड़े।"

शरारत भरी मुसकान के साथ प्रमिला ने कहा, "नहीं मैं तो नहीं चाहती हूँ पर रंग-ढंग से मालूम पड़ता है कि कोई नया मरीज तैयार ही हो रहा है।"

ताज्जुब से प्रमिला की तरफ देखकर मालती बोली, "कौन! नया मरीज! कौन बन रहा है। साफ-साफ बताओ! पहेलियाँ न बुझाया करो।"

प्रमिला, "क्या यह भी अब मुझे ही बताना पड़ेगा?"

मालती ने कुछ काँपती हुई आवाज में कहा, "तुम पागल तो नहीं हो गई हो?'

"पागल तो नहीं हूँ, पर तुम मुझे पागल ही बना दोगी मालती।"

"तुम्हें क्या हो गया है? कहती क्या हो?"

प्रमिला को मालती की बातचीत का यह ढंग जरा भी पसंद न आया। गुस्से से वह मुँह फुलाकर चुप हो गई।

थोड़ी देर में मालती ने धीरे से कहा, "क्या नाराज हो गई नई माँ।"

प्रमिला, "नहीं नाराज क्यों होऊँगी।"

मालती, "अगर नहीं नाराज हो तो चलो सिनेमा देखने।"

"चलने को तो मैं खुद ही कह रही हूँ पर साथ कौन जाएगा?"

"क्यों? तुम्हारे डॉक्टर साहब क्या आजकल लखनऊ में नहीं हैं, बुलावा क्यों नहीं लेती? जरा देर के लिए चले आएँगे। पर पापा तो नाराज नहीं होंगे।"

पति की नाराजगी का प्रमिला को स्वयं भय था पर मालती की प्रसन्नता के लिए इसके लिए वह पहले ही तैयार हो चुकी थी। उसने कहा, "देखा जाएगा, मैं जाती हूँ उन्हें बुलवाने।"

कलुआ को बुलाकर प्रमिला ने डॉक्टर साहब के पास चिट्‌टी भेज दी। एक-आधे घंटे में वह जवाब लेकर लौट आया। प्रमिला ने चिट्‌टी लेकर पढ़ी, लिखा था—मुझे आज एक बहुत ही जरूरी काम से एक कमेटी में शामिल होना है। सिनेमा देखने किसी दूसरे दिन जरूर चलेंगे। आज माफ करना।

प्रमिला स्तब्ध हो गई, ऐसी बात उसने सोची भी न थी कि बुलाने पर भी प्रियव्रत नहीं आएँगे।

मालती को लज्जा, ग्लानि और अपमान से मुँह लाल किए हुए देखकर फिर कुछ बोलने की उसे हिम्मत न हुई।

वह चुप ााप उठकर उपने कमरे में चली गई। मालती ने फिर से उस पत्र को उठाकर पढ़ा, छि: कैसे और क्यों उन लोगों ने इनसे अनुरोध किया था कि हमें सिनेमा दिखा लाओ। क्या कहते होंगे? इस अपमान की लज्जा से वह मर जाएगी।

प्रमिला ने अपने कमरे में आकर देखा वकील साहब कचहरी से आ गए थे, कपड़े भी उतार चुके थे। वह झट से तश्तरी में मिठाई और गिलास में पानी लेकर आ गई और मेज पर रखकर खड़ी हो गई, हाथ-मुँह धोकर वकील साहब जलपान करने लगे तब उसने कुछ संकोच के साथ कहा, "आज एलफिस्टन में बहुत बढ़िया फिल्म लगी है। वकील साहब ने स्नेह भरी निगाह से उसकी तरफ देखा और मधुर स्वर में बोले, "क्या तुम जाना चाहती हो?"

प्रमिला पान बनाती हुई बोली, "जाना चाहती हूँ, पर साथ कौन जाएगा?"

वकील, उत्साहपूर्वक, "मेरे साथ चलोगी?

प्रमिला, "क्यों नहीं चलूँगी, जाऊँ मालती से कह आऊँ।"

वकील, "क्या वह भी जाएगी?"

प्रमिला आश्चर्य भरी आँखों से पति की तरफ देखकर बोली, "तो क्या मैं सिर्फ अपने लिए ही कहने आई थी यह आपने कैसे समझ लिया?"

वकील साहब ने तीन मिनट के अंदर जितने प्रोग्राम बनाए थे वे खत्म हो गए, चिढ़कर बोले, "मुझे फुरसत नहीं है।"

प्रमिला, "अभी तो कहते थे कि मेरे साथ चलो।"

वकील साहब ने धीरे से कहा, "मैं समझा था कि तुम अकेली जा रही हो। इसी से सब काम छोड़कर तैयार हो गया था। अब मेरे पास बेकार में खराब करने का वक्त नहीं है।"

इस बात पर प्रमिला को स्वामी के ऊपर सचमुच अश्रद्धा होने लगी, छि: अकेले उसके साथ जाने के लिए इन्हें मालती अखर गई। उसने अवज्ञाभरी दृष्टि से पति की तरफ देखकर उपेक्षा से कहा, "मेरी जाने की जरा भी इच्छा नहीं है। मैं तो मालती की वजह से ही पूछने आई थी।"

प्रमिला के तिरस्कार से वकील साहब गुस्सा गए साथ ही वे क्रोध से जल उठे, कठोर स्वर में बोले, "बीस बार कह चुका हूँ कि तुम मेहरबानी करके किसी की तरफ से वकालत करने मत आया करो। जाओ, मुझे दिक मत करो और अपना काम देखो।" प्रमिला का जी कड़े से कड़ा उत्तर देने के लिए बेचैन होने लगा पर उसने बड़े धैर्य से अपने को रोका और होंठों को दाँतों से दबाकर वह निकल गई।

प्रौढ़ावस्था में विवाह करके, फिर भी इस तरूणी और सुंदरी रमणी के साथ, उन्होंने जो गलती की है उसका प्रायश्चित्त तो उन्हें ही करना पड़ेगा। यह सबकुछ समझकर भी वकील साहब का हृदय इस बात का समर्थन नहीं करता था कि वे प्रमिला के अयोग्य हैं, उठकर वे बड़े शीशे के सामने खड़े हो गए। सामने दीवार पर मालती की माँ का सुंदर तैल चित्र टँगा था। उसकी ममतामयी दृष्टि मानो स्वामी की इस पराजय पर लज्जा से झुकी जा रही थी।

प्रमिला वकील साहब के कमरे से निकलकर थोड़ी देर खड़ी सोचती रही। चित्त अतिशय माराक्लांत हो उठा था। एक लंबी साँस लेकर वह रसोईघर की तरफ चल दी। वहाँ महराजिन तरकारी छील रही थी। बुआजी दोपहरी भर मौनता का कष्ट सहते-सहते ऊब गईं थीं। इस वक्त बड़े उत्साह से रसालाप कर रही थीं।

प्रमिला को देखकर महराजिन ने कहा, "क्या है बहूजी!"

प्रमिला पीढ़े पर बैठकर बोली, "कुछ नहीं! लाओ चाकू मुझे दो।"

महराजिन से चाकू लेकर वह तरोई छीलने लगी। अब बुआ और महराजिन दोनों चुप हो गईं।

जरा देर में बुआजी बेचैन हो उठीं और बोलीं, "आजकल बजार में आग लग गई है, तरोई तीन आना सेर, भिंडी दस पैसा सेर भला कौन खरीदै?"

महराजिन ने कहा, "जान पड़ता है पानी अबकी भी न बरसेगा, आधा आषाढ़ तो बीत गया। अरे! बरसै क्या, पाप के मारे तो ताल तलइया भी सूख जाएँगे। अमीनाबाद में आज सभा हो रही है, सुना है मेहतर और चमार खाना बनाएँगे, बड़े-बड़े आदमी खाएँगे। चलो अब मेहतरनों का बनाया लोग खाने लगे तो हम गरीब बाहमनो को अब कौन पूछेगा।" महराजिन का मुख कमल व्यंग्यभरी मुसकान से सुशोभित हो उठा। बुआजी ने मानो तोप का घड़ाका सुना इस तरह चौंककर कान पर हाथ रख लिये और नेत्र विस्फारित करके आश्चर्य मुद्रा से बोलीं, "क्या कहा मेहतरों का बनाया खाना खाएँगे? कौन खाएगा महराजिन! क्या होनेवाला है? हाय धरम का नास हो गया। अब सुखिया से चुप नहीं रहा गया, मसाला पीस रही थी, बड़े विज्ञभाव से गरदन हिलाकर बोली, "ओह पर सभै कहत हैं कि पलैग चलत है, हाइजा चलत है। अरे चलै न ता का होय, धरमवॉ तो बिलान जात है। पिरथी रही की जाई।"

महराजिन ने दार्शनिक भाव से सिर हिलाकर कहा, "अब बाकी क्या रहा! सब तो चौपट होई गवा। नई-नई बीमारी। नई-नई आफत। सब तो हो रही है। धरती भरूहानी है दीदी! इतना पाप कहाँ समाएगा। सुना है कि सूद (शूद्र) लोग मंदिर में पूजा-आरती करेंगे। अनरथ है और क्या?"

बुआजी रूलासी होकर निरूपाय भाव से बोलीं, "अब क्या होगा महराजिन्!"

महराजिन, "का बतावें दीदी! अरिया समाजवाले चाहैं जो करें! सबसे ज्यादा तो गजब किए हैं वहीं डॉक्टर जो यहाँ आते हैं, जज साहब के लड़के वे बड़े इंतजाम में घूम रहे हैं।"

बुआ, "कौन प्रिय बरत! क्या वह भी पागल हो गया है क्या?"

महराजिन, "तो का दीदी, तुम उनको बड़ा अच्छा समझती हो! वही तो विख की गाँठ है। हमने अपने कान सुना है कि उस दिन लेक्चर में कहते थे कि ऊँच नीच, गरीब-अमीर कुछ नहीं! सब बराबर हैं। हमारे तुम्हारे बीच कोई फरक नहीं है। हम तो सुनके कान में उँगली लगा कर चली आईं दीदी।"

"बहिनी है वो गई है देहात में देस की सेवा करने, बियाह बर न करेगी। जलम भर कुँवारी रहेगी।"

दारूण घृणा से मुँह बिचकाकर बुआजी बोलीं, "देस की सेवा नहीं अपना सिर

करेगी। सात पुरखा तारैगी। चाहे देख लेना। इसी से तो मैं उस चुड़ैल को देख नहीं सकती, मेरे घर में भी दोनों भाई-बहन ने जाल फैलाना शुरू किया था, पर भगवान् ने बचा लिया।" इतना कहकर बुआजी ने विशेष दृष्टि से प्रमिला की तरफ देखा। महराजिन की तरकारियाँ छिल गई थीं। वह उठकर रसोई में चली गई। बुआजी भी पूजा-पाठ की फिक्र में लग गईं। प्रमिला मालती के कमरे में चली गई। वह स्नान करके अभी आई थी और शीशे के सामने खड़े होकर कंघी कर रही थी। प्रमिला ने जाते ही कहा, "आज पार्क में सभा है चलना चाहिए।" मालती ने शीशे के पास से हटकर कहा, "क्या सनक गई हो! तुम्हे आज हो क्या गया है। अभी सिनेमा देखने का मन था, अब लेक्चर सुनने का शौक हुआ है, पर होगा दोनों में से एक भी नहीं।"

प्रमिला, "होगा क्यों नहीं, आज अछूतोद्धार पर स्पीच होनेवाली है, आखिर मैं भी आदमी हूँ, सुनने की तबीयत नहीं होती क्या?"

मालती मुसकराकर, "आदमी जरूर हो पर लेक्चर सुनने के लिए नहीं!"

"फिर किस लिए!"

"तुम्हारा काम है सिर्फ खाना बनाना। घर का इंतजाम करना, क्या तुम्हें मालूम नहीं कि पापा कांग्रेस के नाम से चिढ़ते हैं।"

प्रमिला थोड़ी देर चुप रही फिर बोली, "जरा सा लेक्चर सुनकर ही क्या मैं कांग्रेसी हो जाऊँगी। मुहल्ले की तमाम औरतें जाती हैं, मैं तो जरूर जाऊँगी। तुम्हें चलना हो तो चलो, डॉक्टर साहब की स्पीच है।"

मालती (उपेक्षा से), "क्यों बेकार की बातें करती हो नई माँ? न तुम जाओगी न मैं जाऊँगी। चूल्हा-चक्की लेकर दिन बिताने हैं वह हँसी-खुशी बिताओ। इन सब बातों में मत पड़ो। नहीं तो खाना-पीना हराम हो जाएगा।" इतना कहकर मालती ने स्नेह और सहानुभूति से भरी दृष्टि से प्रमिला की तरफ देखा।

वह जानती थी कि प्रमिला का किसी सभा सोसाइटी में सम्मिलित होना असंभव है। यदि वह ऐसा प्रयत्न भी करेगी तो परिणाम जो होगा वह बिल्कुल अप्रिय होगा। इससे प्रमिला को उसने बच्चों की तरह ही बहलाना चाहा।

बेचारी प्रमिला के मन में जो क्षणिक विद्रोह की आँधी उठी थी उसे मालती की बातों ने शांत कर दिया। अपने कमरे में जाकर अस्त-व्यस्त चीजों को उठाकर ठीक-ठीक जगह पर झाड़-पोंछकर रखने लगी। फूलदानी से बासी फूलों का गुलदस्ता निकालकर उसे पोंछकर मेज पर रख रही थी कि मालती वहाँ आई। चौड़ी काली किनारी उसके गौरे मुख पर उपमा हीन हो रही थी।

उसने आते ही कहा, "तुमसे किसने कहा है कि आज डॉक्टर साहब स्पीच देंगे, क्या वे भी अब कांग्रेस पार्टी में शरीक हो गए हैं।"

प्रमिला, "वह तो हमेशा से कांग्रेसवादी रहे हैं। आजकल शायद अच्छी तरह उस में लग गए हैं। मुझे कौन बताएगा उन्हीं एसोशिएटेड प्रेस के समाचारों से पता चला है। महराजिन की कृपा से मालूम हुआ कि डॉक्टर साहब का लेक्चर है।"

प्रमिला हँसकर बोली, "इसी से तो पापा उनसे आजकल नाराज रहने लगे है। पर मैं तो समझती हूँ कि वे पूरे कांग्रेसवादी भी नहीं हैं। लिबरल पार्टी के आदमी हैं। राम-रहीम दोनों को पकड़े रहेंगे।"

प्रमिला, "यह तुमने कैसे समझ लिया?"

मालती, "क्यों! उसमें समझने की क्या बात है, सरकारी मुलाजिम के लड़के हैं, दोनों पलड़ों पर पैर न रखे रहेंगे तो कैसे काम चलेगा।"

प्रमिला, "तुम तो उनके ऊपर खार ही खाए बैठी हो, मालती! क्या तुम भी बुआजी और अपने पापा के दल में मिल गई हो।"

मालती, "मैंने बिल्कुल ठीक बात कही है, तुम मानो या न मानो।" प्रमिला मुसकराकर चुप ही रही। वह खूब समझ रही थी कि यह बुराई है या प्रेमपूर्ण शिकायत।

*

विमला ने इस बार जगदीशपुर पहुँचकर बड़े उत्साह के साथ अपने निर्धारित मार्ग पर चलने का निश्चय किया। उसने जैसे बने वैसे काम में लग जाना चाहा। वह समझ चुकी थी कि गाँव में शिक्षा की कितनी कमी है, और बगैर शिक्षा के जागृति असंभव है।

विमला अपने मन की समस्त सहानुभूति के साथ सेवा कार्य में व्रती होना चाहती पर देहात की अनपढ़, उजड्ड और अस्वच्छ स्त्रियों को देखकर उसके मन की विचित्र दशा हो जाती और वह उनको अज्ञान की गहरी खाई में पड़ी देखकर व्याकुल हो उठती। लेकिन उसका हृदय जो भीतर-ही-भीतर कभी-कभी इन लोगों को घृणा की दृष्टि से देखता है, यह भी वह महसूस करती थी। उनके अंधविश्वास से भरे कार्य उनकी स्वाभाविक गंदगी तथा परनिंदा प्रियता देखकर वह अपने मन को काबू में नहीं रख पाती थी। किसी उजड्ड और कलहप्रिय स्त्री को प्रेमपूर्वक आदर करने के लिए उसका हृदय किसी तरह राजी नहीं होता था। वह पछताती और खेद करती, अबकी बार उसने निश्चय कर लिया कि वह सोचने-विचारने का मौका ही न आने देगी। जैसे बनेगा, कुछ काम करेगी पहले एक महीना यहाँ रहकर तीक्ष्णबुद्धिमती विमला ने बहुत बातें समझ ली थीं। जिन्हें दूसरा छह महीने में भी न समझ पाता।

अब वह गाँव की स्त्रियों के निकट अपरचित नहीं थी, यद्यपि वे लोग अब भी उसका मजाक उड़ाती थीं पर एकाध स्त्रियों को उस पर श्रद्धा भी होने लगी थी।

आज सुबह से विमला अपने घर की सफाई करा रही थी।

द्वारिका की सहायता से उसने सब ठीक-ठाक करके आँगन में एक बड़ी सी दरी और कई चटाइयाँ बिछाईं। बीच में ग्रामोफोन लाकर रखा और ढूँढ़-ढूँढ़कर रिकॉर्ड रखने लगी, आज उसने गाँव की बहुत सी स्त्रियों को गाना सुनने के लिए निमंत्रित किया था।

उसकी दादी भी वहीं पास की चटाई पर बैठीं थीं, वे बोलीं, "तू पागल है विमला! तेरे यह सब करने से क्या होगा? यहाँ की मूरख औरतें कभी सीधी बात नहीं समझेगी, उस बार जब तुम लखनऊ लौट गई थी तब यही जसोदा, जिसके साथ तूने इतनी नेकी की थी, सबसे कहती फिरती थी कि वह तो डॉक्टरी सीखने आई थी, फीस भी लेती है, मुझ गरीबिन से भी दस रुपए ले लिये।"

विमला दारुण विस्मय से अवाक् रह गई। इस नीचता पूर्ण उक्ति को सुनकर क्रोध के साथ-ही-साथ उसे रोना आ गया। नाम नहीं चाहती। यश की उसे आकांक्षा नहीं है। वह चाहती है इस नारी जाति का उद्धार, जो आज सभ्य नारी जाति का कलंक बन रही हैं। यह उसकी सच्ची लगन थी। लंबी साँस लेकर उसने कहा, "बकने दो दादी। उन लोगों में इतनी समझ ही कहाँ है? ईश्वर ने इतनी बुद्धि ही नहीं दी।" दादी, "तो तुझे ही ऐसी क्या गरज पड़ी है, जो रुपए-पैसा भी फूँकती है और तकलीफ उठाती है, ऊपर से अपजस भी लूटती है, तुझे क्या हो गया है? कहीं गांधी बाबा के मत में तो नहीं आ गई है। इतनी सयानी हुई, बियाह-बर होकर राजी-खुशी अपने घर रह जाकर, दुनिया के बेकार झंझटों में सर खपाती है।"

विमला खिलखिला कर हँस पड़ी और बोली, "तुम ठीक कहती हो दादी! मैं सचमुच गांधीजी के मत में आ गई हूँ। इसमें हर्ज क्या है? क्यों दादी! अगर दुनिया में एक लड़की कुमारी ही रह जाए तो क्या हो? सारी दुनिया तो ब्याही है, एक आध लोग बिना व्याहे ही रह जाएँगे तो क्या होगा।"

दादी, "चुप रह पगली! कैसी अलच्छन बातें करती हैं, तू कौन दुःख से कुंवारी रहने जाएगी। तेरा बाप-भाई राजा है, क्या उसे दहेज का दुःख है।"

"दहेज का दुःख नहीं है इसी से तो मैं शादी नहीं करना चाहती। मैं रुपए को दहेज ऐसी सत्यानाशी प्रथा पर क्यों खरच करने दूँ।"

दादी ने कुछ समझा कुछ नहीं समझा, विस्मय के साथ अपनी ज्योतिहीन आँखों से विमला का मुँह देखने लगीं। विमला फिर कुछ कहने जा रही थी कि बहुत सी स्त्रियाँ टोली बाँधकर आ गईं। उनसे तिगुनी संख्या में बालकों की सेना भी थी। बच्चे प्रायः सभी नंगे बदन थे और उनके मुँह अभी तक नहीं धोए गए थे। किसी-किसी बच्चे के पेट से लेकर पैरों तक मैल और पानी की लंबी धारियाँ बनी थीं। जिन बालकों के शरीर पर कपड़े थे उनके हाथ-पैर में चाँदी के कड़े भी पड़े थे। आँखों में मोटा काजल और माथे पर बड़े-बड़े टीके लगे थे। वस्त्रहीन बच्चे भी चाँदी के कड़ों और गंडा ताबीज

तथा काले डोरे से रहित नहीं थे। कुछ सुडुक-सुडुक कर रहे थे। कुछ उलटे हाथ से नाक रगड़ रहे थे। सब लड़के ग्रामोफोन को घेर कर खड़े हो गए।

महिलाएँ भी सजधज कर आई थीं। जिनके पास चाँदी के गहने थे वे उन्हें ही पहनकर सजी थीं, और जिनके पास चाँदी नहीं थी वे बेचारी मोती, मूँगा और गिलट, पीतल के आभूषणों पर ही संतोष किए थीं।

विधवाएँ चाँदी के पतले कड़े या चार-चार चाँदी की चूड़ियाँ पहने थी। कुछ स्त्रियाँ बहुत गरीब घर की थीं, वे बेचारी क्या सजतीं, क्या पहनतीं रोज के वही फटे-चिथड़ों से अंग छिपाए अलग बैठी थीं, जिन्हें देखकर दीनता भी लज्जित होती थी। विमला ने सबको आदर के साथ बैठाया। बच्चे बेहद शोर मचा रहे थे, ग्रामोफोन के ऊपर टूटे पड़ रहे थे, आपस में अश्लील गाली-गलौज भी करते जा रहे थे। विमला ने इस उत्पात दिल को निमंत्रण नहीं दिया था। न उनको शांत करने का कुछ उपाय किया था। थोड़ी देर में उसे उपाय सूझ गया, वह झट से अंदर गई और एक थाली में मिठाई, जो कि लखनऊ से लाई थी, ले आई। अब तो ग्रामोफोन को भूल कर अगणित लोलुप आँखें उसके हाथ पर आ पड़ीं। बच्चे जैसे नेत्रों द्वारा ही मधुर मिष्ठान को उदृस्य करने लगे। विमला ने जरा जोर से कहा, "तुम लोग इतना शोर मत करो, मैं मिठाई दूँगी, घर ले जाकर खाना।" बच्चों को आँखों के सामने से सारा विश्व जगत् लोप हो गया, केवल विमला और उसके हाथ की थाली नजर के सामने शेष रह गई। सब एकदम सनाम मार गए जैसे स्कूल में इन्स्पेक्टर आया हो। विमला ने सबको एक-एक करके मिठाइयाँ बाँटनी शुरू की। अब उन स्त्रियों के पेट में पानी खौलने लगा, जिनके बच्चे नहीं थे अथवा आए नहीं थे, जिन बेचारियों के लड़के थे ही नहीं उन्होंने मन-हीं-मन में भाग्य और भगवान् को पेट भरकर कोस लिया और संतोष करके बैठी। पर जिन स्त्रियों के बालक किसी कारणवश यहाँ न आए थे उनसे न रहा गया वे एक साथ सम्मिलित स्वर में चिल्ला उठीं, "अरे हमारी बिटियाँ घर पर सो गई मेरा लड़का मदरसे गया था।" किसी ने कहा, "लाओ बिटिया मिठाई खूँट में बाँध लूँ नहीं तो मोहना घर पहुँचते ही अनरथ कर देगा।"

बेचारी विमला बड़े चक्कर में पड़ी। किसी तरह उपस्थित बालकों को मिठाई बाँटकर उन लोगों के प्रसारित करो में भी मिठाई रखी, जिनके सुपुत्रगण मौजूद नहीं थे। विमला मन में हँसी, उसे याद आ गया कि जैसे कन्नौजिया लोग बरात के अनुपस्थित और कल्पित नामों पर बरतौनी करवा रहे हों।

मिठाई पाकर बच्चे भाग गए, तब विमला ने ग्रामोफोन पर रिकॉर्ड चढ़ा दिया। गाना सुनकर सारी मंडली सम्मोहित सी होकर वाकहीन हो गई, किसी-किसी महिला ने तो श्रद्धातिरेक में ग्रामोफोन को प्रणाम भी किया।

गाना बंद होते ही एक महिला बोली, "कौन बैठकर गा रहा है।"

दूसरी, "क्या कोई आदमी गा रहा है, जादू के जोर से गीत सुनाई पड़ता है।" तीसरी महिला ने विज्ञभाव से आँख मटकाकर कहा, "मशीन है, कलकते में बनाई जाती है। बहुत होती हैं। ठाकुर के घर में हमने सुना है।" एक श्रीमती बोलीं, "वह सब अंग्रेजों का प्रताप है। उनके ऐसी बुद्धि है कि रेल चलाई, उड़न खटोला, बनाया। सुना है सहर में न तेल न बत्ती अपने आप दीया जल उठते हैं।"

एक स्त्री, "जिसपर वो गांधी बाबा चले हैं अंग्रेजों से लड़ाई करने। अरे वे लोग चाहें तो तोप का गोला छोड़कर दुनिया ही उड़ा दें।" दूसरी स्त्री ने कहा, "ठीक कहती हो बहिनी। भला अंग्रेजों की बराबरी गाँधी बाबा और उनके चेला कोन बिरते पर करेंगे।"

विमला ने इसी प्रसंग के बहाने इन लोगों को समझाना चाहा। कहारिन को इशारा किया, वह ग्रामोफोन उठाकर ले गई, तब विमला ने कहा, "तुम लोग गांधीजी की बुराई कर रही हो पर वे बेचारे तो तुम्हीं लोगों की भलाई के लिए अपनी जिंदगी तक दिए देते हैं।"

पहली स्त्री, "कोन भलाई उन्होंने हमारे साथ की है, हाँ! उनकी सिच्छा (शिक्षा) से गाँव-के-गाँव जेहल की हवा खा रहे हैं। यह गांधी के चेला ही सिखा जाते हैं।"

विमला, "पर तुम्हीं लोगों की भलाई के लिए तो ऐसा किया जाता है, तुम्हारे ऊपर कितनी ज्यागती होती है। जमींदार गरीब किसानों को कैसा तंग करते हैं। यह तुम लोगों से छिपा नहीं है। अभी तक सारी बातें तुम लोग चुपचाप सह लेते थे, पर अब गांधीजी ने तुम लोगों को बता दिया है कि तुम लोगों के भी हक हैं उनके लिए तुम्हें लड़ना चाहिए और किसी से भी डरना नहीं चाहिए। धीरे-धीरे तुम्हारे मरदों की समझ में बात आ रही है। वे लोग खुद अपनी हालत सुधार लेंगे। तब ज्यादा लगान नहीं देंगे। न बेगार में काम करेंगे। बात-बात में जमींदारों और अफसरों की जूतियाँ नहीं खाएँगे।" एक स्त्री, "तो इससे क्या हमारा पेट भर जाएगा, कि हमारा तन ढक जाएगा। गांधीजी हमें भी पूरी पकवान खिलावें, हमें भी अच्छे कपड़े पहनावें तो जानूँ की भलाई कर रहे हैं। मैं तो समझती हूँ कि जब से उनका मत फैला है, चारों तरफ आग लगी है।"

विमला, "आग लगाना ही का उनका उद्देश्य है। फिर तो धीरे-धीरे तुम लोग खुद समझ जाओगे कि हमारी क्या हालत थी और अब क्या है?"

दूसरी, "कांग्रेस वालों के फेर में पड़कर हमारा लड़का आज 8 महीने से जेहल में पड़ा चक्की पीस रहा है, बताओ हम इन बातों को लेकर ओढ़ें और बिछावें।"

विमला थोड़ी देर तक चुप होकर गहरे विचार में डूब गई, फिर बोली, "गांधीजी तुम्हें रुपए कहाँ से दें, वे तो खुद ही लँगोटी बाबा बने हैं। वे तो तुम्हें होश में ले आए हैं, जिससे कि तुम लोग लड़कर खुद अपनी चीज पर कब्जा कर लो।"

एक महिला व्यंग्य भरी आँखों से विमला की तरफ देखकर बोली, "गांधी बाबा अमीरों से क्यों नहीं कहते कि वे अपना थोड़ा-थोड़ा रुपए गरीबों को बाँट दें।" विमला ने इन अनपढ़ देहात की उजड्ड स्त्रियों के मुँह से साम्यवाद की यह परिभाषा सुनने की स्वयं से भी आशा नहीं की थी। उसका सारा शिक्षाभिमान धूल में लोटने लगा और अपने हीरे के बुंदे, पन्ना की अँगूठी तथा रत्नजड़ित लॉकेट शांतीपूरी साड़ी की तरफ उससे देखा नहीं जाता था, मानो ये हीरा-मोती इन दरिद्र नारियों के निकट उसका उपहास कर रहे हों। उसने बात बदलकर कहा, "अच्छा तुम लोग कुछ पढ़ती-लिखती क्यों नहीं हो, आखिर दिन में खाली ही रहती होगी। जिन स्त्रियों की आर्थिक अवस्था कुछ संतोषजनक जान पड़ती थी उन्हीं लोगों को लक्ष्य करके विमला ने यह बात कही थी। एक युवती ने कहा, "पढ़ना तो चाहती हैं पर हम लोगों को पढ़ावे कौन। एक तो घर के आदमी ही नहीं राजी होते हैं, अगर राजी भी हो जाएँ तो पढ़ें किससे।"

विमला, "अगर पढ़ने का इंतजाम हो जाए तो तुम लिखो-पढ़ोगी।"

आधी स्त्रियाँ जो अल्पवयस्का या युवती थीं, बोल उठीं, "हाँ! ऐसा इंतजाम हो जाए तो हम लोग क्यों न पढ़ेंगी।"

इस पर कई प्रौढ़ाएँ बोल उठीं, "और घर का काम-धंधा कौन देखेगा, किसके घर नौकर-चाकर लगे हैं, जो घर का काम कर डालेंगे। लड़कों को पढ़ने के लिए किताबें और फीस तो जुटाती नहीं। तुम्हारे लिये पैसा कहाँ से आवेगा? और पढ़कर करोगी क्या? कहीं चिट्ठी-चपाती भी नहीं लिखनी है। साल भर में कहीं एक-आध बार लिखने का काम पड़ा वह भी कोई लड़का या लालाजी लिख देते हैं और फिर पढ़-पढ़कर क्या अखबार बाँचना है।"

विमला, "अगर अखबार बाँच लेंगी तो कोई हरज नहीं होगा। लेकिन अभी तुम्हें अखबार पढ़ने की जरूरत नहीं है, अभी बहुत कुछ सीखने की जरूरत है। मेरा खयाल है कि एक ऐसा स्कूल खोला जाए, जिसमें दोपहर के वक्त तुम लोग आ सको। उसमें थोड़ा-थोड़ा पढ़ाया जाएगा और जवान औरतों को सिखाया जाएगा कि कैसे बच्चे पाले जाते हैं। सौर में कैसे रहना चाहिए। घर और बच्चों की सफाई, गाय, भैंस और बैलों की सफाई, और थोड़ा-थोड़ा दस्तकारी का काम। जैसे सीना, पिरोना। बोलो तुम लोगों की है राय?

आधी से अधिक स्त्रियाँ उत्साहपूर्वक बोल उठीं, "हाँ! हाँ! जरूर पढ़ेंगी। हम सब पढ़ेंगी। ऐसा हो जाए तो बड़ा अच्छा हो।" इस पर पुराने विचार की वृद्धा और प्रौढ़ा महिलाओं ने फिर विरोध किया। हमारे यहाँ जो बात नहीं हुई वह कैसे होगी। पढ़ने से औरत जात बिगड़ जाती है, बड़े-बूढ़े की इज्जत नहीं करती, न घर का मोटा काम-धंधा। रही बच्चे पालने की बात सो हमे भी भगवान् ने बाल-बच्चे दिए हैं। वे कैसे पल-पुस

गए, कौन मेम इसाइन ने पाल दिए, रही सफाई सो गिरस्त की बहू–बेटी हैं। कुछ रंडी पतुरियाँ तो हैं नहीं जो मरदों को रिझाना है।"

विमला का मुँह तमतमा उठा, उसने संयत होकर कहा, "क्या सफाई से रहने का मतलब पतुरिया हो जाना ही होता है। सोचो तो तुम लोग रहती कैसे हो, बच्चों के मुँह तक नहीं धोती, पानी तो बगैर दाम पैसे के मिलता है, पर तुम लोग सफाई से रहना जानती ही नहीं।" महीनों सिर नहीं खोलतीं, न कपड़े धोती हो। हालाँकि इसमें न रुपए-पैसा ही खर्च होता है, न ज्यादा मेहनत ही पड़ती है। सफाई से कोई रहे भी तो तुम बुढ़िया लोग मिलकर उसे, रंडी पतुरिया बना डालती हो, जिससे बिचारियों की हिम्मत ही टूट जाती है और गाँव में यह विश्वास जम जाता है कि जितनी ही गंदी रहो उतनी ही अच्छी समझी जाओगी। मैलेपन से तरह–तरह की बीमारियाँ जैसे हैजा, प्लेग बगैरह फैलते हैं, जिनमें गाँव के गाँव चौपट हो जाते हैं। फिर भी तुम लोग साफ रहना नहीं चाहती। तुम्हारे बच्चे बीमार होते हैं तो तुम लोग उनकी कोई दवा नहीं कर सकतीं, न पथ पानी ही समझ सकती हो, खाली झाड़–फूक और ओझे सयानों के फेर में पड़कर बच्चे की जान बेकार में चली जाती है।"

एक बुढ़िया (चिढ़कर), "जान क्या हम लोग ले लेती हैं। हत्यारिन हैं क्या? पैसा ही नहीं जुटता कि किसी की दवा–दारू करें। है कोई बैद डॉक्टर जो गरीब की दवा करै।"

विमला, "यहाँ पर मैं तुमसे बहस नहीं करना चाहती। मैं पूछती हूँ कि ऐसा होता है कि नहीं, जबकि डॉक्टर या वैद्य मना कर जाता है कि बीमार को खाना मत देना, पर मरीज अगर कुछ माँगता है तो तुम फौरन खिला देती हो। समझ ही नहीं पाती कि यह अन्न नहीं, बल्कि जहर है, जो अपने हाथ से अपने प्यारे बच्चों को खिला रही हो। उसी जहर से अकसर मरीज की हालत खराब हो जाती है, तब तुम लोग झड़वा–फुँकवा कर उसके प्राण ले लेते हो। इसी से कहती हूँ कि अगर गाँव की औरतें थोड़ा–थोड़ा पढ़ जाएँगी तो बीमारी क्या है और उसमें क्या करना चाहिए यह सीख जाएँगी तो कभी ऐसा न होगा। अगर बैद्य डॉक्टर न मिलेगा तो भी वे कुछ–न–कुछ कर ही लेंगी।"

एक स्त्री, "क्या खाने से कोई मर जाता है, जिसकी मौत आ जाएगी वह मरेगा ही।"

दूसरी, "तो, अब हमारे गाँव में मेहरिया डाकदरिन बनेंगी। क्यों री चंपा! तू बनेगी मेम!"

चंपा, "मैं नहीं बनूँगी, राधा को मेम बनने का बहुत सौख है, मल–मलकर बट्टी लगाती है, वही बनेगी। बेग कांधे पर लटकाकर गिट–पिट करेगी क्यों राधा?" सब औरतें जोर से हँस पड़ीं। राधा ने लजाकर सिर झुका लिया, उसका ब्याह इसी फाल्गुन

में हुआ था, पति लखनऊ में पढ़ता था। वह अपनी स्त्री को साफ-सुथरी रहने का उपदेश दे गया था, पढ़ने का भी अनुरोध करता था, पर बेचारी ऐसी परिस्थिति में थी कि पढ़ना-लिखना और सफाई से रहना, जहाँ एक निंदनीय विषय था। बेचारी पति के निकट तिरस्कृत होकर भी कुछ कर न पाती थी। उसका सहेलियाँ मजाक उड़ाया करती थीं। माघ तक वह भी इसी पार्टी की थी, पर फाल्गुन बीतते ही उसमें यह सीमातीत परिवर्तन क्यों हो गया, केवल पति के प्रेम से तथा हृदय में उसके उपदेशों से ज्ञान का उदय हो जाने से विमला मन-ही-मन महसूस कर रही थी कि अंध संस्कारों में डूबी हुई यह जाति मुश्किल से होश में आएगी, जिसे उसने सहज समझा था वह अब कठिनता का कठोर रूप रखकर सामने था। उसने शांत भाव से कहा, "तुम लोग खुद न पढ़ो, पर दूसरे को क्यों बनाती हो, कोई अगर अच्छा काम करना भी चाहे तो इन बातों की वजह से न कर सकें।"

राधा ने करुण नेत्रों से विमला की ओर देखा। एक खुर्राट बुढ़िया ने हाथ मटकाकर भौवें नचाकर कर्कश कंठ से कहा, "तो तुम्हारे कहने से कोई अपनी चाल नहीं छोड़ सकता, समझीं। हमारे पुरखा कह गए हैं कि सियाही छूने से औरत विधवा हो जाती हैं।"

विमला ने देखा कि बनी बात बिगाड़ना चाहती है, क्योंकि वैधव्य यंत्रणा का भय सबके मुँह पर छा गया था, बेचारी राधा तो एकदम विवर्ण हो गई। विमला ने क्रुद्ध होकर कहा, "जो लोग नहीं पढ़तीं, वे क्यों विधवा हो गईं? यहाँ तो सभी अनपढ़ हैं पर बहुतों के हाथ में चूड़ियाँ नहीं हैं। क्या बात है?"

वही बुढ़िया फिर बोली, "यह अपना-अपना भाग है, करम फूट गए और का।"

विमला, "वाह। जब जवाब न सूझा तो भाग का दोष हो गया। सुनो बूढ़ी माता! पढ़ने-लिखने से कोई विधवा नहीं हो जाता, जो कुछ होता है भगवान् की इच्छा और अपने पापों के फल से, तुम तो बिल्कुल नहीं पढ़ी हो पर बुढ़ऊ बाबा क्यों मर गए।"

सब स्त्रियाँ जोर से हँस पड़ीं, बुढ़िया बुदबुदाकर चुप हो गई।

विमला ने फिर कहा, "तुम लोग इन बातों पर जरा भी ध्यान मत दो, आदमी जब कुछ नया काम करने जाता है, तब लोग भी तरह-तरह की बातें करते हैं और अपने आप भी तरह-तरह की शंकाएँ उठा करती हैं, मेरा अपना कुछ स्वार्थ नहीं है कि बेकार सिर खपाऊँ। सिर्फ तुम्हारी भलाई के लिए ये बातें कर रही हूँ, जब तुम दस-पाँच जनी एक ही तरह की हो जाएँगी तब कोई कुछ न कह सकेगा और तुम लोगों की देखा-देखी गाँव की तथा दूसरे गाँवों की स्त्रियाँ भी साफ-सुथरी तमीजदार बनेंगी।"

फिर सब स्त्रियाँ उत्साहित हो उठीं और बोलीं, "अच्छी बात है, तुम जैसा कहोगी हम लोग करेंगी।" एक स्त्री ने दूसरी से कहा, "क्यों जीजी! शहर की तो सब मेहरियाँ पढ़ी-लिखी होती हैं, वे तो विधवा नहीं हो गईं। जो भगवान् वहाँ है वही यहाँ है, अब

हम सब जरूर पढ़ेंगी।" दूसरी, "हाँ! देखो लाला की पतोहू भी तो पढ़ी है, पर उनका लड़का तो और भी दिन दूना रात तिगुना हो रहा है।"

पहली, "इनकी बात जरूर मानना चाहिए, हमारी भलाई के लिए कहती हैं, नहीं तो इन्हें क्या जरूरत पड़ी है।"

एक, "क्यों स्कूल खोलेंगी तो कुछ फायदा न होगा।"

दूसरी, "फायदा क्या होगा, क्या कोई धन फट पड़ेगा।" विमला सब बातें सुन-सुनकर प्रसन्न हो रही थी। उसे लोग चाहे जैसा समझें पर स्वयं कुछ समझदार हो जाएँ, यही उसके चरम लाभ की बात होगी। उसने प्रफुल्ल मुख से कहा, "अच्छा अब तुम लोग आज अपने-अपने घर जाओ, मेरी बातें भूलना मत जल्दी ही तुम्हारे लोगों के पढ़ने-सीखने का इंतजाम किया जाएगा। अगर मेरी बातें किसी को बुरी लगी हों तो वे लोग माफ करें।"

इतने बड़े आदमी की लड़की को माफी माँगते देखकर सबकी सब प्रेम और सौहार्द से विगलित हो उठीं और बोलीं, "नहीं! नहीं! बुरा कौन मानेगा भला! तुमने क्या कुछ अपने लिए थोड़े कहा, जो कुछ कहा वह हमारे फायदे की बात थी।"

विमला ने अपनी नौकरानी को इशारा किया, वह एक थाल में मिठाई ले आई विमला ने अपने हाथ से सबको मिठाई बाँटी। स्त्रियाँ हर्ष से गद्गद हो गईं, उस कर्कशा बुढ़िया को विमला ने सबसे ज्यादा मिठाई दी, वह प्रसन्नता से मुसकराकर बोली, "ऐ जीजी! पोती का बियाह कब करोगी, अब तो बहुत सयानी हुई। भगवान् करैं कोई राजा के घर बियाही जावे।"

दादी, "हाँ! लड़का ढूँढ़ा जा रहा है माघ फागुन तक भगवान् चाहेंगे तो हो ही जाएगा।" सारी युवतियों की एक साथ निगाहें विमला के मुँह पर जा गड़ीं, पर न वहाँ आनंद की लालिमा थी न लज्जा की सुर्खी, वह मुख निर्विकार था। मन-ही-मन में औरतों ने कहा है पक्की बेहया! एक-एक करके सब अपने-अपने घर चली गईं। तब विमला ने अपने कमरे में जाकर हीरे के बुंदें और अँगूठी उतारकर रख दिए और द्वारिका को बुलाकर कहा, "द्वारिका बाबा तुम्हें आज शाम की गाड़ी से लखनऊ जाना पड़ेगा।"

द्वारिका, "काहे का, कुछ काम है का।" विमला ने तीन नोट उसके हाथ में रख कर कहा, "घर मत जाना, खद्दर भंडार चले जाना और इस कागज में जो कपड़े लिखे हैं वह खरीदकर सुबह ही वापस आ जाना, एक रुपए अलग से ले लो खाने-पीने के लिए।"

द्वारिका ने विस्मय से आँखें फाड़कर कहा, "खद्दर कउन पहिनी, का तुम पहिनिहौ।" मुसकराकर विमला ने कहा, "क्या खद्दर पहनना बुरा है, तुम भी तो गाढ़े की मिर्जई पहने हो।"

सगर्व नेत्रों से अपने कपड़ों की तरफ देखकर द्वारिका ने कहा, "हमारी बात दूसर है बिटिया। तुम लोगन का मोटा झोटा कपड़ा नहीं अच्छा लगिहै। गड़ी, तुम खद्दर पहिनिहौ तौ ये ढेरन रेसमी कपड़न का का होई, परमेसुर ने दिया है तौ खाओ पहिनौ, यह सब हमारी उमर की होंगे तब करौ बिटिया।"

विमला, "रेशमी कपड़े पहनने का वक्त आएगा, तब रेशमी कपड़े भी पहनूँगी, पर अभी तो रेशम छूना भी मेरे लिए पाप हैं।"

विमला ने ये बातें किस भाव से कहीं है यह द्वारिका की समझ में नहीं आया, उसने मुसकराकर कहा, "वह दिन परमेसुर जल्दी ही दिखइहैं बिटिया भगवान् करैं तुम रानी हो तुम्हारी ऐसी लच्छमी राजा के घर ही सोभा पावै।"

विमला हँसने लगी और बोली, "अच्छा! अच्छा! बहुत खुशामद मत करो, मेरे राजी होने से तुम्हें क्या फायदा होगा, मैं तब तुम्हारी बात भी न पूछूँगी।"

द्वारिका ठठाकर हँस पड़ा और बोला, "तौ हम भी बुढ़ापे में तुम्हार धान खाय के पाप करै के भागी न बनैं तउनै अच्छा है। अब तुम लखनऊ कब तक जइहौ।"

विमला, "मैं अभी नहीं जा सकती। अभी मेरा यहाँ बहुत काम बाकी है।"

द्वारिका, "तुम सेंत में हलकान होती हौ बिटिया, मूरख हिरदय होयन चेत जो गुरु मिलै विरंचिसम। इनका सबका समझाउब ऊसर में खेती करब है।"

विमला, "नहीं, द्वारिका बाबा! कोशिश से सबकुछ हो सकता है, मैं, जो कुछ सोच चुकी हूँ वह जरूर पूरा करूँगी।"

द्वारिका, "तौ तुम्हैं का मिली।"

"कुछ नहीं! हमारी जाति की कुछ भी स्त्रियाँ, जो अच्छी हालत में हो जाएँगी तो मैं अपना परिश्रम सफल समझूँगी।"

द्वारिका, "जो तुम समझौ वह करौ। तुम्हारी अम्मा तौ बड़ी नाराज होइहैं।"

विमला, "हाँ। अम्मा तो नाराज जरूर होंगी पर क्या किया जाए, कोई उपाय नहीं है।"

द्वारिका ने विमला का मुँह देखकर कहा, "जानै तुम सब पिढ़-पिढ़ के का सीखै हौ, लेओ अब जाइत है, तुम भी उठौ, हाथ मुँह धोओ कुछ खाईलौ।" जब से विमला जगदीशपुर चली गई थी, डॉक्टर साहब का वहाँ बिल्कुल जी नहीं लगता था, तबीयत उचाट थी। पहले रोज ही वकील साहब के यहाँ भी जाते थे, घंटों गप्प-शप्प में कट जाता पर इधर उनके यहाँ का आना-जाना भी एकदम से बंद ही हो गया था। प्रमिला ने उस दिन बुलाया था पर वे जा नहीं सके थे, उस दिन से फिर गए भी नहीं, न उन्हीं लोगों ने बुलाया। दुकान पर जाते, बैठे-बैठे जी ऊबता घर चले आते, पर वहाँ एक ऐसी शून्यता और उदासी छा रही थी, जो कि सिवाय विमला के कोई दूर नहीं कर

सकता था। उस दिन घर लौटकर उन्होंने अपनी माता से कहा, "विमला चली गई, घर में अच्छा ही नहीं लगता, कहो तो उसे कल जाकर लिवा लाऊँ।"

माता ने गंभीर स्वर में कहा, "मैं उसके बारे में क्या बताऊँ, जैसा जान पड़े करो।"

डॉक्टर, "कल हमें अमीनाबाद में द्वारिका मिले थे, विमला ने कुछ खद्दर के कपड़े मँगाए थे वह लेने आए थे।" सुशीला देवी ने ताज्जुब से कहा, "क्यों खद्दर का क्या होगा। कपड़े तो वह काफी ले गई थी?"

डॉक्टर ने डरते-डरते कहा, "विमला ने अपने कपड़े वहाँ गरीब लोगों को बाँट दिए हैं, वह खुद खद्दर पहनेगी।"

थोड़ी देर सुशीला देवी के मुँह से आवाज नहीं निकली फिर प्राय: चिल्लाकर उन्होंने कहा, "यह लड़की क्या करने पर तुली है? तुम लोगों ने उसे सिर पर चढ़ाया है उसका फल भुगतो। अभी क्या हुआ, अभी तो रोते न थकोगे।"

डॉक्टर, "तो उसमें रोने की क्या बात है, उसके कपड़े थे, जिसे चाहे दे, कोई क्या कर सकता है।"

सुशीला, "रोने की बात नहीं है, इतने कीमती कपड़े खैरात करनेवाली वह होती कौन है। अभी तुम्हें नहीं जान पड़ता पर जब गृहस्थी चलानी पड़ेगी, तब समझोगे कि कैसे खर्चा किया जाता है। दो-तीन सौ के कपड़े वह फकीरों को बाँट दे और तुम कहते हो कि क्या हरज है। बहुत लड़कियाँ पढ़ती-लिखती हैं पर इसकी तरह बादल में थीगरा कोई नहीं लगातीं, मेरी तो नाक में दम आ गया है।"

उसी समय रायबहादुर साहब ने अंदर आकर पुकारा, "कहाँ गई!" डॉक्टर साहब ने कमरे के दरवाजे पर आकर कहा, "अम्मा यहाँ कमरे में हैं।"

सुशीला देवी ने अपने मुँह को यथा साध्य करुणभाव व्यंजक बनाकर मौन धारण कर लिया।

रायबहादुर साहब ढीली मोहरी का पाजामा और बनियाइन के ऊपर बढ़िया तन्जेब का कुरता पहने थे, पैर में बिलायती पम्पषू, आँखों में सुनहरी कमानी का चश्मा, और दाहिने हाथ की उँगली में बहुमूल्य पन्ने की अँगूठी थी। कमरे में आकर कुरसी पर बैठ गए और बोली, "यह चिट्ठी आगरे से आई है, क्यों, इतनी सुस्त क्यों हो, क्या हुआ? तबीयत कैसी है?"

सुशीला, "मेरी तबीयत को क्या होगा, मर जाती तो दुनिया के जंजाल से छुट्टी ही मिल जाती।"

राय (आश्चर्य से), "क्यों क्या हुआ, बात क्या है? क्या विमला की कुछ खबर आई है?" इतना कहकर उन्होंने बेटे की तरफ देखा। डॉक्टर का मुख सूख गया उन्होंने जरा खाँसकर कहा, "हाँ! विमला ने अपने कुछ कपड़े देहात में बाँट दिए हैं..."

बीच ही में सुशीला देवी ने क्रुद्ध कंठ से कहा, "तुम साफ-साफ बात क्यों नहीं बताते कि तुम्हारी लाड़ली और बड़ी समझदार बेटी अब देशभक्त हो रही है, सारे कपड़े देहात में बाँट दिए, आप खद्दर मँगाकर पहन रही है। कांग्रेस में काम करेगी, जेल जाएगी, तुम्हारी नाक बित्ताभर ऊँची करेगी।"

यह ज्वाला मयी वक्तृत्व सुनकर रायबहादुर साहब सन्न रह गए। डॉक्टर का दिल भी काँप उठा, वे सोच रहे थे सरकार के भक्त पिता के ऊपर इन बातों का क्या असर होगा, तब तक रायबहादुर साहब ने तेज नेत्रों से उनकी तरफ देखकर कहा, "क्यों लल्ला! बात क्या है?"

लल्ला की जबान तालू से सट गई थी, वे सिर झुकाए निरूत्तर खड़े रहे।

राय, "विमला यह सब किसकी साजिश से कर रही है? इतनी हिम्मत उसे कैसे हुई? जिन बातों से मुझे सख्त नफरत है वही काम उसने कैसे किया!" पिता उसी को जवाबदेह बना रहे हैं यह समझकर डॉक्टर ने कहा, "ऐसी कौन बात उसने कर डाली है? कपड़े ही तो बाँट दिए!"

सुशीला देवी फिर बोल उठीं, "हाँ! खाली कपड़े बाँट दिए, देखो अभी क्या-क्या करती है? मैं पहले ही कहती थी कि इसे अपनी मन की न करने दो, भला! किसी कुलीन घर की लड़की में आज तक इतनी हिम्मत हुई थी कि वह शादी ब्याह के बीच में चूं करें और जब जहाँ मन चाहे चल दे।"

रायबहादुर साहब को विमला का विवाह न करना खराब नहीं लगता था, न उसके घूमने-फिरने से उन्हें एतराज था, उन्हें आपत्ति थी खद्दर तथा ग्राम्यसुधार इत्यादि स्वदेशी कामों से, क्योंकि इससे अफसरों के रूष्ट हो जाने की संभावना थी। अगले वर्ष के खिताब की अभी से चिंता थी, वे कुढ़कर बोले, "जब देखो तब यही ताना दिया करती हो उसे पढ़ाया-लिखाया है तो क्या परदे में बैठाल रखने के लिए या भेंड़-बकरी की तरह उसकी राय के खिलाफ ब्याह देने के लिए।"

तीक्ष्ण स्वर में सुशीला देवी ने कहा, "तब तो बड़ी अच्छी बात है। तुम्हारी लाड़ली बेटी में पढ़ने-लिखने का कुछ असर भी तो आया। चाहे देख लेना विमला के पीछे तुम लोगों को क्या-क्या दिक्कतें उठानी पड़ेंगी।"

क्रुद्ध होकर रायबहादुर साहब बोले, "तो शाप क्यों देती हो।"

सुशीला, "मैं शाप क्यों देती हूँ? तुम्हारे सर चढ़ाने का नतीजा बुरा होगा वह कहे देती हूँ।"

क्रोध के मारे रायबहादुर साहब का मुँह लाल हो उठा बात बढ़ाने की उनकी इच्छा न थी, वे डॉक्टर से बोले, "तुम आज ही चले जाओ और विमला को समझा-बुझाकर ले आओ। मुझे डर है कहीं किसी दुश्मन के जरिए कलेक्टर साहब को उलटी-सीधी

खबर न पहुँच जाए।" डॉक्टर साहब कमरे का परदा उठाकर बाहर चले गए और कहते गए कि अच्छी बात है चला जाऊँगा।

थोड़ी देर चुप रहकर हाथवाला पत्र सुशीला देवी की तरफ फेंककर रायबहादुर साहब ने कहा, "यह खत आगरे से आया है, वे लोग माघ की पहली लगन में शादी करेंगे, देर नहीं कर सकते।"

मन-ही-मन तैंतिस कोटि देवताओं को स्मरण करके सुशीला देवी ने कहा, "तो यहाँ ही क्या देर है, जब चाहे करें, जैसे बने विमला का ब्याह माघ में कर डालो। फिर लल्ला की भी कहीं बातचीत लगे। कब से दिल में अरमान है कि बहू आ जाए, और अपना घर-गृहस्थी समझ ले, पर मेरे मन की साध ईश्वर क्यों पूरी करेंगे..."

सुशीला देवी के नेत्र सजल हो उठे। राय बहादुर साहब ने सांत्वना के स्वर में कहा, "पूरी क्यों न करेंगे। इसी साल तुम्हारे लड़के और लड़की दोनों की शादी होगी, घबराओ मत, किसे किसे बुलाओगी, क्या-क्या सामान चाहिए। इसकी एक लिस्ट तैयार कर रखना।"

लल्ला के ब्याह में ऐसी पार्टी दूँगा कि लोग तमाशा देखेंगे, अफसर लोग भी खुश हो जाएँगे।"

सुशीला आनंद गद्गद स्वर में, "यह लड़की लल्ला के लिए कैसी है? वकील रमाकांत की मालती।"

राय उपेक्षा से, "वकील की लड़की से मैं अपने लड़के की शादी करूँगा? मेरे यहाँ रिश्तेदारी करने के लिए बड़े-बड़े खानदान के लोग आएँगे।"

सुशीला, "अच्छा जहाँ चाहो वहीं करो, पर देर न करना।"

भविष्य की सुखमयी कल्पना में दोनों स्त्री-पुरुष मग्न थे, वर्तमान की चिंता नहीं रह गई थी...

*

विमला सोकर उठी ही थी कि द्वारिका के पीछे-पीछे डॉक्टर साहब को आते देखकर उसका मुख कमल की भाँति प्रफुल्ल हो उठा, वह आनंद भरे स्वर में बोल उठी, "भइया, अरे! कब आए? कैसे आगए?"

डॉक्टर ने स्नेह सिक्त कंठ से कहा, "तुम्हें लेने आया हूँ, विमला तुम चली गई, तब से घर में जरा भी अच्छा नहीं लगता।"

विमला सस्नेह नेत्रों से भाई की तरफ देखकर मृदु स्वर में बोली, "इतनी जल्दी ले चलोगे? अभी तो मेरा जाना शायद नहीं हो सके, खैर पहले नहा-धोकर कुछ खाओ-पियो, तब दूसरी बात हो। क्या चाय पियोगे या दूध! यहाँ का दूध बड़ा स्वादिष्ट होता

है। द्वारिका बाबा, भइया के नहाने का इंतजाम कर देना मैं भी जल्दी से नहा लूँ, महरी से कह दो चूल्हा जलाकर थोड़ा सा पानी पतीली में चढ़ा दे।"

डॉक्टर नहाने चले गए। तब द्वारिका तथा चाची में बैठकर सलाह होने लगी कि क्या भोजन बनाया जाए, चाची सोच में थी कि कुछ बढ़िया तरकारी नहीं है, लड़का कैसे खाएगा। पर द्वारिका कह रहा था कि शहर में तरकारियों का कोई दुःख नहीं है, रोज ही खाते हैं। बढ़िया कढ़ी-बड़े बनाकर खिलाया जाए। दोनों इतने व्यस्त और प्रसन्न थे जैसे कोई बड़ा भारी मेहमान आया हो।

चाची ने कहा, "अच्छा जा तनिक दाल भिगो दे, अब जैसा-जैसा बताते जाना, मैं बनाती जाऊँगी, तब तक नहाकर पूजा कर लूँ।" द्वारिका ने हँसकर कहा, "वाह चाची, हम तुमका बताइब, सादी बियाह की रसोई करिके हजार-हजार आदमी तो तुमने खवाय दिए हैं।"

अतीत की स्मृति ने उन सुख और गौरव से भरे दिनों की याद दिला दी, दादी की आँखों में पानी आ गया, आह वे दिन अब स्वप्न ऐसे अलीक और धुंधले हो गए थे।

परमतृप्ति के साथ वृद्धा दादी का बनाया हुआ भोजन खाकर दोपहर में डॉक्टर ने चारपाई पर बैठकर, "विमला को पुकारा। विमला ने हाथ में सुपारी और इलायची लिये हुए आकर कहा, "क्या है भइया!"

डॉक्टर, "मैं तुम्हें लेने आया हूँ, चलोगी या नहीं?" विमला ने कोई जवाब नहीं दिया। डॉक्टर उसकी तरफ गौर से देख रहे थे, "क्या तुम्हारे पास कपड़े नहीं रहे?"
"क्यों?"

"फिर द्वारिका को कपड़े खरीदने किस लिए भेजा था?"

विमला ने अपनी बड़ी-बड़ी आँखों की उज्ज्वल दृष्टि भाई के मुँह पर जड़ा कर कहा, "भइया वे कपड़े बहुत कीमती हैं। ढाका-बनारस और शांतिपुरी साड़ियाँ पहनकर गरीबों को उपदेश देना मानो उन्हें मुँह चिढ़ाना है।" "यह तो ठीक है पर तुम्हारे इस काम से बाबूजी और अम्मा बहुत नाराज हैं, वे तो रोती-धोती भी थीं।"

"तो रोने-धोने की क्या बात हो गई, खद्दर पहनना तो ऐसा कोई अपराध नहीं है।"

"पर बाबूजी तो डरते हैं कि कहीं कलेक्टर को खबर न लग जाए।"

विमला, "कलेक्टर को खबर लग जाएगी तो क्या होगा। मैं कौन सा बम बनाने जा रही।" मुसकराकर डॉक्टर साहब ने कहा, "पर अगले साल खिताब मिलने में तुम्हारा खद्दर अड़चन डाल सकता है।"

विमला भी हँसकर बोली, "खैर, वह तो उन्हें हरसाल ही मिला करता है, इसके लिए मैं खद्दर पहनना नहीं छोड़ सकती। अच्छा जाने दो। भइया तुम मुझे लेने आए हो पर मुझे अभी बहुत काम करना है।"

डॉक्टर, "क्या करना है? यहाँ कौन सी बात ऐसी है, जिसके लिए तुम्हारा रहना जरूरी है।"

विमला, "बगैर कुछ दिन रहे यहाँ की दशा तुम्हारी समझ में आ ही नहीं सकती। किताबों में पढ़े हुए ग्राम्यजीवन में तथा इस असली हाल में जमीन-आसमान का फर्क है भइया। इनकी ऐसी हालत है कि जिसका सुधार होना असाध्य नहीं तो कष्ट साध्य है।"

डॉक्टर, "सुधार तुम किसे कहती हो, यही न कि ये लोग पढ़ें-लिखें और साफ-सुथरे सभ्य बनें?"

विमला, "हाँ अभी तक मैं इसी को सुधार समझती थी, पर अब मेरा विचार बदल गया है। सुधार तभी हो सकता है, जब रोटी का प्रश्न पहले हल हो जाए। भइया! तुम देखो तो मालूम हो यहाँ अन्न बगैर बहुत से आदमी भूखों रह रहे हैं, जो लोग शहरों में रहते हैं, जिन्हें पक्के मकान, बिजली के पंखे और मोटरों पर घूमने को मिलता है वे लोग यहाँ की तकलीफ का अंदाजा लगा ही नहीं सकते। पहले मैं भी सोचती थी कि लोग इतने गंदे क्यों हैं, पढ़ते-लिखते क्यों नहीं, पर धीरे-धीरे मेरी भूल भी समझ में आ रही है, जिसके पेट में अन्न नहीं है, उसके मुँह पर रौनक कहाँ से आएगी, जिनके पास एक ही कपड़ा होगा उनके बदन से बदबू क्यों न आएगी। कभी भूखे, कभी सड़ा-गला खाना वह भी आधा पेट खानेवाले कैसे स्वस्थ रह सकते हैं तुम्हीं सोचो। बगैर पैसे के कुछ नहीं हो सकता, न पढ़ सकते हैं, न सभ्य ही बन सकते हैं।"

"पर जब तक पढ़े-लिखे आदमी न होंगे, तब तक स्वराज्य का असली अर्थ भी तो नहीं समझ में आएगा। जब तक गुलामी रहेगी, किसान की हालत तो किसी तरह सँभल नहीं सकती और बगैर इन लोगों के सहयोग के 'कागज कलम' से कभी स्वराज्य मिल ही नहीं सकता।"

विमला, "फिलहाल इसके लिए क्या उपाय होगा, स्वराज्य मिलते-मिलते तो युग बीत जाएगा।"

"विमला तुम इन पचड़ों में मत पड़ो। तुमने अब तक जिस तरह देहात की भलाई की है, लोगों की सेवा की है, उसी तरह करती रहो। एक भूखे को भी अगर अन्न दे सको, और एक व्यक्ति का भी बदन ढक सकी या एक बूँद दवा किसी बीमार को दे सको तो उससे बढ़कर उपकार क्या होगा।"

"इसी तरह इन लोगों की सहायता करत रहो। औरतों के पढ़ाने का प्रबंध जो तुम कर रही हो वह भी बहुत अच्छा है, एक आदमी के लिए इतना काम बहुत है।"

विमला, "यह सब मन बहलाने की बा हैं भइया! स्त्रियों को पढ़ाने को सोच रही हूँ पर उसके लिए भी रुपए चाहिए, मैंने अपना हीरे का ब्रेसलेट बेंच देने को सोचा

था, पर अब समझती हूँ कि ऐसा करूँ तो प्रलय ही मच जाएगा। जब कपड़ों के लिए ही अम्मा और बाबूजी नाराज हो रहे हैं।"

डॉक्टर विमला के मुँह की तरफ देख रहे थे और सोच रहे थे कि यह मुझसे छोटी है पर विचार बुद्धि और दृढता में बहुत आगे, जिस उम्र में लड़कियाँ पहनने ओढ़ने पर जान देती हैं उसी उम्र में इसने त्याग की कैसी शक्ति संचय कर ली है, बेचारी कुछ ऐसा काम करना चाहती है, जिससे उसकी आत्मा को पूरी तृप्ति हो पर कर नहीं पाती।

विमला फिर बोली, "भइया क्या सोचने लगे?"

चौंककर डॉक्टर ने कहा, "हाँ! तुम ठीक कहती हो कि रुपए बगैर कोई भी काम नहीं हो सकता पर शिक्षा का अर्थ क्या सिर्फ अक्षर ज्ञान ही है, बगैर पढ़े-लिखे आदमियों को भी हम शिक्षित कह सकते हैं। बगैर पढ़े-लिखे लोग भी ऐसे-ऐसे काम कर सकते हैं, जो हम कुरसी पर बैठकर पढ़ने-लिखनेवालों से हो नहीं सकते।"

विमला, "पर दूसरे स्वतंत्र देशों में करीब-करीब सभी व्यक्ति शिक्षित हैं, और शिक्षा की वजह से ही वे लोग उन्नति के शिखर पर पहुँच गए हैं। सबकी जड़ है, वही गरीबी और अमीरी। मैं यह अच्छी तरह जान चुकी हूँ कि भूखा आदमी न कुछ कर सकता है न कुछ सोच ही सकता है, उसकी सारी विचार शक्ति तो इसी प्रश्न में लगी रहती है कि क्या खाएँ और कैसे कुटुंब का पालन करें। ये लोग क्या पढ़ें-लिखें और सभ्यता सीखें।"

डॉक्टर, "जब तक उद्योग-धंधे न बढ़ेंगे गरीबी दूर कैसे हो सकती है। अपने देश में जब चीजें बनने लगेंगी, तब हजार-हजार आदमियों की रोजी का सवाल हल हो जाएगा।"

विमला "पर इन गरीब किसानों का क्या होगा?"

डॉक्टर ने मुसकराकर कहा, "इन लोगों के लिए बड़े-बड़े आदमी सोच रहे हैं। तुम परेशान मत हो। लगान कम करने से बेगारें बंद करने से ही इनकी हालत सुधर जाएगी, पर जब तक ये लोग काफी समझदार होकर खुद जोर नहीं लगाएँगे तब तक कांग्रेस की ताकत बढ़ नहीं सकती।"

विमला, "यह बड़े-बड़े आदमियों को करना चाहिए, थोड़ी-थोड़ी भी सहायता की जाए तो देहातियों को असली शिक्षा मिल जाए।"

डॉक्टर, "क्या तुम कहती हो कि धनी लोगों को अपना-अपना रुपए इन लोगों को बाँट देना चाहिए।"

विमला ने सरल विश्वास से भरी आँखें डॉक्टर के मुँह पर गड़ाकर कहा, "जरूर थोड़ा-थोड़ा रुपए बाँट देना चाहिए, क्योंकि असल में धनियों के ऐश्वर्य का पोषण इन्हीं गरीबों के खून से हो रहा है।"

डॉक्टर, "तुम्हें अभी दुनिया की कुछ खबर नहीं है कि कैसे-कैसे स्वार्थी आदमी भरे पड़े हैं, जो लोग एक-एक पैसे के लिए दूसरे का गला घोंट रहे हों, वहाँ इतनी बड़ी बात की आशा कैसे की जा सकती है।"

विमला, "दस-पाँच अमीर लोग अगर इधर जरा भी ध्यान दें तो। यह सब बातें आसान हो जाएँ, पर अफसोस है कि कोई ध्यान नहीं देता। आदत पड़ी है, तरह-तरह के सुख देकर अपने शरीर को पालने की वहाँ त्याग की भावना पैदा ही नहीं हो सकती।"

"आए दिन चंदे वसूल किए जाते हैं, वह अमीर लोग ही देते हैं, कहीं विधवाश्रम के नाम पर कहीं अनाथालय और कहीं अकाल पीड़ितों के नाम पर। क्या तुम समझती हो कि यह दान हमेशा अच्छी जगह पर ही लगता है।

"नहीं! उस रुपए से विधवाश्रम और अनाथालय के कर्मचारी मौज उड़ाते हैं, अकाल पीड़ित तो अपनी पीड़ा में पड़े ही रहते हैं, हाँ चंदा माँगनेवालों के घर में कभी अकाल पड़ने का डर नहीं रह जाता। बात यह है कि अब चंदे माँगने का रोजगार हो गया है और चंदा देना फैशन। बगैर छानबीन किए बेगार के तौर पर कुछ दे दिया, जो लोग जाँच करके देना भी चाहते हैं तो यह पता लगाना मुश्किल हो जाता है कि कौन असली और कौन नकली है। तुम नहीं जानती विमला! दुनिया में दया और धर्म के नाम पर कितने पाप होते हैं, और ऐसे-ऐसे लोगों के हाथ से होते हैं, जिन्हें अकसर हम लोग देवता समझते हैं, बड़े-बड़े खद्दरधारी! देश, देश चिल्लानेवाले, लेकर घर देनेवाले, आँखों पर सोने की कमानी की ऐनक लगाकर रोबीला चेहरा बनाए हुए, किसानों के हित के लिए हाय-हाय करनेवाले। कभी-कभी ऐसे-ऐसे अनर्थ करते हैं कि तुम्हें बता नहीं सकता। निस्स्वार्थ भाव से लोकोपकार करनेवाले उँगली पर गिने जा सकते हैं। यह स्वराज्य कमेटी, ये कांग्रेस भवन, सब कहीं पाप भी हैं और धोखा भी। बात यह है कि किसी का दिल नहीं देखा जा सकता, बहुत से ढोंगी इन पवित्र स्थानों पर पहुँचकर इन देशहित वाली संस्थाओं को बदनाम कर देते हैं। इतना सबकुछ होते हुए भी कांग्रेस और स्वराज्य संघ के बढ़ने की सख्त जरूरत है, क्योंकि इनसे बिखरी हुई शक्ति एक में मिलती है और वही ताकत दुनिया में इनकलाब पैदा करती है।"

विमला ध्यानपूर्वक डॉक्टर की बातें सुन रही थी, बोली, "खैर मैं कांग्रेस वालों की व्यक्तिगत बातों पर सोचना बेकार समझती हूँ। हमें तो ऐसे आदमी चाहिए, जो सार्वजनिक कामों में प्राण भी दे देने में पीछे न रहे।"

डॉक्टर, "ऐसे आदमी बहुत कम हैं और किसी में अगर इतने ऊँचे खयालात हैं भी तो वह उन्हें किसी-न-किसी वजह से काम में नहीं ला सकता।"

इस बार विमला ने तप्त स्वर से कहा, "बस-बस ऐसे लोगों की सूरत से भी मुझे घृणा है, अगर ईश्वर ने ऊँचे विचार दिए हैं, ताकत दी है तो वह उन्हें काम में

क्यों न लाए, कौन सी ऐसी बाधा है, जो किसी सच्चे दृढ प्रतिज्ञ को उसके रास्ते से लौटा ला सके, रोक सके।"

दूसरी तरफ देखकर डॉक्टर ने कहा, "बहुधा ऐसी परिस्थिति आ पड़ती हैं जिससे आदमी मजबूर हो जाता है। मालती को ही देखो वह तो तुम्हारे साथ ही पढ़ी है, बहुत मुमकिन है उसके विचार भी तुम्हारे ही ऐसे हो पर देखो तुममें और उसमें कितना फर्क है। कौन जानता है वह भी मन-ही-मन देश सेवा और जाति के लिए कितनी ही ऊँची-ऊँची आशाएँ बाँध रही हो, पर कार्य रूप में दिखा न सकती हो। इसका कारण परिस्थिति ही है न?"

अवज्ञापूर्ण हँसी हँसकर विमला ने कहा, "वाह परिस्थिति का क्या खूब बहाना है, स्थिति, परिस्थिति, आराम और तकलीफ, इन बातों का खयाल रखने से कहीं कुछ काम हो सकता है, खैर जाने दो इन बातों को, बताओ भइया! सुमित्रा जीजी अब कैसी हैं।"

"उसी तरह हैं, परसों ही गया था।"

मैंने महरी से काम करने को कह दिया था, वह ठीक-ठीक काम करती हैं या नहीं?"

"कौन महरी? बुधिया, वह तो आजकल अम्मा के पास रहती है। शायद उन्होंने न जाने दिया हो।"

विमला का हृदय व्यथित हो उठा, उसे श्याम की असहाय दशा का फौरन ध्यान हुआ, अपने चित्त की शांति के लिए ही उसने महरी लगा दी थी और उस दुर्दशा ग्रस्त परिवार की तरफ से उसने जैसे छुट्टी पा ली थी। उसने करुणा स्वर में कहा, "तब तो उन लोगों को बड़ा कष्ट होगा, तुमने अम्मा से कहा नहीं कि महरी को वहीं रहने दो।"

"भई मुझमें इतनी हिम्मत नहीं है कि उनके बीच में बोलूँ, वे मेरा जाना ही उनके यहाँ पसंद नहीं करतीं।"

विमला उदास हो गई थोड़ी देर बाद बोली, "मालती और प्रमिला के क्या हाल-चाल हैं।"

"अच्छे ही होंगे, "मैं तो उधर गया नहीं।"

विमला (ताज्जुब से), "बात क्या है? क्या उनके यहाँ तुम जाते ही नहीं हो?"

डॉक्टर, "कम कर दिया है। बहुत जाना-आना ठीक नहीं होता।"

विमला, "क्या मुंशी तोता राम को किसी तरह का शक तो नहीं हो गया?" इतना कहकर वह हँस पड़ी, साथ-ही-साथ डॉक्टर भी जोर से हँसे और बोले, "कौन है मुंशी तोताराम, वकील साहब?"

विमला, "हाँ। प्रेमचंदजी का निर्मला उपन्यास नहीं पढ़ा? कैसे शक्की मिजाज के थे मुंशीजी…"

डॉक्टर ठठाकर हँसने लगे, विमला भी बड़ी देर तक हँसती रही। कुछ देर में डॉक्टर साहब बोले, "नहीं, वकील साहब की तो कोई बात नहीं है पर मैं ठहरा रोजगारी आदमी रोज-रोज बगैर बुलाए जाने में शान घटती है।"

विमला मुसकराकर बोली, "यह बात अभी क्यों सूझी, कुछ हुआ जरूर है। पर तुम मुझे बताना नहीं चाहते।"

"पागल! हुआ क्या है।"

थोड़ी देर बाद विमला बोली, "मालती की शादी अगर तय न हो गई होती तो मैं उसे अपनी भाभी बनाती, फिर दोनों साथ-ही-साथ काम करतीं।"

डॉक्टर का चेहरा लाल हो उठा और मुँह से कोई बात ही न निकली। उनका यह भाव देखकर पहले तो विमला विस्मित हुई पर साथ ही उसके तीक्ष्ण बुद्धि से भरे मस्तिष्क में एक बात बिजली की तरह दौड़ गई। उसने तेज निगाह से भाई के मुँह की तरफ देखकर कहा, "तुम्हे वह पसंद आएगी या नहीं, वरना मैं कुछ कोशिश भी करती।"

किताब के पन्ने उलटते हुए डॉक्टर ने कहा, "कौन कहता है कि पसंद नहीं है।" फिर तुरंत ही सँभलकर बोले, "पसंद-नापसंद की बात ही क्या है। यहाँ विवाह करेगा कौन।"

शरारत भरी हँसी के साथ विमला बोली, "करेंगे मिस्टर प्रियव्रत एम.बी.बी.एस. और कौन करेगा। देखो माघ में शहनाई बजती है या नहीं?"

डॉक्टर ने नकली गुस्सा दिखाते हुए कहा, "तुम्हारा सिर बजेगा, तब से बेकार की बातें बक रही है। अब मेरा कुछ अदब किया करो, आखिर तुमसे बड़ा ही हूँ।"

विमला (हँसकर), "भला अब करूँगी अदब, कुछ ही दिनों से तो मारपीट बंद हुई है।"

डॉक्टर, "पर तुमने मुझे बहुत मारा है, मैं हमेशा गम खा जाता था। तुम कस-कस कर चाँटे लगाया करती थी।"

विमला, "जरा भगवान् से डरो, इतना झूठ न बोलो भइया! मैं तुम्हें चाँटे लगाया करती थी। और अम्मा क्या कहीं चली गईं थीं, मुझे ठीक न कर देतीं। मैं चुटकी जरूर जरा जोर से काट लिया करती थी, मारते तो तुम्हीं थे।" "अच्छा यह सब तो हँसी-मजाक है, सच-सच बताओ अगर मैं और मालती साथ-साथ रहें तो कैसा रहेगा? तुम्हारी क्या राय है?"

डॉक्टर, "रहो न मैं क्या मना करता हूँ? पर मालती को कौन जरूरत है तुम्हारे साथ रहने की। उसकी शादी हो रही है, ससुराल जाएगी या तुम्हारी तरह देहातियों का रोना रोती फिरेगी।"

"फिर जाने कैसी लड़की से शादी हो, वह जाने कैसे विचार की हो। जाने मैं

उसके साथ दोस्ती कर सकूँ या नहीं, सच भइया। मालती के साथ शादी न करके तुम अच्छा काम नहीं कर रहे हो।"

डॉक्टर (खीझकर), "तो क्या वकील साहब से प्रार्थना करूँ कि दया करके अपनी लड़की की शादी मेरे साथ कर दीजिए।"

विमला जरा सिटपिटा कर बोली, "नहीं तुम क्यों प्रार्थना करोगे? मैं समझती थी कि मालती के साथ ब्याह करने का तुम्हारा मन नहीं है।"

बात पकड़ जाती देखकर डॉक्टर ने जल्दी से कहा, "तो कौन कहता है कि मन है।"

विमला हँस पड़ी और बोली, "अच्छा, अच्छा अब बहुत हुआ, अब मत बोलना। चुप रहने में ही खैरियत है।"

डॉक्टर, "अच्छा अब मेरी बात भी सुनो कि मैं किस लिए भेजा गया हूँ। आगरे से खत आया है, वे लोग बिल्कुल देर नहीं कर सकते। माघ में शादी करेंगे। अम्मा और बाबूजी तैयार हैं, तुम्हारी क्या राय है?"

विमला ने एक बार डॉक्टर के मुँह की तरफ देखकर सर नीचा कर लिया। उसका मुँह गंभीर हो गया था, डॉक्टर ने गौर से उसकी तरफ देखकर कहा, "क्या तुम्हें कुछ कहना हैं?"

"हाँ! बहुत कुछ।"

"कहो"

विमला, "कहना यही है कि सबकुछ जानकर भी तुम यह बात पूछने कैसे चल दिए, मुझे ब्याह करने की न फुरसत ही है न इच्छा ही है। मेरे साथ-साथ किसी दूसरे परिवार की शांति नष्ट करने में तुम लोगों को क्या मिल जाएगा। तुम लोग जो रुपए बिवाह में बरबाद करने जा रहे हो वह अगर मुझे दे दो तो मेरा बड़ा उपकार हो, शादी तो मैं करूँगी ही नहीं। यह मेरा आखिरी फैसला है।"

डॉक्टर, "कैसी बातें करती हो, जो बात कभी खानदान भर में नहीं हुई वह कैसे होगी?"

विमला, "क्यों न होगी, जरूर होगी। तुमसे मैं बिल्कुल सच कहती हूँ भइया! मुझे फिलहाल विवाह के बारे में जरा भी उत्सुकता नहीं है। अगर इस बारे में तुम लोग जबरदस्ती करोगे तो पछताओगे। मेरे सारे अरमान, सब ऊँची अभिलाशाएँ खून हो जाएँगी।"

डॉक्टर, "क्यों ब्याह के बाद तो तुम और भी आसानी से अपना काम कर सकोगी। आगरे वाले कोई मामूली आदमी नहीं हैं, लखपती हैं, रुपए न होने से तुम्हारे जो काम रुके हैं, वे अच्छी तरह हो सकेंगे।"

विमला, "उपेक्षा भरी हँसी-हँसकर बोली, "जी हाँ! वह लाख रुपए हमें पकड़ा देंगे कि जाओ खरच करो। मुझे अमीरी का शौक नहीं है। विवाह करके मैं क्या काम करूँगी, हाँ, गरीबों के खून से तैयार जमीदारी की शान जरूर करने लगुगीं। नहीं! भइया मैं दूर ही से प्रणाम करती हूँ।"

डॉक्टर, "पर तुम्हारे इनकार करने से अम्मा और बाबूजी तो नहीं मानेंगे। पिछले साल मैंने ही किसी तरह टाल दिया था, अबकी बार उन्हें कौन रोक सकता है।"

विमला, "मैंने जो कुछ निश्चय किया, वह तुम्हें बता दिया, अब बेकार मेरे पीछे मत पड़ो।"

डॉक्टर, "आखिर तुम ब्याह न करके ही क्या करोगी?"

इस बार विमला चिढ़कर बोली, "मैं चाहे जो करूँ पर ब्याह न करूँगी। हजार बार कहती हूँ नहीं करूँगी! नहीं करूँगी! मैं नहीं जानती थी कि तुम भी मेरे खिलाफ हो जाओगे।" उसका मुँह तमतमाया हुआ और आँखें भरी हुई थीं।

डॉक्टर ने गुस्साकर कहा, "नहीं, मैं खिलाफ नहीं हूँ मैं तो दुनिया के चलन की बात तुम्हें बता रहा हूँ, मै तो पहले ही जानता था कि तुम राजी नहीं होगी। पर क्या करूँ अम्मा और बाबूजी तो मेरे ऊपर ही बरस पड़ेंगे। मैं यही सोच-सोचकर डर रहा हूँ।"

विमला, "मेरे लिए तुम सह लेना भइया! और हो सके तो समझा देना कि बगैर मेरे पूछे अगर कोई काम शुरू कर देंगे तो उन लोगों को पछताना पड़ेगा। तुम आज ही लौट जाओ।"

"और तुम?"

"मैं अभी यहीं रहूँगी। जरूरत होगी तब लिखूँगी, ले जाना। मेरी सब किताबें भेज देना, पढ़ा करूँगी। और एक प्रार्थना है कि सुमित्रा की खबर लेते रहना।" विमला की आँखों से आँसू गिर पड़े। डॉक्टर ने स्नेह भरे स्वर में कहा, "रोती क्यों हो मैं तुम्हारी सब बातों का हमेशा खयाल रखूँगा। जब तुम्हारी तबीयत ऊबे मुझे फौरन लिखना और जिस चीज की जरूरत हो वह भी भेज दूँगा?"

विमला ने आँखें पोंछकर कहा, "अभी मुझे किसी चीज की जरूरत नहीं है।"

---

मालती और प्रमिला दोनों में सलाह हो रही थी कि एक चरखा मँगाया जाए और दोनों थोड़ा-थोड़ा रोज सूत काता करें। कहना न होगा कि यह प्रस्ताव मालती की तरफ से हुआ और सरलहृदया स्नेहमयी प्रमिला ने सहर्ष अनुमोदन किया। मालती के दिल में आजकल बड़ी जोर से स्वदेश प्रेम की भावना जाग्रत् हुई थी, प्रमिला यह अच्छी तरह जानती थी कि यह भावना उसी दिन से उत्पन्न हुई है, जिस दिन मालती ने सुना था

कि डॉक्टर प्रियव्रत ने खद्दर पहनने की प्रतिज्ञा की है। प्रमिला ने कहा, "जाने मुझसे सूत तैयार भी होगा या नहीं, मैंने तो कभी चरखा काता नहीं।"

मालती, "अभ्यास करने से क्यों नहीं बनेगा, धीरे-धीरे अच्छा सूत कातने लगोगी। मैंने पहले जब सीखा था, तब आधसेर सूत कात भी लिया था।"

प्रमिला कुछ कहने जा रही थी कि वकील साहब कमरे में आकर खड़े हो गये। समय से पहले उन्हें कचहरी से लौटते देख दोनों तुरंत खड़ी हो गईं। प्रमिला ने साड़ी को जरा माथे पर खींच लिया और मालती बी.ए. के कोर्स की किताबें बिस्तर के नीचे छिपाकर रखने लगी।

वकील साहब ने कपड़े उतारते हुए कहा, "क्या हो रहा है मालती?"

मालती धीरे से बोली, "कुछ नहीं, यों हीं बातें कर रही थीं। क्या खाएँगे पापा, वह बना दूँ।"

प्रमिला जल्दी से बोल उठी, "मैं बनाए लाती हूँ।"

वकील साहब ने कठोर नेत्रों से प्रमिला की तरफ देखा, वह ठिठककर खड़ी हो गई। मालती ने कमरे के दरवाजे पर खड़े होकर कहा, "तुम रहने दो, मैं अभी हलवा बना लाती हूँ।"

पहले इस घर में रोज बाजार से मिठाई आ जाती थी, पर जबसे प्रमिला आई है उसने रोज ताजा जलपान बनाना शुरू कर दिया और बाजार की चीजें बिल्कुल बंदकर दीं, तब से रोज कभी वह, कभी मालती, कुछ-न-कुछ मीठा बना लेती थीं। मालती चली गई, तब वकील साहब चारपाई पर बैठकर बोले, "क्या बातें हो रही थी?" मैं देखता हूँ मेरे सिवाय तुम सबसे खूब बोल लेती हो, मेरे ही सामने गूँगी बन जाने का क्या सबब है?"

प्रमिला इस बात का क्या जवाब देती, नीचे देखती हुई दूसरे व्यंग्य के लिए तैयार हो रही थी। वकील साहब ने गौर से उसकी तरफ देखा, ओफ कितनी सुंदर है, जिसके रूप की तुलना नहीं हो सकती, देखते ही उन्होंने एक गहरी साँस ली।

प्रमिला ने शंकित होकर पति की तरफ देखा और उद्विग्न होकर बोली, "तबीयत तो ठीक है? आज जल्दी कैसे चले आएँ?"

वकील साहब, "हाँ अब पछता रहा हूँ कि यह गलती क्यों की?"

प्रमिला ने सरलता से कहा, "इसमें गलती की क्या बात है, नहीं जी अच्छा था चले आए, किसी की नौकरी तो है नहीं!"

हाय मूर्ख नारी! वकील साहब ने मन में कहा, इसे कैसे वश में लाया जाए कुछ समझती ही नहीं! या जान-बूझकर बन जाती है।

प्रमिला ने फिर कहा, "कहो तो थोड़ी सी चाय बना लाऊँ, बदली में अच्छी लगेगी।"

वकील, “नहीं ज्यादा कृपा मत करो, इतनी ही बहुत है, मैं बोझ से दब जाऊँगा।”

प्रमिला आँखें फैलाकर पति का मुँह देखने लगी कि ये क्या कह रहे हैं। उसी समय मालती हलवा और चाय बनाकर ले आई और बोली, “तुम्हें भी यहीं चाय ला दूँ नई माँ!” प्रमिला ने लज्जा से लाल होकर कहा, “नहीं, नहीं अपने कमरे में चलो वहीं मैं भी आती हूँ।” और वह उठकर जल्दी से बाहर चली गई।

थोड़ी देर में मालती के कमरे से दोनों की उच्छसित हँसी की आवाज वकील साहब के कान में आई, जाने क्यों वह हास्यध्वनि उनके कलेजे में सुई की नोक की तरह चुभने लगी। हठात् उन्होंने सोचा मालती की शादी कर देनी चाहिए, देखें फिर यह किसके साथ हँसती-बोलती है। इसी बातचीत की ईर्ष्या से उन्होंने बहाने से बातों-बातों में डॉक्टर प्रियव्रत का आना-जाना रोक दिया था। मन-ही-मन उन्हें मालती से भी ईर्ष्या हो रही थी, अपनी वस्तु को दूसरे के अधिकार में देखकर जलन होना स्वाभाविक ही है, वाह, मैं जो ब्याह कर लाया! अपना घर-बार और रुपए-पैसा सबकुछ सौंप दिया उसकी तो सूरत से भी नफरत है और मेरी ही लड़की से यह साथ और स्नेह! भला आज तक किसी ने कभी सौत के लड़कों को चाहा भी है। यह सब दिखावा है। सिर्फ मेरी छाया से बचने का बहाना। वकील साहब विक्षिप्त से हो उठे। दबे पाँवों मालती के कमरे की तरफ जाकर बंद दरवाजे के पास खड़े होकर दोनों की बातें सुनने लगे, ईर्ष्या ने उन्हें विवेक शून्य कर दिया था। छिपकर बातें सुनने के नीचतापूर्ण कार्य पर उन्हें जरा भी हिचक नहीं हुई।

मालती कह रही थी, “तारीफ तो तब है, जब हाथ का कता हुआ सूत हो और उसके कपड़े पहनें, मैंने तो निश्चय कर लिया है कि अपने हाथ से कात कर ही कपड़ा बनवाऊगी, तभी पहनूँगी। मिल का बना खद्दर पहने तो क्या पहने।”

प्रमिला, “मेरा तो जी नहीं लगेगा। दूसरे फुरसत भी कहाँ मिलती है, हमेशा सीने के लिए ढेर-के-ढेर कपड़े रखे ही रहते हैं। विलायती मशीन की आराधना करूँ या स्वदेशी सुदर्शन चक्र की?”

मालती, “तुम बेकार की सिलाई भी तो किया करती हो, जरूरी काम करने के बाद अगर आध घंटे रोज भी सूत कातों तो बहुत हो जाएगा। अकेले मेरा मन नहीं लगा, दोपहर का वक्त इसके लिए ठीक रहेगा।”

प्रमिला, “अच्छी बात है, अरे मैं उन्हें पान देना भूल ही गई, जाऊँ लगाकर भेज दूँ, बाहर चले गए होंगे।”

मालती, “अब तो चले ही गए होंगे, जरा देर में लगाकर भेज देना। तुमने सुना है नई माँ! विमला की शादी तय हो गई थी पर उसने इनकार कर दिया।”

प्रमिला, “क्या मालूम, कुछ पक्की खबर तो मिलती ही नहीं, महराजिन संवाददाता

से जो खबर मिल गई वही बहुत है। विमला ने तो जैसे हम लोगों को भुला ही दिया और डॉक्टर साहब ने तो आना-जाना भी छोड़ दिया।"

इस पर मालती ने कुछ जवाब नहीं दिया। वह खिड़की से देखती हुई सड़क की तरफ देखती हुई चुपचाप बैठी रही।

वकील साहब दबे पाँवों लौट गए और अपने कमरे में जाकर चारपाई पर लेट गए। थोड़ी देर में प्रमिला भी वहाँ आई, वकील साहब को लेटे देखकर एकदम चौंक पड़ी और घबराहट के साथ बोल उठी, "क्यों लेटे क्यों हो? तबीयत तो अच्छी है?"

"तबीयत अच्छी है, आज पान भी न मिलेंगे क्या?"

प्रमिला ने पानदान खोलकर लज्जित स्वर में कहा, "भूल गई थी, अभी लगाती हूँ।"

अब तक क्या कर रही थी?

प्रमिला, "कुछ नहीं, यों ही मालती से बातें करने लगी थीं।"

वकील साहब ने क्षुब्ध स्वर में कहा, "मालती से तो दिन भर बातें होती हैं, क्या मेरे पास जरा देर भी नहीं बैठना चाहिए।"

प्रमिला ने कुछ उत्तर नहीं दिया। सिर झुकाकर पान बनाने लगी। वकील साहब को अपने स्वर में भिक्षुक की दीनता जान पड़ी, पराजय जनित लज्जा से उनकी बोली बंद हो गई। उसी वक्त प्रमिला ने हाथ बढ़ाकर कहा, "पान।" वकील साहब ने उसके हाथ से पान छीन लिये और बोले, "मैं जब कुछ कहता हूँ तब तुम उसका जवाब नहीं देती। यह कहाँ की तमीज सीखी है।"

प्रमिला, "क्या कह रहे थे, मैंने सुना नहीं।"

वकील, "हाँ! मेरी बात तो तुम्हें सुनाई भी नहीं पड़ती। जाओ स्वराज्य लेने की तैयारी करो। यहाँ क्यों वक्त खराब कर रही हो?"

प्रमिला (आश्चर्य से), "स्वराज्य की कैसी तैयारी?"

वकील, "आखिर फिर दिन भर कहाँ की बातें होती रहती हैं, मैं अब मालती की शादी बहुत जल्दी किए देता हूँ, लड़की का सिर भी घूमा जा रहा है।" यह प्रमिला के मर्म स्थान पर चोट थी, उसने तिलमिलाकर कहा, "मैं क्या कहती हूँ कि शादी न करो या उनकी दुश्मन हूँ जो बुरी बातें सिखाया करती हूँ। वह तो मुझसे ज्यादा पढ़ी-लिखी और काफी समझदार है, रोज-रोज ब्याह कर डालने की बात क्यों कहते हो। वक्त पर सभी लड़कियों की शादी होती है? उसमें नई बात क्या है?"

प्रमिला को इतनी तेजी से बोलते वकील साहब ने कभी नहीं सुना था। अवाक् होकर उसके मुँह की तरफ देखने लगे। प्रमिला का गोरा रंग सुर्ख हो गया था और गुलाबी होंठ उत्तेजना से काँप रहे थे। रोष पूर्ण उसकी मूर्ति अनुपम हो गई, जिसे देखकर

विगत यौवन और तिरस्कृत प्रणय की वेदना से वकील साहब का खून गरम हो उठा। उन्होंने थरथराती आवाज से मोह भरे स्वर में कहा, "अच्छा, अच्छा अब ज्यादा मत बिगड़ो, यहाँ आओ मुझे तुमसे कुछ सलाह करनी है।"

प्रमिला शरमाकर चुप हो गई, वकील साहब ने कहा, "तुम चाहे नाराजगी से ही बोलो पर बोलती तो रहो, तुम्हारे गुस्से में मुझे मजा आता है।"

प्रमिला ने आज पहले पहल स्वामी के मुँह से ऐसी बातें सुनी थी, वह कुछ निश्चय न कर सकी कि क्या जवाब दे। थोड़ी देर में सोच-विचारकर बात बदलने के ढंग से बोली, "आज दूधवाले का और धोबी की धुलाई का हिसाब कर दिया है, दूधवाले के छह रुपए पाँच आने हुए और धोबी के दस रुपए छह आने होते हैं।"

आह, वही नीरस घर गृहस्थी की बातें, क्या इसके हृदय नहीं है, अगर है भी तो क्या पत्थर का बना है। वकील साहब ने उपेक्षा से कहा, "तुम्हीं ने क्यों नहीं रुपए दे दिया।"

"अब दे दूँगी, तुमसे पूछा नहीं था इसीलिए नहीं दिया।"

"अच्छा किया"

"इस महीने का हिसाब नहीं देखा, फुरसत हो तो कॉपी लाऊँ।"

वकील साहब ने खीझकर कहा, "क्यों दिक कर रही हो, मैं तुम्हारा हिसाब नहीं देखता, जो मन में आए किया करो।"

प्रमिला चुप हो गई और सुपारी के कटे हुए बड़े बड़े टुकड़े बीनकर सरौता से काटने लगी। वकील साहब अप्रकट क्रोध और लालसामयी दृष्टि से उसकी तरफ देख रहे थे। उसकी चुप्पी से उन्हें गुस्सा आ रहा था, मन का जहर जब ऊपर तक पहुँच कर फेना देने लगा, तब एकाएक कटु स्वर में बोल उठे, "अपनी माँ से कहा होता कि किसी कुँवर से शादी करो, मेरे बारे में तुमको मालूम ही था कि ज्यादा उम्र का बुरा आदमी हूँ।"

प्रमिला बड़े संकट में पड़ी, यदि चुप रह जाती है तो वकील साहब के और भी रूष्ट हो जाने की संभावना थी, अगर जवाब दे तो क्या दे, धीरे से बोली, "कौन बुरा कहता है?"

वकील, "कहेगा कौन, तुम्हारा दिल कहता है।"

प्रमिला, "मेरा दिल क्या कहता है, यह मैं किसी से बता नहीं सकती न कोई समझ ही सकता है।"

वकील साहब ने तीक्ष्ण हँसी-हँसकर कहा, "पहले से मालूम नहीं था नहीं तो टेलीपैथी भी सीखने की कोशिश करता। जिससे सबके मन का हाल जानने में दिक्कत न होती, खैर अब तो सीख नहीं सकता इससे मेहरबानी करके बता ही दो कि तुम्हारे दिल में क्या है।"

प्रमिला ने बात उड़ाने के ढंग से कहा, "जाओ मैं कुछ नहीं जानती। तुम तो मजाक कर रहे हो।"

"मजाक, भला मैं तुम्हारे साथ मजाक करने लायक हूँ। लेकिन मेरी बात का जवाब तुमने नहीं दिया, मैं सब बातों में सफाई पसंद करता हूँ, मुझे उससे चाहे तकलीफ ही मिलें।"

"कौन सी बात?"

"यही कि तुम्हारे दिल में क्या है।"

"जो सबके दिल में होता है वही मेरे दिल में भी है।"

"बातें मत बनाओ। सबके दिल में एक ही बात कैसे होती है?" पानदान बंद करते हुए प्रमिला ने कहा, "कोई बात हो तो बताऊँ, क्या बेकार ही बका करूँ, बैठकर। जाती हूँ कॉपी लाने। प्रमिला जैसे ही जाने लगी, वकील साहब उठकर खड़े हो गए, उनके मुँह पर कठोर आकांक्षा भरे भाव झलक रहे थे। उन्होंने अपने मजबूत हाथ से प्रमिला का रूई सा नर्म हाथ पकड़ लिया और उसे झकझोरकर बोले, "यह चालें किसी दूसरे को दिखाना, मैंने भी वकालत पढ़ी है, घास नहीं छीला करते हैं। मेरी बातों का साफ-साफ जवाब दो, तब जाने पाओगी।"

प्रमिला ने एक हाथ से दरवाजा पकड़ लिया। वह थर-थर काँप रही थी, जैसे हिरनी जाल में फँसी जा रही हो, विनीत स्वर में बोली, "हाथ छोड़ दो, दर्द हो रहा है।"

"होने दो, पर यह बताओ कि तुम मुझसे इतनी नफरत क्यों करती हो?"

प्रमिला ने आँखों में आँसू भरकर कहा, "मैं तुमसे नफरत करती हूँ, यह कैसे समझ लिया, उससे पहले मेरी मौत नहीं हो जाएगी।"

अब वकील साहब ने प्रमिला का हाथ छोड़ दिया और व्यथा भरी लंबी साँस लेकर पलंग पर लेट गए। प्रतिवाद करने की इच्छा या शक्ति जैसे चली गई हो। सामने ही प्रमिला आँसुओं की धारा बहाती हुई खड़ी थी पर उसकी रूलाई देखकर उन्हें दया नहीं आ रही थी, न स्नेह हो रहा था वरन् एक क्षमा हीन हिंसक भाव से उनका हृदय भर रहा था। यहाँ तक कि अपने हृदय की उत्तेजना से विकल होकर बाहर चले गए।

संध्या का मलिन अंधकार कमरे में भरता जा रहा था, पर प्रमिला का उधर ध्यान नहीं था। वह आज की घटना पर गौर कर रही थी। रसोईघर से बरतनों की खटपट तथा सबकी बातचीत की आवाज आ रही थी पर उसे जैसे कुछ सुनाई नहीं पड़ रहा था। वह गहरे आत्मचिंतन में डूब गई थी, बुआजी कह रही थीं।

"तुम्हारी माँ कहा गई मालती?"

मालती ने जवाब दिया, "पापा वाले कमरे में तो थीं।"

"सो गई होंगी।"

बुआजी मालती की बात सुनते ही जल उठीं। कर्कश कंठ से बालीं, "सो रही हैं अच्छा है, अब जान पड़ता है घर के अच्छे दिन आए हैं। गिरस्ती में ऐसे-ऐसे कुलच्छन्न हो रहे हैं। मैं सोंचती हूँ, जिस दिन मैं न रहूँगी, तिस दिन घर का काम कैसे चलेगा, दिन भर जुती रहती हूँ, कहाँ तक करूँ। आखिर तुम किस लिए आई हो।"

मालती ने प्रमिला के कमरे में जाकर बत्ती जलाकर प्रमिला को लेटे देखकर विस्मय से कहा, "क्या सचमुच सो रही हो नई माँ?"

प्रमिला ठंडी साँस लेकर बैठ गई और बोली, "नहीं सो नहीं रही हूँ।"

उसके आँसू से भारी मुँह की तरफ ताज्जुब से देखकर मालती ने कहा, "क्या हुआ, नई माँ! क्यों रो रही थीं। बुआजी की बातों का तुम फिजूल खयाल करती हो।" इतना कहकर मालती चारपाई पर बैठ गई, मालती के सहानुभूति के भरे कोमल शब्दों ने प्रमिला के दबे हुए दुःख को धक्का दे दिया। वह अपने को किसी तरह सँभाल न सकी और मालती की गोद में मुँह छिपाकर वह सिसक-सिसककर रोनी लगी फिर मालती ने कुछ पूछा नहीं, न कुछ जाना ही पर उसकी भी आँखें भर आईं। वह मूक संवेदना से भरा अपना कोमल हाथ प्रमिला के माथे और सिर पर फेरने लगी।

थोड़ी देर में प्रमिला ने आँसू पोछ डाले और बैठ गई, तब मालती बोली, "क्या हुआ, क्या मुझे न बताओगी नई माँ।"

ठंडी दीर्घ साँस लेकर प्रमिला ने कहा, "अगर कुछ बताने लायक होता तो उसे बगैर तुम्हे बताए मैं जी नहीं सकती थी मालती। क्या बताऊँ कोई बात नहीं है।"

बाहर बुआजी अविराम गति से वाक्यवाणों की वर्षा कर रही थीं। पर उधर किसी का ध्यान नहीं था। मालती अवाक् होकर प्रमिला का मुँह देख रही थी और प्रमिला अपने पैरों की तरफ।

ऊपर की घटना के तीसरे दिन वकील साहब अपने दफ्तर में बैठकर मवक्किलों से बातचीत कर रहे थे, उसी समय एक आदमी, जो खद्दर की धोती-कुर्ता ओर गांधी टोपी पहने था आकर खड़ा हो गया। उसके पीछे मजदूर के सिर पर तीन चरखे थे—दो बड़े और एक कुछ छोटा था। वकील साहब को नमस्कार करके उसने मजदूर से चरखा रख देने को कहा, और तीनों चरखों के दाम अलग-अलग लिखकर मेज पर रख दिया। कागज पर छपा था, चरखा संघ लखनऊ। वकील साहब बड़े ताज्जुब में आकर बोले, "ये चरखे आप क्यों लाए हैं।"

वह आदमी, "आपके घर में किसी देवी ने मगाए होंगे, पूछ लीजिएगा।"

वकील साहब ने भौंवें सिकोड़कर कहा, "कौन माँगने गया था, आपके यहाँ?"

"शायद आपका नौकर होगा? श्रीमती प्रमिला देवीजी ने ऑर्डर दिया था।"

वकील साहब यह सुनते ही आग हो गए, बाहर क्या बोलते, गुस्से में भरे हुए अंदर आए। परसों से प्रमिला से बोलचाल बंद थी, मालती और प्रमिला दोनों मशीन के पास बैठी कपड़े सिल रही थी। मालती कच्चा करती जाती थी और प्रमिला मशीन चला रही थी। वकील साहब को देखकर दोनों ही व्यस्त हो उठीं। उन्होंने आते ही पूछा, "चरखों के लिए किसने ऑर्डर दिया था।" यद्यपि उन लोगों की सलाह उस दिन वकील साहब ने छिपकर सुनी थी पर इसका उन्हें अनुमान भी नहीं था कि बगैर मुझसे पूछे ये लोग चरखे मँगा लेंगी।

प्रमिला और मालती दोनों चुप थीं। दोनों के कलेजे में धड़कन हो रही थी और वे मन-ही-मन में पछता रही थीं कि क्यों न मुंशीजी से पहले ही कहला दिया था कि वकील साहब की जानकारी में चरखे न आएँ पर अब क्या हो सकता था?

कुछ जवाब न पाकर वकील साहब और भी रूष्ट हो गए, क्रुद्ध स्वर से बोले, "जिसने मँगाए हैं वह जवाब क्यों नहीं देता, तुमने मगाए हैं मालती?"

मालती के बोलने से पहले ही प्रमिला ने धीरे से कहा, "मैंने मँगाए हैं।"

वकील (तेज होकर), "किसके हुकम से?"

प्रमिला, "इतनी छोटी सी चीज के लिए भी हुकम लेने की जरूरत है यह मुझे मालूम नहीं था, गलती हुई।"

वकील साहब इस उत्तर से तिलमिला उठे। आग्नेय नेत्रों से प्रमिला की तरफ देखकर बोले, "छोटी सी चीज है? या मेरा घर बरबाद करने के लिए आग की चिनगारी? इसी से मैं ऐसे वैसे लोगों का घर में आना पसंद नहीं करता। लो इस कागज पर लिखो कि अब जरूरत नहीं है। दूसरी जगह से चरखा खरीद लिया गया है।"

अपमान से आहत होकर प्रमिला ने कहा, "लौटा दो पर मैं यह नहीं लिख सकती कि दूसरी जगह से खरीद लिया है।"

"क्यों?"

प्रमिला (दृढता से), "व्यर्थ झूठ बोलने से क्या फायदा!"

वकील (व्यंग्य पूर्वक), "अच्छा! अब बहुत सत्यज्ञान सुन चुका। लो इधर लिखो कि चरखा खरीद लिया है।"

"वाह, जब एक जगह से मँगाया था, तब दूसरी जगह से खरीदने की बात कहते शर्म न लगेगी?"

वकील साहब ने क्रोध से काँपकर कहा, "अच्छी बात है मत लिखो, मैं यो ही लौटा देता हूँ और फिर से तुम्हें चेताए देता हूँ कि मेरे घर को कांग्रेस का दफ्तर मत बनाओ। यह मैं खूब समझता हूँ कि तुम लोगों का गुरु कौन है। इसी से मैं हमेशा उससे अलग रहने का इशारा करता था। अब कांग्रेस के मेंबर बनकर जेल जाएँगे, तब

सारी हेकड़ी भूल जाएँगे। वहाँ चक्की पीसनी पड़ेगी, तब स्वदेशप्रेम का मजा मालूम हो जाएगा। जेल है खालाजी का घर नहीं।"

ये बातें किसके लिए कहीं जा रही थीं यह प्रमिला और मालती खूब समझ रही थीं, पर क्यों? यह न जान सकीं।

प्रमिला की तरफ से कोई जवाब न पाकर वकील साहब बाहर चले गए। मालती और प्रमिला चुपचाप बैठी थीं। दोनों के विचारों में क्रांति थी, दोनों ही नारी जाति के परतंत्रता के बारे में मन-ही-मन जोरदार लेक्चर तैयार कर रही थीं, दोनों उदास थीं।

*

सुमित्रा इन दिनों कुछ अच्छी थी, बुखार कम था, खाँसी भी बहुत नहीं आती थी, आशा की झलक उसके पीले मुख पर आ रही थी। वह तो खुश थी, पर श्याम के हृदय से भय तथा शंका दूर नहीं हो रही थी। सुमित्रा को अकारण हँसते और प्रसन्न होते देखकर उनका कलेजा काँपने लगता था। इन बातों में उन्हें मृत्यु का पूर्वाभास होता था। दफ्तर से 15 दिन की छुट्टी लेकर रात-दिन वह सुमित्रा के पास बैठे रहते, उनके चित्त की अजीब दशा थी, जैये वे रात-दिन मृत्युदूत की प्रतीक्षा कर रहे थे, कब वह चोर आकर उसकी प्रियतमा का प्राणरत्न हरण करके चल दे और वे जान भी न पाएँ। अतएव वे हर वक्त सतर्क रहते। सुमित्रा आजकल बहुत बोलने लगी थी पर श्याम उसे बोलने नहीं देते, कहते, "बहुत बकने से कमजोरी बढ़ जाएगी, चुपचाप थोड़े दिन आराम करो," और स्वयं सिरहाने बैठकर चिंता सागर में डूबा-उतराया करते। लड़का अगर रोता व जिद करता तो उसे मार बैठते, जब सो जाता तो प्यार करने लगते, सुमित्रा उनके इस स्वभाव से परचित नहीं थी, वह सोच में पड़ जाती।

दोपहर का समय था, आषाढ़ के बादल आकाश में दौड़ रहे थे, श्याम ने स्टोव पर दूध गरम करके सुमित्रा को दिया। सुमित्रा ने गिलास लेकर स्वामी की तरफ प्रेमपूर्ण दृष्टि से देखकर कहा, "थोड़े दिन अभी तुम्हें और तकलीफ दूँगी।"

श्याम ने शंकित होकर उसकी तरफ देखा और कहा, "क्यों! थोड़े ही दिनों तक तकलीफ क्यों, दोगी?"

सुमित्रा, "फिर मैं अपने आप सब काम किया करूँगी। जरा-ताकत आ जाए तो एक-आध कपड़े सिल दूँ, उम्मी के पास बिल्कुल पहनने को नहीं है।"

श्याम ने उत्साहहीन स्वर से कहा, "पहले अच्छी तो हो जाओ, फिर काम की बातें करना। सुमित्रा ने सरल विश्वास से भरी आँखों से पति की तरफ देखकर कहा, "अब तो फायदा हो रहा है, अगर यही हाल रहा तो पंद्रह दिन में बिल्कुल अच्छी हो जाऊँगी।"

श्याम ने हँस दिया पर वह हँसी रूदन से भी बढ़कर करुण थी। सुमित्रा ने

लेटकर कहा, "विमला जाने कब लौटेगी, कुछ हाल नहीं मिला। भइया कई दिन से आए ही नहीं।"

श्याम, "तुम्हें नहीं मालूम आजकल डॉक्टर साहब कांग्रेस में काम कर रहे हैं। परसों उनका बड़ा बढ़िया लेक्चर हुआ था, आज भी उन्हीं की स्पीच है, तबीयत होती है कि सुनूँ, देखूँ। अमीरी और बिलायती कायदे में रहनेवाले लोग किस तरह की बातें करते हैं, और क्या काम कर सकते हैं।"

"तो थोड़ी देर के लिए चले जाना, अब ऐसी क्या जरूरत है कि हरवक्त मेरे पास बैठे रहो। मुझे भी बताना कि भइया ने क्या-क्या कहा।"

श्याम ने सस्नेह सुमित्रा के बालों पर हाथ फेरते हुए कहा, "तुम अच्छी होती तो मैं भी कांग्रेस में नाम लिखाकर कुछ देश का काम करता।"

"अब तो मैं अच्छी होने लगी हूँ, कौन सा काम करोगे, करो न।"

"देखा जाएगा, पहले अच्छी हो जाओ, तब दूसरी बात करने को कहो।" सुमित्रा, "अच्छा न कहूँगी, पर यह तो बताओ कि यह बढ़ा हुआ खर्चा कैसे चला रहे हो? पहले तो इतने रुपयों में मुश्किल से महीना बीतता था।" श्याम ने मृदु भर्त्सना के स्वर में कहा, "तुमसे मतलब मैं चाहें जैसे करता हूँ। डाका डालता हूँ और कहाँ से लाऊँगा।"

सुमित्रा सचिंत होकर बोली, "आखिर तुम कहाँ से रुपए लाते हो यह भी तो सोचने की बात है, कहीं से कर्ज तो नहीं लेते हो?"

श्याम ने दूसरी तरफ देखकर कहा, "ऐसा कहाँ का बड़ा खरचा बढ़ गया है, डॉक्टर को फीस देनी ही नहीं पड़ती, दो-चार आने दूध और फलों में लग जाते हैं, उसके लिए कर्ज लेने की क्या जरूरत है?"

सुमित्रा, "मुझसे उड़ो मत, मैं राई रत्ती का हिसाब रखनेवाली मुझी से बातें बनाते हो। सच बताओ तुम्हें मेरी कसम, कैसे क्या करते हो?"

अब श्याम ने असहाय की तरह कहा, "भई, तुम तो बहुत तंग करती हो, मैंने अपनी सोनेवाली घड़ी बेंच दी है।"

यह सुनते ही सुमित्रा की आँखों से विस्मय और खेद फूट पड़ा। उसने स्वामी को तिरस्कार भरी दृष्टि से देखकर कहा, "तुमने घड़ी क्यों बेच दी, वह मेरे बाबूजी के हाथ की खरीदी हुई थी। मेरा कोई जेवर क्यों न ले लिया, घड़ी बेंचने क्यों गए।"

सुमित्रा नहीं जानती थी कि कीमती दवाइयों और पथ्य पानी के लिए उसके जेवर पहले ही धीरे-धीरे एक-एक करके बिक चुके हैं। श्याम ने अपराधी की तरह सिर झुकाकर कहा, "अगर ईश्वर चाहेंगे तो फिर घड़ी आ जाएगी।"

सुमित्रा ने आँसू पोंछकर कहा, "पर यह घड़ी तो अब नहीं मिल सकती।"

"मुझे अगर जरा भी शक होता तो तुम्हें घड़ी न बेंचने देती, तुम तो यही कहा

करते थे कि खर्चे की कोई तंगी नहीं है।"

श्याम ने कुछ उत्तर न देना ही उचित समझा, कितनी बड़ी व्यथा के साथ अंतिम अवलंब उस घड़ी को बेंचा था यह, वे किससे बताते, गरीब का दुःख भी महत्त्वपूर्ण नहीं होता।

मन-ही-मन में अतिशत रूष्ट और दुःखी होकर सुमित्रा सारा दोष श्याम के सिर पर मढ़ रही थी। उनका घड़ी बेचना उसे अक्षम्य जान पड़ रहा था। सुमित्रा को घर की छोटी-से-छोटी चीज पर भी अपार ममता थी, घर की ऐसी कौन चीज थी, जिसे उसने कभी बरबाद किया हो, वह सुगृहिणी थी। दस-बीस घर देखकर उसने रहने का मकान पसंद किया था, जो हमेशा साफ-सुथरा और सजा हुआ रहता। तो छोटी हैसियत पर उसका घर-द्वार और कपड़े लत्ते उसकी सुरुचि का परिचय दिया करते थे।

तौलिए का जोड़ा खरीदकर रखा था पर कभी इस्तेमाल नहीं किया गया, केवल रखा रहता, बढ़िया तेल की शीशी, साबुन केस में साबुन, क्रीम पाउडर, हिमानी और वैसलीन, सभी चीजें केवल घर की शोभा बढ़ाने के लिए अव्यवहृत रूप में अलमारी में सजी थीं। अच्छे-अच्छे कलेंडरों को वह एक-एक पैसा जोड़कर मढ़ाती और उससे दीवारों को सज्जित करती। बड़ा सा आईना, छोटी सी मेज, दो-चार कुरसियाँ, सारा असवाब इस तरह रखती थी। जैसे अभी मोल आया हो, कमरे का फर्श दिन में दो बार कपड़ा गीला करके पोंछती, खिड़की, किवाड़ और बक्स तथा संदूकों पर पॉलिश चमका करती थी, वह स्वयं भी साफ-सुथरी सजी हुई रहती, एक सेकंड हैंड मशीन खरीद ली थी, सब कपड़े अपने हाथ से सीती और मैले होने पर खुद ही धो लेती।

उसके भंडारघर में एक बरतन भी मिट्टी का नहीं था, सब चीजों के लिए उसने टीन के पीपे और डिब्बे इकट्ठे कर लिए थे, चाय और बिस्कुट के पुराने डिब्बों में उसका सारा मसाला, हल्दी, नमक, इत्यादि रहता, कनस्तरों में दाल, चावल, आटा, शक्कर वगैरह रखती, आज तक सुमित्रा ने अपने घर की केवल श्री और शोभा की वृद्धि ही की है, घड़ी तो एक मूल्यवान वस्तु थी, अगर उससे कभी एक शीशी भी टूट जाती तो उसे बहुत दुख होता था।

श्याम के हटते ही उसने खूब रोना शुरू किया, ओर घंटों वह सोच-सोचकर रोती ही रही। उसका तकिया आँसुओं से गीला हो गया, इससे उसके सिर में दर्द और तेज बुखार हो गया।

दिन ढल रहा था, लड़का जागकर भूख-भूख करके रोने लगा, तब श्याम की आँखें खुलीं। वे जल्दी से उठे और बरामदे में जाकर बोले, "अरे! बिल्कुल शाम हो गई।" बच्चे को खाना देकर वे सुमित्रा के पास गए, देखा वह दर्द से कराह रही थी। श्याम ने घबराकर सिर पर हाथ रखा, मात्था अंगारे की तरह तप रहा था।

श्याम ने भग्न स्वर में कहा, "क्या फिर बुखार आ गया, सिर में दर्द भी हो रहा है?"

सुमित्रा ने क्षीण स्वर से कहा, "हाँ! सिर में बहुत दर्द है।"

"अचानक क्या बात हो गई, दोपहर तक तो तुम बिल्कुल अच्छी थी, क्या करूँ क्या डॉक्टर साहब को बुला लाऊँ?"

इस समय श्याम बड़े संकट में पड़े थे, लड़के को छोड़कर अगर डॉक्टर के पास जाए तो वह सुमित्रा को परेशान करेगा, साथ भी नहीं ले जा सकता। सुमित्रा आँख मूँदे चुपचाप कराह रही थी। असहाय श्याम बरामदे में खड़े होकर डूबते हुए सूर्य की तरफ देखकर व्याकुल हो उठे। शाम होती जा रही थी, अब थोड़ी ही देर में रात होगी। तब क्या करेगा।

अंत में श्याम ने बच्चे को लेकर पड़ोस की एक बुढ़िया बढ़इन को दे आया, उसने पूछा कि कहाँ जाते हो बाबूजी? बहू का अब क्या हाल है?

श्याम, "वैसा ही है, जरा डॉक्टर के पास जा रहा हूँ, इसे बहलाए रखना, भीतर जाएगा तो उधम करेगा। यह दरवाजे की चाबी है, जरूरत हो तो खोल लेना।"

बुढ़िया ने चाबी लेते हुए कहा, "जाओ बाबूजी, भइया को मैं देखते रहूँगी।"

घर से निकलकर श्याम ने सोचा डॉक्टर के यहाँ जाना व्यर्थ है, इस वक्त दवा से भी बढ़कर सुमित्रा को सांत्वना की जरूरत है, क्या करे, कहाँ जाए, अगर इस वक्त उसे कहीं से 1000 हजार की थैली पड़ी हुई मिल जाती तो वह सुमित्रा को सूख-सूखकर आँखों के सामने मरते न देखता। श्याम नजर जमीन में गड़ा-गड़ाकर चलने लगे, शायद कहीं नोटों का पुलींदा पड़ा हुआ मिल जाए। साफ-सुथरे राजपथ पर कहीं कागज का टुकड़ा भी न मिला, तब श्याम अपनी वेवकूफी पर हँसकर जल्दी-जल्दी चल पड़े। एक कोठी के सामने पहुँचकर चौकीदार से पूछा, "बाबूजी है?"

चौकीदार, "हाँ! हैं।"

श्याम ने बगैर कुछ कहे अंदर जाकर बाबूजी अर्थात् अपने कॉलेज के सहपाठी चंद्रशेखर को नमस्कार किया।

चंद्रशेखर, "हल्लो मिस्टर! कहिए क्या हाल है मिसेज श्यामाचरण का।"

श्याम, "हाल क्या बताएँ, आज तो बहुत तेज बुखार चढ़ा है।"

चंद्रशेखर ने भौहें सिकोड़कर कहा, "तुम भी तो बड़े जाहिल आदमी हो। मैंने तुमसे उसी दिन कहा था कि किसी अच्छे सैनटोरियम में रखो। यार, तुम दकियानूसी कनौजिया जो ठहरे। औरत की दवा-दारू में खर्च क्यों करोगे तुम, मरे किसी तरह, कहीं फिर से चाँदी कटे।"

चंद्रशेखर के एक-एक शब्द श्याम के हृदय में चुभते जा रहे थे। उन्होंने बुझी

हुई हँसी-हँसकर कहा, "हाँ! तुमने ठीक कहा था कि कहीं हवा बदलने के लिए ले जाओ, मैं खुद समझता हूँ, पर क्या करूँ बड़ी तंगी है। कहीं रुपए-पैसे का इंतजाम करा देते तो बड़ी कृपा होती। इसी से आज आया हूँ। अब तो बाबू साहब बुरे फँसे, सिर खुजलाते हुए बोले, "क्या अब तुम स्त्री को पहाड़ पर भी नहीं ले जा सकते।" इतने दिन की कमाई क्या हुई। यहाँ तो डॉक्टर की फीस भी नहीं देनी पड़ती, प्रियव्रत तो मुफ्त में ही दवा-दारू करते हैं। मेरे पास इस वक्त रुपए नहीं हैं, वरना मैं तुम्हें जरूर दे देता। श्रीमती जी की आदत तुम जानते नहीं हो, रोज एक नए डिजाइन का जेवर बना ही करता है, गले का हार बने अभी छह महीने भी नहीं हुए वह नापसंद हो गया। कल जौहरी दिखाने के लिए जेवर लाया बस एक आठ सौ का नेकलेस खरीद लिया, कान के कई जोड़ बुंदे हैं पर एक जोड़ी फिर ले लिये। एक हजार की चपत पड़ गई। पहले तो रुपए जाने का सचमुच अफसोस हुआ पर उन्हें हार पहने देखा तो आँखें ठंडी हो गईं। कल सुबह आते तो मेरे रुपए जौहरी साहब की जेब में जाने से बच जाते और तुम्हारा भी काम बन जाता, लेकिन फिर श्रीमती जी के गले की शोभा देखने को कहाँ मिलती?" इतना कहकर चंद्रशेखर ठहाका मारकर हँस पड़े। श्याम ने उनका साथ देने की कोशिश की पर गला सूखने लगा, आवाज ही न निकली। जरा सा मुसकराकर उन्होंने कहा, "क्या कहूँ, मेरा दुभार्ग्य जो सुबह नहीं आया!"

श्याम ने खड़े होकर कहा, "अच्छा अब जाता हूँ।" बाहर आकर श्याम ने सोचा, अमीर की स्त्री का नेकलेस पहनना जितना जरूरी है, गरीब की पत्नी का जीवन उतना आवश्यक नहीं।

खेद और नैराश्य में डूबे हुए श्याम फिर लौट पड़े, कहाँ जाएँ क्या करें, सामने कांग्रेस का विशाल भवन था, श्याम को उस पर विशेष श्रद्धा थी। वे लालायित नेत्रों से उसके अधिवासियों को देखते थे और छोटे-छोटे कर्मचारियों को भी ऊँचा स्थान देते थे। कांग्रेस का दफ्तर उनके लिए वह तपोभूमि थी, जहाँ न पाप था न लोभ, न स्वार्थ ही था—केवल 'देशभक्ति, अहिंसा और परोपकार प्रियता'। थोड़ी देर तक श्याम ने सड़क पर खड़े होकर कुछ सोचा फिर दुविधा हीन भाव से वे एकदम अंदर जाकर खड़े हो गए।

उस वक्त शाम के कोई आठ बजे होंगे। एक बड़े से कमरे में वालिन्टियरों का भोजन हो रहा था, गरमागरम पूरियाँ और ताजा मिठाइयाँ उड़ रही थीं।

वे सब पेट भर कर खा चुके थे, अब नहीं खाया जाता था तो एक-दूसरे के ऊपर मिठाइयाँ फेक रहे थे। पर निंदा और प्रपंच का बाजार भी गरम था। एक ने दूसरे से कहा, "भाई राधे! कल वह महिला जो किशमिशी रंग की साड़ी पहनकर आईं थीं कौन थीं? तुमने देखा तो था!"

राधे, "हाँ! देखा क्यों नहीं था, भला उन्हें बगैर देखे किमी से रहा जा सकता था?"

हरी, "अजी! दफ्तर में बिजली कौंध गई, बिजली।"

राधे, "कोई रानी लगती थीं।"

सीतानाथ, "मंत्रीजी से तो देर तक बातचीत करती रहीं यार, मंत्रीजी भी तकदीर के बड़े पक्के हैं। एक से एक परियों से बातचीत करने का मौका मिला करता है। यहाँ क्या है, जहाँ कहीं काम करना हुआ वहाँ बस स्वयंसेवकों की बारी है।"

जगन्नाथ ने गिलास पर उँगली मारते हुए कहा, "मैं जब आठवें में पढ़ता था तब एक ऐसी सुंदरी देखी थी, जिसे अभी तक भूल नहीं सका हूँ। स्वर्ग की अप्सरा भला उसकी बराबरी क्या खाक करेगी।"

राधे, "तुमने शायद उसी की याद में पढ़ना छोड़ दिया था?"

हरी, "जी नहीं! वालन्टियर बन गए तब से स्कूल छोड़ा है।"

सीतानाथ, "तो यहाँ कौन ऐसा है, जिसने एंट्रेंस पास भी किया हो?"

राधे, "एंट्रेंस पास करके ही कौन लाट साहबी मिली जाती थी। घरवाली और माँ-बाप अलग दिनभर परेशान करते कि कुछ कमाओ, यहाँ चैन से दोनों वक्त खाना तो मिलता है। वालन्टियरी में नाम लिखा लो बस दोनों हाथ में लड्डू हैं, लोग वाह-वाह भी करते हैं और पेट भी भरता है।"

हरी, "अच्छा सीता! तुमने जो श्रीमती मायादेवी को केशरंजन तेल की शीशी प्रेजेंट की थी उसका फिर क्या असर हुआ?"

सीतानाथ, "अजी असर क्या हुआ। उलटे लेने के देने पड़ गए। श्रीमती लीलावती देवी ने देख लिया, चट अध्यक्ष से शिकायत कर दी, उन्होंने एक घंटे तक उपदेशों का कड़ुआ काढ़ा पिला-पिलाकर नाक में दम कर दिया।"

श्याम दस-पंद्रह मिनट तक इन लोगों की बातें सुनते रहे। उन्हें बड़ा आश्चर्य हुआ। कि ये बातें वालन्टियरों के मुँह से निकल रही हैं। श्याम नहीं जानते थे कि यह भी स्वार्थ और प्रलोभन से भरा स्थान मात्र है। यहाँ भी सबकुछ है, सत्य है और असत्य भी, त्याग है और स्वार्थ भी है। नर्क तथा स्वर्ग का समोवश है, जो लड़के स्वयंसेवक थे वे अधिकांश स्कूलों के आलसी छात्र थे, जिन्होंने सत्याग्रह के नाम पर पढ़ना छोड़ दिया था। बिल्ली के भाग से सींका टूटा, जिन्हें न कोई काम, कोई चिंता न थी, नाम भी था, यश भी मिलता था। तरमाल तोड़ते और दोनों वक्त गहरी छानते और पड़े रहते, सत्याग्रह आंदोलन क्या शुरू हुआ, बहुतेरे बेकारों की समस्या हल हो गई।

हाँ! उनमें कुछ स्वयंसेवक ऐसे भी थे, जिन्हें देश तथा सत्य का असली रूप मालूम था। उन्हें किसी भी बातों से दिलचस्पी नहीं थी। चेहरे पर शालीनता, दृढता, तथा आत्मत्याग के भाव झलक रहे थे।

दूसरी तरफ एक बड़े से हॉल में मीटिंग हो रही थी, जिसमें हर किस्म के आदमी

थे, दुकानदार थे, मिलों के मालिक थे, कुछ जमींदार भी थे, जिन्होंने ऐय्याशी में जायदाद उड़ा दी थी। अब कर्ज लेने की गरज से शहर में रहते थे। यहाँ उनकी असली हालत की किसी को खबर नहीं थी, एक-आध बिगड़े नवाब भी थे, जिन्हें दीन दुनिया से सरोकार न था, उन्हें देश भक्ति का मर्ज न था, पर नाम चाहते थे किसी तरह हो।

श्याम के चित्त से सुमित्रा की याद जाती रही। वे एक बेंच पर बैठ गए और तन्मय होकर सबकी बातचीत सुनने लगे।

सभी व्यक्ति बढ़िया खद्दर के स्वच्छ वस्त्र पहने थे, गांधी टोपी तथा सोने की कमानी की ऐनक से सबके चेहरों से रोब टपक रहा था।

देशी कपड़े की मिल के मालिक सेठ हनुमानदास ने अपनी ऐंठी हुई मूँछों को एक बार फिर ऐंठकर कहा, "कल मैं चौक की तरफ गया था, वहाँ एक भी वालिन्टियर नहीं था। जाने साले कहाँ रहते हैं। इतनी-इतनी तनख्वाहें दी जाती हैं तिस पर भी कुछ काम नहीं होता। इन लोगों को दस घंटे बराबर विदेशी कपड़े की दुकानों पर पिकटिंग करनी चाहिए। अगर आदमी कम हो तो और भरती कर लिये जाए।"

एक जमींदार ने कहा, "पर खरच भी बढ़ जाएगा।"

इस पर सेठजी बँगलें झाँकने लगे। नवाब सैयद हुसैन ने सिगरेट का धुआ निकालकर कहा, "अजी खरच बढ़ जाएगा तो क्या यह सेठजी नहीं जानते। आपने कुछ बंदोबस्त सोचा ही होगा।"

सेठजी, "अजी मैं क्या बंदोबस्त करूँगा। स्वदेशी कपड़े पर चुंगी बढ़ जाने से मुझे बड़ा घाटा हुआ है। मैं तो इतने वालिन्टयरों का खर्चा दे सकता हूँ। इससे ज्यादा मेरे वश की बात नहीं हैं।"

"हरिजनों के बारे में भी तो कुछ सोचना चाहिए?" अपने विशाल उदर पर हाथ फेरते हुए आर्य समाज के मंत्री अंबिका प्रसाद शास्त्री ने कहा।

इस पर पंडित अयोध्या प्रसादजी बोले, "हरिजनों के बारे में स्वयं महात्माजी बहुत कुछ कर रहे हैं, इस विषय में आप लोग अमूल्य समय नष्ट न कीजिए। किसानों के विषय में अवश्य कुछ बातें विचारणीय हैं। मेरे तुच्छ विचार में तो यह आता है कि देहातों में पाठशालाएँ खोली जाएँ। उसमें संस्कृत का कोई विद्वान् आदमी रख दिया जाए।" राय राजीव लोचन जो सच्ची बात कहने के लिए बदनाम थे बोल उठे, "पर पंडितजी, आप ही उन पाठशालाओं में पढ़ाने का भार लीजिएगा।"

आँखें फाड़कर पंडितजी बोले, "मैं, मैं, और यहाँ के कार्यों का अवलोकन कौन करेगा?"

राय साहब, "यहाँ किसी तरह काम चल जाएगा। आपके सिवाय गरीबों की शिक्षा के लिए अवैतनिक रूप से कौन काम कर सकता है।"

पंडितजी, "अच्छा आप लोग अपने-अपने विचार प्रकट कीजिए। मेरा प्रस्ताव रद्द कर दिया जाए, चलो बखेड़ा हटा।"

सब लोग हँस पड़े। सेठजी फिर बोले, "विदेशी माल पर जोरों से पिकटिंग होनी चाहिए (इस काम के लिए महिलाएँ ज्यादा ठीक रहती हैं)।"

जानकी प्रसाद (आप एक असफल वकील थे), "हाँ! स्त्रियों में पुरुषों से ज्यादा दृढता रहती है, वे अड़ जाती हैं तो हटती भी नहीं!"

एक दुकानदार, "बड़ी चिंता की बात है कि स्वदेशी आंदोलन शांत होता जाता है, लोगों में वह उत्साह ही नहीं रहा।"

जानकी, "कुछ वालन्टियरों को यह काम दिया जाए कि वे लोग विदेशी कपड़े, इकट्ठे करें, उनकी होली आम जगह पर जलाई जाए। जनता में जोश भी संक्रामक रोग की तरह बहुत जल्दी फैलता है बगैर उत्तेजना के आंदोलन उठ ही नहीं सकता।"

एक दूसरे वकील साहब ने कहा, "मेरी राय में किसानों के लिए लगान बंदी का आंदोलन किया जाए।"

राय राजीव लोचन ने शांत भाव से कहा, "किसानों को तो रोकेंगे कि लगान मत दो, पर आप लोग इनकम टैक्स देना क्यों नहीं बंदकर देते, गरीब लोग इस हठ का नतीजा क्या पाएँगे, मारपीट, बेइज्जती और कुर्की फिर जेल! हम लोग तो ताकतवर हैं, सरकार का सामना एक समूह बनाकर कर लेंगे। अगर हम सब लोग, इनकम टैक्स देना बंद कर दें या कम करने का प्रस्ताव उठाएँ तो उससे सत्याग्रह आंदोलन भी नहीं रुकेगा और कुछ काम भी हो जाएगा।"

अब सब चुप थे, बिल्ली के गले में घंटी कौन बाँधे। गरीब किसानों को भड़काना और उनके जरिए सत्याग्रह संग्राम जारी रखना तो सहज था, पर इन लक्ष्मीवानों में यह हिम्मत कहाँ कि किसी अन्याय का सामना कर सकें। बेचारों के पास पैसा ही नहीं है कि किसी अन्याय का मुकाबला कर सकें। राय राजीव लोचन ने मुसकराकर कहा, "शायद आजकल वकील साहब के पास देहाती केस नहीं आते हैं।"

वकील साहब ने झेंपकर जरा सा हँस दिया। सामने लगी हुई घड़ी में टन-टन करके आठ बजे। श्याम मानो नींद से चौंक पड़े हों। एकदम सन्नाटे के साथ सड़क पर आकर उन्होंने साँस ली। याचना के लिए हाथ फैलाने की उन्हें हिम्मत न हुई, उन्हें विश्वास था कि यहाँ निराश होना पड़ेगा, पर इतनी जल्दी आज ही वे उन लोगों की उदारता का लाभ न उठा सके, दूसरे याचना के लिए बड़े भारी बल की आवश्यकता थी, जिससे जीवन में कभी किसी के सामने हाथ न फैलाया हो, वह कैसे ऐसा काम कर सकता है।

जल्दी-जल्दी लगभग दौड़ते हुए उन्होंने अपने दरवाजे पर जाकर साँस ली।

पड़ोसिन वृद्धा जाग रही थी, चाबी देकर बोली, "बड़ी देर लगाई बाबूजी! भइया रोते-रोते अब सोया है, मैनें भीतर सुला दिया है।" श्याम की हिम्मत न हुई कि पूछता की सुमित्रा कैसी है? काँपते हृदय से द्वार खोलकर अंदर गए, बरामदे में लालटेन रखी थी, जूते उतारकर श्याम ने छाता रख दिया, फिर कमरे में जाकर देखा, सुमित्रा आँख बंद किए चुपचाप पड़ी थी। आज के ज्वर ने उसकी सारी ताकत हर ली थी। श्याम ने देखना चाहा कि कितना बुखार है पर माथे पर हाथ ले जाकर हटा लिया, भय था कि सुमित्रा जाग जाएगी और वह उसे क्या जवाब देगा। बुढ़िया शायद दूध गरम करके सुमित्रा को पिला गई थी, क्योंकि दूध का गिलास मेज पर रखा था। कृतज्ञता से श्याम की आँखें सजल हो उठीं। वे खुद कुछ न खाकर वहीं एक चारपाई पर चुपचाप लेट रहे। चिंता तथा दुःख के भार से छाती दबी जा रही थी, पेट में खालीपन का अनुभव हो रहा था, पर न भोजन की रुचि ही थी न बनाकर खाने की शक्ति ही।

आज सुमित्रा ने सिर्फ घड़ी का बेचना ही जाना है, पर जब उसे मालूम होगा कि उसका एक भी जेवर नहीं बचा है, तब उसकी क्या दशा होगी। शायद उस दिन वह बच भी न सकेगी। श्याम ने ठंडी गहरी और लंबी साँस लेकर सोचा, न बचे, छुट्टी पा जाए, बेचारी ने कोई तो सुख नहीं जाना।

अभी कितने दिन हुए जब सुमित्रा ने वधू के रूप में उसके घर में प्रवेश किया था, पर कितनी जल्दी उसकी यह दशा हो गई। सदैव सेवा, प्रेम तथा सहानुभूति के साथ उसने सुख पहुँचाया। बदले में उसने क्या पाया। श्याम ने मन में कहा, "क्या जरूरत थी ब्याह करने की। क्यों न मालूम कर लिया था कि वैवाहिक मनुष्य केवल सुख ही नहीं भोगते, बल्कि दुःख का पहाड़ भी उन्हीं के ऊपर टूट पड़ता है। पुत्र के जन्म से आनंद और सुख से पागल हो उठने की क्या बात थी, क्या इसी दिन के लिए जब वह बीमार स्त्री की दवा-दारू, पथ्य, पानी का प्रबंध करने योग्य नहीं है। तब यह भार उठाने की जरूरत क्या १।। तब विवाह को एक फूलों से भरा, हरा और सजा हुआ बाग क्यों समझा था उसके अंदर के काँटे क्यों न देख लिये। हाय! एक निर्भरशीला प्यारी, रमणी का जीवन नष्ट करने का उसे क्या अधिकार था।"

श्याम को यह विश्वास हो गया था कि सुमित्रा भूखी रहकर और ताकत से बाहर मेहनत करके ही बीमार हुई है। इसका उपाय क्या है? शहर में एक से एक बढ़कर धनी आदमी रहते हैं, पर वह किसके सामने जाकर अपना दुःख रोवे। कौन उसकी सहायता करेगा। आज वह भी बेईमान होता, चंदे का रजिस्टर लिये हुए धन कुबेरों से रुपए ऐंठकर आधी रकम हड़प कर लेता तो कोई कुछ न कहता, पर माँगने से लोग बेशर्म समझेंगे। दफ्तर में भी देर से जाता हूँ तो बड़े बाबू आलसी और बेईमान कहते हैं। उसकी हालत कोई नहीं देखता।

किसी प्रशिक्षित या अर्धशिक्षित व्यक्ति पर यही विपत्ति पड़ती तो वह कम-से-कम भाग्य को या ईश्वर को द्वेश देकर संतोष कर लेता, पर श्याम उस श्रेणी के युवक थे, जिसने अपने कॉलेज जीवन में बड़ी-बड़ी आकांक्षाएँ की थीं। बड़े-बड़े मंसूबे बाँधे थे। वे उत्साही, मेधावी तथा तीक्ष्ण बुद्धि के थे। उनके विचार भी ऊँचे थे, अन्याय से घृणा थी, झूठ से चिढ़, उनके दिल से भी सच्ची देशभक्ति के भाव उठे थे, साम्यवाद और स्वराज्य उनके मनन करने की वस्तु थी, पर कब, जब पढ़ते थे, जीवनयात्रा का कठोर, कठिन प्रश्न सामने नहीं था, जीविका की कठिन समस्या सन्मुख न आई थी, जब इलाहाबाद बैंक का ऑफिस न था, न उसके बड़े बाबू की डॉट थी, वह क्लर्क का अत्यंत तुच्छ और साधारण जीवन भी न था, कोई जटिलता कोई कठिनाई नहीं थी, न था परिवार को रोटी देने का भार, जब सोते तब भविष्य की सुंदर कल्पना से भरी नींद में, और जब जगते थे, तब वर्तमान के उत्साह भरे प्रभात में। फिर कैसे क्या हुआ, विवाह, पुत्र का जन्म और पिता की आकस्मिक मृत्यु, उनके कर्जे के सहित परिवार का भार, कॉलेज जीवन की इतिश्री, नौकरी की खोज, और अंत में सारी उच्चाकांक्षाओं का बलिदान, क्लर्क के साधारण जीवन से निर्वाह।

फिर सुमित्रा का गृह संचालन, श्याम के जीवन की सब घटनाएँ एक-एक करके सामने आने लगीं। उसके चित्त को कभी शांति न मिली, जब जाड़े के दिनों में सुमित्रा सुबह चार बजे उठती और बच्चे को श्याम की रजाई की गरमी में लिटा कर चौका बरतन करती, आँगन धोती और नहाकर जल्दी-जल्दी भोजन बनाकर आठ बजे तैयार कर देती, तब श्याम के कलेजे में हूक सी उठने लगती थी। सुमित्रा पति, पुत्र तथा अपनी छोटी सी गृहस्थी में सुखी थी, पर श्याम को उतने में संतोष न था, वह बहुत कुछ चाहता था, यह कभी सुमित्रा की सहायता के लिए एक कहारी भी नहीं रख सकता था, यह बात कितनी पीड़ाजनक थी।

ये सारी बातें तो थी हीं, निरंतर परिश्रम, अकाल प्रसव और पौष्टिक भोजन के अभाव ने सुमित्रा को शय्याशायी बना दिया। दुर्दशा की सीमा चरम हो गई, अनुताप और असंतोष ने श्याम के नवीनजीवन को विशाक्त कर डाला। हाय जिस सुमित्रा ने उसको प्राणपरा से सुखी रखा, अपना सर्वस्व, समर्पित करके उसे आनंद दिया, उसी प्रेममयी नारी की हत्या करने का उसे क्या अधिकार है। सुमित्रा को बचाना होगा, जैसे भी हो सके। श्याम जल्दी से खड़े हुए और आँगन के इस सिरे से उस सिरे तक जल्दी-जल्दी टहलने लगे। कृष्ण पक्ष की रात काली चादर लपेटे बढ़ती आ रही थी, उससे भी बढ़कर अंधकार पूर्ण चिंताएँ श्याम के मस्तिष्क में भरती जा रही थीं।

मालती अपने कमरे में बैठी हुई बॉक्स से कपड़े निकालकर छाँट-छाँटकर रख रही थी। उसी समय प्रमिला वहाँ आई और आश्चर्य के साथ बोली, "यह क्या कर रही हो?"

मालती ने कुछ कपड़े एक ओर समेटकर कहा, "आज कांग्रेस का जुलूस बिलायती कपड़े माँगने निकला है। स्वदेशी वस्त्रों की होली जलाई जाएगी, मैं भी विदेशी कपड़े अलग कर रही हूँ अगर यहाँ भी जुलूस आया तो दे दूँगी।"

प्रमिला, "तो मुझे भी कपड़े इकट्ठे करने होंगे, जाती हूँ मैं भी बक्स खोलने।"

मालती, "तुम ऐसा कभी न करना, पापा को नहीं जानती क्या?"

प्रमिला, "फिर तुमने क्यों कपड़े निकालकर रखे हैं, तुम पर भी तो नाराज होंगे।"

मालती, "मेरी दूसरी बात है।"

प्रमिला, "क्यों तुम्हारी दूसरी बात क्या है?"

मालती, "बात यह है कि तुम जब से आई हो तभी से पापा को जाने क्यों स्वदेशी आंदोलन से चिढ़ सी हो गई है। पहले तो वह खुद स्वदेशी पहनते थे, विदेशी चीज कभी खरीदी नहीं जाती थी, कुछ दिन तक तो शक्कर भी खानी छोड़ दी थी कि मिलावट होगी, गुड़ खाते थे। तुम्हारे आने के बाद भी कुछ दिन चिढ़ते नहीं थे। कांग्रेस वालों को चंदे में अच्छी रकम देते थे, पर इधर कुछ दिनों से उन्हें स्वदेशी का नाम सुनते ही गुस्सा आ जाता है। इन सब बातों को देखते हुए यही समझ में आता है कि इससे तुम्हारा ही कोई संबंध है।"

प्रमिला, आँखें फाड़कर बोली, "क्यों मुझसे क्या संबंध है?"

मालती, "अब मैं क्या बताऊँ? यह तो पापा ही जानते होंगे, पर बात सच्ची है। यह मैं खूब जानती हूँ कि मन में उन्हें स्वदेश से उतना ही प्रेम है जितना हम लोगों को, पर बाहर किसी वजह से उन्हें वे बातें तक पसंद नहीं, जो कांग्रेस से मतलब रखती हों। शायद इसका कारण कोई व्यक्ति विशेष हो।"

प्रमिला, "वह विशेष व्यक्ति कौन है? और मेरा इसमें कौन कसूर है, जो वे स्वदेशी के नाम से चिढ़ने लगे।"

मालती, "मुझे तो ऐसा जान पड़ता है कि इसमें कुछ खास बात है, जो तुम नहीं जानती।"

प्रमिला, "तो क्या बात है, जो मैं नहीं समझ पाती?"

मालती ने धीरे से कहा, "समझने की कोशिश भी तो नहीं करती। धीरे-धीरे पापा की आदत चिड़चिड़ी और शक्की सी होती जा रही है। क्या इतना भी तुम नहीं देखतीं।"

प्रमिला, "शक्की होती जा रही है, तो क्या वे किसी पर शक भी करते हैं?"

मालती दूसरी तरफ देखती हुई बोली, "यह मैं कैसे जान सकती हूँ, पर आदतों से यही नतीजा निकलता है।"

प्रमिला थोड़ी देर चुप रहकर बोली, "शक किस पर करते हैं, किस लिए करते हैं। यह तो मैं कभी नहीं समझ सकती, पर इतना जरूर समझती हूँ कि अब उन्हें मुझसे कुछ विद्वेश सा हो गया है, जिसकी वजह से मेरे सब काम उन्हें खराब लगते हैं। उसी दिन चरखे की बात थी, कितना बिगड़े गुस्सा हुए, आखिर फिर तुम्हारे लिए खुद ही खरीदकर ले आए। प्रमिला का गला भर आया, वह एक साड़ी को उलट-पुलट कर देखने लगी।"

मालती ने बात बदलकर बोली, "पापा समझते होंगे कि अगर तुमने भी चरखा कातना शुरू किया तो गृहस्थी का चरखा बंद ही हो जाएगा, शायद इसी से तुम्हें इन बातों से अलग रखते हैं।"

प्रमिला ने उपेक्षा से कहा, "तो मैंने भी कुछ नौकरी नहीं की है, पड़ी रहे गृहस्थी, मैं कुछ नहीं जानती।"

मालती कुछ कहने जा रही थी, तब तक बरामदे में झनझनाहट के साथ किसी चीज के गिरने की आवाज हुई। मालती और प्रमिला ने एक साथ बाहर आकर देखा कि सुखिया चाय के जूठे बरतन धोकर रखने जा रही थी कि उसके हाथ से गिरकर चीनीवाला सेट चूर-चूर हो गया है। मालती तो चुपचाप लौट गई, उसे कपड़े ठीक करने थे। पर प्रमिला के बदन में आग लग गई। उसने गुस्से से काँपकर कहा, "कैसे चलती हो जी! 10 रु. का नाश कर दिया, जब तुम्हें शउर ही नहीं है तो ऐसे कामों में हाथ ही क्यों डालती हो, अब चाय किन बरतनों में दूँगी।"

सुखिया बरतनों के टूटने से अप्रतिम तो बहुत हो गई थी, पर नई मालकिन की वह फटकार से असह्य हो उठी, तमककर बोली, "तौ हाथै तो है गिर गवा, तौ का करी, जा हमरी तलब से काट लिहा, फूले पितरे के वासन नहीं राखत हैं, ई सहबन घत बरतनवा टूटी न तौ का होई।"

प्रमिला (कुढ़कर बोली), "तुम्हें बक-बक करने को कौन कहता है, बड़ी तेवर दिखाने चली है। इसकी तलब से दाम काट लिये जाएँगे, जाओ यहाँ से इन चीजों को अब कभी मत छूना।" सुखिया धीरे-धीरे भुनभुनाती हुई चली गई, प्रमिला को घर की प्रत्येक वस्तु से अगाध ममता थी, चाय का सेट टूटने से उसे बड़ा खेद हो रहा था। वह टूटे हुए टुकड़ों को समेटकर रख रही थी। उसी समय मालती ने वहाँ आकर कहा, "क्या कर रही हो, छोड़ो इन टुकड़ों को, सुखिया को बुलाओ साफ कर दे।"

प्रमिला क्षुब्ध नेत्रों से टूटे हुए प्याले को हाथ में लेकर देख रही थी, बोली, "यह सेट मैं देहली से लाई थी, दुष्टा ने तोड़कर रख दिया।"

मालती ने मुसकराकर कहा, "अभी तो तुम कहती थीं कि मैं गृहस्थी के बारे में कुछ नहीं जानती, पर प्यालों के शोक में बस रोना भर ही बाकी है।"

प्रमिला, "तो क्या मैं कहती थी कि सारी चीजें ही तोड़-फोड़ डाली जाए और मैं बोलूँ भी न।"

मालती मुसकराने लगी और बोली, "नहीं मैं यह नहीं कहती, पर जब प्याले तश्तरियाँ टूट ही गई, तब पछताने से बन थोड़े जाएँगी, बेहतर होगा कि चलकर जुलूस देखो चौराहे पर आ गया है।"

प्रमिला ने विषाद भरे स्वर में कहा, "आने दो मैं क्या करूँगी देखकर वे कहीं देख लेंगे तो बेकार ही नाराज होने लगेंगे।"

मालती ने चिढ़कर कहा, "बहुत बनो मत, चलो ऊपर चलके देखें।" यह कह कर मालती प्रमिला का हाथ पकड़कर खींच ले गई। स्वयंसेवकों का जुलूस तिरंगे झंडे लिये, वंदेमातरम् का पवित्र गान गाता हुआ आ रहा था, सबसे आगे खद्दर के कपड़े पहने हुए डॉक्टर प्रियव्रत थे, उन्हें देखकर मालती के नेत्र उज्ज्वल हो उठे। उसकी दृष्टि में वे देवता ही जान पड़ते थे, उसका हृदय गर्व और आनंद से थरथर काँप रहा था।

तभी भारी भीड़ वकील साहब के फाटक के अंदर पहुँचकर भिक्षा, भिक्षा का शोर मचाने लगी। चिल्लाहट के मारे कान फटे जा रहे थे। हाथ के इशारे से सबको चुप रहने का संकेत करके डॉक्टर ने वकील साहब पर अपने आने का आशय प्रकट किया। वकील साहब ने बाहर आकर कहा, "क्या तुम्हें भी यह हवा लग गई डॉक्टर।"

डॉक्टर ने हँसकर कहा, "हाँ कुछ काम भी करना चाहिए, खाली चीरफाड़ करके कैसे रह सकता हूँ। लाइए सब बिलायती कपड़े दीजिए हम लोग उनसे होली जलाएँगे।"

वकील साहब ने व्यंग्य भरी हँसी-हँसकर कहा, "अरे क्या बकते हो, क्या विदेशी कपड़ों के जलाने से ही स्वराज मिल जाएगा। हाँ! इतना फायदा जरूर है कि सीधी-सादी जनता और स्त्रियों में जोश फैल जाएगा।"

उपरोक्त बात से डॉक्टर का मुँह लाल हो उठा पर उन्होंने हँसकर कहा, "यही तो हम लोग चाहते हैं, कि जनता में जोश फैले।"

वकील, "जनता में जोश फैलाइए जनाब! पर मेरे ऊपर रहम कीजिए, वैसे ही यह व्याधि प्लेग के कीड़े की तरह फैली जा रही है।"

डॉक्टर ने विस्मित होकर कहा, "यह कैसी बातें कर रहे हैं, वकील साहब! आपको तो खुद इन बातों से दिलचस्पी थी। क्या आप भी कुछ उपाधि पाने की कोशिश में तो नहीं हैं?"

वकील साहब कुछ कहना चाहते थे कि एक स्वयंसेवक ने आगे बढ़कर कहा, "देर हो रही है महाशय! लाइए अंदर से जो कुछ देवियाँ दें वह दीजिए। हम लोग लेकर आगे बढ़ें।"

डॉक्टर ने तिरस्कार भरी आँखों से उसकी तरफ देखा और कहा, "क्या कुछ

बेगार करनी है? जब तक देनेवाले की समझ में बात न आ जाए, तब तक यों हुल्लड़ मचाकर जबरदस्ती, दो-चार कपड़े ले ही जाओगे तो क्या फायदा होगा।" इस पर एक वालन्टियर ने धीरे से कहा, "तो तब से आप कर क्या रहे थे, समझा रहे थे या दोस्ती अदा कर रहे थे?"

वकील, "माफ करो डॉक्टर! मैं इन बातों में नहीं पड़ता, बेकार अपना और मेरा वक्त क्यों खराब कर रहे हो, आगे बढ़ो न!"

डॉक्टर, "तो मुझे हुकुम दीजिए अंदर जाने का, मैं बहुत कुछ अदा कर लाऊँ। आपके दरवाजे से खाली हाथ लौटना मेरे लिए बड़े शर्म की बात है। दूसरे हम लोगों का नियम भी है कि बगैर कुछ लिये हटते नहीं!"

वकील, "जल्दी से नहीं! नहीं! इस वक्त अंदर जाने की इजाजत मैं किसी तरह नहीं दे सकता, कहीं ऐसा करना भी न!"

पीछे से किसी ने कहा, "हाँ! हाँ! डॉक्टर साहब अंदर चले जाइए, आपसे परदा थोड़े है, जाइए जो कुछ भी मिले ले आइए, देर हो रही है।"

डॉक्टर का मुँह लाल हो उठा, किसी दूसरे का घर होता, चाहे वह किसी सरकारी अफसर का ही मकान होता तो वे स्त्रियों के पास अपना आवेदन भेज देते, पर इस घर में जहाँ उनकी अबाध गति थी उनके पैर नहीं उठ रहे थे। खाली हाथ लौटना भी बड़े अपमान की बात थी। वकील साहब उठकर कमरे में चले गए। डॉक्टर ने ठंडी साँस लेकर सिर उठाया और देखा ड्राइवर रूम का दरवाजा खोले मालती खड़ी है, उसके सहन सुंदर मुख की शोभा इस समय दुगनी हो रही थी, लज्जा की लाली से उसके कपोल आरक्त हो रहे थे। डॉक्टर की तरफ सलज्ज आँखों से देखकर उसने काँपते हुए हाथों से कपड़ों की गठरी बाहर की तरफ फेंक दी।

स्वयंसेवकों ने वंदेमातरम् के गगनभेदी नाद के साथ ही उस गठरी को पकड़ लिया। डॉक्टर ने असीम आनंद और सीमाहीन स्नेह भरी आँखों से मालती की तरफ देखा, मालती ने जरा सा मुसकराकर उन्हें हाथ जोड़े और अंदर चली गई।

वहाँ से चले, तब डॉक्टर के पैर जमीन पर नहीं पड़ रहे थे, उन पर घड़ों का नशा चढ़ा था। दो-चार मनचले युवक उन पर फब्तियाँ कस रहे थे, पर उन्हें ये सब सुनाई ही नहीं दे रहा था, वे ऐसे चल रहे थे जैसे सैनिक रण में विजयी होकर लौटा हो।"

वकील साहब ने स्वयंसेवकों के दल को जब भारतमाता की जय का कोलाहल करते हुए वापस जाते देखा तो उन्हें कुछ ताज्जुब हुआ। बगल के कमरे से मालती ने गठरी दे दी यह उनको खबर ही न हुई। अगर आज डॉक्टर नेता बनकर न आते तो वे जरूर कुछ देते, पर उन्हें देखते ही इन्हें चिढ़ सी हो गई और अपनी एक चिट तक न दी। डॉक्टर को हारकर लौटते देखकर वह मन-ही-मन खुश होते हुए अंदर गए।

प्रमिला पान लगा रही थी, उसका दिल धड़कने लगा, पर वकील साहब का खिला हुआ मुँह देखकर उसे ताज्जुब हुआ। दो बीड़े पान लपेटकर देती हुई बोली, "आज जरा जल्दी लौटना, कल बड़ी देर हो गई थी, बुआजी, नाराज होती हैं।" पति होता तो कहता कि बुआजी नाराज होती हैं या तुम, पर वकील साहब प्रमिला से ऐसी बातें कर ही न सकते थे। बोले, "नहीं! आज कहीं न जाऊँगा, हाँ! देखा तुमने डॉक्टर प्रियव्रत को, आए थे जुलूस लेकर, वह फटकार लगाई कि अपना सा मुँह लेकर चले गए। विदेशी कपड़े जलाने चले हैं, पहले अपने घर में सुधार कर लें। बाप तो राय बहादुर हैं बेटा लीडर बनने चले हैं।"

प्रमिला क्या जवाब देती, चुप रहती तो और भी मुश्किल होती, धीरे से बोली, "विदेशी कपड़ों का क्या होगा?"

वकील, "क्यों! बताया नहीं कि होली जलाई जाएगी। घर-घर से भीख माँगकर कपड़े इकट्ठे किए जाएँगे, फिर किसी खास जगह पर जला दिए जाएँगे, अब इन्हें भी जेल की हवा खानी पड़ेगी, दो ही चार दिन की कसर है। मैंने तो साफ कह दिया कि मेरे घर से एक टुकड़ा भी नहीं मिल सकता।"

अब प्रमिला को निश्चय हो गया कि मालती का कपड़े देना इन्हें मालूम नहीं हुआ तब वह मन-ही-मन डरने लगी कि कहीं इसी वक्त बात प्रकट न हो जाए और बिगड़ने न लगें। मालती समझेगी कि मैंने ही बताया होगा, वह मन-ही-मन ईश्वर से प्रार्थना करने लगी कि ये जल्दी यहाँ से चले जाएँ खुद चली जाना चाहती थी, पर उसे कुछ उपाय नहीं सूझ रहा था।

इतने में बुआजी ने अपने कर्कश कंठ को ऊँचा करके जोर से पुकारा, "बहू।"

प्रमिला शीघ्रता से बाहर आकर बोली, "क्या है बुआजी?"

बुआजी ने हाथ, मुँह और आँखें एक साथ ही चमकाकर कहा, "तुम कुछ जानती नहीं हो जो पूछती हो क्या हुआ? तुम दोनों रात-दिन फुस-फुस सलाह करके घर को मिट्टी में मिलानेवाली हो क्या?"

प्रमिला इस मिथ्या आरोप से जल उठी पर अपने को सँभालकर जरा धीरे से बोली, "क्यों? मैंने क्या किया है? घर में किसी की बात हो, कोई काम हो, सब में आप मुझे ही दोष देने लगती हैं?"

बुआ, "क्या किया है वह भी पूछोगी? मालती ने अपने उतने कीमती कपड़े किससे पूछकर उन गुंडों को दे दिए, यह मैं तुमसे पूछती हूँ।"

प्रमिला, "मैं क्या जानूँ किससे पूछकर दे दिए। जिसने दिए हों उसी से क्यों नहीं कहती!" वकील साहब कमरे में बैठे सब सुन रहे थे बाहर आकर बोले, "क्या है? बात क्या है?"

उन्हें देखकर प्रमिला ने थोड़ा सा घूँघट निकाल लिया, बुआजी भौवें चढ़ाकर बोलीं, "भइया मुझसे तो अब इस सराय में नहीं रहा जाता। घर क्या है तमाशा हो गया है। आज मालती ने न किसी से पूछा न ताछा, सब अच्छे, रेशमी कपड़े ले जाकर उन हुल्लड़बाजों को दे आई। सुखिया कहती है कि गठरी भर कपड़े थे, अरे! बड़ी अमीरी आ गई है तो किसी गरीब को दे देती। उन कमबख्तों को देने से क्या हुआ।"

अनलवर्षी नेत्रों से एक बार प्रमिला की तरफ देखकर वकील साहब बगैर कुछ कहे सुने एकदम बाहर चले गए। प्रमिला चुपचाप खड़ी थर-थर काँप रही थी, और बुआजी जो मुँह में आता वह बक रहीं थीं। सुखिया ने धीरे से महराजिन से कहा, "देख्यों दीदी! बाबूजी पर कस मंतर फूँके हैं भगतै बना बोले नाहीं।"

महराजिन विज्ञ भाव से मुसकराने लगी। सुखिया ने प्रमिला की शामवाली डाँट का यों बदला ले लिया।

मालती ऊपर से सब सुन रही थी, आज कोई अन्य व्यक्ति कपड़े माँगने आता तो उसे हिम्मत ही नहीं पड़ती कि वह बगैर पिता से पूछे उन्हें कुछ देती, पर डॉक्टर को देखकर उसे एक तरह का भावपूर्ण नशा आ गया था। प्रेम और गौरव से विह्वल होकर ही उसने कपड़ों का दान दिया था। डॉक्टर की प्रेम तथा प्रशंसा से भरी दृष्टि याद आते ही उसका हृदय चंचल हो उठता। मन में बार-बार सोचती कि मैंने उन्हे हारते हुए जिता दिया था इसीलिए उनकी आँखें इतनी सरस हो उठी थीं और कोई कारण न था, पर हृदय मचल-मचलकर कहता नहीं उन आँखों में अनुराग भी था।

प्रमिला पर बौछारें पड़ रही थीं और वह विचारों में मग्न थी

*

दूसरे दिन से सुमित्रा की हालत और भी खराब हो गई। श्याम दिन भर रुपए की तराश में मारे-मारे फिर कर, रात के दस बजे कांग्रेस भवन में जाकर खड़े हो गए। कुछ लोग जाग रहे थे, बाकी आदमी सो रहे थे। मंत्री महाशय घर जाने के लिए तैयार खड़े थे, अभी आदमी ताँगा नहीं लाया था। श्याम ने उनके सामने जाकर नमस्कार किया, मंत्री महाशय ने ताज्जुब के साथ उनकी तरफ देखकर कहा, "कौन है, क्या चाहिए!"

श्याम ने संकुचित होकर कहा, "मेरी स्त्री बहुत बीमार है। रुपए की सख्त जरूरत है, क्या आप मेरी सहायता नहीं करेंगे?"

मंत्रीजी ने श्याम को पागल समझा, हँसकर कहा, "स्त्री बीमार है तो यहाँ क्या करने आए कांग्रेस दफ्तर में, यह कोई दातव्य चिकित्सालय तो है नहीं! अस्पताल में ले जाओ।"

श्याम ने विमूढ़ की भाँति कहा, "डॉक्टर ने कहा है कि हवा बदलने से कुछ आराम

हो सकता है मेरे पास कुछ नहीं है, क्या आप दस, पाँच रुपए भी नहीं दे सकेंगे?"

मंत्री, "पागल हो क्या? यहाँ रुपए किससे माँगते हो, यहाँ देश कार्य होते हैं, कुछ खैरात तो बँटता नहीं, फिजूल तंग कर रहे हो, देखने में तो भले आदमी जान पड़ते हो!"

नौकर ताँगा लेकर आ गया, मंत्री महाशय ने उस पर बैठकर कहा, "भज्जू दरवाजे देख-सुनकर बंद करना।" श्याम ने एक मर्मभेदी आह भरी, उनके विश्वास की भीति हिल गई, अपने आशाहीन हृदय को सबकुछ सहने के योग्य बनाने का प्रयत्न करते हुए वे अपने घर आए। बाहर से सांकल चढ़ी थी, खटका होते ही बुढ़िया ने आकर कहा, "आ गए बाबूजी, मैं तब से राह देख रही थी कि कोई जंजीर खोलकर घुस न जाए।"

श्याम को बड़ा ताज्जुब हुआ कि अभी तक कोई भयानक खबर क्यों नहीं सुनाई पड़ी। ठंडी साँस लेकर बोले, "बड़ी देर हो गई, तुमको बड़ी तकलीफ हुई प्रकाश की अम्मा!"

बुढ़िया, "नहीं बाबूजी, तकलीफ क्या हुई, जाओ भीतर जाकर आराम करो।" श्याम ने अंदर जाकर धीरे-धीरे किवाड़े खोलकर सुमित्रा की तरफ देखा। बच्चा माँ के पास ही पड़ा सो रहा था। श्याम ने स्टोव पर दूध गरम किया। वे अपनी मूर्खता पर पछता रहे थे। बीमार और असहाय सुमित्रा को छोड़कर इतनी देर तक बाहर रहकर क्या किया, क्या लाभ हुआ। भूख, प्यास और थकावट से उनका बदन गिरा जा रहा था पर क्या करते दुर्भाग्य को तो उन्हीं के साथ रहस्य करना था। दूध ठंडा करके वे सुमित्रा के पास गए, लालटेन उठाकर उसका मुँह उन्होंने उजाले में देखा। सुमित्रा ने चौंककर आँखें खोलीं और क्षीण स्वर में बोली, "कहाँ चले गए थे?

श्याम ने पछताते हुए कहा, "डॉक्टर के यहाँ देर लग गई, क्या बताऊँ, तुम्हें इतनी देर भूखी रहना पड़ा, लाओ दूध पिला दूँ।"

सुमित्रा ने दूध का घूँट पीकर कहा, "तुमने कुछ खाया?"

श्याम, "डॉक्टर साहब ने जलपान करा दिया, भूख नहीं है।"

सुमित्रा, "चेहरा बिल्कुल उतरा हुआ है, तुमने कुछ खाया नहीं, झूठ बोल रहे हो। जब तक सच नहीं बताओगे मैं भी दूध नहीं पिऊँगी, यह कर उसने चम्मच सामने से हटा दिया।"

इससे मर्मांतक दृश्य और क्या होगा, असममृत्यु मुख में पड़ी दुर्बल पत्नी और असहाय गरीब पति, हाय री व्यथा कलेजे में हूक सी उठती है।

श्याम ने हँसने का निष्फल प्रयत्न करते हुए कहा, "पगली! दूध ठंडा हो जाएगा, तो फिर गरम करना पड़ेगा। मुझे बिल्कुल भूख नहीं है। इसे तुम्हारे पास किसने सुला दिया। तुम्हारा बुखार अब कैसा है, टेंपरेचर लूँ।"

श्याम की अनवरत बकबक से खीझकर सुमित्रा ने कहा, "मुझे बहलाओ मत,

पैसे लेकर कुछ खाने के लिए ले आओ, अभी तुलती की दुकान खुली होगी, दूध और मिठाई ले आओ।"

श्याम ने स्नेह और खेद से भरी निगाह से सुमित्रा की तरफ देखा और जेब से पैसे लेकर बाहर चले गए। हलवाई की दुकान बंद हो गई थी, उसे खुलवाकर कुछ लेने की उन्हें इच्छा न हुई। थोड़ी देर वहीं खड़े रहकर वे लौट आए। कुछ देर बरतनों को खटपट करके उन्होंने एक पान लगाकर खा लिया और सुमित्रा के सिरहाने आकर बैठ गए। सुमित्रा ने समझा वे कुछ खा चुके होंगे। थोड़ी देर बात बोली, "अब सो रहो न रात बहुत हो गई।"

श्याम ने व्यथा पीड़ित नेत्रों से सुमित्रा के रक्तशून्य निष्प्रभ मुख की तरफ देखा, हृदय फटने लगा, निराशा से दिल टूट सा गया। भग्नकंठ से बोले, "घड़ी बेंच कर मैंने तुम्हे बड़ी चोट पहुँचाई रानी! क्या तुम मुझे माफ न करोगी?"

सुमित्रा ने आहत होकर कहा, "छि: ऐसे मत कहो! क्या तुमने घड़ी बेंचकर जुवा खेल डाला है, मेरे लिए ही तो बेचनी पड़ी। पहले मुझे बुरा लगा था पर सोच कर देखा तब मालूम हुआ कि इसके सिवाय तुम क्या कर सकते थे। खैर अब दवा के लिए घर मत बिगाड़ना, जो भाग्य में बदा होगा वह तो होगा ही। सुमित्रा एक अति शीतल गहरी साँस लेकर चुप हो गई। श्याम ने सांत्वना के लिए उसके माथे पर हाथ रखा था कि धक से हो गए। सुमित्रा को तेज बुखार चढ़ा था, देह टटोलकर देखी, जल रही थी। श्याम ने हताश होकर कहा, "तुम्हें इतना तेज बुखार चढ़ा है, बताया भी नहीं। इस वक्त बर्फ भी नहीं मिलेगी, लाओ तब तक ठंडे पानी की पट्टी ही सिर पर रखूँ। लखनऊ में तुम्हारी बीमारी बढ़ती जा रही है, कहाँ ले चलूँ, क्या करूँ, सुमित्रा! श्याम का स्वर काँप रहा था, सुमित्रा की धँसी हुई आँखों से आँसू की धार फूट पड़ी। अब श्याम के अश्रु भी जो आजतक बड़े यत्न से छिपा रखे थे, बाधाहीन होकर बह चले। सुमित्रा का हाथ वे कसकर पकड़े थे, आह यदि मनुष्य मृत्यु विजयी हो सकता।

पानी बरसकर जैसे आकाश साफ हो जाता है, वैसे ही रोने के बाद दोनों के चित्त कुछ शांत हो गए। श्याम ने स्नेह के साथ सुमित्रा के आँसू पोंछ दिए और स्वयं भी मुँह धो आए, पर रोने का परिणाम यह हुआ कि ज्वर का वेग तेजी से बढ़ने लगा। श्याम ने टेंपरेचर लिया तो 105° डिग्री था। थोड़ी ही देर बाद सुमित्रा बेहोश होकर बकने लगी। उसकी बकवाद कुछ तो श्याम की समझ में ही न आती थी पर एक-आध बात यदि समझ में आती भी तो श्याम का हृदय फटने लगता। सुमित्रा ने घड़ी का नाम कई बार लिया। श्याम बार-बार व्याकुल होकर घड़ी देख रहे थे कि सवेरा हो पर आज की काली रात जैसी भयावनी थी वैसी ही लंबी थी।

राम-राम करके किसी प्रकार पाँच बजे, मसजिद में मुल्ला ने जोर से अजान देना

शुरू किया। पहले जब सवेरे की मीठी नींद के समय श्याम यह आवाज सुनते तो बहुत झुझलाते थे पर आज वही 'विकृत कंठ से निक़ला हुआ नाद' उन्हें किसी आशावाणी से कम शांतिप्रद नहीं प्रतीत हुआ। श्याम ने जल्दी से दरवाजा खोला और जूते पहनकर दौड़ते हुए प्रियव्रत के यहाँ गए। मकान पर मालूम हुआ कि आजकल वे दुकान पर ही रहते हैं। वे जब से कांग्रेस का काम करने लगे थे पिता की नजर से छिपे रहते थे। बाप को पद-मर्यादा का पुत्र से भी बढ़कर ध्यान था।

श्याम न वहाँ से तेज चाल से चलकर दुकान में प्रवेश किया। नौकर झाड़ू लगा रहा था, उसकी तरफ देखकर उन्होंने हाँफते हुए कहा, "भाई जरा डॉक्टर साहब को जगा दो, कहना बहुत जल्दी उठें बड़ा जरूरी काम है।" नौकर ने बुहारते हुए कहा, "जरा ठहर जाइए यह बरामदा बहार लूँ, नहीं तो उठेंगे तो नाराज होंगे।" अब तो श्याम का धैर्य जाता रहा। उन्होंने ज्ञान शून्य की तरह नौकर के हाथ से झाड़ू खींच ली और बेसबर होकर कहा, "झाड़ू मैं लगाए देता हूँ तुम मेरा काम कर दो।" इतना कहकर वे इतनी जल्दी-जल्दी बरामदा बुहारने लगे कि वह नौकर भी सन्नाटे में आ गया। फिर बोला, "यह क्या करते हो बाबू! झाड़ू रख दो मैं जगाए देता हूँ डॉक्टर साहब को।"

नौकर चला गया, श्याम ने बरामदा साफ करके झाड़ू रख दी। आज उन्हें लज्जा, अपमान का कुछ खयाल नहीं है। सुमित्रा मर रही है, क्षय रोगी की मृत्यु तो अनिवार्य ही होती है, पर हाय! इस तरह बगैर दवा-दारू के, एक पैसा नहीं, जो किसी अच्छे बड़े डॉक्टर को दिखा सकूँ यह पछतावा रखने को जगह नहीं! आह नौकर भी भीतर जाकर बैठ गया, वे अधीर हो उठे और जोर से पुकारने लगे, "डॉक्टर साहब! डॉक्टर साहब!"

श्याम के चेहरे पर हवाइयाँ उड़ रही थीं, जैसे कोई मनुष्य गलती से घर का दरवाजा खुला छोड़कर ट्रेन पर चल दिया हो और उसे गाड़ी के चल देने पर याद आई हो।

डॉक्टर साहब आँखें मलते हुए आए और जरा घबराहट के साथ बोले, "क्या है श्यामाचरणजी, क्या तबीयत ज्यादा खराब है?"

श्याम, "शाम को तो बातचीत कर रही थीं पर एक बजे से तो होश भी नहीं है, बुखार भी 105° से ऊपर हो गया है।"

डॉक्टर ने चिंतित स्वर में कहा, "यह परचा लेकर दवा और इंजेक्शन की डब्बी ले चलिए, मैं अभी नहाकर आता हूँ।" श्याम नेहत बुद्धि होकर परचा ले लिया और कंपाउंडर के पास जाकर टूटी हुई आवाज में दवा माँगी।

दवा देकर कंपाउंडर ने रुपए माँगे।

श्याम ने चौंककर पूछा, "कितने रुपए हुए।"

कंपाउंडर, "तीन रुपए दस आने।" लाइए जल्दी कीजिए।

श्याम ने झूठ-मूठ जेब में हाथ डालकर कहा, "रुपए तो भूल ही आया।"

मेहरबानी करके मेरा नाम रजिस्टर में लिख लीजिए और दवा दे दीजिए। कंपाउंडर साहब को भी नित्य क्रिया करके चाय-पानी करना था, देर होते देखकर जल उठे और बोले, "आप भी कैसे आदमी हैं, बोहनी के वक्त कहीं उधार दवा मिलती है, जाइए रुपए लेकर आइए, तब दवा मिलेगी।" इतना कहकर शीशी में बनी हुई दवा और इंजेक्शन की डबिया उठाकर अलमारी में बंदकर दिया। श्याम को इतना क्रोध हुआ कि लात मारकर अलमारी का शीशा तोड़ दें और दवा निकाल लें, पर दबी जबान से केवल यही कहा, "मेरी स्त्री मर रही है, ईश्वर के लिए दवा निकालकर दे दीजिए।"

कंपाउंडर ने कठोर व्यंग्य से भरी हँसी-हँसकर कहा, "स्त्री मर रही है तो मैं क्या करूँ जी? दवाइयाँ मुफ्त पिलाने से वह अमर नहीं हो जाएगी, हटिए रास्ता खाली कीजिए मालिक बिगड़ते हैं कि उधार मत दिया करो, तिस पर सवेरे-सवेरे यह मनहूस पना भगवान् ही खैर करें।"

श्याम खड़े न रह सके, तेजी से सड़क पर उतरकर प्रायः दौड़ते हुए चले गए। नौकर मेज झाड़ रहा था, द्रवित स्वर से बोला, "दे देते दवा, कंपाउंडर साहब! देखो बेचारे कितने घबराए से थे।"

कंपाउंडर उपेक्षा से, "जी हाँ! ऐसे रोज ही आया करते हैं, दवा देते हैं, महाजनी नहीं करते।"

नौकर ने धीरे से कहा, "मुट्ठी गरम हो जाती तो ये बातें धरी रहतीं, पैसे-पैसे पर जान देते हैं, चले हैं नमक हलाली दिखाने।"

वहाँ से श्याम सीधे अपने मित्र चंद्रशेखर के यहाँ पहुँचे और जाते ही बोले, "रामटहल बाबूजी को फौरन बुला लाओ।"

रामटहल हाथ में बालटी लिये जा रहा था, अंदर आते हुए उपेक्षा से बोला, "सरकार सो रहे हैं, जगाने से उनका सिर दर्द करने लगता है।"

श्याम ने अधीर स्वर में कहा, "कहाँ लेटे हैं मुझे बताओ, मैं खुद जगा लूँगा।" रामटहल ने कुछ जवाब नहीं दिया, न लौटा ही। पाँच ही मिनट में श्याम की अजब हाल हो गई। प्राण फटफटा रहे थे, पैर शराबियों की तरह लड़खड़ा रहे थे। उन्होंने जोर से पुकारा, "भाई! चंद्रशेखरजी!"

रामटहल ने बाहर आकर तिरस्कार के भाव से कहा, "आपसे कह दिया कि उन्हें कोई जगा नहीं सकता, जरूरत हो तो आठ बजे तक बैठे रहो, बेकार मत चिल्लाइए।"

आठ बजे तक, आठ बजे तक क्या होगा? इसका क्या ठिकाना। श्याम लपककर घर पहुँचे। आज यदि कोई उनका हाथ या पैर काटकर भी दवा देता तो वे राजी हो जाते। घर के अंदर पैर रखने की शक्ति जाती रही थी, आँगन में आज जैसे सूर्योदय ही

नहीं हुआ था। भीतर जाते ही देखा डॉक्टर प्रियव्रत इंतजार कर रहे हैं। उन्हें देखते ही बोले, "दवा! दवा कहाँ है?"

श्याम ने चारपाई पर बैठकर भग्न कंठ से कहा, "दवा नहीं मिली।"

डॉक्टर (हताश स्वर से), "नहीं मिली। इसके क्या माने?"

श्याम ने दोनों हाथों को मलते हुए कहा, "रुपए ले जाना भूल गया था, कंपाउंडर ने उधार देना किसी तरह मंजूर नहीं किया।" डॉक्टर ने तिरस्कार भरी आँखों से श्याम की तरफ देखा और लपककर मोटर पर बैठकर शोफर से बोले, "चलो, दुकान पर फौरन।"

शोफर ने कार घुमाते हुए कहा, "कल बिटिया रानी भी तो आ गई हैं।"

डॉक्टर ने व्यग्र स्वर में कहा, "क्या विमला आ गई। अच्छा तुम उसे लेकर जल्दी दुकान पर आओ, कह देना श्यामा चरण के घर में बहुत खराब हाल है। जल्दी आना।" दुकान पर उतरकर वे अंदर आए, कंपाउंडर साहब कोई शेर गुनगुना रहे थे कि डॉक्टर साहब ने कड़ककर कहा, "मिसेज श्यामाचरण का नुस्खा कहाँ है? क्यों उन्हें तुमने दवा नहीं दी?"

कंपाउंडर ने काँपते हुए अलमारी से निकालकर दोनों दवाइयाँ मेज पर रख दीं। डॉक्टर साहब दवा लेकर बरामदे में आए। मन-ही-मन झुँझला रहे थे कि विमला ने इतनी देर क्यों लगाई। कंपाउंडर की सूरत से उन्हें घृणा हो रही थी अन्यथा उसे भी साथ चलने को कहते। अभी सिर्फ 5 मिनट हुए थे पर उन्हें वह घंटों की तरह जान पड़े। आज की इस भयानक भूल का पश्चाताप जीवन भर नहीं मिट सकता। अन्य व्यक्ति होता तो भाग्य को कोस कर ही चुप रहता, पर वे डॉक्टर थे, उन्हें अपनी अंतिम दवा इंजेक्शन द्वारा पहुँचाने का पूरा भरोसा था। यद्यपि वह विश्वास ही न था पर आशा शून्य न था।

खैर किसी तरह मोटर आई, दौड़कर डॉक्टर उस पर बैठ गए और बोले, "बड़ी देर कर दी, जल्दी चलो, बहुत जल्दी।"

उधर डॉक्टर की घबराहट देखते ही श्याम के हाथ-पैर फूल गए। जब वे उठकर जल्दी से मोटर पर चले गए, तब श्याम ने सारी शक्ति समेटकर सुमित्रा की तरफ देखा। यद्यपि अभी वे संसार से अनभिज्ञ ही थे पर सुमित्रा को देखते ही समझ गए कि जीवन प्रदीप अब बुझने ही वाला है। श्याम का कलेजा मुँह को आने लगा। वह मुखड़ा जो फूल साप्रफुल्ल और मदिरा सा नशीला था, आज विकृत हो गया है कि आँख उठाकर देखा भी नहीं जाता, जिन अधरों को किसी ने प्रणय का आगार बनाया था, आज शुष्क और नीरस थे, जिन पर उन्मादकारिणी हँसी रहती थी उन पर रक्तहीन सफेदी आ गई थी, सुमित्रा के वे कमलनेत्र जिन्होंने सदैव श्याम का सहास्य अभिनंदन किया था आज उन्हें भयभीत कर रहे थे। और बार-बार वे दरवाजे की तरफ देख रहे थे। रोने की भी शक्ति नहीं रह गई थी। सहसा सुमित्रा की आँखें खुल गईं। उसने अपनी बुझी हुई

निस्तेज दृष्टि श्याम के मुँह पर गड़ाकर कहा, "कहाँ गए थे?"

श्याम ने व्याकुल होकर कहा, "कैसी तबीयत है? क्या कुछ अच्छी जान पड़ती है? तुम क्या कुछ कहना चाहती हो रानी?"

सुमित्रा ने केवल असीम ममता और अमिट लालसा भरी दृष्टि से अपने स्वामी को फिर प्राण प्रिय पुत्र को और एक बार घर-द्वार की तरफ देखकर एक लंबी साँस भरी और चुप हो गई।

श्याम ने फिर कातर होकर पुकारा, "सुमित्रा, सुमित्रा, क्या कुछ कहोगी।" सुमित्रा ने मुंदी जाती आँखों को जबरदस्ती खोलकर कहा, "उमेश को विमला के हाथ में दे देना और तुम्हारे लिए, अब मैं क्या कहूँ।"

श्याम ने आँसू पीकर कहा, "अभी डॉक्टर आते हैं, वे दवा देंगे, अच्छी हो जाओगी।" सुमित्रा ने आँखें फाड़कर चारों तरफ देखा और क्षीण स्वर में बोली, "कुछ रुपए हो तो लाओ मुझे संकल्प करा दो।"

श्याम के पास एक पैसा भी नहीं था, वह जल्दी से दूसरी कोठरी में घुस गए, और सुमित्रा का बक्स खोलकर एक-एक चीजें निकालकर फेंक दी, कि शायद इसमें कुछ हो, पर जब कुछ नहीं मिला तो उन्होंने अपना सिर दीवार पर पटक दिया, हाय! मरणपथ याची की एक छोटी सी अभिलाशा पूरी करने में असमर्थ, वह पति बना है, पुरुष है और स्वामी भी, हाय, भगवान्।

जैसे ही सुमित्रा ने अंतिम श्वास ली, वैसे ही डॉक्टर और उसके पीछे विमला ने कमरे में प्रवेश किया। डॉक्टर ने घबराकर कहा, "श्यामाचरण, श्यामाचरण!" आवाज सुनते ही श्याम पागल की तरह सुमित्रा की चारपाई की तरफ दौड़े और उसकी तरफ देखते ही चीखकर उसका मुँह ढक दिया और पैरों की तरफ पट्टी पर सिर रखकर बैठ गए। विमला ने दीवार का सहारा लिया अन्यथा वह गिर पड़ती, डॉक्टर भी यह असहनीय दृश्य देख न सके। दोनों बाहर निकल आए। उमेश जोर-जोर से रोने लगा था। विमला ने उसे गोद में उठाकर हृदय से लगा लिया और अपनी आँखें बार-बार पोंछने लगी।

डॉक्टर ने बाहर आकर अपने शोफर से कहा, "जाओ यहाँ मुहल्ले के किसी आदमी से कह दो कि श्यामाचरणजी की स्त्री का देहांत हो गया है, आकर सब इंतजाम कर दे।"

विमला का हृदय पछतावे से फटा जा रहा था, अगर वह पहले ही आती। उसने अश्रुरूद्ध कंठ से कहा, "भइया क्या तुम जा रहे हो?"

डॉक्टर, "नहीं, नहीं! अभी कैसे जाऊँगा, सब इंतजाम हो जाए तब मुझे भी तो उनके साथ जाना होगा।"

विमला की आँखों से आँसू गिरने लगे, उसने भीतर की तरफ दृष्टि डाली, श्याम वैसे ही बैठे थे। उसने ठंडी श्वास लेकर सोचा, आज उनका कोई नहीं है, जो इस दारूण शोक में कुछ धीरज बँधाए। अगर आज उनके कोई स्नेहमयी भगिनी ही होती।

*

सुमित्रा की मृत्यु को एक हफ्ता गुजर गया। विमला उमेश को अपने घर ले आई। जज साहब की गृहिणी ने बहुत नाक-भौं सिकोड़ी पर विमला से वह सदा से हारती आ रही है, आज भी कुछ कर न सकी।

श्याम को उस दिन श्मशान से लौटने के बाद से विमला ने आज तक नहीं देखा था। सुमित्रा की मृत्यु के दूसरे दिन जब वह तैयार हुई कि उनके यहाँ जाएँ वैसे ही उसकी माँ ने पूछा, "कहाँ जाती हो?"

सच ही तो, अब वहाँ वह क्यों जा रही है, संकुचित सी होकर बोली, "जीजी के यहाँ सब देख-सुनकर अभी वापस आती हूँ।"

इस पर माँ ने नाराजगी से कहा, "अब क्या देखना-सुनना है, मर्दों में तुम्हारा क्या काम है। तुम्हें दुनिया की कुछ परवाह नहीं है, पर मुझे तो है, चार आदमी चार तरह की बातें करने लगते हैं। किसी दूसरे समय ऐसी बात सुनते ही विमला जल उठती और कदापि न मानती अवश्य जाती पर आज उसे कुछ जवाब न सूझा। बच्चे को गोद में उठा लिया और चुपचाप ऊपर चली गई, सुशीला देवी डर रही थीं कि अभी यह बिगड़ उठेगी और जाएगी तो जरूर ही पर विमला को ऊपर जाते देखकर जितना ही आश्वस्त हुईं, उतनी ही चिंतित हो उठीं।

फिर उस दिन से विमला ने वहाँ जाने का नाम भी न लिया, यद्यपि वह गई नहीं, पर उसका कोमल हृदय रातदिन व्यथा से पीड़ित रहता, श्याम की दाहकार्य करके लौटने पर, उसने जो दशा देखी थी वह विमला भूल न सकी। उनके सिर के बाल मुड़े हुए थे, आधी धोती पहने और आधी ओढ़े आँखों में विश्वव्यापी नैराश्य और उदासी भरे, श्याम की वह शोक से पागल मूर्ति, विमला को किसी तरह भूलती न थी। दिन भर सोचती कि जाने अब वे कैसे रहते होंगे। क्या करते होंगे। जाने कुछ खाते भी हैं या नहीं।

विमला का कहीं जी न लगता, सारा उत्साह चला गया था। कपड़े-लत्तों की भी सुध नहीं रही थी। सुमित्रा का मृत्यु विर्वण मुख याद आते ही वह सिहर उठती। मृत्यु और शोक का वैसा भयानक दृश्य उसने कभी नहीं देखा था। इसी से उसे बड़ा आघात पहुँचा। घड़ी देख-देखकर अपना समय बिताती थी, सोचती थी कि उमेश को उसके बाप के पास भेज दे तो उसे कुछ धीरज होगा, पर वह जाने का नाम सुनते ही रोने लगता और कहता तुम भी चलो और विमला को भी उस पर कुछ ऐसी ममता हो गई

थी, कि उसे छोड़ने की कल्पना करते भी उसे पीड़ा होती। दोनों ही आपस में एक-दूसरे के अवलंबन थे। एक दिन कार में बैठकर वह उमेश के लिए नए कपड़े, जूता-मोजा और तरह-तरह के खिलौने खरीद लाई। बालक वह नवीन और आशातीत ऐश्वर्य पाकर संसार भूल बैठा। माँ की तो उसे बहुत दिन से परवाह नहीं रही थी।

सुशीला देवी पराए लड़के का यह ठाठ देखतीं और कुढ़तीं, पर क्या करें, थोड़े से खर्चे के लिए एतराज करना भी उन्हें बहुत ओछापन जान पड़ता था और विमला के बीच, कुछ कहने का उन्हें कभी साहस ही नहीं होता था।

सुबह उठकर विमला उमेश के हाथ-मुँह धोकर कपड़े और जूते पहनाकर कंघे से उसके बाल सँवार रही थी कि सुशीला देवी वहाँ आईं और बोलीं, "तुम्हें क्या हो गया है, विमला! रात-दिन इस लड़के के पीछे परेशान रहती हो, कॉलेज भी नहीं जाती। फिर नाम ही क्यों लिखाया था? महीने-महीने फीस देनी पड़ती है। अभी तक देहात में रहीं, यहाँ आई तो यह रोग पाल लिया।"

उमेश का सहास्य मुख भय और शंका से ग्लान हो गया। वह अपनी स्वाभाविक सुंदर बड़ी-बड़ी आँखों से कभी विमला और कभी सुशीला देवी के मुँह की तरफ देखने लगा। विमला ने शुष्क स्वर में कहा, "परसों सोमवार से कॉलेज जाया करूँगी।"

सुशीला, "इसे क्यों नहीं इसके घर भेज देती, बाप का जी भी बहल जाएगा, पराया लड़का कब तक दूसरे के घर रह सकता है?"

इसके बाप के जी बहलाने की माँ को कितनी चिंता है यह विमला से छिपा नहीं था, पर वाद-विवाद करने की उसमें क्षमता नहीं रही थी। उदास कंठ से बोली, "भेज दूँगी।"

सुशीला देवी ने उत्साहित होकर कहा, "हाँ! और क्या गैर का लड़का रखने का काम नहीं है, कौन झंझट पाले।"

विमला ने उमेश को उठाकर कहा, "लल्लू! चलो घूमने चलें!" और उसे गोद में लेकर नीचे चली गई। वह परम निर्भरता से उसके गले से लिपटकर धीरे से बोला, "भेजोगी तो नहीं मौसी?"

विमला ने रूंधे गले साफ करके कहा, "नहीं! नहीं! तुम्हें कहीं न भेजूँगी।" सुशीला देवी विस्मय, विरक्ति और क्रोध से भरकर देखती ही रह गईं।

*

श्याम की अवस्था वर्णनातीत थी, प्राणोमय सुमित्रा की उस सज्जित प्रतिमा का शेष परिणाम देखकर वे घर आए, विमला उस समय तक वहीं थी। बेचारी ने दिन भर रहकर सारा घर धुलवा दिया था। सब चीजें ठीक करके भोजन भी बनाकर रख दिया।

जब वे घर पहुँचे विमला जाने के लिए तैयार थी। उसकी कार सुबह से खड़ी थी, एक महरी भी उसकी माँ ने भेज दी थी।

विमला ने उमेश को गोद में लिये बाहर जाते हुए कहा, "आपको कोई एतराज न हो तो इसे मैं लिये जाऊँ, कल भेज दूँगी!"

श्याम ने कहा, "नहीं, नहीं! मुझे अब इसकी कोई जरूरत नहीं है। आपकी यह बड़ी दया होगी कि इसे आपने पास रखें।"

विमला ने सजल नेत्रों से श्याम की तरफ देखा, उनकी आँखें लाल और दृष्टि लक्ष्यहीन और विभ्रांत थी। विमला ने विस्मित स्वर से अनुरोध भरे भाव से कहा, "खाना खा लीजिएगा, बना रखा है!"

श्याम ने उत्तर में केवल मुसकरा दिया। वह हँसी रोदन से भी बढ़कर करुणापूर्ण थी। विमला फिर कुछ कह न सकी। अभी तक वह श्याम से बोलती ही नहीं थी, अब क्या कह सकती थी, फिर सांत्वना के कौन ऐसे शब्द हैं, जो इस पुरुष से कहे जा सकें। वह चुपचाप मोटर में बैठ गई। श्याम बाहर तक उसे भेजने आए, जब कार चलने लगी, तब उमेश ने हँसकर कहा, "बाबूजी! हम धूमने जा रहे हैं, अम्मा को लेकल आवेंगे!" विमला ने जल्दी से उसे उठाकर गोद में बैठा लिया और कहा, "चुप!"

विमला चली गई, तब श्याम ने अपने शून्य गृह में प्रवेश किया। कहीं कुछ नहीं था, पुष्पहीन उद्यान की तरह वह घर शून्य और शोभाहीन था, जिस कमरे में सुमित्रा रोज लेटा करती थी, उसमें आज कुछ असवाब नहीं था। घुली हुई फर्श पर थोड़ी अधजली धूप पड़ी थी। यह कार्य विमला का है यह समझकर श्याम की आँखों में कतृज्ञता के आँसू भर आए।

रसोई में भोजन बना रखा था, पर श्याम ने उधर देखा तक नहीं। उनके हृदय में शोक और पछतावे की आग सुलग रही थी। प्रियतमा सुमित्रा की अंतिम आकांक्षा भी उनसे पूरी न हुई। यह असमर्थता और दीनता क्या जीवन भर पीड़ा नहीं देगी? अब अगर कहीं से एक लाख रुपए मिल जाए तो वह छुवेगा भी नहीं।

कांग्रेस के मंत्री तथा चंद्रशेखर अब उसे चाहे कुछ न दें। उसका अब क्या बिगाड़ सकते हैं। ईश्वर करे उनका रुपए फले-फूले। कंपाउंडर तो कोई बड़ा आदमी नहीं है, पर उसके ऊपर तो उसे भी दया न आई।

रात के बारह बजने की आवाज आई, श्याम की आँखों में नींद नहीं थी, वे चिंता की नदी में गोता लगा रहे थे, कभी रोते, कभी हाथ मलकर पछताते, रात के तीन बजे तब वे वहीं जमीन पर बैठे-बैठे ही सो गए। सपने में देखा सुमित्रा कह रही है, "कुछ हो तो लाओ, दान करूँगी" श्याम ने हताश होकर कहा, "कुछ नहीं है, एक पैसा भी नहीं है।"

सुमित्रा ने आँसू भरकर कहा, "जाओ तुम मेरी एक छोटी सी बात भी पूरी नहीं करते। चाहे जैसे बने रुपए लाओ।"

श्याम ने कहा, "क्या डाका डालूँ सुमित्रा!"

सुमित्रा, "हाँ डाका डालो, पर रुपए लाओ, मैं इस वक्त दान जरूर करूँगी।"

श्याम चौंककर जाग पड़े, कहाँ थी सुमित्रा, उसे तो वह चिता की भस्म में मिलाकर गंगा गर्भ में इस लोक से सदैव के लिए विदा कर आया है। श्याम के सारे शरीर से पसीना छूटने लगा, क्या यह सुमित्रा की आत्मा की प्रेरणा है। उसकी अंतिम इच्छा पूरी करने के लिए क्या अब भी कुछ हो सकता है। सुना है, जिसके नाम पर दान किया जाता है उसका फल उसे अवश्य मिलता है। क्या करूँ क्या किसी पंडित से पूछूँ, पर कौन पंडित ऐसा है, जो गरूण पुराण पंथी बातों के सिवाय कुछ ज्यादा इस बात पर बतला सके।

श्याम ने मन में प्रतिज्ञा की कि जैसे बनेगा वे रुपए पैदा करेंगे और उसे अच्छे कामों में खर्च करेंगे। तो अवश्य सुमित्रा की आत्मा को शांति मिलेगी, इस विचार से श्याम को इतना संतोष हुआ कि वे निश्चिंत होकर सो रहे।

*

शहर में आजकल सत्याग्रह आंदोलन खूब जोर से हो रहा था। रोज कमेटियाँ होतीं, रोज लेक्चर होते, दुकानों पर पिकटिंग हो रही थीं, विदेशी चीजों के व्यापारी बेतरह घबराए थे, शहर के बड़े-बड़े आदमियों के लड़के भी धरना देते थे। बहुत सी स्त्रियाँ भी इन कामों में भाग ले रही थीं। अधिकारी लोग हर समय शंकित रहते थे।

डॉक्टर प्रियव्रतजी जान से सत्याग्रह में भाग ले रहे थे। उन्हें कोई अलक्ष्य शक्ति, उत्साहित किया करती थी। उस दिन मालती की प्रशंसापूर्ण दृष्टि तथा विदेशी वस्त्रों के दान ने जो कार्य कर दिया था, वह बरसों में भी नहीं होता। प्रियव्रत के लिए आज कठिन-से-कठिन काम भी सहज थे, वे आग में कूदने का भी साहस रखते थे। सत्य है प्रेमिका की एक प्रेम दृष्टि के लिए प्रेमी क्या नहीं कर सकता। उनके कामों में जितनी देशभक्ति थी उससे कहीं अधिक प्रेमानुराग था। मालती उनके रोम-रोम में समाई थी। उसके लिए वे क्या नहीं कर सकते, जेल में जाना पड़े वह भी स्वीकार है। पर मालती की श्रद्धा मिलती रहे। अभी तक वे समझते थे कि मालती उन्हें नहीं चाहती पर उस दिन जब मालती ने उन्हें कपड़े बड़े भारी अपमान की लज्जा से बचाया था, तब से वे मन-ही-मन समझने लगे थे कि मालती के मन में भी उनके प्रति अनुराग उत्पन्न हो गया है।

प्राय: उनका हृदय चंचल हो उठता और आँखें मालती के देखने को व्याकुल होतीं, पर वे उन युवकों में नहीं थे, जो बहाने ढूँढ़ते हैं और बगैर काम के ऐसी जगह जाते हैं,

जहाँ उनकी जरूरत न हो। जहाँ उनका कोई काम न हो। बगैर बुलाए वकील साहब के यहाँ जाने की उन्होंने कसम खा ली थी। कभी भूलकर भी उधर न जाते, हालाँकि वकील साहब का मकान अमीनाबाद के पास ही था और उन्हें उधर से आने-जाने की बराबर जरूरत रहती और वे आते-जाते भी थे। पर बिल्कुल निर्लिप्त भाव से, जैसे उनका यहाँ कोई परिचित गृह नहीं है। यद्यपि विश्व का समस्त प्रलोभन वहीं एकमात्र था।

जब से डॉक्टर कांग्रेस में काम करने लगे, बाप की आँखों में काँटा बन गए थे। साल भर से प्रैक्टिस शुरू की थी, वह अभी उतना चली नहीं थी, अतएव उनका जो समय व्यर्थ जाता था, अब देश कार्यों में बीतने लगा। वे नहीं चाहते थे कि उनकी वजह से पिता को कष्ट हो और उनकी रायबहादुरी को कोई नुकसान पहुँचे। प्राय: अपने उपार्जन से जीविका चलाने लगे। पहले बड़े-बड़े अरमान थे, बड़ी-बड़ी आशाएँ थीं। नाम की इच्छा थी, सोचते थे कुछ दिन में विदेश जाकर कोई डिग्री ले आएँगे पर अब दूसरी ही लगन थी, जो कुछ मिल जाता उसी से संतोष था। कपड़े-लत्ते बिल्कुल सादे पहनने लगे। जिस वातावरण में आजन्म रहे उसे उन्होंने एकदम छोड़ दिया और अपनी नई दिनचर्या बनाकर रहने लगे।

उस दिन मालती ने जो कपड़े जलाने के लिए दिए थे वे वहीं कांग्रेस के दफ्तर में एक कमरे में अन्य वस्त्रों के साथ ही रखे थे। प्रियव्रत ने कपड़े खोले और देखा मालती की कई साड़ियाँ, पेटीकोट और ब्लाउज हैं, आठ-दस रेशमी रूमाल भी थे, जिन पर लाल रेशम से मालती का नाम कढ़ा था। डॉक्टर ने मन में बहुत तर्क-वितर्क के बाद एक रूमाल उनमें से निकाल लिया और अपने कोट में रख लिया। शेष कपड़े जलाकर भस्म कर दिए गए। कई दिन सुमित्रा की मृत्यु में फँसे रहने के बाद आज उन्हें रूमाल की याद आई। धोबी के कपड़ों से जब वह गिर पड़ा, तब उन्हें अपनी इस मोहजनित दुर्बलता पर बड़ी ग्लानि हुई, विदेशी वस्त्र का टुकड़ा, उस पर किसी कुमारी का, फिर छिपाकर लाया हुआ। यह उसे क्या हो गया है, खैर अब जलाए देता हूँ। यही ठीक होगा, उन्होंने अपने कहार को पुकारकर कहा, दिया-सलाई ले आओ। जब तक नौकर आए वे रूमाल को हाथ में लेकर देखने लगे। मालती तीन अक्षर मानों रूप रखकर उनकी आँखों के सामने नाचने लगे। वे भूल गए कि इसे जलाना होगा, कहार दियासलाई मेज पर रखकर चला गया था।

अकस्मात् मोटर से उतरकर विमला ने कमरे में प्रवेश किया। आते ही उसकी निगाह रूमाल पर पड़ी जिस पर स्पष्ट लाल अक्षरों से अंकित था 'मालती'। विमला एकदम विस्मित सी होकर खड़ी रह गई, उसे देखकर डॉक्टर भी कुछ सिटपिटा से गए। रूमाल को मेज पर रखकर बोले, "क्या है विमला? कैसे आ गई? बैठो, सुमित्रा का लड़का कहाँ है?"

विमला, "मोटर में बैठा है। तुम कहते हो कैसे आ गई तो क्या करूँ? तुम्हें किसी की जरूरत नहीं है, घर-द्वार छोड़ दिया है, पर तुम्हारे बगैर उस घर में रहने का मुझे अभी तक अभ्यास नहीं हुआ है भइया!" विमला की आँखें सजल हो उठीं।

डॉक्टर ने स्नेहपूर्वक कहा, "मैं घर कैसे जाऊँ विमला! मेरे आने-जाने से बाबूजी पर आफत आ जाएगी। वे सरकार के भक्त और मैं उसके खिलाफ, अगर वे मुझसे ऊपरी किसी तरह का सरोकार न रखेंगे तो सरकार को किसी तरह की शिकायत न होगी। मैं अपने लिए बाबूजी को धर्मसंकट में न डालकर खुद ही यहाँ रहने लगा हूँ।"

विमला, "तुम समझते हो इससे वे बहुत सुखी हैं। तुम्हारे ही लिए जो कुछ करते होंगे वे करते हैं। तुम्हारे बगैर उन्हें किसी काम में दिलचस्पी नहीं रहेगी। इस पर जरा मुसकराकर डॉक्टर ने कहा, "अच्छा जरा उनसे पूछना कि भइया घर पर रहकर करें काम, देखें उन्हें कोई एतराज होता है या नहीं।"

विमला, "हाँ! इसके लिए तो वे कभी राजी नहीं होंगे, उसमें पूछने की क्या बात है।"

डॉक्टर, "तब फिर तुम क्या कहती हो, क्या तुम चाहती हो कि इन बातों को छोड़कर पहले की तरह बैठा रहूँ?"

विमला, "नहीं! नहीं! मैं यह नहीं कहती, मुझे तो बड़ी खुशी है कि आखिर तुमने भी कुछ काम करना शुरू किया। पर भइया! अफसोस यही है कि तुम्हारा और मेरा रास्ता अलग-अलग हो रहा है।"

डॉक्टर, "क्यों अलग-अलग कैसे हो रहा है?"

विमला, "तुम सत्याग्रह करके देशोद्धार के लिए सोच रहे हो और मैं समझती हूँ पहले गाँवों में अनपढ़ जातियों को ज्ञान देकर उनकी सम्मिलित शक्ति से स्वराज्य की समस्या हल की जाए।"

डॉक्टर मुसकराकर, "हम लोग पुरुष हैं, मर्द की तरह लड़कर अपने हक वसूल करने की सोचते हैं, पर तुम लोग दयामयी देवियाँ हों, तुम्हारे कोमल भावों की रक्षा हम लोग कैसे कर सकते हैं। ठीक है न?"

इस पर विमला कुछ मुसकराई पर उसका ह्दय प्रबोध नहीं पा रहा था। डॉक्टर ने उसकी तरफ देखकर कहा, "तुम्हारी तबीयत कैसी है? चेहरा बिल्कुल उतर गया है, कितनी दुबली हो गई हो?"

विमला ने ग्लान स्वर से कहा, "आजकल जी बहुत उबता है।"

डॉक्टर, "ताज्जुब है कि तुम्हारा भी जी ऊबने लगा, तुम्हारे लिए तो कामों की कमी नहीं है।"

विमला, "आजकल किसी काम में मन नहीं लगता, सुमित्रा जीजी की मृत्यु के

बाद से मेरी तबीयत बहुत खराब रहती है क्या करूँ?"

डॉक्टर ने स्नेहमयी व्याकुलता के साथ कहा, "क्यों! क्या हरारत रहती है?" इस पर विमला हँसकर बोली, "क्या तुम समझते हो मैं कुछ बीमार हो गई हूँ? यों ही जी उदास रहता है।"

डॉक्टर ने आश्वस्त होकर कहा, "खैर, जी धीरे-धीरे ठीक हो जाएगा। मुझे अकसर ही ऐसे मौके पड़ते हैं, पर सुमित्रा की मौत देखकर मुझे भी कई दिन तक बड़ा दुःख रहा। क्या बताऊँ बड़े बे मौके बेचारी की मौत हो गई।"

विमला थोड़ी देर चुपचाप बैठी रही फिर रूमाल की तरफ देखकर बोली, "मालती के घर का क्या हाल-चाल है?"

डॉक्टर ने रूमाल हाथ में उठाकर कहा, "यह क्या वकील साहब के घर की विदेशी संपदा वसूल की हुई रखी है।"

विमला रूमाल लेकर बोली, "यह तो मालती का है, इसका क्या होगा?"

डॉक्टर, "होली में जलाने के लिए मालती ने अपने विदेशी कपड़े दिए थे, उसी में से यह गलती से रह गया है, मैं इसका अग्नि संस्कार करने जा रहा था, तब तक तुम आ गई।" इतना कहकर उन्होंने एक कागज में दियासलाई लगाकर रूमाल पर रख दिया और वह फक से जल उठा।

विमला ने कहा, "यह सब स्वाँग है भइया!"

विमला, "त्याग क्या है? बड़े आदमियों ने वाहवाही लूटने के लिए अगर दस-दस, पाँच-पाँच कपड़े दे ही दिए तो कौन बड़ी बात हो गई। हाँ! देश का रुपए जो विदेशी वस्त्रों में लग ही चुका था जल कर भस्म हो गया, अच्छा होता अगर वे कपड़े गरीबों को दे दिए जाते।"

डॉक्टर, "विदेशी चीजें पहनना पाप है?"

विमला, "भावुकता के फेर में पड़कर तुम लोग यह भूल जाते हो कि ऐसे पाप का विचार भूखे पेट कोई नहीं कर सकता। क्षुधा की आग में जलता हुआ प्राणी अखाद्य भी खाता है। प्यास से तड़पता आदमी गंदला पानी भी पी सकता है। यह मैं भी जानती हूँ कि विदेशी चीजें खरीदना पाप है। पर जिन चीजों में करोड़ों की संपत्ति लग चुकी हो उसे यो नष्ट करना कहाँ की बुद्धिमानी है।"

डॉक्टर, "इसका मतलब है दुनिया में सत्याग्रह को जाग्रत् करना, विदेशी व्यापारियों में आतंक फैलाना।"

विमला, "ऐसे आतंक नहीं फैलेगा और खाली आतंक फैलने से ही क्या होगा, तुम लोग वह ताकत पैदा करो, ताकि देश में बाहरी चीजें आने ही न पाएँ। दुकानदारों को समझाओ। विदेशी चीजों की खरीद-फरोख्त बंद हो जाने से जरूर फायदा होगा।"

डॉक्टर कुछ देर सोचकर बोले, "हाँ यह तो तुम ठीक कहती हो, पिकटिंग तो जोरों से हो रही है मैं कल कमेटी में इस बारे में कुछ कहूँगा।"

विमला, "मालूम होता है मालती भी आजकल देशभक्त हो रही है, क्या आज थोड़ी देर के लिए चलोगे भइया! मैंने बहुत दिन से उन लोगों को देखा नहीं है।"

डॉक्टर, "मैं चलूँगा? वकील साहब वैसे ही मुझसे डरते हैं, तुम चली जाओ, मोटर तो खड़ी ही है।"

विमला, "हाँ मोटर तो खड़ी है उमेश बैठा है।"

डॉक्टर, "क्या यह तब से यहीं है, भेज क्यों नहीं दिया, श्यामाचरण घबराते होंगे।"

विमला, "यह जाता जो नहीं है। कल शायद जीजी की तेरहीं हो, तब भेज दूँगी।" इतना कहकर विमला ने एक ठंडी साँस ली और सड़क पर जाकर कार में बैठकर शोफर से बोली, "पंडित रमानाथ वकील के यहाँ चलो।" शोफर ने "बहुत अच्छा" कहकर गाड़ी चला दी।

*

मालती ने जिस दिन अपने कपड़े कांग्रेस वालों को दे दिए थे उसे आज एक हफ्ता बीत चुका था, वकील साहब ने मालती से कुछ नहीं कहा पर प्रमिला से बोलना छोड़ दिया। प्रमिला सोचती थी कि इस घर में यदि जरा भी व्यतिक्रम होगा, किसी तरह की कोई बात होगी तो वह उसी के कसूर से। कपड़े मालती ने दिए, उसे किसी ने कुछ नहीं कहा और वह जो सिर्फ तमाशा देखने गई थी वही दोषी समझी गई। सबका खयाल है कि इसी ने ही मालती को लिखा-पढ़ाकर कपड़े भेजे थे।

जैसे वह नन्ही नादान है, प्रमिला के होंठों पर यह सोचकर मुसकराहट आ गई कि बाप जिसके नाम से जलता है बेटी उसकी पूजा करती है।

प्रमिला खिड़की पकड़े खड़ी थी और मन-ही-मन इन्हीं बातों को सोच रही थी कि एकाएक उसने चौंककर देखा विमला आई है। प्रमिला का मुख हर्ष से प्रफुल्लित हो उठा। उसने प्रसन्न स्वर से कहा, "अरे, आज कैसे भूल पड़ीं विमला! क्या पश्चिम में सूर्य उदय हुए हैं?"

विमला, "बैठने को भी नहीं कहा और उलाहने ही देने लगीं, मालती कहाँ है।" प्रमिला ने विमला का हाथ पकड़कर चारपाई पर बैठा दिया और कहा, "मालती अपने कमरे में हैं, अरे सुखिया जरा जल्दी से मालती को पुकार ला।"

विमला, "कैसी हो आजकल जीजी?"

प्रमिला, "मैं क्या कभी बीमार भी होती हूँ, खूब अच्छी हूँ तुम कैसी हो आजकल दुबली मालूम पड़ती हो, शायद देहात का पानी लगा नहीं?"

विमला, "नहीं वहाँ से तो खूब अच्छी आई थी, यहाँ आते ही सुमित्रा जीजी की मौत का सामना हुआ, जिसके लिए मैं तैयार नहीं थी।" विमला की आँखें भर आईं, प्रमिला के भी आँसू आ गए, वह बोली, "हाँ सुना था, बड़ा दुःख हुआ, बेचारी बड़ी अच्छे स्वभाव की थीं, यह लड़का क्या उन्हीं का है?"

विमला, "हाँ, मुझे छोड़ता ही नहीं, अपने बाप तक की याद नहीं करता।"

प्रमिला, "बच्चे की तो खराबी ही है, श्यामाचरण तो फिर ब्याह करके जैसे के तैसे हो जाएँगे।"

विमला के हृदय ने इस युक्ति का समर्थन नहीं किया, नेत्रों के सामने श्यामा चरण की वही शोकोन्मत्त मूर्ति फिर आ गई पर उसने कुछ जवाब नहीं दिया। उमेश से बोली, "बेवकूफ लड़के, मौसी के पैर छुए जाते हैं!"

उमेश ने एक बार प्रमिला की तरफ देखकर सिर झुका लिया, बालक का चेहरा होनहार दीप्ति से भरा था, उस पर तेजस्विता की झलक थी, दीनता का कोई लक्षण न था, सुंदर मुख, बड़ी-बड़ी आँखें, चौड़ा माथा, गोरा रंग, उस पर वह बढ़िया काशी सिल्क का सूट डाटे था। प्रमिला का हृदय इस मातृहीन बालक के लिए स्नेह से भर उठा। उसने बच्चे को उठाकर गोद में ले लिया। विमला को देखते ही मालती का मुख विकसित पद्म की तरह खिल उठा, वह बोली, "अरे तुम हो, मैंने समझा कि कोई आया होगा, भला, सुध तो आई? क्या रास्ता तो नहीं भूल गई?"

विमलामुसकराकर, "हाँ! मैं तो रास्ता ही भूल गई थी, पर तुम्हें क्या हो गया था, तुम्हीं ने कितनी बार जाकर मुझे कृतार्थ किया है, यह भी तो बताओ।" मालती ने बैठकर कहा, "मेरी दूसरी बात है!"

विमला, "हाँ आपकी दूसरी बात है, क्यों उसमें दूसरी बात क्या हो गई।"

मालती, "खैर यह तो बताओ कि देहात में क्या-क्या किया, ढाई महीने से तो गैर हाजिर हो रही हो!"

विमला, "मैं तो खैर कुछ नहीं कर आई, तुम अपनी कहो, सुना है आजकल बड़ी देश सेविका बन रही हो।"

मालती, "तुमसे किसने कहा, भला मैं देश सेविका बनूँगी?"

विमला, "भइया ही तो कह रहे थे कि घर भर में सिर्फ मालती ने अपने विदेशी कपड़े दिए थे, अभी-अभी मैं उन्हीं से बातचीत कर रही थी।"

मालती का सुंदर मुख लज्जा और आनंद से लाल हो उठा, उसने कहा, "बनाते होंगे। उसमें कौन बड़ी देश सेवा हो गई, विदेशी कपड़े लेने के लिए जुलूस आया था पापा दे नहीं रहे थे, मैंने ही दे दिया। फिर विदेशी चीजों का बहिष्कार तो करना ही चाहिए, जो लोग कुछ नहीं कर सकते उनके लिए इतना ही बहुत है।"

विमला, "भइया के पास तुम्हारा रूमाल रह गया था, वे उसे जलाने जा रहे थे, उसी वक्त मैं पहुँच गई।"

मालती ने यद्यपि अपने कपड़े जलाने के ही लिए दिए थे और उन्हें जल गए भी समझती थी, पर आज रूमाल की कथा से उसके हृदय में निराशा जनित व्यथा होने का क्या कारण है। वह कुछ उदास हो गई।

उमेश को बैठाकर प्रमिला बोली, "मालती तुम यहाँ बैठो मैं कुछ जलपान बना लाऊँ, मुद्दत बाद तो विमला आई हैं।"

विमला, "अजी बैठो भी मैं, अभी चलकर चट से बनवा दूँगी, जल्दी क्या है पहले यह बताओ कि मालती की शादी कहाँ कर रही हो?"

प्रमिला, "अभी शादी कहाँ हो रही है? हाँ! दो-चार जगह बात हो रही है, एक लड़का बनारस में है, मैं ठीक से बता नहीं सकती।"

मालती ने भौंवें सिकोड़कर मुँह फिरा लिया, विमला ने चुटकी काटकर कहा, "आह! खुशी छिपाने के लिए मुँह घुमा लेती है, इधर देखो मालती।"

मालती ने मुँह फिराकर कहा, "क्या कहती हो?"

विमला, "तुम तो बिल्कुल रद्दी निकल गई मालती! भला तुम्हें ब्याह का इतना शौक क्यों हुआ है। क्या तुम समझती हो कि अगर तुमने ब्याह न किया तो कुमार मंडली में हाहाकार मच जाएगा।"

मालती को हँसी आ गई, उसने कहा, "क्या ऊटपटाँग बक रही हो।

क्या मैं कहती हूँ कि मेरे बगैर हाहाकार, मच जाएगा।"

विमला, "फिर क्यों ब्याह के लिए इतनी जल्दी मच गई है?"

मालती, "यह मैं क्या जानू, पापा से कहो!"

विमला चिढ़कर, "ये सब बहाने हैं मालती! मेरा ब्याह क्यों नहीं हो जाता। अम्मा और बाबूजी तो उधार खाए बैठे हैं।"

प्रमिला ने मुसकराकर कहा, "भाई जरा धीरे-धीरे बोलो कहीं बुआजी न सुन लें, वे आफत ही मचा देंगी, वैसे ही तुम लोगों से नाराज रहती हैं।"

विमला, "क्यों मैंने क्या किया है, अच्छी बात है, अब तो मैं उन्हें और भी चिढ़ाऊँगी।"

मालती, "अगर मैं विवाह न करूँ, तो क्या करूँ, यह भी तो तुमने नहीं बताया, तुम्हारे ऐसे अधिकार मुझे नहीं मिल सकते, न उतनी हिम्मत ही रखती हूँ।"

विमला गुस्से से, "तो तुम्हें मना कौन करता है, शौक से ब्याह करके प्रजापति का बोझ हलका करो।"

प्रमिला और मालती दोनों हँस पड़ीं। विमला फिर बोली, "मेरी समझ में नहीं

आता कि ब्याह के पीछे लोग क्यों पागल बन जाते हैं, जाने कौन से लाल टके हैं।"

प्रमिला, "तो क्या तुम ऐसे ही रह जाओगी। तुम्हारे लिए भी तो यही परिणाम तैयार हो रहा है।"

विमला, "हाँ मैं तो बिल्कुल खाली बैठी हूँ, जो ब्याह करने जाऊँगी मुझे तो आप लोग अलग ही रहने दें, मुझसे गुलामी नहीं हो सकेगी।"

प्रमिला, "क्यों, ब्याह क्या गुलामी है?"

विमला, "गुलामी न सही, पर बेड़ी तो है ही।"

प्रमिला, "बेड़ी है, पर सोने की है।"

विमला, "सोने की बेड़ी तुम्हीं लोगों को मुबारक हो, मुझे जरूरत नहीं है।"

प्रमिला, "खैर तुम तो ब्याह करोगी ही नहीं, पर क्या डॉक्टर साहब को भी न करने दोगी, क्यों?"

विमला, "वाह यह खूब रहा, मैं उन्हें कब मना करती हूँ कि वे ब्याह न करें। मैं तो खुद ही चाहती हूँ कि अम्मा की बहू आ जाए और वे मेरा पीछा छोड़ दें।"

प्रमिला, "अगर भइया भी शादी न करें, वे भी कहने लगें कि मैं कुँवारा ही रहूँगा तो।"

विमला, "उनकी खुशी। लेकिन ऐसे लक्षण तो नहीं जान पड़ते।"

प्रमिला, "कहीं बातचीत हुई है क्या?"

विमला ने कटाक्ष से मालती की तरफ देखा, फिर कहा, "हाँ, यहीं गनेषगंज में ही तो लग रहा है, बाबूजी ने तो अपनी राय भी दे दी है, अम्मा भी राजी हैं।" मालती का मुँह इस बात को सुनते ही सफेद हो उठा, जैसे किसी प्रियजन की बीमारी की खबर सुनी हो। प्रमिला ने भी चिंतित स्वर में कहा, "मुझे नहीं मालूम था।"

लड़की तो तुम लोगों ने देख ली होगी, कैसी है?"

विमला, "अच्छी है, मेरे साथ ही तो पढ़ती है, मालती! वहीं शांति, डॉक्टर साहब की लड़की, इस साल भी तो पढ़ रही है, है तो अच्छी, क्यों?"

मालती ने उदास भाव से केवल कहा, "हाँ अच्छी है।"

प्रमिला, "डॉक्टर साहब भी देख चुके हैं क्या?"

विमला, "हाँ! शांति का भाई बीमार था, तब शायद देखने गए थे, वहीं देखा होगा, तब तो कहते थे कि अच्छी है, क्योंकि तब तक उन्हें मालूम नहीं था कि यहाँ शादी तय हो रही है।"

अब मालती वहाँ बैठ नहीं सकी, उसके कलेजे में हूक सी उठने लगी। उसने खड़े होकर कहा, "मैं अब जाती हूँ कुछ मिठाई बनाने, तुम बैठो नई माँ!"

प्रमिला ने भाँपकर कहा, "अच्छा चलो! मैं भी अभी आती हूँ।"

मालती चली गई, तब विमला ने कहा, "तुम लोगों ने मुझे बड़ा पेटू समझ लिया है क्या?"

प्रमिला ने हँसकर कहा, "नहीं तुम्हारे लिए नहीं, इस वक्त तो रोज ही कुछ बनाना पड़ता है, कचहरी से आकर कुछ खाते-पीते हैं।"

विमला, "उम्मी तो सो गया, चलो जरा देर बुआजी के पास चलें, कुछ उन्हें चिढ़ा आए, मुझे उनकी बातों में बड़ा मजा आता है।"

प्रमिला, "तुम जाओ, मुझसे तो बहुत नाराज हैं।"

विमला, "क्यों?"

प्रमिला, "क्या बताऊँ, रोज ही कुछ-न-कुछ ऐब ढूँढ़ लेती हैं। कभी कहती हैं, लड़की के ब्याह की चिंता नहीं है, कभी कहती हैं, दिन भर घुमाया करती है, कायदा नहीं सिखाती। मैं जैसे कोई बुड्ढी हो गई हूँ।" इतना कहकर प्रमिला हँसने लगी, पर उसकी दोनों आँखों में पानी झलक आया। विमला ने कहा, "जाने दो, बुड्ढे लोग बका ही करते हैं, तुम चाहे जितनी कम उम्र हो पर हो तो मालती की माँ ही, इसी से लोग तुम्हें ही कहते हैं, खैर चलो, मुझे उनके पास ले तो चलो।"

बुआजी दालान में चटाई बिछाकर लेटी थीं, विमला को देखकर पहचानने की चेष्टा करते हुए बोलीं, "कौन है?"

विमला ने पास ही बैठकर कहा, "मैं हूँ बुआजी! क्या भूल गईं?"

बुआजी, "नहीं बिटिया! आँखों से अब उतना जान नहीं पड़ता, आज तो बहुत दिन में आई हो, अच्छी हो? अम्मा तुम्हारी अच्छी तरह हैं?"

विमला, "हाँ! सब लोग अच्छी तरह हैं, मालती का ब्याह कब करोगी बुआजी?"

अब बुआजी सँभलकर बैठ गईं और बोलीं, "देखो भगवान् चाहेंगे तो माघ फागुन में हो जाएगा। गरमी तो ऐर गैर करके बीत ही गई, मेरा तो मन था कि आषाढ़ में विवाह हो जाता, बिटिया! पर क्या करूँ मेरी चलती तो नहीं है।"

विमला, "हाँ बुआजी! फिकिर तो आपको बहुत होगी।"

बुआजी, "फिकिर की न पूछो! रात-रातभर नींद नहीं पड़ती, जाने इतनी सयानी लड़की छाती पर बैठाकर ये लोग कैसे रात में सोते हैं?"

विमला, "हाँ! बुआजी, आप ठीक कहती हैं, पर आपके सामने दूसरा कौन फिक्र करे।"

बुआ, "अरे किसे है फिकिर! यहाँ तो अपनी फेशन (फैशन) से ही किसी को छुट्टी नहीं है, बिटिया के ब्याह की तइयारी कौन करे, कब से रटती हूँ, थोड़ी-थोड़ी बरी, मुंगौरी बनाती जाओ, पर कौन सुनै, कहती हैं, जब ब्याह होने लगेगा, तब सब हो जाएगा, हाँ! हो जाएगा देखूँगी कैसे क्या होता है।"

विमला, "खैर अभी बहुत बड़ी तो है नहीं मालती, आप घबराती बहुत हैं।" इस बार बुआजी भक से जल उठीं, उनके चेहरे से सौजन्य जाता रहा। तीव्र स्वर से बोलीं, "क्या कहा छोटी है, मालती छोटी है, तुम छोटी हो, अभी मुँह में दूध आता है, इन बातों से ही हमारी देंह जल जाती हैं, अब क्या पचीस बरस की हो जाएगी तब ब्याह होगा?"

विमला, "क्या होगा ब्याह करके बुआजी! कौन लड्डू धरे हैं?"

बुआजी, "एकदम भभक उठीं और कर्कश कंठ से बोलीं, "मेरे घर में ये किरस्तानी बातें न करो। मैं तो अपनी मालती का विवाह माघ में करूँगी, देखूँ मेरा कौन क्या करता है।"

विमला मुसकराते हुए बोली, "मैंने उसे मना कर दिया है कि अभी शादी नहीं करें।"

इस बार बुआजी के मुँह से क्रोध की अधिकता से आवाज ही न निकली। प्रमिला ने रसोई से पुकारकर कहा, "विमला यहाँ आओ। किसके मुँह लगी हो।"

बुआजी के कुछ बोलने के पहले ही विमला हँसते-हँसते उठ गईं। बुआजी के शस्त्रागार में जितने व्यंग्य शस्त्र थे उनका वे एक साथ प्रयोग करने लगीं।

विमला थाली के सामने बैठकर बोली, "तुम भी आओ मालती!"

मालती, "मुझे बिल्कुल भूख नहीं है।"

विमला ने थाली हटा दी और कहा, "न खाओ, मुझे भी भूख नहीं है।"

विवश होकर मालती बैठ गई पर इस तरह जैसे कोई मरीज कड़वी दवा पी रहा हो।

विमला जरा ताज्जुब के साथ उसके मुँह की तरफ देख रही थी, खा-पीकर एकांत में प्रमिला को पाकर विमला ने कहा, "मालती आजकल इतनी उदास क्यों रहती हैं जीजी! आज तो शायद मेरा आना भी उसे अच्छा नहीं लग रहा है! क्या बात है?"

प्रमिला थोड़ी देर चुप रहकर बोली, "विमला, अनुमान से कोई बात कहते डर लगता है, तुम मेरी कसम खाओ कि मैं जो बात कहूँ उसे तुम किसी से न कहोगी।"

विमला, "कसम की क्या जरूरत है, तुम विश्वास करो मैं किसी से कुछ न कहूँगी।"

प्रमिला धीरे से, "मेरा ऐसा खयाल है कि मालती शायद डॉक्टर साहब को चाहती है।"

विमला, "मुझे भी कुछ ऐसा ही शक हो रहा था, पर तुम लोगों ने तो कुछ कोशिश भी नहीं की।"

प्रमिला, "मैं इस बारे में बिल्कुल मजबूर हूँ, यह जानती हूँ कि कोशिश लड़की वाले की तरफ से होना चाहिए बाद में चाहे जो हो, पर यहाँ कौन सुनता है। शादी-ब्याह के बारे में मेरी राय की तो कोई कीमत ही नहीं है।"

विमला, "क्या तुमने वकील साहब से कहा था?"

स्वामी की उपेक्षा कोई नारी दूसरे के निकट व्यक्त करना नहीं चाहती। प्रमिला बात बनाकर बोली, "नहीं मैंने उनसे कुछ नहीं कहा, मुझे तो वे इस बारे में बोलने ही नहीं देते, उनका खयाल है कि शादी-ब्याह की बातें कम उम्रवाले क्या समझें।"

विमला, "हँसकर यह अच्छा सिद्धांत है, तब फिर क्या किया जाए, मालती ने भी कभी कुछ कहा है?"

प्रमिला, "नहीं उन्होंने साफ-साफ तो कभी कुछ कहा नहीं, पर क्या मैं इतना भी नहीं समझती, मुझे बड़ा दु:ख है कि मालती ने अपने जी की बात कहने के योग्य भी मुझे नहीं समझा।"

विमला, "इस वक्त मैंने भइया के ब्याह की बात चलाई थी, इसी से शायद वह इतनी सुस्त पड़ गई है?"

प्रमिला, "हाँ यही बात है।"

विमला, "अच्छा तुम वकील साहब को समझा-बुझाकर एक बार बाबूजी पास भेजो, उसके बाद मेरा जिम्मा रहा।"

प्रमिला ने ठंडी साँस लेकर सोचा कि यही तो सबसे कठिन है। वह चुपचाप साड़ी का छोर चुनने लगी, विमला कुछ कहना चाहती थी कि मालती आ गई, तब विमला ने कहा, "अब जाती हूँ जीजी! मालती एक दिन आना, बड़ी तबीयत ऊबती है, भइया भी घर पर नहीं रहते।"

मालती, "बैठो अभी क्यों जा रही हो, क्यों जल्दी है?"

विमला, "नहीं फिर आऊँगी, आज अम्मा से बगैर कहे चली आई हूँ, भइया के यहाँ अभी दस-पाँच मिनट लग जाएँगे।"

मालती चुप हो गई, प्रमिला ने उमेश के हाथ में एक रुपए देकर कहा, "इसने कुछ खाया भी नहीं खिलौने मँगा देना।"

विमला ने चलते-चलते कहा, "वह बात याद रखना।"

प्रमिला ने शुष्क कंठ से कहा, "याद रखूँगी।"

इसके बाद एक महीना गुजर गया। भादो बीत चुका था, कवार का महीना शुरू हो गया, विमला आजकल नियमपूर्वक कॉलेज जाने लगी है, उमेश के लिए उसने एक कहार का लड़का अलग से नौकर रख दिया था, जो उसका सब काम करता और दिन भर साथ रहता। घर का कोई प्राणी इस विषय में जुबान नहीं हिला सकता था, क्योंकि विमला से सब दबते थे। सुशीला देवी को आपत्ति बहुत थी, पर साहस नहीं था कि कुछ कहती।

सुमित्रा का पारलौकिक कार्य समाप्त करने के दूसरे दिन ही से श्याम जाने कहाँ

चले गए। उनकी खबर कोई नहीं जानता था, यहाँ तक कि चलते समय उन्होंने अपने लड़के तक को नहीं देखा। सुमित्रा की मृत्यु ने जैसे सारे कोमल बंधनों को छिन्न-भिन्नकर दिया था। एक दिन विमला गई थी पर मकान में ताला बंद था।

उस दिन से विमला रोज उसी रास्ते से कॉलेज आती-जाती थी, पर श्याम के घर लौटने का कुछ लक्षण न देखती। विमला को रह-रहकर खयाल होता कि वे बगैर कहे-सुने क्यों चले गए। सबसे बढ़कर व्यथा उसे इस बात से होती थी कि सुमित्रा की तेरही के दिन जब वह गई थी, तब पहले दिन का बना हुआ भोजन रसोई में सड़ रहा था, उधर किसी ने जैसे पैर ही नहीं रखा था, बरतनों पर धूल जम गई थी। आँगन में कई जगह आग जला-जलाकर शायद श्याम ने भूख लगने पर दूध गरम करके पिया था, उसी की राख कई जगह पड़ी थी। बीच में शायद उन्होंने अन्न खाया ही नहीं था। ऐसे शोकोन्मत्त मनुष्य का यों अकेले निरूद्देश्य हो जाना कितनी चिंता की बात थी।

शायद वे अपने मन में सोंचते होंगे कि अब उनके लिए चिंता करनेवाला कौन है, एक अव्यक्त अभिमान की क्षीण रेखा विमुख के हृदय को पीड़ित करती रहती थी। साथ ही उसे यह भी ध्यान आता कि उन्होंने कितने विश्वास के साथ उसे अपना लड़का सौंप दिया है। तब वह कुछ शांत हो जाती और धीरे-धीरे उसकी दोनों आँखें सजल हो उठतीं।

आज भी विमला श्याम के घर की तरफ से निराश होकर लौट आई। जैसे ही मोटर से उतरी वैसे ही उमेश ने दौड़कर उसे पकड़ लिया और उसकी साड़ी खींचते हुए बोला, "मौछी जल्दी चलो वहाँ अन्दल, बले अच्छे-अच्छे खिलौने आए हैं, अम्मा मुझे नहीं देतीं। तुम दिला दो। विमला ने उसे गोद में उठाकर कहाँ, "कहा से खिलौने आए हैं, लल्लन!"

एक कहारिन पास ही खड़ी थी, रहस्यपूर्ण मुसकराहट के साथ बोल उठी, "अंदर जाई, आपै के लिए सब आवा है।"

विमला ने आश्चर्य से कहा, "मेरे लिए खिलौने कहाँ से आए हैं? मैं क्या करूँगी?"

उमेश उसको बार-बार अंदर चलने के लिए कह रहा था, उसे उतारकर बोली, "अच्छा चलो देखें कहाँ से खिलौने आए हैं?"

मुख्तार सीताराम पांडे एक कुरसी पर बैठे थे, जो कि तरह-तरह की चीजें बाजार से लाए थे और सुशीला देवी एक-एक करके सब सामान जो लोग वहाँ थे उन्हें दिखा-दिखाकर पसंद कर रही थीं। विमला को देखते ही वे कुछ शंकित हो उठीं, पर यथा साध्य मुख की मुद्रा दृढता व्यंजक बनाकर मनोयोगपूर्वक एक साड़ी को हाथ में उठाकर देखने लगीं।

लकड़ी की सुंदर रंगीन डबियाँ, बहुत से छोटे-बड़े शीशे, कंघे, ब्रश वगैरः अगणित चीजें फैली थीं, लल्लू ने इन्हें ही खिलौना समझा होगा, समझकर विमला ने एक लाल रंग की डब्बी उठाकर उसको पकड़ा दी, बालक तो खुश हो गया, पर सुशीला देवी के नेत्र वक्र हो उठे, कुटिलता से उन्होंनें कहा, "देखा कैसा कुलच्छनी लड़का है? जिस चीज को देखता है वही माँगता है, भिखमंगा कहीं का।"

शिशु का प्रफुल्लित आनन भय से मलिन हो उठा, एक बार डिबिया की तरफ ममता भरी नजर से देखकर उसे जमीन पर धीरे से रख दिया।

विमला ने आहत होकर केवल कहा, "अम्मा!"

सुशीला देवी कुछ फेंककर बोलीं, "तुम्हीं ने प्यार कर-करके उसे बिगाड़ दिया है, चार दिन बाद सौतेली माँ आएगी, तब यह जिद कौन बरदाश्त करेगा।"

विमला ने तीव्र स्वर से कहा, "वह कहीं नहीं जाएगा।"

इस पर वृद्ध मुख्तार ने हँसकर कहा, "पर इसे ससुराल तो न ले जाओगी बिटिया?"

इस पर सब लोग हँसने लगे, पर जब विमला ने उमेश को गोद में उठाकर कहा, "चल अभी तेरे लिए बजार से बढ़िया-बढ़िया खिलौने ले आऊँ" तब इस मातृहीन बालक के प्रति सबके हृदय में जलन पैदा हो गई। पांडेजी ने एक सिंदूर दानी लल्लू के हाथ में देते हुए कहा, "जाने दो विमला, जरा सी बात के लिए दो-चार रुपए खराब करना अच्छा नहीं है।"

पर बालक ने डिबिया छुई तक नहीं, उसने धीरे से कहा, "मौछी, आज मैं खिलौना नहीं लूँगा, कल मँगा देना।" विमला ने एक बार माँ की तरफ देखा कि जिसे तुम भिखमंगा समझती हो उसमें कितना आत्मसम्मान है। सीताराम पांडे ने बात बदलने के ढंग से कहा, "विमला साड़ियाँ पसंद कर लो, अब तो आ ही गई हो?"

विमला, "क्यों! मैं क्यों पसंद करूँ?"

पांडेजी (हँसकर), "वाह तुम्हारे ही लिए तो लाया हूँ, तुम नहीं पसंद करोगी तो कौन करेगा। हम गवाँर आदमियों की पसंद की हुई चीजें शायद तुम्हें अच्छी न लगें?" बुड्ढे पांडेजी जोर-जोर से हँसने लगे, विमला ने भी जरा हँसकर कहा, "पर पांडे बाबा मैं तो तुम्हारे ऐसे देहाती कपड़े ही पहनती हूँ, इन गोटा पट्ठा और सलमें सितारे की साड़ियों की मुझे क्या जरूरत है?"

बुड्ढे पांडे बाबा ने हँसकर कहा, "अपना ऐसा गाढ़ा ले आता तुम्हारे लिए! बिटिया दो-चार महीने में रानी बनोगी। मोटा कपड़ा तुम्हारे दुश्मन पहने।"

विमला ने ऊपर जाते हुए कहा, "रानी बनने की मेरी जरा भी इच्छा नहीं है पांडे बाबा, न गोटा पट्ठा पहनने की अभिलाशा ही है।" विमला के स्वर और बातों से

सुशीला देवी का हृदय शंकित हो उठा पर सरल वृद्ध पांडे बाबा हँसकर कहने लगे, "अभी बिल्कुल बच्ची है।"

अपने कमरे में जाकर विमला बगैर कपड़े बदले ही चारपाई पर लेट गई। जाने किस व्यथा से उसकी आँखों से आँसुओं की झड़ी सी लग गई। उमेश उसके सिर के पास चुपचाप बैठा था, उसकी बाल बुद्धि में नहीं आता था कि मौसी क्यों रो रही है, उसे क्या किसी ने मारा है। बहुत कुछ सोचकर उसने समझा कि शायद यह रुदन खिलौनों के लिए है। उसने विमला के मुँह पर झुककर कहा कि मौछी लो मत, मैं अपने बाबूजी छे तुम्हाले लिए चाल खिलौना मँगा दूँगा। विमला ने झट से आँखें पोंछकर उमेश को चूमकर कहा, "कहाँ हैं तेरे बाबूजी।"

बच्चे ने कुछ सोचकर कहा, "अम्मा के पास गए हैं।"

विमला एकदम धक से हो उठी, उसने डाँटकर कहा, "चुप। ऐसे नहीं कहते।" अपने अपराध का कारण न जानकर बच्चा रो पड़ा। विमला ने अनुतप्त होकर उसे गोद में उठा लिया और बोली, "जाओ जूते-मोजे पहन आओ, अभी घूमने चलेंगे।" उमेश चुप हो गया। उसके अश्रुसिक्त मुँह पर मुसकराहट आ गई। विमला ने स्नेह वेग से उसे बार-बार चुंबन करके कहा, "जा जल्दी से कपड़े बदल कर आ, राजा बेटा बनकर आना, अच्छा।"

"अच्छा लाजा बेता बन कल आऊँगा" कहते-कहते उमेश दौड़ता हुआ चला गया।

*

कलकत्ता ऐसे विशाल जनसमूह से भरे शहर में पहुँचकर श्याम को अपनी यर्थाथ दशा का अनुभव हुआ। आज उन्होंने अपने को फिर से संसार में खड़े पाया। विगत चौदह दिन उनके, किसी स्वप्न राज्य में विचरण करते बीते थे। वे जागते हुए भी सोते थे। उसी मोहावश में उन्होंने लखनऊ से कलकत्ते की यात्रा की थी। जी में एक ही धुन थी कि किसी तरह खूब धन पैदा करें, दिन भर मंसूबे बाँधते। कभी सफलता की आशा पागल बना देती, कभी शोक का भारी बोझ छाती पर बैठ जाता। कभी प्रतीत की सुखद और दुःखद स्मृतियाँ, कभी वर्तमान की भयप्रद याद विक्षिप्त कर देती। उन दिनों धन कमाने का उन्माद उनमें इतना प्रबल हो उठा था कि कभी-कभी वे भूल जाते कि उसकी प्रियतमा सुमित्रा नहीं है, इस जीवन में वह नहीं मिलेगी, उन्हें ऐसा जान पड़ता था कि धन पैदा करने के बाद इस वियोग, इस विरह ज्वाला का भी अंत हो जाएगा। सारी संचित अभिलाशाएँ पूरी हो जाएँगी और जीवन सफल हो जाएगा।

हृदय में असीम उत्साह लेकर उन्होंने कलकत्ते की यात्रा की, डॉक्टर और विमला की उदारता से उन्हें फिलहाल खर्चे की चिंता भी नहीं थी। उमेश एक बंधन था पर

उसे उन्होंने अपनी तरफ से ही तोड़ दिया था, उसकी उन्हें याद तक नहीं थी। विमला के पास वह सुखी रहेगा बस इससे ज्योदा सोचने की उन्हें जरूरत ही नहीं जान पड़ी।

आज जब हावड़ा स्टेशन पर श्याम उतरकर खड़े हुए और कुली ने पूछा कहाँ जाइएगा बाबू! तब उन्हें होश आया कि उन्हें कहाँ जाना होगा। घर! आह उसका घर अब कहाँ है। प्रिय सुमित्रा और उमेश दोनों की स्मृति ने उन्हें बिच्छू की तरह डंक मार दिया। आसपास अपार जनता और भीषण कोलाहल हो रहा था। श्याम की विचित्र दशा थी, कोई पीछे से धक्का देता था कोई सामने से। एक आदमी जो देखने में भला मानस जान पड़ता था, श्याम के पास आकर खड़ा हो गया, और उन्हें भौंचक सा देखकर उनकी जेब में हाथ डालकर मनीवेग खींचने लगा। श्याम ने चौंककर कहा, "यह क्या कर रहे हैं आप?"

वह आदमी, "बैग गिरा जा रहा है, ठीक कर लीजिए।"

श्याम ने जरा सा मुसकराकर कहा, "धन्यवाद!" वह आदमी जरा खिसियाहट से दाँत निकालकर हँसने लगा। उसके दूसरे साथी ने कहा, "तुम पूरे घामड़ हो, एक हाथ से देते झटका, बस नौ दो ग्यारह होते।"

उसने कहा, "देखो अभी क्या हुआ है, यहाँ भी पूरे गुरु हैं।"

श्याम दारूण घृणा के साथ इन दोनों व्यक्तियों की तरफ देखकर आगे चलने लगे। उन्होंने मन में कहा कि धन कमाने की यह कैसी जघन्य वृत्ति है। ईश्वर ऐसे मनोभावों से उसकी रक्षा करें। धीरे-धीरे वे प्लेटफॉर्म से बाहर आए। अनगिनत मोटरें, टमटम और बग्घियों की भीड़ इकट्ठी थी।

श्याम एक किनारे खड़े थे। उस भीड़ को देखकर उन्हें सिनेमा का आनंद आ रहा था। अपनी उन्हें जरा भी चिंता नहीं रही।

सामने से एक मोटर तेजी से आ रही थी। सड़क पार कर आदमी किसी यात्री का सामान सिर पर लिये जा रहा था, मोटर का भयंकर वेग किसी तरह रुकने के पहले ही वह गरीब आदमी गिर पड़ा, उसके सिर का बोझ छिटककर दूर जा गिरा। जिन बाबू साहब का सामान था वे जल्दी-जल्दी असवाव उठाकर भागे, रेल छूटने की चिंता थी।

गिरनेवाले आदमी को काफी चोट आ गई थी। कार भी रुक गई और उससे एक धनी सज्जन ने उतरकर देखा कि आदमी मरा नहीं है तब बोले, "रास्केल, अंधा है क्या! दिखाई नहीं पड़ता कि मोटर आ रही है? काम के वक्त मुझे एक झंझट खड़ा कर दिया।" फिर शोफर से बोले, "मुझे कचहरी पहुँचाकर इसे हॉस्पिटल में ले जाकर भरती करा देना, "और आप मोटर पर बैठ गए। श्याम सब हाल देख रहे थे, आगे बढ़कर बोले, "माफ कीजिए जनाब! आप कचहरी बाद में जाइए पहले इसे अस्पताल पहुँचा दीजिए, देर होने से यह गरीब तो मर ही जाएगा।"

श्याम को यों बीच में कूदते देखकर वे धनी सज्जन मन-ही-मन में बड़े नाराज हुए, चिढ़कर बोले, "आप कौन हैं जी? इतनी हमदर्दी है तो ले जाकर भरती करा दीजिए। गाड़ी का किराया मैं दे दूँगा।"

श्याम, "किराया देने की तकलीफ आप न उठाएँ। पर मेहरबानी करके इसे जल्दी हॉस्पिटल पहुचाएँ, देर करने से बड़ी आफत होगी।"

अब तो वे धनी व्यक्ति भी चकराए, सोचा था पीछा छुड़ाकर चल देंगे, बाद में नौकर को भेज किसी अस्पताल में भेज देंगे, अब जो श्याम ने बखेड़ा खड़ाकर दिया, उससे उनका धन की गरमी से गरम खून खौल उठा, पर करें क्या बगैर कुछ प्रबंध किए यहाँ से चले जाने की उन्हें हिम्मत नहीं हो रही थी। जरा तेज आवाज में बोले, "तुम कौन होते हो यों बीच में दखल देनेवाले? यह साला जान-बूझकर मेरी गाड़ी के सामने क्यों आ गया था।"

श्याम, "मरने की शायद इच्छा रही हो।"

इस व्यंग्य से तिलमिलाकर वे सज्जन बोले, "कानून मेरा कुछ नहीं कर सकता, मैं इसके लिए जिम्मेदार नहीं हूँ।"

श्याम जरा हँसकर, "यह सब जानते हैं कि कानून तो गरीबों के लिए बना है, अमीरों के लिए कोई कानून नहीं है।"

वे व्यक्ति, "यह मेरी शराफत है कि मैं तुम्हारी बातों का खयाल न करूँ वरना तुम्हारी शामत ही आ जाए।"

श्याम ने बेफिकर होकर कहा, "कुछ परवाह नहीं। बातों में देर मत कीजिए, क्या मर जाएगा तभी ले जाएँगे।"

सज्जन, "मर जाएगा तो मरे, मैं क्या करूँ। (ड्राइवर से, इसे मोटर में रखकर ले चलो किसी हॉस्पिटल। आज जाने किसका मुँह देखा था कि सुबह से झंझट पर झंझट लग रहे हैं।" ड्राइवर ने आहत व्यक्ति को श्याम के सहारे उठाकर गाड़ी में लिटा दिया। यद्यपि चोट बहुत लगी थी पर वह बेहोश नहीं था। भय के मारे अधमरा सा पड़ा था। जितना डर उसे अपनी मृत्यु का नहीं था उससे भी अधिक अमीर की मोटर से कुचल जाने से अपराध की चिंता थी। मोटर जब आँखों से ओझल हो गई, तब श्याम भी अपना सामान लेकर चलने लगे। पर कहाँ। इसका उन्होंने ही निश्चय नहीं कर पाया था, दूसरा क्या जानता।

*

विमला तो चली गई पर प्रमिला और मालती के दिल में एक चिंता पैदा कर गई। प्रमिला बार-बार सोचती कि अब उसका क्या कर्तव्य है। क्या वह तटस्थ होकर तमाशा

देखती रहे या अपने स्नेह पात्र के लिए कुछ उद्योग करें। पर वह क्या कर सकती है? वकील साहब से तो इस विषय में कुछ कहना भी मानो मैगजीन में बत्ती लगाना है। फिर दूसरा उपाय क्या है? हिंदू गृहस्थ, फिर अपने यहाँ की रीति-रिवाज में पली हुई लड़की न कँवारी रह सकती है न स्वयंवरा ही हो सकती है? प्रमिला कई बार स्वामी से बात करने की कोशिश की पर कृतकार्य न हो सकी।

आज प्रमिला ने अपने मन में संकल्प कर लिया कि वह इस बारे में पूरी कोशिश करेगी परिणाम चाहे जो हो। मालती की खातिर उसने अपने को खरे कटुवाक्यों को सहने के योग्य बना लिया और वह सब तरह से तैयार होकर वकील साहब के कमरे में गई। आज रविवार था, छुट्टी होने की वजह से वे घर ही पर थे।

प्रमिला ने जाते ही दो पान वकील साहब को दिए और पास ही चटाई पर बैठ गई। वकील साहब ने जरा विस्मय के साथ उसकी तरफ देखा और कहा, "आज क्या बात है? शायद दोपहर में कोई साथी नहीं मिला इसी से मेरे ऊपर कृपा हुई है।"

इस बात को सुनते ही प्रमिला का उत्साह कम पड़ गया, फिर भी वह सोचने लगी कि कैसे बात शुरू करें। उसे सोच-विचार में पड़े देखकर वकील साहब ने कहा, "बात क्या है। क्या किसी की तरफ से पैरवी करने आई हो, जरूर यही बात है, वरना मैं ऐसा भाग्यशाली कब हूँ कि आप बगैर मतलब के दर्शन दें।"

अब तो प्रमिला बड़ी मुश्किल में पड़ी। पैरवी की बात कहकर वकील साहब ने उसे और भी संकट में डाल दिया फिर भी वह जरा हँसकर बोली, "हे ईश्वर वकील लोगों से बात करना भी मुश्किल होता है, घर बाहर, सभी जगह उन्हें बस कानूनी बातें ही सूझती है।"

वकील, "क्या सारे वकील घर में कानूनी बातें करते होंगे? नहीं? मेरे ऐसे आदमी जिन्हें दूसरी बातें सुनानेवाला और सुननेवाला कोई नहीं होता। अगर वे ऐसी नीरस बातें न करें तो क्या करें।"

वकील साहब ने बगैर अघात पहुँचाए बात करने की जैसे कसम खा ली हो। प्रमिला की आँखें भर आईं, पर प्रतिवाद करने का उसे कोई अधिकार नहीं जान पड़ा। अधिकार मिला भी तो वह ग्रहण करने के योग्य ही अपने को कहाँ बना पाई है। चुपचाप सुपारी कतरने लगी। वकील साहब भी लीडर उठाकर पढ़ने लगे। प्रमिला को एक बात सूझ गई, वह बोली, "अब तो माघ के थोड़े दिन ही रहे हैं, पर अभी सब तैयारी करनी है। मुझे तो कुछ आता नहीं है, बुआजी से पूछकर जो कुछ करना हो शुरू कर दिया जाए।"

वकील साहब करवट बदलकर बोले, "क्या कहती हो। काहे की तैयारी?"

प्रमिला, "क्यों! मालती के ब्याह की? तुम तो कहते थे कि माघ में जरूर शादी

करेंगे, बनारस वाले लड़के की बात थी, उसका क्या हुआ? कैसा है?"

वकील, "अभी लड़का कहाँ तय हुआ, सिर्फ बातचीत थी, पर पक्का ही समझो। लड़का बहुत अच्छा है।"

प्रमिला, "क्या तुमने लड़का खुद देखा है।"

वकील, "नहीं मैंने नहीं देखा पर सुना है कि बहुत अच्छा है।"

प्रमिला जरा सा रुककर बोली, "शादी-ब्याह के मामले में मेरे बोलने का कोई हक नहीं है, पर इतना कहती हूँ, एक बार मालती से भी पूछ लेना चाहिए, क्योंकि वह काफी पढ़ी-लिखी और समझदार है। ऐसा न हो कि पीछे को पछताना पड़े।"

प्रमिला ने सरल भाव से यह बात कही है, इतना वकील साहब समझ गए, पर बगैर व्यंग्य किए उनसे रहा न गया, जरा सा हँसकर बोले, "जैसे तुम्हें पछताना पड़ रहा हैं। हैं ना!"

प्रमिला (गंभीर होकर), "मेरी बात बीच में मत लाओ। जो कुछ कहती हूँ, उसे हँसी में भी मत उड़ाओ।"

वकील, "मालती से पूछना बेकार है। वह लड़का और घर दोनों ऐसे हैं, जिसके लिए किसी लड़की को किसी तरह का ऐतराज हो ही नहीं सकता।"

प्रमिला ने जमीन की तरफ नजर रखकर कहा, "पर मालती को हो सकता है।"

वकील (आश्चर्य से), "क्यो, उसने कुछ कहा है क्या?"

प्रमिला, "कहा नहीं है पर बगैर कहे भी बहुत सी बातें जानी जा सकती हैं। आज उनकी माँ होतीं तो वे उन्हें बहुत पहले ही अपने जी की बात बता चुकी होती। पर मैं थोड़ा बहुत समझकर भी कुछ कह नहीं सकती, क्योंकि मेरा तो बोलना भी अपराध हो जाता है।"

प्रमिला का स्वर काँपने लगा और वह जमीन पर लकीरें खींचने लगीं। उसके आनत मुख की तरफ देखकर वकील साहब ने कहा, "कौन सी बात कहना चाहती हो, कहो न? अगर ठीक होगी तो मैं अब भी वैसा ही विचार करूँगा।"

प्रमिला, "विचार तो तब करोगे, जब विश्वास भी होगा।"

वकील, "विश्वास होगा या नहीं यह पहले ही से तुमने कैसे समझ लिया?"

प्रमिला, "इसलिए कि जब मैंने कभी इस तरह की बात तुमसे की तुम्हें कभी विश्वास नहीं हुआ।"

"खैर जब नहीं हुआ, तब नहीं हुआ, अब तो बताओ क्या बात है? क्या मालती नें कहा है कि मैं बनारस में ब्याह नहीं करूँगी, अभी तो ठीक से कोई खबर ही नहीं थी।"

प्रमिला, "बनारस या दूसरी जगह कहीं भी वह शादी नहीं करेगी। चाहे देख लेना।"

वकील साहब उठकर बैठ गए और तेज होकर बोले, "तब क्या वह भी विमला

की तरह कुमारी रहने का प्रण कर चुकी है?"

प्रमिला, "विमला से क्या मतलब और मालती क्यों कुमारी रहेंगी, हाँ जहाँ वह चाहे वहाँ शादी हो जाए। बस कोई झंझट नहीं है।"

वकील साहब का मुँह लाल हो गया, पर क्रोध में वे ज्यादा बोलते नहीं थे, आज भी संयत स्वर में व्यंग्य भरकर बोले, "कहीं कोर्टशिप कराई जा रही है क्या?"

प्रमिला तिलमिला उठी पर धीरे से बोली, "कैसी बातें करते हो! मालती तुम्हारी लड़की है!"

वकील (मुँह बनाकर), "मुझे मालूम है कि वह मेरी लड़की है और तुम्हारी कौन है यह भी मुझसे छिपा नहीं है।"

प्रमिला का जैसे पका हुआ फोड़ा दुःख गया हो इस तरह वह विवर्ण हो उठी पर फिर भी उसने कहा, "मेरी कौन है यह तो ईश्वर ही जानते होंगे, हाँ तुम लोग मुझे उनकी दुश्मन ही समझते हो। खैर, इसकी मुझे रत्ती भर परवाह नहीं है। हाँ जो लोग उनके सच्चे हितैषी हैं कहीं उन्हीं के हाथों अहित न होने लगे, बस मैं और कुछ नहीं चाहती।"

वकील (क्रुद्ध हेकर), "कौन अहित कर रहा है? साफ-साफ बात किया करो, मैं पहेलियाँ बूझने का आदी नहीं हूँ।"

प्रमिला, "अनुमान से बात करना ठीक नहीं, जब वक्त आएगा, सारी बातें आप ही मालूम हो जाएगी। पर कहीं बगैर पूछे ब्याह पक्का न कर लेना, यह बताए देती हूँ।"

उसके स्वर की दृढता से वकील साहब भी चकराए, चौंककर बोले, "मैं तुम्हारा अनुमान जानना चाहता हूँ इसी वक्त।"

प्रमिला, "मैं आज कुछ नहीं कह सकती।"

वकील (तेज होकर), "क्या अभी कुछ जासूसी बाकी है?"

प्रमिला ने भरे हुए गले से कहा, "जासूसी कौन करता है, यह तो मैं नहीं जानती मैं तो सच्ची बात कहती हूँ।"

वकील साहब ने लीडर लपेटकर प्रमिला के ऊपर पटक दिया और जोर से बोले, "बदतमीजी मत किया करो, जल्दी बताओ बात क्या है? मैं जानता चाहता हूँ कि तुम्हारा अनुमान क्या है?"

प्रमिला उठकर खड़ी हो गई। क्रोध, दुःख और अपमान से वह थर-थर काँप रही थी। मुख सेंदुरिया आम हो रहा था, उसका सौंदर्य उस समय कई गुना बढ़ गया था। आँखों में आए हुए आसुओं को कठिनता से रोक कर वह अवरुद्ध कंठ से बोली, "मुझसे मत पूछो, मालती से ही पूछ लेना।"

वकील साहब ने प्रमिला का हाथ पकड़ लिया और कहा, "मैं तुम्हीं से पूछता

हूँ। मालती विमला नहीं है, वह तुम लोगों की शिक्षा से भी इतनी बेषर्म नहीं हुई होगी कि मुझसे ऐसी बातें करेगी।"

प्रमिला ने हाथ खींचकर कहा, "इतना बिगड़ो मत, मैंने तो नाराज होने की कोई बात नहीं कहीं है। जब शांत होकर विचार करोगे तब समझ जाओगे, इस वक्त मुझे माफ करो।"

वकील साहब ने अधैर्य होकर कहा, "नहीं! मैं तुम्हें जाने नहीं दूँगा, जब तक पूरी बात नहीं बताओगी, तुमने क्या अनुमान किया है? मुझे बताना ही पड़ेगा, इसी वक्त!"

प्रमिला ने विवषता से कहा, "मेरा अनुमान यही है कि शायद मालती का मन है कि डॉक्टर के साथ उसकी शादी हो।"

प्रमिला के मुँह से इतना सुनते ही कुछ देर तक वकील साहब विस्मय से विमूढ़ होकर चुप रह गए, फिर जरा सचेत हुए तब गरजकर बोले, "तुम्हारा मन है या मालती का? शायद डॉक्टर ने तुम्हें अपना वकील तय किया है? ओफः ओः, मेरे ही घर में ये बातें! और डॉक्टर! इसे मैं बिल्कुल सीधा समझता था···"

गुस्से की अधिकता से वकील साहब के मुँह से बात नहीं निकल रही थी। प्रमिला ने अनुनय के स्वर में कहा, "डॉक्टर साहब के ऊपर शक मत करो, वे तो जानते भी न होंगे कि उनकी तरफ किसका क्या खयाल है।"

वकील साहब ने चिल्लाकर कहा, "फिर वकालत! मैं नहीं सुनना चाहता बस बंद करो।"

प्रमिला सिर झुकाकर बाहर चली गई, और अपने कमरे में जाकर जंजीर भीतर से चढ़ा ली।

वकील साहब भी आंतरिक जलन से बेचैन होकर कमरे में टहल रहे थे और मालती अपने कमरे में चुपचाप चारपाई पर पड़ी थी। उसे आज अपनी माँ याद आ रही थी, क्योंकि वह तो यही समझ रही थी कि प्रमिला ने उसके साथ कुछ नहीं किया।

*

उधर डॉक्टर का भी यही हाल था। विमला से यह सुनकर कि मालती की शादी दूसरी जगह पक्की हो गई है उनका सारा जोश ठंडा पड़ गया। काम से जी चुराने लगे, दिन भर पड़े रहते उदास चिंतित, पर जिस व्रत में व्रती हुए थे वहाँ स्वेच्छा और आलस्य की गुंजाइश नहीं थी। वहाँ तो जरूरत थी त्याग, संयम, अहिंसा और परोपकार की, जहाँ रमणी का प्रणय एक गौण वस्तु समझी जाती थी। जिसका मंत्र था, ब्रह्मचर्य द्वारा देश सेवा, वहाँ विवाह की बेड़ी नहीं लोहे की बेड़ी पहनना ही श्रेय समझा जाता

था। प्रियव्रत की समझ में नहीं आता था कि पहले का वह अदम्य उत्साह क्यों नष्ट हुआ जा रहा है।

अपने ब्याह की आशा मालती के साथ पहले भी उन्हें नहीं थी, किंतु कल्पना के सहारे वे सदैव मधुर चिंताएँ कर सकते थे। उसमें निराशा की कटुता नहीं थी न विवेक का तीव्र दंशन। स्वतः प्रवृत्त होकर उद्योग करना उनकी नीति के विरुद्ध था। चाहे जीवन मरुभूमि ही क्यों न हो जाए। यदि मालती का भी उनपर प्रेम होता तो दोनों जीवनपर्यंत पवित्र जीवन बिताकर देश कार्य करते, पर इस बात पर हृदय क्यों नाराज है कि वह प्रेम करें या न करें, तुम तो करते ही रहो। उसका ब्याह होता है तो उसे जलन क्यों होती है? क्या एकतरफा प्रेम नहीं हो सकता?

डॉक्टर चाहते थे कि अब मालती को भूल जाना चाहिए। मन-ही-मन संकल्प करते पर जरा देर में उन्हें मालती का अनुपम रूप, सुंदर वेश, सरस आँखें, जहाँ याद आतीं, बस हृदय में उथल-पुथल मच जाती।

वहाँ पर विवेक, संयम और देशव्रत की दाल ही न गलती थी। उन्हें जब उस दिन की याद आती तो वे भ्रम में पड़ जाते और सोचते कि मालती की आँखों में क्या था, लज्जा, प्रेम, अनुराग अथवा कोरी देशभक्ति।

उन्होंने तो कल्पना में जिस मधुर राज्य की नींव डाली थी वह तो अब व्यर्थ ही होती जान पड़ती थी। विमला की बात ने तो उनके सुखद स्वप्न के रहस्य को बिल्कुल उलटकर रख दिया।

विमला ने सिर्फ उनके मनोभावों को जानने के लिए ही वह बात बनाई है, यह वे कैसे जान सकते। विमला के सामने उन्होंने भी खूब उदासीनता दिखाई थी, जैसे मालती से वह कभी शादी करने की बात भी नहीं सोचते हैं।

अब पछता रहे थे कि विमला से मनोभावों को गुप्त रखना ठीक नहीं हुआ, पर छिः विमला से ऐसी बातें कैसे करें, जो कौमार्य व्रत की अनुगामिनी है, मैं पुरुष होकर दुर्बलता दिखाऊँ। विमला के निकट वह यह दीनता हरगिज नहीं दिखा सकते। समझ में नहीं आता था कि क्या करें। मालती का जब विवाह हो जाएगा, तब उनके जीवन का आनंद और उद्देश्य फिर कहाँ रहेगा।

वकील साहब जाने क्यों उनसे खार खाने लगे हैं यह वह किसी तरह न समझ सके। आज उन्हें शराब की दुकान पर पिकेटिंग के लिए जाना था, पर शाम के पाँच बजे तक उन्हें कुछ याद ही न रही, आत्म विस्मृत की तरह पड़े थे कि एक चपरासी ने एक कागज लाकर सामने रख दिया। कांग्रेस के मंत्री का पत्र था। उन्होंने पूछा था कि आज किधर जाएँगे, जहाँ जाना हो खबर दें और कितने आदमी साथ होंगे।

खत पढ़ते ही डॉक्टर मानो नींद से जाग पड़े। हृदय में धिक्कार की आवाज उठने

लगी, चपरासी से कहा, "मंत्रीजी से कह देना मैं मकबूल गंज की तरफ रहूँगा, मेरे साथ किसी आदमी को भेजने की जरूरत नहीं है, मैं अकेला ही जाऊँगा।"

चपरासी सलाम करके चला गया। डॉक्टर अपने विक्षिप्त मन को एकत्र और मजबूत करके असीम उत्साह और साहस के साथ अकेले पिकेटिंग के लिए चल दिए।

*

जहाँ सुशीला देवी अपने पुत्र और पुत्री के शुभ विवाह के आयोजन में हर समय लगी हुई दिन को बीतते नहीं जान पाती थीं, वहीं उनकी दोनों संतान मनस्ताप से विदग्ध हो रही थी। वह जितना ही उत्साहित थीं, वे दोनों उतने ही भग्नोत्साह होते जा रहे थे।

विमला कॉलेज जाती थी, पर पढ़ने-लिखने में जरा भी जी न लगता, अपने कार्यों और देहात के सुधारों की तरफ से उदासीन होने की वजह से उसे जो अनुलोचना होती थी उसे भुलाने का एक बहाना था कॉलेज।

उसका कर्तव्य ज्ञान, जब उसे पीड़ा देता जब वह उसे धोखा देती, पढ़ने के लिए सिर्फ वह कहीं नहीं जा सकती है।

श्याम को गए दो महीने बीत गए पर उनकी कोई खबर नहीं मिली। विमला को आश्चर्य होता कि उन्होंने अपने बच्चे तक की सुध नहीं ली, क्या दिमाग तो नहीं खराब हो गया, जरूर, वैसे दु:ख में आदमी पागल ही हो सकता है। सामने किताबों का ढेर फैलाए हुए विमला घंटों सोचा करती, यद्यपि श्याम से उसका कोई आत्मिक संबंध नहीं था, पर वह उनके लिए इतनी चिंतित थी कि जितना कोई अपने बहुत बड़े निकट संबंधी के लिए भी नहीं होता। विमला को अपनी दृढता का घमंड था, धीरता का दंभ था, अतएव अपने हृदय की इस बेचैनी ने उसे आश्चर्य में डाल दिया था।

वह दया और करुणा को ही समझ सकी थी, वेदना का दूसरा कारण किसी तरह जान नहीं सकी। तबीयत कहीं नहीं लगती। श्याम का समाचार जानने के लिए उसकी उत्सुकता बढ़ती जा रही थी। हिंदी के तथा अंग्रेजी के समाचार-पत्रों को नियमित रूप से देखती थी, शायद कुछ खबर मालूम चले। बहुत चाहती कि एक विज्ञापन दे दूँ, पर इस बात से इसे असीम लज्जा होती थी कि श्याम क्या कहेंगे। भाई के नाम से दे सकती थी, पर उनसे पूछते हुए भी संकोच से जवान बंद हो जाती थी। क्या करें कोई उपाय न सोच पाती। उमेश को देखकर प्राय: उसे बड़ा दु:ख होता, माँ तो मृत्यु ने छीन ही ली थी, पर हतभाग्य बालक पिता के होते हुए भी उनसे वंचित है। वह रोज पूछता, "मौछी! बाबूजी कब आएँगे मैं बहुत खिलौने नहीं लूँगा, थोले लेकल जल्दी क्यों नहीं आ जाते।" विमला उसे सस्नेह समझा देती कि अब आते ही होंगे, बालक खुश होकर खेलने लगता पर उसके साथ प्रवंचना करके विमला का हृदय व्यथित होने लगता।

आज कई दिन से उसे मालती की भी बड़ी चिंता हो रही थी, उसने डॉक्टर से साफ-साफ कुछ कहना ठीक नहीं समझा पर बातों-ही-बातों में उनके मन की थाह लेकर वह इतना ही जान पाई कि मालती से ब्याह करने को भइया कुछ बहुत उत्सुक नहीं जान पड़ते। फिर भी वह रोज रास्ता देखती कि प्रमिला ने कुछ कोशिश की हो और वकील साहब का पैगाम आता हो। धीरे-धीरे हफ्ता बीत गया उधर से किसी ने साँस ही नहीं ली।

आज विमला फिर प्रमिला से मिलने का विचार करने लगी। मालती उसकी भावज हो यह कल्पना वह बहुधा किया करती थी, उसका बड़ा मन था कि प्रिय सखी की मैत्री का बंधन, आत्मीय सूत्र में बँधकर और भी अटूट हो जाए, पर वह क्या कर सकती है, जब अभिभावक लोग तथा वर स्वयं निश्चिंत हों।

विमला कपड़े बदलकर नीचे जा ही रही थी कि उमेश ने ताली बजाकर कहा, "मौछी, देखो-देखो, मामाजी आलहे हैं।" विमला ने खिड़की से झाँककर देखा सचमुच डॉक्टर गेट पार करके बरामदे में आ रहे थे। उसने चप्पल उतार दी और बैठकर भाई का रास्ता देखने लगी। उमेश नीचे दौड़ गया। थोड़ी देर में उमेश की उँगली पकड़कर डॉक्टर ऊपर आए। विमला प्रसन्न मुख से बोली, "आओ भइया।"

कुरसी खींचकर डॉक्टर ने कहा, "कहीं जा रही थी क्या?"

विमला, "जरा मालती के यहाँ जानेवाली थी।"

मेज पर के कागजों को उलटते हुए डॉक्टर ने कहा, "क्यों?"

विमला, "वैसे ही, एक बात पूछनी थी।"

डॉक्टर, "क्या बात पूछनी है? लिखकर पूछ लो।"

विमला, "लिखकर नहीं पूछ सकती। खैर फिर चली जाऊँगी।"

डॉक्टर, "तुमने कुछ सुना विमला?"

विमला, "क्या?"

डॉक्टर (धीरे से), "खबर है कि श्यामाचरण कहीं उधर बंगाल की तरफ हैं, और आतंकवादियों में मिल गए हैं।"

विमला का चेहरा उतर गया। वह घबराहट को छिपाती हुई बोली, "कौन कहता है। कैसे मालूम हुआ?"

डॉक्टर, "बात सच है, "यह मुझे अच्छी तरह मालूम है। किसी से कहना मत, इस भले आदमी को यह क्या सूझा? देखने में बिल्कुल सीधा और सरल था।"

विमला ने कुछ जवाब नहीं दिया केवल एक गहरी ठंडी साँस उसके मर्मस्थल से निकलकर वायु में विलीन हो गई। डॉक्टर ने उसको चुप देखकर कहा, "क्या तुम्हें विश्वास नहीं होता?"

विमला (म्लान स्वर से), "विश्वास न करने का कोई कारण नहीं है।"

डॉक्टर, "पर सोचो तो कि श्यामा चरण को यह क्या सूझा, क्या दुनिया में अब दूसरा काम नहीं रह गया। जो आदमी इतना सीधा सरल और दयालु था। वह कैसे निष्ठुर और नृशंस हो जाएगा। शायद रुपए के लिए वे ऐसा कर रहे हों, इधर के दिनों में शायद रुपए-पैसे की उन्हें बड़ी तंगी रही है।"

विमला का कलेजा फटा जा रहा था, पर अपने मनोभावों को संयत रखने में वह बड़ी मजबूत थी, उसने कहा, "होगा, रुपए के लिए आदमी सबकुछ कर सकता है, पर अब ऐसी कौन जरूरत है। गहरी चोट खाकर, शायद दिमाग खराब हो गया हो।"

डॉक्टर ने खड़े होकर कहा, "तुम किसी से कुछ मत कहना।"

विमला, "मैं किस से कहूँगी, क्या जा रहे हो?"

डॉक्टर ने मुसकराकर कहा, "सरकार का आदमी हूँ, ज्यादा देर रहना ठीक नहीं।"

विमला ने इस बार व्यथित दृष्टि से डॉक्टर के मुँह की तरफ देखकर अनुनय के स्वर में कहा, "कल आना भइया! शायद कुछ और पता लगे।"

डॉक्टर ने जरा गौर से विमला की तरफ देखा और कहा, "तुम क्यों परेशान हो रही हो, जिसकी समझ में जैसा आवे वह वैसा करे।"

विमला से जब्त नहीं हो रहा था, उसने उमेश की तरफ इशारा करके रूंधी आवाज से कहा, "मेरी परेशानी की वजह बस यही लड़का है। इसका क्या होगा?"

डॉक्टर ने सांत्वना के स्वर में कहा, "इसकी क्या फिक्र है। हम लोग हैं ही, तुम्हारे पास रहेगा।"

विमला ने कुछ जवाब नहीं दिया, आश्रय से भी ऊँची तथा आवश्यकीय वस्तु पितृप्रेम से वंचित अभागे शिशु की तरफ देखकर उसकी आँखों में आँसू भर आए। वह उन्हें पोंछकर बोली, "कुछ खाओगे नहीं भइया! अभी क्यों जा रहे हो?"

डॉक्टर ने नीचे उतरते हुए कहा, "नहीं कुछ नहीं खाऊँगा, काम है जरा।"

डॉक्टर के चले जाने पर उमेश को भी नीचे भेजकर विमला ने किवाड़ बंद कर लिये हृदय में अजीब तरह की पीड़ा हो रही थी, उद्यत अश्रु बाँध टूटी हुई नदी की तरह उमड़ रहे थे। अपनी रूलाई देखकर उसे स्वयं आश्चर्य होने लगा, इतना दुःख उसे सुमित्रा को मरते देखकर भी नहीं हुआ था। इतनी दाहक ज्वाला नहीं उठी थी।

वह सोच रही थी, अब उसे श्याम के ऊपर घृणा क्यों नहीं होती। क्रोध क्यों नहीं आता। सिर्फ कष्ट ही होता है। मन चाहता है कि उनका उद्धार ही करें। क्या वे भी अब आतंकवादियों के साथ-साथ डकैती करेंगे? ऐसी क्या जरूरत थी, जो धनोपार्जन का यह जरिया पकड़ा। उस ऐश्वर्य का उपभोग कौन करेगा। श्याम का वही कष्ट सहिष्णु, प्रशांत तथा शोकाहत मुख उसकी स्मृति में बार-बार विप्लव मचाने लगा। वह

इतनी ज्यादा चंचल हो उठी की उसे भय होने लगा। कमरे से निकलकर छत पर खड़ी हो गई, एक विचित्र विभीषिका उसे उद्भ्रांत सा किए डालती थी, क्या करे? किससे कहे? पिंजरे में बंद जीव की तरह वह छटपटाने लगी। कभी पराधीनता की पीड़ा उसे सहनी ही नहीं पड़ी थी, न परदे का कष्ट ही उठाया था, पर आज उसने जाना कि नारी कितनी विवश, पराधीन और असहाय है।

सिवाय रोने और ईश्वर से प्रार्थना करने के अतिरिक्त वह कुछ नहीं कर सकती। विमला ने सोचा कि आज उसका वह असीम साहस कहाँ गया।

धीरे-धीरे अँधेरा फैल रहा था, पर उसका भीतरी भाग भी अंधकारमय हो रहा था। वह शून्य दृष्टि से आकाश की तरफ देखती, कभी हताश होकर पृथ्वी को। अपने हृदय की यह दशा देखकर वह भयभीत हो उठी। तरह-तरह की चिंताओं से उसका सिर भारी हो गया। ऐसे समय में आदमी को एक ऐसे व्यक्ति की जरूरत मालूम पड़ती है, जिसके निकट वह अपने जी की व्यथा निःसंशय होकर कह सके, पर विमला ने अपने पास ऐसा कोई प्राणी नहीं पाया, जिसके समीप वह मन के रुद्ध द्वार की साँकल खोलकर चित्त हलका कर सकती। दुःसह पर गोपन चिंता का गुरुभार उसे अकेले ही वहन करना था।

*

प्रमिला ने उसके लिए कितना अपमान सहा है, यह मालती कैसे जान पाती, वह तो अपनी व्यथा से ही व्यथित थी, कोई उसके लिए चिंतित हो सकता है यह वह कभी सोचती भी नहीं थी।

डॉक्टर के विवाह की बात ने उसे इतना आघात पहुँचाया था, जिसे सहने में वह असमर्थ हो रही थी। जीवन शुष्क, नीरस और बिल्कुल शांति शून्य भार सा लग रहा था। मन की एसी शोचनीय दशा को वह मुश्किल से छिपा सकी थी। दिल चाहता कि जोर-जोर से रोए। कभी-कभी अपनी माँ की याद आती तो वह आजकल घंटो रोया करती, जैसे उनकी मृत्यु ही ने आज यह पीड़ा उत्पन्न कर दी है। वह होती तो उसे कोई चिंता कोई व्यथा न होती। अब उसके दुःखों को देखनेवाला कौन है। प्रमिला क्या इतनी नादान है कि उसकी दशा का जरा भी अनुमान नहीं कर सकती।

आखिर आदमी बिला वजह तो इतना उदास रह नहीं सकता। नई माँ ने तो कभी उसकी उदासीनता का कारण न जानना चाहा। मालती का हृदय अभिमान से, दुःख से और निरूपाय निराशा से हर घड़ी फटा करता ऐसा मानसिक क्लेश उसे कभी नहीं हुआ था। किससे दिल का हाल कहे। कौन उसकी सहायता करेगा। वैसे विमला से वह सबकुछ कह सकती है, पर वे तो उसी के भाई हैं, विमला को कहीं जरा आभास

भी मिल जाए तो वह जरूर अपने भाई से कहेगी। राम-राम उस समय की कल्पना करके भी मालती ग्लानि और लज्जा से मर मिटती। सोचती कि अब क्या करे। माघ के तो-ढाई महीने रह गए हैं। रह रह कर उसे शांति के ऊपर क्रोध आ रहा था। विमला उस दिन कहती थी कि डॉक्टर साहब उसे देख चुके हैं। शायद पसंद भी कर लिया हो, उसे बेहद जलन होने लगती और मन में कहती कहाँ की बड़ी खूबसूरत है, खाली चमड़ा गौरा है, दो बरस तो नाइंथ में फेल हो चुकी है, हँसती कितना थी, सारा स्कूल उससे परेशान था, ईर्ष्या होने से मालती को शांति में कोई गुण नहीं दीख पड़ रहे थे। वह ज्वाला के साथ सोचती। रूप गुण में वह अद्वितीय नहीं पर प्रेम! प्रेम तो शायद ही कोई रमणी उससे अधिक कर सके। पुरुष कैसे अदूरदर्शी और अनुभवहीन होते हैं। उन्होंने मेरे प्रबल प्रेम को परख न पाया। पर परखते भी कैसे उसने तो मनोभावो को सदैव ही यत्नपूर्वक छिपा रखा था।

अपने कमरे में पड़ी वह इसी तरह की चिंताओं में मग्न थी। उसी समय प्रमिला वहाँ आई, मुँह उतरा हुआ और आँखें रोने से लाल हो रही थीं। मालती ने बगैर उसकी तरफ देखे ही कहा, "इतनी चुपचाप क्यों हो?"

प्रमिला ने रोदनरक्त आँखों की नजर नीचे करके धीरे से कहा, "सिर दर्द कर रहा है।"

मालती, "क्यों! क्या रात में सोई नहीं?"

इस बार मलिन हँसी-हँसकर प्रमिला ने कहा, "रात में तो तुम जगा करती हो, मेरे जगने की तो कोई वजह नहीं है।"

मालती ने आँखें चुराकर कहा, "मेरे ही जगने की कौन सी वजह है?"

प्रमिला (मुसकराकर), "शायद पढ़ती-लिखती होगी।"

मालती चिढ़ गई, उसने समझा प्रमिला उसे बना रही है, बोली, "पढ़ती-लिखती क्या अपना सिर हूँ, ऐसी बी.ए. की पढ़ाई तुमने तमाशा समझ ली है, जो बगैर टीचर के पढ़कर इम्तिहान दे दूँगी।"

प्रमिला, "नहीं, तमाशा नहीं समझती पर आजकल तुम्हें रात-दिन सोच में पड़े देखकर मैंने समझा कि पढ़ने-लिखने की बात होगी।"

मालती, "पढ़ना क्या सिर्फ सोचने से ही आ जाता है।"

प्रमिला, "तब फिर क्या सोचती हो।"

मालती, "क्या सोचती हूँ?"

प्रमिला, "यहीं तो मैं भी पूछ रही हूँ।"

इस बार जरा तीव्र स्वर से मालती ने कहा, "अपने भाग्य को सोचती हूँ और क्या सोचूँगी।"

प्रमिला थोड़ी देर तक उसकी तरफ देखकर धीरे से बोली, "क्यों? भाग्य से अब सोचने की नई बात क्या पैदा हो गई है। हाँ कुछ खास तकलीफ हो वह मैं नहीं जानती। बगैर कहे कैसे समझ सकती हूँ।"

मालती (निष्ठुरता से), "समझकर ही क्या करोगी?"

इस बार प्रमिला ने कोमल स्वर से कहा, "कुछ नहीं कर सकती पर तुम्हारा दर्द सुन तो सकती हूँ।" मालती ने मन में इसे प्रमिला की चालाकी समझकर क्रुद्ध कंठ से कहा, "क्या पागल तो नहीं हो गई हो! दर्द कैसा और क्या सुनोगी?"

प्रमिला की आँखों में आँसू उमड़ रहे थे। उसने अपने स्वर को खूब सहज बनाकर शुष्क कंठ से कहा, "तुम मुझे पागल कहकर भी मुझसे उड़ नहीं सकोगी मालती! मैं तुम्हारा हाल बहुत दिन से जानती हूँ।"

इस बार असहय क्रोध से मालती पागल हो उठी, जाने क्यों उसे प्रमिला पर विश्वास नहीं आ रहा था, तेज आवाज में बोली, "मेरा क्या हाल है, जो तुम जानती हो, तो साफ-साफ कह क्यों नहीं देती?"

प्रमिला, "साफ-साफ कहना होता तो तुम्हीं से क्यों पूछती?"

मालती (जलकर), "ये सब पाठ किसी दूसरे को पढ़ाना नई माँ! तुम मुझे बातों में बहलाकर जाने क्या मेरे मुँह से कहलाने वाली हो। तुम्हें क्या, पापा अगर कुछ सुनेंगे तो मेरे लिए तो मरने की बात हो जाएगी।"

इस बात से आहत होकर प्रमिला बोली, "कैसी बातें करती हो मालती! मैंने कब तुम्हारी कोई बात किसी से कही है? जो तुम मुझ पर यह इल्जाम लगा रही हो। तुम्हें हर वक्त उदास देखकर रहा नहीं जाता। तब पूछ दिया, खैर मुझे यह जानकर बड़ा संतोष हुआ कि तुम्हारी चिंताओं की कोई खास वजह नहीं है।"

प्रमिला की बातों से मालती को रह-रहकर गुस्सा आ रहा था। नीचे की बात सुनकर तो वह क्रोध से पागल हो उठी, पर प्रमिला की बातचीत ऐसे ढंग की थी कि उस पर शब्दों द्वारा क्रोध प्रकट करना ही मुश्किल था। मालती गुमसुम होकर बैठ गई। प्रमिला भी एक किताब को अनावश्यक ही उल्ट-उल्टकर देखने लगी। उसके हृदय की मौन कथा को अगर कोई जान सकता तो देखता कि वह अपनी पीड़ा को कितने संयम से छिपाए है, अभी-अभी वकील साहब ने उसको असहनीय व्यथा पहुँचाई थी।

लेकिन वह उससे उतनी मर्माहत नहीं हुई थी, जितनी कि मालती के इस निष्ठुर व्यवहार से।

इस घर में सबकी उपेक्षा उसने सदैव शांतभाव से ग्रहण की है और उसे वह सहनीय भी हो चुकी थी। पर मालती ने आए दिन उस पर सदय और प्रेमपूर्ण व्यवहार रखा, उसने भी मालती के लिए जो कुछ सहन किया है वह शायद ही कोई नारी सह

सकती हो। आज की बातचीत ने प्रमिला के हृदय में वह चोट पहुँचाई थी, जो जीवन भर अमिट रहेगी। मालती भी अपने सामने एक अंग्रेजी की पुस्तक खोल कर मन-ही-मन इसी विषय की मीमांसा कर रही थी। प्रमिला उसका मजाक उड़ाना चाहती है। यह उसे पूरा यकीन था, उसने मन में सोचा कि मैं तो अपने दुःख में डूबी हूँ, इन्हें तमाशा ही मालूम पड़ता है। सबकुछ जान-बूझकर भी कैसा बनती हैं, पहले यदि उसके मन की गुप्त बातों को कुछ आभास भी प्रमिला या अन्य किसी को मिल जाता तो वह लज्जा से मर मिटती पर आज मारे जिद और क्रोध के उसे इस बात से जरा भी शर्म नहीं लगी कि प्रमिला उसकी बहुत सी बातें जानती है। वह रह-रहकर यही खयाल करने लगी कि, सबकुछ जानकर भी यह मेरे कष्टों का मजा ले रही है। अगर चाहती तो क्या पापा से इस बारे में अनुरोध नहीं कर सकती थीं। आज तक उसने कभी यह न महसूस किया था कि प्रमिला सिर्फ घर और गृहस्थी के लिए ही नहीं आई है, बल्कि मातृत्व का अधिकार लेकर आई है। न पहले कभी मालती के हृदय में बंधुत्व के अलावा दूसरा भाव ही आया था, पर आज प्रमिला के दायित्वहीन बरताव से वह क्षुब्ध होने लगी, आज उसे मित्रता की उतनी आवश्यकता नहीं है जितनी निस्स्वार्थ वात्सल्य की।

प्रमिला भी सिर झुकाए विचारों में डूबी थी उसी समय सुखिया ने आकर कहा, "पैसा देई।"

प्रमिला ने चौंककर कहा, "क्या?"

सुखिया, "आज तरकारी अरकारी न आई का, न आवै तो रहै देईं हमें का।"

प्रमिला (चिढ़कर), "क्यों न आएगी, लो यह रुपए और बुआजी जो कुछ बताएँ ले आओ।"

सुखिया ने रुपए उठा लिया पर जाने का कोई लक्षण न दिखाकर खड़ी रही।

प्रमिला ने थोड़ी देर बाद कहा, "क्या चाहिए?"

सुखिया, "चाही का, अरे आप नाहीं सुनेन का, आज बड़ा मार-पीट होय गवा है।"

मालती और प्रमिला दोनों चौंककर बोलीं, "कहाँ?"

सुखिया, "कउनिउ दुकान पर धरना देत रहें, डाकदर साहब के बड़ी चोट लाग है।"

मालती का मुँह एकदम सफेद पड़ गया, उसकी तरफ देखकर प्रमिला ने कहा, "कौन डॉक्टर साहब? कहाँ सुना है?"

सुखिया, "कवन कहत है बजरिया भर मा तो हल्ला उठा है, गई रहीं तमाखू आनै तब्बै सुना रहै, जउन डागदर साहेब पहिंलवां आवत रहैं उनहीं के चोट लाग है।"

प्रमिला, "क्या बहुत चोट लग गई?"

सुखिया, "हाँ सभै कहत रहैं कि बलनटियर मोटर पर पौड़ाय लै गए हैं।" मालती

ने अपने हाथों की किताब को मुँह के सामने कर लिया। प्रमिला ने कहा, "जरा कल्लू को भेज देना महरी!"

सुखिया रुपए उठाकर चली गई, प्रमिला ने मेज के पास जाकर एक चिट्ठी लिखी और कलुआ को देकर बोली, "यह खत जज साहब के मकान पर विमला को देकर जवाब माँग ला। दौड़ता हुआ जा, जल्दी लौटेगा तो पैसे मिलेंगे।"

कलुआ चला गया, प्रमिला को मालती का विवर्ण, उद्विग्न और कातर चेहरा देखकर दया आने लगी, जी उसका भी घबरा रहा था पर मालती को प्रबोध रहे इस गरज से वह गंभीर मुँह किए चुपचाप बैठी थी, पर मालती उसकी उदासीनता को उपेक्षा समझकर मन-ही-मन उसके ऊपर कुढ़ रही थी। उसके तो प्राण छटपट कर रहे थे, किसी तरह यदि वह डॉक्टर को देख पाती।

मालती चाहती थी कि प्रमिला जाकर वकील साहब से कहे कि पापा जाकर देख आएँ तो क्या हो जाएगा। अपने यहाँ कोई जरा सा बीमार होता है तो वह दिन में दो-दो बार देखने आते हैं, कुछ नहीं तो दुनियादारी के खयाल ही से चले जाएँ। हे ईश्वर! कलुआ क्या खबर लाएगा। कहीं उसे विमला न मिली तो। जाने घर पर होंगे या दुकान पर कलुआ से कह भी न दिया कि पहले दुकान पर जाए।

प्रमिला के हृदय में भी आँधी सी उठ रही थी, पर बलपूर्वक अपने मन को थामे थी, वह भी बड़ी उद्विग्नता से कलुआ की प्रतीक्षा कर रही थी।

यह सबकुछ था पर मालती ने उससे कुछ कहा नहीं, न प्रमिला ही कुछ बोली। उसे सबने गलत समझा था, आज मालती भी गलती कर रही थी।

उस दिन मकबूलगंज में एक कलवार की दुकान पर डॉक्टर अकेले पिकटिंग के लिए गए, शराबियों में मनुष्यत्व नहीं रह जाता, इनकी सभ्यता और नम्रता का यह परिणाम हुआ कि झगड़ा करने पर वे लोग आमादा हो गए। कई पियक्कड़ जबरदस्ती शराब लेने के लिए डटे थे और डॉक्टर उन्हे समझा-बुझाकर रोक रहे थे। शराबियों का नशे का वक्त बीत रहा था, अत: उनमें धीरज नहीं रहा जैसे ही डॉक्टर ने सामने आकर रास्ता रोका कि एक ने उन्हें इतनी जोर से धक्का दिया कि वे पक्की सड़क पर गिर गए, सिर फटकर खून बहने लगा। डॉक्टर तुरंत सँभल कर खड़े हो गए और कस कर रूमाल सिर में बाँध दिया। उनके गिरते ही वहाँ भीड़ लग गई, शराबी चट से दुकान पर चढ़ गया, दूसरा भी बढ़ा था कि डॉक्टर ने उसके सामने जाकर कहा, "बस भाई साहब! आज आप लोग शराब ले नहीं सकते।"

शराबी ने क्रोध से भरकर कहा, "क्यों? किसके हुकम से?"

डॉक्टर, "हुकम कैसा, मैं तो प्रार्थना करता हूँ कि आज से आप लोग कसम खा लीजिए, कि कभी इस चीज को छुयेंगे भी नहीं।" दूसरा शराबी आँखें तरेरकर बोला,

"आपको किसी ने अपना पंच नहीं बनाया है सीधी तरह से मान जाइए, वरना ठीक नहीं होगा।"

पहला दर्शक (जोर से धक्का मारते हुए), "क्या अब भी कुछ बाकी है?"

दूसरा दर्शक, "अजी इन कमबख्तों को समझाना ही बेकार है, पीकर अभी मोरियों में साले लोटते फिरेंगे।"

डॉक्टर साहब ने पीछे घूमकर विनयपूर्वक कहा, "देखिए आप लोग भीड़ मत करें, ये लोग बदतमीजी कर बैठेंगे तो बेकार झगड़ा पैदा हो जाएगा। आप लोग मेहरबानी करके हट जाएँ।"

यह बात सुनकर देखनेवाले जरा पीछे हट गए, पर चले जाने का लक्षण किसी ने न दिखाया, तब तक दूसरा नशेबाज भी दुकान पर पहुँच गया। प्रियव्रत को यहाँ खड़े साढ़े तीन घंटे बीत चुके थे पर अभी तक पराजित नहीं हुए थे। अब जो यह हाल देखा तो झपटकर शराबी के सामने खड़े हो गए और कलवार के सामने स्थिर दृष्टि से देखकर दृढस्वर से बोले, "मत देना। एक बूँद भी नहीं।"

अब तो शराबियों का चेहरा क्रोध से लाल हो गया। एक ने कड़क कर कहा, "आप कौन होते हैं, रोकनेवाले?"

तब तक पीछेवाला, बोतल लेकर गटागट वहीं पीने लगा। डॉक्टर हतबुद्धि से होकर बोले, "राम-राम आखिर आप नहीं माने, (दूसरे से) खैर अब आप ही मान जाएँ, ईश्वर के लिए। लोगों को दिखा दीजिए कि मर्द कैसे होते हैं।" इतना सुनकर पीछेवाले ने खाली बोतल खींचकर डॉक्टर के ऊपर फेंकी और कहा, "मर्द ऐसे होते हैं, आप लोगों की तरह म्याऊँ-म्याऊ नहीं करते।"

बोतल सिर पर लगते ही डॉक्टर साहब गिर पड़े। जरा देर के लिए उन्हें ज्ञान न रहा कि कहाँ हैं। उत्तेजित जनता दुकान में घुसकर शराबियों की मरम्मत करनेवाली थी ही कि डॉक्टर साहब सँभल गए और सतेज स्वर में बोले, "खबरदार हाथ मत उठाना, क्या पुलिस का हंगामा करनेवाले हो। जल्दी हटो। भीड़ हटाओ।"

दोनो शराबी थर-थर काँप रहे थे, नशा हिरन हो गया। कलवार का भी मुँह सूख गया। डॉक्टर को वह पहचानता था कि कैसे प्रतिष्ठित आदमी के पुत्र हैं।

डॉक्टर के शब्दों में इतनी शक्ति थी कि किसी को आगे बढ़ने की हिम्मत नहीं पड़ी, कुछ लोग वहीं खड़े-खड़े उन दोनों शराबियों को गालियाँ देने लगे। दो-एक दौड़कर जज साहब के यहाँ खबर देने गए। कोई कांग्रेस भवन की तरफ दौड़ा। जब तक पुलिस घटनास्थल पर पहुँचती, जज साहब की कार आ गई। मोटर से शोफर ने उतरते ही पूछा, "कहाँ हैं डॉक्टर साहब?"

डॉक्टर के सिर से बहुत खून निकल चुका था, दिल घबरा रहा था पर झगड़ा हो

जाने के डर से जब्त करे थे। शोफर को देखकर बोले, "राम सिंह, मेरा हाथ पकड़ लो, बस ज्यादा चोट नहीं आई है।"

राम सिंह आगे बढ़ा ही था कि वह शराबी जिसे डॉक्टर साहब ने पीने से रोकते वक्त पीछे से चोट खाई थी, आकर सामने खड़ा हो गया और कुछ शर्म के साथ बोला, "डॉक्टर साहब माफ करिए अब मैं कसम खा रहा हूँ, जो इसकी तरफ कभी आँख भी उठाऊँ।"

डॉक्टर ने कार पर बैठकर आँखें बंद कर लीं, फिर जरा देर में शराबी की तरफ देखकर मुसकराकर धीरे से कहा, "आप लोगों की कसम का भी क्या ठीक।"

शराबी (लज्जित होकर), "नशा पीता हूँ तो क्या आदमी नहीं हूँ?"

इस पर दुकान से नीचे खड़े हुए दोनों व्यक्तियों ने भी हाथ उठाकर कहा, "मैं भी तौबा करता हूँ जनाब।"

डॉक्टर का चेहरा विजय गर्व से क्षण भर के लिए चमक उठा वे अपना दर्द भूल गए और उठकर बैठ गए। शोफर ने मोटर घुमाकर कहा, "सरकार ने कहा है, आपको घर पर ले चलूँ।"

डॉक्टर ने क्षीण स्वर में कहा, "नहीं दुकान पर, मुझे पहुँचाकर तुम घर चले जाना।"

बिजली के उज्ज्वल प्रकाश में उनका मुँह बिल्कुल उतरा हुआ दिखाई पड़ रहा था। खबर पाते ही कांग्रेस के मंत्रीजी तथा कई एक स्वयंसेवक आ गए। चारपाई बिछा दी गई, एक आदमी डॉक्टर के पास गया। तब तक जज साहब की कार वापस आ गई, सबसे पहले तेज कदमों से प्रायः दौड़ते हुए जज साहब ने कमरे में प्रवेश किया। उनके चेहरे का रंग उड़ा हुआ था, आते ही बोले, "क्या हाल है? क्या बहुत गहरी चोट लगी है?"

मंत्रीजी ने नमस्कार करके कहा, "सिर पर चोट लगी है, डॉक्टर को बुलाया है।"

जज साहब ने एक बार अवज्ञाभरी नजर से मंत्री की तरफ देखकर जरा सा सिर झुका दिया फिर विमला की तरफ देखकर बोले, "इधर आ जाओ, तुम लोग।" विमला और उसकी माँ अंदर आई। कई अपरिचित मनुष्यों के सामने आते हुए उन्हें बड़ा संकोच हो रहा था पर पुत्र की तरफ निगाह पड़ते ही उनके मुँह से हलकी सी चीख निकल गई। मंत्रीजी तथा जज साहब ने एक साथ ही कहा कि घबराने की कोई बात नहीं है। अभी ठीक हो जाएँगे। सुशीला देवी थर-थर काँपकर वहीं कुरसी पर बैठ गईं, और विमला स्थिर, अविचल भाव से पलंग के पास खड़ी थी। वह भूल गई कि वह कहाँ है।

पिता को देखते ही डॉक्टर का मुँह भय से और भी सूख गया। वे चुपचाप आँखें बंद करके तिरस्कार के लिए तैयार हो रहे थे। जज साहब का हावभाव देखकर मंत्री

महाशय उठकर बरामदे में चले गए। उनके पीछे और आदमी भी निकल गए। तब जज साहब ने कहा, "अब क्या हाल है? क्या कमजोरी ज्यादा जान पड़ती है?"

डॉक्टर की आँखें सजल हो उठीं, वे धीरे से बोले, "नहीं ज्यादा चोट नहीं लगी।" जब से उन्होंने देशहित का व्रत ग्रहण किया था, पिता आज प्रथम बार बोले यह उन्हें नहीं भूला।

जज साहब ने फिर कुछ कैफियत न तलब की जिससे डॉक्टर उद्विग्न हो, डॉक्टर उनकी तरफ दबी निगाह से बार-बार देखने लगे।

सुशीला देवी आँखें पोंछकर कुछ बोलनेवाली थीं कि जज साहब ने आँख के इशारे से उन्हें रोक दिया। सुशीला देवी का मातृहृदय बार-बार उमड़ रहा था, रह-रह कर उन लोगों के ऊपर क्रोध आ रहा था, जिन्होंने उनके प्राणप्रिय पुत्र पर आघात किया था, पातीं तो उन लोगों को लाखों बातें सुनातीं। ईश्वर करे कमबख्तों के हाथ ही टूट जाएँ। इन बातों के अलावा मन में वे यह भी प्रार्थना कर रही थीं कि भगवान् अब से लड़के को सुबुद्धि दो, इन बातों से मन फेर दो।

पर विमला के दिल में कोई शिकायत नहीं थी। एक अव्यक्त वेदना उसके हृदय को पीड़ित कर रही थी। भाई की विवर्ण मुख की तरफ उससे देखा नहीं जा रहा था, सारी शक्ति जैसे देह से निकल गई थी।

थोड़ा देर में डॉक्टर साहब आ गए, उनके साथ में मंत्री महाशय तथा अन्य व्यक्ति भी अंदर आए। डॉक्टर ने चोट का परीक्षण करके कहा, "चोट गहरी है, खून भी काफी निकल चुका है, देखिए अब आप बिल्कुल हिले-डुलें नहीं, चुपचाप पड़े रहें।"

जज साहब, "कार में ले जा सकता हूँ?"

डॉक्टर, "आज यहीं रहने दीजिए, हिलने-डुलने से फिर खून गिरने का डर है, बुखार न आ जाए, यही अंदेशा है। गरम दूध में थोड़ी ब्राँडी मिलाकर दीजिए।"

जज साहब ने कंपाउंडर को पुकारा पर डॉक्टर ने बीच ही में रोककर धीरे से कहा, "क्या ब्राँडी मँगाने के लिए? मैं शराब की दुकान पर धरना देने गया था और मैं ही खुद ब्राँडी पिऊँगा।"

डॉक्टर, "पर आप तो दवा की जगह पर पिएँगे न?"

डॉक्टर (दृढता से), "वह एक ही बात होगी, मुझे माफ कीजिए।"

जज साहब के मुँह पर जैसे किसी ने मुट्ठी भर धूल झोंक दी हो। उनका विलायती सिल्क का सूट, विलायती जूते और नाइट कैप, उनको पुत्र की निगाह से निगाह न मिलाने देते थे। डॉक्टर को पिता का खयाल न रहा था कि वे बैठे हैं। अब उधर देखकर अप्रतिम से होकर चुप हो गए।

डॉक्टर साहब ने कहा, "खैर गरम दूध ही पिलाइए।"

मंत्री महाशय के मुँह पर प्रशंसात्मक प्रसन्नता झलक रही थी, वे बोले, "दूध में ब्राँडी की जगह पर जरा सी फिटकरी छोड़ देने से कैसा होगा डॉक्टर साहब?"

डॉक्टर साहब मुसकराकर बोले, "छोड़ सकते हैं, पर मैं कहता हूँ कि नशे की चीज होने की वजह से अगर उन्हें पीने से ऐतराज है तो कोई बात नहीं पर मैं यह मानने को तैयार नहीं हूँ कि कोई भी विदेशी चीज आप लोग इस्तेमाल नहीं करते, कहिए आप ही के घर से बीसों चीजें ऐसी निकाल लाऊँ, जो कभी आपके देश की बनी हुई नहीं है।" इतना कहकर डॉक्टर साहब जोर से हँस पड़े।

मंत्री महाशय जरा गुस्से के साथ बोले, "ऐसी चीजों के लिए कसम नहीं खा सकता, जिनके बगैर काम नहीं चलता।"

डॉक्टर, "क्यों नहीं चलता, मोटर गाड़ी के बगैर क्या काम नहीं चल सकता?" लेकिन उसमें आराम है, सुमीता है, अमीरी की शान है, इससे लोग रखते हैं। उसी तरह इस वक्त इनके लिए ब्राँडी की जरूरत है, इसलिए मैं उसका देना बुरा नहीं समझता।"

मंत्री महाशय को कुछ उत्तर न सूझा। कहार गरम दूध ले आया, डॉक्टर साहब ने प्रियव्रत की तरफ देखकर कहा, "कहिए क्या राय है?"

प्रियव्रत ने जरा मुसकराकर कहा, "जान-बूझकर नशे की चीज मैं नहीं ले सकता आप लोग मुझे माफ कीजिए।"

उनके स्वर की दृढता देखकर डॉक्टर ने विवशता से कहा, "अच्छा आप नहीं मानते हैं, तो दूध ही पी लीजिए। मैं यह प्रेस्कृप्शन बनाए देता हूँ, दवा पीते रहिएगा।"

डॉक्टर साहब चले गए, तब मंत्री महाशय ने खड़े होकर कहा, "अच्छा भाई साहब, अब जाता हूँ सुबह आऊँगा। क्या किसी वालन्टियर को यहाँ रख दूँ?"

डॉक्टर, "जी नहीं। किसी की जरूरत नहीं है, नमस्कार।"

नमस्कार कहकर मंत्री महाशय चले गए, विमला सामने आकर बोली, "बाबूजी अब आप घर जाएँ, अम्मा को भी लेते जाइए मैं यहीं रह जाऊँगी।" जज साहब के मन की गति साँप-छछूंदर की तरह हो रही थी, एक तरफ पुत्र स्नेह और सांसारिकता, दूसरी ओर लाट साहब की सभा के मेंबर बनने की आशा, वह आशा जिसके लिए उन्होंने दीर्घकाल तपस्या की है। विमला ने खुद जाने का प्रस्ताव उठाकर उन्हें बचा लिया, बोले, "तुम अकेली कैसे रहोगी।"

विमला, "अकेली क्यों हूँ? भइया तो हैं, नौकर लोग भी हैं, किसी और को भेज दीजिएगा।"

जज साहब, "अच्छी बात है, किसी बात की जरूरत हो तो फौरन मुझे खबर देना। मोटर यहीं रोक लेना।"

विमला, "अम्मा को भी लेते जाइए।"

सुशीला, "नहीं मैं नहीं जाऊँगी, मेरा भला वहाँ जी लगेगा।"

डॉक्टर, "नहीं अम्मा तुम चली जाओ, मैं बिल्कुल अच्छा तो हूँ जरा सी चोट लग गई उसके लिए इतना झंझट किया गया।"

सुशीला, "हाँ जरा सी चोट लगी हैं, सेरों खून निकल गया। कहो भगवान् ने जान बचा दी नहीं तो मैं कहीं की न रहती। न बाबा मैं, अब तुमको घर से कहीं जाने न दूँगी। आग लगे ऐसे धरना पर, जिसकी जान सस्ती हो वह जाए।"

विमला, "जान किसकी सस्ती है और कीमती किसकी है यह क्या पता।" जज साहब ने मोटर पर से पुकारा, "आना हो तो जल्दी आओ।"

दुकान के सामने ज्यादा देर रुकने में वे कुछ घबरा से रहे थे।

डॉक्टर, "जाओ अम्मा तुम्हारे हाथ जोड़ता हूँ चली जाओ, मैं बिल्कुल अच्छा हूँ। विमला के रहने की भी जरूरत क्या है, इसे भी लेती जाओ।"

विमला, "नहीं मैं यहीं रहूँगी। अम्मा जाओ नहीं तो बाबूजी नाराज होने लगेंगे। घबराने की कोई बात नहीं है। नहीं तो मैं बाबूजी को भी नहीं जाने देती।" सुशीला देवी क्या करतीं, एक बार डॉक्टर की तरफ स्नेह कातर दृष्टि से देखकर धीरे-धीरे चली गईं।

माता-पिता के चले जाने के बाद विमला ने कुरसी पर बैठकर कहा, "क्या हुआ था भइया, इतनी चोट कैसे आ गई?"

डॉक्टर, "कुछ नहीं, एक शराबी को शराब लेने से रोक रहा था, दूसरे ने बोतल खींचकर मार दी। पहले भी एक ने धक्का दिया था, जिससे गिर पड़ा था, तब भी सिर में चोट आ गई थी। मैंने उसे रूमाल से बाँध दिया था।"

विमला रोमांचित होकर बोली, "इतनी चोट लगी उस पर भी तुमने परवाह न की?"

डॉक्टर, "चोट की परवाह करता तो दंगा-फसाद इतनी जल्दी खड़ा हो जाता है, जिसका नाम नहीं।"

विमला, "क्या विलायती माल पर धरना देने गए थे?"

डॉक्टर, "देशी-विलायती का कोई सवाल नहीं है, मैं तो नशा मात्र का बहिष्कार देश के लिए मंगल समझता हूँ पर शराब ने तो जाति की जड़ ही खोखली कर दी है। सारे जवानों का यह धर्म है कि इस जहर का नाम हिंदुस्तान से मिटाकर दम लें, लेकिन यह काम कितना मुश्किल है यह सब लोग समझ सकते हैं। तुम कहती हो कि क्या विदेशी शराब पर धरना देते हो, मैं वैसी अंध देशभक्ति नहीं रखता कि सिर्फ देशी-विदेशी पर ही वक्त बरबाद करता रहूँ। जहर-जहर ही है, चाहे देशी हो चाहे विलायती प्राण घातक दोनों ही हैं।"

विमला, "अच्छा अब सो जाओ, बहुत बोलने से नुकसान होगा।"

डॉक्टर (उदास स्वर से) "नींद नहीं आएगी।"

उसी समय मोटर सड़क पर आकर रुकी उससे एक कहारिन उतरी और एक नौकर उमेश को गोद में लेकर अंदर आया। विमला ने कहा, "इसे क्यों ले आए।"

नौकर, "अरे सामैं से रोवत है, सरकार कहिन लै जाओ दै आवों।" विमला ने उमेश को गोद में ले लिया और बोली, "तुम क्या यहीं रहोगे राम लोटन?"

लोटन, "हाँ सरकार कहेन है कि रात भर जागै का," फिर एक खत विमला के हाथ में देकर बोला, "यह एक चिट्ठी है, वकील साहब का नौकर साझै से लिहे बइठ है। कहत है जवाब ले के जाब, हमरे साथ आवा है।"

विमला ने पत्र ले लिया। डॉक्टर ने पूछा, "किसका पत्र है, क्या लिखा है?"

विमला, "प्रमिला ने पूछा है कि तुम्हें ज्यादा चोट तो नहीं आई, अब कैसे हो, लो पढ़ लो।"

डॉक्टर ने आग्रह के साथ पत्र ले लिया पर उसे नीचे तक पढ़कर एक गहरी साँस उनके मुँह से निकली और पत्र रखकर उन्होंने आँखें बंद कर ली।

प्रमिला ने अपने पत्र में लिखा था—

प्रिय विमला!

अभी सुना कि डॉक्टर साहब को बहुत चोट आ गई है, कह नहीं सकती कि खबर कहाँ तक सत्य है, पर तबीयत घबरा रही है। कृपया तुम सिर्फ दो लाइन लिखकर मुझे संतोष प्रदान करो। शायद वे अब घर आ गए हों इससे यह पत्र घर पर भेज रही हूँ, शेष क्या लिखूँ, जल्दी में हूँ। जवाब लिखकर देना।

तुम्हारी शुभ चिंतिका प्रमिला

विमला टेबुल के पास जवाब लिख रही थी। डॉक्टर ने मजाक में अपना हार्दिक भाव प्रकट किया, "लिख दो कि बहुत चोट आ गई है, हालत खतरनाक है, बिल्कुल होपलेस।"

विमला ने भौवें टेड़ी करके कहा, "यह क्या बक रहे हो?"

डॉक्टर, "नहीं जरा लिखकर देखो, क्या असर होता है, देखें वकील साहब या प्रमिला कोई आता है या नहीं।"

विमला को हँसी आ गई, उसने कहा, "मैं ऐसी अशुभ बात कैसे लिखूँ, झूठ मुझसे नहीं लिखा जाएगा।"

डॉक्टर, "झूठ क्या है, चोट लगी ही है, अभी खून बहने लगे या बुखार आ जाए तो हालत खराब होने में कितनी देर लगेगी।"

विमला शंकित होकर बोली, "क्या बकते जा रहे हो, चुप रहो, जो कहोगे वह

लिख दूँगी पर तुम ऐसी बातें मत कहो।" डॉक्टर चुप हो गए। विमला ने लिखा—

प्रिय बहनजी।

आपका पत्र मिला। भइया के सिर में काफी चोट आई है, खून भी बहुत गिरा है। डॉक्टर लहरी आए थे, हिलने-डुलने को मना कर गए हैं, जी मेरा भी घबरा रहा है। दुकान पर ही हैं, कल शायद घर जा सकें, बुखार न आ जाय यही अंदेशा है।

नौकर के हाथ में पत्र देकर विमला कुरसी से उठकर खाट के पास आई और बोली, "भइया सो जाओ क्या तलवा सहला दूँ?"

डॉक्टर, "नहीं, कुछ जरूरत नहीं हैं। तुम लेट जाओ मैं भी सो जाऊँगा।" विमला कुछ नहीं बोली, पास ही कुरसी खींचकर बैठ गई, तरह-तरह की चिंताएँ उसके मस्तिष्क को भारी करने लगीं। उसकी पीड़ा ऐसी थी कि जिसे उसको निःशब्द सहन करना पड़ रहा था। उसके समाधान का कोई उपाय नहीं है। डॉक्टर की चिंता भूल कर उसका मन दूर बहुत दूर किसी अज्ञात प्रदेश में चक्कर लगाने लगा।

उधर डॉक्टर भी सोच रहे थे कि मालती को मेरे आहत होने से जरा भी कष्ट नहीं हुआ, यदि वह जरा भी व्यग्र होती तो प्रमिला कुछ तो लिखती। ठीक है, मेरा अनुमान बिल्कुल सही निकला। देखें, अब सुबह कोई आता है या नहीं, कौन आएगा? खत भेजकर फिर हाल मँगा लेंगी। प्रमिला ही को जरा खयाल है और किसे परवाह होगी। मैंने वकील साहब के साथ हमेशा घर का ऐसा बरताव रखा क्या यह भी भूल जाना चाहिए? एक जलन सी उनके कलेजे में उठकर उन्हें बेचैन करने लगी। वे मन-ही-मन में मना रहे थे कि इस चोट को सांघातिक कर दो भगवान्!

इस वक्त देशभक्ति न थी, न कर्तव्य था सिर्फ प्रणय के नैराश्य का कष्टप्रय घात प्रतिघात था। ईर्ष्या की ही प्रतिक्रिया थी। अभिमान ने मृत्यु का भय भी दूर कर दिया था। डॉक्टर मन-ही-मन अपनी भयानक बीमारी की कल्पना का आनंद उठाने लगे। जब बीमारी असाध्य हो जाएगी, तब भी क्या किसी के दिल पर असर नहीं होगा। इस समय न उन्हें माँ-बाप का खयाल था न विमला का, न रोग के कष्टों का न मृत्यु की विभीषिका का। सिर्फ बदला लेने की निष्ठुर कल्पना में उन्हें परम संतोष व आमोद हो रहा था।

*

जब रात के साढ़े नौ बज गए और कलुआ कुछ जवाब लेकर नहीं लौटा तो मालती की उत्कंठा सीमातीत हो उठी। वह बार-बार कमरे से बाहर आती, फिर खिड़की से झाँककर देखती, कभी लेटती कभी उठकर बैठती, उसे इस वक्त मर्मांतिक क्लेश हो रहा था। आँखों में आँसू नहीं थे पर कलेजे में जलन सी हो रही थी। अपनी असहाय दीनता

से वह व्याकुल थी, चाहती थी कि किसी तरह एक बार वहाँ पहुँचकर उन्हें देख लेती।

अब उसे कलुआ पर, अपने पिता पर तथा प्रमिला पर क्रोध आने लगा। दारुण अभिमान से हृदय फटा जा रहा था। सोचती, जाने कितनी चोट लगी हो, क्या जाने बेहोश हो गए हों। तब तो मोटर पर गए हैं, हाय! ईश्वर तुम मेरा व्यर्थ जीवन लेकर उनके बहुमूल्य प्राणों की रक्षा करो। मेरे तुच्छ प्राणों को चुपचाप उनके चरणों में भेंट हो जाने दो। वकील साहब की हृदयहीनता पर तो उसे रोने का मन होता था, वह सोचती दुनियादारी भी कुछ चीज होती है, अगर जरा देर के लिए चले जाएँ तो क्या हरज हो जाएगा। नई माँ ने भी कलुआ को भेजकर छुट्टी की। इतनी देर हुई वह वापस नहीं लौटा पर वे अब भी बेफिक्र है। नीचे रसोई में इंतजाम कर रहीं हैं। उन्हें खाना-पीना इतना जरूरी है, जो एक दिन के लिए भी बंद नहीं हो सकता।

धीरे-धीरे दस भी बज गए। वकील साहब भोजन करके चले गए तब सुखिया ने आकर कहा, "खाए चली बिटिया!"

मालती ने दूसरी तरफ देखते हुए कहा, "बहूजी से कहो वे खाना खा लें मुझे आज भूख नहीं है।"

सुखिया, "बहूजी तौ आपै कहेंन है कि उइ न खइहैं, आप भोजन कर लेई। मालती, "अच्छा जाओ तुम लोग खा-पीकर चौका उठा दो, मैं नहीं खाऊँगी।" सुखिया ने जरा आश्चर्य के साथ उसके मुँह की तरफ देखा और चली गईं। मालती ने बहुतेरा चाहा कि इसे दुकान पर भेजकर हाल मँगाएँ पर उसके गले से किसी तरह न निकला कि सुखिया जरा खबर ले आ। अपने संकोच को देखकर वह ताज्जुब कर रही थीं। फिर उसने सोचा कि नई माँ ने खाया क्यों नहीं, क्या उन्हें भी फिक्र है या मेरी बातों से नाराज हैं। व्यर्थ ही मैंने उन्हें उस वक्त तकलीफ पहुँचाई थी, ईश्वर ने क्या उसी का फल तो मुझे नहीं दिया है।

प्रमिला भी मन-ही-मन बहुत उद्विग्न थी, एक तो यों ही उसका चित्त आज भाराक्लांत था, मालती व वकील साहब, दोनों के कठोर शब्द उसके कलेजे में पीड़ा पहुँचा रहे थे। उसपर इस विपत्ति ने और भी अधीर कर दिया पर वह अपने भारी से भारी दुःख को भी पेट में रख सकने में हमेशा से कुशल है। उसके मन की क्या हालत है यह कोई नहीं जान सका, पर जब खाने का समय आया, तब वह किसी तरह चौके पर न जा सकी, न वकील साहब के कमरे में जाने की उसे प्रवृत्ति हुई। दो पान लगाकर सुखिया के हाथ भेज दिए। स्वयं बरामदे में चटाई बिछाकर एक जरसी बुनने लगी, बुआजी ने जो रात के वक्त बुनते देखा तो आश्चर्य से कहा, "यह कौन सा बिनने का वक्त है। खाने को बुलाया तब तो कहा तबियत खराब है।"

प्रमिला, "नींद नहीं आ रही है, जरा सा बिनकर अभी रख दूँगी।"

बुआजी, "क्या जाने, तुम लोगों की सब उलटी बातें होती हैं, रात में बेकार बत्ती जलाकर बिनती हो और दोपहर भर बतचक्कर लगाती हो।" प्रमिला ने कुछ जवाब नहीं दिया तब बुआजी बड़बड़ाती हुई चली गईं।"

प्रमिला कलुआ की प्रतीक्षा में बैठी थी, डर रही थी कि कहीं आते ही शोर न मचाने लगे। टन-टन करके 11 बजे तब तो वह सोच में पड़ गईं। घर के सब लोग लेट रहे थे, वह उठकर बत्ती बुझाने जा रही थी कि कलुआ ने द्वार खोल दिया। कलुआ जैसे अंदर आया उसे इशारे से धीरे बोलने को कहकर वह व्यस्त स्वर में बोली, "क्या हाल है? जवाब लाए?"

कलुआ ने अँगौछे से खोलकर चिट्ठी प्रमिला के हाथ में रख दी। प्रमिला ने उसे इकन्नी देकर कहा, "जाओ।"

कलुआ चला गया, तब उसने डरते-डरते पत्र खोला, जाने क्या लिखा हो पत्र पढ़कर वह अचल होकर खड़ी रह गई। अमंगल की आशंका से उसका चित्त उद्विग्न हो उठा।

मालती कलुआ की आवाज सुनते ही अपना धड़कता हुआ हृदय थामकर दरवाजे तक आई। प्रमिला का हाल देखकर हाथ-पाँव फूल गए। उसने समझा कि जरूर कोई दुःखद संवाद होगा, उसने दीवार पकड़कर अपने को सँभाला फिर काँपते-काँपते प्रमिला के पीछे जाकर खड़ी हो गई। शुक्लपक्ष की द्वादसी थी, चंद्रमा का उज्ज्वल प्रकाश दालान में आ रहा था, प्रमिला चौंक उठी, घुमकर देखा कि मालती खड़ी है, वह बोल उठी, "मालती।"

चाँदनी मालती के मुँह पर पड़ रही थी, प्रमिला ने उजाले में देखा कि उसका मुँह बहुत मलिन, आँखें आरक्त और चेहरे की मुद्रा अस्थिर, उद्भ्रांत हो रही है। प्रमिला का स्नेह करुण हृदय चोट खाए हुए व्यक्ति की तरह तड़प उठा, उसने चुपचाप मालती का गंभीर संवेदना के साथ हाथ पकड़ लिया।

प्रमिला की इस नीरव सहानुभूति पाकर मालती से जब्त न हो सका, उसने काँपकर कहा, "क्या हुआ? नई माँ?"

प्रमिला ने पत्र उसके हाथ में देकर कहा, "पढ़ लो।"

मालती ने ऐसे पत्र लिया जैसे किसी का परदेश से टेलीग्राम आया हो, पढ़ते ही उसने एक ठंडी साँस लेकर प्रमिला की तरफ देखा। वह भी इसी तरफ देख रही थी, उसकी दोनों बड़ी-बड़ी आँखों में अपार करुणा और अपरिसीम वेदना भरी थी। मालती के नेत्र अपराध की ग्लानि से डूबे थे, उसने अनुतप्त स्वर में कहा, "मुझे माफ करो नई माँ!"

इन शब्दों ने प्रमिला के हृदय से सब दुःख, अभिमान और शिकायत को दूर कर

दिया, वह निर्मल संख्य भाव से मालती को अपने गले से लगाकर बोली, "कमरे में चलो।"

भीतर जाकर दोनों बड़ी देर तक नीरव बैठी रहीं, रात्रि की निस्तब्धता गहरी होती जा रही थी। एक-दो ताँगे अब भी कर्म क्लांत गति से आ जा रहे थे।

उधर अपने कमरे में वकील साहब भी करवटें बदल रहे थे, आज प्रमिला पान देने भी नहीं आई थी, इससे उसके क्रोध का गुरुत्व उनके निकट अविदित न रहा।

वकील साहब के जी में आज प्रथम बार पश्चात्ताप के भाव उदय हुए कि उन्होंने शादी करके भारी गलती कर डाली है, जिसका अब कोई प्रतिकार नहीं हो सकता। आज ही उन्हें खयाल हुआ कि उनकी पुत्री और पत्नी दोनों समवयस्का हैं, दारुण लज्जा और ग्लानि उनके कलेजे को व्यथित करने लगी।

अपनी स्वर्गगता पत्नी की याद आई, उसका वह प्रेमोज्ज्वल मुख भक्तिभरी सेवाएँ, अनुरागमयी कामनाएँ, स्मृतिपट पर सिनेमा के चित्रों की तरह खिंच गईं। वह भी युवती थी, प्रमिला की ऐसी न हो, पर सुंदरी ही थी, लेकिन कितनी प्रेममयी और पतिगत प्राण थी। हाँ उम्र में यह प्रार्थक्य न था न इतनी विषमता थी, संसार में सुख भी था और रस भी था अब तो यह दुर्वह जीवनभर किसी तरह ढोना ही है। अपनी प्रिय पत्नी के साथ विश्वासघात करके रूप के जाल में फँसने पर भी हाथ में कुछ नहीं आया।

अब वे प्रमिला के समस्त आचरणों का तीक्ष्ण अन्वेषण करने लगे, क्या कारण है, जिनकी वजह से उसकी दृष्टि में उनकी कोई कदर न हो सकी। अगर देखा जाए तो उसके साधारण आय के पिता इससे अच्छा ब्याह कहाँ कर सकते थे। उनके साथ शादी हो जाने से तो उसे कृतार्थ हो जाना चाहिए था, पर वह सदैव किसी घमंड में भरी रहती है। जरा भी दबना, कृतज्ञ होना नहीं चाहती, जैसे इसके साथ ब्याह करके बड़ा भारी अपराध किया हो।

मालती के साथ उसका बड़ा मेल है, शायद वह उसे चाहती भी है। पर उसके साथ डॉक्टर का ब्याह करा देने में उसे क्या मिल जाएगा, सहसा एक संशय अपना काला चेहरा लेकर उनके मन में उदय हुआ, क्रोध और क्षोभ से उन्होंने एक विषभरी आह खींची। गत दिनों की सारी बातें वे सूक्ष्म स्मरण शक्ति के प्रयोग से रत्ती-रत्ती उलट-पलट कर देखने लगे।

जब डॉक्टर आया करते थे, और घंटों बैठते थे, तब की एक-एक घटनाओं को गौर के साथ याद करने लगे। आज उन्हें जितनी बातें याद आती थीं सभी में उनके संदेह को आहार मिलता जा रहा था। आज उन्होंने समझ लिया कि मालती से ब्याह करा कर प्रमिला डॉक्टर के आने-जाने का रास्ता खोल रही है, क्रोध से घृणा से तथा असहनीय ईर्ष्या से वे पागल हो उठे, यहाँ तक कि लेटे न रह सके। कार्तिक का महीना

था, सर्दी पड़ने लगी थी पर उनको पसीना निकल रहा था। किवाड़े खोलकर छत पर खड़े हो गए, मस्तिष्क इतना गरम हो उठा था कि वे गुसलखाने में जाकर अपना सिर पानी से धो आए। हवा में सिर ठंडा हो गया, तब सर्दी लगने लगी तो सिर को धोती से पोंछते हुए वे मालती के कमरे की खिड़की के सामने खड़े होकर शीशे से अंदर का हाल देखने लगे।

चारपाई पर प्रमिला और मालती अभी तक बैठी थीं, बिजली की तेज रोशनी प्रमिला के मुँह पर पड़ रही थी, उसका सौंदर्य अतुलनीय हो रहा था, पर विद्वेश से भरी दृष्टि में वह मुख वकील साहब को आज आकर्षित न कर सका।

प्रमिला ने कहा, "तबीयत तो मेरी भी घबराती है, पर शायद ज्यादा चोट नहीं लगी है, विमला का लिखने का ढंग हमेशा ऐसा ही ऊटपटाँग रहता है।" मालती ने लज्जा से अरुण मुख को नीचे झुकाकर अनुनयपूर्ण स्वर में कहा, "तुम कल चली जाना नई माँ!"

प्रमिला को दोपहर की सब बातें याद आ गईं, अगर कुछ कठिन है तो पति से वहाँ जाने की आज्ञा लेना, पर उसने मालती को सांत्वना देने के लिए कहा, "अच्छी बात है आओ अब सो जाएँ, बत्ती जल रही है, कहीं बुआजी उठेंगी तो आफत ही मचा देंगी।"

मालती ने उठकर खट से बत्ती बुझा दी, तब वकील साहब भी चोरों की तरह धीरे-धीरे पैर रखते हुए ऊपर चले आए और कमरे की बत्ती जलाकर, जल्दी-जल्दी टहलने लगे। कलेजे में इतनी तेज जलन हो रही थी जैसे धोखे से तेजाब पी गए हों।

सवेरे उठकर वकील साहब बाहर अपने दफ्तर में बैठ गए, तब से भीतर आए ही नहीं। प्रमिला मन-ही-मन बड़ी परेशान हो रही थी, मालती कई बार तकाजा कर चुकी थी कि अपने जाने के लिए पापा से पूछ लो, वह क्या जाने कि, इन्हीं बातों को लेकर प्रमिला के विरुद्ध कैसी हवा चल रही है, और डॉक्टर के यहाँ जाने की बात करना उसके लिए कितने अपमान की बात होगी।

जब दस बजने का वक्त हुआ, तब वकील साहब खाने के लिए अंदर आए। रोज की तरह आज भी प्रमिला उनके भोजन के समय वहीं खड़ी अचार इत्यादि दे रही थी। उसने एक बार दबी नजर से स्वामी के तरफ देखा, उनका मुँह तमतमाया हुआ, भौहें टेढ़ीं और आँखें लाल हो रही थीं। भय तथा आशंका से प्रमिला का मुँह सूख गया, उनके सामने से हट गई और कमरे में बैठकर पान लगाने लगी। नौकर ने आकर वकील साहब के कपड़े ठीक कर दिए, जूते पोंछकर वह चला गया। थोड़ी देर में वकील साहब वहाँ आए, कपड़े पहनते हुए वे स्थिर दृष्टि से प्रमिला की तरफ देख रहे थे। प्रमिला सिर धोकर नहाई थी, माथे पर लाल बिंदी लगी थी। वकील साहब के हृदय में दुःख, क्षोभ, ईर्ष्या, मोह तथा निराशा और संदेह ने तूफान खड़ा कर दिया। प्रमिला के मुख पर पवित्र और शांत भाव झलक रहा था, कहीं जरा भी कलुशता नहीं

थी पर वकील साहब के चित्त को सांत्वना नहीं मिल रही थी। प्रमिला ने चार बीड़ा पान लगाकर संकुचित भाव से उनकी तरफ बढ़ाकर कहा, "पान लो।"

वकील साहब ने उदास दृष्टि से पान की तरफ देखकर कहा, "रहने दो।" प्रमिला ने मृदुस्वर में कहा, "क्यों?"

वकील साहब, "तुम बेमन दे रही हो, जो चीज अश्रद्धा से दी गई हो उसे न लेना ही उत्तम है।" इतना कहकर वे जरा सा हँस दिए। वह तीक्ष्ण हँसी प्रमिला को चोट पहुँचाने के लिए काफी थी। उसने कुछ न कहा और गिलौरी दान में पान रखने लगी।

प्रमिला की तरफ से किसी तरह का उत्तर न पाकर वकील साहब का जी जल उठा। तीक्ष्ण स्वर से बोले, "मैंने जरा सा मजाक कर दिया और आपने पान बिलहरे में रख दिया। आखिर तुम्हारे मिजाज की कोई दवा भी है, हर वक्त शान ही में तनी रहती हो, इसके क्या माने हैं?"

प्रमिला फिर भी कुछ बोल न सकी। बोले ही क्या?

वकील साहब ने कोट उतारकर कुरसी पर झटककर फेंक दिया और घप से पलंग पर बैठकर कहा, "जाने दो आज कचहरी ही न जाऊँगा। पहले तुमसे सफाई हो जाए, तब दूसरी बात हो।"

प्रमिला का मुख पीला पड़ गया। वह आघात के लिए अभी तैयार भी न हो पाई थी। कोट उठाकर टाँगती हुई उसने एक बार स्वामी के क्रोधोदीप्त मुख की तरफ देखकर नजर घुमा ली। वकील साहब ने अलंघनीय आदेश के स्वर में कहा, "इधर आओ।"

लज्जा और अपमान से लाल होकर प्रमिला ने कहा, "क्या बात है? बताओ भी कि यों ही तब से क्यों बकते जा रहे हो।"

वकील (व्यंग्यपूर्वक), "बताने को तो तुम्हारे ही पास बहुत कुछ है, मेरी ऐसी कोई बात ही नहीं है, जिसे मैं बता न सकता।"

प्रमिला, "तो मेरी ही ऐसी क्या बात है, जिसे जानने की तुम्हें बहुत जरूरत है, बताओ न क्यों?"

प्रमिला के दृढस्वर से दुविधा में पड़कर वकील साहब कहने लगे, "अब मैं क्या कहूँ, मेरे ऊपर क्यों बिगड़ी रहती हो, इसका क्या कुछ कारण नहीं है? बता सकोगी?"

प्रमिला कोई जवाब नहीं दे सकी। सिर झुकाकर खड़ी हो गई। वकील साहब ने फिर कहा, "आखिर तुम्हें मुझसे इतनी चिढ़ क्यों है?"

प्रमिला (धीर से), "चिढ़ मुझे है या तुम्हें ही है?"

इस बार वकील साहब ने आश्चर्य से कहा, "क्या कहती हो मुझे चिढ़ है। सच कहना सूरत से तो मेरी तुम्हीं चिढ़ती हो, अब ऐसा पागल नहीं हूँ। आखिर मैंने इस लिए तो शादी की नहीं थी कि तुम मुझे यों उल्लू बनाया करो।"

इस बार कुछ बिगड़कर प्रमिला ने कहा, "क्या बकते जा रहे हो?"

वकील, "बकता क्या हूँ? आखिर मालती के साथ डॉक्टर का ब्याह कराने में तुम्हें क्या मिल जाएगा?"

प्रमिला ने आश्चर्य के साथ कहा, "अब यहाँ मालती के ब्याह की बात लाने की क्या जरूरत है। मैंने तो तुमसे सिर्फ मालती के नाते कहा था, वरना वह तुम्हारी लड़की है तुम जहाँ चाहोगे वहीं शादी होगी और उसी में उनकी भलाई भी होगी।"

वकील साहब ने इसे प्रमिला की चालाकी समझकर कहा, "मेरी लड़की होने से क्या होता है गुरु तो तुम्हीं हो, जैसा मंत्र दोगी वही वह मानेगी।"

लेकिन मैं साफ कहे देता हूँ कि डॉक्टर के साथ शादी हो नहीं सकती। मैं मालती को चाहे किसी गरीब के गले मढ़ दूँगा, पर इस कांग्रेस के चलते-पुरजे आवारा फिरनेवाले छोकरे को अपना दामाद नहीं बनाऊँगा। मालती से कह देना, मैं इस बारे में किसी की सिफारिश नहीं सुन सकता।"

प्रमिला आहत होकर बोली, "कौन कहता है कि वे आवारा घूमनेवाले हैं, अगर उन्हें इतना बुरा समझते थे तो पहले ही क्यों घर में आने-जाने दिया, अब उनके लिए ऐसी बातें करना बड़ा अन्याय है।"

वकील (क्रुद्ध कंठ से), "घर के अंदर बुलाने का मुझे यह नतीजा नहीं मालूम था कि तुम लोग यह चाल निकालोगी। मालती के लिए एक से एक अच्छे लड़के मिल रहे हैं, डॉक्टर ही में कोई लाल नहीं टके हैं, तुम उनसे साफ कह देना कि मैं अब इस बारे में एक हरफ भी नहीं सुनना चाहता।"

मालती के लिए प्रमिला का चित्त व्याकुल हो उठा। हाय, मिथ्याभिमान और हठ में पड़कर पिता होकर उसका जीवन आनंद शून्य बना रहे हैं।

प्रमिला ने सर्वप्रथम आज अनुभव किया कि आज मालती की माँ न होने से ही यह समस्या उठ खड़ी हुई है। वे होतीं तो उसकी यह दशा न होती। प्रमिला के बड़े-बड़े नेत्र आँसुओं से भरे थे, गले से आवाज नहीं निकलती थी, फिर भी उसने बड़े साहस के साथ कहा, "आखिर तुम्हें डॉक्टर से इतनी चिढ़ क्यों है? पहले तो तुम कहा करते थे कि ऐसा आदमी होना मुश्किल है। तुम्हारी जिद के सामने मेरे बोलने का कोई हक नहीं है, पर तुम इस बारे में बड़ी भारी गलती कर रहे हो।"

वकील (व्यंग्य से), "किसके साथ गलती कर रहा हूँ तुम्हारे या मालती के साथ?"

प्रमिला, "मेरे साथ क्यों? मालती के साथ कर रहे हो, खैर अब जो बात होनी नहीं है उसके लिए बकवाद करना बेवकूफी है।"

वकील (हँसकर), "पर तुमने तो मुझे ही बेवकूफ बनाना चाहा था। भगवान् की कृपा से बच गया।"

प्रमिला की दोनों आँखों में आग सी जल रही थी, उसने होंठों को दाँतों से दबाकर जब्त किया। वह अपने शब्दों को बाहर निकलने से रोकने में असमर्थ हो रही थी पर विवाद का रूप बड़ा अनुचित होता जाता था, इससे उसने मौन रहना ही उचित समझा। कठिन आत्म संयम के कारण उसका गोरा रंग लाल हो रहा था। क्रोध और अपमान की पीड़ा से वह थर-थर काँप रही थी।

उसका वह अनिंद्य रूप पुरुष के चित्र को बेकाबू करनेवाला था। वकील साहब की तरफ देखकर बोली, "पिता तुम पहले ही बन चुके हो, संतान के लिए तुमने शादी नहीं की थी। रही मैं मुझे तो जो कुछ मिला मैं उसी में संतुष्ट भी हूँ। पर ईश्वर का दिया हुआ वह अधिकार तुम्हीं लोग मुझसे छीन रहे हो।"

प्रमिला की इस उक्ति से वकील साहब अपमान से क्रोध से या लज्जा से उन्मत्त होकर बोले, "वेवकूफ औरत", और प्रमिला को जोर से धक्का देकर वे काँपते हुए बाहर जाकर ड्राइवर से बोले, "कार निकालो।" उस समय घड़ी में साढ़े ग्यारह बज चुका था।

जैसे ही वकील साहब गए वैसे ही मालती ने कमरे में आकर उसका विवर्ण चेहरा देखा। उसने डरकर कहा, "क्या हुआ नई माँ! क्या तबीयत कुछ खराब हो गई है?"

मालती की तरफ आँसू भरी आँखों से देखकर प्रमिला ने व्यथित होकर कहा, "मालती मेरे ही चलते तुम्हारे जीवन की शांति चली गई। क्या करूँ तुम्हारी माँ बनने का कलंक मैं किसी तरह मिटा नहीं सकती। तुम भी मुझे वही समझो, मुझसे सुख की और भलाई की कामना तुम्हारी ना समझी है।"

मालती जरा विस्मित होकर बोली, "क्या हुआ, ऐसे क्यों कह रही हो?"

प्रमिला ने रोकर कहा, "वे कहते हैं कि डॉक्टर के साथ तुम्हारी शादी किसी तरह नहीं कर सकते। अभी तक वे भले आदमी थे, पर अब वे आवारा हैं, खराब हैं, कुछ नहीं मेरे कहने से ही छूत लग गई, मेरा सौतेलापना तुम्हें भी ले डूबा मालती!"

मालती सब समझ गई, उसके हृदय में जोर से दर्द हुआ पर उसने अपने को बहुत सँभाला और कहा, "तो क्या हो गया, पापा का जो मन हो वह करेंगे। तुम्हारा क्या कसूर है! ब्याह की जरूरत ही क्या है। मैंने तो कभी तुमसे नहीं कहा था। यह तुम्हारी गलती थी, जो इस तरह अपमानित हुई।"

मालती को सबसे बढ़कर इस समय इस बात से कष्ट हो रहा था कि इस नारी को न पहचान कर उसने बड़ी व्यथा पहुँचाई थी, उसने स्नेहपूर्वक प्रमिला की आँखें पोंछकर कहा, "तुम बेकार मत परेशान हुआ करो, हिंदू प्रेम का मूल विवाह ही है, पर

बगैर शादी के भी क्या प्रेम नहीं रह सकता, मैं तो खुद इस बात से मर मिटूँ, अगर कोई वहाँ ब्याह का पैगाम लेकर जाए। किसी के रास्ते में अड़चन क्यों डाली जाए। उनका देशभक्ति का व्रत है, वे उसे अच्छी तरह पूरा करें। शादी की बात ही क्यों चलाई गई।"

प्रमिला, "पर वे तो बनारस में ब्याह तय कर रहे थे।"

मालती का मुँह सूख गया, इस पहलू को उसने देखा ही नहीं था। उसने कृतज्ञ कंठ से कहा, "नई माँ मैं तुम्हारा अहसान कभी नहीं भूल सकती, तुम मेरे लिए इतना सहती हो यह मुझे आज मालूम हुआ। तुम देखना हिंदू लड़कियाँ प्रेम करती हैं तो उसे मरते-मरते निभाती हैं। तुमसे मेरी प्रार्थना है कि अब तुम किसी से कभी कुछ न कहना, जो होगा वह देखा जाएगा, विमला से कहीं कुछ कह न देना नहीं तो मैं मर ही जाऊँगी, अब से मेरा भी कोई व्रत रहेगा।"

मालती के तीव्र नेत्रों से संयम और दृढ निश्चय की ज्योति निकल रही थी, उसने अपना मुँह घुमा लिया। प्रमिला आश्चर्य से उसकी तरफ देख रही थी। उसके आँसू सूख गए थे।

डॉक्टर साहब को चोट लगे कई दिन हो गए, घाव सूख गया, पर दिल का दर्द बढ़ता जा रहा था। मालती की उपेक्षा ने उनके सारे स्वप्नों को मिटा दिया। वकील साहब और प्रमिला का शुष्क व्यवहार भी उन्हें क्षुब्ध कर रहा था, पर मालती का आचरण तो रात-दिन उनके हृदय में काँटे की तरह खटका करता। तबीयत ठीक थी पर चित्त उत्साहहीन था। चेहरा इतना म्लान रहता कि डॉक्टर लहरी भी ताज्जुब में थे कि क्या बात है। सिर्फ कभी-कभी विमला उनकी पीड़ा का अंदाजा लगाया करती पर वह क्या कर सकती थी। वह तो स्वयं ही चिंता के बोझ से दबी रहती थी। दोनों भाई-बहन अपनी-अपनी मनोव्यथाओं को आपस में न प्रकट करके हँसते-हँसते बोलते बात करते पर दोनों ही मन-ही-मन में जानते थे कि एक के दिल में कोई कसक है। विमला जब बातें करते-करते चुप हो जाती और कुछ सोचने लगती तो डॉक्टर विस्मय से उसका मुँह देखने लगते, जब विमला चौंककर लज्जित हो उठती तो उन्हें आश्चर्य होता।

सवेरा हुए बहुत देर हो चुकी थी पर डॉक्टर अलस भाव से चारपाई पर पड़े आकाश-पाताल सोच रहे थे। विमला आते ही पड़े रहने के लिए डाँट लगाएगी यह याद आते ही वह उठनेवाले थे कि सचमुच वह आ गई। आते ही बोली, "वाह अभी आप चारपाई ही से नहीं उठे हैं। आठ बज रहा है। अभी दूध पीने का वक्त ही नहीं हुआ। नवाब साहब अब मेहरबानी करके गुसलखाने में तर्शीफ ले जाएँगे।"

विमला की स्नेह मिश्रित फटकार से डॉक्टर का जी कुछ हलका हो गया। मुसकराकर बोले, "सवेरा होते ही तो तुम आ डटती हो, जरा देर मजे से सोने भी नहीं देती।"

विमला, "अच्छा उठो, बहुत बातें न बनाओ, मुझे आज फुरसत कम है।"

डॉक्टर, "जरा सुनूँ कि क्या काम है?"

विमला, "जा रही हूँ मालती के घर।"

डॉक्टर चौंक पड़े और बोले, "क्यों?"

विमला के होंठों पर रहस्यपूर्ण पर सूक्ष्म हँसी की रेखा खिंच गई, वह बोली, "कुछ काम है।"

विमला की वह क्षीण हँसी डॉक्टर ने देख ली। कुछ रोष के साथ वे बोले, "रोज-रोज बगैर बुलाए तुम क्यों जाया करती हो, उन लोगों के पैरों में क्या मेंहदी लगी है? वे लोग नहीं आतीं तो क्या मैं भी न जाऊँ, मेरे पैरों में ही कहाँ मेंहदी लगी है।"

डॉक्टर, "नहीं कोई जरूरत नहीं है।"

विमला, "तुम्हें नहीं पर मुझे तो है।"

डॉक्टर, "आखिर ऐसा क्या काम है? बताओ तो।"

इस बार विमला ने भेद भरी हँसी-हँसकर कहा, "जाती हूँ दलाली करने।"

डॉक्टर लेट रहे थे उठकर बैठ गए और तीव्र स्वर में बोले, "विमला क्या पागल हो गई हो जो जान-बूझकर मुझे फँसाना चाहती हो, विवाह का नाम भी लिया तो अच्छा न होगा।"

विमला डर सी गई थोड़ी देर बाद बोली, "वह विचार कब से हुआ, अभी तक तो शादी के नाम पर इतना बिगड़ते मैंने कभी नहीं देखा था, अब यह क्या कायापलट हो गई, मैं तो समझती थी कि मालती के साथ ब्याह हो जाने से तुम भी खुश होगे।

इस पर तीक्ष्ण हँसी-हँसकर डॉक्टर ने कहा, "पागल हुई हो विमला, मैं मालती के साथ ब्याह करने की बात भी न सोच सका और तुम दलाली करने जा रही हो, खबरदार ऐसी गलती भी न कर बैठना। फिलहाल तो मैं शादी ही नहीं करूँगा, फिर मालती के साथ तो हरगिज नहीं। तुम्हें शर्म नहीं आती, अपनी तरफ से ब्याह का प्रस्ताव करती हो?"

विमला आँखें फाड़कर भाई की तरफ देख रही थी। उसने मन में कहा कि क्या मैंने गलत अनुमान कर लिया था? मालती का ध्यान आते ही वह व्यथित होकर धीरे से बोली, "मालती बड़ी अच्छी लड़की है।"

डॉक्टर ने सुनकर व्यंग्य किया, "तुम्हारी सखी है इसीलिए।"

विमला (चिढ़कर), "सखी होने से क्या मुझे उसके गुण-दोष भी नहीं दिखाई पड़ते हैं, आखिर में तुम इनकार करके पछताओ न।"

डॉक्टर, "मालती तुम्हें मुबारक हो, वह स्वर्ग की देवी होगी, मुझे क्या? पागल

की तरह बक रही हो, क्या उसकी शादी की तुम्हीं मुख्तार हो?"

विमला (संशय में पड़कर), "तो क्या सचमुच तुम्हारा ब्याह करने का इरादा नहीं है?"

डॉक्टर, "सच नहीं तो क्या झूठ।"

विमला ने ठंडी साँस लेकर कहा, "अच्छा उठो अब हाथ-मुँह धोकर दूध तो पिओ।" अब डॉक्टर के मन में फिर झुँझलाहट सी होने लगी कि यह क्या बक गया। खीझकर कहने लगे, "मुझे अब तक भूख नहीं लगी, अब खाना बनेगा, तब खाऊँगा, दूध रहने दो।"

विमला की समझ में नहीं आता था कि क्या करे, कौन बात ठीक है और क्या गलत है। विमला कुछ कहनेवाली थी कि एक नौकर के साथ द्वारिका ने वहाँ आकर लाठी कोने में टेक दी। डॉक्टर और विमला एक साथ ही प्रसन्न होकर कहने लगे, "कब आए द्वारिका बाबा?"

द्वारिका (जमीन पर बैठकर), "हम तो अब हीं आए रहे हैं, घर गए तो सुना भइया दुकान पर है। यह कौन बातैं हैं, कहाँ चोट लगी है, खबर सुना तबते जान सूखि रही है, भगतै आएन, का बात थी? सुनेन है कि भइया बहुत चोटाय गए रहैं?"

"तुम्हरै जान फालतू है, सराविन केर कवन भरोसा। नसा पीएवाला का कहूँ आदमी रहि जात है।"

डॉक्टर, "अच्छा, तुम भी तो गांजा पीते होगे?"

कान पर हाथ रखकर द्वारिका ने कहा, "अरे राम-राम नाम न लिहयो, आज तक कउनउ नसा जो हाथे से छुएन होय तो कहीं, अबै तक तौ सतसंगै में बीती है, आगे केर भगवान् मालिक है।"

द्वारिका अविश्राम गति से बकता जा रहा था, डॉक्टर हँसते हुए सुन रहे थे पर विमला के मन में द्वारिका को देखकर कुछ खेद सा पैदा हो गया। एक विचित्र अनुशोचना का भाव उसे पीड़ा देने लगा, उसने ग्राम्य सुधार का जो निश्चय किया था वह याद आया, वह समझ गई कि वह कितनी पथ भ्रष्ट हो रही है। उमेश जरूर बंधन बन गया है, पर यह भी कोई वजह नहीं हो सकता। क्या जिसके बच्चे होते होंगे वह कुछ काम न करता होगा। वह मन-ही-मन अपना कर्तव्य निश्चय कर रही थी, तब तक द्वारिका ने कहा, "जगदीशपुर केर तौ खबरै भुलाय दिहयों बिटिया, दोपहरी का इसकूल खुला रहै वहौ बंद होय गवा कउन पढ़ावै, जउन मेहरारू घर पर पढ़ती हैं उन्हें बुढ़ेवौ नहीं पढ़े देतीं। यही बात पै वहि दिन जसोदी ने अपनी पतोहिया का एतना मारा है कि अधमरी कै दिहिस, चुड़ैल तुम्हैं भी जानै का-का कहत हैं, हमसे तो लड़ाई होय

गई, कहत रही कि गाँव में आग लगाय के बहु बिटियाँ बिगाड़ कै अब चली गई, तब से सूरत न देखि पड़ी।"

द्वारिका के प्रत्येक शब्द विमला के कलेजे में चुभते जा रहे थे। पछतावा से उसका हृदय पीड़ित हो उठा। डॉक्टर ने उसका तमतमाया हुआ चेहरा देखा और कहा, "द्वारिका बाबा जाओ नहा धो आओ तब बातचीत होगी।"

द्वारिका ने खड़े होकर कहा, "हम तौ गोमतीजी जाबै असनान करिके घंटा भरे मा लौटब।"

विमला, "द्वारिका बाबा तुम्हारे साथ मैं भी चलूँगी।"

द्वारिका, "कहाँ, जगदीशपुर। का पगलाय गई हौ का! आज बाद काल्हि भँवरी पड़ हैं। देहात में रंग करियाय डारौ, बैसेइ सहर के मनई गौरा रंग पसंद करत हैं।" इतना कहकर द्वारिका ठठाकर हँस पड़ा। विमला ने (दृढस्वर में) कहा, "तुम कब जाओगे? मैं जरूर चलूँगी।"

द्वारिका (ठिठककर), "हम तौ काल जाबै, तुमतो हमरे साथै जाए कहत हौ पर तुम्हार अम्मा तो हमहीं का जियत न छोड़ि हैं।"

विमला, "वे आदमी नहीं मार सकतीं, तुम्हें जरा भी फिक्र नहीं करनी पड़ेगी, जाओ नहाने जाओ, मैं भी घर जाकर तैयारी करती हूँ।"

द्वारिका कुछ सोचता हुआ लाठी, धोती और लोटा लेकर चल दिया।

विमला गाल पर हाथ रखे विचारों में डूब गई, डॉक्टर ने गुसलखाने से लौटकर उसकी तरफ देखा और कहा, "क्या हुआ, इतना सोच-विचार क्यों कर रही हो?"

विमला लज्जित होकर खड़ी हो गई और बोली, "अरे दूध की याद ही न रही, बैठो अभी तैयार किए देतीं हूँ।"

डॉक्टर, "अब नौ बज गया है, दूध पीने का वक्त नहीं है, महराज से कहो, खाना तैयार करें, रोटी खाऊँगा।"

दुकान के पीछे रहने के लिए काफी जगह थी, डॉक्टर जब यहाँ रहने लगे, तब उन्हें सब इंतजाम करना पड़ा और खाना बनाने के लिए एक रसोइया को भी रखना पड़ा।

विमला रसोई की तरफ से लौटकर बोली, "अच्छा भइया मैं अब जाती हूँ मुझे बहुत काम है।"

डॉक्टर, "क्यों अभी क्यों जा रही हो? आज तो इतवार है कॉलेज भी नहीं जाना है।"

विमला, "मैं कल जगदीशपुर जा रही हूँ, तैयारी करना है।"

डॉक्टर (चौंककर), "क्या कहा जगदीशपुर जा रही हो, क्यों?"

विमला, "इतने दिन नहीं गई। गलती की। अब जाऊँगी।"

डॉक्टर ने विमला की तरफ व्यथित दृष्टि से देखकर कहा, "शायद शांति किसी दूसरे ही काम में है, विमला, मुझे तो जान पड़ता है जैसे कोई बड़ी त्रुटि हो रही है। बड़ी गलती हो रही है, जो कुछ हम लोग कर रहे हैं वह उद्देश्य से अलग ही है। असली कर्तव्य क्या है यह मेरी समझ में तो अभी तक नहीं आया। जी बहुत चाहता है कि कुछ काम करूँ, पर शायद करते वक्त, गलती कर बैठता हूँ। तुम्हारी भी शायद यही दशा है विमला?"

विमला के हृदय को जैसे किसी ने झकझोर दिया हो। सत्य ही तो है, वह निर्मल शांति कहाँ है? परोपकार में जो पवित्र आनंद था वह कहाँ है? चित्त को किसी काम से संतोष क्यों नहीं होता, हृदय को कोई प्रभाव, कोई विचित्र प्यास पीड़ा पहुँचाया ही करती है, क्या सचमुच हम लोग गलती कर रहे हैं?

जब वह पहली बार देहात में गई थी, तब चित्त में कितना उत्साह था, काम करने की कितनी शक्ति थी, शरीर तथा मन में कितना बल था, पर अब क्या हो सकता है, सिर्फ आलस्य में डूबे हुए पड़े रहना, बस यही काम रह गया है। क्या सुमित्रा की मृत्यु ही ने उसकी यह गति कर दी है? नहीं, यह बात नहीं है, उसके मन में किसी चीज की कमी जान पड़ने लगी है, जिसका उसे पहले कभी अनुभव नहीं था।

वह कमी किसके लिए है, यह जानने के लिए वह अपने मन को उलट-पलट कर देखने लगी, हठात यह बात उसके चित्त में बिजली की तरह चमक गई, पर उसने जैसे सिर हिलाकर और शरमा कर मन से कहा कि नहीं, नहीं ऐसा हरगिज नहीं हो सकता। विमला भूल गई कि भइया उसकी तरफ स्थिर दृष्टि से देख रहे हैं, धीरे से बोले, "विमला?"

विमला ने चौंककर कहा, "क्या है भइया?" "तुम ठीक कहती हो, जैसी मेरी पहले काम में रुचि थी वैसी अब नहीं है। पर कभी-कभी मनुष्य में आलस्य आ जाता है, और किसी काम को करने की इच्छा नहीं होती पर हमेशा यही बात न रहेगी। रास्ता चाहे गलत ही हो, पर शांति इन्हीं कामों में मिलेगी यह मेरा विश्वास है, मंजिल वहीं है।"

डॉक्टर ने केवल सिर हिला दिया, वह भी अपने हृदय को टटोलकर देख रहे थे कि इसी तरह रहकर जीवन सार्थक हो सकता है या नहीं। पर उनके अंत:स्थल में यौवन की गोविमुक्षा अलक्ष्यरूप से जाग उठी थी वह उनका चित्त इस नीरस सेवाव्रत के लिए उत्साहित न करके अड़चन डालने लगी और सारे निस्स्वार्थ देश कार्यों को ठेलकर कल्पना अपना मनोहर जाल बिछाने लगी। उन्होंने सोचा कि उसके सारे कार्यों और अनुष्ठानों में यदि मालती संगिनी बनी रहे तो कामों में इतनी मिठास और रस आ जाए कि संसार के कठिन-से-कठिन प्रश्न आसानी से हल हो सकें।

लेकिन यह सौभाग्य कैसे प्राप्त हो सकेगा। मालती तो शायद स्वप्न में भी न

सोचती होगी कि उसके अभाव में एक उठता हुआ तरूण जीवन, आशा शून्य और आनंदहीन होकर मिट्टी में मिल रहा है। परमात्मा ने यदि प्रेम की पीड़ा पैदा की थी तो उसके साथ ही प्रेमी को इतनी दैविक शक्ति भी क्यों न दे सके, जो अपने मनोभावों को सुगमता से प्रेमिका के हृदय में मूक भाव से पहुँचा सके।

उन्हें याद भी नहीं रहा कि कब से उन्होंने मालती से प्रेम करना शुरू किया और कब वे उसे नहीं चाहते थे। कई बरस हुए, जब उसे टायफायड हुआ था और वह जीवनमरण के बीच में पड़ी हुई किशोरी रोग से व्याकुल थी, तब डॉक्टरी व्यवसाय के लिहाज से उन्होंने मालती की सुश्रुषा की थी, किंतु वह मूर्ति उनके कुमार हृदय पटल पर उसी दिन से अटल होकर बैठी थी, जिस दिन उन्होंने उसे पहले पहल बीमारी में देखा था। प्रेम क्या है और उसकी सार्थकता कियमें है? यह उन्होंने आज तक नहीं जाना था। प्रेम प्रकट भी करना चाहिए यह उन्होंने कभी नहीं जाना था। अब वे समझते थे कि उन्होंने भूल की थी, पर उस भूल का प्रतिशोध कैसे और क्या होगा यह वे नहीं जानते थे। पहले समझते थे कि सिर्फ प्रेम करके ही संतुष्ट रह सकूँगा, तब नहीं जानते थे कि प्रणव प्रतिदान चाहता है। शुष्क प्रेम, कवियों की कल्पना है, कोरी भावुकता के फेर में पड़कर केवल कल्पना के सहारे कोई तरूण हृदय की प्यास को बुझा नहीं सकता आज उन्होंने समझा कि जीवन व्यर्थ हो रहा है। ठंडी श्वास लेकर उन्होंने सिर उठाया तो देखा विमला उन्हीं की तरफ देख रही है और उसकी दृष्टि इतनी तीव्र जान पड़ती थी, जैसे वह उनके मन का सारा इतिहास पढ़े लेती हो।

डॉक्टर ने बात बनाते हुए कहा, "श्यामाचरण की फिर कुछ खबर न मिली, जाने कहाँ हैं। क्या कर रहे हैं? शायद किसी दिन उनके पकड़े जाने की खबर किसी कागज में छपे, तभी सब बात मालूम होगी।"

विमला का मुख विवर्ण हो उठा, उसने शुष्क कंठ से कहा, "क्या पकड़े जाने का अंदेशा है?" डॉक्टर हँस पड़े और बोले, "पकड़े जाने का अंदेशा क्या? वह तो निश्चय ही है। क्या तुम इतना भी नहीं जानती कि चोरी-डकैती से भी बढ़कर राजद्रोह की सजा मुश्किल है। पुलिस हाथ धोकर पीछे पड़ी है। जवान आदमियों को देखते ही शक पर कैद कर लेती है। मुमकिन है सिर्फ शक पर ही वे पकड़े जाएँ, पर कौन जानता है, सचमुच ही कसूरवार हों।"

विमला, "पर राजद्रोह करने की उन्हें क्या जरूरत है?"

डॉक्टर, "जरूरत, यही रुपए और क्या? शिक्षित आदमियों की चोरी-डकैती सिर्फ चोरी की निगाह से नहीं देती जाती। उन्हें तो सरकार अपना सबसे बड़ा दुश्मन समझती है। ये लोग ही तो पूँजीवाद को मिटा देने के लिए कमर कस कर खड़े हैं।

काकोरीवाले मामले में चोरी ही तो हुई थी कोई दूसरी बात तो नहीं थी पर उन लोगों पर कितना भीषण अभियोग चला था।"

विमला के होंठ सूखने लगे, खाँसकर बोली, "पर जिसने कभी सत्याग्रह का नाम न जाना हो वह ऐसे भयंकर कामों को कैसे कर सकता है भइया!"

डॉक्टर कुछ देर सोचकर बोले, "पर यह भी तो नहीं कहा जा सकता है कि वे राजद्रोह के भाव लेकर ही उस दल में शरीक हुए हों। शायद वे धन के लिए ही डकैती में शामिल हुए हों। उस तरह ऐसे तमाम दल हैं, जो अमीरों को लूटकर गरीब लोगों की सहायता करते हैं।"

विमला ने उदास स्वर से कहा, "ऐसा धन किस काम का जो पाप से कमाया जाए?"

डॉक्टर, "यह तो वही लोग बता सकते हैं, जो ऐसा काम करते हैं और इसे पाप नहीं, बल्कि पुण्य समझते हैं।"

विमला की आँखों से आँसू आ रहे थे, एक ऐंठन सी कलेजे में उठकर उसे मरोड़ रही थी, पीछे घुरकर विमला ने कहा, "भइया खाने जाओ, मैं घंटे भर में मालती के यहाँ से वापस आऊँगी।"

डॉक्टर, "तो खाकर जाओ देर तो वैसे ही हो चुकी है।"

विमला, "मेरी तबीयत नहीं ठीक है, थोड़ा-थोड़ा पेट खराब है, न खाने से शाम तक ठीक हो जाएगा।"

विमला की भारी आवाज सुनकर उसके उदास मुँह और सुर्ख आँखों की तरफ जरा ताज्जुब से देखते हुए डॉक्टर खाना खाने चले गए।

*

मालती ने अपने शब्दों में तो शादी के लिए जरा भी उत्सुकता नहीं दिखाई और प्रमिला से यह भी कह दिया कि प्रेम का मतलब विवाह ही से नहीं है। पर मन-ही-मन में उसका जी टूट गया था और उस व्यथा को छिपाने के लिए दिन भर घर के कामों में लगी रहने लगी। पहले उसे गृहस्थी के कामकाज से कोई सरोकार नहीं था। पर आजकल अँधेरे से उठकर कुछ-न-कुछ किया ही करती, बुआजी से कहा कि मैं 'अगहन नहाऊँगी'। वे फूली न समाईं। प्रमिला ने आपत्ति की पर उसने तड़के उठकर नहाना न छोड़ा, पहले यदि मालती कोई पूजापाठ करती तो प्रमिला उसका मजाक किया करती थी, पर अबकी सिर्फ मृदु आपत्ति के सिवा उससे कुछ कहा न गया।

प्रमिला देखती कि आजकल मालती अनवरत बका करती है और अकारण ही हँसती है, तब उसका हृदय बिदीर्ण होने लगता, क्योंकि प्रमिला ही एक थी, जो जानती

थी कि मालती का यह उत्साह नहीं है बल्कि चरम अशांति है। यह हँसी नहीं है, यह है अंतररुद्ध रोदन का उच्छवास।

पहले भी मालती चरखा कातती थी, किंतु फैशन के लिए, पर अब दोपहर के तीन घंटे चरखाकातना उसका नियम सा हो गया है। स्वदेशी कपड़े तो पहले भी पहनती थी, पर अब शुद्ध खद्दर पहनने लगी। इसी अरसे में उसका शरीर दुबला और मुँह पीला पड़ गया था। प्रमिला के निकट वह जितनी ही उदासीन बनती पर प्रमिला उतना ही उसकी मर्मव्यथा को समझती थी, चेहरे से कृत्रिम प्रफुल्लता दिखाते-दिखाते मालती का अन्मनस्क हो जाना प्रमिला की नजर से छिपा न रहता था।

प्रमिला को इस बात से बड़ा दुःख होता कि मालती उसके साथ दुराव करती है वह उनकी व्यथा दूर नहीं कर सकती है पर सुन तो सकती ही है, और उसकी पीड़ा को समझकर उसे दूर करने के लिए भी प्रमिला ने तो कुछ उठा नहीं रखा था, पर इससे ज्यादा वह क्या कर सकती है।

दोपहर को प्रमिला मशीन चलाकर वकील साहब के लिए चूड़ीदार पाजामा सिल रही थी, पर मालती उसे सीने नहीं दे रही थी, हाथ से कपड़ा खींचकर कह रही थी कि मैं सिऊँगी।

प्रमिला ने हाथ रोककर कहा, "अकस्मात् सिलाई पर इतनी ममता क्यों हो गई है।" मालती ने उसे हटाकर कहा, "मुझे पाजामा सीना आता ही नहीं है, सीख रही हूँ।"

प्रमिला कुछ कहनेवाली थी कि कमरे के द्वार पर विमला को खड़ी देखकर प्रसन्नता से बोल उठी, "आओ विमला, आज तो बहुत दिन बाद आई हो?"

मालती के हृदय में एक तरह का संकोच सा हो रहा था उसे ठेलकर अपने स्वर को सहज बनाकर बोली, "श्रीमती जी ने बड़ी जल्दी वादा पूरा किया?"

विमला बैठकर मुसकराती हुई बोली, "कैसा वादा?"

मालती, "यही कि बहुत जल्दी आने को जो कह गई थीं?"

विमला, "आई तो हूँ।"

प्रमिला, "आजकल तुम्हारा पोश्यपुत्र कहाँ है? लाई क्यों नहीं?"

विमला, "मेरे पास ही है। मैं घर से नहीं आई हूँ, भइया के पास से आ रही हूँ।" प्रमिला ने एक बार दबी निगाह से देखा मालती नीचे सर करके कपड़े-लत्ते समेटकर बक्स में भर रही थी, तब वह विमला से बोली, "हाँ! अब उनका क्या हाल है? चोट कैसी है?"

विमला ने उलाहने के साथ कहा, "अब तो अच्छे है, जख्म भी भर गया पर तुम लोग तो देखने भी न गईं।"

प्रमिला ने सकुचाकर कहा, "मेरा बड़ा मन था कि देख आऊँ पर जब सुना कि वे दुकान पर हैं तों सोचा कि वहाँ कैसे जाऊ?"

विमला, "दुकान बिल्कुल दुकान नहीं है, पीछे रहने की जगह है, मैं तो कई दिन वहीं रही।"

मालती मन-ही-मन प्रमिला की बुद्धि की तारीफ कर रही थी। विमला बातें करते-करते बार-बार मालती के मुँह की तरफ देख रही थी, उसकी उदास करुण दृष्टि और बरबस प्रसन्न बनने की चेष्टा सारी कथा प्रकाश किए देती थी, करुणापूर्ण सहानुभूति से विमला का दिल भर आया।

मालती जिस व्यक्ति की पूजा करती है, वही उसे उपेक्षा कर रहा है, प्रेम की क्या यही रीति है? वह चुपचाप रहकर भी भीतर चोट पहुँचाया करता है। विमला ने स्नेह भरे स्वर से कहा, "यह क्या कायापलट कर दी मालती! यह खद्दर कब से पहनने लगी?"

मालती लज्जित हो उठी, जैसे चोरी पकड़ गई हो, प्रमिला ने ही जवाब दिया, "मालती तो बहुत सा सूत कात चुकी है। एक साड़ी तो इन्हीं के हाथ से काते हुए सूत से तैयार होकर परसों आई है।

"जरा इनका कमरा तो देखो जाकर, जान पड़ता है किसी संन्यासीजी की कुटी है।"

मालती रोश के साथ, "इतना झूठ क्यों बोलती हो नई माँ?"

विमला, "खैर! सच-झूठ का फैसला तो अभी हो जाएगा, चलो जीजी इनका कमरा देखें। क्या परिवर्तन हो गया है, जरा मालूम हो।" प्रमिला उठकर खड़ी हो गई। विमला और वह मालती के कमरे की तरफ चली गईं, पर मालती असह्य संकोच में डूबी वहीं बैठी रही जैसे विमला के निकट कोई अपराधिनी है।

विमला ने मालती के कमरे में जाकर आश्चर्य के साथ देखा कि वहाँ पहले का कुछ सामान व सजावट नहीं है। कमरे में न दरी थी न मेज-कुरसी। मालती शौकीन प्रकृति की थी, उसका अपना कमरा घर भर से सबसे ज्यादा सुसज्जित रहता था। देशी-विदेशी कितनी ही तरह की तसवीरों को लगाने के लिए विमला बहुधा उसका मजाक उड़ाया करती थी। लेकिन अब वहाँ केवल महात्माजी के चित्र के अलावा कोई तसवीर नहीं थी। जमीन पर कंबल बिछा था। अलमारी में किताबें सजी थीं, एक छोटी चौकी पर चरखा रखा था। एक तरफ एक तख्त पड़ा था। उस पर भी दो कंबल, एक चादर और एक तकिया बिछे थे। "क्या हो गया है जीजी? इतनी जल्दी देशभक्ति ने गहरा रंग चढ़ा दिया। ऐसे त्याग और साधना के क्या अर्थ है?"

प्रमिला ने मुँह फेरकर कहा, "मैं क्या बताऊँ। कुछ तो होगा ही।"

विमला ने हताश स्वर में कहा, "पर भइया तो विवाह के लिए राजी ही नहीं हैं। अब प्रमिला सत्य रक्षा न कर सकी मालती का निषेध भूलकर आश्चर्य के साथ

बोल उठी, "क्यों, क्यों! उन्हें क्या कुछ ऐतराज है? मालती तो उनके लिए ही तपस्या कर रही है!" यह मैं भी जानती हूँ कि विवाह होना सहज नहीं है। न चाचाजी (जज साहब) ही मानेंगे न यही राजी होंगे, फिर भी कोशिश की जाती, पर अब जब डॉक्टर साहब ही नहीं चाहते, तब तो किस्सा ही खतम समझों, जिसके भाग्य में दुःख बदा है उसे भला कौन मिट सकता है।"

प्रमिला के स्वर में कुछ ऐसी वेदना मिश्रित थी, जिससे विमला का हृदय भी पीड़ित हो उठा। वह बोली, "दुःख की क्या बात है, मेरी समझ में जो विवाह के लिए दुःखी हो वह महामूर्ख है, मुझे उस पर दया नहीं आती।"

प्रमिला, "यह तुम्हारे लिए ही ठीक है विमला, पर जिसके जीवन का दूसरा उद्‌देश्य नहीं है, उसके लिए तो विवाह ही बड़ी भारी बात है।"

विमला, "क्यों दूसरा उद्‌देश्य क्यों नहीं है? बनाने से उद्‌देश्य बनेगा, जीवन का साधारण नियम यही है, जो तुम लोग पालन कर रही हो, घर-गृहस्थी, पति और बच्चे, पर उसके बाद भी कोई जीवन है, जिसे सफलतापूर्वक पूरा करने में ही सच्चा सुख तथा शांति है। मैं कहती हूँ कि क्या तुम दावे के साथ कह सकती हो कि वैवाहिक जीवन हमेशा सुख पूर्ण ही होता है।"

विमला की इस बात से प्रमिला का मुँह मलीन हो गया, उसने कहा, "यह मैं कैसे कह सकती हूँ, पर करते तो लोग सुख की आशा से ही हैं।"

विमला, "आशा तो मरीचिका ही है न?"

प्रमिला (मुसकराकर) "वाह खूब कहा, देखूँगी इसी मरीचिका के पीछे-पीछे तुम भी दौड़ती हो या नहीं।"

विमला (उदास स्वर से) "कौन जानता है मैं भी दौड़ने लगूँ, पर फिलहाल तो ऐसी आशंका है नहीं।"

पिछले शब्द कहते वक्त वह कुछ काँप सी उठी। जरा देर ठहरकर बोली, "भइया ने जो व्रत लिया है उसके बीच में शादी-ब्याह की गुंजाइश ही नहीं है, मैंने आज बहुतेरा कहा पर वे किसी तरह राजी ही नहीं हुए। मालती का मुझे भी बहुत खयाल है पर क्या करूँ?"

विमला की बात सुनकर प्रमिला के हृदय में बड़ी पीड़ा हुई, मालती के लिए उसकी आँखों में आँसू छलक आए। अभी तक तो इस संबंध में वह सिर्फ स्वामी की ही बाधा पाती थी, पर जब डॉक्टर की खुद ही इच्छा नहीं है, तब मालती का क्या होगा। उसका इतना प्रेम क्या व्यर्थ ही जाएगा, क्या सचमुच उसे धोखा था, डॉक्टर मालती को नहीं चाहते थे?

विमला कुछ कहने जा रही थी उसी समय मालती वहाँ आई और बनावटी उल्लास

के साथ बोल उठी, "यह खाना तलाशी क्यों हो रही है?"

विमला, "तुम्हारे खिलाफ कुछ खबर सुनी है, इसी शक पर तलाशी हो रही है श्रीमती देशभक्तजी!"

मालती हँसने लगी और बोली, "नई माँ, पापा आए हैं!"

प्रमिला (धीरे से), "क्या मेरा कुछ वहाँ काम है?"

प्रमिला का सजल स्वर उदास भाव मालती को खटके में डालने लगा। उसने सप्रश्न दृष्टि से प्रमिला की तरफ देखकर कहा, "काम कुछ नहीं है, अभी उन्होंने जलपान नहीं किया। तुम लेकर जाओ।"

प्रमिला अनिच्छापूर्वक उठकर चली गई। मालती ने तीक्ष्ण नजर से विमला की तरफ एक बार देखकर कहा, "नई माँ को क्या हो गया है?"

विमला जरा हँसकर बोली, "वे रो रही हैं कि तुम आजकल कठोर साधना में लगी हो। खाना-पीना तक कम कर दिया है। कंबल कौपीन का संरजाप कर रही हो।"

मालती का मुँह गंभीर हो गया, वह बोली, "तो इससे क्या?"

विमाल (मुसकराकर), "गिरिजा की कठिन तपस्या से उनके माता-पिता का क्षोभ स्वाभाविक ही है।"

मालती (संदिग्ध होकर), "क्यों मैं गिरिजा क्यों हूँ? उनकी और मेरी तपस्या की तुलना क्यों की गई?"

विमला (मुसकराकर), "तुलना तो नहीं हो सकती। पर उद्देश्य एक ही हो सकता है। प्रमिला आकर द्वार पर खड़ी थी, मालती ने अपनी बड़ी-बड़ी आँखों में क्रोध और तिरस्कार भर कर उसकी तरफ देखा। प्रमिला दूसरी तरफ देखने लगी, उसका दिल धक-धक करने लगा।

विमला, "खैर यह सब जाने दो, एक बात कहने आई थी वह तो सुनो, मैं कल सुबह जगदीशपुर जा रही हूँ, उमेश को लेकर झंझट में पड़ूँगी, क्या तुम लोग उसे रख सकोगी?" मालती ने प्रमिला की तरफ देखा पर वह दूसरी ओर देख रही थी। उसे इतना अधिकार नहीं था कि वह बगैर स्वामी का आदेश पाए दूसरे का लड़का रख सके। फिर उसे जिसका विमला से संबंध हैं

मालती ही बोली, "वह यहाँ रहेगा भी? रोएगा नहीं? भई, छोटे बच्चों को बहलाना जरा टेड़ी खीर है। मुझे तो बड़ा कठिन जान पड़ता है।"

विमला ने प्रमिला की तरफ देखकर कहा, "तुम कुछ बोलती नहीं जीजी?"

प्रमिला ने विवशता से कहा, "मैं क्या बोलू, मुझे तो वह बहुत प्यारा लगता है, पर क्या जाने घर में और लोगों को कुछ ऐतराज हो। मैं सिर्फ अपनी राय से तो कोई काम कर नहीं सकती।" विमला को इस बात से बड़ा आश्चर्य हुआ। घर की स्वामिनी

होकर भी प्रमिला इतनी स्वतंत्र नहीं है, शायद बुआजी से डरती हों। विमला ने कहा, "अच्छी बात है, मैं उसे साथ ही ले जाऊँगी। जरा सर्दी-वरदी से डर लगता है। पराया लड़का कहीं बीमार पड़ जाए तो आफत हो।"

मालती, "तो जगदीशपुर जाना ही ऐसा कौन जरूरी है?"

विमला, "उतना ही जितना तुम्हारा 'पूजा-पाठ'।"

विमला के शब्दों में जो प्रच्छन्न व्यंग्य था, उससे मालती कुढ़ गई, पर क्रोध उसे प्रमिला ही पर हो आया। उसने कठोर नेत्रों से प्रमिला की तरफ देखा, वह बेचारी मन-ही-मन में अपना अपराध ढूँढ़ने लगी।

विमला ने खड़े होकर कहा, "अच्छा अब जाने दो, बड़ी देर हो रही है।" मालती तथा प्रमिला उसे बाहर तक जाकर भेज आईं।

*

एक मालगाड़ी कलकत्ता से काशी जा रही थी। एक छोटी स्टेशन पर गाड़ी रुकते ही अँधेरे में एक खाली डब्बे में कई युवकों के साथ श्यामा चरण भी छिप कर घुसे।

गाड़ी जब चलने लगी, तब आठो युवकों ने कहा, "वंदेमातरम्!"

श्याम ने भी गद्गद कंठ से कहा, "वंदेमातरम्।"

यह दल आतंकवादियों का था। इरादा था कहीं किसी धनकुबेर के कोश पर छापा मारने का। उनमें छह युवक तो बंगाली थे, एक पंजाबी, सिख तथा एक मुसलमान था, श्याम भी उन्हीं में से थे। सब देखने में पढ़े-लिखे, सभ्य तथा उच्चकुल के जान पड़ते थे।

जब सब ठीक तरह से बैठ गए तो एक ने गुनगुनाकर गाना शुरू कर दिया। दूसरे ने सिगरेट सुलगा दी। अन्य व्यक्तियों में बहस छिड़ गई कि आतंकवाद क्यों अच्छा है।

श्याम चुपचाप बैठकर सबकी बातें सुन रहे थे। ढाई महीने से वे इन लोगों के साथ हैं, आज तक कोई काम ऐसा नहीं करना पड़ा था, जिसके लिए उन्हें अपनी आत्मा के साथ किसी प्रकार का विद्रोह करना पड़ा हो। यह पहला मौका था, जबकि मंडली डाके का प्रोग्राम बनाकर चली थी।

एक युवक ने कहा, "भाई मेरा तो यह सिद्धांत है कि अपने हक के लिए सबकुछ करना चाहिए। उसके लिए जान देना और जान लेना दोनों ही बातें आसान है।"

दूसरा, "नहीं, नहीं, सुरेश? मेरे दल में ऐसी बातों की गुंजाइश नहीं है। मेरा तो व्रत है, अहिंसा, दया तथा परोपकार और सेवा किसी के प्राणों का वध करके, जो उपकार किया वह क्या किया।"

सुरेश, "अगर अन्यायियों का वध करना पाप है तो भगवान् कृष्ण ने अर्जुन को भड़काकर महाभारत क्यों कराया था?"

विमला, "यह कोई दलील नहीं कि कृष्ण से बढ़कर कोई समझदार ही नहीं हो सकता। कौन कह सकता है कि उन्होंने गलती नहीं की।" सुरेश की दोनों आँखों में दप से आग जल उठी। उसने दप्त स्वर से कहा, "ये सब बातें हैं कायरता की। यदि यही भाव बने रहे तो मिल चुका स्वराज्य, छल से, बल से, कौशल से जैसे बने अपने अधिकार लेने चाहिए। हिंसा और अहिंसा मन की कमजोरी है।" निशाकांत उम्र में सबसे बड़े होने की वजह से अपने को सबसे बढ़कर बुद्धिमान समझते थे। गंभीर स्वर से बोले, "पर सुरेश बाबू आपकी इस संस्था का क्या उद्देश्य है! यह क्यों भूले जा रहे हैं।"

सुरेश (नम्रता से ), "नहीं भूला नहीं हूँ। पर इस वक्त बहस हो रही है, तब मैं सच बात कहूँगा, जो मेरे मन में है और जिससे देश का कल्याण हो।"

विमल, "मारकाट करने से ही देश का कल्याण न होगा, कृष्ण की सलाह से महायुद्ध करनेवाले पांडवों के हाथ क्या लगा?"

सुरेश, "क्यों? क्या हाथ नहीं लगा। यश, अधिकार, प्रभुता, सबकुछ तो मिला था, बाकी क्या रहा?"

विमल (उपेक्षा से), "तब जब वंश का प्राय: विनाश हो चुका।"

सुरेश (उत्तेजित होकर), "अपने देश के लिए लाखों वंश नष्ट हो जाए, तब भी बड़े गौरव की बात है। अधिकारों के लिए मर मिटना ही पुरुषत्व है भाई साहब!"

निशाकांत, "यह सब भावुकता है। आज तक हम लोगों ने जो काम किए हैं उनमें कभी हम लोगों की परीक्षा नहीं हुई। कौन कह सकता है कि किसी घायल आदमी को छटपटाते देख सुरेश बाबू ही न रो पड़े।"

सुरेश, "रो पड़ूँगा जरूर! पर किसके लिए जो दया का पात्र होगा। नहीं तो क्या अन्यायी और दूसरे का खून चूसनेवालों को देखकर।"

श्याम मुग्ध होकर सब बातें सुन रहे थे, पर इस प्रकार के देशोपकार के लिए उनका हृदय राजी नहीं होता था, वे अपने मन को हर तरह से इस दल के माफिक बना रहे थे, पर विवेक का तीव्र दंशन उन्हें बार-बार पीड़ित करने लगता। कभी-कभी वे यह भी सोचने लगते थे कि कहीं वह गलत रास्ते पर तो नहीं जा रहे हैं। दूसरे ही क्षण एक उन्मादकारी नशा और अलक्षित प्रेरणा उन्हें ठीक दूसरे रास्ते पर ले जाती थी और वे फिर भविष्य के स्वप्न डूब जाते। तीन महीने बीत चुके थे, चौथा शुरू हो गया था, पर उन्हें अपने घर-द्वार की फिक्र न थी, न पुत्र की ही याद थी, वर्तमान तो उनके लिए एक गहरी नींद थी, सवेरा तो तब होगा, जब वह मनोरथ पूरा होगा, जो आज जीवन का प्रधान कर्तव्य हो उठा है।

आज श्याम के सब साथी लोग किसी जमींदार के यहाँ डाका डालने निकले थे। ये लोग कहते थे कि हम लोग अत्याचारियों और अमीरों का रुपए लूटकर गरीब-

दुखियों को बाँटते हैं। धन कुबेरों का रुपए, जो गरीब के खून से रँग कर आता था और लोहे के बड़े-बड़े संदूकों और लोहे की अलमारियों में रखा जाता था। वे लोग जाने कैसे पता लगा कर उड़ा लाते थे। श्याम केवल विस्मय के साथ उनके नेतृत्व में दिन काट रहे थे। ये सब लोग बड़े-बड़े आदमियों के लड़के थे, अपना-अपना खर्चा आप करते थे। सिर्फ श्याम ऐसे थे, जो नि:संबल थे। उनका भार मंडली के सब लोगों ने खुशी से ग्रहण किया था। यद्यपि इसके लिए श्याम के चित्त में बड़ी ग्लानि होती थी, पर क्या करते। उपार्जित धन तो ऐसा होता था, जिसका एक पैसा भी निजी काम में खरच करना उन्हें किसी तरह मंजूर नहीं था। अत: मजबूर होकर वे इन मित्रों की सहायता ग्रहण कर रहे थे।

आत्मा अब भी इस देशभक्ति के लिए आगा-पीछा कर रही थी पर उनका पीड़ित दलित हृदय एक अनुभूति से भरकर उस पशोपेश को अलग कर देता था।

श्याम ऐसा धन चाहते थे, जिसके वे स्वयं स्वामी हो सकें, यहाँ उनकी यह मनोकांक्षा कैसे पूरी होती। जो कुछ लूट-पाटकर मिलता वह स्वदेश फंड में जमा हो जाता और फंड के मेंबरों की इच्छानुसार खर्च किया जाता।

श्याम कभी-कभी यह सोचते थे कि क्या यही असली रास्ता है, या वह बेकार ही रक्तपात में शामिल होकर अपने उद्देश्य से गिरे जा रहे हैं। डाका डालने में यदि उन्हें अकेले एक लाख की संपत्ति मिल जाती तो वे उससे सुमित्रा के नाम से एक अस्पताल खोल देते, जिसमें सिर्फ गरीबों तथा उसके ऐसे अभागे क्लर्कों के कुटुंब का ही इलाज हुआ करता और सुमित्रा की वह अंतिम इच्छा यों व्यापकदान से पूरी हो जाती।

हाय लोग उसे खूनी डाकू, चोर समझेंगे पर यह कौन जान सकता है कि उसके दिल में कैसे-कैसे भाव उठे और कितने गहरे शोक ने उसे इस पथ पर पैर बढ़ाने को मजबूर किया। हृदय के भीषण अग्निकांड को देखने की कौन कोशिश करेगा।

गाड़ी धीरे-धीरे एक जंगल को पार कर रही थी। कृष्णपक्ष की त्रयोदशी का चंद्रमा अपनी पीली और मलिन ज्योति रेल के अंदर भी पहुँचा रहा था। श्याम पैर फैलाए हुए ध्यान में मग्न थे कि उसके साथियों में से एक ने उन्हें धक्का देकर कहा, "'क्या सोते हो", श्याम ने चौंककर कहा, "नहीं सोता नहीं हूँ।"

"साथी, तो उतरो ठिकाना आ गया।"

गाड़ी स्टेशन पर पहुँचने के पहले ही वे सब लोग चुपचाप उतरकर रात के उस निस्तब्ध पहर में एक तरफ को चल दिए। श्याम सबके पीछे चल रहे थे, भाव और आवेश में डूबे हुए, उनके जन्मगत संस्कार और भविष्य की सुंदर कल्पनाओं में द्वंद्व मचा था।

उस गाँव का जमींदार जैसा ही प्रतापी और धनी था, वैसा ही निर्दयी और दुष्ट भी था। उसके तरह-तरह के अत्याचारों से सारे आसामी थर-थर काँपते रहते थे, गरीबों से कौड़ी-कौड़ी बेरहमी से वसूल की जाती थी और उसी रुपए से वेश्या का नाच होनेवाला था, कल जमींदार के पुत्र का मुंडन हो गया था। उसी के उत्सव को सर्वांग सुंदर करने के लिए उनके मित्रों और शुभचिंतकों की सलाह हुई थी कि काशी से सर्वश्रेष्ठ नर्तकी विद्याधरी बुलाई जाए। पंद्रह दिन से उत्सव की जोरदार तैयारियाँ हो रही थीं। फसल खराब होने से किसान लोग यों ही अधमरे हो रहे थे। ऊपर से बेगार और कर ने उन्हें और भी पीड़ित कर दिया था। अगहनी धान खेतों में कटे पड़े थे, पर बेचारों को इतनी फुरसत न थी कि पीटकर घर ले जाते। दिन भर बड़े मैदान की सफाई और सजावट में लगे रहते। रात में अपना काम करते। जाड़े की रात, न ओढ़ने को न बिछाने को, आधे आदमी बुखार और जुकाम-खाँसी से बीमार पड़े थे। पर जमींदार का काम बंद नहीं था।

सवेरा होने में अब भी देर थी। गोबरा रात भर धान ढोकर अभी सोया था कि जमींदार के हरकारा ने उसके टट्टर को लाठी से खसकाते हुए कहा, "अरे ओ गोबरा! नवाब के नाती की अभी नींद ही नहीं खुली। कल सख्त ताकीद कर दी गई थी कि चार बजे सब काम पर पहुँच जाए, आज शाम को सब मेहमान आ जाएँगे। यहाँ अभी आधे भी सामियाने नहीं तैयार हुए। कैसे हों? ये लोग मालिक के काम को जब अपना काम समझे तब न!"

गोबरा न उठा, उसकी घरवाली घूँघट काढ़ कर बाहर आई और बड़े धीरे से बोली, "हरकारा साहेब, जी नहीं अच्छा है, जरा दिन निकले आ जाएँगे।"

हरकारा, "दिन निकले क्या वहाँ दावत खाना है, जा जगा दे, रोज-रोज काम नहीं लगा रहेगा, मालिक का काम है।"

चमारिन जरा टर्री थी जोर से बोली, "बार-बार मालिक का काम, मालिक का काम, तो सुनाते हो पर हमैं क्या मिलेगा? रात-दिन बेगार करने के बखत हम लोग हैं। पीछे कोई बात भी नहीं पुछवार है!"

हरकारा, "अब तुम सीधे नहीं जगाओगी, तो हमी जगा लेंगे।" इतना कहकर हरकारा टट्टर ठेलकर भीतर घुस गया और जोर से डाँटकर कहा, "अबे गोब्बर मक्कर किए पड़ा है?" गोबर के देवता पूछकर गए, आँख मलता हुआ, उठकर खड़ा हो गया, और बोला, "हरकारा साहेब खता माफ हो जाए, आज जरा देर होय गई।" हरकारा साहब ने मुसकराकर चमारिन की तरफ देखा, औरत जल गई और स्वामी की तरफ देखकर बोली, "दिन चढ़े जाना कोई प्राण नहीं देना है। रातभर बोखार रहा है।"

पर गोबर में इतनी हिम्मत नहीं थी कि वह जमींदार के हुक्म को टाल सके।

उठकर साफा बाँधने लगा, और खुरपी उठाकर चलने लगा। हरकारा फिर व्यंग्य भरी हँसी से हँसकर चमारिन की तरफ देखने लगा। औरत का खून अपमान से खौल उठा। वह झपटकर सामने खड़ी हो गई और स्वामी का रास्ता रोककर बोली, "हमारा खून पीऐ जो इस बखत काम पर जाए।"

चमार ने परास्त होकर कहा, "क्या लड़कपन कर रही है। जा अपना काम कर।" फिर हरकारा से बोला, "हरकारा साहेब, आप चलै हम अब ही जरा हाथ-मुँह धो के आते है, औरत की जिद है मालिक।"

हरकारा (क्रोध से ) "तो बैठ औरत का पैर पकड़कर, जब मालिक लोग एक के दो वसूल करेंगे, तब न रोते फिरना, कह दिया।"

गोबर फिर कैसे ठहर सकता था। ठंडी साँस लेकर चल दिया। उसकी स्त्री ने लपककर गोबर का हाथ पकड़ लिया, अब हरकारा साहब क्रोध से काँप उठे। गरजकर बोले, "एक घंटे से ससुरी परेशान किए है, चल यहाँ से नहीं तो तुझे भी घसीटता हुआ ले चलूँगा।"

चमारिन ने आरक्त नेत्रों से उसकी तरफ देखकर कहा, "कौन तुम? पहिले मुँह धो आवौ, तब हमको ले जाओ।"

इतना सुनना था कि जामे से बाहर होकर मुसलमान हरकारे ने एक धक्का चमार की स्त्री को दिया और घसीटते हुए गोबर को ले चला। उसी समय एक बंगाली युवक ने सामने आकर कहा, "क्यों क्या बात है, मिया साहब?"

मिंया ने कोई बड़ा मेहमान समझकर सलाम करते हुए कहा, "कुछ नहीं है, हुजूर! जरा मैदान की सफाई-वफाई का काम है, हुजुर के ऐसे कितने ही मेहमान आ रहे हैं, कहाँ, बैठें-उठेंगे? पर इन नमकहरामों की समझ में ही नहीं आता है कि मालिक का काम है, एक-दो दिन की बात है, जरा मेहनत से कर डालें, यह औरत ऐसी झगड़ालू है कि अपने मर्द को जाने ही नहीं देती।"

युवक ने चमार की स्त्री की तरफ देखा, जो रो-रोकर हरकारा को कोस रही थी, फिर गोबर की तरफ देखा, जिसके तीव्र नेत्रों में दुर्बल आत्म-सम्मान चमक रहा था। युवक ने कहा, "क्या है तुम्हारे मालिक के यहाँ हरकारा?" "क्या आपने नहीं सुना, हुजूर के एकलौते बेटे का मुंड़ना है, उसी की खुशी में बहुत भारी तमाशा होनेवाला है। बनारस की मशहूर रंडी विद्याधरी बुलाई गई है, बड़ा खर्चा हो रहा है, ठाकुर साहब के सब दोस्त व रिश्तेदार आ रहे हैं, नाटक भी किया जाएगा।"

युवक···, "तब तो बहुत रुपए खर्च होगा, कहाँ से आएगा?"

इस पर एक कुलीन किसान, जो बेगार के लिए जाने को आया था बोल उठा, "रुपए की कौन कमी है, हल पीछे एक-एक रुपए तो हम सब दिए हैं और रुपए का

दो सेर घी, भला इस ज्यागती का कोई ठिकाना है। ऊपर से बेगार में काम कर रहे हैं, हमारी रबी सूख रही है, धान पड़े हैं, पर क्या करें, रात-दिन तो जमींदार के काम से छुट्टी नहीं है।"

युवक, "आखिर फिर तुम जमींदार की इतनी गुलामी क्यों करते हो?"

किसान, "करैं न तो जाए कहाँ? शहरों में भी तो अब नौकरी नहीं मिल ती और देहात में खेती के सिवाय कोई और उद्योग-धंधा भी तो नहीं है। वह सामने देखो जुलाहों के घर हैं, किसी जमाने में एक-एक घर में दो-दो करघे चलते थे, अब बिचारे जाड़े में रूई धुनकर और गरमी में छप्पर छाने का काम करते पेट पालते हैं।"

हरकारा ने अधीर होकर कहा, "जगदेव चलो बातचीत फिर करना।"

बंगाली, "तुम जाओ, मैं भी तो वहीं आऊँगा, ये मेरे साथ अभी आते हैं।"

हरकारा गोबर को लेकर अनिच्छापूर्वक चला गया। युवक ने जगदेव की तरफ देखकर कहा, "हाँ! क्या कहते थे रुक क्यों गए?"

जगदेव, "क्या कहूँ बाबूजी! हमारे भाग्य ही खराब हैं, बचपन में दूध की कौन कहे शीरे का शरबत भी नहीं मिलता। दस-बारह बरस की उमर से या उससे भी पहले से कड़कती धूप में और बरसात में हमें गोरू चराने का काम सिखाया जाता है, जरा कुछ बड़े हुए तो माँ-बाप जमींदार या महाजन से अधन्नी रूपै पर सौ-दो सौ कर्ज लेकर हमारा ब्याह कर देते हैं, होस सँभालने पर हमारे पास जमीन मिलती है, खेती में लगाने को पूँजी नहीं, कमजोर बैल जमीन खुरच भी तो नहीं सकते। जमींदार सवाई पर सड़ा-गला अन्न बोने को देता है, कभी पानी ही न बरसा, कभी बाढ़ आ गई, कभी पाला पड़ गया, कभी बैल ही मर गया। हमे यह नहीं मालूम की कल क्या होगा, तोली के अंधे बैल की तरह हम रोज तड़के उठते हैं और दिन भर मेहनत करते हैं, और जब फसल तैयार होती है, तब जमींदार और महाजन छाती पर सवार होकर सब अन्न खलिहान ही से उठवा लेते हैं या बनिया को बुलवाकर मनमाने भाव पर बिकवाकर अपनी जेब भर कर चले जाते हैं। चुरा-छिपाकर औरतें जो कुछ रख लेती हैं उसी के सहारे फसल कटने के महीने भर तक या किसी के बहुत हुआ तो ड़ेढ-दो महीने तक गुजर होती है। फिर हम जमींदार और महाजन के दरवाजे भिखारी ऐसे जाकर बैठते हैं और बाल-बच्चों का पेट भरने के लिए सवाई पर अन्न उधार लाते हैं। अब आप ही बताइए हमार छुटकारा कैसे हो? हमारे लिए तो जमींदार और महाजन ब्रहमा, विष्णु हैं, इनके बिना कैसे काम चलै। सात समुद्र के पार बिलाइत का बादसाह हमारा कुछ नहीं बिगाड़ पाता, मगर यह गाँव का जमींदार हमें पीसे डालता है।"

युवक ने मुसकराकर कहा, "तुम तो पूरा लेक्चर देने लगे। मालूम पड़ता है कुछ पढ़े-लिखे हो?"

किसान, "जब पढ़े थे, तब पढ़े थे, अब तो चिट्ठी भी नहीं लिख पाता।"

बंगाली, "आखिर कहाँ तक पढ़े हो?"

किसान, "मिडिल फेल हूँ, मगर अब सब भूल-भाल गया। पढ़ाई में जो कुछ खरचा हुआ वह भी अकारथ गया। यहाँ पढ़ने-लिखने का कोई काम ही नहीं है। गाँव में दो-चार किताबें हमारे पास हैं और भवानी भीख पंडित के पास एक पुराना पत्र और फटी रामायन है।"

बंगाली, "अब तो जमाना बदल रहा है, गांधीजी ने सत्याग्रह का वह हथियार निकाला है कि जिसके सामने तोप गोला मात हो रहो हैं। आपस में संगठन बना लो, बुराइयों के खिलाफ सत्याग्रह करना सीख जाओ। गाँव में पंचायत बना लो, चरखा कातो और अपना सुधार करना सीख जाओ तो तुम्हारी कायापलट सकती है।"

जगदेव, "बाबूजी, आप कहाँ से आए हैं?"

बंगाली, "हमारा घर तो बड़ी दूर है, पर हम भी कांग्रेस के सेवक हैं, और सेवाभाव से घूमते-घामते रहते हैं।"

किसान, "बाबूजी आपने जो कुछ कहा है वह यहाँ हो चुका।"

बंगाली, "सो कैसे?"

किसान, "हुआ ऐसा कि दो-चार लड़के, जो शहर से पढ़ाई खतम करके लौटे थे, गाँव में गांधीजी का झंडा गाड़कर गाने लगे। एक दिन जमींदार ने पीटा, तब पाँच-छह आदमियों ने मिलकर जमींदार के दरवाजे पर अनसन व्रत करना शुरू किया। बात बढ़ गई, मार-पीट हो गई, तीन जेल में हैं, और दो भगे हुए हैं। जो बेचारे जेल में हैं उनके बाल-बच्चे भूखों मर रहे हैं, क्योंकि बढ़ावा देकर जमींदार से भिड़ानेवाले तो बहुत थे पर जरूरत पर मदद देनेवाला कोई नहीं, यह तो हाल है। आप ठहरे कहाँ है?"

बंगाली, "मैं कहीं ठहरा नहीं हूँ, यों ही घूमता-फिरता हूँ। तुम्हारी बातें सुनते में बहुत जी लगता है, पर अब तुम्हें देर हो रही है, और मुझे भी कई काम करने हैं। फिर मिलकर सब बातें सुनूँगा, तो यहाँ का जमींदार बड़ा जालिम है?"

किसान, "यह मत पूछो बाबूजी! गरीबों का दिल जानता है, आए दिन कुर्की-नीलामी और मार-पीट हुआ ही करती है। अच्छा अब मैं जाता हूँ। अब कैसे, कहाँ दर्शन होंगे।"

बंगाली, "मैं यहीं आकर मिलूँगा, नमस्ते।"

किसान ने कृतज्ञ होकर कहा, "नमस्ते, बाबूजी नमस्ते!"

दोपहर को आठो व्यक्ति एक टूटे मंदिर में, जो गाँव से बाहर जंगल में था, इकट्ठे हुए। निशाकांत ने कहा, "कहो सुरेश बाबू, कहाँ-कहाँ घूम आए?"

सुरेश, "गाँव में गया था, जरा पता लगाना था कि यहाँ का जमींदार सचमुच जालिम है या गलत ही हम लोगों ने सुना था।"

विमल, "क्या पता लगा?"

सुरेश, "लोगों की बातचीत से तो यही मालूम हुआ कि आदमी बड़ा खराब है!

विमल, "लेकिन आपके खराब की परिभाषा क्या है?"

सुरेश, "परिभाषा करना तो मैं जानता नहीं, क्योंकि ऐसा करना तो स्कूल ही में छूट गया, मगर यह जानता हूँ कि जमींदार बहुत सख्ती से लगान वसूल करता है। किसानों से तरह-तरह की बेगार लेता है और उनके पसीने की बूँदों को स्वर्ण रूप देकर सेफ में बंद किए हुए है। किसानों का संचित श्रम मुद्राओं का रूप धारण करके लोहे के जेल में बंद है। बंदियों को मुक्त करना हमारा धर्म है, और बिना वह जेल तोड़े हुए यह संभव नहीं है।"

विमल, "तुम्हें तो हर बात में दार्शनिकता ही सूझती है। मैं भी इस समिति का उतना ही दृढ प्रतिज्ञ सदस्य हूँ, जितने तुम लेकिन जाने क्यों ऐन मौके पर हमारी हिम्मत टूटने सी लगती है, और जान पड़ता है, जैसे कोई भीतर से पूछ रहा हो कि क्या देश और मानव समाज के प्रति कर्तव्य निबाहने का यही ठीक रास्ता है? जमींदार कोई अद्भुत काम थोड़े ही करता है, जबसे सृष्टि हुई बली निर्बल को हमेशा दबाए रखता है। मनुष्येतर प्राणियों में भी बड़े छोटे को खा जाते हैं। हम निर्बलों का संगठन बनाकर उन्हें इतना शक्तिशाली ही क्यों न बनाएँ कि सबल उनका कुछ न बिगाड़ सकें।"

सुरेश, "जान पड़ता है तुम भी गांधीजी की विचारधारा में बहनेवाले हो। छात्रधर्म को छोड़कर बनियेपन का सहारा लेना चाहते हो। अहिंसात्मक सत्याग्रह तो नपुंसकों के दिल को तसल्ली देने का एक भुलावा है। बम्हनई करने से कहीं भिखारी राज्य पा सकता है। राजा ने बहुत दया की तो दो-चार बीघे माफी दे देगा या ठोकर मारकर दरवाजे से भगा देगा।"

यतीन, "लेकिन भाई, सोचो तो लूट-लूटकर कितने दिन काम चलेगा। यह तो मानी हुई बात है कि संसार में अमीर और गरीब सदा रहेंगे। हाँ, यह हो सकता है कि अमीरी और गरीबी में इतनी विषमता न रहे। जितनी अभी है। एक बार प्रयत्न करके अगर सबको बराबर कर भी दिया जाए, तो थोड़े ही दिन में फिर यही विषमता पैदा हो जाएगी। अगर सबको बराबर मजदूरी भी मिलने लगे तो कोई चार पैसे कमाकर तीन ही खर्च करके एक बचा लेगा और दूसरा अपनी कुल आमदनी उड़ा डालेगा। अलावा इसके जब तक व्यक्तिगत संपत्ति का उपभोग करने की आशा न रहे। आदमी न तो पूरा परिश्रम करेगा और न उसकी छिपी हुई शक्तियों का उपयोग किया जा सकेगा।

"हजारों बरस से अशिक्षित और गुलाम रहने के कारण हमारी संत्तियाँ मर चुकी

हैं, अंग्रेजों ने अग्रेजी शिक्षा देकर हमें संसार की विचारधारा में बहने का अवसर दिया।

"तब हमने जाना है कि संसार में मनुष्य स्वतंत्र होकर भी रह सकता है, और व्यक्तिगत पूँजी का नाश भी हो सकता है। पाश्चात्य विचारों के संपर्क में आने से हमें अपनी बेबसी पर दया आने लगी। स्वतंत्रता की तरफ हमारा ध्यान गया और हमने यह सोचा कि अमीरों को लूटकर गरीबों का घर भर दें तो हम देश का भला कर सकेंगे। नौजवानों के लिए और खासकर बेकारी की हालत में अपनी शक्तियों को लगाने का कोई रास्ता चाहिए।"

विमल ने प्रसन्न होकर कहा, "तुम बिल्कुल ठीक कह रहे हो यतीन। डाका डालना ही हमारा धर्म नहीं होना चाहिए। देश में सुख तभी फैल सकता है, जब हम सब धनी हों और धन तभी बढ़ेगा जब कृषि और उद्योग-धंधों द्वारा राष्ट्रीय आय बढ़ाई जाए और उस आय का ठीक विभाजन और उपभोग हो।"

सुरेश चुपचाप बैठकर इन लोगों की बातें सुन रहा था। उसके नेत्र लाल हो उठे और नथने फड़कने लगे। क्रुद्ध स्वर में वह बोल उठा, "क्या असहाय विधवाओं की तरह दुखड़ा रोने लगे। कमर कसकर मैदान में आओ, डाका डालना राष्ट्रीय धर्म नहीं है, यह हम मानते हैं, लेकिन यह तो हमें उस महान् राष्ट्रीय यज्ञ में अपनी आहुति देने के लिए एक पाठशाला का काम देता है। अहिंसा केवल आराम से पड़े रहने का बहाना है, देश का सुधार रोने चिल्लाने से हाथ-पैर पटकने से, या दाँत किटकिटाने से नहीं होगा, उसके लिए तो घूँसा तानकर खड़ा होना होगा और उस घूँसे के सामने जमींदार, महाजन, पूँजीपति या जो कोई आएगा कुचला, जाएगा। गौतम बुद्ध ने संसार में एक महान धर्म फैलाया और यहाँ सबसे ज्यादा बौद्ध धर्म को माननेवाले हैं। हिंदू भी उन्हें ईश्वर की विभूति समझते हैं, लेकिन मेरा तो खयाल है, उन्होंने ने भारत का जितना आहत किया उतना नृशंस से नृशंस आक्रमणकारी ने भी नहीं किया होगा। बौद्ध धर्म ने देश की पुरुषोचित भावनाओं को नष्ट करके हमें हिजड़ा बना दिया और बुद्ध के द्वितीय संस्करण गांधीजी हमें फिर उसी ओर ले जाना चाहते हैं।"

सुरेश की इस वीर दर्प से भरीउक्ति पर सब युवकों के नेत्र प्रशंसा से चमक उठे। निशाकांत ने सुरेश की पीठ थपथपाते हुए कहा, "शाबाश सुरेश भइया, बस तुम्हारे ऐसे लोगों के भरोसे पर तो हम लोग यह कठिन काम करने चले हैं।"

विमल और यतीन गुस्से की हँसी-हँसकर बोले, "सुरेश बाबू को जरा चिढ़ा देने में मजा आता है, देखो कैसे जामा बाहर हो गए।"

श्याम ने प्रशंसा और स्नेहपूर्ण दृष्टि से सुरेश की तरफ देखा। उस्मान खाँ, एक मुसलमान युवक ने कहा, "आज नई बात क्या है, जो यह सवाल पैदा हो गया कि डाका डालना अच्छा है या बुरा?"

विमल, "नया नहीं, यह सवाल बहुत पुराना है और हम सबके दिलों में बराबर उठा करता है, पर अब जो व्रत ले चुके उसे तो पूरा ही करेंगे।"

सुरेश, "तो जबरदस्ती क्या है, अनिच्छा से क्यों यह काम करते हो, जिस बात की भलाई पर तुम्हारा विश्वास नहीं है, उसे करने के लिए क्या कोई तुम्हें विवश कर रहा है? शिवाजी और नेपोलियन भी तो एक तरह के डाकू ही थे, उनकी डकैती बड़े पैमाने पर होती थी, हमारी ताकत परमित है और हम लोग अपनी बुद्धि और बल द्वारा एक छोटे से जमींदार को लूटना चाहते हैं, कुछ हत्या करने तो जाते नहीं है, वह रहेगा और उसकी जमींदारी रहेगी? फिर रुपए जमा कर लेगा। भेड़ की ऊन तो काटने ही के लिए जमती है? इन्हीं रुपयों के धान खरीदकर, जब हम असम के बाढ़ पीड़ितों को बाँटेंगे और उनके भूखे बच्चे गरम-गरम भात खाकर जी उठेंगे, तब हमारे हृदय को जितनी तृप्ति होगी और जब वे गरीब हमें आशीर्वाद देंगे, तब इस सतत विलास में लीन जमींदार के अभिशाप का आंशिक प्रायश्चित्त तो हो ही जाएगा।"

सुरेश की इस बात से सबके जी में जो दुविधा उठी थी, वह दूर हो गई और वे कुछ कर गुजरने की भावना से भर उठे। धीरे से सबने वंदे मातरम् की ध्वनि की, उस ध्वनि में उनके हृदय की आवाजें मिल गईं।

*

सारे दिन के परिश्रम के बाद गाँव भर के आदमी बेहोश से पड़े थे, जमींदार की विशाल अट्टालिका भी नीरव और निस्तब्ध थी। आनेवाले उत्सव और समारोह की तैयारी में सारे दिन व्यस्त रहकर उस महल के अधिवासी सुख और थकावट की नींद से गरम बिस्तरों पर पड़े सो रहे थे, चौकीदार भी सो गया था।

ठाकुर प्रताप सिंह अपने कमरे में मक्खन ऐसे मुलायम और नई रूई की गरमी से गरम बिस्तर पर बेखबर सो रहे थे, दूसरी चारपाई पर उनके दूसरे ब्याह की युवती पत्नी बेखबरी की नींद में गाफिल पड़ी थी। कई महीना पहले किसी गरीब के घर से वह धनी जमींदार की भोग लालसा का खिलौना बनाकर वहाँ लाई गई थी।

रात के दो बजे थे, कहीं-कहीं कुत्ते भौंक रहे थे और सब ओर सन्नाटा था। अकस्मात् किसी भारी चीज के गिरने की आवाज से ठाकुर साहब की आँख खुल गई। उन्होंने बड़े विस्मय से देखा कि दस बारह आदमियों ने मिलकर उनकी लोहे की अलमारी को जाने कैसे खोल लिया है। उसी की भारी आवाज से वे जग पड़े थे, भय और घबराहट से वे थर-थर काँपने लगे।

उसी अलमारी में कल के खर्च के लिए करीब पंद्रह हजार रुपए इकट्ठा करके रखा था, सोने-चाँदी के जेवरों की तो गिनती ही नहीं हो सकती।

आँखों के सामने अपना यह सर्वनाश ठाकुर साहब किसी तरह बरदाश्त न कर सके, गले से आवाज नहीं निकलती थी। आज जीवन में पहली बार शायद उन्होंने आंतरिक व्याकुलता के साथ ईश्वर का स्मरण किया और काँपती हुई आवाज में कहा, "खबरदार! कौन हो तुम लोग, मेरी अलमारी में हाथ भी मत लगाना।"

एक आदमी ने मुसकराकर कहा, "अलमारी में हाथ लगाने की हम लोगों को कोई जरूरत नहीं हैं, हमें तो इसके अंदर का माल ले जाना है, आप आराम से लेटे रहिए, वरना यह देखिए। रिवॉल्वर देखकर ठाकुर के देवता कूच कर गए और वे यह भी समझ गए कि यह लोग साधारण चोज नहीं हैं न वैसे डाकू ही हैं, ये हैं पढ़े-लिखे सभ्य लुटेरे, जिनसे पार पाना कठिन समस्या है। उन्होंने सारी ताकत लगाकर जोर से पुकारा, "रामसिंह, सूरजदीन, जल्दी दौड़ों घर में डाकू घुसे हैं।"

चिल्लाहट सुनते ही एक युवक ने दूसरे से कहा, "देर मत करो जल्दी से रुपए निकाल लो और चल दो।"

ठाकुर, "मेरे रुपए हैं।"

एक युवक, "मालूम है, पर चुपचाप खड़े रहो वरना यह देखो।"

ठाकुर साहब बदहवास से खड़े थे, दरवाजे में भीतर से ताला बंद था। उनकी हालत देखने लायक थी, चेहरे का रंग उड़ गया था, बोलने की शक्ति जैसे सर्वदा के लिए चली गईं। रिवॉल्वर देखकर उनके रहे-सहे होश भी गायब हो गए।

सब युवकों ने मुसकराकर रुपए-पैसे और जेवरों का ढेर निकालकर बाहर रखना शुरू कर दिया। हठात ठाकुर साहब ने बड़ी युक्ति के साथ कहा, "ये रुपए भूकंप पीड़ितों के लिए हैं।"

तीक्ष्ण हँसी-हँसकर युवक ने कहा, "आप बेफिक्र रहिए, आपके रुपए किसी बुरे काम में खर्च नहीं होंगे, हम लोग देश के लिए ही लूटा करते हैं।"

तीन आदमी रुपयों की थैलियाँ लेकर चल दिए। एक पिस्तौल लिये दरवाजे पर खड़ा था, एक ने नोटों के पुलिंदे जेब के अंदर, दूसरे ने पुराने दस्तावेज फाड़-फाड़कर फेंक दिए, सिर्फ पंद्रह मिनट में उन लोगों ने शांतिपूर्वक अपना काम पूरा कर लिया, जब पुराने दस्तावेज फटने लगे, तब तो ठाकुर साहब के कलेजे में शूल सी उठने लगी। कातर स्वर में बोले, "दया करके कागज न फाड़ो।"

एक युवक ने मुसकराकर कहा, "क्यों, जाली कागज फटने से इतना दुःख क्यों होता है? ठाकुर साहब!"

मुसलमान युवक ने मुँह चिढ़ाकर कहा, "दया किस चिड़िया का नाम है! क्या वह आपके गाँव में पैदा होती है?"

क्रोध और निराशा से पागल होकर ठाकुर ने चारों तरफ देखा, उनकी युवती

पत्नी अब भी बेखबर पड़ी सो रही थी, वे उसे जगाने चले, उनका मतलब समझकर श्याम ने सामने आकर कहा, "उन्हें जगाकर गोलमाल मत कीजिए। हम लोग स्त्रियों की इज्जत आपसे ज्यादा करते हैं।"

ठाकुर प्रताप सिंह ने क्रोध से दाँत पीसकर कहा, "तुम लोग निकलो मेरे घर से। उस्मान ने मुसकराकर कहा, "आदाब बजा लाता हूँ, जो हुकम सरकार का।"

ठाकुर, "सारी शक्ति एकत्र करके बोले, "अच्छी बात है, मैं अभी तुम लोगों को गिरफ्तार करता हूँ।"

एक युवक, "गारद, बुलाइए गारद, पर माल तो उड़ ही गया।" श्याम, उस्मान और यतीन के अलावा और सब लोग रुपए लेकर जा चुके थे। इन लोगों के हाथ में भरी हुई पिस्तौलें थीं। प्रताप सिंह ने मौका देखा और झटाक से दूसरी तरफ का दरवाजा खोलकर निकल भागे। श्याम ने कहा, "अरे वे तो भाग गए।"

उस्मान ने किवाड़े बंद करके कहा, "अब पकड़े जाने के लिए तैयार रहो! दोजख का कुत्ता जवान और बेखबर बीवी को डाकुओं के पंजे में छोड़कर अपनी जान लेकर भाग गया।"

श्याम के नेत्रों के सामने जेल का भयंकर दृश्य आ गया। उनका मुँह विवर्ण हो उठा पर उस्मान खाँ और यतीन चंद्र मुसकरा-मुसकराकर बातें कर रहे थे।

उसी समय सोई हुई रमणी की आँख खुल गई, शायद किसी भयानक स्वप्न को देखकर चौंक पड़ी थी। वह अपनी विस्मय भरी आँखें बार-बार रगड़ने के बाद तीनों व्यक्तियों को देखकर भय से विह्वल होकर चिल्ला उठी। उस्मान ने अदब के साथ कहा, "घबराइए नहीं हम लोग आपका कुछ नहीं बिगाड़ेंगे।"

श्याम ने एक बार उस भय से व्याकुल नारी के भयभीत मुख की तरफ देखा, हठात उन्हें सुमित्रा की याद आ गई। वे टेबुल पकड़कर खड़े हो गए। यतीन जरा रसिक आदमी था, मुसकराकर बोला, "आपके स्वामी देवता तो हम लोगों के पास आपको छोड़कर भाग गए हैं।"

उस्मान ने यतीन के चपत लगाकर कहा, "डरा क्यों रहे हो, शैतान कहीं के।" स्त्री व्याकुल होकर दरवाजे की तरफ बढ़ी। उस्मान ने दौड़कर उसका हाथ पकड़ लिया, अब तो वह डर के मारे चीख उठी और असहाय की भाँति श्याम की तरफ देखकर काँपती हुई बोली, "मुझे बचाइए!"

श्याम ने सामने आकर कहा, "हाथ छोड़ दो उस्मान खाँ!"

उस्मान (अवज्ञा के साथ), "जी हाँ! जिससे बाहर के आदमी आकर हम लोगों को अभी पकड़ लें।"

श्याम ने एक बार फिर उस नारी की तरफ देखा? जिसके बड़े-बड़े नेत्रों से

सुमित्रा झाँक रही थी, तब श्याम ने पारिपूर्ण बल के साथ उस्मान खाँ का दूसरा हाथ पकड़कर झटका दिया। स्त्री का हाथ छूट गया, वह जंजीर खोलकर बेतहाशा भागी। किवाड़ खुलते ही कोई बीस-पचीस आदमियों ने कमरे में घुसकर तीनों युवकों को पकड़ लिया। उस्मान खाँ की आँखों से आग निकल रही थी।

उसने आग्नेय नेत्रों से श्याम की तरफ देखकर कहा, "बेवकूफ आदमी", और रिवॉल्वर तानकर सामनेवाले व्यक्ति पर गोली चलाई।

*

विमला जिस निगूढ़ वेदना से व्यथित हृदय को शांति देने के लिए जगदीशपुर आई थी वह व्यथा उसे यहाँ आकर अधिक पीड़ा देने लगी, मनुष्य अपने को कहाँ तक धोखा दे सकता है। रात-दिन पड़े-पड़े विमला ने अपने हृदय का अन्वेषण आरंभ कर दिया था, उससे उसने जो कुछ आविष्कार कर पाया उससे वह लज्जा, भय और आश्चर्य से विह्वल हो उठी।

वह अपने चित्त की अपरमित भर्त्सना करती, अपने को खूब कोसती, लानत सलामत करती, पर थोड़ी देर में सबकुछ भूलकर उसे फिर वही पुरानी बातें सोचने में रस मिलने लगता, सुमित्रा की बीमारी, श्याम की सेवा और फिर सुमित्रा की मृत्यु, श्याम का शोक और अंत में उनका निरूद्‌देश्य हो जाना।

तब भुल जाता उसे अपना उज्ज्वल भविष्य, ऊँची-ऊँची कल्पनाएँ और उन्नत आदर्श से भरी महत्त्वाकांक्षाएँ, यहाँ वह जिस इच्छा से आई थी वह बीच ही में रह गई। उन बातों में पहले के जैसा उत्साह उसे नहीं रहा था।

द्वारिका कई बार कह चुका था कि चलो तुम्हें लखनऊ पहुँचा आऊँ, पढ़ना-लिखना भी बंद है। यहाँ भी कुछ करती नहीं हो। सब औरतें कहती हैं कि बिटिया कह-सुनकर ही चुप हो गई। जब हम सब पढ़ने को तैयार हुई तो कुछ बंदोबस्त नहीं करती।

इस बात से विमला लज्जित हो उठती और कहती, 'देखो द्वारिका बाबा तुम्हारी बात ही ठीक निकली अब मेरी समझ में आ गया है कि इन लोगों को पढ़ाना-लिखाना सहज नहीं है, इसी से सोचा करती हूँ कि कैसे कौन काम शुरू किया जाए।"

द्वारिका आश्चर्य और निरुत्साह से विमला के मुँह की तरफ देखने लगता।

सवेरा हो गया था पर विमला अभी रजाई के अंदर चुपचाप पड़ी थी, आजकल वह दिनभर सोचती रहती थी, यहाँ निरूपद्रव आराम से उसे चिंता करने को जगह थी। इसी से लखनऊ के शोरगुल में जाने को उसका मन नहीं होता था। श्याम का लड़का यहाँ आकर द्वारिका को इतना लग गया था कि वह विमला के पास बहुत कम आता था। विमला उसकी तरफ से निश्चिंत होकर खुश ही थी। साढ़े आठ बजे तक रोज

लखनऊ से उसकी डाक आ जाती थी, उसी की प्रतीक्षा में वह अभी तक लेटी थी।

थोड़ी देर में द्वारिका ने आकर कहा, "बिटिया लेओ यह कागज हरखू दै गवा है।"

विमला झट से उठकर बैठ गई और बोली, "अरे क्या आठ बज गया? कहाँ है डाक? इधर लाओ।"

द्वारिका कुछ नाराजी के साथ बोला, "अखबार भागा नाहीं जात है पहिले उठौ नहाव धोवो, कुछ खाय पी के तब देखो सुनौ।"

द्वारिका बड़बड़ाता हुआ चला गया। अखबार के मुखपृष्ठ पर दृष्टि पड़ते ही एकाएक विमला की आँखें फैल गईं। उसने साँसें थामकर पढ़ना शुरू किया।

## तीन आतंकवादियों की गिरफ्तारी

बनारस जिले के एक धनी जमींदार के घर में डाका डालने के अपराध में तीन युवक पकड़े गए हैं, एक बंगाली है, एक हिंदू, तीसरा मुसलमान है पर दूसरा एक आदमी इधर का ही रहनेवाला है, बाकी लोग बीस हजार की रकम लेकर गायब हो गए हैं। पकड़े गए अभियुक्तों ने पुलिस के दयाशून्य अत्याचारों को बड़े साहस के साथ सहन कर लिया पर उन भागे हुए साथियों का पता नहीं बताया, जिसके लिए उनकी प्रशंसा करनी चाहिए। बंगाली दोनों युवक उधर ही के कोई प्रतिष्ठित घराने के लड़के हैं, उनको छुड़ाने के लिए घरवाले कोशिश कर रहे हैं। तीसरे अभियुक्त की तरफ से कोई पैरवी करनेवाला नहीं खड़ा हुआ, उस युवक का नाम श्यामाचरण है। इससे ज्यादा परिचय वह नहीं देना चाहता। संभव है उस युवक के कुटुंबियों को इस विपत्ति की खबर भी न हो। मुकदमा चल रहा है।

उपरोक्त समाचार पढ़कर विमला अचल होकर बैठी रह गई। उसके हाथ-पैर बर्फ की तरह ठंडे हो गए, दिल की धड़कन बंद सी हुई गईं थी, उसकी विस्फारित दृष्टि के सामने भय और निराशा का समुद्र लहराने लगा।

एक बार अपने को सँभालकर विमला ने फिर अखबार उठाकर देखा, धोखा नहीं था, निष्ठुर सत्य था। आह जिसकी एक जरा सी खबर पाने के लिए वह एक-एक मिनट उत्सुक रहा करती थी, उसी का समाचार आज कितनी दाहक शक्ति लेकर आया है, जिसे बरदाश्त करने में वह असमर्थ हुई जा रही है। विमला की बड़ी-बड़ी आँखों से गोल-गोल आँसुओं का तार सा बँध गया।

अपनी इस कातरता से वह स्वयं विस्मित थी कि वह इतनी मर्माहत क्यों हो उठी है, दिल से धीरज क्यों गायब हुआ जा रहा है, केवल इच्छा होती है कि खूब रोए। रोते-रोते उसे क्रोध चढ़ आया, श्याम के ऊपर और संसार भर के ऊपर। अखबार उठाकर उसने चारपाई के नीचे फेंक दिया, आँखें धोकर एकदम बाहर आकर खड़ी हो

गई, लेकिन उसका चेहरा बिल्कुल उतर गया था। देखते ही दादी ने उद्वेगपूर्ण स्वर में कहा, "कैसा जी है विमला?"

विमला ने बनावटी प्रफुल्लता के साथ कहा, "नहीं तो दादी अच्छी तो हूँ, मैं सोकर उठी हूँ।" विमला की बोली सुनते ही उमेश अपना बाँस का घोड़ा फेंककर दौड़ता हुआ आया और उससे चिपटकर बोला, "मौछी घल चलो।"

आज इस निरपराध बालक पर भी विमला को अकारण क्रोध आ गया, कैसा अभागा है, माँ को तो जन्म के बाद से ही घुटा-घुटाकर ले डाला, अब इसका शनिग्रह पिता के पीछे भी लगा है। दूसरे ही क्षण इस मूर्खतापूर्ण विचार से वह लज्जित हो उठी और बच्चे पर उसे दया आ गई। प्यार के साथ उसे गोद में उठाकर वह अंदर चली गई और उसे बाँहों के बीच में दबाकर वह खूब पेट भरकर रोने लगी।

उमेश अपनी सुंदर-सुंदर आँखों से मौसी का अकारण रूदन देख रहा था, जरा देर में वह भी जोर से रो पड़ा। विमला चौंक पड़ी और जल्दी से आँखें पोंछकर उसे बहलाने लगी और बोली, "घर चलेगा लल्लन!"

लल्लू ने सर हिलाकर कहा, "हाँ!"

लड़के का रोना सुनकर दादी वहाँ आकर बोलीं, "क्या है भइया, क्यों रोते हो?"

विमला ने चौखट पर खड़े होकर कहा, "द्वारिका बाबा कहाँ हैं, मुझे लखनऊ पहुँचा दें।"

दादी ने विस्मित होकर कहा, "क्यो, एकाएक क्या हो गया? अभी कै दिन हुए आए।"

द्वारिका भी आकर खड़ा हो गया था, विमला के रोदनरक्त मलिन मुख की तरफ गहरी नजर से देखकर बोला, "काहे लखनऊ जाए का कौन काम है?"

विमला, "वैसे ही जी नहीं लगता।"

दादी को लल्लू के ऊपर कुछ ऐसा मोह हो गया था कि उसे छोड़ने की बात से वे अधीर हो उठीं, जरा क्रुद्धकंठ से बोलीं, "फिर क्यों आई थीं? स्कूल-कालिज खोलने आई थी सो क्यों नहीं खोला? बेकार ही अपनी पढ़ाई भी बरबाद की।"

विमला ने बुझे हुए स्वर में कहा, "मेरे किए कुछ नहीं होगा, दादी बेकार ही सबको परेशान कर रही थी।"

द्वारिका, "तौ का आजै जाइहौ?"

विमला, "हाँ आज ही।"

द्वारिका, "और देहाती औरतन का पढ़ावै लिखावै का मंशा?"

विमला ने ठंडी साँस लेकर कहा, "पढ़ने-लिखने का दु:ख तुम समझ नहीं सकते बाबा, अच्छा है कि वे बेचारी पढ़ी नहीं हैं।"

विमला की इस बिल्कुल नई युक्ति को सुनकर दादी को कोई जवाब नहीं सूझा। द्वारिका भी केवल विस्मय के साथ उसका मुँह निहारने लगा।

विमला वहाँ से उठकर फिर अपने कमरे में आकर बैठ गई, तरह-तरह के दुःख देनेवाले विचार उसे यातना पहुँचा रहे थे। दिन चढ़ने लगा, पर आज उसे नहाने-धोने की भी सुध नहीं रही।

दरवाजे के बाहर से जमींदारी के बुढे कारिंदा राम सिंह ने पुकार कर कहा, "क्या मैं भीतर चला आऊँ बिटिया रानी?"

विमला चौंककर बोली, "कौन है जिलेदार चाचा? आइए चले आइए क्या काम है?"

जिलेदार साहब ने अंदर जाकर कहा, "क्या जी नहीं अच्छा है?"

विमला ने खड़े होकर कहा, "जी अच्छा है बैठिए।"

जिलेदार साहब कुरसी पर बैठकर बोले, "बैठूँ क्या बिटिया रानी मैं तो बड़े चक्कर में पड़ गया हूँ, क्या करूँ, अगर बड़े हुजूर के पास जाऊँ तो वे कुछ सुनेंगे नहीं उलटे मेरे ऊपर भी बिगड़ेंगे। भइया से कहूँ तो हँसकर उड़ा देंगे। तुम तो यहाँ मौजूद ही हो इससे कहाँ जाऊँ।"

जिलेदार साहब की यह भूमिका विमला को जरा भी रुचिकर नहीं लग रही थी, विरक्ति छिपाकर वह बोली, "क्या बात है, साफ-साफ कहिए, जो काम बाबूजी और भइया नहीं कर सकते उसे मैं क्या जानूँ भला?"

जिलेदार, "बगैर जाने काम कैसे चलेगा बेटी! बात यह है कि आपने शायद सुना होगा कि कई दिन से एक बंगाली आदमी आकर यहाँ उपद्रव मचाए हुए है।"

विमला बंगाली का नाम सुनकर चौकन्नी हो उठी, उत्सुकता के साथ पूछा, "कौन बंगाली? कहाँ से आया है? मुझे तो कुछ भी नहीं मालूम।"

जिलेदार, "कपड़े-लत्ते और शक्ल सूरत से तो वह बंगाली ही जान पड़ता है पर बातचीत साफ उर्दू-हिंदी में बोलता है, तमाम गाँव भर को भड़का रहा है कि लगान मत दो, मर जाओ पर डरो मत। ऐसी ही बातों से बगावत फैला रहा है। उस आफत के परकाला को न जेल का डर है न फाँसी का।"

विमला, "और क्या-क्या करता है?"

जिलेदार, "जमीदारी की जड़ खोदना चाहता है, आज भी चौधरी की चौपाल में लेक्चर देने की तैयारी है।"

विमला (कुछ सोचकर), "क्या मैं उसके लेक्चर को सुन सकती हूँ?"

जिलेदार, "आप सुनना चाहें तो मैं चौधरी से कह दूँ, उनके घर से सुन लेना।"

विमला, "अच्छा मुझे खबर देना, मैं आऊँगी वहीं?"

जिलेदार ने खड़े होकर कहा, "बहुत अच्छा मैं खुद आ जाऊँगा।"

विमला ने हाथ जोड़कर नमस्कार किया, जिलेदार साहब भी आशीर्वाद देकर चले गए।

चौपाल चौधरी को गाँव के बाहर कोई जानता भी नहीं था, अहीरों के पंच थे जरूर मगर दो साल से जमींदार को लगान का एक पैसा भी नहीं दिया था। हर एक को अपनी चिकनी-चुपड़ी खुशामद भरी बातों से प्रसन्न रखने की कोशिश किया करते थे। विमला के जिलेदार साहब के यहाँ दोनों वक्त हाजिरी देना उनका नित्यकर्म सा हो गया था, लेकिन जब से जिलेदार ने बकाया लगान का दावा कर दिया था चौधरी को जमींदार और जमींदारी से विरक्ति उत्पन्न हो गई थी। चौधरी के दो भैंसे लगती थीं। बाइस बीघे पट्टे की काश्त थी, एक लड़का मिल में मिस्त्री था और उस बार चौधरी जब सेतुबंध रामेश्वर की यात्रा करके लौटे तो बिरादरी को कच्ची और पक्की दोनों जेवनारें दीं और ब्रह्मभोज भी किया। घर में स्त्रियाँ फूल के गहने कभी नहीं पहनती थीं। छोटी लड़की तक के पास चाँदी के जेवरों का कंप्लीट सेट था, हालाँकि सुनारों की बनवाई कौन कहे चाँदी के पूरे दाम भी पिछले दस वर्षों में भी अदा न हो पाए थे। इतना सब होते हुए भी चौधरी अव्वल दरजे के मक्खी चूस थे। देखने में फटेहाल, बढ़ी हुई दाढ़ी। मैले पीले दाँत, खुशामदी और धूर्त नेत्र। कोई दरवाजे पर आ जाता तो तंबाकू पिलाने की कौन कहे, उसी से पूछ बैठते कि—अँगौछा में खइनी-अइनी तो नहीं बाँधे हो? हम तो महीनों से बजार ही न जाए पाए, न तमाखू ही लाए।

एक हफ्ता पहले सुरेश ने शाम को आकर जब इन्हें एक पाँच का नोट दिया और उसके बदले में सिर्फ एक खुराक भोजन लिया तो इन्हें सुरेश पर और उसके मनीबेग पर बड़ी श्रद्धा हो गई। उस बंगाली युवक से यह रात और बातें करते रहे। सवेरा होते चौधरी अपने को गांधीजी के प्रधान चेला, ब्रिटिश साम्राज्य के सबसे बड़े दुश्मन और बीसवी सदी के महान् आंदोलनकर्ता समझने लगे। सब मनुष्यों की और विशेषकर चौधरी के टाइप के लोगों की सदा यही इच्छा रहती थी कि जमींदार को लगान न देना पड़े तो कैसा मजा आए।

सुरेश के उपदेशों ने उन्हें बहुत सहारा दिया। बात एक घर से दूसरे घर में एक गाँव से दूसरे गाँव में फैलने लगी। लोगों ने कहा, "गांधीजी भगवान् के अवतार हैं, सरकार ने उन्हें जेल में बंद किया, मगर जेल में वे माया का शरीर छोड़कर बाहर निकल आए। सरकार गांधीजी को आधा राज्य दे रही है कि मान जाओ, लेकिन वे भला कहाँ मानने वाले!" औरतें रोज गांधीजी के नाम पर एक हाँडी में चुटकी डालने लगीं और चौधरी उस अन्न को बटोर लाते, तेल की पूरियाँ बनती और दो-चार बेकार नौजवान उनका भोग लगाते। ये नौजवान स्वयं भू ग्रामीण नेता बने और सुरेश उनके

आदर्श और उपास्य देव। कभी-कभी चौधरी और उनके सहयोगियों की धूर्तता को सुरेश समझ जाते तो उन्हें बड़ा खेद और ग्लानि होती, किंतु वह शहरी युवक देहातियों की भीतरी तह तक भला कैसे पहुँच सकता था, दूसरे आधे देहाती आदमी तो सरलता की सच्ची मूर्ति ही थे। डकैती के बाद सुरेश ने पहले तो सोचा था, नेपाल या भूटान में जाकर छिप जाएँ, फिर विचार आया यह तो बड़ी कायरता की बात होगी, उसने गाँव में रहकर कुछ काम करना चाहा। उसका हिंसात्मक आतंकवाद पर पूर्ण विश्वास था, किंतु खुलेआम वह उसका प्रचार कैसे कर सकता था, इसलिए उसने नाम बदलकर गांधीजी के सत्याग्रह आंदोलन में तब तक भाग लेने का निश्चय किया, जब तक उसके भागे हुए साथी एक जगह जमा होकर फिर से अपना काम प्रारंभ न कर दें।

आज चौधरी जैपाल के यहाँ दोपहर से सभा होनेवाली थी। दो-चार गाँवों में उसकी खबर हो चुकी थी। उनके घर के सामने बरगद के पेड़ के नीचे चार सवेरे ही से लीप रहे थे। कुछ लोग माँग, जाँच कर तख्त और टाट ले आए और थोड़ी ही देर में लड़के जमा हो गए। वे समझे कि शायद कोई तमाशा होनेवाला है। धीरे-धीरे आदमियों की भीड़ भी इकट्ठी होने लगी। कोई स्वागतकारिणी समिति तो थी नहीं, सुरेश चौधरी से कहता तुम्हीं सभापति बनो। तुम यहाँ के रहनेवाले हो, सब बातें जानते हो, चौधरी विनय के साथ कहते, "मैं बेपढ़ा आदमी भला क्या सभापति बनूँगा, तुम्हीं सभापति बनो। निरर्थक लेक्चरबाजी के सुरेश एक ऊँचे से तख्त पर बैठ गया। पहले स्कूली लड़कों ने फिर उनकी देखा-देखी युवकों ने महात्मा गांधी की जय ध्वनि की। एक क्षण के लिए मालूम होने लगा कि इस देश से पराधीनता जय घोषणा द्वारा भगाई जा रही है। चौधरी ने गाँव के माली से एक गेंदे की माला बनाने के लिए पहले ही से कह दिया था वही माला सुरेश के गले में पहना दी गई और लड़कों ने तालियाँ बजाईं। सुरेश का हृदय थोड़ी देर के लिए सम्मान के इस नूतन आनंद से भरकर पुलक उठा। किसी पढ़े-लिखे मनुष्य को देखते तो उन्हें स्वयं लज्जा आ जाती पर यहाँ ऐसे ऊँचे आदर्श पर बैठना ही उसका समुचित पावना था।

उसी समय विमला वहाँ आई, किसी ने उसे देखा नहीं। वह सीधे चौधरी के घर के भीतर पहुँच गई। विमला को देखकर घर की स्त्रियों ने कुछ विस्मय के साथ कहा, "आओ बिटिया बैठो, क्या लीचड़ (लेक्चर) सुनै आई हो?"

विमला ने दरवाजे के पास खड़े-खड़े कहा, "हाँ लेक्चर सुनने ही आई हूँ बैठने से सुन नहीं पाऊँगी यहाँ मैं अच्छी तरह खड़ी हूँ।"

जसोदा की बहू जिसको एक संकट के समय विमला ने उबारा था, उसी बालक को गोद में लिये हुए खड़ी थी, होठों पर व्यंग्य भरी मुसकान को लाकर अपनी ननद

केतकी को चिकोटी काटकर बोली, "आज तो बड़ा परदा है, मरदों में क्यों नहीं चली जातीं, दे डालें दो-चार लेक्चर।"

उस बहू की पूरी बात विमला ने सुनी, अपने कानों पर उसे विश्वास नहीं आ रहा था। आदमी ऐसा भी कृतज्ञ हो सकता है, उसका उसे अनुभव नहीं था। उसको दुःख हुआ, दिल इस जरा सी बात पर पीड़ित हो उठा। उसने एक ठंडी साँस लेकर पीछे घुमकर देखा, जसोदा की बहू उसकी तरफ आँख मटकाकर उसका कुछ मजाक बना रही थी। दुबारा विमला ने उन लोगों की तरफ देखने की इच्छा नहीं की। बाहर सुरेश ने लेक्चर देना शुरू कर दिया, उसे विमला बड़े ध्यान से सुनने लगी।

सुरेश ने समझाया कि निर्बल होने के कारण हम लोग पराधीन और दलित हैं, और अमीरों ने पूँजी और भूमि पर अपना एकाधिपत्य करके गरीबों को दबा लिया, सारे कानून अमीरों के बनाए हुए उन्हीं के फायदे के लिए हैं, पुलिस और फौज तक गरीबों की रक्षा के लिए नहीं वरन् पूँजीपतियों के धन की रक्षा के लिए तैनात है। पूँजीपतियों की सरकार ने, असहायों के आँसू पोंछने के लिए कहीं-कहीं स्कूल और अस्पताल खोल दिए हैं, जिनमें मास्टर ऊँघा करता है और डॉक्टर शीशियों में पानी भर-भरकर बाँटतें हैं। तरह-तरह से हमको भुलावा दिया जाता है। सुधार की नई-नई हिकमते बताई जाती हैं। कहा जाता है—साफ कपड़े पहनों, गाँव साफ रखो, खाद के गड्ढे गाँव के बाहर रखो, पढ़ो, लिखो, दस्तकारी को अपनाओ, टोकरी, डलियाँ बीनो, मुरगी और शहद की मक्खी पालो, बस सुधार हो गया। लेकिन मुरगी पालने से या टोकरी बिनने से अगर स्वराज मिलने लगे तो फिर क्या कहना है, जरूरत है सबसे पहले स्वतंत्र होने की, जिससे हम अपने भाग्य विधाता खुद बन सकें और इसके लिए हमें अपना बल आपस में मेलजोल के जरिए बढ़ाना होगा। जब तक रोटी का सवाल हल नहीं होगा। तब तक न सफाई की सूझ सकती है न पढ़ने-लिखने की। हमारे पास न हथियार हैं न फौज। भर पेट भोजन तो मिलता नहीं, हम अमीरों के सामने ठहर कैसे सकते हैं। लेकिन गांधीजी ने हमें वह रास्ता बताया है, जिसका सहारा लेकर हम अपनी ताकत बढ़ा सकते हैं, जैसे यह सब लोग तय कर लें कि जमींदार को लगान नहीं दिया जाएगा, तो आखिर जमींदार लोग करेंगे क्या? किसकी-किसकी बेदखली कराएँगे और एक दफे बेदखली करा भी लें तो फिर दुबारा उन खेतों को जोतेगा कौन? दो साल खेत परती पड़े रहे तो जमींदार को मालगुजारी देना भी मुश्किल हो जाएगा।

इस पर भीड़ से एक बुड्ढा पटवारी बोल उठा, "जमींदार तो कहीं-न-कहीं से कुछ इंतजाम करके मालगुजारी दे भी सकता है पर साल दो साल तक तुम लोग खाओगे क्या?" पटवारी की इस निस्पृहता पर चौधरी को बड़ी खीझ हुई। उन्होंने फौरन जोरदार शब्दों में कहा, "गांधीजी के पास रुपयों की कमी नहीं है, साल दो साल क्या

सौ पचास बरस तक खिला सकते हैं।" अधिकांश लोगों ने सिर हिलाकर 'और नहीं क्या?' कहकर उसका समर्थन किया, जिन्हे चौधरी की बात पर विश्वास नहीं हुआ वे भी चुप्पी साधे बैठे रहे, कौन बेकार उसकी आलोचना का शिकार बनता। सभा में जोश बढ़ने लगा, लोग जमींदार और उसके जिलेदार की बढ़, बढ़कर बुराइयाँ करने लगे। एक ने कहा, "जमींदार साहब की बिटिया मेम का ऐसा ठाठ-बाठ बनाकर कभी-कभी गाँव में आती हैं और गाँव की औरतों को सिखाती हैं कि साफ रहौ, पढ़ौ लिखौ, लेकिन जब कोई गरीब बुढ़िया उनके पास जाकर जिलेदार की ज्यागती की शिकायत करती है, तो कहती हैं, मालिक के पास जाओ, लगान-बगान के बारे में हम कुछ नहीं जानतीं।" अतिश्योक्तियों का बाजार गरम होते-होते यहाँ तक नौबत आई कि लोग जमींदार और उनके कुनबे के आचरण पर भी आक्षेप करने लगे।

विमला ने सब सुना पर वह सोच रही थी कि क्या यह सच है। उसे विश्वास नहीं हो रहा था, लज्जा से, ग्लानि से तथा अपमान से उसका मुँह लाल हो उठा।

उसी समय जैपाल चौधरी का लड़का कह रहा था, "और जमींदार साहब की बेटी साहबा जच्चा खाने का काम भी तो करती है। यहाँ आईं थी, डॉक्टरी सीखने।"

दूसरे व्यक्ति ने कहा, "इन बड़े आदमियों की लीला खुद भगवान् ही नहीं जान सकते आदमी क्या जानेगा।"

सुरेश किसी की व्यक्तिगत बातें सुनना नहीं चाहता था। इन बातों से उसके चेहरे पर विरक्ति फूट पड़ी, वह बोला, "जमींदार और उनके कुटुंब से हमें कोई सरोकार नहीं, न एक यहीं के जमींदार के बाबत हम कुछ कह रहे हैं। हमारे कहने का मतलब है कि जमींदारी प्रथा का नाश कर दो।"

जैपाल चौधरी ने कहा, "क्या करें बाबूजी कलेजा तो पक गया है, साल का साल सूद देते हैं, तब भी जमींदार का कर्ज सिर पर चढ़ा रहता है। रोज झूँठे कागज बनते हैं, जाली मुकदमे खड़े होते हैं, अब जी जलै न तो क्या हो!"

सुरेश, "क्या यह सच है कि यहाँ का जिलेदार लगान लेकर भी दावा करता है कि नहीं मिला।"

चौधरी, "हाँ भइया चाहे जिससे पूछ लो जो झूठ हो।"

वृद्ध जिलेदार साहब जो सबके पीछे खड़े थे, और सब बातें देर से सुन रहे थे, सुनते ही क्रोध से अधीर हो उठे। किसी तरह अपने को शांत न रख सकने के कारण वे झपटते हुए भीड़ को ठेलकर जैपाल चौधरी के सामने जाकर खड़े हो गए और आरक्त नेत्रों से उसकी तरफ देखकर बोले, "क्या कह रहे हो चौधरी, फिर से कहो?" थोड़ी देर के लिए वह कटुभाषी व्यक्ति भी सन्नाटे में आ गया। गरदन पर जमींदार का लगान और जिलेदार का कर्जा चढ़ा था पर वह उद्दंडता, जो गँवारों का स्वाभाविक गुण है

उससे चौधरी अलग नहीं थे, अकड़कर बोले, "कहते क्या हैं? क्या कुछ झूठ कहते हैं। हमारे खेत में चाहे अकाल पड़ै, चाहे बूड़ा आवै, चाहें पत्थर गिरैं, चाहे पाला, पर तुम कभी छोड़ते हो एक पैसा, सच कहो? भला इसमें कुछ झूठ तो नहीं है?" अपनी इस बुद्धि भरी बात के लिए चौधरी चारों ओर गौरव भरी निगाह डालकर मुसकराने लगे।

जिलेदार, "तो तुम यह क्यों कह रहे थे कि मैं लगान वसूल करके दुबारा लेता हूँ, झूठ दावा मुकदमा बनाता हूँ।"

चौधरी (बात बनाकर), "नहीं करते हो तो अब करोगे। ठाकुर, अब हम तुम से दबते नहीं हैं, तुम हमारा कुछ बिगाड़ नहीं सकते।"

जो लोग जिलेदार की ठकुरसुहाती किया करते थे और एक-एक रुपए के लिए उनके पीछे-पीछे खुशामद करते हुए घुमा करते थे। इस समय अपने को किसी बलवान छाया से सुरक्षित समझकर आँखों में व्यंग्य और मुँह पर हँसी भरकर आपस में कनफुसुकियाँ करने लगे। मन-ही-मन सब चाहते थे कि जिलेदार साहब का खूब अपमान हो जाए। जिलेदार ने खून का घूँट पीकर कहा, "किसके बल पर कूद रहे हो चौधरी? यह शेखी कब तक टिक सकती है? मैं घंटे भर से तुम लोगों की बातें सुन रहा हूँ, कहता था, कौन बोले, कौन बोले, पर झूठ कलंक कहाँ तक सहा जाए। किस दिन किसके ऊपर मैंने झूठा दावा दायर किया है। कोई बता दे, अच्छी बात है, तुम लागों के सिर से भूत उतरे फिर एक-एक की खबर ली जाएगी।"

इस धमकी से बहुत से गरीबों के मुँह सूख गए, एकाध तो इधर-उधर खिसकने लगे। सुरेश कुछ कहना चाहता था, उसे भय था कि कहीं मारपीट न हो जाए। उसे क्या मालूम था कि उसके उपदेशों का ये लोग यह अर्थ लगाएँगे। पर उसकी आवाज उस कोलाहल को भेद कर दूर तक पहुँच ही न सकी, उधर जिलेदार तथा चौधरी में वाद-विवाद बढ़ रहा था, जैपाल के दोनों जवान बेटे मोटी लाठियाँ लिये खड़े थे। जिलेदार ने कहा, "तुम लोगों ने जमींदार को तमाशा बन दिया है, अभी तो झूठ ही कह रहे थे कि मैं झूठे मुकदमे बनाता हूँ पर अब सचमुच सबको फँसा कर छोड़ूँगा, देखें तुम्हें कौन छुड़ाएगा। मेरा नाम राम सिंह नहीं, मैं ठाकुर नहीं, जो तुम लोग साल-साल भर चक्की न पीसो। जैपाल के बड़े लड़के रामपाल ने मुँह चिढ़ाकर कहा, "कौन चक्की पीसेगा, आप?"

जिलेदार (गरजकर), "चुप रह बदमाश।"

चौधरी, "जिलेदार साहब, अब वह जमाना बीत गया, जब हम लोग तुम्हारे बेदाम के गुलाम थे। अब कोई किसी का नौकर नहीं है, न कोई किसी से डरता है।"

जिलेदार, "डरोगे तुम और तुम्हारे पुरखे! कल देखना रोते फिरोगे। मैं अच्छी तरह

जानता हूँ कि बकाया लगान का दावा जब से किया है, तभी से तुम हमसे खार-खाने लगे हो, कहाँ तक शील में पड़ा रहता। आखिर मैं भी तो किसी का नौकर ही हूँ।"

चौधरी के छोटे लड़के कृष्णपाल ने कहा, "नौकरी तुम्हारे करम में लिखी है ठाकुर! तुम क्या करौ।"

ठाकुर साहब ने क्रोधांध होकर एक तमाचा कृष्णपाल के मुँह पर मारकर कहा, "सुअर के बच्चे!"

ठाकुर का कृष्णपाल को थप्पड़ मारना था कि श्यामपाल ने एक लट्ठ कसकर बुड्ढे ठाकुर के सिर पर मारकर कहा, "और कहोगे सुअर के बच्चे? गाली का मजा लो।"

लाठी के लगते ही जिलेदार साहब हाय करके गिर पड़े, उनके गिरते ही भगदड़ मच गई। कई लोग दौड़कर जिलेदार साहब के मुँह पर हवा करने लगे। कई लोग श्यामपाल और कृष्णपाल को बुरा-भला कहने लगे। सुरेश तखत से कूदकर ठाकुर के सिर के पास बैठ गया और अपना रूमाल उनके घाव पर बाँधकर बोला, "कहीं डॉक्टर है?"

विमला पहले तो कुछ समझ ही नहीं सकी कि क्या हुआ। यह गोलमाल क्यों बढ़ गया है, वह बरोठे से निकलकर बाहर खड़ी हो गई और उसने जिलेदार को बेहोश और खून से लथपथ पड़े देखा। भयमिश्रित चीख उसके मुँह से बरबस निकल गई। अपने को वह किसी तरह रोक न सकी, थर-थर काँपती हुई वह जिलेदार साहब के पास जाकर खड़ी हो गई और आँखों में आँसू भरकर बोली, "तुम लागों का जो असली दुश्मन है उसे मारते? इन बेचारे बूढ़े आदमी को मारकर क्या मिला? ये बेचारे जो कुछ करते थे अपने मालिक के लिए। मारना ही था तो मुझे मारते।"

चारों ओर सन्नाटा छा गया। सुरेश ने श्रद्धा के साथ विमला की तरफ देखा और कहा, "क्या कोई अस्पताल है?"

विमला आँखें पोंछकर बोली, "कोई दौड़कर इनके घर जाए। इनके लड़के को बुला लाए।"

विमला के यह कहने के साथ ही राम सिंह का लड़का दौड़ता हुआ आया और पिता को देखकर रो पड़ा, विमला ने कहा, "रोने का समय नहीं है, मोटर या पालकी का इंतजाम करो, इन्हें जल्दी-से-जल्दी लखनऊ ले चलना चाहिए।"

इधर ये बातें हो रही थीं, उधर आपस में ही कुछ लोग लड़ने लगे। झगड़ा बढ़ते-बढ़ते मारपीट होने लगी। कई लाठियाँ फिर उठीं। सुरेश का हृदय दारूण आत्मग्लानि से भर गया। वह उन्मत्त की भाँति भीड़ के बीच जा पहुँचा। एक लाठी उसके कंधे पर

लगी। विमला ने कहा, "हे ईश्वर, यह क्या हो रहा है।" घबराहट और भय से उसका चेहरा पीला पड़ गया वह दीवार पकड़कर खड़ी रही, आँखें बंद हो गईं।

*

लखनऊ पहुँचकर विमला ने जो कुछ सुना उसकी रही सही शांति भी चली गई। एक तरफ उसकी शादी ठीक थी और उसकी तैयारियाँ हो रही थीं। दूसरी तरफ डॉक्टर साहब कई हफ्ते के लिए बिहार की तरफ चले गए थे।

निराशा और क्षोभ से विकल होकर वह जाते ही चारपाई पर लेट गई। सुशीला देवी ने उसका सूखा मुँह देखकर शंकित होकर कहा, "क्या कुछ तबीयत खराब है? कैसा जी है?" विमला की आँखों में आँसू भर आए, वह उठकर बैठ गई और बोली, "अच्छी हूँ, जिलेदार चाचा पीटे गए हैं, सुना होगा।"

सुशीला, "हाँ सुना है, अस्पताल में तुम्हारे बाबूजी देख आए हैं। कह रहे थे कि जगदीशपुर के सब आसामियों पर मुकदमा चलाएँगे।"

विमला का उतरा हुआ मुँह और भी उतर गया, वह चुप होकर बैठ गई। सुशीला देवी ने उसके माथे पर हाथ रखकर कहा, "इतनी सुस्त क्यों हो विमला? बुखार आने के बाद जैसा आदमी सुस्त व कमजोर हो जाता है वैसा मुँह हो गया है। सारा चेहरा सफेद पड़ गया है, बताती क्यों नहीं? क्या करूँ, किसी को बुलाऊँ? लड़के के मारे तो नाक में दम है, घर-द्वार की फिक्र छोड़ दी है, संन्यास लेंगे जाने क्या? गए हैं बिहार की तरफ बताओ मैं क्या करूँ?"

विमला, "भइया कब गए, और लौटेंगे कब?"

सुशीला, "आज पाँच दिन हुए हैं, पंद्रह-बीस दिन में लौटने को कह गए हैं, फिर जब खुशी होगी लौटेंगे। किसी के कहने सुनने के अब नहीं रहे। अच्छा उठो कपड़े तो बदलो, क्या शकल बनाई है। जाती हूँ चाय बनवाकर भेज देती हूँ।"

माता के चले जाने पर विमला ने बड़े शीशे के सामने खड़े होकर अपना चेहरा देखा कपड़ों पर नजर पड़ते ही खयाल आया कि वह कल से उसी धोती में है, जो पहनकर लेक्चर सुनने गई थी। वहाँ की याद आते ही वह काँप उठी, फिर ट्रंक खोलकर सफेद धोती निकालकर गुसलखाने की तरफ चली गई और जाड़े की संध्या में भी उसने खूब नहाया। बाहर आकर चाय पी, फिर सोचने लगी कि अब क्या करें। घर में कोई किताबें उसे नहीं मालूम थीं, जिन्हें पढ़कर कुछ कानून की बात जानती। डाकावाले मामले में नहीं मालूम कितने दिन की सजा हो सकती है। भइया भी कैसे आदमी हैं, जाना था तो जरा मुझसे मिलकर जाते अब क्या करूँ। क्या प्रमिला के पास जाऊँ, वे वकील साहब से पूछ सकती हैं, पर उनसे कैसे कहूँगी और वे मन में क्या खयाल करेंगी, भइया जाने

कहाँ होंगे। कोई पता ठिकाना भी तो नहीं है? अखबार की खबर तो पढ़ी ही होगी? लेकिन जिस काम से गए हैं, उसके सामने भला वे इस बात का क्या खयाल करेंगे।

विमला की दशा ठीक पागलों की तरह हो गई थी, कल सारी रात वह एक मिनट के लिए भी नहीं सो सकी थी। श्याम की डकैती और गाँव के दंगे ने उसको विक्षिप्त कर दिया था। अपने हृदय को वह बड़ी सहिष्णुता से शांत रखे थी। आज उसे श्याम की याद बेचैन करने लगी। वह क्या करे? क्या इसी वक्त वकील साहब के यहाँ जाए, नींद तो पड़ नहीं सकती हरगिज। अम्मा नाराज होंगी। पर क्या करें? बगैर गए मुझसे रहा नहीं जाएगा। उमेश सो गया था, विमला नीचे जाकर बोली, "अम्मा घूमने का जी चाहता है? द्वारिका बाबा हैं, कहो तो कहीं टहलने चली जाऊँ।"

शादी की तैयारियाँ चारो तरफ से उसके विवाह की सूचना दे रही थीं, पर सबकुछ देखकर भी विमला उसके खिलाफ कुछ नहीं बोली थी, इससे माता का हृदय उसके प्रति प्रसन्न हो उठा था, उन्होंने कहा, "अच्छा जाओ, पर जल्दी ही लौट आना। मोटर के लिए कह दिया है?" विमला ने कहा, "अभी कह दूँगी।"

प्रमिला मालती के पास चुपचाप बैठी थी। आज पाँच दिन से उसे बुखार आ रहा है। डॉक्टर हुक्कू देख गए थे, दवा दे गए हैं, पर मालती को दवाइयाँ देखते ही गुस्सा आता था। कभी पीती कभी फेंक देती, पड़े-पड़े सोचा करती, बहुत पुरानी बातें, जब तीन साल पहले वह बीमार हुई थी, डॉक्टर प्रियव्रत कितने स्नेह के साथ उसकी सेवा करते थे। उस बीमारी में जो मिठास थी उसे वह अब अनुभव कर रही थीं। आँखों से आँसू बहने लगते तब प्रमिला से बहाना कर देती कि सिर में बहुत दर्द है। वह बेचारी बादाम का तेल लेकर सिर दबाने बैठ जाती।

इस समय बड़ी जिद के बाद मालती ने दवा पी और आँखें बंद करके पड़ी रही। प्रमिला भी सिरहाने बैठकर जाने क्या-क्या सोच रही थी कि विमला ने आकर धीरे से कहा, "जीजी!"

असमय अचानक विमला को देखकर प्रमिला चौंक पड़ी और उठकर बोली, "अरे विमला, तुम कब आई, कैसी तबीयत है, क्या कुछ बीमार थीं?"

विमला ने मालती की तरफ देखकर कहा, "मैं अच्छी हूँ, इन्हें क्या हो गया है, बिल्कुल पीली पड़ती जा रही हैं।"

प्रमिला ने बरामदे में आकर कहा, "यहाँ बैठो विमला, अभी जरा आँख लगी है जग पड़ेगी।"

विमला तख्त पर बैठकर बोली, "क्या मालती को बुखार आ रहा है?"

प्रमिला, "हाँ आज छठा दिन है, एक मिनट को भी बुखार कम नहीं हुआ।"

विमला, "दवा किसकी हो रही है? भइया तो नहीं हैं।"

प्रमिला कुछ संकुचित होकर बोली, "दवा दूसरे डॉक्टर की चल रही है, भइया क्या कहीं गए हैं?"

विमला, "तुम लोग लखनऊ में रहते हुए भी उनकी खोज-खबर नहीं रखतीं? वे बिहार गए हैं।"

प्रमिला, "हाँ, वे लोग भूकंप पीड़ितों के लिए चंदा माँग रहे थे सुना था, यहाँ तो आए नहीं, मैंने खुद दस रुपए भेज दिए थे। खैर यह तो बताओ यह अपनी क्या दशा बना रखी हैं। इतने दिन कहाँ क्या करती रहीं।"

विमला ने सूखी हँसी-हँसकर कहा, "धूल फाँकती रही और क्या करूँगी?"

प्रमिला, "तुम्हारी भी भइया की ऐसी मति-गति हो रही है, विमला! उन्होंने डॉक्टरी छोड़ दी, तुमने कॉलेज, जाने दोनों क्या करनेवाले हो?"

विमला, "मैं तो कुछ नहीं करूँगी, हाँ भइया कर रहे हैं, करेंगे भी।"

प्रमिला, "कुछ न करोगी, तब भी अपने रुपए से गरीबों का भला किया करोगी।"

विमला, "रुपए कैसा?"

प्रमिला विवाह के चुटकी लेकर बोली, "जानो कुछ जानती नहीं हैं, आगरे वाले करोड़पति का रुपए, और कैसा?"

विमला, "आगरे वाले करोड़पति से मेरा मतलब!"

प्रमिला, "अभी कुछ नहीं है पर 18 तारीख के बाद बताऊँगी।"

विमला, "मजाक नहीं, मेरे भाग्य में विवाह लिखना विधाता भूल गए हैं।"

प्रमिला, "देखूँगी।"

विमला, "देखोगी क्या? विवाह क्या दीवारों का होगा?"

प्रमिला, "दीवारों का भी कहीं ब्याह हो सकता है, श्रीमती विमलादेवी का होगा।"

विमला, "हो चुका। यह भी न सोच लेना, शादी मैं कर नहीं सकती हरगिज।"

प्रमिला (क्षुब्ध होकर), "तब क्यों झूठ-मूठ सैकड़ों रुपयों का सत्यानाश करा रही हो विमला।"

विमला, "मुझसे किसी ने पूछा भी है। अपने मन से अगर तैयारियाँ हो रही हैं और रुपए का सत्यानाश हो रहा है तो मैं क्या करूँ।"

प्रमिला, "आखिर ब्याह तो सभी के होते हैं, तुम्ही कौन बड़ी वह हो?"

विमला, "सबके होते हैं, इसी से तो मैं करना नहीं चाहती। कोई नई बात होती तो उसके लिए कुछ कौतूहल भी होता। जाने दो, बताओ वकील साहब कहाँ है?"

प्रमिला, "होंगे बाहर अपने कमरे में, क्यों क्या काम है?"

विमला, "मुझे उनसे एक राय लेनी है।"

प्रमिला उत्सुक हो उठी, वह समझी कि विमला शायद मालती के ब्याह के बारे

में कुछ कहेंगी। उद्विग्न स्वर में बोली, "क्या बात है, अंदर बुलाऊँ?"

विमला, "हाँ पर मेरे बीच में मध्यस्थ तुम्हीं को बनना पड़ेगा।"

प्रमिला··· (घबराकर), "यह मैं नहीं कर सकूँगी। तुम्हीं कहना-सुनना।"

विमला···"पागल हो गई हो, मुझे उनसे बोलते शर्म नहीं लगेगी? जरा सी बात पूछनी है, देहात में एक आदमी डाका में शामिल था, पकड़ा गया है, उसे कितने दिन की सजा हो सकती है उसकी माँ बहुत रोती-धोती थी, मैं चाहती हूँ कि छूट जाए।"

प्रमिला, "मैं समझती थी कि तुम कोई दूसरी बात पूछनेवाली हो। इस बात को शायद मैं ही पूछ सकूँगी। कल्लू जा बाहर से वकील साहब को बुला ला, कहना कुछ काम है।"

विमला का जी धक-धक करने लगा। प्रमिला भी जरा मुँह फेरकर खड़ी हो गई, जरा देर में वकील साहब ने आकर कहा, "क्या है?"

विमला उठकर खड़ी हो गई, और उन्हें हाथ जोड़कर नमस्कार किया, वकील साहब उसे पहचानते नहीं थे। नमस्कार करके प्रमिला की तरफ देखने लगे, प्रमिला ने कहा, "विमला हैं, आपसे कुछ पूछने आई हैं।"

वकील साहब का दिल धड़कने लगा, शायद मालती और डॉक्टर के बारे में कुछ कहेंगी, जरूर यह प्रमिला की ही चाल है। मन-ही-मन प्रमिला को कोसते हुए बोले, "क्या पूछना है कहिए?"

विमला ने प्रमिला की तरफ देखा, पर वह चुपचाप खड़ी थी, जैसे उससे कोई मतलब नहीं है। झूठ बोलते विमला को बड़ी ग्लानि हो रही थी। पर करें क्या। मृदु स्वर में बोली, "गाँव का एक आदमी डाके में पकड़ा गया है। शायद गोली भी चली थी, उसे कितने दिन की सजा हो सकती है? उसकी माँ और बाल-बच्चे हैं, मैं चाहती हूँ छूट जाए।"

अठारह साल की लड़की के मुँह से ये बातें सुनकर वकील साहब कुछ ताज्जुब में पड़ गए, फिर बोले, "छुड़ाने की कोशिश करने में बहुत रुपए और दौड़-धूप का काम है। अगर गोली चली होगी और कोई मर गया होगा तो सजा लंबी हो सकती है, खून भी डकैती में शामिल होगा तो मुमकिन है कालापानी हो जाए।"

"कालापानी" यह शब्द विमला के कलेजे में तीर की तरह जा लगा। कालापानी मानो अगाध और भयंकर असित रूप रखकर उसकी आँखों के सामने लहराने लगा, वह खंभे को थाम कर रह गई।"

उसे चुप देखकर वकील साहब ने कहा, "बैठिए मैं जाता हूँ, आपको कुछ और कहना तो नहीं हैं?"

"कहना तो बहुत कुछ था पर कहें क्या?" वह धीरे से बोली, "अगर उसे छुड़ाना चाहे तो कितना खर्चा होगा?"

वकील साहब हँसने लगे और बोले, "कौन कह सकता है, मुकदमा चलने पर दस-पंद्रह हजार भी खर्च हो सकता है, आप क्यों परेशान होती हैं? डाका डालनेवाले को छुड़ाने की कोशिश करना, उसके बुरे कामों को उत्साह देना है, जो जैसा करेगा वैसा, फल पाएगा।"

विमला ने इस बात का कुछ जवाब न देकर वकील साहब को हाथ जोड़कर नमस्कार किया और कहा, "आपका वक्त बेकार खराब किया। क्षमा कीजिए।" वकील साहब ने शिष्टतापूर्वक हँसकर कहा, "मेरा समय इतनी कीमत नहीं रखता, अच्छा अब बैठिए।"

वकील साहब के जाते ही विमला धम से तख्त पर बैठ गई और बोली, "जीजी मैं अब घर जाऊँगी।" प्रमिला उसके घबराए हुए मुँह की तरफ देखकर बोली।

"क्या कुछ जी खराब हो गया विमला?"

विमला हँसने लगी, अपने को छिपाने के लिए बोली, "जी अच्छा है, कल दिन में आऊँगी, इस वक्त जाने दो।"

प्रमिला, "मालती से नहीं मिलोगी? जरा देर तो बैठो, कैसी मव्वकिल हो तुम।" प्रमिला की हँसी का कुछ जवाब न देकर विमला दरवाजे के बारह जाकर बोली, "नमस्ते जीजी!"

प्रमिला कुछ विस्मय के साथ, थोड़ी देर खड़ी रही फिर भीतर चली गई।

*

विमला ने घर पहुँचकर महराजिन से कहा, "मुझे खाना दे दो।" लेकिन जब तरह-तरह के पदार्थ उसके सामने आए तो उसका जी मचलाने लगा। उसने एक तरकारी के साथ सूखी रोटी खाकर बाकी सब चीजें ठेल दीं। महराजिन ने आँखें फाड़कर कहा, "क्यों? क्या कुछ अच्छा नहीं बना बिटिया? कुछ छुआ भी नहीं!" महराजिन और महरी कृत्रिम चिंता दिखाकर बोलीं, "क्या हुआ है? दिन पर दिन सूखी भी जा रही हो। आज बाद कल पराए घर जाएगी बच्ची। अपने घर खाओ-पियो, पहनो, ओढ़ो, अरे और क्या?"

विमला ने कुछ जवाब नहीं दिया, ऊपर चली गई। कमरे से पलंग निकलवा कर जमीन पर कंबल बिछाकर लेटी और फिर चिंताओं में डूब गई। उसने तार देकर डॉक्टर को बुलाने को सोचा पर पता क्या कि वे कहाँ हैं? शायद कांग्रेस के मंत्री को पता मालूम हो, सुबह होते ही वह उठी और नहा-धोकर मोटर मँगाकर, पहले डॉक्टर

की दुकान पर गई। कंपाउंडर वहीं रहता था, विमला को देखते ही आया और प्रणाम किया। विमला ने प्रत्युत्तर देते हुए कहा, "आपको मालूम है कि भइया कहाँ हैं?"

कंपाउंडर, "मुझे नहीं मालूम, कह रहे थे कि जरूरत पड़े तो कांग्रेस के मंत्रीजी से पता पूछ लेना।"

विमला ने शोफर से कांग्रेस भवन चलने के लिए कहा। शोफर ने जरा संकोच के साथ कहा, "सरकार तो नाराज नहीं होंगे।"

विमला, "नहीं चलो, उनसे कहने ही कौन जाएगा?"

अनिच्छा पूर्वक राम सिंह ने कांग्रेस के दफ्तर की तरफ मोटर बढ़ाई।

मंत्री महाशय विमला का परिचय पाते ही मोटर के पास आए और नमस्कार करके कहा, "क्या काम है? मेरे योग्य कोई सेवा।"

विमला ने उन्हें नमस्कार करके कहा, "आपको मालूम है कि भाई साहब आजकल कहाँ पर हैं। मुझे उनका पता दे सकेंगे?"

मंत्री ने कागज और फाउंटेनपेन निकालकर पता लिख दिया और विमला के हाथ में देकर बोले, "क्या कोई घरेलू काम है?"

विमला जरा सा मुसकराकर बोली, "घरेलू काम के अलावा मेरा दूसरा काम क्या हो सकता है?"

मंत्री महाशय ने भी हँसकर कहा, "दूसरा काम भी हो सकता है, मुझे मालूम है कि आप डॉक्टर साहब के योग्य ही बहिन हैं।"

विमला ने नम्रतापूर्वक कहा, "नहीं! नहीं! झूठ ही मेरे बारे में आपसे किसी ने कुछ कह सुन दिया होगा। मैं तो देश के लिए कुछ भी नहीं करती।"

मंत्री, "बड़े लोग अपना बखान नहीं करते, कस्तूरी के लड्डूओं के लिए कसम खाने की जरूरत नहीं होती।"

मन में विमला लज्जित व विरक्त हो उठी। मंत्रीजी को नमस्ते कहकर शोफर से बोली, "जरा वकील साहब के यहाँ होते चलो, उनकी लड़की बीमार है, देखती चलूँ।"

रास्ते में वह सोचने लगी कि पता तो मिल गया, पर भइया को अगर एकाएक बुला लूँ तो वे क्या कहेंगे। वे जिस काम के लिए गए हैं वह अभी शुरू भी नहीं हो सका होगा। सोचने लगी कि कैसे सारे बाधा-विघ्नों को तोड़कर वह सुदूर बिहार के लिए रवाना हो जाए। पर हाय वह कितनी बेबस है।

कार जब वक़ील साहब की कोठी के सामने रुकी तो विमला ने देखा कि कोई अंग्रेज डॉक्टर अपनी मोटर पर बैठकर वापस जा रहे थे। उसका कलेजा धक से हो गया। परमेश्वर, भाग्य क्या उसे चारों तरफ से ही घेरकर परिहास करेगा?

काँपते पैरों से वह जल्दी-जल्दी भीतर गई। सामने ही प्रमिला खड़ी थी, उसका

चेहरा बिल्कुल उतरा सा था। विमला ने जिज्ञासा भरी दृष्टि से उसकी तरफ देखा, गला जैसे बैठा जा रहा था।

प्रमिला ने कहा, "आओ विमला!"

विमला, "मालती कैसी है? किसी अंग्रेज डॉक्टर को अभी मैंने देखा है।" प्रमिला ने ठंडी साँस लेकर कहा, "कल तुम्हारे जाने के बाद मालती का बुखार बहुत तेज हो गया। यहाँ तक कि वह 106 डिग्री तक पहुँच गया। रात के 12 बजे थे, डॉक्टर बुलाया, बर्फ रखते-रखते, दवा पिलाते-पिलाते बुखार तो कुछ कम पड़ा पर तब से वह कुछ बोलती नहीं है।"

सुबह कुछ ऐसा जान पड़ा कि नीचे के बदन में कोई ताकत ही नहीं है, तब बड़ा जी घबराया, सिविल सर्जन बुलाए गए। उन्होंने अनुमान किया है कि लकवा है। विमला कह नहीं सकती कि इस बात को सुनने के बाद से मेरे दिल की क्या हालत है। मालती की माँ होती तो नहीं जानती उन्हें कितना दुःख होता, पर मैं अपने मन का हाल किससे कहूँ? कौन यकीन करेगा?"

प्रमिला धोती के पल्ले से आँसू पोंछने लगी। विमला ने दुःख भरी साँस लेकर कहा, "तुम्हें मैं जानती हूँ जीजी, इतना सगी माँ भी क्या करेगी, जितना तुम मालती के लिए करती हो। मालती सूख भी तो कितना गई है, मालूम पड़ता है कि वह महीनों से बीमार हो।"

प्रमिला, "बस इसीलिए तो मेरा हृदय फटा जा रहा है विमला!"

इस बेचारी की हत्या उन्हीं हाथों से हो रही है, जो उसके सच्चे हितैशी और चाहनेवाले हैं। धीरे-धीरे उसे धुन लग गया, मेरी किसी ने नहीं सुनी। आज मैंने तीन बरस के बाद अच्छी तरह समझा है कि सौतेली माँ बनना कितनी बड़ी विडंबना है।"

विमला क्या जवाब दे, मालती के लिए उसका हृदय भी व्यथा से भर उठा था।

प्रमिला, "डॉक्टर साहब कहाँ हैं, क्या इस वक्त आ सकते हैं?"

विमला, "कल तो बताया था न कि भइया बिहार गए है, कल पत्र भेजा था, आज फिर लिख दूँगी।"

प्रमिला (कातर कंठ से), "पत्र तो शायद कई दिन में पहुँचेगा?"

विमला, "तब कहो तो तार भेज दूँ?"

प्रमिला धोती का किनारा खुटककर बोली, "यह मैं कैसे कहूँ, तुम खुद समझ लो।" विमला कुछ कहने जा रही थी, कि उसी समय वकील साहब वहाँ आए। वे उदास और चिंतित थे। प्रमिला और विमला को देखकर खड़े हो गए। विमला ने नमस्कार किया।

वकील साहब ने प्रमिला से कहा, "मालती के पास जाओ।"

प्रमिला यह सुनते ही चली गई। विमला संकोच के साथ सिर झुकाए वहीं खड़ी रही। थोड़ी देर चुपचाप खड़े रहकर वकील साहब ने कुछ धीमी आवाज से कहा, "प्रियव्रत कहाँ है?"

विमला, "जी वे तो बिहार की तरफ गए है।"

वकील (चिंतित स्वर से), "लौटेंगे कब?"

विमला, "कल-परसों तक आ जाएँगे।"

वकील, "आएँ तो उन्हें मालती की बीमारी की खबर दे दीजिएगा। डॉक्टर ने कहा है कि पैरेलेसिस है, नीचे का अंग ऐसे ही अवश होकर रह जाने का अंदेशा है। शाम को कई डॉक्टरों को एक साथ बुलाकर दिखाएँगे।" इतना कहकर वकील साहब ने दुःख से भरी लंबी साँस ली। विमला का हृदय दया और सहानुभूति से भर गया। उसने कोमल कंठ से कहा, "मुमकिन है डॉक्टर ने ठीक न समझा हो।"

वकील, "नहीं यह बात नहीं है, मेडिकल कॉलेज के प्रिंसिपल थे, जो अभी देख गए हैं। मुझे तो शक करने की गुंजाइश नहीं जान पड़ती।"

अब विमला क्या कहती, चुप हो गई। वकील साहब ने कहा, "सामनेवाले कमरे में है, जाइए देख लीजिए।"

विमला धीरे-धीरे कमरे के अंदर गई। प्रमिला सिरहाने बैठी थी। मालती के सुंदर मुँह पर पीलापन आ गया था। तेज बुखार ने उसे बिल्कुल अशक्त कर दिया था। विमला कुरसी पर बैठ गई। अब वह जाते ही भाई को तार कर देगी, अच्छा हुआ प्रमिला ही ने कह दिया। वह तो पेशोपेश में थी कि कैसे बुलाएँ। वकील साहब को शायद अब अनुताप हो रहा है। बेचारी मालती जब अपनी दशा जानेगी तब वह क्या करेगी। अभी शादी भी नहीं हुई, ईश्वर ने यह क्या किया। विमला उठकर खड़ी हो गई और बोली, "अब जाती हूँ जीजी! शाम को फिर आऊँगी।" प्रमिला ने भी धीरे से कहा, "भइया को बुलाना विमला!"

विमला ने कहा, "अच्छा!"

*

विमला का टेलीग्राम पाकर डॉक्टर घबराए हुए घर लौटे। जी धड़क रहा था कि जाने क्या खबर सुननी पड़े, अभी बिल्कुल तड़का था, बाग में माली फूल तोड़ रहा था, डॉक्टर ने उसे देखते ही कहा, "भखम सब खैरियत तो है?"

माली ने सलाम करके कहा, "सब खैरियत है भइया? क्या इसी गाड़ी से आए हैं?"

डॉक्टर, "हाँ अभी आ रहा हूँ, क्या विमला आई है?"

माली··· हाँ, 'वे आपके जाने के चौथे दिन ही आ गई थीं।'

डॉक्टर ऊपर जाते हुए अनुपात करने लगे कि शायद विमला अपने ब्याह को रोकने के लिए मेरी सहायता चाहती है, इसी से बुलावा भेजा होगा, खैर उन्होंने सीधे विमला के कमरे में जाकर देखा, जमीन पर कंबल बिछाए कोई लेटा है, जरा-जरा अँधेरा था। डॉक्टर ने बिजली जला दी और देखा विमला है, रोशनी पड़ते ही वह चौंक पड़ी। भाई को देखते ही उसका मुँह प्रसन्न हो उठा, डॉक्टर ने आश्चर्य के साथ उसकी तरफ देखकर कहा, "यह क्या स्वाँग है विमला?"

विमला जमीन और कंबल की तरफ देखकर लज्जित हो उठी, बोली, "अभी आए होंगे?"

डॉक्टर, "हाँ! क्यों बुलाया था, इतनी जबरदस्त तलब?"

विमला, "बहुत बातें हैं, इस वक्त तो इतना ही जान लो कि मालती बहुत बीमार है, बुखार तो कुछ कम हो गया है, पर बड़े दुःख की बात यह है कि उसका कमर से नीचे का सब हिस्सा शून्य पड़ गया है, मेडिकल कॉलेज के कई डॉक्टरों ने देखा, उन सब लोगों ने कहा कि लकवा है।"

विमला की बात सुनते ही डॉक्टर का चेहरा एकदम सफेद पड़ गया। पैर काँपने लगे, वे वहीं कुरसी पर बैठ गए। पर मुँह से कुछ न कहा, विमला फिर कहने लगी कि प्रमिला ने बहुत कहा कि तुम्हें बुलावा भेजूँ। वकील साहब भी पूछने लगे कि प्रियव्रत कहाँ हैं, तब मैंने तुम्हें तार दे दिया।"

डॉक्टर ने कोई जवाब न दिया, कोट उतार दिया और उठकर गुसलखाने की तरफ चले गए, विमला को बड़ा विस्मय हुआ कि ये इतने निर्लिप्ति क्यों हैं, कुछ पूछा तक नहीं।

थोड़ी देर में डॉक्टर ने आकर कहा, "मैं जा रहा हूँ दुकान!"

विमला, "क्यों क्या काम है?"

डॉक्टर, "शाम को आऊँगा, कुछ जरूरी काम है।"

भाई के रूखे व्यवहार से मर्माहत होकर विमला ने कहा, "क्या इसीलिए मैंने तार देकर बुलाया था?"

डॉक्टर, "मैं क्या जानूँ किसलिए बुलाया था, तुम्हीं बताओ न?"

विमला, "चाय-पानी कर लो और चलो मेरे साथ, वकील साहब के घर।"

डॉक्टर, "बड़े-बड़े डॉक्टरों का इलाज हो रहा है, मैं वहाँ क्या करूँगा।"

भाई की हृदयहीनता पर विमला को बड़ा दुःख हो रहा था, कुढ़ कर बोली, "जरा चले जाओगे तो कौन सी शान बिगड़ जाएगी, क्या वैसे कोई देखने नहीं जाता?"

डॉक्टर, "तुम पहले जाओ, फिर मुझे बुला लेना। जरा देर के लिए चला आऊँगा।"

विमला समझ गई कि उन लोगों के बगैर बुलाए ये न जाएँगे। तब उसने फिर जिद नहीं की, मेज पर से अखबार उठाकर बोली, "भइया तुमने यह खबर पढ़ी या नहीं?"

अखबार पढ़ते हुए डॉक्टर ने कहा, "कैसी खबर?"

विमला ने कहा कि इधर देखो, सांकेतिक स्थान को पढ़कर डॉक्टर ने कहा, "मैं तो पहले ही जानता था कि यही नतीजा होगा, इसमें कौन सी नई बात हो गई? नई बात नहीं हो गई, विमला ने आँखें फाड़कर भाई के मुँह की तरफ देखा, फिर बोली, अब क्या होगा?"

डॉक्टर, "होगा क्या? ऐसी बातों का जो नतीजा होता है, वही होगा, जेल हो जाएगी, कौन ठीक, कालापानी भी हो जाए।"

विमला ने काँपकर कहा, "यह तो मैं भी जानती हूँ, पर क्या कोई कोशिश नहीं हो सकती?"

डॉक्टर जरा हँसकर बोले, "कोशिश हो सकती है, पर कौन करेगा?"

आज पहले की तरह जोर देकर विमला कह सकी कि तुम करोगे, धीरे से बोली, "हमी लोगों को करनी चाहिए, और है ही कौन?"

डॉक्टर, चुप रहो विमला, कहीं बाबूजी न सुन लें, नहीं तो गजब ही हो जाएगा।

श्यामाचरण क्रांतिकारी दल में जा मिले हैं, उनकी सहायता करने से वे कितने नाराज होंगे, फिर उनको बचाने की कोशिश करना भी तो तमाशा नहीं है, कम-से-कम दस-पंद्रह हजार रुपए और मेहनत धाते में।

विमला हताश और निर्वाक होकर बैठ गई, एक शब्द भी बोल नहीं सकी। डॉक्टर उठकर चले गए, विमला की आँखों के सामने एक काला परदा सा टँग गया। वह वहीं जमीन पर आँखें बंद करके पड़ी रही।

*

मालती अब तक न जान सकी थी कि उसका भविष्य कैसा दुःख पूर्ण हो गया है, ज्वर कम हो रहा था, पर उसे बड़ा ताज्जुब होता, जब वह अपनी कमर और पैरों में बिल्कुल ताकत नहीं पाती थी।

प्रमिला उसे फीडिंग कप से दूध पिलाने लगी। मालती ने कहा, "मुझे उठ कर पीने दो।"

प्रमिला ने दूसरी तरफ देखकर कहा, "डॉक्टर साहब ने उठने को मना किया है।"

मालती, "क्यों ऐसी कौन बीमारी थी, जिसके लिए उठना-बैठना भी मना है?"

प्रमिला, "कमजोरी बहुत है, इसी से मना किया होगा।"

मालती, "जाने क्यों नीचे के हिस्से में ऐसा हो रहा है, जैसे देर तक एक ही जगह

बैठने के बाद पैर भारी सा होकर सुन्न हो जाता है?"

प्रमिला का मुँह उतर गया, डरी कि कहीं यह समझ न जाए, बात बदलकर बोली, "विमला आई थी, मालूम है?"

मालती, "मुझे नहीं मालूम। कब आई थी?"

प्रमिला, "तौलिए से मालती का मुँह पोंछती हुई बोली, "परसों भी आई थी, कल भी। डॉक्टर तो हैं नहीं, बिहार गए हैं।"

मालती ने आँखें बंदकर लीं, उसी समय वकील साहब ने आकर कहा, "कैसी तबीयत है, मालती सो रही है क्या?"

प्रमिला, "अभी दूध पिलाया है, आँखें बंदकर ली हैं।"

उसी वक्त कलुआ ने एक पत्र लाकर प्रमिला के हाथ में दिया, विमला ने लिखा था।

प्रिय जीजी!

आज मैं आ नहीं सकी, मालती का क्या हाल है? भइया सुबह ही आ गए थे, दुकान पर हैं, अभी तुम्हारे घर का हाल शायद उन्हें ठीक-ठीक मालूम नहीं हुआ।

मैं कल जरूर आऊँगी।

मेरी भी तबीयत ठीक नहीं है··· विमला।

वकील साहब ने तीक्ष्ण दृष्टि से प्रमिला की तरफ देखा फिर कहा, "किसका खत है, डॉक्टर का?"

बात साधारण थी, पर कहने का ढंग इतना व्यंग्यपूर्ण था कि खट से प्रमिला को हृदय में जा लगी, उसने चिट्ठी मेज पर रखकर कहा, "विमला ने पूछा है कि मालती कैसी है।"

वकील साहब ने पत्र उठा लिया और बाहर चले गए, प्रमिला के हृदय में जलन होने लगी, चुपचाप बीमार मालती के सिरहाने बैठी रही, आज आठवाँ दिन था, वह इसी तरह दिन-रात, मालती के पास बैठी रहती है, प्राणपण से उसकी सुश्रूशा करती, घंटे-घंटे पर दवा देती, टेंपरेचर लेती, बुखार बढ़ते ही आइसकैप रखती, दूध, फलों का रस पिलाती, यहाँ तक कि पखाना, पेशाब भी साफ करते संकोच न करती, यद्यपि अपना कर्तव्य और धर्म समझकर तथा मालती की ममता के मारे वह स्वयं ही जी लगाकर सब काम करती है, पर इनको क्या जरा भी उसके प्रति स्नेह, सहानुभूति या कृतज्ञता न प्रकट करनी चाहिए। सिर्फ कटु वाक्यों से छेदते रहते हैं, वह जैसे कोई मशीन है, उसके प्रति किसी को ध्यान देने की जरूरत नहीं है, वह तो स्वयं चाहती थी कि यह व्यर्थ जीवन लेकर भी यदि ईश्वर मालती को स्वस्थ कर दे तो वह राजी है, पर इन्हें तो कुछ उसका खयाल होना चाहिए, प्रमिला की आँखों से बड़े-बड़े आँसू, आज प्रथम

बार, पति की अवहेलना पर गिर-गिर कर उसके कपोलों को भिगोने लगे। उसी समय मालती ने जग कर कहा, "पानी।"

प्रमिला ने झट पीछे मुड़कर आसू पोंछ लिये, और चम्मच से मालती को पानी पीला दिया। पानी पीकर मालती ने कहा, "तब से बैठी ही हो! जरा देर भी आराम नहीं करती, कहीं तुम भी बीमार हो गई तो फिर मेरा क्या होगा?"

सजल कंठ से कहा, "मैं बीमार नहीं होऊँगी मालती! मैं तो रात-दिन मनाती हूँ कि मैं बीमार पड़ जाऊँ और तुम अच्छी हो जाओ।"

मालती ने जरा हँसकर कहा, "हाँ तुम मजे से चारपाई पर लेट कर आराम करो और मैं काम करूँ? यह नहीं होने का, अब मुझे ही बीमार रहने दो।"

प्रमिला कुछ कहने जा रही थी कि वकील साहब के पीछे-पीछे डॉक्टर प्रियव्रत आकर खड़े हो गए। प्रमिला मुँह फेर कर खड़ी हो गई। मालती ने एक बार व्यथित दृष्टि से डॉक्टर की तरफ देखकर आँखें नीची कर लीं। उसका हृदय बासों उछल रहा था। उसके भीतर का हाल अंतर्यामी ही बता सकते हैं।

डॉक्टर वहीं दरवाजे के पास वाक्य हीन निस्तब्ध खड़े हो गए, मालती की जो अपूर्व प्रतिमा उनके हृदय, मन और आँखों में समाई थी, उसके स्थान पर मालती की छाया थी, जो चारपाई से मिल गई थी। उसका तप्त कांचन जैसा गुलाबी रंग पीला हो गया था। बड़े-बड़े रसीले नेत्रों से भाषाहीन व्यथा फूटी पड़ती थी, और वे गड्ढे में धस गए थे। गौरी-गौरी गोल कलाइयों में जो चूड़ियाँ घूमती नहीं थीं, अब बंधनहीन सी गिरी जाती थीं।

डॉक्टर का कलेजा मुँह को आने लगा। वकील साहब ने जरा चिंतित स्वर से कहा, "क्या देखते हो डॉक्टर? कैसा हाल समझते हो इसका? डॉक्टर चौंक पड़े, शरमा गए, सिटपिटा कर बोले, "नहीं! नहीं! ऐसी कोई बात नहीं है फिर मैंने तो आज ही देखा है, इसी से बहुत कमजोर दिखाई पड़ती है, यही देख रहा था।"

वकील, "अच्छा बैठकर देख लो तुम भी।"

डॉक्टर कुरसी खींचकर बैठ गए। पर उन्होंने मालती की नब्ज पकड़ कर नहीं देखी, सिर्फ अनिमेश नेत्रों से उसके रक्तशून्य मुँह की तरफ देख रहे थे। वकील साहब ने एक बार प्रमिला की तरफ देखा फिर भौं सिकोड़कर बोले, "जरा देर भी आराम न करके क्या तुम भी बीमार पड़ोगी? जाओ जरा देर लेट जाओ।"

यह संवेदना न थी, न सहानुभूतिन उपदेश था, यह था सिर्फ कठोर आदेश, छिः। प्रमिला ने सोचा, वह अभी तक खड़ी क्यों रही, डॉक्टर के आते ही उसे चले जाना था। वह दूसरी तरफ से चली गई, सोने या आराम करने नहीं, अकेले में खूब पेट भर कर रोने के लिए।

वकील साहब और डॉक्टर के सामने आज मालती को जाने क्यों शर्म आ रही थी, पर आंतरिक संतोष का भाव उसके पीले मुखड़े पर नृत्य करने लगा, जिसे वकील साहब तक ताड़ गए, डॉक्टर से बोले, "जरा देर बैठो, फुरसत तो है?"

मलिन हँसी-हँसकर डॉक्टर ने कहा, "काम ही क्या है?"

वकील, "तो बैठो एक मुवक्किल बड़ी देर से बैठा है उसे विदा कर आऊँ।"

पिता के जाते ही मालती ने डॉक्टर की ओर देखा वे उसे ही देख रहे थे, मालती के नेत्रों में उलाहने ,शिकवे और परिपूर्ण आनंद झलक रहा था, पर डॉक्टर की दृष्टि में स्नेह, दया और चिंता भरी थी, वे धीरे से बोले, "कैसी तबीयत है मालती?"

मालती ने भी धीरे से कहा, "अच्छी हूँ।"

डॉक्टर, कब से बुखार आता है?

मालती, "आठ-दस दिन हुए होंगे।"

डॉक्टर, "पर तुम बहुत दुबली हो गई हो, आठ-दस दिन में इतना दुबला तो कोई नहीं होता।"

मालती के मन में सैकड़ों बातें भरी थीं, पर वे कभी कही नहीं जा सकती, सिर्फ जरा सा मुसकराकर वह चुप हो गई। फिर बोली, "जहाँ फीस नहीं मिलती वहाँ डॉक्टर लोग नहीं जाते हैं न, यही बात?"

अगर मालती बीमार न होती तो वे इसका जवाब देते, पर अब क्या कहें सिर्फ हँसकर रह गए।

मालती, "कांग्रेस में काम करनेवालों के घर-द्वार से स्नेह, ममता नहीं रह जाती क्या?"

आज मालती की प्रगल्पता से डॉक्टर को आश्चर्य हो रहा था, स्निग्ध स्वर में बोले, "कौन कहता है कि स्नेह, ममता नहीं रह जाती, पर तुम बहुत बातें मत करो, कमजोरी बढ़ जाएगी।"

इस बात से मालती चुप हो गई, उसके उमड़े हुए भावों को धक्का पहुँचा, आँखों में अभिमान के आँसू भर आए। उसने समझा कि मेरी बातें इन्हें पसंद नहीं हैं।

वकील साहब ने आकर देखा कि मालती आँखें बंद किए है। उन्हें देखते ही डॉक्टर उठकर बोले, "अब जाता हूँ, फिर आऊँगा।" मालती ने चादर हटाकर कहा, "दवा तो दूसरे डॉक्टर की होती है।" डॉक्टर साहब कुछ खिसिया गए। वकील साहब जल्दी से बोल उठे, "इससे क्या होता है, ये घर के आदमी हैं, आओ चलें डॉक्टर!"

मालती को पिता की इस स्वार्थभरी युक्ति सुनकर याद आ गया कि पहले वे ही डॉक्टर को गुंडा और आवारा कहा करते थे।

मालती के यहाँ से आकर डॉक्टर चुपचाप पलंग पर लेट गए। उनकी चिंताओं को विश्राम नहीं था, मालती, बेचारी मालती के लिए सोचते ही क्लेश होता है, अब उसका तमाम जीवन ऐसे ही पराया मुँह ताकते हुए बीतेगा। डॉक्टर वर्क तो कहते हैं कि पैरालाइसिस का अच्छा होना मुश्किल है, ऐसे ही कभी-कभी कोई-कोई मरीज किसी उत्तेजना के कारण अच्छे होते देखे गए हैं। देखो क्या होता है। फिर उन्हें खयाल आया कि आज तो वकील साहब का व्यवहार बहुत सद्य और शिष्ट रहा। शायद वे मुझसे मालती की दवा-दारू में सहायता लेना चाहते हैं। इसी से रास्ते पर आ गए हैं, पर मालती नहीं चाहती कि मैं उसकी दवा करूँ, कितनी तेजी से बोल उठी कि दवा तो दूसरे डॉक्टर की होती है, उस वक्त कलेजे में जैसे किसी ने छुरी मार दी थी, जब वह नहीं चाहती, तब मेरा वहाँ जाना किसी तरह ठीक नहीं है।

अकस्मात उनके मन में एक विचार बिजली की तरह चमक गया, वे सोचने लगे कि अब मालती से कौन शादी करेगा। पक्षाघात ग्रसित लड़की को कौन जन्मभर के लिए अपने पल्ले बाँधेगा। क्या अब भी वकील साहब को कोई आपत्ति हो सकती है? मालती भी देखें कब तक उपेक्षा कर सकती है। निस्स्वार्थ प्रेम से कब तक अनाग्रह करेंगी, कभी उसे अपनी भूल का पछतावा होगा।

डॉक्टर का हृदय विचित्र उमंग से भर गया। वे भूल गए कि मालती अक्षम है, ऐसी पंगु स्त्री लेकर समाज में सुख-सम्मान नहीं मिल सकता, न गृहस्थी जीवन ही सफलता से पूरा हो सकता है, उन्हें तो केवल मालती का ध्यान था, उसके सुंदर मुख का, सुंदर हृदय का, उनका मन होता था कि प्राणपण से उसकी सेवा करके उसे स्वस्थ करें। डॉक्टरी व्यवसाय की चरम सार्थकता पूर्ण हो जाए पर अंतरुद्ध अभिमान उनके पैरों को जंजीर से जकड़े था, अंत में उन्होंने न जाने का ही निश्चय कर लिया।

एक कोच पर वे उठ बैठ गए, और एक किताब उठाकर उसमें अपना जी लगाने की व्यर्थ चेष्टा कर रहे थे, कि मोटर सड़क पर आकर ठहरी, उससे उतर कर विमला अंदर आई। उसका मुख कांतिहीन, विवर्ण और निष्प्रभ हो रहा था, देखते ही डॉक्टर को जैसे किसी ने चाबुक मारी, छि: वे अपनी ही बात सोचते थे, बेचारी विमला के ऊपर क्या बीत रही है, यह कभी उन्होंने सोचकर भी नहीं देखा, अम्मा और बाबूजी अपना चरम कर्तव्य पूरा करने में लगे हैं, सकी ओर देखने की उन्होंने भी जरूरत नहीं समझी। सस्नेह वे विमला से बोले, "कहीं जा रही हो क्या? कैसा जी है विमला?"

विमला की आँखों में आँसू छलछला आए, मुसकराने की चेष्टा करके बोली, "जी अच्छा है।"

डॉक्टर, फिर इतनी सुस्त क्यों हो?

विमला क्रुद्ध संकोच के साथ बोली, "तुम कुछ नहीं कर सकते हो, तब भी

अठारह फरवरी वाला मामला रफा कर सकते हो।"

डॉक्टर विस्मय का भाव दिखाकर बोले, "क्या पागलों की तरह बक रही हो, सारी तैयारी हो चुकी है। अब सिर्फ सत्रह दिन बाकी है, तब मैं क्या कर सकता हूँ? फिर मेरी समझ में तो वहाँ शादी न करने का कोई कारण नहीं है।"

व' लोग किसी बात में किसी प्रकार अयोग्य नहीं हैं, फिर तुम्हारे ऐतराज का क्या सबब हो सकता है?

विमला दूसरी तरफ मुँह फेर कर बोली, "मुझे विवाह नहीं करना है।"

डॉक्टर, "क्यों?"

विमला, "यह बार-बार न पूछते तो अच्छा था भइया!"

डॉक्टर, "पर यह तो कोई दलील नहीं कि ब्याह करने की इच्छा नहीं है, शादी सबकी होती है, तुम्हें भी अच्छी तरह रहना चाहिए और बड़े लोगों के काम अपने लिए मंगलमय समझकर उसके लिए सर झुका देना चाहिए।"

भाई का यह उपदेश सुनते ही विमला फक से जल उठी, रूष्ट स्वर से बोली, "भइया, उपदेश सुनने के लिए मैं तुम्हारे पास नहीं आई थी। मुझे तो तुम्हारे ऊपर बहुत बड़ा भरोसा था, पर आज मालूम हो गया कि ईश्वर ने मुझे जितनी शक्ति दी है, उतनी ही से मैं काम चलाऊँ। किसी के सामने हाथ फैलाना बेवकूफी है।" इस पर आहत होकर डॉक्टर ने कहा, "गलती न करो विमला, तुम जो कहो मैं करने को तैयार हूँ, पर सोचो कि मैंने कांग्रेस के कामों में भाग लेकर ही बाबूजी को कितना कष्ट दिया है, अब अगर उन लोगों की इस अभिलाशा का भी खून मेरे ही हाथों हो, तब तो वे कभी मेरा मुँह न देखेंगे।"

विमला थोड़ी देर तक सोचती रही फिर बोली, "भइया क्षमा करो, मेरी गलती थी, अब मैं तुम्हें इस बीच में शामिल नहीं करूँगी, जैसे होगा मैं खुद अपनी रक्षा कर लूँगी।"

डॉक्टर, "जरा डरते हुए बोले, "पर तुम्हारी आपत्ति ऐसी जबरदस्त क्यों है?"

विमला, "ऐसी कोई आपत्ति नहीं है, जिसे पेश कर सकूँ, पर मेरी इच्छा नहीं है बस।"

डॉक्टर, "माँ-बाप के सुख के लिए तुम इतना भी नहीं कर सकती विमला?"

विमला, "माँ-बाप तो संतान को सुखी देखकर ही सुख पाते हैं, जिस काम से उनकी लड़की को अशांति हो, वह काम करके उनको कैसे चैन मिलेगा।"

डॉक्टर, "पर इस वक्त तो शादी न होना ही उनके लिए बड़े दुःख और अपमान की बात होगी?"

वे किसी को मुँह न दिखा सकेंगे, यह भी सोचा है?

विमला, "सब सोच चुकी हूँ मैं मजबूर हूँ भइया!"

डॉक्टर जरा नाराज होकर बोले, "यह तुम्हारी बेजा जिद है, विमला! ब्याह करके भी तुम बहुत कुछ कर सकती हो, तुम्हारी बहुत सी महत्त्वाकांक्षाएँ जो रुपए के बिना पूरी नहीं हो सकतीं, उन्हें तुम आसानी से पूरी कर सकोगी। फिर हिंदू स्त्रियों के जीवन का उद्देश्य भी यही है, शादी, घर, गृहस्थी, त्याग और सेवा, विमला की आँखों के सामने एक छोटी सी गृहस्थी का चित्र खिंच गया। जिसका भीषण अंत उसने खड़े-खड़े देखा था, फिर दूसरा दृश्य उसने भविष्य के रंग में रँग कर तैयार किया था। जिसकी कल्पना भी मधुर थी, उसका भी आज अवसान हो रहा है, उसे धन की तथा गौरव की आकांक्षा नहीं है, न यश और उच्च पद की अभिलाशा है, वह जो कुछ चाहती है, बता नहीं सकती, उसने अपनी भावमुग्ध बड़ी-बड़ी आँखों की स्थिर दृष्टि डॉक्टर के मुँह पर गड़ा कर कहा, "भइया तुम अपना उपदेश रहने दो, मुझे यह अच्छा नहीं लगता।"

डॉक्टर, "तो क्या यह तुम्हारी आखिरी बात है?"

विमला (दृढता से), "हाँ! अब तुम कुछ न करना, अपने लिए मैं तुम्हें अम्मा जी और बाबूजी का कोप भाजन न बनने दूँगी।"

डॉक्टर चुप हो गए, तरह-तरह की चिंताएँ उनके दिमाग को गरम कर रही थीं विमला को क्या हो गया है, इतना पढ़ाया-लिखाया, उसका यही नतीजा हुआ, पढ़ती भी नहीं है, उन्होंने जरा तेज होकर कहा, "कॉलेज क्यों छोड़ दिया?"

विमला, "पढ़ने में जी नहीं लगता था, व्यर्थ में समय और पैसा बरबाद करने से क्या फायदा? छोड़ दिया।"

डॉक्टर, धीरे से, "बहुत अच्छा किया, अब क्या इरादा है?"

भाई की रूखाई से मर्माहत विमला को और भी व्यथा होने लगी, वह मुँह फेर कर खड़ी हो गई, आँखों से आँसू गिरने लगे।

डॉक्टर, "सचमुच लड़कियों को ज्यादा पढ़ा-लिखा देने से उनकी बुद्धि खराब हो जाती है, न घर-गृहस्थी के काम ही रहती हैं, न पढ़-लिखकर ही बेड़ा पार करती हैं।"

विमला सोच रही थी, उसकी ऊँची-ऊँची आशाएँ, ऊँचे आदर्श तथा महत्त्वाकांक्षाओं को किसने नष्ट कर डाला है, किसने उसके शांत और संतोषमय जीवन में असंतोष की आग लगाई है। वह किसे दोष दे भाग्य को, अपने को या भगवान् को अथवा उस व्यक्ति को जो उसकी इस चरम दुर्दशा का कारण है। विमला की आँखों से टप-टप आँसू गिरने लगे, डॉक्टर ने समझा कि वह अनुतप्त होकर रो रही है, अत: वे सांत्वना भरे कोमल स्वर से बोले, "रोने की क्या बात है, जैसी स्थिति होती जाए, उसी के अनुकूल अपने को बना लेना चाहिए। विमला थोड़ी देर बाद आँखों को पोंछ कर बोली, "उमेश का क्या होगा?"

डॉक्टर, "क्यों उसका क्या होगा? तुम्हारे पास रहेगा।"

विमला, "आखिर उसके भविष्य के लिए भी तो कुछ खयाल करना है।"

डॉक्टर, "भविष्य के लिए क्या किया जाए। पढ़ाया-लिखाया जाएगा, तुम उसे विलायत भेज देना।" इतना कह कर वे मुसकराने लगे। विमला फिर जल उठी और बोली, "क्यों उसकी गरीबी का मजाक करते हो भइया! माँ बगैर दवा-दारू के मर गई, बाप रुपयों के लिए डाका डाल रहा है। उसके लिए तुम कहते हो विलायत भेज देना।"

डॉक्टर, माँ-बाप चाहें जैसे हों, उसकी मौसी को तो फिलहाल रुपए पैसे की चिंता हो नहीं सकती।

विमला (चिढ़कर), "फिर वही बात, ब्याह मैं नहीं करूँगी, नहीं करूँगी, नहीं करूँगी, अब विश्वास हुआ?"

विमला उठकर तेजी के साथ पास वाले कमरे में चली गई और डॉक्टर वहीं चिंता और विस्मय में डूबे हुए बैठे रहे, उसी समय कलुआ ने एक पत्र लाकर दिया। वकील साहब ने लिखा था।

प्रिय डॉक्टर!

तुम आए क्यों नही? मालती के लिए मुझे बड़ी फिक्र हो गई है, यहाँ तक कि शांतिपूर्वक रात में सो तक नहीं सकता, उसकी दुरव्यवस्था का स्मरण आते ही जी दहल उठता है, क्या किया जाए, क्या कुछ उपाय बता सकते हो? बेचारी नहीं जानती कि उसको तमाम जिंदगी यों परमुखापेक्षी होकर बितानी है। अगर उसकी माँ बनी होती तो मुझे इतनी चिंता न होती, कौन उसका दु:सहभार सारे जीवन के लिए व्रहन करेगा। तुमने एक बार टायफाइड से उसके प्राण बचाए थे, यह तुम्हें याद होगा।

आज तुम्हारा भोजन यहीं बनेगा। शुभ चिंतक रमानाथ···

आनंद और विस्मय से पुलकित होकर डॉक्टर ने कई बार पत्र पढ़ा, वकील साहब के भाव स्पष्ट नजर आते थे, परम आत्मीयता से भरा हुआ पत्र उनके चित्त को बेबश किए देता था, यद्यपि उसमें स्वार्थ की भी बू थी, पर उनके प्रेमासक्त चित्त को इन बातों का ध्यान तक न था, आज वे सिर्फ हाँ करते ही, चिर आकांक्षित वस्तु अनायास ही पा सकते हैं, मालती को अक्षम और अपंग करके करुणामय ने मानो उनके लिए भलाई ही की है। क्या हुआ जो वह चल फिर नहीं सकती, ईश्वर को अनेकों धन्यवाद है, जो उन्होंने उसे पंगु करके ही छोड़ दिया उसका जीवन तो बच गया, इससे बड़ा परम लाभ क्या हो सकता है। शुभ और आवेश में भरे हुए डॉक्टर को सारा विश्व एकाकार आनंद में डूबा दिखाई पड़ता था, उन्हें इसका जरा भी आभास न हुआ कि उनकी ही छोटी बहन इस समय दारूण वेदना से व्यथित होकर आँसुओं की नदी में डूबी जा रही है।

प्रियव्रत को इसका खयाल भी न आया कि उसके माँ-बाप तो मालती के साथ शादी करने में आपत्ति कर सकते हैं, न ध्यान रहा था कि घर के लोग उसे क्या कहेंगे?

मित्र क्या कहेंगे? उसकी भावी पत्नी अपंग है, यह जानकर वे उसका मजाक भी तो करेंगे। समाज, संसार तथा माँ-बाप किसी की उन्हें याद न रही। वे कपड़े बदलकर मालती के यहाँ जाने को तैयार हो गए, जरा देर पहले न जाने का संकल्प किया था, वह न जाने कहाँ चला गया।

*

डॉक्टर के दिन तो आजकल आनंद के साथ बीत रहे थे, भावी सुखों के नए-नए चित्र उनको विमुग्ध किए रहते थे, दिन होता था उत्साह से भरा हुआ, रात आती, तो भी स्वप्नों से भरी सुनिद्रा लेकर, उन्हें घर की जरा भी चिंता न थी, विमला ने उन्हें छुट्टी दे दी थी, कहने-सुनने के मारे कभी-कभी घर चले जाते थे, कांग्रेस का काम इन दिनों बंद ही था, अतः उस असीम अवकाश में सिर्फ मालती और उसकी स्मृति ही छाया की तरह उनके साथ मिली रहती और विमला दिन-दिन सूखती जा रही थी। हार्दिक दुःख की गहरी छाप उसके मुख पर स्पष्ट अंकित थी। घर की महरियाँ और महराजिन आपस में कहती थीं कि बिटिया को बड़ा दुःख है। आजकल की कलयुग ही बेटियों की तरह नहीं हैं, जो विवाह के नाम से फूली नहीं समाती और बिटियों की तरह नहीं हैं, जो विवाह के नाम से फूली नहीं समाती बिटिया तो सूख कर आधी रह गई।

महराजिन कहतीं, "इतनी चीजें बनती हैं, पर नमक और रोटी के सिवाय कुछ छूती भी नहीं है, मुझे सौगंध दे दी है कि मालकिन न जान पावें। इससे कह भी नहीं सकती।"

विमला का सरल स्नेहमय व्यवहार सबके साथ एक सा रहता था। घर के नौकर-चाकर उसे हृदय से चाहते थे, महरी तथा महराजिन की आँखों से आँसू गिरने लगे।

विमला की समझ में नहीं आता था कि वह अब क्या करे, जो उपस्थित संकट से छुटकारा पाए अभी तक जिस बात पर उसने ध्यान न दिया था वही आज उसे सबसे ज्यादा खटक रही थी और उसी को रोकना सबसे पहले जरूरी था, डॉक्टर से अब उसे कोई आशा नहीं थी, न उनसे अब वह किसी बात में सहायता ही माँग सकती थी, दारूण अभिमान से उसका हृदय फटा जाता था। विमला की दशा ठीक पागलों की तरह हो रही थी, निरूपाय, निराशा का करुण चित्र उसके शुष्क चेहरे पर हर समय पढ़ा जा सकता था। उसे न नहाने-धोने की सुध रहती, न खाने-पीने की, दिन का दिन दैनिक समाचार-पत्रों को लिये हुए पड़ी रहती, किसी का ध्यान भी उसकी तरफ उतना नहीं जाता था, सब अपने-अपने कामों और आनेवाले उत्सव की तैयारी में उसे भूल से गए थे, सुशीला देवी तो इतनी अधिक व्यस्त हो उठीं थीं कि कन्या के विवाह के समय, उसके वियोग की आशंका जितना माताओं के हृदय को आर्द कर देती है, उसका एक कण भी उनके हृदय में नहीं उठता था। इतनी आशंकित थीं कि ब्याह के बाकी दिन

उन्हें लंबी अवधि जान पड़ते थे, उनकी बस यही रट थी कि किसी तरह कुशल पूर्वक भाँवरे पड़ जाएँ, सब लोग खुशी-खुशी काम करते थे, पर वे रात-दिन तेंतिस कोटि देवताओं की मानता किया करती थीं, कि वे लोग विवाह तक विमला को शांत रखें। उसकी मौन उपेक्षा और निस्पृहता देख-देख वे और भी घबराती थीं, वे जानती थीं कि इस उदासीनता के पीछे भयंकर आँधी छिपी है।

बरात आने के अब सिर्फ तेरह दिन रह गए थे, हलवाई आकर यहीं बनाने की जगह पसंद कर गया, निमंत्रण पत्र छपने जा चुके थे। पास-पड़ोस की स्त्रियों का मेला सा लगा रहता था—

विमला को निस्तार का कोई मार्ग नहीं सूझता था, कि कहाँ जाए, क्या करे मालती के घर जाना भी उसने छोड़ दिया था, रात-दिन खाली सोचते-सोचते उसकी बुद्धि इतनी तीव्र हो उठी थी कि उसने कोई उपाय ढूँढ़ कर ब्याह रोकने का निश्चय कर लिया। उसने एक जाली पत्र लिखा, वह यों था।

महाशय!

आप जहाँ अपने लड़के की शादी कर रहे हैं, वहाँ कुछ जाँच भी कर लेना ठीक था, लड़की का भाई कांग्रेस का प्रधान कार्यकर्ता है, और लड़की के लिए तो कुछ कहना ही व्यर्थ है, वह तो भाई से भी चार हाथ आगे है। खद्दर पहनकर देहातों में घूमा करती है, इसके पीछे तो सारा घर परेशान है, अगर आप धोखे में आकर शादी कर लेंगे तो जन्म भर पछताएँगे। सरकार के दुश्मन बनना हो तो यहाँ संबंध करें, आप जाँच करके देख लें कि उपरोक्त बात कहाँ तक सच है।

आपका एक शुभचिंतक।

पता लिखकर विमला ने पत्र डाक में भेज दिया, तब तनिक उसका चित्त शांत हुआ। वह जानती थी कि आगरे वाले राय साहब के ऊपर इस पत्र का कितना असर पड़ेगा। अगर वे अनुसंधान भी करेंगे तो उन्हें कोई बात झूठ नहीं मालूम होगी। उन्हें यहाँ शादी करने की हिम्मत ही नहीं होगी। अपनी इस युक्ति को सोचकर विमला मन-ही-मन प्रसन्न होने लगी।

शाम को चाबियों का गुच्छा लेकर वह श्याम के यहाँ गई। कई चाबियाँ लगाने के बाद ताला खुल गया। अंदर पैर रखते वक्त उसका हृदय धक-धक करने लगा। पैर काँपने लगे, एक अज्ञात भय से उसका कलेजा सहम गया, जरा देर रुककर वह सामनेवाले कमरे का ताला खोलकर अंदर गई। सामने ही दीवार पर सुमित्रा और श्याम का चित्र टँगा था। सुंदरी सुमित्रा का वह अनुपम चित्र विमला टक लगाकर देखने लगी पर उसका जितना ध्यान सुमित्रा के ऊपर नहीं था, जितना कुरसी पकड़ कर खड़े हुए उस पुरुष की ओर था, जिसके मुँह से निर्मल प्रसन्नता फूट पड़ रही थी।

विमला की आँखों से आँसू की धार लग गई, उसने मन-ही-मन सुमित्रा से क्षमा माँगकर काँपते-काँपते वह तसवीर उतार ली और धूल झाड़कर अपने रूमाल में लपेट लिया।

फिर उसने चारों तरफ घुमकर देखा। उसका हृदय काँप रहा था और मुँह तक रूलाई भरी थी। एक कमरे में एक पलंग बिछा था, उस पर लपेटे हुए बिस्तर पड़े थे, जमीन पर कंबल बिछा था, जो सिकुड़ा पड़ा था, विमला उसी कंबल पर बैठकर रोने लगी। उसके रोने का कोई साक्षी नहीं था। सिर्फ अंतर्यामी ही उसकी व्यथा जान सकते थे। इस घर में वह कितनी ही बार आई है, पर आज वह इसे अपना घर समझ रही थी, नहीं जानती थी कि यह अधिकार उसे कहाँ से मिल गया। खूब रोने के बाद उसने उस छोटे से कमरे की सारी चीजें झाड़-पोंछकर सजाई, फर्श को पानी से धोया फिर दियासलाई ढूँढ़कर लालटेन जला दी। गृह लक्ष्मी के मंगलमय स्पर्श से श्रीविहीन गृह मानो बिंहस उठा।

विमला इन कामों में इतनी व्यस्त हो गई कि उसे समय और संसार का ध्यान ही नहीं रहा। वह जैसे किसी के आगमन में स्वागत की तैयारी कर रही हो। सहसा बाहर से ऊबकर शोफर ने कहा, "बिटियाजी कितनी देर लगेगी? मोटर लिये कब तक खड़ा रहूँ।"

विमला चौंक पड़ी। जैसे किसी ने पकड़कर झकझोर दिया हो, उसका स्वप्न टूट गया और वह कठोर वास्तविक जगत् में पहुँच गई। श्याम कहाँ हैं, उनका आगमन कितना असंभव है। उसने अवरुद्ध कंठ को साफ करके कहा, "आ रही हूँ राम सिंह, पाँच मिनट ठहर जाओ। तसवीर को छिपाकर उसने अपनी ऊनी शॉल में लपेट लिया, फिर ताला बंद करके अवसन्न सी धीरे-धीरे जाकर कार में बैठ गई। बड़े आदमियों की निराली बातों को मन-ही-मन गालियाँ देता हुआ शोफर मोटर घुमाकर चलाने लगा। श्याम और सुमित्रा का चित्र विमला के आँचल के नीचे छिपा था।

*

मालती का ज्वर बिल्कुल छूट गया, धीरे-धीरे स्वास्थ्य की लालिमा उसके गोरे रंग में आने लगी। सब से बढ़कर औषधि, जिसने तत्काल फल दरशाया था वह थी डॉक्टर की उपस्थिति, उन्हें देख-देखकर वह सुख के आवेश में डूबी रहती थी। वकील साहब के ढंग से बिल्कुल स्पष्ट था कि वह मालती का ब्याह डॉक्टर के साथ करना चाहते हैं, अतः अब डॉक्टर के मन में ऐसी कोई दुविधा नहीं थी, जो किसी युवती कुमारी के या पर स्त्री के पास बैंठने में होती है। वे हलका मन और स्वस्थ हृदय से उसके पास बैठते, पकड़कर दवा पिलाते, थर्मामीटर लगाते, वकील साहब कभी कमरे में बैठते, कभी चले जाते। वे डॉक्टर के ऊपर मालती की दवा और सुश्रुशा दोनों का

भार छोड़कर निश्चिंत हो गए थे। दूसरे मरीज के पास जरा देर बैठते ही प्रियव्रत की तबीयत घबराती थी, पर मालती का प्रबल आकर्षण उन्हें सदैव उत्सुक किए रहता था कि कब उन्हें उसके पास बैठने का, सेवा करने का अवसर मिले।

डॉक्टर मालती के लिए रोज नई-नई किताबें लाते और पढ़कर सुनाया करते। लीडर, पढ़कर उसकी खबरें उसे सुनाते। मालती भी अपने को खो बैठी थी, अपनी बीमारी को ईश्वर की करुणा का अपूर्वदान समझती। डॉक्टर के प्रति अपने पिता का व्यवहार आत्मीयता और भद्रता से भरा देखकर उसे संतोष तो होता ही था, साथ ही आशा की रेखा भी जाग उठी थी।

प्रमिला जान-बूझकर उससे दूर-दूर रहने लगी। जब डॉक्टर चले जाते तब वह मालती के पास बैठती, उसे दवा देती, दूध पिलाती। उसका सब काम करती, पर प्रियव्रत के आते ही चुपचाप खिसक जाती। आजकल मालती उसके साथ खूब हँस-हँसकर बातें किया करती थी, प्रमिला भी उसे खुश रखने की कोशिंश में रहती थी। उसे जब ध्यान आता कि मालती को अपनी असली दशा का पता लगेगा तो क्या होगा, तब वह काँप जाती।

मालती लेटी थी, प्रमिला धीरे-धीरे उसके बालों में कंघी कर रही थी, शाम के चार बज चुके थे। शीतकाल के सूर्य जल्दी-जल्दी अस्ताचल की ओर जा रहे थे। मालती बार-बार उत्सुक नेत्रों से द्वार की तरफ देख रही थी, प्रमिला जानती थी। कि वह किसकी प्रतीक्षा कर रही है। उसने मालती के बाल बाँधकर भीगी तौलिया से उसका मुँह पोंछ दिया।

मालती बोली, "मेरा मन करता है कि बाहर बैठूँ, अब तो मैं अच्छी हूँ क्यों डॉक्टर लोग मना करते हैं। मेरा दिल बिल्कुल कमजोर नहीं है, मुझे उठकर बैठने दो।"

प्रमिला (कृत्रिम तिरस्कारपूर्वक बोली), "हाँ! तुम उन लोगों से ज्यादा जानती हो न।"

"डॉक्टर कहते हैं कि तुम्हें इतना तेज बुखार आया था कि जिससे तुम्हारा हार्ट बहुत कमजोर हो गया है, अगर उठोगी तो फिर कोई तकलीफ हो जाएगी।"

मालती, "कब तक पड़ी रहूँगी?"

प्रमिला, "यह भी वही लोग बताएँगे, अभी नरसों तक तो हरारत रही है।"

मालती कुछ कहनेवाली थी कि वकील साहब और डॉक्टर ने कमरे में प्रवेश किया। वकील साहब कह रहे थे, "आज कहाँ रह गए?"

डॉक्टर, "क्या बताऊँ? आज तो बड़ी झंझटों में पड़ा रहा।"

मालती, प्रमिला तथा वकील साहब ने एक साथ ही चौंककर डॉक्टर के मुँह की तरफ देखा। वकील साहब ने कहा, "क्यों! क्यों! झंझटें कैसी? क्या बात है?"

प्रमिला बहुत उत्सुक हो रही थी, उसकी वहाँ ठहरने का कोई बहाना नहीं मिला तो वह मालती की तकिया गिलाफ साफ होते हुए भी फिर से बदलने लगी।

डॉक्टर ने कहा, "विमला की शादी तो ठीक ही थी, आप जानते ही होंगे?"

वकील, "जानता क्या? मेरे पास तो नेवता भी आ चुका है, अठारह तारीख को तो ब्याह है ही!"

डॉक्टर···"आज सुबह आगरे से एक आदमी उन लोगों की चिट्ठी लेकर आया है कि उन लोगों को पता लग गया है कि लड़की का भाई और लड़की खुद कांग्रेस में शरीक हैं, और लड़की बड़ी खतरनाक है, हम लोग ऐसी लड़की से शादी करके अपने को मुसीबत में नहीं डाल सकते। हम लोगों का जेल जाने की इच्छा नहीं हैं।"

वकील, "अब क्या होगा?"

डॉक्टर, "होगा क्या? बाबूजी तो क्रोध के मारे जैसे पागल हो उठे हैं। वे कहते हैं कि तुम लोगों में हैं ही सब शिकायतें। वही तो उन्हें मालूम हो गया है, क्या बताऊँ बाबूजी का अपमान हुआ और रुपए-पैसा बरबाद हुआ वह धाते में, सबसे बढ़कर तो उन्हें फिक्र है कि कहीं कलेक्टर के कान में बात न पहुँच जाए। मैं तो पहले से ही अलग रहने लगा था, विमला बेचारी की बड़ी मुश्किल है। अम्मा तो सुबह से न उठी है, न कुछ खाया-पिया ही है। सारी तैयारियाँ हो चुकी हैं, कई हजार रुपए खरच हो चुका, अब बदनामी और अपमान अलग है।"

वकील, "सचमुच यह बात तो बड़ी बेजा है, तुम लोग इसका प्रतिवाद करो।"

डॉक्टर···, "बेकार है, कोई बात झूठ तो है नहीं, उन लोगों को अगर इसमें बुराई जान पड़ती है तो मेरी सफाई बिल्कुल झूठ होगी। विमला जरूर कभी कांग्रेस के काम में नहीं रही, उसे जरा देहात में सुधार करने की सनक थी। अब तो वह बहुत दिन से कुछ भी नहीं करती, उसे व्यर्थ उन लोगों ने दोषी ठहराया। मेरी तो हिम्मत ही नहीं पड़ती कि अम्मा या बाबूजी के सामने जाऊँ!"

वकील, "और विमला?"

डॉक्टर···, "वह बड़ी खुश है, उसकी तो बिल्कुल अनिच्छा से शादी हो रही थी। वह मुझसे रोज ही कहा करती थी कि शादी रोक दो। उसे तो मुँह-माँगी मुराद मिल गई।"

प्रमिला सोचने लगी कि 'माँ-बाप और बहिन को उस झंझावात में छोड़कर डॉक्टर का यहाँ आना सर्वथा अनुचित है, वहाँ जो आँधी बह रही है उन्हें उसे रोकना चाहिए। क्या प्रेम मनुष्य को कर्तव्यों की ओर से विमुख कर देता है?

वकील साहब ने हठात प्रमिला की तरफ देखा। वह एकाग्र होकर अपने काम में व्यस्त थी। उसका सुंदर मुख मेघमुक्त चंद्रा की तरह आधा चमक रहा था। वकील

साहब ने कुछ विरक्त होकर कहा, "अब क्यों बेकार परेशान हो रही हो! यहाँ तो ये बैठे ही हैं जाओ जरा देर आराम कर लो।"

अपने लिए स्वामी का इतना खयाल देखकर प्रसन्न होने के बजाय वह कुढ़ गई और उठकर चली गई।

उसके जाने के थोड़ी ही देर बाद डॉक्टर ने कहा, "आज मुझे भी जल्दी ही इजाजत दीजिए, देखूँ घर में क्या हाल-चाल है।"

वकील, "अच्छी बात है, अभी मैं किसी को यहाँ भेजता हूँ, तब तक ठहर जाओ!"

वकील साहब ने अपने कमरे में जाकर देखा, थोड़ा-थोड़ा अँधेरा हो रहा था, वहीं चारपाई पर प्रमिला चुपचाप पड़ी थी। वकील साहब दबे पाँव जाकर पलंग पर बैठ गए। प्रमिला एकाएक चौंक पड़ी और घुमकर देखते ही बोली, "कौन तुम हो?"

वकील साहब ने देखा प्रमिला चारपाई से उतरकर नीचे खड़ी हो गई। तब अपने स्वर को व्यंग्य से भरकर बोले, "तुमने किसे समझा था, क्या अपने ध्यान वाले देवता को?"

इस अपमान को नि:शब्द हजम करके प्रमिला पत्थर की तरह अचल होकर खड़ी रही।

वकील, "जाओ मालती अकेली है।"

प्रमिला को इतना क्रोध आया कि कहे अगर अकेली है तो मैं क्या करूँ, पर धीरे से बोली, "मैं नहाने जा रही हूँ, बुआजी को वहाँ भेज दो।"

वकील, "अब तक क्या करती रहीं? इसी से तो कहता हूँ कि एक-एक आदमी उसके पास रहा करे। अच्छी बात है, जाओ।"

डॉक्टर के चले जाने के 15 मिनट बाद बुआजी वहाँ आईं, आते ही उन्होंने मालती को अकेले पड़े देखा। बस फक से जल उठीं। कर्कश स्वर में बोलीं, "तुम अकेली पड़ी हो कुबेला में और मेम साहब कहाँ गईं?"

मालती, "नई माँ, तो यहाँ बड़ी देर से नहीं हैं, पर मैं अकेली नहीं थी।" दूसरा कौन था यह बताने के लिए उसका स्वर ही नहीं निकला।

बुआ, "बड़ी देर से नहीं है तो कौन से मुलुक को गई, उधर भी तो नहीं है।" फिर धोती समेटकर, वहाँ के कपड़े-लत्ते छूने से बचाकर एक कुरसी पर बैठ गईं और करुणस्वर में मिनमिनाकर कहने लगीं, "मेरी बच्ची की तकदीर में यहीं लिखा था, महतारी मरी, तब से पाला-पोसा, कभी अंगुरी तक न दुखी, अब यह बदा था। भगवान् ऐसा पापी है कि मेरी बच्ची को पराए आसरे कर दिया। सौतेली माँ कहाँ तक अच्छी हो सकती है, अभी तो मैं ही जी रही हूँ, मेरे पीछे क्या होगा?"

बुआजी की आवाज सुनते ही महराजिन भी दाल चूल्हे पर चढ़ाकर आ पहुँची

थी, समर्थन करती हुई बोली, "हाँ! और का दीदी, तुम्हें जितनी ममता है बहूजी को उतनी किसी को कैसे हो सकती है?"

बुआ, "ममता क्या, अब देख लो घंटे भर से बीमार बिटिया अकेली पड़ी है, भला अपनी महतारी होती तो भरी साँझ के बखत उसे अकेली छोड़कर सो रहती। अब मैं अपने जी का दुःख किससे कहूँ। जिस बखत से सुना कि मेरी मालती को लकवा मार गया है, भूख-पियास दूर हो गई है। मुझसे तो इसकी तरफ आँख उठाकर देखा नहीं जाता, कलेजा फटा जाता है।" बुआजी धोती के छोर से आँखें पोंछने लगीं। महराजिन ने लंबी साँस लेकर कहा, "रोओ नहीं दीदी, भरी साँझ में रोना नहीं चाहिए।"

बुआजी की दीर्घ वक्तृवा के भीतर से जो तथ्य निकला वह मालती के लिए काफी था। एक काला परदा हटकर उसे सारी बातें स्पष्ट मालूम हो गईं। हाय उसे लकवा मार गया है और किसी ने बताया भी नहीं। उसने एकदम उठने की कोशिश की पर जरा भी कृतकार्य न हो सकी। अपनी यह दशा देखकर वह थर-थर काँपने लगी, उसका दिल मानो बैठा जा रहा था। उसने चीत्कार करके कहा, "नई माँ, कहाँ हो!"

प्रमिला गुसलखाने से आ रही थी, मालती की वह कातर आवाज उसके कान में तीर सी जा लगी। वह दौड़ती हुई वहाँ आई। उसने देखा—महराजिन और बुआजी हक्का-बक्का सी खड़ी हैं और मालती का चेतनाशून्य सिर तकिए पर से नीचे गिरा जा रहा है, क्षणभर को वह भी विमूढ़ सी हो गई। दूसरे ही क्षण उसने मालती का सिर उठाकर तकिया पर रख दिया और अखबार उठाकर जोर-जोर से उसके मुँह पर हवा करने लगी। प्रमिला को देखकर बुआजी चिल्लाकर रोने लगीं, "अरे मेरी बच्ची को क्या हो गया?"

प्रमिला को इतना गुस्सा आया कि कान पकड़कर बुआ और महराजिन को बाहर कर दे पर जब्त करके बोली, "चिल्लाओ मत बुआजी, बाहर जाओ, इन्हें कुछ हुआ नहीं है।"

बुआ नाक के द्वारा बोलीं, "हाँ तुम्हारे लेखे कुछ हुआ ही नहीं, अब बाकी क्या है! हाय!"

"मेरी रानी क्या इसी दिन के लिए मैंने तुम्हें पाला था?" प्रमिला क्रोध से पागल हो उठी। गिलास से मालती के मुँह पर पानी डालती हुई बोली, "बाहर जाओ बुआ, वहाँ जितना जी चाहे चिल्लाओ, देखती नहीं कि तुम्हारे रोने से इनकी तबीयत और भी खराब हो गई।"

बुआ (क्रुध होकर), "तुम मुझे डाँट न बजाओ। तुम्हारे ऐसा पत्थर का कलेजा कहाँ से पाऊँ। जाके पाँव न फटी बिवाई, वह का जनै पीर पराई। तुम क्या जानो बेटे-बेटी की ममता कैसी होती है। हाय हमने तो छोटे पर से पाला पोसा…"

प्रमिला (जलकर), "बड़ी कृपा की थी, जो पाला-पोसा था, इसका मैं क्या करूँ? दया करके बाहर जाइए और उन्हें दफ्तर से बुला लीजिए, मैं अकेले क्या करूँ?"

बुआजी ऊँचे स्वर में रोती हुई निकल गईं, महराजिन ने कहार से कहा, "भजुआ सरकार को जल्दी बुला ला।" भजुआ तेजी से दौड़कर वकील साहब को बुलाने चला गया। खबर पाते ही वकील साहब घबराए हुए अंदर आए। उन्हें देखते ही बुआजी ने अपना स्वर और भी ऊँचा कर दिया था। वकील साहब व्याकुल होकर बोले, "क्या हुआ!"

बुआ ने जो कुछ कहा उसे सुनने के पहले ही वे ऊपर चले गए। कमरे में जाकर देखा मालती आँखें मूँदे पड़ी है, और प्रमिला अकेली उसके मुँह पर पानी के छींटे देती जा रही है, और दूसरे हाथ से हवा भी करती जा रही है। वे घबराकर बोले, "क्या हो गया?"

प्रमिला, "मालूम पड़ता है गश आ गया।"

वकील, "क्यों कैसे? क्या हुआ था?"

प्रमिला कुठित होकर बोली, "मैं यहाँ थी नहीं, मुझे कुछ मालूम नहीं है। इनकी चीख सुनकर दौड़ती हुई आई। देखा वह बेहोश पड़ी है। बुआजी और महराजिन कमरे में थीं।"

वकील, "अब क्या करूँ? क्या डॉक्टर को बुलाऊँ?"

प्रमिला (हवा करती हुई), "जरा-जरा तबीयत ठीक जान पड़ती है, पर शायद फिर कोई जरूरत पड़े, बुला ही लिया जाए।"

डॉक्टर के पास आदमी भेजा गया। वकील साहब बहुत घबरा रहे थे। बेचारी प्रमिला अकेली मालती को सँभाल रही थी, 15 मिनट हो गए थे पर मालती स्वस्थ नहीं हुई, तब उसने पति की तरफ देखकर कहा, "डॉक्टर को लेने कौन गया है?"

वकील, "क्यों? मोटर भेजी है, आते ही होंगे। क्या तबीयत खराब जान पड़ती है?"

प्रमिला, "नहीं मुझे कुछ समझ में नहीं आ रहा है। इतनी देर हुई अभी होश क्या नहीं आया?"

वकील साहब बेचैन होकर कमरे से बाहर निकलने वाले थे कि बहुत जल्दी, जल्दी आकर प्रियव्रत ने घबराए हुए स्वर में कहा, "क्या हुआ?"

प्रमिला जरा हटकर खड़ी हो गई। वकील साहब ने पंखा उठाकर कहा, "बेहोश हो गई है।"

मालती की नब्ज पकड़कर डॉक्टर ने कहा, "क्या बात हुई?"

विरक्ति से भरे हुए स्वर में वकील साहब ने कहा, "बात किसी को मालूम ही नहीं, कोई पास में था ही नहीं।" डॉक्टर ने बैग से स्मलिंग साल्ट की शीशी निकालकर

मालती के सामने करते हुए कहा, "अभी शाम तक तो बिल्कुल अच्छी थीं, एकाएक क्या हो गया?"

प्रमिला को जो आशंका थी वह मारे भय के वह प्रकट नहीं कर सकती थी, चुपचाप खड़ी रही।

जरा देर में मालती ने आँखें खोलीं, डॉक्टर और वकील साहब ने साथ ही कहा, "कैसी तबीयत है?" दोनों के स्वर में आंतरिक व्याकुलता थी। मालती ने एक बार हिलने की कोशिश करके फिर आँखें बंदकर लीं और बंद आँखों से आँसुओं की धारा बहने लगी। प्रमिला अपनी धोती से उसके आँसू पोंछने लगी। वकील साहब ने व्यथित होकर कहा, "क्या तकलीफ है मालती?"

मालती कुछ बोली नहीं पर उसकी आँखों में दूने वेग से आँसू उमड़ने लगे।

डॉक्टर ने मृदु स्वर में कहा, "इतना रो क्यों रही हो? अब तो तुम्हारा जी अच्छा है।"

इस बार वेदना से भरे क्षीण स्वर में वह बोली, "आप लोगों ने मुझे बड़ा धोखा दिया। पहले ही क्यों न बता दिया था?"

डॉक्टर और वकील साहब परस्पर मुँह देखने लगे, और प्रमिला सख्त होकर बैठी रही। थोड़ी देर में डॉक्टर ने फिर कहा, "क्या हुआ? कैसा धोखा तुम्हें दिया गया?"

मालती (आँखें खोलकर), "पापा मैं अब कभी उठ नहीं पाऊँगी, मुझे लकवा मार गया है, आप लोगों ने मुझे पहले ही क्यों नहीं बता दिया था?"

मालती के स्वर में इतनी व्यथा और निराशा भरी थी कि किसी के मुँह से मिथ्या सांत्वना का एक शब्द भी न निकला, वकील साहब की आँखें नम हो गईं। वे कमरे से बाहर चले गए। प्रमिला अपने को रोक नहीं सकी, उसे सिसकियाँ आने लगीं। वह भी दूसरे दरवाजे से बाहर जाकर खूब रोने लगी। कमरे में अकेले डॉक्टर साहब रह गए उनकी समझ में नहीं आ रहा था कि क्या बात करें, कैसे इसे समझाएँ, धीरे से बोलें, "इतना क्यों घबराती हो, लकवा जरूर है, पर क्या अच्छा नहीं होगा? हाँ दो-तीन महीने लग जाएँगे।"

मालती, "रहने दीजिए, अब मुझे झूठी आशा मत दीजिए। मैंने डॉक्टरी नहीं पढ़ी है, पर इतना जानती हूँ।"

डॉक्टर, "तुम समझती ही नहीं तो क्या कहूँ, रोने से और भी तबीयत खराब हो जाएगी।"

मालती ने दोनों हाथों से आँखें पोंछ लीं। आज संध्या तक उसका जीवन क्या था, और अब क्या हो गया? अपने मन की आकांक्षा का स्मरण आते ही वह ग्लानि से मरने लगी। शर्म भी नहीं आई, हाय उसने क्या-क्या कल्पनाएँ की थीं, नहीं जानती

थी कि वह कितनी अभागिनी है। अपने हृदय का भेद भी प्रकट कर बैठी, उस गलती का अब कैसे प्रायश्चित्त होगा। डॉक्टर साहब मन में क्या कहते होंगे कि अपंग होने पर भी अभिलाशाएँ कितनी बड़ी-बड़ी हैं। हे भगवान् तुमने मुझे मौत ही क्यों न दे दी। मालती ने व्याकुल होकर आँखें खोलीं। सामने ही डॉक्टर साहब व्यथित दृष्टि से उसकी तरफ देखते हुए बैठे थे। मालती ने ठंडी साँस लेकर कहा, "मुझे माफ कीजिए, डॉक्टर साहब!"

डॉक्टर ने सस्नेह कहा, "क्यों किस बात के लिए माफ करूँ?"

मालती, "आप लोगों की दया अब मुझे बरदाश्त नहीं होती।"

डॉक्टर ने स्नेहपूर्वक कहा, "दया कैसी मालती! अपने लोग क्या सिर्फ दया की खातिर मरीज की सेवा करते हैं। उनके दिल का प्रेम क्या कोई कीमत नहीं रखता?"

मालती ने एक बार डॉक्टर के मुँह की तरफ देखा, फिर लंबी साँस लेकर चुप हो गई।

उसकी निगाह से उसके मन का भाव ताड़कर डॉक्टर ने कहा, "क्या तुम्हें मेरे ऊपर विश्वास नहीं होता, मालती! तुम नहीं जानती न, मैं बताना ही चाहता हूँ कि तुम्हारी उस दशा से मुझे सिर्फ इसलिए दुःख हुआ है कि तुम अपना हाल जानकर बड़ी दुःखी होगी पर अपने लिए, मुझे कभी यह बात ध्यान में नहीं आई। आज तुम्हें अशक्त करके ईश्वर ने भलाई ही की है। अगर तुम अच्छी होती तो जिसे चाहती उसके साथ जीवन बंधन बाँधकर सुखी हो सकती थी, मुझे तब कुछ कहना नहीं था। आज मुझे तुम्हें दूसरे के हाथ में सौंपते भरोसा नहीं होता। क्या जाने कोई तुम्हारी कद्र समझे या न समझे। मालती, तुम मुझसे कहलवा रही हो वरना मैं जिंदगी भर यें बातें मन में रखता और नियति जैसे-जैसे चलाती चलता जाता।"

मालती मुग्ध होकर डॉक्टर की बातें सुन रही थी। लज्जित नयनों को नीचे करके बोली, "पर मैं आपके साथ यह अन्याय न होने दूँगी। मैं अपना यह जीवनव्यापी गलग्रह भार किसी के ऊपर डालना नहीं चाहती।"

डॉक्टर, "तुम जिसे भार कह रही हो, उसी भार के बगैर मेरा जीवन बरबाद हो रहा था, जिसे तुम अन्याय कह रही हो मेरे लिए वह परम लाभ है।" मालती ने गद्गद कंठ से कहा, "आप देवता हैं, पर मैं अपनी दीनता की लज्जा बरदाश्त नहीं कर पाती।

डॉक्टर ने स्नेहपूर्वक कहा, "मेरे निकट तुम्हें लज्जित होने की कोई जरूरत नहीं है। मालती! तुम बार-बार यह बात कहकर मुझे तकलीफ मत पहुँचाओ।"

मालती के नेत्रों से श्रद्धा, प्रेम तथा आनंद के आँसू बहने लगे, कुछ देर के लिए वह भूल गई कि वह पक्षाघात रोग से ग्रसित है।

डॉक्टर के चित्त में आज किसी तरह की दुविधा नहीं थी, न संकोच था। उन्होंने

अपने रूमाल से मालती के आँसू पोंछ दिए। थोड़ी देर बाद वकील साहब ने धीरे-धीरे आकर देखा मालती स्वस्थ भाव से आँखें बंद किए लेटी है, पीड़ा का कोई लक्षण चेहरे पर नहीं रहा था। उन्होंने जिज्ञासु दृष्टि से डॉक्टर की तरफ देखा डॉक्टर ने जरा खाँसकर स्वर की जड़ता को दूर किया फिर साहस संचय करके बोले, "वकील साहब मालती को आप मेरे हाथ में सौंप दीजिए, मैं बड़ी खुशी से उसका भार उठाऊँगा। आप सोचकर देख लीजिए, पर सिवाय भलाई के इसमें आपको कोई बुराई नहीं जान पड़ेगी। हालाँकि मैं अपने को इनके योग्य नहीं समझता।"

वकील साहब को इतनी आशा नहीं थी। उन्हें अगर प्रस्ताव देना होता तो वे कभी नहीं दे सकते थे। डॉक्टर की बात से उनकी छाती पर से भारी बोझ उठ गया और उन्होंने जैसे आराम से साँस ली। कृतज्ञ कंठ से बोले, "यह तुम्हारा बड़प्पन है डॉक्टर! तुमने बड़े असमय में सहायता की है। अब मैं किस मुँह से कुछ कहूँ। मालती को मैं तुम्हें सौपता हूँ। इससे ज्यादा क्या कहूँ।" वकील साहब का स्वर गहरी वेदना में डूब गया और वे बाहर चले गए।

डॉक्टर कृतार्थ होकर मधुर स्वर में बोले, "मालती।"

मालती ने आँख खोलकर देखा, डॉक्टर साहब मुसकरा रहे थे, उसने लज्जित होकर कहा, "जाओ" और चादर में मुँह छिपा लिया। डॉक्टर साहब ने आनंद से भरा हृदय लेकर जब वहाँ से प्रस्थान किया, तब रात के साढ़े 12 बज चुके थे।

*

समय तथा संसार ने सुशीला देवी को फिर से उठने और घर का काम देखने को मजबूर किया।

उनका शोकाहत भाव देखकर विमला का हृदय अनुशोचना से फटा जा रहा था, आत्मग्लानि से वही मरी जा रही थी। हाय उसकी करतूत से स्नेहमयी अम्मा को कितनी पीड़ा पहुँची है। वह कितनी नीच और स्वार्थी है, क्या माँ-बाप के सुख के लिए अपना बलिदान दे देने में उसे अनाकानी करनी चाहिए थी?

सुशीला देवी ने तो विमला से बोलना तक छोड़ दिया था, उन्हें सारा दोष उसी का लग रहा था। सुशीला देवी का अत्यंत गंभीर भाव घर भर में आतंक फैलाए था। आगरा से पत्र आए आज पाँचवाँ दिन था, सब तैयारियाँ रुक गई थीं, सारे उत्सव और आनंद को किसी ने जैसे निष्ठुरतापूर्वक दलित कर डाला था। घर के सब काम होते थे पर चुपचाप। नौकर-चाकर भी आपस में बातचीत करते डरते थे। डॉक्टर भी दिन-रात दुकान पर ही रहते थे। विमला की दशा पागलों की तरह हो गई थी। उमेश को उसने जबरदस्ती द्वारिका के साथ जगदीशपुर भेज दिया था। सारे दिन किवाड़ें बंद किए सोचा

करती। लोग समझते सयानी लड़की लाज के मारे किसी के सामने निकलना नहीं चाहती। आज भी वह दरवाजा बंद किए जमीन पर पड़ी थी कि किसी ने द्वार खटखटाया, विरक्त होकर विमला ने सिटकनी खोलकर देखा तो डॉक्टर थे।

विमला का हृदय अभिमान से भर आया, वह बगैर कुछ कहे अपने कंबल पर आकर बैठ गई। उसका मलिन बदन, अविन्यस्त वेशभूषा तथा उदास चेहरा देखकर डॉक्टर को बड़ा क्लेश हुआ वे व्यथित होकर बोले, "विमला तुमने यह क्या गति बना ली है? अब तुम्हारी उदासी किसलिए है? तुम्हें तो खुश होना चाहिए, बिल्ली के भाग छीका टूटा! उन लोगों ने खुद ही संबंध तोड़ दिया। तुम तो यही चाहती थी।"

विमला, "अम्मा और बाबूजी की तरफ तो देखो।"

डॉक्टर, "पर क्या किया जाए? इसमें किसी का दोष भी नहीं है, खैर उन लोगों के लिए तो दुःख करने की बात ही है। पर तुम्हारे चुपचाप पड़े रहने की क्या वजह है?"

सजल नेत्रों से भाई की तरफ देखकर विमला ने कहा, "मैं किसी को अपना मुँह नहीं दिखलाना चाहती।"

डॉक्टर हँस पड़े और बोले, "पागल, इसके लिए कौन सी शर्म की बात हो गई?"

विमला, "मैं इस बारे में निर्दोष नहीं हूँ।"

डॉक्टर बात समझ न सके, वे कुछ और ही सोच रहे थे। लेकिन अपने मन की बात कहते संकोच के मारे जुबान नहीं खुल रही थी। थोड़ी देर इधर-उधर करके बोले, "मालती तुम्हें पूछ रही थी।"

विमला, "हाँ अब उसका क्या हाल है?"

डॉक्टर, "कल किसी तरह उसे पता लग गया कि बीमारी क्या है, सुनते ही बेहोश हो गई, होश में आई तो बहुत समझाया गया, पर वह रोती ही रही। बड़ी परेशान थी, वकील साहब बेचारे बड़े चक्कर में थे, उन्हें यही फिक्र थी कि अब उसके साथ शादी कौन करेगा? क्या होगा? उन लोगों की हालत इतनी दर्दनाक थी कि मुझसे रहा न गया, मैंने वकील साहब से कह दिया कि अगर कोई राजी नहीं होगा तो मैं इसके साथ ब्याह कर लूँगा।"

विमला ने विस्मित होकर डॉक्टर के मुँह की तरफ देखा, चेहरे पर विवशता का कोई चिह्न नहीं था, केवल हार्दिक आनंद की आभा झलक रही थी। आँखों में सफलता क्रीड़ा कर रही थी। विस्मय के वेग को दमन करके विमला हँसने की चेष्टा करती हुई बोली, "अच्छा किया भइया, मुझे भी मालती की बड़ी चिंता थी। मुझे बड़ी खुशी हुई।"

डॉक्टर, "पर अम्मा कैसे राजी होंगी?"

विमला समझ गई कि विवाह में विलंब अब इन्हें असह्य है, वह बोली, "अम्मा का हाल तो देखते ही हो, वे इस वक्त एक जबरदस्त आघात सह चुकी हैं।"

इस खबर से उन्हें खुशी या रंज कुछ भी नहीं होगा। मालती का हाल वे जानती हैं, इस दशा में उन्हें आपत्ति बहुत हो सकती है, पर मेरी समझ में वे कोई ऐतराज नहीं करेंगी। उन्हें इतनी ताकत ही नहीं है।"

डॉक्टर, "पर उनसे कहेगा कौन?"

विमला (मुसकराकर), "मेरी समझ से 18 तारीख बेकार नहीं जानी चाहिए, आखिर तैयारियों में इतने रुपए बरबाद हुए हैं तो वे किसी काम में लग जाएँ तो अच्छा है। लगे हाथों यह काम निपट जाए। मैं जाती हूँ अम्मा से कहने, पर पहले वकील साहब को आना चाहिए।"

डॉक्टर, "उनकी हिम्मत ही नहीं पड़ती, कहते थे कि अपने मुंशीजी को पत्र लेकर भेजेंगे। मैं अब जाता हूँ, जैसा हाल हो खबर देना।"

विमला, "अम्मा के पास होकर जाना।"

डॉक्टर, "आज नहीं, कल उनसे मिलूँगा।" डॉक्टर चले गए, विमला बड़ी देर तक वहीं बैठी रही। मालती के साथ भइया के ब्याह की बात सुनकर भी उसे खुशी क्यों नहीं हो रही? मालती अपंग है क्या इसलिए, नहीं उसकी तो हँसी-खुशी जैसे सदा के लिए चली गई है। श्याम के लिए वह क्यों करे, प्राण देकर भी वह कुछ प्रतिकार नहीं कर सकती। आज उसने प्रथम बार महसूस किया कि वह कितनी बेबस है। क्या हुआ, जो वह जरी किनार की साड़ियाँ और मोती, हीरे के जेवर पहन सकती है या सुस्वाद भोजन कर सकती है अथवा उसकी सेवा के लिए नौकर-चाकर लगे हैं और उसे सारे ऐश्वर्य सुलभ हैं। लेकिन इस पर भी वह कितनी निर्बल है, कितनी दरिद्र है, उसके पास क्या है, जिसे लेकर वह मुकदमे का सामना कर सके। संसार में स्त्रियों की कैसी बुरी दशा है, वे कितनी असहाय हैं। पिता की अगाध संपत्ति की एक कौड़ी पर भी तो उनका स्वत्व नहीं होता। उनके लिए धर्म शास्त्र और कानून भी कितने निर्मम हैं। सोचते-सोचते विमला को रोना आ गया। चिंताग्रस्त मस्तिष्क जब सोचते-सोचते थक जाता, तब वह रोकर जी हलका कर लेती थी। आज भी वह लेटकर आँसू बहा रही थी। उसी समय सुशीला देवी प्रियव्रत के गले की आवाज सुनकर, वहाँ आईं। उन्होंने देखा प्रियव्रत वहाँ नहीं है, पर विमला सिसक-सिसककर रो रही थी। उसे रोते देखकर सुशीला देवी का मातृ हृदय कचोट उठा। उन्होंने आज तक यह न सोचा था कि विवाह संबंध टूट जाने से इसे भी कुछ दु:ख हो सकता है। वे तो मन में उलटे उससे ही सबसे ज्यादा चिढ़ी हुई थीं। आज विमला को रोते देखकर उन्हें अपनी गलती मालूम पड़ी। उनके नेत्र भर आए, उन्होंने करुण स्वर से कहा, "विमला!"

विमला चौंककर बैठ गई। माँ को देखते ही लज्जा से उसकी आँखें नीची हो गई, कोई बहाना न कर सकी।

सुशीला देवी बैठकर बोलीं, "जो कुछ हुआ वह हो गया। उसके लिए क्या अब हम लोग जान दे देंगे। उससे भी बढ़कर अच्छा घर मिल जाएगा। ऐसे नीचों के यहाँ संबंध न हुआ यह अच्छा ही हुआ।"

माता का भ्रम समझ विमला का हृदय विदीर्ण होने लगा, हाय क्षमामयी माँ, संतान के आँसू देखकर ही सारे अपराध भूल गईं। जैसे वे इस बारे में जरा भी दु:खी नहीं हैं। थोड़ी देर तक दोनों चुपचाप बैठी रहीं, फिर विमला बोली, "अम्मा एक बात कहूँ, अगर मानो।"

सुशीला, "कौन सी बात, कहो न।"

विमला, "मालती और भइया का ब्याह हो जाने दो।"

सुशीला (ताज्जुब से), "मालती तो बीमार थी, फिर भइया तो ब्याह करने को राजी ही नहीं है?"

विमला, "भइया ही राजी हैं, इस बार की बीमारी में मालती की कमर में कोई बीमारी हो गई है, जिससे वह उठ नहीं पाएगी, जहाँ ब्याह तय था वे लोग अब राजी नहीं हैं। वकील साहब बहुत घबरा रहे थे, यह सब देखकर भइया ने उनसे कह दिया कि वे मालती से शादी करेंगे।"

सुशीला देवी का मुँह गंभीर हो गया, वे बोलीं, "जब तय कर चुके तब बेकार पूछने आए, मैं क्या मना करती हूँ, जैसा जान पड़े करें। करते-करते ब्याह करने चले तो लूली-लँगड़ी लड़की से, मेरा मन होता है मैं जहर खाकर सो रहूँ, किसी को अपना मुँह न दिखाऊँ। मेरी सब अभिलाशा मिट्टी में मिल गईं, सोंचती थी कि लड़की-लड़के का ब्याह करके शहर भर को दिखा दूँगी। देखकर लोग वाह-वाह करेंगे पर एक भी साध पूरी न हुई। मेरा भाग्य ही खोटा है। किसी का दोष नहीं।"

विमला, "भाग्य मानती हो तो फिर यह भी सोंच लो कि जो बदा है वह जरूर होगा। मेरे और भइया के भाग्य में सुख होगा तो जरूर मिलेगा, अगर न बदा होगा तो कोई भी उसे बदल नहीं सकता।"

सुशीला, "जिसे जैसा जान पड़े करे, मुझे क्या करना है। अपने बाप से तो कहो।"

विमला के कुछ कहने के पूर्व ही रायबहादुर साहब वहाँ आकर खड़े हो गए, विमला ने कुरसी उनके सामने रख दी और सिर नीचा करके बैठ गई, लेकिन वे खड़े रहे।

सुशीला, "लड़की सूखकर आधी रह गई।"

राय., "क्यों उसे क्या करना है?"

सुशीला, "वही तो मैं भी कहती हूँ कि चिंता करने को तो हम लोग ही बहुत हैं।"

राय., "चिंता किस बात की? मैं इसी साल इससे भी बहुत अच्छे घर में विमला

की शादी करूँगा। उस कमीने के यहाँ मेरी लड़की नहीं गई यह बड़े भाग्य की बात समझो।"

विमला बात बदलने के लिए बोली, "बाबूजी, जिलेदार साहब और वह बंगाली अब कैसे हैं, कुछ हाल मिला?"

राय., "हाँ बंगाली तो अच्छा है, पर जिलेदार साहब की तबीयत अच्छी नहीं है। उनको बहुत चोट लगी थी।" सुशीला देवी ने पूछा, "क्या गाँव वालों पर मुकदमा चलाओगे?"

राय., "मैं क्यों चलाऊँगा, सरकार खुद चला चुकी है, बीसों आदमी पकड़े गए हैं। सारा गाँव तबाह हो गया है। अब सालों को पता चलेगा कि जमींदार से बिगाड़ करने से क्या मजा मिलता है। औरतों के जेवर तो पुलिस को खुश करने में चले गए, बैल बेंचकर वकील किए जा रहे हैं।"

विमला, "वकीलों ने तो शायद बगैर फीस के काम करने को कहा था?"

राय., "हाँ दो एक लोगों ने कहा था कि हम बगैर फीस के मुकदमा लड़ देंगे, पर बाद में वे ही कहने लगे कि रायबहादुर साहब के गाँव का केस है, हम बीच में नहीं पड़ सकते।"

विमला, "यह बहाना अच्छा मिला।"

राय बहादुर साहब ने कहा, "मैं अब जाता हूँ, क्लब में जाने का वक्त हो गया है।"

सुशीला, "भइया की कोई बात सुनी?"

राय., "क्यों, मैंने तो कुछ नहीं सुना?"

सुशीला, "रमाकांत नाथ की लड़की से शादी करनेवाले हैं।"

राय., "कौन रमानाथ?"

सुशीला, "पं. रमानाथ, वकील और कौन।"

राय बहादुर एकदम आपा से बाहर होकर बोले, "करते हैं तो करैं, मैं उस नालायक को अपना लड़का ही कब समझता हूँ?"

सुशीला देवी ने आहत होकर कहा, "ऐसी बात मुँह से न निकालो, सयाने लड़कों का ब्याह करने से तो यह होता ही है, जहाँ मन होगा करेंगे।"

क्रोध से भरकर रायबहादुर साहब यह कहते हुए बाहर चले गए कि तो करें क्यों न? उसे रोकता कौन है? मुझसे कोई मतलब नहीं है।

*

शाम के साढ़े चार बजे विमला अपनी कार में बैठकर मेडिकल कॉलेज पहुँची। जिलेदार साहब जनरल वॉर्ड में एक चारपाई पर पड़े थे, अवस्था अत्यंत शोचनीय थी।

उनकी चारपाई पर उनका लड़का बैठा था, सामने स्टूल पर शोकाविभूत पत्नी थीं। विमला भी धीरे-धीरे चारपाई के पास जाकर खड़ी हो गई, आँखों से आँसू बरबस गिरने लगे। विमला को देखकर जिलेदार साहब के लड़के ने कहा, "अम्मा स्टूल छोड़ दो।"

जिलेदार की पत्नी उठकर खड़ी हो गई और ठंडी साँस लेकर बोलीं, "आओ बेटी, हमारी तो तकदीर जानो फूट गई है।"

विमला ने भर्राए हुए गले से कहा, "आप बैठी रहें चाची, मैं ठीक हूँ, मुझसे देखा नहीं जाता।"

उसी समय दूसरी तरफ से कई आदमी आए, जो जिलेदार साहब के मित्र और संबंधी थे। विमला वहाँ से हटकर दूसरी तरफ चली गई। नौ नंबर का मरीज सुरेश था उसे यद्यपि सांघातिक चोट नहीं आई थी, पर हाथ की हड्डी टूट गई थी, जिससे वह हट्टा-कट्टा युवक हॉस्पिटल में बंदी था। विमला बड़े साहस के साथ उसकी खाट के पास जाकर खड़ी हुई और धीरे से बोली, "अब कैसी तबीयत है सुरेश बाबू?"

सुरेश ने आज अस्पताल में पहली बार विमला को देखा, पर उसे एक ही नजर में देखते ही वह पहचान गया। प्रसन्नता से भरकर बोला, "तबीयत में कोई खराबी नहीं है, सिर्फ हाथ जरा बेकाम हो गया है, वह भी धीरे-धीरे ठीक हो रहा है। कृपा करके बैठिए।"

विमला जरा इधर-उधर करके स्टूल खींचकर बैठ गई। फिर बोली, "यहाँ से निकलकर क्या फिर आप जगदीशपुर जाइएगा?"

सुरेश ने मुसकराकर शिष्टतापूर्वक कहा, "ना बाबा, जगदीशपुर तो मैं जाऊँगा नहीं, प्रसाद पा गया।"

विमला भी होंठों में ही मुसकराई और बोली, "क्या इतने ही से घबरा गए?"

सुरेश, "घबराया नहीं, पर इसे मैं बेकार समझता हूँ।"

विमला, "बेकार समझते हैं, तो वहाँ क्यों उपदेशक बन बैठे थे?"

सुरेश, "अजी उपदेशक क्या बन बैठा, मैं तो समय बिताने का एक साधन बना बैठा था। वैसे तो मेरा कुछ दूसरा ही सिद्धांत है। हम लोग व्यर्थ की बहसबाजी नहीं करते, न उपदेशक या नेता ही बनना चाहते हैं। हम लोगों का रास्ता ही दूसरा है?"

विमला, "वह रास्ता कौन सा है? क्या मैं पूछ सकती हूँ?"

सुरेश, "पूछ क्यों नहीं सकतीं, पर अगर मैं बताने लगूँ तो अभी आप मुझसे दस गज दूर जा खड़ी होंगी।"

विमला, "नहीं! नहीं! ऐसा कुछ नहीं होगा, मैं समझती हूँ आप आतंकवादियों के दल में से है। शायद मेरा अनुमान झूठ नहीं है?"

सुरेश (धीरे से), "आपका अनुमान सही है, मुझे जेल का या फाँसी का डर नहीं

है, वह तो मेरे सिर पर ही टँगी है, पर मेरा उद्देश्य यही है कि हम लोग ज्यादा-से-ज्यादा देश की सेवा कर सकें इसीलिए अपने को पुलिस की नजरों से छिपाए रखते हैं?"

विमला, "पर आपने जगदीशपुर में तो अच्छी देश सेवा की।"

सुरेश, "क्षमा कीजिए! मैं इसके लिए लज्जित हूँ। मुझे रत्ती भर भी गुमान नहीं था कि मेरे जरा से लेक्चर यह मुसीबत ढाह देंगे, बेचारे जिलेदार साहब तो अब बहुत बीमार हैं। क्या आप उन्हें पहली बार ही देखने आई हैं?"

विमला, "हाँ, आ नहीं सकी उसका अब खेद है।"

सुरेश थोड़ी देर तक चुप रहा, फिर बोला, "आपको देखकर मुझे बड़ी खुशी होती है कि आप एक आदर्श देवी हैं, और स्त्रियों की तरह गुड़िया या छुई-मुई का पेड़ नहीं हैं। क्या श्यामाचरण आप ही के रिश्तेदार हैं।"

विमला चौंक पड़ी, उसकी छाती धड़कने लगी। उसने उद्विग्न स्वर से कहा, "कौन श्यामाचरण? क्या आप उन्हें जानते हैं?"

सुरेश, "हाँ जानता हूँ, वे आजकल जेल में हैं।"

विमला, "पर आपने उन्हें मेरा रिश्तेदार कैसे समझा?"

सुरेश धीरे से, "बात यह है कि हम लोगों में अकसर जब स्त्रियों के बारे में बहस छिंड़ा करती थी, तब वे आपका उल्लेख करके कहा करते थे, कि आप कैसी हैं। किस तरह बड़े आदमी की लड़की होकर भी गरीबों पर दया करती हैं। उनकी मुसीबत में कितनी सहायता की, उनका लड़का तो शायद आप ही के पास है?"

विमला के दोनों उज्जवल नेत्रों से ज्योति सी निकलने लगी। आज उसने वह वस्तु पाई थी, जिसे पाकर वह अमर हो सकती है। सुरेश की तरफ कृतज्ञ नेत्रों से देखकर बोली, "हाँ उनका लड़का मेरे ही पास है, और कहाँ जाएगा? क्या वे अपने लड़के की याद करते थे? मैं तो समझती थी उन्हें उस बिचारे की सुध ही नहीं हैं।"

सुरेश, "नहीं! नहीं! याद क्यों नहीं करते थे, बेचारे बड़े दु:खी हैं। मेरे यहाँ तीन महीने से बराबर रहते हैं, मेरी उनके साथ अच्छी मित्रता हो गई है। आदमी बड़ा दु:खी है। आपकी तारीफ करते उनकी जबान नहीं थकती थी, जैसे श्यामाचरण ने वर्णन किया था। मैंने उससे भी बढ़कर आपको पाया।"

विमला कुछ कहनेवाली थी कि घंटी बजने लगी, वह उठकर खड़ी हो गई और बोली, "नमस्ते सुरेश बाबू, जरा जिलेदार को देखना है कल फिर आऊँगी।"

सुरेश, "नमस्ते! आपने बड़ी तकलीफ की, मैं तो यहाँ से अब अपने को बाहर करना चाहता हूँ।"

विमला दुबारा नमस्ते करके, जिलेदार की तरफ चली।

डॉक्टर के साथ मालती का विवाह हो ही गया। बिल्कुल आडंबर शून्य और धूमधाम से रहित। विमला किसी तरह ब्याह में योग दे रही थी। पिता से छिपकर वह दुकान जाती और विवाह विषयक सारे मंगल अनुष्ठान पूरे करती। चढ़ावा के लिए वह अपने जड़ाऊ कंगन और मोतियों का हार और बनारसी जोड़ा दे आई थी। बेचारी सुशीला देवी बाणविद्धा हरिजी की तरह अपने बंदीगृह ऐसे राजमहल में छटपटाकर रह गईं। न उन्होंने पुत्र की मंगल कामना में पूजा-पाठ किया न विवाह की कुशलता के लिए कुल प्रथाओं को पूरा किया। विमला की जैसी समझ थी वैसा ही उसने ज्यों-त्यों काम चला दिया।

शादी की सब रस्में पूरी हो गईं, मालती अपने पिता के घर में ही थी। विमला ने सोचा आज उसे देख आए। चुपचाप मोटर मँगाकर पहले दुकान पर गई। डॉक्टर साहब बोले, "कहाँ जा रही हो विमला?"

विमला, "जाती हूँ वकील साहब के यहाँ, ससुराल के रिश्ते में मालती को आशीर्वाद दे आऊँ।"

डॉक्टर की आँखें सजल हो उठीं, वे बोले, "विमला सबकी निगाह में मेरा यह काम बहुत बुरा होगा, पर मैंने अपनी आत्मा के साथ अन्याय नहीं किया। भगवान् के दिए हुए जीवन को मिट्टी में मिला देने का अधिकार मनुष्य को नहीं है। चारों तरफ इस विवाह के लिए निंदा हो रही है। पर मैं जानता हूँ कि असली बात यही है कि लोग दावत खाने, तमाशा देखने से वंचित हुए हैं, इसी से नाराज हैं। राय बहादुर साहब के लड़के की शादी से लोग बड़ी-बड़ी आशाएँ किए थे।" इतना कहकर डॉक्टर मुसकरा उठे पर वह मुसकराहट करुणा पूर्ण थी।

विमला ने कहा, "थोड़े दिन की बात है, सब लोग भूल जाएँगे और बाबूजी भी क्या हमेशा थोड़े नाराज रहेंगे। तुमने यह विवाह करके बड़ा बड़प्पन का काम किया, मैं इसके लिए तुम्हें साधुवाद देती हूँ भइया!"

डॉक्टर, "जाओ लौटकर यहीं आना।"

विमला, "तुम भी चलो।"

मुसकराकर डॉक्टर ने कहा, "बगैर बुलाए मेरा जाना ठीक नहीं।"

डॉक्टर हँसते हुए विमला को मोटर तक पहुँचा आए।

विमला वकील साहब के यहाँ जरा सकुचाती हुई कमरे में जाकर बोली, "जी।"

प्रमिला झट से बाहर आकर बोली, "आओ विमला, तुम तो अब आती ही नहीं, चलो बैठो।"

विमला (जरा हँसकर), "अब भला मैं रोज-रोज कैसे आ सकती हूँ? भाई की ससुराल भी कहीं जाया जाता है?"

प्रमिला जोर से हँस पड़ी और बोली, "अच्छा, अच्छा! आज आ गई तो बड़ी कृपा की। गा-बजाकर ब्याह करा ही तो दिया।" इतना कहकर दोनों अर्थ पूर्ण हँसी हँस पड़ीं।"

मालती के कमरे में जाकर विमला ने देखा, वह सिंदूर भरी माँग में अत्यंत शोभामयी लग रही है, रोग या चिंता का चिह्न तक नहीं है। विमला को देखकर मालती परिपूर्ण सुख से हँसकर चादर में छिप गई।

मालती के सिरहाने बैठकर विमला ने कहा, "अजी भावज साहिबा जरा मुँह तो दिखाओ, मैं मुफ्त तो देखूँगी नहीं, कीमत दे दूँगी।"

प्रमिला ने एक गिन्नी मालती के हाथ में देकर बड़प्पन भरे स्वर में कहा, "लड़कपन न करो मालती, विमला के पैर छुओ।" लेकिन चिर सहचरी विमला के पैर छूने में मालती को बेहद लज्जा आ रही थी। उसने चादर के भीतर से हाथ बढ़ाकर विमला का पैर अपनी तरफ खींचा। विमला हँसी रोककर पलंग पर पैर रखकर बैठ गई, उसी समय मालती ने चादर उतारकर विमला के पैरों पर अपना सिर रख दिया। उस वक्त सचमुच मालती की आँखों से आँसू बहने लगे। विमला ने मुँह फेर लिया। उसकी भी आँखें सूखी नहीं थीं। फिर उसने मालती की उँगली में हीरा की अँगूठी पहनाकर परम स्नेह से उसका हाथ चूम लिया। दोनों के हृदयों में भावों की बाढ़ सी आ गई।

प्रमिला एक थाली में बहुत सी मिठाई लेकर आई और बोली, "अब दोनोंजनी साथ-साथ खाओ, यह रस्म भी पूरी हो जाए।"

विमला, "मैंने तो मिठाई खाना छोड़ दिया है जीजी! जरा से चने ले आओ।"

प्रमिला ने समझा विमला मजाक कर रही है, वह बोली, "उठो हाथ धोओ!"

विमला, "नहीं जीजी हँसी नहीं कर रही हूँ, मैंने पूस की बड़ी सक्रांत से सालभर के लिए सब चीजें छोड़ दी हैं।"

प्रमिला, "तुम भी एक-एक स्वाँग किया करती हो, तो ठहरो मैं पूरियाँ बनाए लाती हूँ।"

विमला, "पूरियाँ कौन खाएगा? मैं क्या घी खाती हूँ।"

प्रमिला, "क्या घी भी छोड़ दिया है? खाती क्या हो?"

विमला (मुसकराकर), "रोटी खाती हूँ, तुम संकोच क्यों करती हो, चने ले आओ।"

प्रमिला, "तब रहने दो क्या जरूरत है।"

विमला, "वाह भावज के साथ ननद के खाने की रीति होती है। तुम क्या मेरा नेग मारनेवाली हो?"

प्रमिला क्या करे, चने भुनवाकर एक तश्तरी में रखकर ले आई, उसी में थोड़ी

मिठाई भी रख दी थी। विमला ने चने खा लिये और मालती को मिठाई का टुकड़ा खिला दिया। प्रमिला ने फिर एक गिनी मालती को देकर कहा, "जूठन खवाई का नेग दो।"

विमला, "मैं गिनी क्या करूँगी जीजी, एक रुपए दे दो।"

प्रमिला ने खिन्न होकर कहा, "हम लोगों ने दिया ही क्या है, ऐसा भाग्य ही नहीं है, गिन्नी लेने से तुम मना मत करो। विमला, मुझे बड़ा दुःख होगा।"

विमला ने दोनों गिन्नियाँ रूमाल में बाँध लीं। प्रमिला ने कहा, "कभी-कभी आ जाया करो विमला, तुम्हारे आने से बड़ी खुशी होती है।"

विमला, "मेरी भी तबीयत तुम लोगों में लगी रहती है, इधर जरा फुरसत कम थी।"

मालती क्या बात करे, कुछ सोचकर बोली, "कॉलेज क्यों छोड़ दिया?"

विमला, "पढ़ने में जी नहीं लगता था, इसी से छोड़ दिया। अच्छा अब जाने दो घर में किसी से कहकर नहीं आई। लोग सोचते होंगे कहाँ गई?"

प्रमिला, "क्या किया करती हो? पहले तो तुम जरा देर भी बेकार न रहती थी, अब इतनी आलसी क्यों हो गई हो, सोंच क्या रही हो?"

विमला कुछ हँसकर बोली, "सोच यह रही हूँ कि मालती को हमेशा समझाती रही कि ब्याह मत करो, पर यह मानी ही नहीं और अपने साथ भइया की प्रतिज्ञा भी तोड़ दी। अब मैं जान गई कि इन लोगों से कुछ कहना चिकने घड़े पर पानी डालना है। नहीं भाई, तुम लोग मुझे बातों में ही लगाए रखोगी, लो मैं जाती हूँ।"

प्रमिला जरा मुसकराकर बोली, "अपने भइया से कहना, आते क्यों नहीं, क्या नाई भेजूँ? अपने मरीज की भी फिक्र नहीं है?"

विमला और प्रमिला ने मालती की तरफ देखा, उसका मुख शर्म से सिंदूर हो रहा था। उसने पड़े-ही-पड़े गिलास का पानी प्रमिला के ऊपर फेंककर कहा, "और बकोगी?"

प्रमिला धोती निचोड़ती हुई बोली, "नेकी का जमाना नहीं है, मैं तो तुम्हारे मन की बात कह रही थी और तुमने ऐसे जाड़े में मुझे नहला कर रख दिया। विमला सच कहती हूँ डॉक्टर से कह देना, अब मैं रात-रात भर बीमार को लेकर नहीं रह सकती, अपना देखें-भालें आकर।"

मालती, 'कौन तुमसे रातभर रहने को कहता है, अब क्या मैं जन्म भर मरीज ही बनी रहूँगी।" इतना कहते ही उसे अपनी दशा का स्मरण हो आया और वह उदास हो गई।

प्रमिला ने कहा, "मजाक नहीं विमला, तुम उन्हें भेज देना। बुआजी अपने कुछ रस्म करनेवाली हैं।"

विमला ने मुसकराकर कहा, "अच्छा भेज दूँगी। नमस्ते भाभी साहिबा!"

मालती ने तनिक मुसकरा दिया, आज तक जितने संबोधन उसने सुने थे, जीजी, बुआ, मौसी, उन सब में मधुर यह नाम था भाभी।

विमला अपनी मोटर पर बैठकर बोली, "पहले भइया के यहाँ चलना राम सिंह।"

*

सुबह विमला नहा-धोकर धूप में बैठी थी कि कहार रामसरन ने अखबार लाकर उसके हाथ में दे दिया। जाने क्यों विमला की दाहिनी आँख फड़क उठी और उसका जी धक से हो उठा। उसने जल्दी से अखबार खोला, आज भी ऊपर ही ज्वलंत अक्षरों में लिखा था—तीनों क्रांतिकारियों को सजा—बनारस जिला के हरिपुर के डाकावाले मामले में पकड़े हुए, तीनों व्यक्तियों का मुकदमा आज खत्म हो गया। फैसले में जज ने बंगाली युवक यतीन्द्र नाथ बोस को पाँच साल की सख्त सजा, मुसलमान युवक रहमान और श्यामाचरण को कालापानी की सजा दी है। भाग्य का फैसला हो गया। विमला की आँखों के सामने काले-काले अक्षर घटा की तरह छा गए और हाथ-पैर सुन्न से हो गए। वह चुपचाप बैठी रह गई, आँखों में जलन सी हो रही थी।

अब क्या होगा? वह क्या करेगी? दु:ख और निराशा ने उसे इतना मर्माहत कर दिया कि उसमें रोने की भी ताकत नहीं रह गई। आँखों के सामने श्याम की सूरत आ गई, आह वे क्यो सोंचते होंगे? अभी सुमित्रा की मृत्यु का आघात पाए ही उन्हें कितने दिन हुए। इस विपत्ति ने शायद और भी अधीर कर दिया होगा, पर यह कुमति उन्हें किसने दी, जान-बूझकर ही तो उन्होंने आफत मोल ली है।

विमला के कलेजे में ऐसी पीड़ा हो रही थी, जिससे वह छटपटा उठी। क्या करे? किससे कहे? कौन सुनेगा? किसे सहानुभूति होगी? वह तो जीवन देकर भी कुछ प्रतिकार नहीं कर सकती। इच्छा तो होती है कि सिर पटककर प्राण दे दे और इन चिंताओं से सदैव के लिए मुक्त हो जाए।

विमला का कुमारी हृदय जो एक निबिड़ तपस्या में लीन था, आज सजग हो उठा। नारी का हृदया जिसे प्यार करता है उसे सर्वस्व देकर, समर्पण की भावना उसमें इतनी प्रबल होती है कि जिसके कारण वह किसी प्रकार की बाधाओं और कष्टों से नहीं डरती। विमला जल्दी-जल्दी छत पर टहल रही थी। उसके चेहरे पर एक रंग आता और एक रंग जाता था।

उसी समय फट-फट, जूतों की आवाज करते हुए डॉक्टर ने जल्दी-जल्दी वहाँ आकर पुकारा, "विमला!"

विमला ने झट से अखबार चटाई के नीचे छिपा दिया और खाँसकर बोली, "क्या है?"

डॉक्टर ने बगैर उसकी तरफ ध्यान दिए हुए कहा, "विमला, सुना जिलेदार साहब के मर जाने से गाँव-का-गाँव तबाह हो गया है, तमाम आदमी पकड़े गए हैं। जैपाल चौधरी और उनके लड़कों को तो हवालात में कल से बंदकर दिया गया है। कई आदमी आकर मेरे पास रोने लगे। बताओ मैं क्या कर सकता हूँ? क्या तुम जगदीशपुर जाओगी?"

विमला डॉक्टर का मनोभाव समझ गई कि वे स्वयं न जाकर मुझे भेजकर कर्तव्य पूरा करना चाहते हैं। वह उदासीन भाव से बोली, "चली जाऊँगी।"

डॉक्टर, "हाँ इस वक्त हमारी सहानुभूति की उन लोगों को बड़ी जरूरत है। अगर तुम वहाँ ऐसे वक्त पर नहीं जाओगी तो तुम्हारा इतने दिन का सब किया-कराया व्यर्थ हो जाएगा।"

विमला, "क्या किया है, जो व्यर्थ हो जाएगा। हाँ चली जाऊँगी। मुझे जैसे यहाँ वैसे जगदीशपुर, क्या आज ही जाना होगा?"

जरा खेद और विस्मय के साथ डॉक्टर ने कहा, "जाना होगा का क्या मतलब, तुम्हारा मन नहीं है क्या? मत जाओ! मैं चला जाता पर बाबूजी का डर है।"

विमला इस बात पर तनिक मुसकराई और बोली, "नहीं, नहीं! तुम मत जाओ। मैं चली जाऊँगी, क्या अभी लौट जाओगे?"

डॉक्टर, "हाँ और क्या, बाबूजी आते होंगे, उनके सामने पड़ने की हिम्मत नहीं होती।"

विमला, "तो जाओ वे आते ही होंगे।"

विमला का चित्त उस समय एकांत चाहता था, किंतु जैसे ही डॉक्टर साहब गए, उसकी माता वहाँ आ गईं और बोली, "क्या भइया बोल रहे थे?"

विमला, "हाँ भइया ही थे। क्या तुमसे नहीं मिले?"

सुशीला, "मैं क्या जानूँ कि कहाँ आए कहाँ गए, मुझसे अब कौन मतलब रह गया है, जहाँ बहू का मुँह देखा बस दुनिया भूल गए।"

विमला, "नहीं अम्मा यह बात नहीं है, बाबूजी के डर से भइया यहाँ नहीं ठहरते। जरूरी काम से आए थे। मालती बड़ी अच्छी लड़की है। बेचारी बीमारी को क्या करे। पर रूप-रंग और शील-स्वभाव में कोई उसकी बराबरी नहीं कर सकता। अब जो होना था वह तो हो ही गया। ब्याह तो लौट नहीं सकता, अम्मा! भाभी को यहाँ बुलाकर रखो तो भइया भी आने-जाने लगे। एक दिन मौका देखकर बाबूजी से कहना कि वे भाभी को ही अपनी लड़की क्यों नहीं समझते।"

विमला की आँखों में बरबस आँसू आ गए। वह मुँह फेरकर चुप हो गई, सुशीला देवी ने कुछ समझा नहीं पर उनके मन में कोई तरह का भाव न आया हो ऐसा नहीं था।

विमला ने फिर कहा, "भाभी को यहीं बुलाकर रखना नहीं तो तुम कैसे रहोगी अम्मा!"

सुशीला ने समझा शायद यह अपने विवाह के बाद ससुराल जाने की बात कह रही है, ईश्वर वह दिन तो दिखाए, जब विमला राजी-खुशी अपनी ससुराल में जाकर रहे। वे बोलीं, "मैं तो यही चाहती हूँ, दुलहिन यहाँ आ जाए तो भइया भी आने-जाने लगें।"

विमला ने अपने स्वर में बालकों का ऐसा भाव लाकर कहा, "मुझे बड़ी भूख लगी है।"

सुशीला (चिंतित), "क्या अभी कुछ खाया नहीं? अरे महराजिन तुम लोग कैसी हो विमला को नाश्ता क्यों नहीं दिया? हलवा ही बना दो।"

महराजिन प्रतिज्ञा की रक्षा न कर सकीं, भुनभुना कर बोलीं, "हलवा कौन खाएगा। बिटिया तो महीनों से खाली नमक-रोटी खाती हैं।"

विमला जल्दी से बोल उठी, "वाह खाती क्यों नहीं हूँ। दोपहर में रामायण सुनने का मन हो तो जल्दी से कुछ बना लाओ।"

बहुत दिन बाद विमला के मुँह से पहले की तरह बातचीत सुनकर महराजिन प्रसन्न होकर हलवा बनाने चली गईं। विमला भी अपने कमरे में जाकर बैठ गई। थोड़ी देर में हलवा बनकर आ गया।

विमला ने अर्थहीन दृष्टि से तश्तरी की तरफ देखा, फिर उठाकर बॉक्स के पीछे ठेल दिया। महरी वहाँ झाड़ू लगाने आई तो विमला ने अपनी एक रेशमी साड़ी उसे देकर कहा, "भइया के ब्याह में तुम लोगों को कुछ नहीं मिला, यह साड़ी ले जाओ, अम्मा से मत कहना।"

न जाने सवेरे किस भाग्यवान का मुँह देखा था, जो रेशमी साड़ी और रुपयों की प्राप्ति हुई, महरी विमला को आशीर्वाद देने लगी, "बिटिया भगवान् तुम्हें रानी बनावै, गरीब का मान रखा, सुखी रहौ।"

विमला ने सर्वान्तःकरण से इस आशीर्वाद को ग्रहण किया। महरी साड़ी को आँचल में छिपाकर चली गई। सामने कहार रामू बालटी लिये जा रहा था, विमला ने उसे पुकारकर कहा, "रामू तुम्हारे लड़के का ब्याह कब है?"

रामू, "रुपैया-पैसा का इंतिजाम हो जाए तब होवै हजूर!"

विमला ने उसे 50 रुपए देकर कहा, "अब हो जाएगा?"

रामू आनंद और विस्मय से विह्वल हो उठा, उसने कृतज्ञ कंठ से कहा, "अब हो जाएगा। कल तनखाह भी मिल जाएगी। रामजी भला करें।" एक लंबी सलाम करके रामू चला गया। विमला के नेत्रों से आप ही आप आँसू बह रहे थे। लेटर पेपर निकालकर

उसने एक पत्र लिखा और लिफाफे पर पता में सिर्फ 'भइया के लिए' लिखकर पैड के नीचे दबा दिया और नीचे उतर गई।

जीने पर रामू खड़ा था सलाम करके बोला, "यह खत अभी एक आदमी दे गया है, मैं रोक रहा था, पर रुका नहीं, कहा जरूरी खत है।"

विमला ने जरा आश्चर्य के साथ पत्र इधर-उधर करके देखा। डाक से नहीं आया था, कौन दे गया है। उसका जी धक-धक करने लगा। पते पर अपरिचित अक्षर थे। उसने जल्दी से पत्र खोला उसमें लिखा था—

श्री कुमारी विमला देवीजी!

आप जगदीशपुर वाले उपदेशक और मेडिकल कॉलेज के नौ नंबरवाले मरीज को अभी भूली नहीं होंगी। आज आपको एक खबर देने आया हूँ, शायद वह आपके लिए बहुत जरूरी है। श्यामाचरणजी का जिक्र आपसे कर चुका हूँ। मैं आपसे बता नहीं सकता कि डाकेवाले मामले में उन बेचारे का कितना हाथ है और वे कितने दोषी हैं पर कल विश्वस्त्र सूत्र से मैंने पता लगा लिया है कि सरकार उन्हें भी कालापानी भेजेगी, क्योंकि वे साधारण डाकू नहीं, वरन् राजद्रोह के अभियुक्त करार किए गए हैं। एक-आध दिन में खबर छप जाएगी।

मैं इस घोर अन्याय का घोर विरोध करूँगा मेरा समय आ गया है। मैं आपके तथा मित्र श्यामाचरण के लिए अपना कर्तव्य पूरा कर जाऊँगा। अगर आप मुझसे मिलना चाहें तो जिस वक्त गवर्नर की ट्रेन चारबाग पहुँचे उसी समय स्टेशन पर मिल सकती हैं।

शुभचिंतक सुरेश (भाई)

विमला धप से जीने पर बैठ गई, होश आने पर सोचने लगी कि सुरेश क्या करेगा। कैसे अन्याय का विरोध करेगा, वह कैसा आदमी है। चार बज चुके थे, विमला अपने कमरे में जाकर जल्दी-जल्दी तैयार होकर नीचे आई। सुशीला देवी ने देखते ही टोका "कहाँ जा रही हो?"

विमला ने कमरे के बाहर होकर कहा, "भइया के यहाँ।" सुशीला देवी ने फिर कुछ नहीं कहा। विमला ने एक ताँगा रोककर कहा कि स्टेशन चलो। दरवाजे का चपरासी सलाम करके बोला, "मोटर लाने को कहूँ?"

विमला ने ताँगे के ऊपर बैठकर कहा, "नहीं कार में बाबूजी जाएँगे कोई जरूरत नहीं।"

लखनऊ जिला के अंतर्गत किसी रियासत के ताल्लुकदार जो अभी तक नाबालिग थे और रियासत कोर्ट ऑफ वॉर्डस के अधीन थी, अब स्वतंत्र हो रही थी, इसी खुशी में लखनऊ कैसरबाग वाली कोठी में आज महान् उत्सव का आयोजन हुआ था। बड़े-बड़े आदिमियों की दावत थी।

ताल्लुकदारों और सरकारी अधिकारियों की अच्छी-खासी भीड़ थी। छोटे लाट भी निमंत्रित थे। शाम को 6 बजे उनकी ट्रेन आनेवाली थी। पाँच ही बजे से उनके स्वागत के लिए स्टेशन पर लोग इकट्ठे होने लगे। राजपुरुषों और ताल्लुकदारों की मोटरों का ताँता बँधा था। डिप्टी कप्तान साहब और सुपरीटेंडेंट ऑफ पुलिस, सतर्क दृष्टि से निरीक्षण कर रहे थे। सशस्त्र पुलिस और खुफिया दल के लोगों का भी पहरा था। स्टेशन के कर्मचारी भी सुव्यवस्था बनाने में व्यस्त थे।

हमारे रायबहादुर पंडित चंद्रशेखर भी आए थे, उनकी बढ़िया रेशमी पोशाक अपने लड़के के खद्दर परिधान को मुँह चिढ़ा रही थी। अपनी गंगा-जमनी मूठवाली छड़ी लिये हुए वे प्लेटफॉर्म पर टहल रहे थे। उनका लक्ष्य था सबसे पहले गवर्नर की अभ्यर्थना करने का।

स्टेशन पर सैकड़ों बत्तियाँ जल रही थीं, उन्हें देखकर ही मानो अस्ताचलगामी सूर्य जल्दी-जल्दी छिपने की कोशिश करने लगे।

साढ़े 6 बजे स्पेशल ट्रेन चारबाग पहुँची। पुलिस ने सलामी दागी, लोगों ने हर्ष से जयध्वनि की।

पर यह क्या? जैसे ही गवर्नर अपने बॉडीगार्ड के साथ उतरकर खड़े हुए वैसे ही एक गोली सनसनाती हुई उनके कान के पास से निकल गई। स्टेशन भर में तहलका मच गया। पुलिस उच्च पदस्थ कर्मचारियों के मुँह पर हवाइयाँ उड़ने लगीं। चारों तरफ खोज होने लगी। स्टेशन पर आए हुए आदमियों में एक भी अगर गांधी टोपी पहने हुए मिला तो पुलिस ने तलाशी लेनी शुरूकर दी।

गवर्नर की कार स्टेशन से बाहर होते ही लोगों ने देखा एक युवती रमणी हाथ में रिवॉल्वर लिये फाटक के पास खड़ी है। उस पर किसे संदेह हो सकता था, पर रिवॉल्वर देखते ही लोग संत्रस्त हो उठे। इंस्पेक्टर ने आगे बढ़कर कहा···, "क्या आप ही ने गोली चलाई थी? मेहरबानी करके तमंचा इधर लाइए! लैसंस कहाँ है?"

युवती तमंचा फेंककर बेंच के ऊपर बैठ गई। जनता में एक अपूर्व भाव फैल गया। बहुत से व्यक्तियों को उस असीम साहस मयी युवती के ऊपर श्रद्धा हो रही थी। एक व्यक्ति ने कहा, "कप्तान साहब पहले जाँच तो कर लीजिए मुमकिन है ये कसूरवार न हों।"

कप्तान, "आप जानती हैं कि कितना बड़ा जुर्म आपके ऊपर साबित हो रहा है? क्या कोई उज्र कर सकती हैं? आपका नाम क्या है?"

युवती, "मेरा नाम विमला है। जानती हूँ कि मैंने जुर्म किया है।"

विमला का दृढ संकल्प से भरा चेहरा, कठोर और उत्तेजित भाव देखकर लोग विस्मय से भर कर आपस में कानाफूसी करने लगे।

कप्तान ने फिर कहा, "आपका पता क्या है?"

विमला, "मेरा पता आप ही मालूम हो जाएगा। मुझे कहाँ जाना होगा? मैं तैयार हूँ।" मैं आपको पहचानता हूँ। यह रायबहादुर पंडित चंद्रशेखरजी की लड़की हैं मिस विमला देवी।

विमला ने सिर उठाकर देखा तो उन्हें पहचान गई। उसके भाई को बहुत पहले पढ़ाने आते थे शारदा प्रसाद श्रीवास्तव।

कप्तान, "अफसोस, रायबहादुर साहब के ऐसे राजभक्त की लड़की होकर आपने यह काम किया।"

दरोगा, "रायबहादुर साहब तो अभी यहीं थे।"

इंस्पेक्टर, "थे पर लाट साहब के साथ ही चले गए।"

कप्तान, "हम आपको नजरबंद करके ले चलेंगे? कहिए तो आपके घरवालों को खबर भेजी जाए।"

विमला ने खड़े होकर कहा, "मैं अपने काम की खुद जिम्मेदार हूँ। किसी को जवाबदेह नहीं बनाना चाहती।"

जनता को काठ सा मार गया। एक प्रतिष्ठित नागरिक की अल्पवयस्का पुत्री का यह दुःसाहस। लोग एक-दूसरे का मुँह देखने लगे।

जब विमला मोटर में बैठकर चली, तब उसके मुँह पर तनिक भी चिंता या भय के भाव नहीं थे, चेहरा प्रतीप्त और प्रसन्न था।

सारे शहर में सनसनी फैल गई, बिजली की तरह यह समाचार व्याप्त हो गया। मोटर जब कांग्रेस के दफ्तर के सामने से निकली तो कुछ लोगों ने वंदेमातरम् कहकर अभिनंदन किया।

डॉक्टर प्रियव्रत कपड़े पहनकर ससुराल जाने की तैयारी कर रहे थे कि उनके पुराने मास्टर शारदा प्रसाद ने दौड़ते हुए आकर कहा, "प्रियव्रत! प्रियव्रत! क्या तुमने अभी तक कुछ नहीं सुना?"

डॉक्टर, "कहिए क्या हुआ? इतने घबराए हुए क्यों हैं? लाट साहब सकुशल पहुँच गए या नहीं?"

शारदा, "वही तो कह रहा हूँ, स्टेशन पर उनके आते ही एक गोली चली, पर जानते हो गोली किसने चलाई? तुम्हारी बहन विमला ने।"

"ए विमला ने गोली चलाई।" डॉक्टर को अपने कानों पर विश्वास नहीं हुआ।

विस्फारित आँखों से बोले, "क्या कहते हैं, मास्टर साहब!"

मास्टर, "हाँ! विमला ने गोली चलाई। उसने खुद स्वीकार भी कर लिया। पुलिस उसे नजरबंद करके ले गई है।"

डॉक्टर को चक्कर आने लगा। वे कुरसी पर बैठ गए। उनके सारे शरीर से पसीना निकलने लगा।

मास्टर, "उठो घबराओ नहीं। ऐसे काम नहीं चलेगा। जो कर सकते हो वह करो।"

डॉक्टर (विह्वल कंठ से ), "विमला ने गोली चलाई। नहीं वह ऐसा काम क्यों करेगी। आपको धोखा हुआ है, मास्टर साहब।"

मास्टर, "दुःखी होकर बोले, "दुर्भाग्य से मुझे बिल्कुल धोखा नहीं हुआ।"

डॉक्टर (व्याकुल होकर), "अब क्या होगा? क्या किया जाए? बाबूजी तो स्टेशन पर ही थे, अब कहाँ हैं?"

मास्टर, "वे तो गवर्नर के पीछे ही चले गए थे। वे क्या जाने कि किसने गोली चलाई।"

डॉक्टर खड़े हो गए। उनके पैर काँप रहे थे। कलेजा बल्लियों उछल रहा था। विमला को यह क्या सूझा, इस प्रश्न का उत्तर कौन देगा?

मास्टर ने कहा, "चलोगे थाने पर?"

डॉक्टर (मूढ़ भाव से), "क्या वहाँ चलने से कुछ हो सकता है?"

मास्टर (सिर खुजलाकर) "शायद जमानत भी न दी जाए।"

डॉक्टर ने जैसे हथौड़े की चोट खाई हो यों बेचैन होकर बोले, "तब क्या करूँ?"

मास्टर, "पहले घर जाओ। रायबहादुर साहब से कहो। अपने ससुर से सलाह लो। इस तरह घबराने से कैसे काम चलेगा?"

डॉक्टर, "मैं घबराकर भी क्या करूँगा। उसने अपने बचने का कोई उपाय भी तो नहीं छोड़ा।"

मास्टर ने संवेदना के साथ कहा, "क्या करोगे भाई! घर जाओ शायद वहाँ भी गई हो?"

डॉक्टर ने घबराकर कहा, "अरे! माँ का तो मुझे खयाल ही नहीं था। वह तो सुनकर जाने क्या कर बैठे। अब मैं सीधे घर ही जा रहा हूँ। मास्टर साहब!"

जनरव द्वारा यह समाचार जज साहब के घर भी पहुँच गया था। सब लोग विस्मय, भय और भावी विपत्ति की सूचना से गुमसुम हो गए थे। नौकर-चाकर इस विषय की आलोचना तक नहीं कर सकते थे।

डॉक्टर ने आते ही कहा, "अम्मा कहाँ हैं?"

उनका उड़ा हुआ चेहरा देखते ही सबने समझ लिया कि खबर कहाँ तक सत्य है।

महरी ने कहा, "ऊपर हैं।"

महरी, "उन्है अब हीं तक कोई खबर नहीं मिली।"

डॉक्टर (ताज्जुब से), "क्या तुम लोगों ने कुछ सुना है?"

महरी बहुत पुरानी थी, डॉक्टर और विमला को हाथों पर खेलाया था, उसकी आँखें भर आईं वह बोली, "खाली बहूजी को छोड़कर सब लोग सुन चुके है।"

लंबी साँस लेकर डॉक्टर ऊपर चले गए। दिमाग में आँधी चल रही थी, पैर मन-मन भर के हो रहे थे। सुशीला देवी अपने कमरे में पलंग पर लेटी थीं, महरी पैर दबा रही थी। डॉक्टर को देखते ही बोलीं, "विमला क्या तुम्हारे यहाँ गई थी, कहाँ है?"

डॉक्टर ने चारपाई पर बैठकर कहा, "मुझे मालूम नहीं। एक गिलास पानी दो सिर घूम रहा है।"

महरी पानी लाने दौड़ी। सुशीला देवी ने व्यग्र होकर कहा, "क्या हुआ? कैसा जी है?"

डॉक्टर ने पानी पीकर कहा, "अच्छा है।"

उनकी बात पूरी होने के पहले ही ठीक आँधी की तरह रायबहादुर साहब ने वहाँ आकर कहा, "अपनी लड़की की कीर्ति सुनी? क्या-क्या रत्न तुमने पैदा किया है?"

सुशीला देवी भयभीत होकर उनके मुँह की तरफ देखने लगीं, और डॉक्टर ठीक दो महीने के बाद पिता के सामने सिर झुकाकर खड़े हो गए। जैसे सजा उन्हें ही मिलनी चाहिए।

रायबहादुर क्रोध से अधीर होकर बोले, "क्या तुम लोगों ने नहीं सुना? विमला ने आज ऐसा काम किया, जिससे मेरी जिंदगी भर की आशाएँ धूल में मिल गईं। अब किसी को मुँह नहीं दिखा सकता, जी होता है जहर खा लूँ।"

सुशीला देवी का गला सूख रहा था, बड़े कष्ट से बोलीं, "क्या हुआ?"

रायबहादुर, "होने को बाकी क्या है? हत्यारिन ने स्टेशन पर छोटे लाट के ऊपर गोली चलाई, पुलिस उसे पकड़कर ले गई। मेरी मान, मर्यादा भी धूल में मिला गई और खुद तो फँसी ही है।"

सुशीला देवी को जान पड़ा जमीन धँसी जा रही है, और आँखों के सामने से रोशनी गायब हो रही है। मुँह से एक शब्द भी न निकला।

वे रोई नहीं, न विमला को कोसा, न भाग्य को, विफल मातृत्व के व्यर्थ अधिकार की लज्जा ने उन्हें वाक्यहीन बना दिया था। उनके हृदय में इस वक्त दया, स्नेह, ममता और क्षमा जैसे कोई भाव नहीं थे, थी सिर्फ अनासक्ति और कामना, शीघ्र मृत्यु पाकर मुक्ति पाने की।

जज साहब क्रोध, अपमान और निराशा से पागल हो रहे थे। विमला को चाहे आज फाँसी हो जाए, इसकी उन्हें इस समय चिंता नहीं थी। उन्हें इस वक्त आपने नाम और पद मर्यादा का ध्यान था। वे भयानक स्वर में बोले, "ऐसी संतान का न होना ही

अच्छा है जो माँ–बाप का उज्ज्वल वंश कलंकित कर दे।" डॉक्टर को वंश के कलंक की कोई फिक्र नहीं थी। वे जानते थे कि इससे वंश का गौरव बढ़ेगा, घटेगा नहीं, पर विमला का क्या होगा। यह चिंता उनका कलेजा मथे डालती थी। माँ–बाप को वहीं छोड़कर वे विमला के कमरे में गए। पर इतनी भी शक्ति नहीं थी कि वहाँ तलाशी ले सकें। बेहोश की तरह चारपाई पर गिर पड़े जैसे किसी ने अपने परमप्रिय आत्मीय की मृत्यु का टेलीग्राम पाया हो।

*

इस मुकदमे के लिए एक स्पेशल ट्रिव्यूनल बैठी। दो हफ्ते तक रोज चार घंटे मुकदमा होता रहा। डॉक्टर दिन भर परेशान इधर–उधर घूमा करते। वकील साहब भी जी–जान से परिश्रम कर रहे थे। इलाहाबाद से एक सुयोग्य बैरिस्टर और तीन वकील बुलाए गए। पानी की तरह रुपए खरच होने लगा। शोक से अवसन्न जज साहब ने न कोई राय दी न किसी तरह की बाधा।

दिन भार अखबारों और उपन्यासों को लेकर बिता देते। लेकिन अब उनका यशप्रिय चित्त भी बेकाबू होने लगा था। चुपचाप मुंशी लोगों से मुकदमे की खबरें पूछा करते थे और सुशीला देवी को तो जैसे अब किसी से माया मोह ही नहीं रहा। घर में चाहे आग लग जाए, वे नहीं देखती थीं, महरियाँ और महराजिन का जैसा मन होता वैसा इंतजाम करतीं। सिर्फ भोजन तैयार होते ही दोनों वक्त वे चौके में जा बैठतीं। उन्हें यह बरदाश्त नहीं होता था कि कोई उन्हें समझाने–बुझाने का अवसर पाए! लेकिन आज सुबह जब महरी एक तश्तरी में कई दिन का बना हुआ हलवा उठाकर लाई और बोली, "यह देखो बिटिया ने उस दिन खाया नहीं था। अभी बक्स के नीचे से निकला।"

सुशीला देवी को जान पड़ा जैसे किसी ने कलेजे में तेज चाकू भोंक दी हो। वे छटपटाकर बोलीं, "महरी मैं हाथ जोड़ती हूँ, मेरे सामने तुम लोग उसका नाम न लिया करो", और उनकी आँखों से आँसुओं की धारा बह चली। महरी भी व्यथित होकर रोने लगी। सुशीला देवी अपने अपमानित मातृत्व की लज्जा को छिपा रखना चाहती थी, पर कहाँ तक जब्त कर सके, वह हृदय नारी का था फिर भी माता का!

डॉक्टर साहब ने कमरे में बैठे–बैठे माता की दशा देखी, उनकी भी आँखों में आँसू आ गए। हतभागिनी विमला ने उन लोगों को कैसी गहरी चोट पहुँचाई है।

हलवा देखकर उन्होंने सोचा शायद और कुछ निकले, मुमकिन है उसने कोई खत लिखा हो। कल जब वे विमला से जेल में मिले थे तब वह जरा भी दुःखी या चिंतित नहीं लग रही थी। चेहरा जैसे पहले से हरा हो गया था।

मेज पर की चीजें इधर-उधर करने के बाद पैड हटाकर देखा एक लिफाफा उन्हीं के लिए रखा था। जल्दी से खोलकर पढ़ा, लिखा था—

11 मार्च, दोपहर

प्रिय भइया!

मैं शायद पागल हो गई हूँ, क्यों? यह बता नहीं सकती। पर मैं इस पागलपन में क्या कर बैठूँगी यह नहीं जानती न तुम उसके लिए मुझे दोष ही देना। इस घर में मैं अब रह नहीं सकती, क्योंकि अभी तक मुझे सहायता की जरूरत थी, तब तक आत्मीय जनों की भी आवश्यकता थी, पर अब अकेले ही तो मुझे सबकुछ करना है।

उमेश को अगर कभी समय मिला जाए, तो तुम देखना वह अनाथ बच्चा है। हो सके तो उसे सनाथ बनाना। मेरे पागलपन का कारण अगर कभी समझो तो भी मुझे क्षमा करना।

दुःख, अपमान, कलंक, चाहे कुछ भी मेरे द्वारा तुम लोगों को मिले पर मुझे गलत मत समझना। मैंने जितना कष्ट सहा है वह शब्दों में प्रकट नहीं हो सकता। न वक्त होने पर उसका कोई मूल्य ही रह जाता है।

तुम्हारी बहन

चिट्ठी डॉक्टर ने कई बार पढ़ी। क्या यही उसने निश्चय कर लिया था। वह शायद पहले से तय कर चुकी थी कि क्या करेगी, पर क्यों उसने ऐसा काम किया। उसके कोमल हृदय में हिंसा की प्रवत्ति आई ही क्यों! क्या श्यामा चरण का अनुकरण तो नहीं कर रही है। एक संदेह बिजली की तरह उनके मस्तिष्क में क्षण भर के लिए दौड़ गया। पर वे उसे अमल न दे सके। पुरुष थे नारी हृदय को परखने के लिए अनुभव की आवश्यकता थी।

तुरंत उठकर वकील साहब के यहाँ गए और चिट्ठी उनके हाथ पर रख दी। पत्र पढ़कर वे बोले, "कहाँ मिला?"

डॉक्टर, "उसी की मेज पर।"

वकील (ठंडी साँस लेकर), "इस पत्र से क्या हो सकता है? इसमें ऐसी कोई बात नहीं है, जिससे उसका कसूर कम साबित हो सके। आज मुझे एक बात याद आ गई। थोड़े दिन की बात है, शायद जब मालती बीमार थी। एक दिन विमला यहाँ आई और मुझसे पूछने लगी कि डाका के कसूर में मेरे गाँव का एक आदमी पकड़ा गया है। उसकी सजा क्या हो सकती है?

"मैंने बताया था कि मुमकिन है कालापानी हो जाए। जाने क्यों इस खबर से वह बेतरह घबरा गई थी। क्या उन बातों से और उसके जेल जाने से कोई संबंध तो नहीं है?"

डॉक्टर, “पता नहीं उसने क्यों और किसके लिए वैसा सवाल किया था, मेरी तो कुछ अकल ही काम नहीं करती क्या करूँ।”

वकील, “कल हुकम सुना दिया जाएगा। देखो क्या होता है, जाओ जरा देर ऊपर जाकर बैठो। घबराने से क्या होगा।”

डॉक्टर ने मालती के कमरे में जाकर देखा वह लेटी थी, उन्हें देखकर सिर की धोती सँभालकर सहानुभूति से भरे स्वर में बोली, “मुकदमा खतम हो गया?”

डॉक्टर, “हाँ कल सजा सुना दिया जाएगा। तुम्हारी तबीयत अच्छी है?”

मालती, “हाँ मेरी तबीयत अच्छी है, अगर ठीक समझो तो मुझे अपने घर ले चलो। शायद अम्मा का जी बहल जाए। जैसे यहाँ पड़ी रहती हूँ, वैसे वहाँ पड़ी रहूँगी।”

डॉक्टर, “अभी नहीं, फिर ले चलूँगा। जा रहा हूँ जरा बैरिस्टर से मिलने।”

डॉक्टर चले गए। बेचारी मालती उदास दृष्टि से दरवाजे की तरफ देखते हुए सोचने लगी। अपनी बात, विमला की बात···

*

विमला के असीम साहस की चर्चा सारे शहर में हो रही थी। मुकदमे का हाल जानने के लिए लोग उत्सुक रहते। समाचार-पत्रों के तो कॉलम के कॉलम इन्हीं बातों से भरे रहते। खूब बिक्री होती।

आज कचहरी में बहुत भीड़ थी। डॉक्टर तथा वकील साहब उद्विग्न हो टहल रहे थे। सबके चेहरे पर आशंका का एक रंग आता और एक रंग जाता था।

साढ़े तीन बजे फैसला सुना दिया गया।

अभियुक्ता एक बड़े प्रतिष्ठित और पेंशन प्राप्त जज की लड़की है, वालिग और समझदार है। उसका अपराध अमार्जनीय है, परंतु उसकी हत्यावाली मंशा पूरी न हो सकी इसलिए और उसके पिता की पुरानी सेवाओं की याद करके कोर्ट उसे फाँसी की सजा न देकर दीपांतर की आज्ञा दे रही है।

डॉक्टर सिर थामकर कुरसी पर बैठ गए, हृदय से ठंडी साँस के साथ निकला कि ईश्वर तुमने उसके प्राणों की रक्षा की यही क्या कम है।

पुलिस की नजरबंद कार में विमला, जब स्टेशन पहुँचाई गई, तब रात के साढ़े नौ बजे थे। बनारस जानेवाली गाड़ी के आने में अभी थोड़ी देर थी। गत बीस दिन की उलझन के बाद आज विमला का चित्त शांत था और वह अपने भावी जीवन और कर्तव्यों के बारे में सोचना चाहती थी। किस उद्‌देश्य से उसने यह अपराध ग्रहण किया है और इसमें उसका अपना क्या स्वार्थ है। यह वह नहीं समझा सकती, पर जीवन के इस नूतन और भयंकर परिवर्तन ने उसे जैसे फिर प्रोत्साहित कर दिया। हाँ; पर

भविष्य की अनिश्चित कल्पना तथा प्रियजनों के वियोग की वेदना आज रह-रह कर उसे अनमना कर देती थी। जैसे सद्यः परिणीता कन्या प्रथम बार ससुराल जाने पर भावाकुल हो जाती है।

किसी सुदूर यात्रा के लिए बड़े मानसिक बल की आवश्यकता होती है। डॉक्टर का रास्ता वह दिन भर देखती रही। उनका सांत्वनामय आशीर्वाद और उपदेश उसके लिए सर्वोत्तम पाथेय था। उसे आशा थी कि भइया उमेश को लेकर तो आएँगे ही।

अभी वह मोटर के शीशे से आँखें फाड़कर चारों ओर देख रही थी, अभिमान भरी रूलाई से उसका गला भर रहा था।

पुलिस के सुपरिन्टेंडेंट ने मोटर का दरवाजा पकड़कर कहा, "गाड़ी आनेवाली है, क्या आपको कुछ कहना है विमला देवी?"

विमला चौंक पड़ी, बोली, "किससे कहूँ, कोई आया भी है?"

सुपरिन्टेंडेंट, "आपके घरवालों को मुलाकात करने का हुकम नहीं मिला है, इसी से वे नहीं आ सकेंगे।"

विमला, "क्यों?"

सुपरिन्टेंडेंट, "कानून नहीं है, अपना जुर्म सोचिए जरा।"

विमला, "जुर्म।"

सुपरिन्टेंडेंट (जरा मुसकराकर), "जुर्म नहीं तो क्या है। क्या यह भी कहने की बात है?"

विमला ने थोड़ी देर चुप रहकर कहा, "मेरे भाई साहब से कह दीजिएगा कि मेरे लिए तनिक भी सोचा न करें। मैं बड़े सुख और अपनी इच्छा से जा रही हूँ। लड़के का खयाल रखें।" इस बार विमला का गला काँप उठा।

कप्तान ने जरा ताज्जुब से कहा, "किसका लड़का है?"

विमला, "मेरी बहन का लड़का, मेरे पास रहता था!"

एक पुलिस मैन ने आकर कहा, "उतरिए गाड़ी आ गई।"

विमला जब रेल में बैठी तब उसका चित्त शांत था। एक निर्विकार उदासी चित्त पर छा गई, जैसे गृही संन्यासाश्रम में प्रवेश कर रहा हो।

उसने अपनी निश्चिंत जीवन नौका को किस झंझट में फँसा दिया है, इसकी उसे जरा भी चिंता नहीं थी। उसकी दशा का चित्र वाणी और वाक्य नहीं खींच सकते थे।

विमला की प्रवृत्ति हमेशा से कुछ कर डालने के लिए सतर्क रहती थी, नवीन कार्यों की आशा से उसे उत्साह ही हो रहा था।

इस समय अगर वह अपने माँ, बाप और भाई को आते देखती तो उसका यह

भाव भर जाता और वह शायद रो पड़ती।

गार्ड ने हरी झंडी दिखाई, रेल ने जोर से सीटी दी, और चींटी की चाल से रेंगने भी लगी। विमला का हृदय एकाएक काँप उठा।

लखनऊ! लखनऊ! चारबाग की चिरपरिचित स्टेशन! एक लंबी अवधि के लिए सबकुछ छूट रहा था। उसने पसीना और आँसू पोंछकर देखा कोई व्यक्ति बरसाती ओढ़े पीछे छूट रहा है, और धीरे-धीरे रूमाल हिला रहा है। विमला ने व्याकुल होकर पहचाना कि उसके भाई हैं। ट्रेन की गति तेज हो गई थी, अंतरभेदी हाहाकार और सफलता का आनंद लेकर विमला बर्थ पर लुढ़क गई।

*

घर के काम फिर पूर्ववत होने लगे, सुशीला देवी ने धीरे-धीरे उधर ध्यान देना शुरू किया। बेचारे रायबहादुर साहब को इस घटना ने बिल्कुल मटियामेट ही कर दिया। जीवन भर जिस वरदान के लिए उन्होंने कठिन तप किया था, विमला ने उसे जड़ से विनष्ट कर दिया। अब उनके जीवन में कोई रस नहीं था। कोई कामना नहीं थी। न आशा, न उत्साह। अखबारों और उपन्यासों के बीच उनके शेष दिन बीत रहे थे। न क्लब में जाते न किसी से मिलते-जुलते।

विमला के बगैर सारा घर सूना हो गया था। सबके दिल भी कुछ सूने-सूने से थे, किसी के मन में वह सांत्वना नहीं आती थी, जो लड़कियों की स्वाभाविक जुदाई में आती है।

संसार चक्र की गति में पड़े रहने से सबकुछ करना पड़ता था। पर जैसे प्राणहीन, मशीन की तरह।

डॉक्टर को जब विमला और उसके भयंकर कार्य की याद आती तो वे विमूढ़ से हो जाते। यह वे हमेशा जानते थे कि विमला बड़ी तेजस्विनी और दृढ विचारों की लड़की है। अन्याय से उसे घृणा है। साथ ही वह अतिशय उदार और दयामयी है। तब उसने ऐसा काम कैसे किया। क्या वह विमला के स्वभाव को परख नहीं पाए थे। जो विमला सुमित्रा की बीमारी और मृत्यु को देखकर मर्माहत हो उठी थी, जिसे श्यामाचरण का अभी तक खयाल है उसी विमला ने ऐसा हृदयहीन काम कैसे कर डाला।

उमेश आजकल यहीं था, जगदीशपुर से द्वारिका बुला लिया गया था। बच्चे को उसकी देख-रेख में छोड़कर डॉक्टर निश्चिंत हो गए थे। आज सातवाँ दिन था जब वे कहीं बाहर नहीं निकले थे। वकील साहब के यहाँ से कई बार बुलावा आ चुका था, किंतु मालती का सप्रेम आह्वान भी उनकी समाधि को तोड़ न सका।

संध्या हो गई थी, बरामदे में कुरसी डाले हुए डॉक्टर उदास और चुपचाप बैठे थे।

चारों तरफ सूना-सूना लग रहा था। उसी वक्त द्वारिका उमेश को लेकर वहाँ आया और खंभे की आड़ लगाकर बैठ गया। उमेश ने अपनी बड़ी-बड़ी आँखों की स्थिर दृष्टि डॉक्टर के मुँह पर गड़ाकर कहा, "मामाजी मौछी कहाँ गईं, मैं भी जाऊँगा उनके पास।"

डॉक्टर के अंत:स्थल से एक आह निकली। बालक के सिर को सहलाते हुए उन्होंने कहा, "मौसी बहुत दूर गई हैं।"

उमेश ने रूआँसे होकर कहा, "बहुत दूर जहाँ बाबूजी गए हैं?"

डॉक्टर (कुछ सोचकर), "हाँ वहीं गई हैं।"

उमेश, "तो मैं भी दाऊँगा, मौछी मुझे क्यों नहीं ले गईं। पहले तो कहती थीं। कि दोनों जने दायेंगे। मामा! मौछी बाबूजी की तछवील भी ले गईं क्या?" हठात् डॉक्टर के मन में बिजली की तरह एक बात दौड़ गई। उन्होंने उमेश को गोद में उठाकर कहा, "कैसी तसवीर लल्लन?"

उमेश कुछ सोचकर बोला, "वहीं तछबील जिछे देख-देखकल मौछी लोया कलती थीं। मामा मैं वह तछबील लूँगा।"

डॉक्टर एकदम गंभीर हो गए, संध्या की लालिमा भी उनके सामने से गायब होने लगी, उम्मी को उतारकर बोले, "द्वारिका बाबा इसे घुमाने के लिए ले जाओ।"

द्वारिका ने उनके गंभीर मुँह की तरफ देखकर ठंडी साँस ली फिर उमेश को लेकर नीचे उतर गया।

डॉक्टर के दिमाग में सैकड़ों बातें चक्कर काट रही थीं। वे जल्दी-जल्दी बरामदे के इस सिरे से उस सिरे तक टहलने लगे। बहुत सी अतीत की बातें, जिन्हें वे भूल गए थे आज तीव्र स्मरण-शक्ति की सहायता से उनका अन्वेषण करने लगे। बहुत सी बातें उन्हें याद आईं, जिन्हें उन्होंने हँसी में टाल दिया था।

उन सभी बातों से उनका संदेह पुष्ट होने लगा।

अपनी लापरवाही का यह शोचनीय परिणाम देखकर उनका हृदय फटने लगा। मन होता था कि सिर पटक दें। याद आया, जब विमला बार-बार श्याम के मुकदमे में पैरवी करने का छिपा हुआ अनुरोध करती थी, तब उनकी अक्ल कहाँ चली गई थी? और विमला को भी क्या हो गया था। उसने साफ-साफ कह क्यों नहीं दिया? पर कहती कैसे। जब-जब उस बेचारी ने कुछ कहना चाहा, मैंने ही तो लापरवाही से उड़ा दिया। हाय, मेरे ही हाथों विमला का यह अहित हो गया।

पश्चात्ताप और अनुशोवना से वे बेचैन हो गए और इन दुःख पूर्ण विचारों से छुटकारा पाने के लिए घर से निकल पड़े। पैदल वकील साहब के यहाँ पहुँच गए। प्रमिला आँगन में बैठकर बुआ को खाना दे रही थी। उठकर खड़ी हो गई, उनका अतिशय ग्लान चेहरा देखकर उसका जी धक से हो गया। सांत्वना कोमल कंठ से

बोली, "कई दिन से आए क्यों नहीं?"

डॉक्टर ने विवर्ण मुख से कहा, "तबीयत नहीं हुई। वकील साहब कहाँ हैं?"

प्रमिला, "मुझे मालूम नहीं, शायद कहीं गए होंगे।"

डॉक्टर ने ऊपर जाकर देखा मालती चारपाई पर अकेली पड़ी थी, उसका मुँह बहुत उतरा हुआ था। इन कई दिन के भीतर ही वह बहुत कुछ शीर्ण हो गई थी। मानसिक उद्वेग से वह क्लांत होकर मुरझाई हुई लता थी तरह चारपाई पर पड़ी थी। डॉक्टर का व्यथित हृदय उसे देखकर दया से भर गया। उन्होंने स्नेह भरे स्वर से कहा, "मालती", मालती चौंक पड़ी, डॉक्टर के मुँह की तरफ देखते ही घबरा गई। शंकित स्वर में बोली, "कैसी तबीयत है?"

डॉक्टर ने कुरसी पर बैठकर कहा, "मैं तो अच्छा हूँ। तुम्हारा क्या हाल है?"

अबकी मालती की आँखों में आँसू उमड़ने लगे। वह चुपचाप चादर का कोना खींचने लगी।

डॉक्टर ने कुरसी से उठकर उसकी चारपाई पर बैठकर कहा, "क्या तुम नाराज हो मालती?"

मालती ने सिर हिलाया कि वह नाराज नहीं है।

डॉक्टर, "फिर चुप क्यों हो, तुम्हें तो आज मुझे धीरज देना चाहिए। अगर तुम्हीं गुस्सा करोगी तो मुझे कैसे शांति मिलेगी।"

मालती ने लज्जित होकर कहा, "मैं नाराज कहाँ हूँ। विमला को पहुँचाकर यहाँ आए तक नहीं। क्या उनके लिए मेरा जी उदास नहीं था।" उसका गला काँप उठा।

डॉक्टर ने चोट खाए हुए व्यक्ति की तरह पीड़ित स्वर से कहा, "उसकी बात मत करो मालती।"

मालती ने आँखें उठाकर उनकी तरफ देखा और कहा, "क्या! चलते वक्त मिलने का हुकम नहीं मिला, पापा कहते थे कि मुश्किल है हुकम मिलना।"

डॉक्टर, "तुमसे मैंने एक बार श्यामाचरण का जिक्र किया था। उन्हें भी कालापानी की सजा मिली थी।"

मालती, "किया होगा, पर उससे क्या?"

डॉक्टर, "आज उमेश कह रहा था कि मौसी तसवीर देखकर रोती थीं।"

मालती, "किसकी तसवीर?"

डॉक्टर, "श्यामाचरण की।"

मालती जैसे आकाश से गिरी, आश्चर्य, उत्तेजना तथा पछतावा के मारे वह उठकर बैठ गई और बोली, "क्या ऐसी बात है। अगर यही था तो हम लोगों से कहा क्यों नहीं?"

डॉक्टर, "तुम समझ नहीं सकती, उसने कहना चाहा सबकुछ पर दुभार्ग्यवश मैंने कभी सुना ही नहीं। मुकदमा चल रहा था, तभी मुझे कुछ शक हुआ था, आज लड़के ने सारी बातें साफ कर दीं।"

दारूण पछतावा और निदारूण कष्ट से डॉक्टर की बोली बंद हो गई। मालती की आँखों से टप-टप आँसू गिरने लगे।

उसे रोते देखकर डॉक्टर ने कहा, "तुम मत रोओ, मालती मुझे अब धीरज दो।"

मालती ने आँखें पोंछकर डॉक्टर की तरफ देखा, हठात् वे आश्चर्य और उल्लास भरे स्वर में चिल्ला उठे, "यह क्या! तुम बैठ कैसे गईं मालती?"

मालती ने भी विस्मित सुख के साथ अनुभव किया कि वह बातें करते-करते उठकर बैठ गई है। उसने पुलकित सलज्ज स्वर से कहा···, "मालूम नहीं, कैसे बैठ गई?"

डॉक्टर ने मन-ही-मन ईश्वर का स्मरण किया। आज ही उन्होंने कैसी व्यथा और कितना सुख पाया है। आँखों में आँसू छलक आए, खड़े होकर बोले, "अभी आता हूँ।"

नीचे जाकर प्रमिला के कमरे के बाहर खड़े होकर बोले, "क्या अंदर आ सकता हूँ?" प्रमिला लेटकर कोई पुस्तक पढ़ रही थी। इन दिनों मालती को लेकर वह फिर रात-दिन परेशान रहने लगी थी। आज डॉक्टर आए थे। इसलिए वह आराम कर रही थी। डॉक्टर की आवाज से हड़बड़ाकर उठ बैठी और बाहर आकर बोली, "क्या है?"

डॉक्टर, "जरा ऊपर जाओ! देखो क्या बात हुई है?"

प्रमिला का जी धकधक करने लगा। वह व्यग्र होकर बोली, "क्या हुआ?

क्या मालती को गश तो नहीं आ गया।"

डॉक्टर ने किंचित मुसकराकर कहा, "नहीं! नहीं! घबराओ नहीं, माँ को अपनी संतान की बीमारी ही की चिंता पहले हो जाती है।"

प्रमिला ने आज प्रथम बार अनुभव किया कि वह कितनी बड़ी और कितने गौरव की अधिकारिणी है। सलज्ज मुसकराहट के साथ बोली, "फिर क्या बात है?"

डॉक्टर, "खुद जाकर देख ले। मैं अब घर जाता हूँ। कल आऊँगा।"

प्रमिला कौतुहल से भर कर जल्दी-जल्दी ऊपर जाकर बोली, "क्या हुआ मालती? अरे तुम उठकर कैसे बैठ गई?" प्रमिला के स्वर में आश्चर्य और आंतरिक हर्ष उमड़ रहा था।"

मालती, "बैठो अभी बताती हूँ कि कैसे बैठ गई।"

प्रमिला, "अच्छा! अभी आती हूँ।", कहकर वह बच्चों की तरह दौड़ती हुई नीचे उतर गई। डॉक्टर चले गए थे, वकील साहब घूमकर लौटे आए थे और कमरे में कपड़े

उतार रहे थे। प्रमिला आँधी की तरह वहाँ पहुँचकर बोली, "जल्दी चलकर देखो आज मालती खुद उठकर बैठ गई। अब वह अच्छी हो गई है।"

वकील, "क्या? क्या? कैसे बैठ गई?"

प्रमिला प्रसन्न होकर बोली, "पता नहीं! डॉक्टर साहब वहाँ थे, उन्होंने कुछ बताया नहीं, क्या हुआ। मैं जाती हूँ अभी प्रशाद चढ़वाने, महावीरजी का मंदिर तो अभी खुला होगा?"

वकील साहब खुश होकर ऊपर चले गए। प्रमिला सवा रुपए बॉक्स से निकालकर प्रसाद चढ़वाने चली गई। आज उसके हर्ष की सीमा नहीं थी।

*

श्याम को अपने कानों पर विश्वास नहीं हुआ, जब जेल के पंडित ने आकर कहा, "श्यामाचरण आप बरी हो गए, लाइए कुछ खिलाइए?"

श्याम ने विस्मय भरे स्वर में कहा, "मजाक करते हो?"

वॉर्डन ने हँसते हुए उनकी मुक्ति का परवाना दिखाकर कहा, "अब यकीन हुआ साहब?"

श्याम आतंकवाद का प्रतियोगी करार कर दिया गया था। अपने मुकदमे के बारे में उसे कुछ मालूम नहीं होता था। फिर उसका था ही कौन, जो उसकी तरफ से पैरवी करता। सरकार ही मुद्दई और मुद्दालय बन गई थी।

श्याम ने तो अपने को सदैव के लिए इसी जीवन के लिए तैयार कर लिया था। उसकी साथी तो भूत और भविष्य की कृत्रिम और सच्ची कल्पनाएँ ही रह गई थीं। भूतकाल की बीती हुई मनोरम स्मृतियाँ और भविष्य की कल्पित सुमित्रा, यही उसके जीवन का उद्देश्य रह गया था और कुछ सोचना या समझना शेष नहीं रहा था। जेल के बाहर भी सुमित्रा नहीं मिल सकती वहाँ भी यही कल्पनाएँ आधार होगी। तब जेल और बाहर एक ही बात है। श्याम ने थोड़ी देर चुप रहकर कहा, "मुझे क्यों छोड़ दिया गया।"

वॉर्डन, "आपका कसूर साबित नहीं हुआ।"

श्याम, "पर मैं था तो उन्हीं लोगों के साथ?"

वॉर्डन, "थे पर आपके लिए लड़नेवाले ने साबित जो कर दिया है कि आप कसूरवार नहीं हैं।"

श्याम ने आश्चर्य से आँखें फाड़कर कहा, "मेरे लिए कौन लड़ रहा था? क्या उसका नाम आपको मालूम है?"

वॉर्डन, "हाँ, रमेश दत्त नाम है। शायद आपके कोई लगते हैं?" श्याम ने सोचते हुए कहा, "हाँ, दोस्त हैं?"

वॉर्डन चला गया, और श्याम अपनी स्मृति को झकझोरकर भी सोच न सके कि

रमेश दत्त नाम का ऐसा कौन हितैषी है, जो उसके लिए सरकार से लड़ रहा था और इतना रुपए खर्च करके उसे बरी कराया। फिर वह निर्दोष भी तो नहीं है।

श्यामाचरण जब जेल से बाहर आए, तब उन्हें जान पड़ा कि वे फिर से उस संसार में आ गए हैं, जिसे ड़ेढ साल पीछे छोड़ गए थे। लखनऊ के स्टेशन पर उतरकर उन्होंने सोचा कि कहाँ जाऊँ। श्याम के सोचने का कभी अंत न होता, जो सुरेश आकर उसका कंधा पकड़कर न हिला देता। श्याम ने चौंककर कहा, "अरे सुरेश! तुम यहीं हो?"

सुरेश ने हँसकर कहा, "मैं तो जानता था कि तुम यहीं आओगे। इसीलिए तुम्हें लेने आया था। आओ चलें स्टेशन के बाहर बातें होंगी।" सुरेश के पीछे-पीछे जाते हुए श्याम ने देखा कि सुरेश की वह प्रदीप्त कांति नहीं रही है, वह दुबला और बुझा हुआ सा लग रहा था।

स्टेशन के बाहर आकर सुरेश ने एक ताँगा किराए का किया। श्यामाचरण बगैर कुछ पूछे सुरेश के साथ बैठ लिये, उनका मन और शरीर दोनों सहारा पाने के लिए व्याकुल थे। सुरेश को पाकर वे कृतार्थ हो गए थे।

एक छोटे से मकान के बाहर ताँगा रुका, ताँगे का किराया देकर श्याम और सुरेश अंदर गए। श्याम ने चौंककर कहा, "सुरेश यह घर तो मेरा था, इसमें तो मैं ताला बंद कर गया था। इसका किराया कौन देता रहा, और सब सामान···"

सुरेश ने कमरे का ताला खोलते हुए कहा, "पहले बहुत दिन तक इसका किराया विमला देवी ने दिया, अब वे यह मकान और इसका सामान मुझे सौंप गईं हैं।"

श्याम ने चकित होकर कहा, "तुम मुझे पागल कर दोगे सुरेश? कल से बराबर ऐसी बातें हो रही हैं, जो स्वप्न में होतीं तो ठीक था, विमला कहीं गई है क्या? और उनके पास, जो लड़का था वह···"

श्याम की आँखों के सामने पुराना दृश्य फिर गया। सुमित्रा और उसके पुत्र की याद ने उन्हें बेचैन कर दिया। सुरेश ने कहा, "भाई श्याम बड़ी लंबी कथा है, पहले खा-पीलो, तब कहूँगा।"

श्याम ने ठंडी साँस लेकर कहा, "लड़का कहाँ है?"

सुरेश ने ग्लान हँसी-हँसकर कहा, "आज तुम्हें उसकी चिंता हुई, हाँ वह अच्छी तरह है। जाओ पहले नहा-धो लो, फिर कुछ खाओ।"

दोपहर को जब दोनों खा-पीकर जमीन पर कंबल बिछाकर बैठे तो श्याम ने कहा, "सुरेश भाई, मेरी एक फोटो थी क्या तुमने कहीं रखी है।"

सुरेश, "नहीं, तुम्हारा सब सामान जैसे था वैसे ही है, मैं तो थोड़े दिन से कभी-कभी आ जाता था। हाँ, विमला देवी ने कहा था कि तुम्हारी एक चीज उन्होंने ली है

उसके लिए वे तुम्हें क्षमा करने के लिए कह गई है?"

श्याम, "क्या वे कहीं चली गई है? बात क्या है? मुझे इतना रुपए खर्च करके छुड़ाया किसने, क्या यह भी तुम जानते हो।"

सुरेश ने आँखें बंद करके कहा, "सब जानता हूँ भाई और अब बताता हूँ। तुम सुनने के लिए तैयार हो जाओ।"

श्याम, "तुम क्या कहोगे, जो मैं तैयार हो जाऊँ। कहो न, मैं तो अब सबकुछ सुन सकता हूँ, और सबकुछ सह भी सकता हूँ।"

सुरेश, "सब हाल शुरू से सुनाता हूँ। तुम सबको छोड़कर मैं बहुत दिन तक इधर-उधर छिपा रहा, बाद में जगदीशपुर गाँव में जाकर वहाँ उपदेशक बन बैठा। देहातियों पर मेरा रोब गालिब हो गया और लेक्चरबाजी से भड़ककर लोगों ने विद्रोह कर दिया। वहीं गाँव के जिलेदार को सख्त चोट आई। मैं भी पिटा गया, कंधे की हड्डी टूट गई थी। वहीं पर बिमला देवी से मेरा परिचय हुआ। दुबारा जब वे मुझे मिली, तब मैं मेडिकल कॉलेज के हॉस्पिटल में कंधा बाँधे पड़ा था। वहीं मैंने बताया कि मैं श्यामाचरण को जानता हूँ। उस वक्त का उनका चेहरा मै भूल नहीं सकता। उनकी आँखें चमकने लगीं, और उन्होंने जब कहा कि 'उन्हें अपना लड़का याद है, मैं तो समझती थी कि वे उसे भूल गए हैं।' तब मैंने बहुत कुछ समझ लिया था। खैर उसके बाद क्या हुआ यह बताना फिजूल है। जिलेदार तो मर ही गए थे। गाँव में मुकदमा चला तमाम आदमी पकड़े गए। मैं भी शहादत में आ गया था पर मुझे और गाँव के बहुत से आदमियों को विमला के उद्योग से ही छुटकारा मिला। बाद में मालूम हुआ कि उस साहसमयी स्त्री ने अपना कुल कीमती जेवर बेचकर कोई महाजन खड़ा कर दिया था, जिससे गाँव-का-गाँव बच गया।"

श्याम, ठंडी साँस लेकर बोले, "महाजन कौन था।"

सुरेश, "मैं नहीं कह सकता कि कौन था। दौड़-धूप तो द्वारिका नाम के एक बुड्ढे को ही करते देखा। बात बड़ी है, थोड़े में कहकर खतम करूँगा। मैं जब छूट गया तो तुम्हारी सजा की खबर पाकर मेरे हाथ-पाँव फूल गए।"

श्याम बात काटकर बोले, "क्यों! मेरी सजा तो अनिवार्य थी उसे तो सब लोग जानते थे।"

सुरेश, "हाँ, मैं भी जानता था, पर उस वक्त तुम्हें बचाना ही जरूरी हो गया। मैंने सोचा, जैसे होगा तुम्हें बचाऊँगा। बहुत पाप किए होंगे अब एक ऐसा पुण्य कर जाऊँ, जिससे एक आदमी की सच्ची भलाई हो जाए।" इतना कहकर सुरेश ने जरा सा हँस दिया। फिर कहा, "पर श्याम, बात ऐसी बिगड़ गई कि अब वह किसी के

बनाए नहीं बनेगी भाई!"

श्याम ने उत्सुक नेत्रों से सुरेश की तरफ देखकर कहा, "भाई जो बात हो जल्दी कह डालो। मेरा धीरज जा रहा है।"

सुरेश, "तुम तो कहते थे कि मैं सबकुछ सह सकता हूँ? अब जरा सा विलंब भी नहीं सह रहे हो, खैर सुनो। रुपए मेरे पास बहुत था, कहाँ रखता, मैंने सोचा विमला के पास रख दूँगा। उन्हें इसीलिए बुलाया था, उसी दिन छोटेलाट लखनऊ आ रहे थे। मैंने मन में निश्चय कर लिया था कि आज गवर्नर को अपनी बंदूक का निशाना बनाऊँगा। अगर पकड़ भी लिया गया तो कोई हरज नहीं, श्याम को इसी बीच निर्दोष साबित कर दूँगा, कह दूँगा कि वह तीसरा भागा हुआ मैं ही हूँ, पर विधाता को कुछ और करना था। आज मैं उस घड़ी को, उस दिन को, और अपने को, बार-बार कोसता हूँ, जब विमला देवी मुझसे मिलने स्टेशन पर आईं। चार बजे होंगे। स्टेशन पर बड़ी भीड़ थी, मैं बाहर टहल रहा था, उसी समय एक आदमी ने आकर मुझे एक कागज का टुकड़ा दिया, उस पर लिखा था, 'विमला', मैंने पूछा वे कहाँ हैं?

नौकर ने मुझे घूरते हुए मानों अनिच्छा से कहा, 'वे लेडी वेटिंग रूम में हैं वहीं चले जाइए। मुझे जाने का हुकुम नहीं है।'

"मैं समझ गया कि नौकर मुझे कौतूहल और संदेह की दृष्टि से देख रहा है। मुझे इसकी उस वक्त कहाँ परवाह थी। जल्दी से वेटिंगरूम की तरफ दौड़ा। भीड़-भाड़ में मेरी तरफ कौन ध्यान देता।"

श्याम, "भाई जे कुछ कहना हो कह डालो, आज दया करके। अपनी औपन्यासिक भाषा बंद करके मुख्तसर किस्सा कहकर खतम करो।"

सुरेश, "मैं कुछ बढ़ाकर नहीं कह रहा हूँ, वरन् बहुत संक्षेप ही में कह रहा हूँ। खैर विमला देवी को मैंने वेटिंगरूम में बैठे देखा, मुझे देखकर वे खड़ी हो गईं और नमस्ते करके बोलीं, 'मुझे क्यों बुलाया था? सुरेश बाबू!'

"मैने, अपना संकल्प उन्हें बता दिया। थोड़ी देर वे स्तब्ध सी हो गईं, फिर आँखों में आँसू भरकर बोलीं, 'आप यह क्यों कर रहे हैं। इससे क्या होगा? नहीं मैं आपको यह काम नहीं करने दूँगी। बेकार जान लेना कहाँ की बुद्धिमानी है। फिर अपने को फँसाने की क्या आप लोगों ने कसम ही खा ली है?' मैं उस वक्त घोर भूल की जो यह न बताया कि मेरा उद्देश्य तुम्हें बचाने का भी है। मैंने कहा, कि मेरी संस्था का धर्म है आततायी का विनाश! अत: आप मुझे रोकें नहीं और मेरा यह थोड़ा सा रुपए धरोहर के रूप में रखे रहें। इसके अंदर एक कागज है, जिसे पढ़कर इस रुपए को आप मेरे बताए हुए काम के लिए खर्च कर दीजिएगा।

"श्याम मैं उस वक्त की वह मूर्ति सोते-सोते भी स्वप्न में देखा करता हूँ, जिस वक्त विमला हाथ जोड़कर मेरे पैरों के पास बैठ गईं और कातर स्वर से कहने लगीं कि भाई! आज से मैं तुम्हें अपना बड़ा भाई समझूँगी, अपनी छोटी बहन की बात रख लो। मुझे एक भिक्षा दो, यह रिवॉल्वर जो तुम जेब में रखे हो मुझे दे दो।

"मैंने आँखें फाड़कर कहा, कि यह क्या कह रही हैं? आप रिवॉल्वर का क्या करेंगी? उन्होंने कहा कि मैं कोई काम नहीं करूँगी, पर आपको बड़ा पुण्य होगा। अगर आप मुझे यह चीज दे देंगे।

"मैने कहा कि नहीं मैं यह हरगिज नहीं दे सकता।

इस पर विमला ने व्याकुल होकर रोते हुए कहा, 'मुझे अगर आप तमंचा नहीं देंगे तो मैं अभी शोर मचाकर आपको पकड़वा दूँगी। मैं समझ गया कि यह सब कर सकती हैं। अपनी मूर्खता पर पछताते हुए कहा कि अच्छा गवर्नर को मैं छोड़ दूँगा पर तुम्हें रिवॉल्वर नहीं दे सकता?

"विमला ने फिर हाथ जोड़कर कहा, 'भइया, मुझे थोड़ी देर के लिए रिवॉल्वर दे दो, बस मैं फिर कभी कुछ न कहूँगी।'

"उनकी करुण प्रार्थना की मैं उपेक्षा न कर सका। बहुत पछताते हुए रिवॉल्वर विमला के हाथ में दे दिया। उस वक्त उनका मुँह और आँखें चमक उठीं। जल्दी से रिवॉल्वर ब्लाउज के नीचे छिपाकर वे बोलीं, 'धन्यवाद भाई साहब, अच्छा अब मैं जाती हूँ।'

"मेरी आँखों के सामने से विमला तेजी के साथ चली गईं। मैं विमूढ़ जैसा वहीं बैठा रह गया। पर मैंने जरा देर के लिए भी यह नहीं सोचा कि विमला का कोई दूसरा उद्देश्य हो सकता है। मैं यही समझा कि मुझे बचाने के लिए उसने यह किया है। अनुशोचना और व्यर्थ मनोरथ होने की व्यथा से अधीर हो उठा, पर कुछ कर नहीं सकता था। उठकर शहर की तरफ चल दिया। इसके एक घंटे के बाद स्पेशल ट्रेन स्टेशन पर आई, और गवर्नर के उतरते ही एक गोली आकर उनके कान के पास से लगती हुई निकल गई। विमला हाथ में रिवॉल्वर लिये हुए पकड़ी गईं। मैंने जब सुना तब वश के बाहर की बात हो चुकी थी।"

विस्मय की अधिकता से श्याम कुछ देर तक निवाक हो गए। फिर एक लंबी साँस लेकर धीरे से बोले, "फिर?"

सुरेश, "फिर क्या? विमला को सजा हो गई। 20 साल के लिए कालापानी।"

श्याम ने चीखकर कहा, "ऐं कालापानी!"

सुरेश, "हाँ भाई, यही सजा तो उनके उपयुक्त थी ही क्योंकि अपराध भी तो उनका कम नहीं समझा जा सकता था। अच्छा तुम अब थोड़ी देर आराम कर लो मैं

एक घंटे में आऊँगा।"

सुरेश के चले जाने पर श्याम बैठे-बैठे सोंचने लगे। अतीत की बहुत सी भूली हुई बातें उनके स्मृति पथ पर चित्र बनाने लगीं। जिस दया और ममता की मूर्ति नारी की असीम कृपा के बदौलत आज वे गली-गली न भटक कर अपने उसी घर में बैठे हैं, जिसे दो बरस पहले बगैर किसी जिम्मेदारी के छोड़ा था। श्याम ने बहुत सोचा पर उनका मस्तिष्क शून्य सा हो गया था। वे स्वयं से अधिक तर्क नहीं कर पाए और क्लांत होकर सो गए।

*

मालती अपनी ससुराल में है और सुखी है, पर प्रमिला का जीवन जैसे अवलंबहीन होकर इधर-उधर भटक रहा है। उसे कहीं सहारा नहीं मिल रहा है। अब गृहस्थी के कामों में भी उसे इतनी रुचि नहीं रह गई। सीने, बुनने, चरखा कातने, जैसे कामों की आड़ में उसका जी बहला रहता था, वह भी अब नहीं रहा। वह केवल अपने को बहलाने का साधन था। कहाँ तक सफलता मिल सकती। लंबी और सूनी दोपहरी उसके काटै नहीं कटती, वह समझ नहीं पाती थी कि क्या करे, जिससे उसका जी बहले।

आज प्रमिला ने बड़ी देर तक इधर-उधर घूमते रहने के बाद एक साफ और पुरानी धोती निकालकर उसकी एक गुड़िया बनाई। यह काम उसने अपनी समझ में सिर्फ समय काटने के लिए किया था। गुड़िया के जब आँखें, नाक, कान सब बन गए, तब उसने अपनी सिलाई की टोकरी से बहुत सी रेशमी कतरन निकालकर एक सुंदर पोशाक बनाकर उसे पहनाई, और घड़ी की तरफ देखा तो साढ़े तीन बज गए थे। आज उसे मालूम ही नहीं हुआ कि कैसे इतना समय बीत गया। वह तन्मय होकर गुड़िया को सजा रही थी। जान न पाई कि वकील साहब कब आकर उसके पीछे चुपचाप खड़े हो गए थे और बड़े आश्चर्य के साथ प्रमिला का गुड़िया खेलना देख रहे थे।

हठात् वे एकदम बोल पड़े, "यह क्या लड़कपन है?"

प्रमिला चौंक पड़ी, साथ ही लज्जा से विर्वध होकर जल्दी से गुड़िया पर कपड़ा ढककर खड़ी हो गई।

वकील साहब ने मुसकराकर कहा, "गुड़िया खेलनेवाला जमाना तो बीत गया, अब असली गुड़िया खेलने का वक्त आ गया।"

प्रमिला ने बात बनाते हुए कहा, "मैंने क्या खेलने के लिए यह बनाई है, सुखिया की लड़की कब से कहती थी, उसी के लिए बना रही थी।"

मन की दुविधा से जरा देर इधर-उधर करके वकील साहब ने जरा संयत स्वर में कहा, "क्या तुम्हारी इच्छा नहीं होती कि तुम्हारे भी कोई लड़का-बाला हो? सच

कहना?"

प्रमिला इस प्रश्न के लिए कभी तैयार नहीं थी, अत्यंत लज्जित होकर वह अपने मन को टटोलने लगी, सच ही उसने कभी संतान की कामना नहीं की, पर अगर उसे कोई नन्हा सा बालक मिल जाए तो शायद दिन इतने नीरस न रहें।

उसे निरुतर देखकर वकील साहब ने कहा, "तुम मुझसे घृणा करती हो यह मैं जानता हूँ, इसी से तुमको बच्चे की कामना नहीं है, पर तुमको आगे चलकर बहुत पछताना पड़ेगा, जब मैं भी न रहूँगा।"

यह बात वकील साहब ने जी की जलन से ही कही थी पर प्रमिला काँप उठी। उसने प्रति स्वर से कहा, "ऐसे मत कहा करो!" वकील साहब ने कुटिल हँसी के साथ कहा, "यह अभिनय न करो तो अच्छा है, इससे मेरा जी भर गया है। स्त्रियाँ इतने चरित्र रचना जानती हैं यह तुम्हीं ने मुझे पढ़ाया है। अपनी ब्याह हुई पत्नी पर पति का पूरा अधिकार होता है, यही मैं अभी तक जानता रहा हूँ, पर तुमने मुझे ब्याह का यह नया रूप दिखा दिया, जिसकी किसी ने कभी कल्पना भी न की होगी। तुम मुझे अपने कामों से दिखाना चाहती हो कि बड़ी पतिव्रता हो। बातों से मोहित करना चाहती हो पर जहाँ पर मैं स्वामी हूँ वहाँ पर तुमने मुझे कोई हक नहीं दिया। मैं तुम्हारे भीतर तक का हाल जानता हूँ। अब कुछ समझना बाकी नहीं है। तुमको मैं अब किसी भी तरह पहले की नजर से नहीं देखता और जरा भी किसी बात की अब मैं तुमसे कामना नहीं करता। अगर तुमसे मैं कुछ आशा करूँ भी तो मेरे लिए बड़ी शर्म की बात होगी।"

वकील साहब इतना बड़ा लेक्चर देकर चुप हो गए और अखबार उठाकर पढ़ने लगे, प्रमिला चुपचाप खड़ी थी। कुछ प्रतिवाद न कर सकी, आँखों में लबालब आँसू भरे थे, पर वह होंठों को दाँतों से दबाकर रोना रोके थी, न हट ही सकती थी न खड़े ही रहा जाता था। उसी समय भजुआ कहार ने उसके हाथ में बंद लिफाफा देकर कहा, "बिटिया की चिट्ठी है, नौकर लावा है।" प्रमिला बच गई, जल्दी से लिफाफा लेकर अपने कमरे में चली गई। अंदर से किवाड़ बंद करके जल्दी से मालती का पत्र निकालकर पढ़ा, मालती ने लिखा था—

प्रिय नई माँ!

मैं अच्छी हूँ, आशा है तुम भी ठीक होगी। तुमने चलते वक्त कहा था वहाँ के हाल लिखना। विमला की माँ जिनकी तरफ से मुझे भय था, अब बिल्कुल सीधी हो गई हैं। मैंने सुना था कि वे बड़ी तेज मिजाज की स्त्री हैं। पहले थीं या नहीं, पर शायद विमला ने उनका सब दर्प चूर्ण कर दिया है। धीरे-धीरे वे मुझे विमला की जगह दे रही हैं। विमला उनके अनुगत कभी नहीं रही, हमेशा विरोध ही किया इससे उनका हृदय

उसकी तरफ से हमेशा विरूप रहता था पर मैं उनकी प्रत्येक बातों को सिर झुकाकर मान लेती हूँ, बिना प्रतिवाद के उनकी सब आज्ञाओं का पालन करती हूँ, इससे उनका अहंकार पूर्ण चित्त बड़ी शांति पाता है।

एक बात पर मुझे अवश्य पीड़ा होती है कि वे मुझे अपने ही पास रखना चाहती हैं, मैं उन्हीं की दिलजोई किया करूँ, उन्हीं के कमरे में गुड़िया सी सजी बैठी रहा करूँ और उनका मनोरंजन करूँ। वे मुझे जरा भी अवकाश नहीं देना चाहतीं कि मैं अकेले में 'किसी से' मिल सकूँ। मैं समझती थी यहाँ संपूर्ण रूप से उन्हें पाऊँगी, पर ऐसा नहीं है। विमला की माँ समझती हैं, मेरे साथ उनके बेटे ने सिर्फ इसीलिए शादी की है कि मैं उनकी पुत्री विरह कातरा माता का दिल बहलाया करूँ, कभी-कभी मुझे बड़ा कष्ट होता है, जब डॉक्टर घटों अपने कमरे में अकेले बैठे रहते हैं, और श्रीमती जी मुझे किसी तरह जाने की आज्ञा नहीं देतीं। तुम कहोगी कि तुम उठकर क्यों नहीं चली जातीं, पर यह मैंने एक आध बार किया था। लौटकर देखा उन्होंने मुँह फुला लिया और थोड़ी देर में विमला की याद करके रोने लगीं। बताओ नई माँ मैं क्या करूँ? शायद मनुष्य को तृप्ति कभी नहीं मिल पाती। असंतोष की आग में आदमी हमेशा जले यही प्रकृति का नियम है। पहले मैं समझती थी, बगैर शादी किण् चुपचाप जीवन बिता सकती हूँ। नीर व पूजा में ही मुझे संसार की पूर्ण शांति दिखाई देती थी। भय सिर्फ यही था कि कहीं मेरे ब्रत को तोड़कर किसी दूसरे के हाथ पापा ब्याह न कर दें। लेकिन आज वह संतोष कहाँ है? डॉक्टर को मैं संपूर्ण रूप से पाने की कामना करती हूँ, इच्छा होती है दिन भर उनकी बातें सुना करूँ, उन्हें देखा करूँ। पर यह नहीं हो पाता, ऊपर से मजा यह है कि वे भी कभी-कभी मुझसे ही मुँह फुला लेते हैं। उन्हें किसी तरह यकीन नहीं होता कि मैं आना चाहूँ तो आ न सकूँ। कई दिन तो वे कुछ उदास रहते थे। कभी कमरे में ही पड़े रहते या ऊपर छत पर टहला करते, पर इधर कई दिन से वे फिर बाहर-बाहर ही घूमा करते हैं। यह मेरा धर्म नहीं है कि उनके ऊपर जासूस लगाऊँ, पर क्या करूँ जी नहीं मानता कि बाहर वे क्या करते हैं। यह जानने की मेरी दुदर्व्यनीय इच्छा होती है, पर क्या करूँ? यह समझ में नहीं आता है। आज वे आए और अपनी अम्मा से कहने लगें कि मैं एक हफ्ते के लिए बाहर जा रहा हूँ, काम है। मेरा सामान ठीक करा दो। तब मैं अपनी रूलाई को किसी तरह रोक न सकी।

अकेले में पेट भरकर रोने की बड़ी इच्छा हो रही थी, पर मैं आशा कर रही थी कि माँ उन्हें रोकेंगी और वे मान जाएँगे। लेकिन तुम्हें विश्वास न होगा, नई माँ! वे इस खबर से जरा भी असंतुष्ट नहीं हुईं। शायद उन्हें कुछ खुशी हुई, पर हृदय के भाव को वे छिपाकर बोलीं, "तुम्हारे पैरों में शनिचर हैं घर में बैठा ही नहीं जाता, तो लौटोगे कब?"

उन्होंने पहले तो एक हफ्ते में लौटने की बात कही थी, पर अबकी बोले, "पता नहीं, बंगाल में अकाल पड़ा है, वहीं हम लोग जा रहे हैं, कह नहीं सकता कितने दिन लगेंगे।" उन लोगों की बातचीत के बीच से मैं चुपचाप निकल आई और अपने कमरे में आकर रोने लगी। डॉक्टर थोड़ी ही देर में आए और मुझे रोते देखा जो जरा ताज्जुब से बोले, "तुम क्यों रो रही हो?"

मुझे इस बनावट पर बड़ा क्रोध आया पर मैं बोली नहीं, वे फिर बोले, "यहाँ बैठे-बैठे क्या करूँ। कुछ काम भी करना चाहिए। मैं भीतर-ही-भीतर मिट्टी हो रहा था! ईश्वर को धन्यवाद है कि मुझे अपनी तरफ देखने की कुछ बुद्धि उन्होंने दे दी।"

मुझसे रहा नहीं गया, मैंने पूछ लिया, "मिट्टी किसने कर रख था?" नई माँ, बगैर दुविधा के वे बोले, "तुमने।"

मेरा हृदय अभिमान से फटने लगा, पर मैं आवेग को रोककर बोली, "कैसे?"

"वह तुम समझ नहीं सकती न मैं समझा ही सकता हूँ पर मेरा मोह कम हो रहा है। मैं समझने लगा हूँ कि विषयालिप्त आदमी जनता की सेवा नहीं कर सकता। उसे अपने राग-रंग से फुरसत ही नहीं मिल सकती।"

मुझसे अब जब्त न हो सका मैंने कहा, "यह तुम क्या कह रहे हो? क्या तुम मुझे समझते हो कि मैं बिलास प्रिय रमणी हूँ, मैं कष्ट नहीं उठा सकती? तुम गलती कर रहे हो, मैं उसी तरह रह सकती हूँ जैसे तुम रखो। अगर देश कार्य जैसे ऊँचे कामों की तुम्हें प्रवृत्ति है तो मुझे भी क्यों नहीं सहयोग देते मैं तो यही आशा किए थी कि तुम मुझे प्रिया ही नहीं चिरसंगिनी भी बना लोगे?"

उन्होंने गद्गद कंठ से कहा, "मालती मैं यही चाहता हूँ मेरी मोह निद्रा कट चुकी है, अब मैं फिर अपने को समाज और देश की सेवा में अर्पित करना चाहता हूँ। तुम्हारे संग के लिए मैं पागल हो रहा था। दूर-दूर रहकर तुमने मेरी आँख जैसे खोल दीं। मैं समझ गया कि मेरा कर्तव्य क्या है? अपनी माँ की सेवा में तुम्हें रखकर मैं भारत माँ की सेवा कर सकूँ यही मुझे साहस दो।"

मेरे मन में प्रबल इच्छा होने लगी कि मैं कहूँ तुम्हारी माँ की सेवा में अपने को उत्सर्ग नहीं कर पाऊँगी। मैं तुम्हारी हूँ। तुम्हारे साथ रहना चाहती हूँ। चाहे मुझे दर-दर की ठोकरें खानी पड़ें। मैंने मुँह से इतना ही कह पाया, "मैं तुम्हारे बगैर नहीं रह सकती।"

डॉक्टर हँसे और बोले, "यही तुम कहती थी कि मुझे चिरसंगिनी बना लो। मैं जो कहूँ वह तुम्हें करना चाहिए। मुझे साहस और शक्ति दो। यही तुम्हारा कर्तव्य है। मालती! तुम्हारी वे पुरानी बातें कहाँ गईं? तुम मुझे सिर्फ अपना ही न समझो, सारे विश्व का क्यों न समझ लो।"

मैं यद्यपि बिल्कुल निर्बल और साहसहीन थी पर उनके सामने अपने मनोभावों को प्रकट न कर सकी, कहीं वे मुझे स्वार्थी न समझ लें। मैंने केवल इतना ही कहा, "जल्दी लौटना।"

वे बोले, "मैं बहुत जल्दी लौटूँगा। चाहे जितनी अपनी बड़ाई करूँ, पर तुम मेरा रास्ता देखोगी यह भी तो मैं भूल नहीं सकता मालती।"

कल वे कलकत्ते चले गए। घर से तो कोई आदमी साथ नहीं गया, पता नहीं बाहर का कौन-कौन गया है।

अब मेरे दिन नहीं कट रहे हैं नई माँ! इस समय मुझे तुम्हारी जरूरत है, पर तुम कहाँ मिल सकती हो, जो चीज मेरे नित्य के कामकाज के बीच थी वही अब कितनी दुर्लभ और दुस्प्राप्य हो उठी है, मनुष्य की कीमत कितनी है यह समय पर ही जानी जा सकती है।

विमला! उसका तो यहाँ कोई नाम ही नहीं लेता, जैसे वह उस घर की कोई नहीं है न कभी थी, पर मुझे उसकी कमी कितनी कष्टकर है यह तुम्हीं समझ सकती हो। विमला होती तो मेरे ये निसंग दिन भी कितने सरस हो उठते पर वह कैसे मिल सकती है।

यहाँ जो विमला के पिता हैं, उनके ऊपर मुझे सचमुच बड़ी दया आती है। बेचारे किसी से कुछ बोलते-चालते नहीं, न कुछ मतलब ही रखते हैं। पति-पत्नी में तो शायद ही कभी बातचीत होती हो, वे समझती हैं कि विमला को बचाने की उसके पिता को शिश करते तो उसे सजा नहीं हो सकती थी, क्योंकि इनके दिमाग से यह नहीं निकल सकता है कि जो आदमी खुद हाकिम था, दूसरों को सजा देता था वही अपनी लड़की को क्यों न बचा पाया। पति को वे कभी क्षमा नहीं कर सकतीं। अतएव मौका पाते ही व्यंग्यबाण छोड़ने में भी नहीं चूकतीं। तब मुझे बड़ा क्लेश होता है, मैं चाहती हूँ उनकी कुछ सेवा करूँ, पर सासजी को उनकी तरफ से उदासीन पाती हूँ इससे कुछ कर नहीं पाती।

हाँ! श्यामाचरणजी जेल से छूटकर आ गए, कैसे छूटे यह मालूम नहीं, मैंने तो कल रात में सुना था, मुझे इतनी मर्म पीड़ा कभी नहीं हुई। विमला ने जिसके लिए निर्वासन का कठिन दंड उठा लिया, उसका यह परिणाम! दिल हाथ से निकला जाता था और मुझे इतनी बेचैनी थी कि विमला का क्या होगा? रात मैं जरा भी सो न सकी, नई माँ! सोचो तो यह बात कितनी व्यथापूर्ण है।

चिट्ठी क्या पूरी कहानी है, पर तुम उकताई न होगी यह मैं जानती हूँ, तुम इतनी बड़ी चिट्ठी की ही कामना करती होगी। तुम्हारे दिन भी कैसे कटते होंगे, यह मैं अनुमान करती हूँ। सब बातों के उपरांत मैं आज तुमसे एक अनुरोध करती हूँ।

जिसका मुझे सिर्फ प्रेम के नाते ही अधिकार है, वह यह कि अब तुम अपने स्वामी की देखो, तुम्हें उपदेश मैं नहीं देती पर नई माँ! तुमने अपना जो आदर्श बनाया है वह शायद समयानुकूल नहीं है। उससे तुम्हें अब जीवन भर शांति नहीं मिल पाएगी मेरा ऐसा अनुभव है।

बुआजी का क्या हाल है, टेंपरेचर आजकल किस डिग्री तक पहुँच जाता है। ज्यादा बकती तो नहीं हैं। कह देना, मालती सिर्फ उनके लिए ही ससुराल में रात-दिन रोया करती है। कह देना अच्छा, और जो कुछ जवाद दें वह लिखना। मैं तुमसे भी बड़ी भारी चिट्‌ठी की आशा करती हूँ। मुझे कब बुलाओगी, यह भी लिखना। पापा का हाल भी लिखना। आजकल मेरा जी वहीं लगा रहता है। सुखिया को बहुत-बहुत प्यार देना। तुम्हारी ही 'मालती'।

मालती की चिट्‌ठी पढ़कर प्रमिला बड़ी देर तक चुपचाप बैठी रही, उसने अपने को बहुत कुछ संयत करके सोचा कि अभी जाकर स्वामी से क्षमा माँगे, पर उसकी हिम्मत नहीं हुई। कहीं वे इसे भी त्रियाचरित्र कहकर मजाक न बनाने लगें।

रात में उसने भोजन नहीं किया, चुपाचाप अँधेरे में बैठकर आत्म-चिंतन कर रही थी, किसी तरफ उसका ध्यान नहीं था, घड़ी में जब टन-टन करके 12 बजे तब वह चौंक पड़ी और अपने कमरे में सोने के लिए उठी। उसी समय वकील साहब के कमरे में कुछ कराहने की आवाज सुनकर उसका कलेजा धड़क उठा। वह जल्दी से स्वामी के कमरे में गई और मसहरी के पास खड़ी होकर सुनने लगी। कहीं उसे भ्रम तो नहीं हो गया। लेकिन भ्रम नहीं था। प्रमिला ने मसहरी उलट दी और पहली बार पति की शैय्या पर पैताने की तरफ बैठकर उनके पैरों पर अपना ठंडा हाथ रखकर कोमल कंठ से कहा, "क्या हुआ?"

बिल्कुल असंभव और अप्रत्याशित घटना से वकील साहब चौंक पड़े, फिर पैर समेटकर बोले, "कौन है! अरे तुम हो?"

प्रमिला, "क्या कहीं दर्द हो रहा है?"

वकील, "हाँ सिर दर्द कर रहा है, पर तुम क्यों परेशान होती हो? अपने आप ठीक हो जाएगा। मुझे हर हफ्ते ऐसा दर्द उठा करता है।"

आत्माधिकार से म्लान होकर प्रमिला ने धीरे से कुंठित स्वर में कहा, "लाओ मालिश कर दूँ। माथे पर हाथ रखते ही वह चौंक पड़ी और घबराकर बोली, "तुम्हें तो जोर से बुखार भी हो आया है।"

वकील साहब ने लापरवाही के भाव से कहा, "होगा?"

प्रमिला ने सिरहाने बैठकर उनका सर धीरे-धीरे दबाना शुरू किया, वकील साहब

ने परमतृप्ति के साथ आँखें मूँद लीं। कल्पना के नेत्रों में उनकी पूर्व पत्नी जैसे सिरहाने बैठकर उनका सिर दबा रही थीं। प्रमिला जब से इस घर में आई कभी उसे उन्होंने इस रूप में नहीं पाया, आज इस सौभाग्य में उन्हें अपनी प्रथम पत्नी का पुण्य रूप ही बार-बार याद आ रहा था। रातभर उन्हें तेज बुखार चढ़ा रहा और दर्द के मारे वे छटपटाते रहे, पर मन उनका शांत था। प्रमिला जरा देर के लिए भी उनके सिरहाने से नहीं हटी। कभी सर सहलाती, कभी हाथ दाबती, पंखा झलती, जब सुबह हुई और वकील साहब को झपकी आ गई, तब वह उठकर नहा-धोकर आई और एकाग्र मन से ईश्वर से स्वामी के आरोग्य होने के लिए प्रार्थना करने लगी।

वकील साहब को एक हफ्ते तक तेज बुखार रहा, प्रमिला ने दिन और रात एक कर दिया। खाना, पीना और सोना सबकुछ वह भूलकर उनकी सेवा करती रही। नौकर-चाकर उसकी यह साधना देखकर चकित थे। हाँ बुआजी ने इसे भी त्रियाचरित्र ही कहा। मन में वे भी उसकी सुश्रुषा की कायल थीं, पर मुँह से यही कहतीं।

"सब बात में अति अच्छी नहीं होती। क्या कोई बीमार नहीं होता। ऐसे लाज-शर्म छोड़कर कोई नहीं सेवा करता है। न डॉक्टर की लाज है। न मुंशीजी का लिहाज है। सारे आदमियों से बोलती है। हाथ में रुपए है मनमाना फूँक रही है। मुझे तो इतनी बेहयाई पसंद नहीं।

"घर के आदमी मरे, तब उमर ही क्या थी, पर मैं तो सास-ससुर की शर्म के मारे चौखट भी नहीं लांघी, सेवा पानी की कौन कहे, और कुछ नहीं यह सब आदमी को वश में करने के आजकल की लौंड़ियों के लटके हैं। वह दिखा देना चाहती है कि यहाँ उसके सिवाय और कोई उसे चाहनेवाला ही नहीं है।"

प्रमिला भी इन बातों को न सुन पाती हो सो बात नहीं थी पर इससे उसे अब ज्यादा क्रोध नहीं आता था, क्योंकि मन-ही-मन में उसने खूब समझ लिया था कि अब तक उसने स्वामी के साथ जैसा संबंध रखा है, उसे देखते हुए आजकल का व्यवहार सबके लिए आश्चर्य की बात हो गई हो, तो कुछ बुरा मानने को नहीं है।

आज वकील साहब को पथ्य दिया जानेवाला था। प्रमिला ने गरम पानी में तौलिया भिगो-भिगोकर उनके हाथ-पैर खूब रगड़कर साफ कर दिए। फिर बालों में कंघा करती हुई बोली, "अब दाल का पानी लाऊँ? कमजोरी बहुत मालूम पड़ती होगी?"

वकील साहब की आँखें सजल हो उठीं। वे प्रमिला के हाथ से कंघा लेकर बोले, "मैं इस बार की बीमारी को भगवान् का आशीर्वाद समझता हूँ, जिसने तुम्हारी जिद को भी तोड़ दिया। मैं तो आजकल जीवन से निराश हो चला था, जी होता था, घर छोड़कर कहीं चला जाऊँ, शायद इससे ही तुम्हें कुछ दया आ जाए।"

प्रमिला ने आहत होकर कहा, "तुम मुझे क्षमा न करोगे क्या?"

वकील साहब ने अत्यंत स्नेह के साथ प्रमिला का हाथ पकड़कर कहा, "तुम्हारा कोई ज्यादा कसूर नहीं है मैं भी तो गलती करता था।"

प्रमिला के कोमल व्यवहार ने बरसों का मनमुटाव दूर कर दिया, वकील साहब ने फिर कहा, "मालती मुझे देखने भी नहीं आई। डॉक्टर भी नहीं आए।"

प्रमिला, "मैंने खबर नहीं भेजी। डॉक्टर हैं नहीं, बंगाल गए हैं। अकाल पीड़ितों की सहायता के लिए।"

वकील उद्विग्न होकर बोले, "फिर वही पुरानी लतें···" वही बातें थीं पर अब व्यंग्य के स्थान पर सस्नेह आशंकाएँ थीं।

प्रमिला कुछ मुसकराई और बोली, "आदत किसी की कहीं बदल जाती है। बीच में कुछ दिन के लिए जोश ठंडा पड़ गया था।"

डॉक्टर के साथ मालती की जिंदगी कहीं तकलीफ में न बीते इस चिंता से वकील साहब आशंकित होकर बोले, "मैं तो उनकी तरफ से बिल्कुल बेफिक्र हो गया था, अगर ऐसा जानता तो···"

जानते तो क्या कर लेते, अपंग मालती से शादी करके डॉक्टर ने जिस महानता का परिचय दिया था, वह उन्हें याद आ गया और वह लज्जित से हो उठे, प्रमिला उनका भाव समझकर बोली, "अगर उन्होंने देश के लिए, गरीबों के लिए, कुछ करने का संकल्प किया हो तो खेद करना बेकार है। यह तो बड़े गौरव की बात है, आप देख लीजिए मालती इन बातों से कभी दुःख नहीं पाएगी, उसका जीवन आनंद से ही बीतेगा।"

यही बात आज से 15 दिन पहले प्रमिला ने कही होती तो उसका उत्तर कितना विद्वेश विष से भरा हुआ होता, पर आज वकील साहब ने केवल इतना ही कहा, "ठीक कहती हो", और कुछ अन्यमनस्क से हो गए। प्रमिला चुपचाप उठकर उनके लिए भोजन लाने चली गई।

*

श्याम को कई दिन आए हो गए, पर सुरेश का कहीं पता नहीं कि कहाँ चले गए। तीन-चार दिन उनकी प्रतीक्षाकरने के बाद श्याम ने अपना कार्यक्रम सोच लिया। जज साहब के यहाँ जाकर उमेश को देखने की प्रबल इच्छा को भी दमन करके दो-चार जरूरी चीजें लेकर वे निकल पड़े। सुरेश के नाम एक चिट्ठी लिख कर रख दी।

श्याम ने अपने जीवन का लक्ष्य बना लिया था। दीन-दुःखी, अंधे-अपाहिजों की सेवा और सहायता। बगैर बुलाए, बिना माँगे वे सबके काम में अपने को समर्पित

करने लगे।

इन कामों में उन्हें जो मानसिक शांति मिलती थी वह गत दिनों में एक दिन के लिए भी न मय्यसर हुई थी। श्याम ने सोचकर देखा कि उनकी शक्ति परमित है। प्रात: उनका सेवा कार्य भी परमित रहेगा। बड़े-बड़े कामों में यश मिलता है तो धन का अपव्यय भी होता है, उनके पास रुपए नहीं है। न यश की लालसा है। वे जो कुछ करेंगे सिर्फ अपना जीवन सफल करने के लिए, घर-गृहस्थी, नौकरी, लड़के और स्त्री ये तो सभी चाहते हैं, पर गरीब दु:खियों की ओर कौन देखता है। सबकुछ लेकर भगवान् ने शायद इसी उद्देश्य से उसे भेजा है।

होमियोपैथिक दवाओं का बक्स, 1 लोटा, थाली, तवा और दो-चार कपड़े लेकर श्याम गाँव-गाँव घूमने लगे। किसी की फुड़िया पर दवा लगाते, किसी के घाव को धोते, कोई बीमार पड़ा हो तो उसकी सेवा करते। पाखाना-पेशाब भी उठाने, साफ करने में उन्हें हिचक नहीं होती। जहाँ कहीं जाते लोग उन्हें धीरे-धीरे मानने लगते थे। तीन ही महीने में श्याम उधर के कई गाँवों में पंडितजी के नाम से मशहूर हो गए। उन दिनों देहातों में कालरा का भयानक प्रक्रोप था। रोज दस-बारह आदमी मरते। कोऑपरेटिव महकमे की दवाओं से कुछ असर नहीं होता था। घंटे भर में आदमी मर जाता। बड़ी भयानक परिस्थिति थी। उन दिनों श्याम ने जिस तत्परता व साहस के साथ उन लोगों की सेवा की वह वणर्नातीत है। जो बीमार होते उनकी सेवा, दवादारू का प्रबंध और जो आदमी स्वस्थ थे उनके बचने का उपाय करने में उन्होंने प्राणपण उद्योग किया। कहीं पानी उबाल रहे हैं, कहीं खाने-पीने की बासी-कुबासी चीजें न खाने के लिए अनुरोध करते हैं। किसी मरणोन्मुख प्राणी को राम-राम सुनाते हुए सजल नेत्रों से उसका महाप्रयाण देखते हैं। जान पड़ता था वे कोई देवदूत हैं। मजा यह कि उनकी किसी को चिंता नहीं थी। उनकी सेवाएँ लेने में किसी व्यक्ति को किंचित संकोच नहीं होता था, पर बदले में किसी ने कभी उनके खाने और सोने की भी चिंता नहीं की।

श्याम की साधना और उत्सर्ग देखकर कौन कह सकता था कि यह वही संसार में सबसे दु:खी और अपना जीवन व्यर्थ समझनेवाले श्यामाचरण हैं। उनके न जाने किस मंत्र बल से इतना असीम साहस और सद्भावनाएँ जाग्रत् हो गई थीं। कभी-कभी वे भी सोचते थे कि किस अज्ञेय शक्ति से प्रेरित होकर वे इतना काम कर रहे हैं। उनके हृदय में अब शोक, वियोग और नैराश्य का लेश मात्र भी स्थान नहीं था, क्योंकि सेवा और परोपकार में इतना सुख और सार्थकता भरी है। यह तो उन्होंने कभी सोचा ही नहीं था।

संध्या का समय था, कालरा का प्रकोप उस गाँव में कम हो चला था। किसी मरीज की देखभाल कर श्याम गाँव के बाहर जो पुराना खँडहर था वहीं नहा-धोकर

कुछ बनाने खाने का उद्योग करने लगे। दिन छिप रहा था। श्याम ने किसी व्यक्ति को अपनी तरफ आते देखा। दूर से ही आकृति देखकर उन्हें जान पड़ा कि शायद सुरेश हैं।

उल्लास भरे स्वर से श्याम ने जरा जोर से कहा, "सुरेश…"

सुरेश ने सामने आकर कहा, "तुम यहाँ छिपे हो, मैं तुम्हें दो हफ्तो से ढूँढ़ता हुआ परेशान हो गया।"

श्याम ने सुरेश को ईंटों के स्तूप पर बैठाकर कहा, "क्यों मुझे क्यों ढूँढ़ रहे थे? तुम भी तो भाई उस दिन मुझसे एक घंटे में लौटने के लिए कह गए थे उसके बाद अब तीन-चार महीने में दिखाई दिए। कहाँ थे? क्या कर रहे थे?"

सुरेश, "कर क्या रहा था। छिपा-छिपा फिरता था। मुझे ढूँढ़ने के लिए यू.पी. की पुलिस परेशान घूम रही हो तो ताज्जुब की क्या बात है। तुम तो अच्छे-खासे सेवक बन गए हो। श्यामाचरण! इधर तुम्हारा खूब बखान हो रहा है। महामारी में घुस पड़ते तुम्हें डर नहीं लगता। जीवन को क्या तुम इतना तुच्छ समझते हो?"

श्याम, "जीवन को तुच्छ नहीं समझता। तभी तो दूसरे के प्राणों का मूल्य अपने बराबर ही आँकता हूँ।"

सुरेश ने सानुरोध कहा, "श्याम तुम्हें अपनी फिक्र नहीं है तो न सही, पर दूसरे की अमानत नष्ट करने का अधिकार ही तुमने कहाँ पाया भाई?"

आश्चर्य के साथ श्याम ने कहा, "अमानत किसकी? क्या कह रहे हो? मैं समझा नहीं सुरेश?"

सुरेश ने दूसरी तरफ देखते हुए कहा, "तुम अब भी नहीं समझे। तो लाओ मैं ही बता दूँ। विमला देवी ने तुम्हारा खयाल रखने का मुझसे विशेष अनुरोध किया था। यह मैं कैसे भूल सकता हूँ।" श्याम ने अँधेरे में आँखें फाड़कर कहा, "विमला का अनुरोध क्या कोई मायने रखता है सुरेश? साफ-साफ कहो।"

सुरेश ने कुछ खिन्न होकर कहा, "तुम बड़े बेवकूफ हो श्यामा, अरे वह देवी तुम्हारे ही लिए तो सजा भुगत रही हैं। क्या अभी तक तुमने यह नहीं समझ पाया?"

श्याम का सारा शरीर काँप उठा और हृदय जोर-जोर धड़कने लगा। थोड़ी देर उनके मुँह से कुछ शब्द नहीं निकला, फिर वे बोले, "सुरेश! विमला देवी ने बड़ी गलती की, बंदर के गले में मोती की माला पहनाने चलीं। भला मेरी और उनकी कोई समता हो सकती है। तुम भूल रहे हो, ऐसा कभी नहीं हो सकता।"

सुरेश, "समता हो चाहे न हो, उनका बहुमुल्य हृदय तुम्हारे चरणों में समर्पित हो चुका है। यह मैं दावे के साथ कह सकता हूँ।"

श्याम, "क्या उन्होंने तुमसे कुछ कहा था कभी?"

बड़े विज्ञ की भाँति हँसकर सुरेश ने कहा, "क्या मैं अंधा हूँ?"

श्यामा चरण! मेरी आँखें नहीं हैं या अकल नहीं है? तुम्हें भी यदि थोड़ी सी विचार शक्ति हो तो शुरू से अब तक की सब घटनाओं का विवेचन कर डालो। फिर देखो मैं सच कहता हूँ या नहीं।"

श्याम ने एक ठंडी साँस ली और कहा, "सुरेश अगर तुम्हारा अनुमान सच है तो अब मेरे लिए कहीं शांति नहीं है। मैं तो लुटा हुआ आदमी हूँ। विमला को देवी की तरह पूज सकता हूँ, पर उनकी दूसरी आशा! जिससे कोई भी आदमी अपने को बड़े से बड़ा सौभाग्यशाली समझता आज मेरे लिए बड़े परिताप और चिंता की बात हो गई है। अपनी पत्नी को मैं भूल नहीं सकूँगा। इस जीवन में नहीं, सुरेश! मेरे प्रेम के महत्त्व को विमला ने समझा नहीं, सुमित्रा आज संसार में नहीं है, न सही, पर मेरे हृदय में, मेरी स्मृति में, वह हर समय विराजमान है। उसी पुण्य याद ने मुझमें इतनी शक्ति और उत्साह भर दिया है।" श्याम की आँखें भर आईं और एक ठंडी साँस उनके हृदय को चीरती हुई वायु में विलीन हो गई। कुछ देर दोनों चुपचाप बैठे रहे। श्याम ही ने फिर कहा, "मुझमें क्या देखा विमला ने? मेरी और उनकी समता किस बात में हो सकती है? मैं तो उन्हें दया और परोपकार की देवी समझकर उनकी श्रद्धा करता रहा हूँ। आज उस व्यक्ति पर आघात पहुँचने से मेरा हृदय मर्माहत हो उठा है। मैं रोऊँ या हँसूँ। कुछ समझ में नहीं आता।"

सुरेश, "भक्ति और प्रेम में साथ होते देर नहीं लगती श्यामाचरण…"

बात काटकर श्यामाचरण ने कुछ उष्ण स्वर में कहा, "सुरेश!"

इन बातों को लेकर मुझसे कभी हँसी न करना यह मेरा अनुरोध है।" सुरेश सिटपिटाकर बोले, "हँसी नहीं करता हूँ, पर मैं विमला के लिए बड़ी चिंता में पड़ गया हूँ भाई।"

सुरेश के स्वर से विमला के प्रति अत्यंत ममता फूटी पड़ रही थी। श्याम कुछ देर तक स्थिर दृष्टि से सुरेश के मुँह की तरफ देखते रहे। मिट्टी के दीया के धुँधले प्रकाश में उन्होंने क्या देखा यह वही जाने पर वे निस्संकोच भाव से बोल उठे, "एक बात कहूँ सुरेश?"

"हाँ! हाँ। कहो शौक से!"

श्याम, "भाई विमला और तुममें इतनी समानता है, जिसे मैं बहुत दिन से भीतर–ही–भीतर अनुभव किया करता था। जैसे तुम दुःसाहसी हो, वैसी ही वह साहसमयी हैं। यह रमणीरत्न तुम्हारे योग्य थी, पर ईश्वर ने क्या–से–क्या कर दिया।" सुरेश का मुँह उदीप्त हो उठा और आँखें चमकने लगीं। वे शीघ्रता से बोल उठे, "छिः श्यामाचरण!

उन देवी का यह अपमान है। वे मुझ पर कितना विश्वास करती है भाई!"

श्याम ने परम स्नेह के साथ सुरेश का हाथ पकड़कर कहा, "अगर वैसा होता तो तुम भी सुखी हो जाते और वह भी शांति पाती, पर अब तो बात बहुत बिगड़ गई है, भाई!"

सुरेश ने (कंपित कंठ से कहा), "यह तुम क्या कह रहे हो? श्यामाचरण! कहीं पागल तो नहीं हो गए हो?"

श्यामाचरण, "पागल होने में कसर ही क्या है? लेकिन मैं सचमुच पागलपन की कोई बात नहीं कह रहा हूँ, सुरेश! तुम मेरे साथ, अपने परम मित्र के साथ, छल कर रहे हो, मैं तुम्हारा भाव उसी दिन भाँप गया था। जब जेल से लौटकर आया था और तुमने मुझे विमला का किस्सा सुनाया था।" सुरेश ने जोर से कहा, "झूठ है, बिल्कुल झूठ, भला ऐसा तुमने क्यों सोचा था? मैं उन्हें श्रद्धा करता हूँ, पर प्रणय करने योग्य मुझे तुमने कैसे समझ लिया था?"

श्याम ने हँसकर कहा, "सब लोग उन्हें श्रद्धा ही करेंगे या और भी कुछ।" सुरेश, "तुम चाहे जितने वीर हो, साहसी हो, अभिमानी हो, पर हो तो पुरुष ही। जिस शक्ति ने मुनियों का मन विचलित कर दिया, वही नारी शक्ति अगर तुम्हारे ऊपर विजय पा ले तो उसमें आश्चर्य या संकोच की क्या बात है? सच बताओ सुरेश ठीक कह रहा हूँ या नहीं?"

सुरेश ने हँसकर कहा, "उलटी धुरी से मुड़ना इसी को कहते हैं, मैं तुमसे फरियाद करने आया था कि अपना ध्यान रखकर काम करो। तुमने उलटी तोहमत मुझ पर लगा दी। जिसे मैं कभी मन में लाना भी अन्याय समझता था।..."

श्याम ने उठकर कहा, "पकड़े गए सुरेश! अन्याय समझते थे पर मन में विचार उठते तो थे? अब मुझसे उड़ नहीं सकते यार।"

श्याम को इतनी जोर से हँसते सुरेश ने कभी नहीं देखा था, वे उनका मुँह देखने लगे और भीतर-ही-भीतर अपना मन उलट-पलटकर देखने लगे, फिर एक ठंडी साँस लेकर धीरे से बोले, "पर श्यामाचरण उनकी उतनी साधना, तपस्या और त्याग, यह क्या व्यर्थ जाएगा? तुम्हारे लिए जो बातें कुछ भी महत्त्व नहीं रखतीं वही बातें बिमला के लिए तो सांघातिक हो जाएँगी। क्या वह सिर्फ तुम्हारे ही अकेले सोचने की बात है। दूसरे का इससे कोई सरोकार नहीं है?"

श्याम, "है क्यों नहीं! पर मैं कर क्या सकता हूँ? अगर विमला देवी मुझसे किसी प्रतिदान की आशा करती हैं, तो उनकी बड़ी मूल है, उन्होंने मुझे पहचाना नहीं सुरेश? मैं कभी सुमित्रा को भूल सकता हूँ? कभी उसका वह स्थान जिसे उसने हमेशा के

लिए बना लिया है कोई दूसरा पा सकता है? नहीं यह मेरे वश के बाहर की बात है।"

सुरेश, "पर तुमने भी विमला को पहचानने में गलती की, नारी का हृदय क्या प्रेम का सौदा करता फिरता है। फिर मन की इतनी ऐश्वर्य शालिनी स्त्री! तुम्हारे कहने ही से क्या मैं उनकी कामना करने लगूँ और वे चटपट तुम्हें छोड़कर मुझे वरमाला पहना देंगी?" इतना कहकर सुरेश जोर से हँसने लगे, फिर बोले, "खैर अब तो ये बातें हम दोनों तक ही सीमित रह जाएँगी। विमलाजी जो तपकर रही हैं उसे भंग कर ही कौन सकता है, और वे अभी हम लोगों के बीच आ ही कहाँ रही हैं?"

श्याम, "मुझे बड़ा आश्चर्य होता है सुरेश, जब विमला की जैसी बुद्धिमती लड़की इतनी भारी गलती कर बैठती है, मेरी समझ में नहीं आता है कि गवर्नर को मारने का उनका उद्‌देश्य क्या था? मैं यह कभी नहीं मानूँगा कि गोली चलाकर उन्होंने अपने लिए सजा पाने का रास्ता बनाया। क्षणिक आवेश में ऐसा काम उनकी जैसी विचार शीला स्त्री के लिए ठीक नहीं जँचता, बात कुछ और ही होगी।"

सुरेश, "विमला को तुम क्या समझते हो? है तो आखिर नारी ही। जिसका चरित्र दुर्ज्ञेय कहा गया है। हम लोग कैसे जान सकते हैं। उन्होंने क्षणिक आवेश में वैसा काम किया या महीनों सिर घुनने के बाद।"

श्याम, "जो कुछ भी हो, मैं क्या कर सकता हूँ? मेरे वश की बात ही जब नहीं है। सुमित्रा मुझे मिल नहीं सकती। यह तो मेरी शक्ति से बाहर की बात है, पर उसकी याद भुला देना तो मेरे मन पर निर्भर है। सो कैसे भूल सकता हूँ, सुरेश! इस जीवन में यह संभव नहीं।" सुरेश ने अँधेरे में टटोलते हुए कहा, "लड़के को कैसे भूल गए भाई?"

श्याम (चौककर), "भूलने की कोशिश करता हूँ।"

सुरेश, "सुमित्रा को भूलने की भी कोशिश क्यों नहीं करते?" जैसे फोड़ा दुःख जाने से आदमी चीख उठता है वैसी ही आवाज में श्याम बोल उठे, "चुप रहो सुरेश! अब चुप हो जाओ।"

सुरेश सिटपिटा गए और चुप होकर जूते से ईंटों को उलटने-पलटने लगे।

श्याम ने थोड़ी देर बाद कहा, "उठो हाथ-पैर धो लो। मैं रोटी बनाता हूँ, कपड़े उतारकर खाने बैठ जाओ।"

सुरेश ने उत्साहीन होकर कहा, "कहाँ? हाथ-पैर धोने कहाँ जाऊँ? पानी कहाँ मिलेगा?"

श्याम, "वह घड़ा रखा है, वह रस्सी है। जरा दूर सामने पक्का कुआँ है, पानी भर लाओ।"

सुरेश···, "बापे रे! हैजे के जर्म्स जो उसमें होंगे?"

श्याम, "पाटेशियम परग्नेट रखा है उस पुड़िया में, डाल लेना।"

सुरेश बच्चों की तरह बोले, "ना भाई मैं तो उबालकर पानी पिऊँगा। कालरा से मरकर मुझे प्राण नहीं देना है।" मृदु भर्त्सना के स्वर में श्यामाचरण ने कहा, "ज्यादा बनो नहीं, मैं भी तो यही पानी पी रहा हूँ, मुझे कुछ नहीं होता। फिर अब तो कालरा कम हो चला है।"

सुरेश ने घड़ा और रस्सी उठाकर हँसते हुए कहा, "तुम्हें तो जीवन का मोह नहीं है पर मुझे तो है, पुलिस से बचा तो कालरा का शिकार हुआ। अरे बाप बड़ी आफत है।"

श्याम, "भले आदमी, जल्दी लौटना, भूख के मारे मेरा दम निकल रहा है।"

सुरेश अभी आता हूँ, कहकर लंबे-लंबे डग बढ़ाते हुए अंधकार में विलीन हो गया। श्याम चूल्हे के सामने स्तब्ध होकर बैठे रहे, बात यहाँ तक बढ़ गई थी और उन्हें रत्ती भर आभास न मिला। जिस विमला के उपकारों से उनकी गरदन झुकी थी, उसकी सेवाएँ भी स्वार्थ से खाली नहीं थीं? विमला उन्हें चाहती हैं? इस बात से उन्हें बड़ा धक्का पहुँचा। सुमित्रा के बाद कोई रमणी उसे अपना प्रेम प्रदान करने की घृष्टता करें, तो उसे वे कैसे क्षमा कर सकते हैं। सुमित्रा की याद को उन्होंने जैसे जोर से पकड़कर अपने दिमाग में भर लिया, लेकिन थोड़ी देर में वे फिर सोचने लगे, आखिर विमला क्यों उनके पीछे पड़ गई? उसने कौन बात देखी? गरीब क्लर्क, मुसीबतों का मारा, आफतों का सताया हुआ। विमाला पढ़ी-लिखी अमीर की लाड़ली, आखिर उससे श्याम की किस बात में समता हो सकती थी, नहीं! नहीं! सुरेश की भूल है, वह उसके ऊपर दया करती है, इतनी मूर्ख नहीं है कि श्याम को प्रणय पात्र समझ ले।

कृष्ण पक्ष की चौथ का चंद्रमा पूर्व दिशा के कोने पर झाँकने लगा। दूर से सुरेश के गले का सुमिष्ट गाना उनके कानों में सुधा बरसाने लगा। श्याम ने सुना सुरेश गा रहे थे, प्रीति करि सुख काहू न लह्यो-शायद गाना समाप्त हो गया था, क्योंकि सुरेश ने नीचे का पद दोहराया, हम जो प्रीति करी माधव से···

दोनों चुपचाप बैठकर खाने लगे, श्याम ने दो-चार कौर खाए होंगे, एक लड़का दौड़ता हुआ आया और घबराए हुए स्वर में बोला, "पंडितजी हैं? पंडितजी कहाँ गए?" श्याम ने हाथ रोककर कहा, "क्या है? कौन हो तुम? मैं ही हूँ, पंडित···"

लड़के ने रोकर कहा, "मेरी दिदिया को बीमारी हो गई है, पंडितजी! अम्मा ने कहा है कि पंडितजी आ जाएँ तो वह बच जाए।"

श्याम ने तुरंत हाथ धो डाले। कुल्ला करके वे खड़े हो गए।

सुरेश ने कहा, "क्या बगैर खाए ही चले जाओगे। श्यामाचरण खाली पेट कालरा के मरीज के पास मैं तुम्हें नहीं जाने दूँगा।" श्याम ने कुरता पहनते हुए अनुनय स्वर में

कहा, "मत रोका सुरेश! खाने में देर लगेगी तब तक जाने क्या हो।"

सुरेश, "तो मुझे क्या तुमने बड़ा पेटू समझ रखा है, मैं भी चलता हूँ ठहरो।"

श्याम ने जरा तेज आवाज में कहा, "खबरदार जो तुम चौके से उठे, खाकर गाँव में आ जाना। वह है सामने!" सुरेश के कुछ कहने के पहले श्याम दवाइयों का बक्स लेकर जल्दी-जल्दी अँधेरे में गायब हो गए।"

सुरेश ने सोचा, कहीं श्याम को कुछ हो जाए तो मैं विमला को कैसे मुँह दिखाऊँगा, भीतर-ही-भीतर वे सिहर उठे।

पेट में भूख के बावजूद भी उनसे फिर खाया न गया। हाथ धोकर वे ईंटों के स्तूप पर बैठ गए। श्याम ने सुरेश के हृदय में जिस गुप्त और अलक्षित आकांक्षा को खींचकर सामने कर दिया था, उसे अत्यंत अनुचित और असंभव समझते हुए भी मन ने उस मधुर आकांक्षा का रस पीना आरंभ कर दिया। सोचा था कि जाकर श्याम की सहायता करूँगा, पर हृदय ने हाथ-पैरों का साथ न दिया। सुरेश ने घंटों वहीं बैठकर कल्पना में डूबकर बिता दिए। रात बहुत जा चुकी थी, जब थककर चूर श्याम ने उसे आकर धक्का दिया और सुरेश ने चौंककर कहा, "अरे आ गए भाई! माफ करना। मैं भी आ रहा था पर जरा देर बैठ गया तो फिर उठा ही न गया।" तब श्याम भी वहीं बैठ गए और हँसकर बोले, "तुम्हारे जैसे कर्मवीर का आलस में पड़ जाना कोई मायने ही रखता होगा सुरेश?"

सुरेश, "क्यों मायने क्या रखता होगा? मैं सच कहता हूँ, आज थक बहुत गया था, हाँ तुम्हारे उस मरीज का क्या हुआ? कुछ आराम है?"

श्याम, "हाँ वह ठीक है। कुछ खास बात नहीं थी, पर वे लोग घबरा गए और मुझे बुला भेजा। आज सुबह से कुछ खाया नहीं था।"

सुरेश ने स्नेहभरे स्वर में कहा, "राम! राम! दिन भर बाद खाने बैठे वह भी न मिला। भाई तुम कुछ भी कहो देहात के आदमी स्वार्थी बहुत होते हैं।"

श्याम, "क्या शहर के रहनेवाले स्वार्थ से अलग है? चाहें जितनी सख्त बीमारी हो, पर बगैर फीस लिये डॉक्टर कभी नहीं देखेगा। तुम चाहे उसके सामने सिर ही पटक दो। इसका मुझे बड़ा कड़ुवा अनुभव है सुरेश!" श्याम ने ठंडी साँस ली।

सुरेश भी अन्यमनस्क हो गया। गाँव में कुत्तों ने शोर मचाना शुरू कर दिया था। रात गहरी और अंधियारी हो चली थी।

*

मेरे जीवन की मधुर स्मृति मालती!

आज ठीक दस महीने के बाद जबकि तुम लोगों के हृदय पटल से दु:स्वप्न की भाँति इस दु:ख दामिनी की स्मृति धीरे-धीरे मिटने लगी होंगी और तुम लोग सबकुछ भूलने लगे होगे, तब एकाएक आज यह पत्र भेजकर सबको क्या दे रही हूँ। आनंद? अथवा वेदना? यह मेरी समझ में नहीं आ रहा है। शायद तुम कहो कि जिसने परिवार के सारे बंधनों को तोड़-मरोड़कर और उनके मान, सम्मान, आशा, आकांक्षा, सबको कुचलकर मसल भी डाला था, उसके हृदय में फिर से सबके प्रति अनुराग कहाँ से आया? शायद तुम लोग अब सोचो कि मैंने, अपनी करनी का कुछ कड़वा फल पा लिया है और उसी लज्जा से व्यथित होकर फिर से स्वजनों का सहारा ढूँढ़ रही हूँ। नहीं मालती! तब तुम लोग बड़े भ्रम में हो और मेरे लिए जो कुछ अनुमान करती रही हो वह सब कल्पित है। आज मैं अतीत और वर्तमान का सारा इतिहास तुम्हारे सन्मुख खोलने का प्रयत्न कर रही हूँ। जाने मैं ठीक से तुम्हें समझा सकूँगी या नहीं और तुम लोग उसे सत्य समझोगे या नहीं। यह कह नहीं सकती खैर।

मालती! पहले क्या लिखूँ और कहाँ से शुरू करूँ यह जरा सोचने की बात हो रही है। शायद सिलसिले से कुछ भी न लिख पाऊँगी। इसके लिए तुम क्षमा कर सकोगी, जबकि बड़े-बड़े अपराध भी माफ हो गए होंगे।

मैंने गवर्नर को अपनी गोली का निशाना बनाया, यह बात मेरे लिए ही बड़ा आश्चर्य रखती है। कोई साधारण स्थिति मेरे हाथों यह कार्य कभी न करा सकती थी। अत: इतना साहसपूर्ण कर्म किसके लिए और किसकी प्रेरणा से मैंने किया यह तुम्हें कैसे बताऊँ। यद्यपि बात अत्यंत गोपनीय और लज्जाजनक है। पर इस आत्मीय बांधवों से शून्य सुदूर प्रदेश में रहकर मुझे उतनी शर्म नहीं रह गई। आज मैं तुम्हें सबकुछ बताऊँगी, तुम समझो या न समझो।

मैं जब छोटी थी, तब सुना करती थी, अमुक को डामुल मिला है अथवा अमुक को कालेपानी की सजा हुई है। तब बड़ा डर लगता था और उस भयंकर द्वीप के बारे में जो कुछ पुस्तकों में पढ़ा था उसके द्वारा कल्पना करके काँप उठती थी, पर कौन कह सकता था कि एक दिन जिस लड़की को कालेपानी के नाम से ही सिहरन होती थी, दैवदुर्विपाक से उसी को स्वयं ही अभियुक्त के रूप में इस असित द्वीप में आना होगा। पहले मैं भाग्यवादियों के ऊपर चिढ़ा करती थी। मैं कहती थी कि मानव अपना भाग्य विधाता स्वयं ही है। आलसी आदमी अपने को धोखा देने के लिए भाग्य की दुहाई दिया करते हैं। पर अब मैं उसी के हाथ का खिलौना बन कर भाग्य को खूब मानने लगी हूँ। मेरे भाग्य में लिखा था कि मैं जो कुछ भी करने चलूँगी उसमें असफल रहूँगी और जो किसी के द्वारा नहीं हुआ वह मैं कर बैठूँगी।

प्रेम और अनुराग को मैं कवियों की कल्पना समझती थी और प्रणय व इश्क के मरीजों से मुझे तो जरा भी सहानुभूति नहीं थी। तभी तो मुझे कभी यह विश्वास नहीं हुआ कि प्रेम इतना सर्व शक्तिशाली हो सकता है। मनुष्य उसके अजेय हाथों का खिलौना बन जाता है। मेरी कल्पना के परे था यह रहस्य।

पर मालती तुम चौंक उठोगी? आज मैं उसी कल्पना को सत्य समझ रही हूँ और मेरे निकट आज सबकुछ वही है, मेरा ध्यान, मेरा ज्ञान, और मेरी साधना। सबकुछ प्रेम के देवता को अर्पित हो चुके हैं।

तुम भइया से प्रेम करती थी तब मुझे यद्यपि तुम्हारे प्रति सहानुभूति थी। फिर भी मैं यह नहीं समझ पाती थी कि भइया के बगैर तुम्हारा ऐसा क्या बिगड़ रहा है। तुम्हें उदास, अनमनी और हताश सी देखकर कभी-कभी मुझे बड़ी झुँझलाहट होतीं। सोचा करती थी कि क्या नारी का पुरुष ही सबकुछ है? क्या बिना प्रेम किए कोई जी नहीं सकता, अथवा बगैर गृहस्थी का घेरा बनाए स्त्री का जीवन पूर्ण नहीं होता।

क्यों हमें पुरुष के लिए पागल होना चाहिए। क्या जीवन का उद्देश्य इतने में ही समाप्त हो जाता है। खुद समझकर देखती और बहुतों को समझाती थी। प्रेम के लिए रोना, उसके लिए अपने सारे उद्देश्य व महत्त्वाकांक्षाओं का भूल जाना यह मेरे लिए बहुत सोचने की बात थी। आखिर प्रणय में ऐसा क्या आनंद निहित है, जिससे बड़े-बड़े बुद्धिशाली भी प्रभावित हो उठते हैं। भइया के ऐसे उत्साही और तेजस्वी तथा त्यागी युवक को भी जब प्रेम के पीछे बावला देखा, तब मुझे सचमुच ही आश्चर्य के साथ उसकी शक्ति का आभास मिला।

मालती! जिस रहस्य से मैं अपरचित थी वह कब और कैसे, मेरे अंत:स्थल में छिपा रहा यह मैं नहीं बता सकती। मैं जान भी नहीं पाई। सावधान भी नहीं हो पाई। इसी से शायद उसने मुझे पूरी तरह से ग्रस लिया, जो वस्तु अदृश्य थी और मेरे लिए रहस्य थी। उसी ने जब आत्म प्रकाश किया, तब पूरी तरह मुझ पर कब्जा कर लिया और संसार का सारा सबकुछ उसी पर निछावर भी हो गया। हँसना नहीं मालती! न आश्चर्य ही करना। मैं भी प्रेम में पड़ गई थी। तुम्हारी ही तरह, नहीं उससे भी शायद अधिक ही। जहाँ अवरोध है वहीं पर पानी बार-बार जाकर थपेड़े देता है, जो वस्तु दुर्लभ है उसी के लिए चित्त लालायित होता है। मैंने पाप किया, सुमित्रा जीजी के प्रियपात्र से मैं प्रेम कर बैठी। क्यों! यह मुझे ही अज्ञात है, और कब से, यह भी नहीं जानती। जब व्याकुल हृदय ने अपनी मनोव्यथा की व्याख्या की तब जाना कि वह प्रेम करता है। एक आदर्श पुरुष से, वह आदर्श क्यों है? यह मैं तुम्हें समझा न सकूँगी। पर मैंने उन्हें इसी दृष्टि से देखा। प्रेम का सच्चा स्वरूप उन्हीं में पाया, और उसे ही आदर्श माना। मैं भी अब प्रेम के पवित्र उद्देश्य को समझ गई हूँ और निस्स्वार्थ प्रेम ने सारे पार्थिव

सुखों की भावना मिटा दी है।

उन्हें कालापानी की सजा मिली थी यह तुम लोगों को मालूम था। मैं पागल हो उठी और उन्हें छुड़ाने का प्रयत्न करके भी जब सफल न हो सकी, तब मेरा मन बिल्कुल उदभ्रांत हो उठा। संसार मेरे लिए शून्य, निःसार और आनंदहीन हो गया। दुनिया को मैं भूल गई। माँ का अतुलनीय वात्सल्य, पिता का उदार स्नेह, भइया का प्यार, सुहृदजनों का संग, कुछ भी मुझे बहला न सका। तब मैंने समझा कि प्रेम की शक्ति कितनी अजेय है। क्या करूँ और क्या न करूँ। कुछ समझ में नहीं आता था। रोवाँ-रोवाँ उन्हीं के लिए रो रहा था। कैसे बचा लूँ या फिर साथ चली जाऊँ। यही विचार रात-दिन मेरे मस्तिष्क में चक्कर काटा करता। फिर मैंने बहुत कुछ किया। सुरेश नाम के एक युवक के मार्फत बहुतेरी चेष्टा की। पर सब व्यर्थ हुआ। उन्हें दीपांतर की सजा का हुकम सुना दिया गया। उस खबर से बुरी क्या दशा हुई थी यह मैं किसी को समझा नहीं सकूँगी। मन में क्या आया और क्या गया। यह बता न सकूँगी। फिर बाद में मैंने क्या किया यह स्पष्ट ही है। कैसे किया यह बताने की जरूरत नहीं है। मुझे भी सजा मिली, मेरा मनोरथ सफल हो गया। आयोजना पूर्ण हुई। आनंद में आत्म विभोर होकर मैं भी चली, उसी पथ की ओर। यह न जान पाई किसी तरह भी कि उन्हें पहले ही भेजा जा चुका था या नहीं?

भाई। मैं थी गवर्नर को निशाना बनानेवाली, मुझे संसार की दूसरी खबरें भला कैसे मिल सकतीं। पूछती भी किससे? एक सुरेश ही ऐसे थे, जिनसे उनके बारे में कुछ मालूम हो सकता था। पर उनसे मिलना ही कठिन था।

जब मैं चली तब मन में अपने प्रियजनों से मिलने की उत्कट इच्छा उत्पन्न हुई। मुझे आशा थी कि सब लोग आएँगे। पर मेरी वह भूल थी। मैं कोई देश सेविका तो थी नहीं जो मुझे बिदा करने लोग आते। मैं थी एक भारी अपराध की सजा पाए हुए असाधारण कैदी। यह मुझे बहुत अखरा। मैं अपने को सँभाल सकी। पहली बार कई महीने के बाद सबके प्रति मेरे हृदय में प्रेम का वेग उमड़ने लगा। किसी को न देख पाकर आँखों से आँसुओं की धारा बह चली। उसी समय मेरी रोने से धुंधली आँखों के सामने भइया की छाया स्पष्ट हो उठी। मैंने पहचाना, वे रूमाल हिला रहे थे। मैंने दूर से हाथ जोड़े और बर्थ पर सिर पटक करपड़ गई। आज भी याद करके आँखें भर आती हैं। और गले में कुछ अटक सा जाता है।

अच्छा तो मालती! यह हुआ मेरे भूतकाल का किस्सा। अब वर्तमान क्या है? और भविष्य क्या होगा? यह कहने सुनने की बात नहीं है। फिर भी थोड़ा कहना ही होगा। 6 महीने जेल में रहकर (कैसे यह न कहूँ) जब बाहर आई, तब समझ में नहीं आया

कि कहाँ जाऊँ, क्या करूँ? न खाने-पीने की चिंता हुई, न रहने की, सबसे पहले यही विचार आया कि वे कहाँ होंगे। किस तरह पता लगेगा। हर किसी से नाम ले लेकर पूछा पर कहीं पता न लगा सकी। हताश होकर किसी तरह कुछ दिन काटे। एक दिन (अब मैं कैदी नहीं थी सबकुछ पढ़-लिख सकती थी) टाइम्स इंडिया अखबार में देखा, जो कुछ पढ़ा वह क्या था? क्या बताऊँ? मालती!

कुछ महीने पहले जिस खबर से मैं कृतार्थ हो जाती उसी संवाद ने मेरा हृदय विदीर्ण कर दिया। हाय मेरी कैसी दुखद हार हुई। मैं अपने भाग्य की विडंबना के लिए कितना रोऊँ। जिनके लिए मैनें इतना सबकुछ किया। अपने लिए इस महाद्वीप का रास्ता निकाला। वे अब मुझे नहीं मिल सकते। गवर्नमेंट ने उन्हें निर्दोष करार दिया है। वे छूट गए। हाय भगवान्!

मेरे शोक संताप, नैराश्य और पछतावा का अंत नहीं था, मैंने कौन पाप किया है मेरे राम, जो तरह-तरह की पीड़ाएँ जर्जर किए डालती हैं। कई दिन फिर बिल्कुल पागलों की जैसी अवस्था रही, खाया-पिया नहीं, नहाया-धोया नहीं, सोई भी नहीं, किसी तरह मर जाऊँ, बस यही एकमात्र आकांक्षा रह गई। दुनिया में कुछ भी न रह गया। जीवन नष्ट हो गया। आँखों के आँसू सूख गए और उनमें आग सी जलने लगी। एकांत पाते ही मैं अपना सर पटक-पटक देती थी। धोती के छोर से गला कस देती थी, सोचती हूँ तो अब उस मूर्खता पर हँसी आ जाती है। ऐसे कहीं प्राण निकलते हैं। फिर मेरे ही क्यों निकलते। अतएव मैं मरी नहीं! जीती रही! और धीरे-धीरे दुःख का वह पहाड़ मुझे सहन होने लगा। मैं कभी-कभी सोचती हूँ कि मनुष्य क्या नहीं कर सकता। शायद पत्थर भी इतना कठोर न होता होगा, जितना मजबूत यह मानव हृदय है। भला सोचो मैंने क्या-क्या सहा और कैसे अब अंधकारमय भविष्य की तरफ बढ़ती हुई भी जी रही हूँ। खाती-पीती-हँसती और कामकाज करती हूँ।

तुम उत्सुक हो रही होगी कि काम मैं क्या करती हूँ, करनेवाले के लिए कहीं भी काम की कमी नहीं है। मनुष्य का स्वभाव शांतिप्रिय है। वह सुख और सांत्वना ही की खोज में रात-दिन भटकता रहता है। मन के सुख के लिए दौड़ी थी। वही मानव स्वभाव शांति की खोज में फिर भटकने लगा। दुःख सहते-सहते ऊब उठी और फिर शांति की तलाश करने लगी। इस अवस्था में भी अब कहीं कुछ सहारा मिल सकता है। जीवन के दिन पूरे हो सकते हैं? यह सोचते हुए बहुत दिन बीत गए। मन शांत होने लगा, चित्त स्थिर हुआ, बुद्धि काम करने लगी। हालाँकि एक बार नहीं कई-कई बार रो-रो पड़ती थी। सिर कूट डालती थी। फिर भी जी लगने लगा। आखिर फिर करती भी क्या? जब मनुष्य निरावलंब हो जाता है, तब वह कुछ सहारा लेकर जीता ही है।

मैंने पहले सोचा अब इस शरीर का अंत ही हो जाए तो ठीक है। चेतना खो जाए तभी शांति है। अब तो कुछ भी शेष नहीं है। क्या लेकर जीऊँ। पर मालती! मैं पाषाणी फिर जी गई, और अब तो सबकुछ झेलकर दिन उतने कठिन नहीं लग रहे हैं। एक सुदूर भविष्य की आशा मुझे अब भी मरीचिका सी दिखा रही है। उसी के सहारे मैं चलती जाऊँगी। मैं यहाँ एक स्कूल के बच्चों को पढ़ाती हूँ और देहाती अनपढ़ गँवारों को शिक्षा देती हूँ। बीमारों की सेवा-सुश्रुषा करती हूँ। दिन अच्छे ही कट जाते हैं। मैं अब बीती बातें बहुत याद नहीं करती, कभी-कभी सोंचती हूँ क्या मैं वही विमला हूँ।

कौन कह सकता है। इस असभ्य प्रदेश में नारकीय जीवन बितानेवाले मनुष्यों के बीच वही लड़की है, जिसके जीवन के 19 बसंत सुंदर सपना देख-देखकर बीते थे। मैं अब मोटा कपड़ा पहने, सूखे बाल लिये, जैसे अपनी तरूणाई के ऊपर कठोर आवरण डाले यहाँ सबकी बहिनजी हूँ। मेरा सब आदर करते हैं। सब प्यार करते हैं, यही मेरा कुटुंब है, सब मेरे ही हैं, और मैं सबकी हूँ।

पिछला जो कुछ था वह कुछ नहीं, जो आज है वही सबकुछ है। मैं दीन नहीं हूँ पर दुःखी हूँ। अब भी कभी-कभी दारूण पछतावा से हृदय फटने लगता है। बहुत कोशिश करती हूँ फिर भी एकांत होते ही अपने सब याद आ ही जाते हैं। रात में नींद उचट जाती है इस डर से जब तक मुझे बड़ी जोर से आलस नहीं आ जाता मैं लेटते डरती हूँ। पुरानी स्मृतियाँ मेरे सामने सजीव हो उठती हैं, मैं उसमें खो जाती हूँ। जब चैतन्य आता है, तब अपने को इस मच्छरों और सील से भरी गंदी अँधेरी कोठरी में पड़ी पाती हूँ फिर चित्त की क्या दशा होती है यह कहानी दर्दनाक है। मत सुनो! अब मैं कुछ नहीं लिखूँगी। अपने भाग्य का लिखा भुगत रही हूँ। बामन होकर चंद्रमा पर हाथ बढ़ाया था, उसी की सजा पाई। अब मैं स्मृति की पुजारिन हूँ, मेरा जो कुछ है वही पाथेय की तरह मेरी इस लंबी जीवनयात्रा में मुझे जिलाए रहेगा। भगवान् से अब कुछ नहीं माँगती। क्या माँगू, सिर्फ यही प्रार्थना करती हूँ वह मेरे प्रेम को अमर करे। उसी के सहारे मैं चलती जाऊँ और वर्तमान जीवन को परोपकार के सहारे खेती जाऊँ।

भाई! क्षमा करना तुम्हें बहुत दुःख दिया, तुम बहुत रोई होगी। आजकल कहाँ हो। क्या तुम कभी ससुराल नहीं गईं। मेरे भइया क्या करते हैं यह जानने को बड़ा मन करता है। उमेश का कुछ पता नहीं कैसा है। अम्मा-बाबूजी कैसे हैं। प्रमिला बहन को मेरा प्रणाम, किस-किस को लिखूँ, जब सबसे नाता तोड़कर चली आई हूँ।

मैं तुम्हें पत्र लिख रही हूँ जाने पहुँचेगा या नहीं, तुम पत्र अगर भेजो, यदि भेजना संभव हो, तो नीचे के पते पर भेजना। सबके हाल जो कुछ भी तुम जानती हो लिखना। अपनी सब बातें लिखना। प्यारी मालती क्या अब कभी हम लोग फिर मिलेंगे। जी बहुत

बेचैन हो उठा है, हालाँकि कुछ देर में शांत हो जाएगा। सुमित्रा जीजी के घर में कौन रहता है, मालूम हो तो लिखना? मैं कैसी पागल हूँ, कितने प्रश्न लिख डाले हैं, क्योंकि मैं प्रश्नोत्तर की दुराशा करने लगी थी। अब और क्या लिखूँ—उमेश कैसा है, कहाँ है?

तुम्हारी विमला

कुमारी विमला

अनाथ बालिका विद्यालय

अंडमान

*

विमला का पत्र जिस समय मालती को मिला, वह सिनेमा जाने की तैयारी कर रही थी। डॉक्टर ने कहा था कि 6 बजे तैयार रहे, वे किसी काम से जा रहे हैं, आते ही दोनों चल देंगे। मालती बड़े कौशल से अपनी सास की सम्मति पा सकी थी। इस समय अलमारी में साड़ियाँ उलट-पलटकर देख रही थी। क्या पहनकर जाए यह तय न कर पा सकने के कारण उसने दो साड़ियाँ निकालकर रख लीं। उन्हीं की इच्छानुसार वह साड़ी पहनेगी यह सोचकर वह बालों में कंघी करने लगी। चोटी करने के बाद माँग में कंघे से सिंदूर भरकर बड़े शीशे में उसने अपनी सुंदर आकृति देखी और तब वह मधुर मुसकान से भर उठी।

तभी परदे के निकट से किसी ने कहा, "बहूरानी आपकी चिट्ठी है।"

मालती ने जल्दी से बाहर निकलकर नौकर के हाँथ से लिफाफा लेकर उलट-पलटकर देखा—विमला का पत्र! वह चौंक पड़ी। सिनेमा जाने की बात भूल वह जल्दी से पत्र निकालकर पढ़ने लगी। उसके हृदय की गति तीव्र हो उठी।

चिट्ठी पढ़ते-पढ़ते कब उसकी दोनों आँखों से आँसुओं की धारा बहने लगी थी इसका उसे ध्यान नहीं था। बड़ी लंबी साँस लेकर उसने अपनी आँखें पोंछी और देखा कि उसके स्वामी विस्मय से उसकी तरफ देख रहे हैं। मालती को अपनी ओर देखते हुए देखकर वे ताज्जुब से बोल उठे, "क्या हो गया? रो क्यों रही हो? चिट्ठी किसकी है?"

मालती ने चुपचाप चिट्ठी डॉक्टर के हाक में देकर कहा, "अब विमला पंखहीन पक्षी रह गई। सबकुछ समाप्त हो गया।"

प्रियव्रत ने थर-थर काँपते हाथों से वह पत्र खोलकर सामने कर ली। पढ़ते-पढ़ते उनकी आँखें भी अश्रुपूर्ण हो उठीं, और असहाय भाव से मूक होकर बैठे रह गए।

□□□